中國古典小說新刊

紅樓夢（下冊）

清・曹雪芹著／高鶚續著

第八十一回　占旺相四美釣游魚　奉嚴詞兩番入家塾①

且說迎春歸去之後，邢夫人像沒有這事，倒是王夫人撫養了一場，卻甚實傷感，在房中自己嘆息了一回。只見寶玉走來請安，看見王夫人臉上似有淚痕，也不敢坐，只在旁邊站著。王夫人叫他坐下，寶玉才捱上炕來，就在王夫人身旁坐了。王夫人見他呆呆的瞅著，似有欲言不言的光景，便道：「你又為什麼這樣呆呆的？」寶玉道：「並不為什麼。只是昨兒聽見二姐姐這種光景，我實在替他受不得。雖不敢告訴老太太，卻這兩夜只是睡不著。我想咱們這樣人家的姑娘，那裡受得這樣的委屈？況且二姐姐是個最懦弱的人，向來不會和人拌嘴，偏偏兒的遇見這樣沒人心的東西，竟一點兒不知道女人的苦處。」說著，幾乎滴下淚來。王夫人道：「這也是沒法兒的事。俗語說的：『嫁出去的女孩兒，潑出去的水。』叫我能怎麼樣呢？」寶玉道：「我昨兒夜裡倒想了一個主意：咱們索性回明了老太太，把二姐姐接回來，

①占旺相、奉嚴詞——占，占卜；旺相，本是健康的意思，這裡是指好運氣。奉，遵從；嚴詞，即嚴訓、父訓。

還叫他紫菱洲住著，仍舊我們姊妹弟兄們一塊兒吃，一塊兒頑，省得受孫家那混賬行子的氣。等他來接，咱們硬不叫他去。由他接一百回，咱們留一百回，只說是老太太的主意。這個豈不好呢！」王夫人聽了，又好笑，又好惱，說道：「你又發了呆氣了！混說的是什麼？大凡做了女孩兒，終久是要出門子的。嫁到人家去，娘家那裡顧得？也只好看他自己的命運，碰得好就好，碰得不好，也就沒法兒。你難道沒聽見人說『嫁雞隨雞，嫁狗隨狗』，那裡個個都像你大姐姐做娘娘呢？況且你二姐姐是新媳婦，孫姑爺也還是年輕的人，各人有各人的脾氣，新來乍到，自然要有些扭別的。過幾年，大家摸著脾氣兒，生兒長女以後，那就好了。你斷斷不許在老太太跟前說起半個字，我知道了，是不依你的。快去幹你的去罷，不要在這裡混說。」說得寶玉也不敢作聲，坐了一回，無精打彩的出來了。憋著一肚子悶氣，無處可泄，走到園中，一逕往瀟湘館來。剛進了門，便放聲大哭起來。

黛玉正在梳洗才畢，見寶玉這個光景，倒嚇了一跳，問：「是怎麼了？和誰慪了氣了？」連問幾聲。寶玉低著頭，伏在桌子上，嗚嗚咽咽，哭的說不出話來。黛玉便在椅子上怔怔的瞅著他，一會子問道：「到底是別人和你慪了氣了？還是我得罪了你呢？」寶玉搖手道：「都不是，都不是！」黛玉道：「那麼著，為什麼這麼傷起心來？」寶玉道：「我只想著咱們大家越早些死的越好，活著真真沒有趣兒！」黛玉聽了這話，更覺驚訝，道：「這是什麼話？你真正發了瘋了不成？」寶玉道：「也並不是我發瘋，我告訴你，你也不能不傷心。前兒二姐姐回來的樣子和那些話，你也都聽見、看見了。我想人到了大的時候，為什麼要嫁？嫁出去，受人家這般苦楚！還記得咱們初結『海棠社』的時候，大家吟詩做東道，

聯經出版事業公司　校印

那時候何等熱鬧。如今寶姐姐家去了，連香菱也不能過來，二姐姐又出了門子了，幾個知心知意的人都不在一處，弄得這樣光景。我原打算去告訴老太太，接二姐姐回來，誰知太太不依，倒說我呆、混說，我又不敢言語。這不多幾時，你瞧瞧，園中光景，已經大變了；若再過幾年，又不知怎麼樣了。故此，越想不由人不心裡難受起來。」黛玉聽了這番言語，把頭漸漸的低了下去，身子漸漸的退至炕上，一言不發，嘆了口氣，便向裡躺下去了。

紫鵑剛拿進茶來，見他兩個這樣，正在納悶。只見襲人來了，進來看見寶玉，便道：「二爺在這裡呢麼？老太太那裡叫呢。我估量著二爺就是在這裡。」黛玉聽見是襲人，便欠身起來讓坐。黛玉的兩個眼圈兒已經哭的通紅了。寶玉看見，道：「妹妹，我剛才說的，不過是些呆話，你也不用傷心。你要想我的話時，身子更要保重才好。你歇歇兒罷，老太太那邊叫我，我看看去就來。」說著，往外走了。襲人悄問黛玉道：「你兩個人又為什麼？」黛玉道：「他為他二姐姐傷心；我是剛才眼睛發癢揉的，並不為什麼。」襲人也不言語，忙跟了寶玉出來，各自散了。寶玉來到賈母那邊，賈母卻已經歇晌，只得回到怡紅院。

到了午後，寶玉睡了中覺起來，甚覺無聊，隨手拿了一本書看。襲人見他看書，忙去沏茶伺候。誰知寶玉拿的那本書卻是《古樂府》②，隨手翻來，正看見曹孟德「對酒當歌，人生幾何」③一首，不覺

②《古樂府》——古代樂府詩集名，元代左克明編輯，共十卷。

刺心。因放下這一本，又拿一本看時，卻是晉文④，翻了幾頁，忽然把書掩上，托著腮，只管癡癡的坐著。襲人倒了茶來，見他這般光景，便道：「你為什麼又不看了？」寶玉也不答言，接過茶來喝了一口，便放下了。襲人一時摸不著頭腦，也只管站在旁邊，呆呆的看著他。忽見寶玉站起來，嘴裡咕咕噥噥的說道：「好一個『放浪形骸之外』⑤！」襲人聽了，又好笑，又不敢問他，只得勸道：「你若不愛看這些書，不如還到園裡逛逛，也省得悶出毛病來。」那寶玉只管口中答應，只管出著神，往外走了。

一時走到沁芳亭，但見蕭疏景象，人去房空。又來至蘅蕪院，更是香草依然，門窗掩閉。轉過藕香榭來，遠遠的只見幾個人在蓼溆一帶欄杆上靠著，有幾個小丫頭蹲在地下找東西。寶玉輕輕的走在假山背後聽著。只聽一個說道：「看他洑上來不洑上來。」好似李紋的語音。一個笑道：「好！下去了。我知道他不上來的。」這個卻是探春的聲音。一個又道：「是了。姐姐，你別動，只管等著，他橫豎上來。」一個又說：「上來了。」這兩個是李綺、邢岫烟的聲兒。寶玉忍不住，拾了一塊小磚頭兒，往那水裡一

---

③曹孟德「對酒當歌，人生幾何」——曹孟德，曹操的字。這是曹操〈短歌行〉的頭兩句，意思是：人的生命不長久，應當及時飲酒行樂。

④晉文——或指《西晉文紀》二十卷，明代梅鼎祚輯，通編西晉一代之文。

⑤放浪形骸之外——見晉代王羲之〈蘭亭集序〉，意思是：自由自在，不受禮法拘束。放浪，放縱不受拘束；形骸，人的形體。

撂，「咕咚」一聲，四個人都嚇了一跳，驚訝道：「這是誰這麼促狹⑥？唬了我們一跳！」寶玉笑著從山子後直跳出來，笑道：「你們好樂啊！怎麼不叫我一聲兒？」探春道：「我就知道再不是別人，必是二哥哥這樣淘氣。沒什麼說的，你好好兒的賠我們的魚罷。剛才一個魚上來，剛剛兒的要釣著，叫你唬跑了。」寶玉笑道：「你們在這裡頑，竟不找我，我還要罰你們呢。」大家笑了一回。寶玉道：「咱們大家今兒釣魚，占占誰的運氣好。看誰釣得著，就是他今年的運氣好；釣不著，就是他今年運氣不好。咱們誰先釣？」探春便讓李紋，李紋不肯。探春笑道：「這樣就是我先釣。」回頭向寶玉說道：「二哥哥，你再趕走了我的魚，我可不依了。」寶玉道：「頭裡原是我要唬你們頑，這會子你只管釣罷。」

探春把絲繩拋下，沒十來句話的工夫，就有一個楊葉竄兒⑦吞著鉤子，把漂兒墜下去，探春把竿一挑，往地下一撩，卻活迸的。侍書在滿地上亂抓，兩手捧著，擱在小磁罈內清水養著。探春把釣竿遞與李紋。李紋也把釣竿垂下，但覺絲兒一動，忙挑起來，卻是個空鉤子。又垂下去，半晌鉤絲一動，又挑起來，還是空鉤子。李紋把那鉤子拿上來一瞧，原來往裡鉤了。李紋笑道：「怪不得釣不著。」忙叫素雲把鉤子敲好了，換上新蟲子，上邊貼好了葦片兒⑧。垂下去一會兒，見葦片直沉下去，急忙提起來，

⑥促狹——這裡作「調皮、愛捉弄人」解釋。
⑦楊葉竄兒——一種淡水小魚，俗稱「鮊條魚」，形狀細長似楊柳葉子。
⑧葦片——即浮漂。

倒是一個二寸長的鯽瓜兒⑨。李紋笑著道：「寶哥哥釣罷。」寶玉道：「索性三妹妹和邢妹妹釣了，我再釣。」岫烟卻不答言。只見李綺道：「寶哥哥先釣罷。」說著水面上起了一個泡兒。探春道：「不必盡著讓了。你看那魚都在三妹妹那邊呢，還是三妹妹快著釣罷。」李綺笑著接了釣竿兒，果然沉下去就釣了一個。然後岫烟也釣著了一個，隨將竿子仍舊遞給探春，探春才遞與寶玉。寶玉道：「我是要做姜太公⑩的。」便走下石磯，坐在池邊釣起來，豈知那水裡的魚看見人影兒，都躲到別處去了。寶玉掄著釣竿等了半天，那釣絲兒動也不動。剛有一個魚兒在水邊吐沫，寶玉把竿子一晃，又唬走了。急的寶玉道：「我最是個性兒急的人，他偏性兒慢，這可怎麼樣呢？好魚兒，快來罷！你也成全成全我呢。」說得四人都笑了。一言未了，只見釣絲微微一動。寶玉喜得滿懷，用力往上一兜，把釣竿往石上一碰，折作兩段，絲也振斷了，鈎子也不知往那裡去了。眾人越發笑起來。探春道：「再沒見像你這樣魯人！」

正說著，只見麝月慌慌張張的跑來說：「二爺，老太太醒了，叫你快去呢。」五個人都唬了一跳。探春便問麝月道：「老太太叫二爺什麼事？」麝月道：「我也不知道。就只聽見說是什麼鬧破了，叫寶玉來問，還要叫璉二奶奶一塊兒查問呢。」嚇得寶玉發了一回呆，說道：「不知又是那個丫頭遭了瘟了。」

⑨鯽瓜兒——即小鯽魚。

⑩姜太公——即呂尚，字子牙，本姓姜，因其先世封於呂，故又姓呂。傳說他曾在渭水邊用無餌的直鈎離水面三尺之上釣魚，說「負命者上鈎來！」所以俗諺有「姜太公釣魚，願者上鈎」之語，意思是心甘情願地上圈套。

探春道：「不知什麼事，二哥哥，你快去，有什麼信兒，先叫麝月來告訴我們一聲兒。」說著，便同李紋、李綺、岫烟走了。

寶玉走到賈母房中，只見王夫人陪著賈母摸牌。寶玉看見無事，才把心放下了一半。賈母見他進來，便問道：「你前年那一次大病的時候，後來虧了一個瘋和尚和個瘸道士治好了的。那會子病裡，你覺得是怎麼樣？」寶玉想了一回，道：「我記得得病的時候兒，好好的站著，倒像背地裡有人把我攔頭一棍，疼的眼睛前頭漆黑，看見滿屋子裡都是些青面獠牙、拿刀舉棒的惡鬼。躺在炕上，覺得腦袋上加了幾個腦箍似的。以後便疼的任什麼不知道了。到好的時候，又記得堂屋裡一片金光直照到我房裡來，那些鬼都跑著躲避，便不見了。我的頭也不疼了，心上也就清楚了。」賈母告訴王夫人道：「這個樣兒也就差不多了。」

說著鳳姐也進來了。見了賈母，又回身見過了王夫人，說道：「老祖宗要問我什麼？」賈母道：「你前年害了邪病，你還記得怎麼樣？」鳳姐兒笑道：「我也不很記得了。但覺自己身子不由自主，倒像有些鬼怪拉拉扯扯，要我殺人才好，有什麼，拿什麼，見什麼，殺什麼。自己原覺很乏，只是不能住手。」賈母道：「好的時候還記得麼？」鳳姐道：「好的時候好像空中有人說了幾句話似的，卻不記得說什麼來著。」賈母道：「這麼看起來，竟是他了。他姐兒兩個病中的光景和才說的一樣。這老東西竟這樣壞心！寶玉枉認了他做乾媽！倒是這個和尚、道人——阿彌陀佛，才是救寶玉性命的。只是沒有報答他。」

聯經出版事業公司　校印

鳳姐道：「怎麼老太太想起我們的病來呢？」賈母道：「你問你太太去，我懶待說。」

王夫人道：「才剛老爺進來，說起寶玉的乾媽竟是個混賬東西，邪魔外道的。如今鬧破了，被錦衣府拿住送入刑部監⑪，要問死罪的了，前幾天被人告發的。那個人叫做什麼潘三保，有一所房子賣與斜對過當鋪裡。這房子加了幾倍價錢，潘三保還要加，當鋪裡那裡還肯？潘三保便買囑了這老東西，——因他常到當鋪裡去，那當鋪裡人的內眷都與他好的。——他就使了個法兒，叫人家的內人便得了邪病，家翻宅亂起來。他又去說這個病他能治，就用些神馬⑫紙錢燒獻了，果然見效。他又向人家內眷們要了十幾兩銀子。豈知老佛爺有眼，應該敗露了。這一天急要回去，掉了一個絹包兒。當鋪裡人撿起來一看，裡頭有許多紙人，還有四丸子很香的香。正詫異著呢。那老東西倒回來找這絹包兒。這裡的人就把他拿住，身邊一搜，搜出一個匣子，裡面有象牙刻的一男一女，不穿衣服，光著身子的兩個魔王，還有七根朱紅繡花針。立時送到錦衣府去，問出許多官員家、大戶太太、姑娘們的隱情事來。所以知會了營裡⑬，把他家中一抄，抄出好些泥塑的煞神，幾匣子悶香⑭。炕背後空屋子裡掛著一盞七星燈⑮，燈下有幾個

⑪錦衣府、刑部監——錦衣府，又名錦衣衛，原是管理護衛皇宮的禁衛軍和掌管皇帝出入儀仗的官署，後來逐漸演變為專管糾查、偵察的特務組織。刑部監，隸屬於刑部的監獄；刑部，掌國家法律和刑獄的官署。

⑫神馬——又作「神碼」、「月光馬」，紙製神像。

⑬知會了營裡——知會，報告、檢舉；營，指京師五城巡捕營，掌治安，屬步軍營的步軍統領統轄。

⑭悶香——即悶香，一種薰了能使人昏迷的香。悶，用藥毒叫「悶」，如悶魚、悶耗子。

草人，有頭上戴著腦箍的，有胸前穿著釘子的，有項上拴著鎖子的。櫃子裡無數紙人兒。底下幾篇小賬，上面記著某家驗過，應找銀若干。得人家油錢香分⑯也不計其數。」

鳳姐道：「咱們的病，一準是他。我記得咱們病後，那老妖精向趙姨娘處來過幾次，要向趙姨娘討銀子，見了我，便臉上變貌變色，兩眼黧雞似的。我當初還猜疑了幾遍，總不知什麼原故。如今說起來，卻原來都是有因的。但只我在這裡當家，自然惹人恨怨，怪不得人治我。寶玉可和人有什麼仇呢，忍得下這樣毒手！」賈母道：「焉知不因我疼寶玉，不疼環兒，竟給你們種了毒了呢。」王夫人道：「這老貨已經問了罪，決不好叫他來對證。沒有對證，趙姨娘那裡肯認賬？事情又大，鬧出來，外面也不雅，等他自作自受，少不得要自己敗露的。」賈母道：「你這話說的也是。這樣事，沒有對證，也難作準。只是佛爺菩薩看的真，他們姐兒兩個，如今又比誰不濟了呢？罷了，過去的事，鳳哥兒也不必提了。今日你和你太太都在我這邊吃了晚飯再過去罷。」遂叫鴛鴦、琥珀等傳飯。鳳姐趕忙笑道：「怎麼老祖宗倒操起心來！」王夫人也笑了。只見外頭幾個媳婦伺候。鳳姐連忙告訴小丫頭子傳飯：「我和太太都跟著老太太吃。」正說著，只見玉釧兒走來對王夫人道：「老爺要找一件什麼東西，請太太伺候了老太太的飯完了，自己去找一找呢。」賈母道：「你去罷，保不住你老爺有要緊的事。」王夫人答應著，便留下鳳姐兒伺候，自己退了出來。

⑮七星燈——供在佛前專供祭神的油燈，燃有七個燈火，形狀像北斗七星排列的樣子。

⑯油錢香分——巫祝僧道藉口請神作法詐取錢物的名目。油、香都是假託祭神的用品。

回至房中，和賈政說了些閑話，把東西找了出來。賈政便問道：「迎兒已經回去了？他在孫家怎麼樣？」王夫人道：「迎丫頭一肚子眼淚，說孫姑爺凶橫的了不得。」因把迎春的話述了一遍。賈政嘆道：「我原知不是對頭，無奈大老爺已說定了，教我也沒法。不過迎丫頭受些委屈罷了。」王夫人道：「這還是新媳婦，只指望他以後好了好。」說著，「嗤」的一笑。賈政道：「笑什麼？」王夫人道：「我笑寶玉，今兒早起特特的到這屋裡來，說的都是些孩子話。」賈政道：「他說什麼？」王夫人把寶玉的言語笑述了一遍。賈政也忍不住的笑，因又說道：「你提寶玉，我正想起一件事來。這小孩子天天放在園裡，也不是事。生女兒不得濟，還是別人家的人；生兒若不濟事，關係非淺。前日倒有人和我提起一位先生來，學問人品都是極好的，也是南邊人。但我想南邊先生性情最是和平，咱們城裡的孩子，個個踢天弄井⑰，鬼聰明倒是有的，可以搪塞就搪塞過去了；膽子又大，先生再要不肯給沒臉，一日哄哥兒似的，沒的白耽誤了。所以老輩子不肯請外頭的先生，只在本家擇出有年紀再有點學問的請來掌家塾。如今儒大太爺雖學問也只中平，但還彈壓的住這些小孩子們，不致以顢頇⑱了事。我想寶玉閑著總不好，不如仍舊叫他家塾中讀書去罷了。」王夫人道：「老爺說的很是。自從老爺外任去了，他又常病，竟耽擱了好幾年。如今且在家學裡溫習溫習，也是好的。」賈政點頭，又說些閑話，不題。

且說寶玉次日起來，梳洗已畢，早有小廝們傳進話來，說：「老爺叫二爺說話。」寶玉忙整理了衣

⑰踢天弄井——形容小孩活蹦亂跳、調皮搗蛋。
⑱顢頇——音ㄇㄢˊ ㄏㄢ，糊塗、不明事理。

服，來至賈政書房中，請了安，站著。賈政道：「你近來作些什麼功課？雖有幾篇字，也算不得什麼。我看你近來的光景，越發比頭幾年散蕩了；況且每每聽見你推病，不肯念書。如今可大好了，我還聽見你天天在園子裡和姊妹們頑頑笑笑，甚至和那些丫頭們混鬧，把自己的正經事，總丟在腦袋後頭。就是做得幾句詩詞，也並不怎麼樣，有什麼稀罕處！比如應試選舉，到底以文章為主，你這上頭倒沒有一點兒工夫。我可囑咐你：自今日起，再不許做詩做對的了，單要習學八股文章。限你一年，若毫無長進，你也不用念書了，我也不願有你這樣的兒子了。」遂叫李貴來，說：「明兒一早，傳焙茗跟了寶玉去收拾應念的書籍，一齊拿過來我看看，親自送他到家學裡去。」喝命寶玉：「去罷！明日起早來見我。」寶玉聽了，半日竟無一言可答，因回到怡紅院來。

　　襲人正在著急聽信，見說取書，倒也歡喜。獨是寶玉要人即刻送信給賈母，欲叫攔阻。賈母得信，便命人叫過寶玉來，告訴他說：「只管放心先去，別叫你老子生氣。有什麼難為你，有我呢。」寶玉沒法，只得回來，囑咐了丫頭們：「明日早早叫我，老爺要等著送我到家學裡去呢。」襲人等答應了，同麝月兩個倒替著醒了一夜。

　　次日一早，襲人便叫醒寶玉，梳洗了，換了衣服，打發小丫頭子傳了焙茗在二門上伺候，拿著書籍等物。襲人又催了兩遍，寶玉只得出來，過賈政書房中來，先打聽「老爺過來了沒有？」書房中小廝答應：「方才一位清客相公請老爺回話，裡邊說梳洗呢，命清客相公出去候著去了。」寶玉聽了，心裡稍稍安頓，連忙到賈政這邊來。恰好賈政著人來叫，寶玉便跟著進去。賈政不免又囑咐幾句話，帶了寶玉上了車，焙茗拿著書籍，一直到家塾中來。

早有人先搶一步，回代儒說：「老爺來了。」代儒站起身來，賈政早已走入，向代儒請了安。代儒拉著手問了好，又問：「老太太近日安麼？」寶玉過來也請了安。賈政站著，請代儒坐了，然後坐下。賈政道：「我今日自己送他來，因要求托一番。這孩子年紀也不小了，到底要學個成人的舉業，才是終身立身成名之事。如今他在家中只是和些孩子們混鬧，雖懂得幾句詩詞，也是胡謅亂道的；就是好了，也不過是風雲月露⑲，與一生的正事毫無關涉。」代儒道：「我看他相貌也還體面，靈性也還去得，為什麼不念書，只是心野貪頑？詩詞一道，不是學不得的，只要發達了以後，再學還不遲呢。」賈政道：「原是如此。目今只求叫他讀書、講書、作文章。倘或不聽教訓，還求太爺認真的管教管教他，才不至有名無實的白耽誤了他的一世。」說畢，站起來，又作了一個揖，然後說了些閑話，才辭了出去。代儒送至門首，說：「老太太前替我問好請安罷。」賈政答應著，自己上車去了。

代儒回身進來，看見寶玉在西南角靠窗戶擺著一張花梨⑳小桌，右邊堆下兩套舊書，薄薄兒的一本文章，叫焙茗將紙墨筆硯都擱在抽屜裡藏著。代儒道：「寶玉，我聽見說你前兒有病，如今可大好了？」寶玉站起來道：「大好了。」代儒道：「如今論起來，你可也該用功了。你父親望你成人，懇切的很。你且把從前念過的書，打頭兒理一遍。每日早起理書㉑，飯後寫字，晌午講書，念幾遍文章就是了。」

⑲風雲月露——指專門描寫風花雪月的詩詞。
⑳花梨——即花梨木，落葉喬木，木質堅硬，紋理細密，是貴重家具和雕刻的材料。
㉑理書——舊時俗稱溫書為理書；理，猶言溫習。

寶玉答應了個「是」，回身坐下時，不免四面一看。見昔時金榮輩不見了幾個，又添了幾個小學生，都是些粗俗異常的。忽然想起秦鐘來，如今沒有一個做得伴、說句知心話兒的，心上凄然不樂，卻不敢作聲，只是悶著看書。代儒告訴寶玉道：「今日頭一天，早些放你家去罷。明日要講書了。但是你又不是很愚夯的，明日我倒要你先講一兩章書我聽，試試你近來的功課何如，我才曉得你到怎麼個分兒上頭。」說得寶玉心中亂跳。欲知明日聽解何如，且聽下回分解。

聯經出版事業公司校印

第八十二回 老學究講義① 警頑心 病瀟湘癡魂驚惡夢

話說寶玉下學回來，見了賈母。賈母笑道：「好了，如今野馬上了籠頭了。去罷，見見你老爺，回來散散兒去罷。」寶玉答應著，去見賈政。賈政道：「這早晚就下了學了麼？師父給你定了功課沒有？」寶玉道：「定了：早起理書，飯後寫字，晌午講書念文章。」賈政聽了，點點頭兒，因道：「去罷，還到老太太那邊陪著坐坐去。你也該學些人功道理，別一味的貪頑。晚上早些睡，天天上學，早些起來。你聽見了？」寶玉連忙答應幾個「是」，退出來，忙忙又去見王夫人，又到賈母那邊打了個照面兒，趕著出來，恨不得一走就走到瀟湘館才好。

剛進門口，便拍著手笑道：「我依舊回來了！」猛可裡倒唬了黛玉一跳。紫鵑打起簾子，寶玉進來坐下。黛玉道：「我恍惚聽見你念書去了。這麼早就回來了？」寶玉道：「嗳呀，了不得！我今兒不是

①講義——講授義理。義理，這裡指宋朝朱熹在《四書集注》裡所發揮的孔孟之道。

聯經出版事業公司校印

被老爺叫了念書去了麼，心上倒像沒有和你們見面的日子了。好容易熬了一天，這會子瞧見你們，竟如死而復生的一樣，真真古人說『一日三秋』②，這話再不錯的。」黛玉道：「你上頭去過了沒有？」寶玉道：「都去過了。」黛玉道：「別處呢？」寶玉道：「沒有。」黛玉道：「你也該瞧瞧他們去。」寶玉道：「我這會子懶待動了，只和妹妹坐著說一會子話兒罷。老爺還叫早睡早起，只好明兒再瞧他們去了。」黛玉道：「你坐坐兒，可是正該歇歇兒去了。」寶玉道：「我那裡是乏？只是悶得慌。這會子咱們坐著，才把悶散了，你又催起我來。」

黛玉微微的一笑，因叫紫鵑：「把我的龍井茶給二爺沏一沏。二爺如今念書了，比不的頭裡。」紫鵑笑著答應，去拿茶葉，叫小丫頭沏茶。寶玉接著說道：「還提什麼念書？我最厭這些道學話。更可笑的是八股文章，拿他誆功名，混飯吃也罷了，還要說『代聖賢立言』③。好些的，不過拿些經書湊搭湊搭還罷了；更有一種可笑的，肚子裡原沒有什麼，東拉西扯，弄的牛鬼蛇神，還自以為博奧。這那裡是闡發聖賢的道理？目下老爺口口聲聲叫我學這個，我又不敢違拗，你這會子還提念書呢！」黛玉道：「我們女孩兒家雖然不要這個，但小時跟著你們雨村先生念書，也曾看過。內中也有近情近理的，也有清微

---

②一日三秋——《詩經．王風．采葛》上說：「一日不見，如三秋兮。」意思是說：一天沒見面，好像隔了三年似的，形容別後深切的思念。

③代聖賢立言——科舉考試時，作八股文必須闡述孔孟、程朱的儒家思想，模擬古人的老調，不能自己有所發揮，叫「代聖賢立言」。

淡遠④的。那時候雖不大懂，也覺得好，不可一概抹倒。況且你要取功名，這個也清貴些。」寶玉聽到這裡，覺得不甚入耳，因想：黛玉從來不是這樣人，怎麼也這樣勢欲薰心起來？又不敢在他跟前駁回，只在鼻子眼裡笑了一聲。

正說著，忽聽外面兩個人說話，卻是秋紋和紫鵑。只聽秋紋道：「襲人姐姐叫我老太太那裡接去，誰知卻在這裡。」紫鵑道：「我們這裡才沏了茶，索性讓他喝了再去。」說著，二人一齊進來。寶玉和秋紋笑道：「我就過去，又勞動你來找。」秋紋未及答言，只見紫鵑道：「你快喝了茶去罷，人家都想了一天了。」秋紋啐道：「呸，好混賬丫頭！」說的大家都笑了。寶玉起身才辭了出來。黛玉送到屋門口兒，紫鵑在臺階下站著，寶玉出去，才回房裡來。

卻說寶玉回到怡紅院中，進了屋子，只見襲人從裡間迎出來，便問：「回來了麼？」秋紋應道：「二爺早來了，在林姑娘那裡來著。」寶玉道：「今日有事沒有？」襲人道：「事卻沒有。方才太太叫鴛鴦姐姐來吩咐我們：如今老爺發狠叫你念書，如有丫鬟們再敢和你頑笑，都要照著晴雯、司棋的例辦。我想，伏侍你一場，賺了這些言語，也沒什麼趣兒。」說著，便傷起心來。寶玉忙道：「好姐姐，你放心。我只好生念書，太太再不說你們了。我今兒晚上還要看書，明日師父叫我講書呢。我要使喚，橫豎有麝月、秋紋呢，你歇歇去罷。」襲人道：「你要真肯念書，我們伏侍你也是歡喜的。」

寶玉聽了，趕忙吃了晚飯，就叫點燈，把念過的「四書」翻出來。只是從何處看起？翻了一本看去，

④清微淡遠——清微，清雅；淡遠，深遠。

章章裡頭似乎明白，細按起來，卻不很明白。看著小注，又看講章，鬧到梆子下來了，自己想道：「我在詩詞上覺得很容易，在這個上頭竟沒頭腦。」便坐著呆呆的呆想。襲人道：「歇歇罷，做工夫也不在這一時的。」寶玉嘴裡只管胡亂答應。

麝月、襲人才伏侍他睡下，兩個才也睡了。及至睡醒一覺，聽得寶玉炕上還是翻來覆去。襲人道：「你還醒著呢麼？你倒別混想了，養養神，明兒好念書。」寶玉道：「我也是這樣想，只是睡不著。你來給我揭去一層被。」襲人道：「天氣不熱，別揭罷。」寶玉道：「我心裡煩躁的很。」自把被窩褪下來。襲人忙爬起來按住，把手去他頭上一摸，覺得微微有些發燒。襲人道：「你別動了，有些發燒了。」寶玉道：「可不是？」襲人道：「這是怎麼說呢？」寶玉道：「不怕，是我心煩的原故。你別吵嚷，省得老爺知道了，必說我裝病逃學；不然，怎麼病的這樣巧？明兒好了，原到學裡去，就完事了。」

襲人也覺得可憐，說道：「我靠著你睡罷。」便和寶玉捶了一回脊梁，不知不覺大家都睡著了。到紅日高升，方才起來。寶玉道：「不好了，晚了！」急忙梳洗畢，問了安，就往學裡來了。代儒已經變著臉，說：「怪不得你老爺生氣，說你沒出息。第二天你就懶惰，這是什麼時候才來！」寶玉把昨兒發燒的話說了一遍，方過去了，原舊念書。

到了下晚，代儒道：「寶玉，有一章書，你來講講。」寶玉過來一看，卻是「後生可畏」⑤章。寶玉心上說：「這還好，幸虧不是《學》《庸》。」問道：「怎麼講呢？」代儒道：「你把節旨⑥句子細

⑤後生可畏——語見《論語・子罕》。意思是後起之秀令人敬畏。

細兒講來。」寶玉把這章先朗朗的念了一遍，說：「這章書是聖人勉勵後生，教他及時努力，不要弄到……」說到這裡，抬頭向代儒一瞧。代儒覺得了，笑了一笑道：「你只管說，講書是沒有什麼避忌的。《禮記》上說『臨文不諱』⑦，只管說，『不要弄到』什麼？」寶玉道：「不要弄到老大無成。先將『可畏』二字激發後生的志氣，後把『不足畏』二字警惕後生的將來。」說罷，看著代儒。代儒道：「也還罷了。串講呢？」寶玉道：「聖人說：人生少時，心思才力，樣樣聰明能幹，實在是可怕的。那裡料得定他後來的日子不像我的今日？若是悠悠忽忽，到了四十歲，又到五十歲，既不能夠發達，這種人，雖是他後生時像個有用的，到了那個時候，這一輩子就沒有人怕他了。」代儒笑道：「你方才節旨講的倒清楚，只是句子裡有些孩子氣。『無聞』二字，不是不能發達做官的話。『聞』是實在自己能夠明理見道，就不做官也是有『聞』了。不然，古聖賢有遁世不見知⑧的，豈不是不做官的人，難道也是『無聞』麼？『不足畏』是使人料得定，方與『焉知』的『知』字對針，不是『怕』的字眼。要從這裡看出，方能入細。你懂得不懂得？」寶玉道：「懂得了。」

代儒道：「還有一章，你也講一講。」代儒往前揭了一篇，指給寶玉。寶玉看是「吾未見好德如好

⑥節旨——又叫章旨，明清時代考生用的「四書、五經」讀本，在每章或每節後面總結大意的一段文字。

⑦臨文不諱——見《禮記・曲禮》。對於君主和尊長的名字，避免直接寫出或說出，叫「避諱」；但在抄寫或講讀儒家的經典文章時，就不受此限制，叫「臨文不諱」。

⑧遁世不知——《禮記・中庸》：「遁世不見知而不悔。」意思是：逃避社會隱居起來，不被人知道，也不後悔。

色者也」⑨。寶玉覺得這一章卻有些刺心，便陪笑道：「這句話沒有什麼講頭。」代儒道：「胡說！譬如場中出了這個題目，也說沒有做頭麼？」寶玉不得已，講道：「是聖人看見人不肯好德，見了色，便好的了不得。殊不想德是性中本有的東西，人偏都不肯好他。至於那個色呢，雖也是從先天中帶來，無人不好的。但是德乃天理，色是人欲，人那裡肯把天理好的像人欲似的？孔子雖是嘆息的話，又是望人回轉來的意思。並且見得人就有好德的，好得終是浮淺，直要像色一樣的好起來，那才是真好呢。」代儒道：「這也講的罷了。我有句話問你：你既懂得聖人的話，為什麼正犯著這兩件病？我雖不在家中，你們老爺也不曾告訴我，其實你的毛病，我卻盡知的。做一個人，怎麼不望長進？你這會兒正是『後生可畏』的時候，『有聞』『不足畏』全在你自己做去了。我如今限你一個月，把念過的舊書全要理清，再念一個月文章。以後我要出題目叫你作文章了。如若懈怠，我是斷乎不依的。自古道：『成人不自在，自在不成人。』你好生記著我的話。」寶玉答應了，也只得天天按著功課幹去。不提。

且說寶玉上學之後，怡紅院中甚覺清淨閑暇。襲人倒可做些活計，拿著針線要繡個檳榔包兒。想著如今寶玉有了功課，丫頭們可也沒有饑荒了。早要如此，晴雯何至弄到沒有結果？兔死狐悲，不覺滴下淚來。忽又想到自己終身，本不是寶玉的正配，原是偏房。寶玉的為人，卻還拿得住；只怕娶了一個利害的，自己便是尤二姐、香菱的後身。素來看著賈母、王夫人光景，及鳳姐兒往往露出話來，自然是黛

⑨吾未見好德如好色者也——語出《論語・子罕》。意思是：我沒有見過愛好倫理道德像喜愛美色一樣的人。

玉無疑了。那黛玉就是個多心人。——想到此際，臉紅心熱，拿著針不知戳到那裡去了，便把活計放下，走到黛玉處去探探他的口氣。

黛玉正在那裡看書，見是襲人，欠身讓坐。襲人也連忙迎上來問：「姑娘這幾天身子可大好了？」黛玉道：「那裡能夠？不過略硬朗些。你在家裡做什麼呢？」襲人道：「如今寶二爺上了學，房中一點事兒沒有，因此來瞧瞧姑娘，說說話兒。」說著，紫鵑拿茶來。襲人忙站起來道：「妹妹坐著罷。」因又笑道：「我前兒聽見秋紋說，妹妹背地裡說我們什麼來著？」紫鵑也笑道：「姐姐信他的話！我說寶二爺上了學，寶姑娘又隔斷了，連香菱也不過來，自然是悶的。」襲人道：「你還提香菱呢！這才苦呢！撞著這位『太歲奶奶』，難為他怎麼過！」把手伸著兩個指頭，道：「說起來，比他還利害，連外頭的臉面都不顧了。」黛玉接著道：「他也夠受了！尤二姑娘怎麼死了！」襲人道：「可不是！想來都是一個人，不過名分裡頭差些，何苦這樣毒？外面名聲也不好聽。」黛玉從不聞襲人背地裡說人，今聽此話有因，便說道：「這也難說。但凡家庭之事，不是東風壓了西風，就是西風壓了東風。」襲人道：「做了旁邊人，心裡先怯了，那裡倒敢去欺負人呢？」

說著，只見一個婆子在院裡問道：「這裡是林姑娘的屋子麼？那位姐姐在這裡呢？」雪雁出來一看，模模糊糊認得是薛姨媽那邊的人，便問道：「作什麼？」婆子道：「我們姑娘打發來給這裡林姑娘送東西的。」雪雁道：「略等等兒。」雪雁進來回了黛玉，黛玉便叫領他進來。

那婆子進來請了安，且不說送什麼，只是覷著眼瞧黛玉，看的黛玉臉上倒不好意思起來，因問道：「寶姑娘叫你來送什麼？」婆子方笑著回道：「我們姑娘叫給姑娘送了一瓶兒蜜餞荔枝來。」回頭又瞧見襲人，便問道：「這位姑娘不是寶二爺屋裡的花姑娘麼？」襲人笑道：「媽媽怎麼認得我？」婆子笑道：「我們只在太太屋裡看屋子，不大跟太太、姑娘出門，所以姑娘們都不大認得。姑娘們碰著到我們那邊去，我們都模糊記得。」說著，將一個瓶兒遞給雪雁，又回頭看看黛玉，因笑著向襲人道：「怨不得我們太太說這林姑娘和你們寶二爺是一對兒，原來真是天仙似的。」襲人見他說話造次，連忙岔道：「媽媽，你乏了，坐坐吃茶罷。」那婆子笑嘻嘻的道：「我們那裡忙呢，都張羅琴姑娘的事呢。姑娘還有兩瓶荔枝，叫給寶二爺送去。」說著，顫顫巍巍，告辭出去。

黛玉雖惱這婆子方才冒撞，但因是寶釵使來的，也不好怎麼樣他。等他出了屋門，才說一聲道：「給你們姑娘道費心。」那老婆子還只管嘴裡咕咕噥噥的說：「這樣好模樣兒，除了寶玉，什麼人擎受⑩的起。」黛玉只裝沒聽見。襲人笑道：「怎麼人到了老來，就是混說白道的，叫人聽著又生氣，又好笑。」一時雪雁拿過瓶子來與黛玉看。黛玉道：「我懶待吃，拿了擱起去罷。」又說了一回話，襲人才去了。

一時晚妝將卸，黛玉進了套間，猛抬頭看見了荔枝瓶，不禁想起日間老婆子的一番混話，甚是刺心。當此黃昏人靜，千愁萬緒，堆上心來。想起自己身子不牢，年紀又大了。看寶玉的光景，心裡雖沒別人，但是老太太、舅母又不見有半點意思。深恨父母在時，何不早定了這頭婚姻。又轉念一想道：「倘若父母在時，別處定了婚姻，怎能夠似寶玉這般人材心地？不如此時尚有可圖。」心內一上一下，輾轉纏綿，竟像轆轤一般。嘆了一回氣，掉了幾點淚，無情無緒，和衣倒下。

⑩擎受——承受。擎，擔當，承架。

聯經出版事業公司 校印

不知不覺，只見小丫頭走來說道：「外面雨村賈老爺請姑娘。」黛玉道：「我雖跟他讀過書，卻不比男學生，要見我作什麼？況且他和舅舅往來，從未提起，我也不便見的。」因叫小丫頭：「回覆『身上有病，不能出來』，與我請安道謝就是了。」小丫頭道：「只怕要與姑娘道喜，南京還有人來接。」說著，又見鳳姐同邢夫人、王夫人、寶釵等都來笑道：「我們一來道喜，二來送行。」黛玉慌道：「你們說什麼話？」鳳姐道：「你還裝什麼呆？你難道不知道：林姑爺升了湖北的糧道，娶了一位繼母，十分合心合意。如今想著你撂在這裡，不成事體，因托了賈雨村作媒，將你許了你繼母的什麼親戚，還說是續弦⑪，所以著人到這裡來接你回去。大約一到家中，就要過去的，都是你繼母作主。怕的是道兒上沒有照應，還叫你璉二哥哥送去。」說得黛玉一身冷汗。

黛玉又恍惚父親果在那裡做官的樣子，心上急著，硬說道：「沒有的事，都是鳳姐姐混鬧。」只見邢夫人向王夫人使個眼色兒：「他還不信呢，咱們走罷。」黛玉含著淚道：「二位舅母坐坐去。」眾人不言語，都冷笑而去。

黛玉此時心中乾急，又說不出來，哽哽咽咽。恍惚又是和賈母在一處的似的，心中想道：「此事惟求老太太，或還可救。」於是兩腿跪下去，抱著賈母的腰說道：「老太太救我！我南邊是死也不去的！況且有了繼母，又不是我的親娘。我是情願跟著老太太一塊兒的。」但見老太太呆著臉兒笑道：「這個不干我事。」黛玉哭道：「老太太，這是什麼事呢！」老太太道：「續弦也好，倒多一副妝奩。」黛玉

⑪續弦——正妻死了，再娶一個，叫「續弦」。

哭道：「我若在老太太跟前，決不使這裡分外的閑錢，只求老太太救我。」賈母道：「不中用了。做了女人，終是要出嫁的，你孩子家，不知道，在此地終非了局。」黛玉道：「我在這裡，情願自己做個奴婢過活，自做自吃，也是願意。只求老太太作主。」老太太總不言語。黛玉抱著賈母的腰哭道：「老太太！你向來最是慈悲的，又最疼我的，到了緊急的時候，怎麼全不管？不要說我是你的外孫女兒，是隔了一層了；我的娘是你的親生女兒，看我娘分上，也該護庇些。」說著，撞在懷裡痛哭，聽見賈母道：「鴛鴦，你來送姑娘出去歇歇。我倒被他鬧乏了。」

黛玉情知不是路了，求去無用，不如尋個自盡，站起來，往外就走，深痛自己沒有親娘，便是外祖母與舅母姊妹們，平時何等待的好，可見都是假的。又一想：「今日怎麼獨不見寶玉？或見一面，看他還有法兒？」便見寶玉站在面前，笑嘻嘻地說：「妹妹大喜呀。」黛玉聽了這一句話，越發急了，也顧不得什麼了，把寶玉緊緊拉住，說：「好！寶玉，我今日才知道你是個無情無義的人了！」寶玉道：「我怎麼無情無義？你既有了人家兒，咱們各自幹各自的了。」黛玉越聽越氣，越沒了主意，只得拉著寶玉哭道：「好哥哥，你叫我跟了誰去？」寶玉道：「你要不去，就在這裡住著。你原是許了我的，所以你才到我們這裡來。我待你是怎麼樣的？你也想想。」黛玉恍惚又像果曾許過寶玉的，心內忽又轉悲作喜，問寶玉道：「我是死活打定主意的了。你到底叫我去不去？」寶玉道：「我說叫你住下。你不信我的話，你就瞧瞧我的心。」說著，就拿著一把小刀子往胸口上一劃，只見鮮血直流。黛玉嚇得魂飛魄散，忙用手握著寶玉的心窩，哭道：「你怎麼做出這個事來，你先來殺了我罷！」寶玉道：「不怕，我拿我的心給你瞧。」還把手在劃開的地方兒亂抓。黛玉又顫又哭，又怕人撞破，抱住寶玉痛哭。寶玉道：「不好

聯經出版事業公司　校印

了，我的心沒有了，活不得了。」說著，眼睛往上一翻，咕咚就倒了。黛玉拚命放聲大哭。只聽見紫鵑叫道：「姑娘，姑娘！怎麼魘住了？快醒醒兒，脫了衣服睡罷。」

黛玉一翻身，卻原來是一場惡夢。喉間猶是哽咽，心上還是亂跳，枕頭上已經濕透，肩背身心，但覺冰冷。想了一回，「父親死得久了，與寶玉尚未放定⑫，這是從那裡說起？」又想夢中光景，無倚無靠，再真把寶玉死了，那可怎麼樣好？一時痛定思痛，神魂俱亂。又哭了一回，遍身微微的出了一點兒汗，扎掙起來，把外罩大襖脫了，叫紫鵑蓋好了被窩，又躺下去。翻來覆去，那裡睡得著？只聽得外面淅淅颯颯，又像風聲，又像雨聲。又停了一會子，又聽得遠遠的吆呼聲兒，——卻是紫鵑已在那裡睡著，鼻息出入之聲。自己扎掙著爬起來，圍著被坐了一會，覺得窗縫裡透進一縷涼風來，吹得寒毛直豎，便又躺下。正要朦朧睡去，聽得竹枝上不知有多少家雀兒的聲兒，啾啾唧唧，叫個不住。那窗上的紙，隔著屜子，漸漸的透進清光來。

黛玉此時已醒得雙眸炯炯，一回兒咳嗽起來，連紫鵑都咳嗽醒了。紫鵑道：「姑娘，你還沒睡著麼？又咳嗽起來了，想是著了風了。這會兒窗戶紙發清了，也待好亮起來了。歇歇兒罷，養養神，別盡著想長想短的了。」黛玉道：「我何嘗不要睡？只是睡不著。你睡你的罷。」說了又嗽起來。紫鵑見黛玉這般光景，心中也自傷感，睡不著了。聽見黛玉又嗽，連忙起來，捧著痰盒。這時天已亮了。黛玉道：「你不睡了麼？」紫鵑笑道：「天都亮了，還睡什麼呢？」黛玉道：「既這樣，你就把痰盒兒換了罷。」紫

⑫放定——男方給女方送去聘禮，舉行訂婚手續的一種禮節。

鵑答應著，忙出來換了一個痰盒兒，將手裡的這個盒兒放在桌上，開了套間門出來，仍舊帶上門，放下撒花軟簾，出來叫醒雪雁。開了屋門去倒那盒子時，只見滿盒子痰，痰中好些血星，唬了紫鵑一跳，不覺失聲道：「噯喲，這還了得！」黛玉裡面接著問：「是什麼？」紫鵑自知失言，連忙改說道：「手裡一滑，幾乎撂了痰盒子。」黛玉道：「不是盒子裡的痰有了什麼？」紫鵑道：「沒有什麼。」說著這句話時，心中一酸，那眼淚直流下來，聲兒早已岔了。

黛玉因為喉間有些甜腥，早自疑惑，方才聽見紫鵑在外邊詫異，這會子又聽見紫鵑說話聲音帶著悲慘的光景，心中覺了八九分，便叫紫鵑：「進來罷，外頭看涼著。」紫鵑答應了一聲，這一聲更比頭裡悽慘，竟是鼻中酸楚之音。黛玉聽了，涼了半截。看紫鵑推門進來時，尚拿手帕拭眼。黛玉道：「大清早起，好好的為什麼哭？」紫鵑勉強笑道：「誰哭來？早起起來眼睛裡有些不舒服。姑娘今夜大概比往常醒的時候更大罷？我聽見咳嗽了大半夜。」黛玉道：「可不是，越要睡，越睡不著。」紫鵑道：「姑娘身上不大好，依我說，還得自己開解著些。身子是根本，俗語說的：『留得青山在，依舊有柴燒。』況這裡自老太太、太太起，那個不疼姑娘？」只這一句話，又勾起黛玉的夢來。覺得心頭一撞，眼中一黑，神色俱變。紫鵑連忙端著痰盒，雪雁捶著脊梁，半日才吐出一口痰來。痰中一縷紫血，簌簌亂跳。紫鵑、雪雁臉都唬黃了。兩個旁邊守著，黛玉便昏昏躺下。紫鵑看著不好，連忙努嘴叫雪雁叫人去。

雪雁才出屋門，只見翠縷、翠墨兩個人笑嘻嘻的走來。翠縷便道：「林姑娘怎麼這早晚還不出門？我們姑娘和三姑娘都在四姑娘屋裡講究四姑娘畫的那張園子景兒呢。」雪雁連忙擺手兒，翠縷、翠墨二人倒唬了一跳，說：「這是什麼原故？」雪雁將方才的事，一一告訴他二人。二人都吐了吐舌頭兒，說：

「這可不是頑的！你們怎麼不告訴老太太去？這還了得！你們怎麼這麼糊塗？」雪雁道：「我這裡才要去，你們就來了。」

正說著，只聽紫鵑叫道：「誰在外頭說話？姑娘問呢。」三個人連忙一齊進來。翠縷、翠墨見黛玉蓋著被躺在床上，見了他二人，便說道：「誰告訴你們了？你們這樣大驚小怪的。」翠墨道：「我們姑娘和雲姑娘才都在四姑娘屋裡講究四姑娘畫的那張園子圖兒，叫我們來請姑娘來。不知姑娘身上又欠安了。」黛玉道：「也不是什麼大病，不過覺得身子略軟些，躺躺兒就起來了。你們回去告訴三姑娘和雲姑娘，飯後若無事，倒是請他們來這裡坐坐罷。寶二爺沒到你們那邊去？」二人答道：「沒有。」翠墨又道：「寶二爺這兩天上了學了，老爺天天要查功課，那裡還能像從前那麼亂跑呢？」黛玉聽了，默然不言。二人又略站了一回，都悄悄的退出來了。

且說探春、湘雲正在惜春那邊論評惜春所畫「大觀園圖」，說這個多一點，那個少一點，這個太疏，那個太密。大家又議著題詩，著人去請黛玉商議。正說著，忽見翠縷、翠墨二人回來，神色匆忙。湘雲便先問道：「林姑娘怎麼不來？」翠縷道：「林姑娘昨日夜裡又犯了病了，咳嗽了一夜。我們聽見雪雁說，吐了一盒子痰血。」探春聽了，詫異道：「這話真麼？」翠縷道：「怎麼不真。」翠墨道：「我們剛才進去瞧了瞧，顏色不成顏色，說話兒的氣力兒都微了。」湘雲道：「不好的這麼著，怎麼還能說話呢？」探春道：「怎麼你這麼糊塗！不能說話，不是已經……」說到這裡，卻咽住了。惜春道：「林姐姐那樣一個聰明人，我看他總有些瞧不破，一點半點兒都要認起真來。天下事那裡有多少真的呢？」探春道：「既這麼著，咱們都過去看看。倘若病的利害，咱們好過去告訴大嫂子，回老太太，傳大夫進來瞧瞧，也得個主意。」湘雲道：「正是這樣。」惜春道：「姐姐們先去，我回來再過去。」

於是探春、湘雲扶了小丫頭，都到瀟湘館來。進入房中，黛玉見他二人，不免又傷心起來。因又轉念想起夢中，「連老太太尚且如此，何況他們？況且我不請他們，他們還不來呢。」心裡雖是如此，臉上卻礙不過去，只得勉強令紫鵑扶起，口中讓坐。探春、湘雲都坐在床沿上，一頭一個。看了黛玉這般光景，也自傷感。探春便道：「姐姐怎麼身上又不舒服了？」黛玉道：「也沒什麼要緊，只是身子軟得很。」紫鵑在黛玉身後偷偷的用手指那痰盒兒。湘雲到底年輕，性情又兼直爽，伸手便把痰盒拿起來看。不看則已，看了唬的驚疑不止，說：「這是姐姐吐的？這還了得！」初時黛玉昏昏沉沉，吐了也沒細看，此時見湘雲這麼說，回頭看時，自己早已灰了一半。探春見湘雲冒失，連忙解說道：「這不過是肺火上炎⑬，帶出一半點來，也是常事。偏是雲丫頭，不拘什麼，就這樣蝎蝎螫螫的！」湘雲紅了臉，自悔失言。探春見黛玉精神短少，似有煩倦之意，便忙起身說道：「姐姐靜靜的養養神罷，我們回來再瞧你。」黛玉道：「累你二位惦著。」探春又囑咐紫鵑：「好生留神伏侍姑娘。」紫鵑答應著。探春才要走，只聽外面一個人嚷起來。未知是誰，下回分解。

---

⑬肺火上炎——中醫用語，指因陰虛而致內火上升，損傷肺中血絡，因此易咳血或咯血，常見於肺炎、肺結核等病症。

第八十三回　省宮闈賈元妃染恙　鬧閨閫薛寶釵吞聲

話說探春、湘雲才要走時，忽聽外面一個人嚷道：「你這不成人的小蹄子！你是個什麼東西，來這園子裡頭混攪！」黛玉聽了，大叫一聲道：「這裡住不得了！」一手指著窗外，兩眼反插上去。原來黛玉住在大觀園中，雖靠著賈母疼愛，然在別人身上，凡事終是寸步留心。聽見窗外老婆子這樣罵著，在別人呢，一句是貼不上的，竟像專罵著自己的。自思一個千金小姐，只因沒了爹娘，不知何人指使這老婆子來這般辱罵，那裡委屈得來？因此肝腸崩裂，哭暈去了。紫鵑只是哭叫：「姑娘怎麼樣了？快醒轉來罷！」探春也叫了一回。半晌，黛玉回過這口氣，還說不出話來，那隻手仍向窗外指著。

探春會意，開門出去，看見老婆子手中拿著拐棍，趕著一個不乾不淨的毛丫頭道：「我是為照管這園中的花果樹木來到這裡，你作什麼來了？等我家去，打你一個知道！」這丫頭扭著頭，把一個指頭探在嘴裡，瞅著老婆子笑。探春罵道：「你們這些人，如今越發沒了王法了！這裡是你罵人的地方嗎？」老婆子見是探春，連忙陪著笑臉兒說道：「剛才是我的外孫女兒，看見我來了，他就跟了來。我怕他鬧，所以才吆喝他回去，那裡敢在這裡罵人呢？」探春道：「不用多說了，快給我都出去。這裡林姑娘身上不大好，還不快去麼！」老婆子答應了幾個「是」，說著，一扭身去了。那丫頭也就跑了。

探春回來，看見湘雲拉著黛玉的手只管哭，紫鵑一手抱著黛玉，一手給黛玉揉胸口，黛玉的眼睛方漸漸的轉過來了。探春笑道：「想是聽見老婆子的話，你疑了心了麼？」黛玉只搖搖頭兒。探春道：「他是罵他外孫女兒，我才剛也聽見了。這種東西說話，再沒有一點道理的，他們懂得什麼避諱。」黛玉聽了點點頭兒，拉著探春的手道：「妹妹……」叫了一聲，又不言語了。探春又道：「你別心煩。我來看你，是姊妹們應該的。你又少人伏侍。只要你安心肯吃藥，心上把喜歡事兒想想，能夠一天一天的硬朗起來，大家依舊結社做詩，豈不好呢？」湘雲道：「可是三姐姐說的，那麼著不樂？」黛玉哽咽道：「你們只顧要我喜歡，可憐我那裡趕得上這日子？只怕不能夠了！」探春道：「你這話說的太過了。誰沒個病兒災兒的？那裡就想到這裡來了。你好生歇歇兒罷，我們到老太太那邊，回來再看你。你要什麼東西，只管叫紫鵑告訴我。」黛玉流淚道：「好妹妹，你到老太太那裡，只說我請安，身上略有點不好，不是什麼大病，也不用老太太煩心的。」探春答應道：「我知道，你只管養著罷。」說著，才同湘雲出去了。

這裡紫鵑扶著黛玉躺在床上，地下諸事，自有雪雁照料，自己只守著旁邊，看著黛玉，又是心酸，又不敢哭泣。那黛玉閉著眼躺了半晌，那裡睡得著？覺得園裡頭平日只見寂寞，如今躺在床上，偏聽得風聲，蟲鳴聲，鳥語聲，人走的腳步聲，又像遠遠的孩子們啼哭聲，一陣一陣的聒噪的煩躁起來，因叫紫鵑放下帳子來。雪雁捧了一碗燕窩湯遞與紫鵑，紫鵑隔著帳子輕輕問道：「姑娘，喝一口湯罷？」黛玉微微應了一聲。紫鵑復將湯遞給雪雁，自己上來，攙扶黛玉坐起，然後接過湯來，擱在唇邊試了一試，

聯經出版事業公司 校印

一手摟著黛玉肩臂，一手端著湯送到唇邊。黛玉微微睜眼喝了兩三口，便搖搖頭兒不喝了。紫鵑仍將碗遞給雪雁，輕輕扶黛玉睡下。

靜了一時，略覺安頓。只聽窗外悄悄問道：「紫鵑妹妹在家麼？」雪雁連忙出來，見是襲人，因悄悄說道：「姐姐屋裡坐著。」襲人也便悄悄問道：「姑娘怎麼著？」一面走，一面雪雁告訴夜間及方才之事。襲人聽了這話，也唬怔了，因說道：「怪道剛才翠縷到我們那邊，說你們姑娘病了，唬的寶二爺連忙打發我來看看是怎麼樣。」正說著，只見紫鵑從裡間掀起簾子，望外看見襲人，點頭兒叫他。襲人輕輕走過來問道：「姑娘睡著了嗎？」紫鵑點點頭兒，問道：「姐姐才聽見說了？」襲人也點點頭兒，蹙著眉道：「終久怎麼樣好呢！那一位昨夜也把我唬了個半死兒！」紫鵑忙問：「怎麼了？」襲人道：「昨日晚上睡覺還是好好兒的，誰知半夜裡一疊連聲的嚷起心疼來，嘴裡胡說白道，只說好像刀子割了去的似的。直鬧到打亮梆子①以後才好些了。你說唬人不唬人？今日不能上學，還要請大夫來吃藥呢。」

正說著，只聽黛玉在帳子裡又咳嗽起來。紫鵑連忙過來捧痰盒兒接痰。黛玉微微睜眼問道：「你和誰說話呢？」紫鵑道：「襲人姐姐來瞧姑娘來了。」說著，襲人已走到床前。黛玉命紫鵑扶起，一手指著床邊，讓襲人坐下。襲人側身坐了，連忙陪著笑勸道：「姑娘倒還是躺著罷。」黛玉道：「不妨，你們快別這樣大驚小怪的。剛才是說誰半夜裡心疼起來？」襲人道：「是寶二爺偶然魘住了，不是認真怎麼樣。」黛玉會意，知道是襲人怕自己又懸心的原故，又感激，又傷心。因趁勢問道：「既是魘住了，

①亮梆子——舊時巡夜人在天快亮時所打的末次梆子。

不聽見他還說什麼？」襲人道：「也沒說什麼。」黛玉點點頭兒，遲了半日，嘆了一聲，才說道：「你們別告訴寶二爺說我不好，看耽擱了他的工夫，又叫老爺生氣。」襲人答應了，又勸道：「姑娘還是躺躺歇歇罷。」黛玉點頭，命紫鵑扶著歪下。襲人不免坐在旁邊，又寬慰了幾句，然後告辭，回到怡紅院，只說黛玉身上略覺不受用，也沒什麼大病。寶玉才放了心。

且說探春、湘雲出了瀟湘館，一路往賈母這邊來。探春因囑咐湘雲道：「妹妹，回來見了老太太，別像剛才那樣冒冒失失的了。」湘雲點頭笑道：「知道了，我頭裡是叫他唬的忘了神了。」說著，已到賈母那邊。探春因提起黛玉的病來。賈母聽了，自是心煩，因說道：「偏是這兩個『玉』兒多病多災的。林丫頭一來二去的大了，他這個身子也要緊。我看那孩子太是個心細。」眾人也不敢答言。賈母便向鴛鴦道：「你告訴他們，明兒大夫來瞧了寶玉，就叫他到林姑娘那屋裡去。」鴛鴦答應著，出來告訴了婆子們，婆子們自去傳話。這裡探春、湘雲就跟著賈母吃了晚飯，然後同回園中去。不提。

到了次日，大夫來了，瞧了寶玉，不過說飲食不調，著了點兒風邪，沒大要緊，疏散疏散就好了。這裡王夫人、鳳姐等一面遣人拿了方子回賈母，一面使人到瀟湘館，告訴說：「大夫就過來。」紫鵑答應了，連忙給黛玉蓋好被窩，放下帳子。雪雁趕著收拾房裡的東西。

一時賈璉陪著大夫進來了，便說道：「這位老爺是常來的，姑娘們不用迴避。」老婆子打起簾子，賈璉讓著，進入房中坐下。賈璉道：「紫鵑姐姐，你先把姑娘的病勢向王老爺說說。」王大夫道：「且慢說。等我診了脈，聽我說了，看是對不對，若有不合的地方，姑娘們再告訴我。」紫鵑便向帳中扶出

聯經出版事業公司　校印

黛玉的一隻手來，擱在迎手上。紫鵑又把鐲子連袖子輕輕的摟起，不叫壓住了脈息。那王大夫診了好一回兒，又換那隻手也診了，便同賈璉出來，到外間屋裡坐下，說道：「六脈皆弦②，因平日鬱結所致。」說著，紫鵑也出來，站在裡間門口。那王大夫便向紫鵑道：「這病時常應得頭暈，減飲食，多夢；每到五更，必醒個幾次；即日間聽見不干自己的事，也必要動氣，且多疑多懼。不知者疑為性情乖誕，其實因肝陰虧損③，心氣衰耗，都是這個病在那裡作怪。——不知是否？」紫鵑點點頭兒，向賈璉道：「說的很是。」王太醫道：「既這樣，就是了。」說畢起身，同賈璉往外書房去開方子。

小廝們早已預備下一張梅紅單帖④，王太醫吃了茶，因提筆先寫道：

六脈弦遲，素由積鬱。左寸無力，心氣已衰。關脈獨洪，肝邪偏旺。木氣不能疏達⑤，勢必上侵脾土，飲食無味，甚至勝所不勝，肺金定受其殃。氣不流精，凝而為痰；血隨氣湧，自然咳吐。理宜疏肝保肺，涵養心脾。雖有補劑，未可驟施。姑擬「黑逍遙」以開其先，復用「歸肺固金」⑥以繼其後。不揣固陋，俟高明裁服。

②六脈皆弦——中醫術語。六脈，指左右兩手的寸、關、尺，弦是脈氣緊張的表現；六脈皆呈弦象，說明病情嚴重。

③肝陰虧損——中醫用語，因肝鬱化火，以致肝的津液過度損耗；陰，指人體內的津液、精液之類。

④梅紅單帖——梅紅，稍淺的大紅；單帖，舊時禮帖之一，用單頁紅紙製成，常用於婚嫁喜慶或中醫開方。

⑤木氣不能疏達——肝氣不能條暢疏展，造成前文所說「肝陰虧損」病狀；木氣，肝氣，即肝的機制能力。

⑥黑逍遙、歸肺固金——都是中藥方劑名。黑逍遙有滋陰、疏肝、養血、健脾的功效；歸肺固金是專治肺部疾病的藥方，在中醫看來，肺屬五行中的「金」，固金，就是健肺。

又將七味藥與引子寫了。賈璉拿來看時，問道：「血勢上沖，柴胡使得麼？」王大夫笑道：「二爺但知柴胡是升提之品，為吐衄⑦所忌。豈知用鱉血拌炒，非柴胡不足宣少陽甲膽之氣⑧。以鱉血制之，使其不致升提，且能培養肝陰，制遏邪火。所以《內經》⑨說：『通因通用，塞因塞用。』柴胡用鱉血拌炒，正是『假周勃以安劉』⑩的法子。」賈璉點頭道：「原來是這麼著，這就是了。」王大夫又道：「先請服兩劑，再加減，或再換方子罷。我還有一點小事，不能久坐，容日再來請安。」說著，賈璉送了出來，說道：「舍弟的藥就是那麼著了？」王大夫道：「寶二爺倒沒什麼大病，大約再吃一劑就好了。」說著，上車而去。

這裡賈璉一面叫人抓藥，一面回到房中，告訴鳳姐黛玉的病原與大夫用的藥，述了一遍。只見周瑞家的走來，回了幾件沒要緊的事。賈璉聽到一半，便說道：「你回二奶奶罷，我還有事呢。」說著，就走了。

---

⑦吐衄——吐，吐血；衄，音ㄋㄩˋ，鼻子出血。

⑧宣少陽甲膽之氣——中醫用語，即宣發膽氣。中醫常以天干代表臟腑，如肝、膽同屬木，便以甲木代膽，乙木代肝等等，因此「甲膽」就指膽。少陽，即足少陽，經絡之一，亦即膽經。

⑨《內經》——中醫書名，《黃帝內經》的簡稱，是戰國、秦漢時醫家匯集古代及當時醫學資料纂述而成。下文「通因通用，塞因塞用」是中醫的一種治療法，有淤積就排泄，有咳血就要設法止吐，兩者交互作用，才能收效。

⑩假周勃以安劉——語出《漢書．周勃傳》：「高祖曰：『安劉氏者必勃也。』」意思是：安定劉氏天下的一定是周勃。這裡是說柴胡借助鱉血才能達到治病的效果。假，借助。

聯經出版事業公司校印

周瑞家的回完了這件事，又說道：「我方才到林姑娘那邊，看他那個病，竟是不好呢。臉上一點血色也沒有，摸了摸身上，只剩得一把骨頭。問問他，也沒有話說，只是淌眼淚。回來紫鵑告訴我說：『姑娘現在病著，要什麼，自己又不肯要，我打算要問二奶奶那裡支用一兩個月的月錢。如今吃藥雖是公中的，零用也得幾個錢。』我答應了他，替他來回奶奶。」鳳姐低了半日頭，說道：「竟這麼著罷：我送他幾兩銀子使罷，也不用告訴林姑娘。這月錢卻是不好支的。一個人開了例，要是都支起來，那如何使得呢？你不記得趙姨娘和三姑娘拌嘴了？也無非為的是月錢。況且近來你也知道，出去的多，進來的少，總繞不過彎兒來。不知道的，還說我打算的不好；更有那一種嚼舌根的，說我搬運到娘家去了。周嫂子，你倒是那裡經手的人，這個自然還知道些。」

周瑞家的道：「真正委屈死人！這樣大門頭兒，除了奶奶這樣心計兒當家罷了。——別說是女人當不來，就是三頭六臂的男人，還撐不住呢。還說這些個混賬話。」說著，又笑了一聲，道：「奶奶還沒聽見呢，外頭的人還更糊塗呢！前兒周瑞回家來，說起外頭的人打諒著咱們府裡不知怎麼樣有錢呢。也有說：『賈府裡的銀庫幾間，金庫幾間，使的傢伙都是金子鑲了、玉石嵌的了。』也有說：『姑娘做了王妃，自然皇上家的東西分的了一半子給娘家。前兒貴妃娘娘省親回來，我們還親見他帶了幾車金銀回來，所以家裡收拾擺設的水晶宮似的。那日在廟裡還願，花了幾萬銀子，只算得牛身上拔了一根毛罷咧。』有人還說：『他門前的獅子，只怕還是玉石的呢！園子裡還有金麒麟，叫人偷了一個去，如今剩下一個了。家裡的奶奶、姑娘不用說，就是屋裡使喚的姑娘們，也是一點兒不動，喝酒下棋，彈琴畫畫，橫豎有伏侍的人呢。單管穿羅罩紗，吃的戴的，都是人家不認得的。那些哥兒、姐兒們，更不用說了，要天上的月亮，也有人去拿下來給他頑。』還有歌兒呢，說是：『寧國府，榮國府，金銀財寶如糞土。吃不窮，穿不窮，算來……』」說到這裡，猛然咽住。原來那時歌兒說道是「算來總是一場空」。這周瑞家的說溜了嘴，說到這裡，忽然想起這話不好，因咽住了。

鳳姐兒聽了，已明白必是句不好的話了。也不便追問。因說道：「那都沒要緊。只是這金麒麟的話從何而來？」周瑞家的笑道：「就是那廟裡的老道士送給寶二爺的小金麒麟兒。後來丟了幾天，虧了史姑娘撿著，還了他，外頭就造出這個謠言來了。奶奶說這些人可笑不可笑？」鳳姐道：「這些話倒不是可笑，倒是可怕的！咱們一日難似一日，外面還是這麼講究。俗語兒說的，『人怕出名豬怕壯』，況且又是個虛名兒，終久還不知怎麼樣呢！」周瑞家的道：「奶奶慮的也是。只是滿城裡茶坊、酒鋪兒以及各胡同兒都是這樣說，並且不是一年了，那裡握的住眾人的嘴？」鳳姐點點頭兒，因叫平兒稱了幾兩銀子，遞給周瑞家的，道：「你先拿去交給紫鵑，只說我給他添補買東西的。若要官中的，只管要去，別提這月錢的話。他也是個伶透人，自然明白我的話。我得了空兒，就去瞧姑娘去。」周瑞家的接了銀子，答應著自去。不提。

且說賈璉走到外面，只見一個小廝迎上來，回道：「大老爺叫二爺說話呢。」賈璉急忙過來，見了賈赦。賈赦道：「方才風聞宮裡頭傳了一個太醫院御醫、兩個吏目[11]去看病，想來不是宮女兒下人了。

⑪吏目——這裡指太醫院吏目，是八品或九品官職，在御醫之下，醫士之上。

這幾天，娘娘宮裡有什麼信兒沒有？」賈璉道：「沒有。」賈赦道：「你去問問二老爺和你珍大哥；不然，還該叫人去到太醫院裡打聽打聽才是。」賈璉答應了，一面吩咐人往太醫院去，一面連忙去見賈政、賈珍。賈政聽了這話，因問道：「是那裡來的風聲？」賈璉道：「是大老爺才說的。」賈政道：「你索性和你珍大哥到裡頭打聽打聽。」賈璉道：「我已經打發人往太醫院打聽去了。」一面說著，一面退出來，去找賈珍。只見賈珍迎面來了，賈璉忙告訴賈珍。賈珍道：「我正為也聽見這話，來回大老爺、二老爺去的。」於是兩個人同著來見賈政。賈政道：「如係元妃，少不得終有信的。」說著，賈赦也過來了。

到了晌午，打聽的尚未回來。門上人進來回說：「有兩個內相在外，要見二位老爺呢。」賈赦道：「請進來。」門上的人領了老公⑫進來。賈赦、賈政迎至二門外，先請了娘娘的安，一面同著進來，走至廳上，讓了坐。老公道：「前日這裡貴妃娘娘有些欠安。昨日奉過旨意，宣召親丁⑬四人進裡頭探問。許各帶丫頭一人，餘皆不用。親丁男人，只許在宮門外遞個職名⑭請安聽信，不得擅入。准於明日辰巳時進去，申酉時出來。」賈政、賈赦等站著聽了旨意，復又坐下，讓老公吃茶畢，老公辭了出去。

賈赦、賈政送出大門，回來先稟賈母。賈母道：「親丁四人，自然是我和你們兩位太太了。那一個人呢？」眾人也不敢答言，賈母想了想，道：「必得是鳳姐兒，他諸事有照應。你們爺兒們各自商量去

⑫老公——老公公的簡稱，即太監。
⑬親丁——親屬。
⑭遞個職名——遞，呈上；職名，指書寫官職、姓名的「名帖」。

罷。」賈赦、賈政答應了出來，因派了賈璉、賈蓉看家外，凡「文」字輩至「草」字輩一應都去。遂吩咐家人預備四乘綠轎，十餘輛大車，明兒黎明伺候。家人答應去了。賈赦、賈政又進去回明老太太：「辰巳時進去，申酉時出來。今日早些歇歇，明日好早些起來，收拾進宮。」賈母道：「我知道，你們去罷。」赦、政等退出。這裡邢夫人、王夫人、鳳姐兒也都說了一會子元妃的病，又說了些閑話，才各自散了。

次日黎明，各間屋子丫頭們將燈火俱已點齊，太太們各梳洗畢，爺們亦各整頓好了。一到卯初，林之孝和賴大進來，至二門口回道：「轎、車俱已齊備，在門外伺候著呢。」不一時，賈赦、邢夫人也過來了。大家用了早飯。鳳姐先扶老太太出來，眾人圍隨，各帶使女一人，緩緩前行。又命李貴等二人先騎馬去外宮門接應，自己家眷隨後。「文」字輩至「草」字輩各自登車騎馬，跟著眾家人，一齊去了。賈璉、賈蓉在家中看家。

且說賈家的車輛、轎馬，俱在外西垣門口歇下等著。一回兒，有兩個內監出來，說：「賈府省親的太太、奶奶們，著令入宮探問；爺們，俱著令內宮門外請安，不得入見。」門上人叫：「快進去。」賈府中四乘轎子跟著小內監前行，賈家爺們在轎後步行跟著，令眾家人在外等候。走近宮門口，只見幾個老公在門上坐著，見他們來了，便站起來說道：「賈府爺們至此。」賈赦、賈政便捱次立定。轎子抬至宮門口，便都出了轎。早有幾個小內監引路，賈母等各有丫頭扶著步行。走至元妃寢宮，只見奎壁⑮輝煌，琉璃照耀。又有兩個小宮女兒傳諭道：「只用請安，一概儀注都免。」賈母等謝了恩，來至床前，

⑮奎壁——白壁。奎，通「魁」；魁，大蛤，用大蛤粉塗壁，取其白。

請安畢，元妃都賜了坐。賈母等又告了坐。元妃便向賈母道：「近日身上可好？」賈母扶著小丫頭，顫顫巍巍站起來，答應道：「托娘娘洪福，起居尚健。」元妃又向邢夫人、王夫人問了好，邢、王二夫人站著回了話。元妃又問鳳姐：「家中過的日子若何？」鳳姐站起來回奏道：「尚可支持。」元妃道：「這幾年來，難為你操心。」鳳姐正要站起來回奏，只見一個宮女傳進許多職名，請娘娘龍目⑯。元妃看時，就是賈赦、賈政等若干人。那元妃看了職名，眼圈兒一紅，止不住流下淚來。宮女兒遞過絹子，元妃一面拭淚，一面傳諭道：「今日稍安，令他們外面暫歇。」賈母等站起來，又謝了恩。元妃含淚道：「父女弟兄，反不如小家子得以常常親近。」賈母等都忍著淚道：「娘娘不用悲傷，家中已托著娘娘的福多了。」元妃又問：「寶玉近來若何？」賈母道：「近來頗肯念書。因他父親逼得嚴緊，如今文字也都做上來了。」元妃道：「這樣才好。」遂命外宮賜宴。便有兩個宮女兒、四個小太監引了到一座宮裡，已擺得齊整，各按坐次坐了。不必細述。

一時吃完了飯，賈母帶著他婆媳三人謝過宴，又耽擱了一回。看看已近酉初，不敢羈留，俱各辭了出來。元妃命宮女兒引道，送至內宮門，門外仍是四個小太監送出。賈母等依舊坐著轎子出來，賈赦接著，大伙兒一齊回去。到家，又要安排明後日進宮，仍令照應齊集。不題。

且說薛家夏金桂趕了薛蟠出去，日間拌嘴沒有對頭，秋菱又住在寶釵那邊去了，只剩得寶蟾一人同

---

⑯龍目——古代以龍作為帝王的象徵，稱帝王、后妃的眼睛為龍目；目，這裡作動詞用，猶言「看」。

聯經出版事業公司　校印

住。既給與薛蟠作妾，寶蟾的意氣又不比從前了；金桂看去，更是一個對頭，自己也後悔不來。一日，吃了幾杯悶酒，躺在炕上，便要借那寶蟾做個醒酒湯兒⑰，因問著寶蟾道：「大爺前日出門，到底是到那裡去？你自然是知道的了。」寶蟾道：「我那裡知道？他在奶奶跟前還不說，誰知道他那些事！」金桂冷笑道：「如今還有什麼『奶奶』『太太』的？都是你們的世界了！別人是惹不得的，有人護庇著，我也不敢去虎頭上捉虱子；你還是我的丫頭，問你一句話，你就和我摔臉子，說塞話⑱。你既這麼有勢力，為什麼不把我勒死了，你和秋菱，不拘誰做了奶奶，那不清淨了麼？偏我又不死，礙著你們的道兒！」寶蟾聽了這話，那裡受得住？便眼睛直直的瞅著金桂道：「奶奶這些閑話只好說給別人聽去！我並沒和奶奶說什麼。奶奶不敢惹人家，何苦來拿著我們小軟兒⑲出氣呢？正經的，奶奶又裝聽不見，『沒事人一大堆』了。」說著，便哭天哭地起來。金桂越發性起，便爬下炕來，要打寶蟾。寶蟾也是夏家的風氣，半點兒不讓。金桂將桌椅杯盞，盡行打翻，那寶蟾只管喊冤叫屈，那裡理會他半點兒。

豈知薛姨媽在寶釵房中，聽見如此吵嚷，叫香菱：「你去瞧瞧，且勸勸他。」寶釵道：「使不得，媽媽別叫他去。他去了，豈能勸他？那更是火上澆了油了。」薛姨媽道：「既這麼樣，我自己過去。」寶釵道：「依我說，媽媽也不用去，由著他們鬧去罷。這也是沒法兒的事了。」薛姨媽道：「這那裡還

---

⑰做醒酒湯——當出氣、消遣的對象。
⑱塞話——堵塞人、搶白人的硬話。
⑲小軟兒——弱小的人。

聯經出版事業公司 校印

了得！」說著，自己扶了丫頭，往金桂這邊來。寶釵只得也跟著過去，又囑咐香菱道：「你在這裡罷。」

母女同至金桂房門口，聽見裡頭正還嚷哭不止。薛姨媽道：「你們是怎麼著，又這樣家翻宅亂起來？這還像個人家兒嗎？矮墻淺屋的，難道都不怕親戚們聽見笑話了麼？」金桂屋裡接聲道：「我倒怕人笑話呢！只是這裡『掃帚顛倒豎』⑳——也沒有主子，也沒有奴才，也沒有妻，沒有妾，是個混賬世界了。我們夏家門子裡沒見過這樣規矩，實在受不得你們家這樣委屈了！」寶釵道：「大嫂子，媽媽因聽見鬧得慌，才過來的。就是問的急了些，沒有分清『奶奶』『寶蟾』兩字，也沒有什麼。如今且先把事情說開，大家和和氣氣的過日子，也省的媽媽天天為咱們操心。」那薛姨媽道：「是啊，先把事情說開了，你再問我的不是，還不遲呢。」金桂道：「好姑娘，好姑娘！你是個大賢大德的。你日後必定有個好人家，好女婿，決不像我這樣守活寡，舉眼無親，叫人家騎上頭來欺負的。我是個沒心眼兒的人，只求姑娘：我說話，別往死裡挑撿！我從小兒到如今，沒有爹娘教導。再者，我們屋裡老婆、漢子、大女人、小女人的事，姑娘也管不得！」

寶釵聽了這話，又是羞，又是氣；見他母親這樣光景，又是疼不過。因忍了氣，說道：「大嫂子，我勸你少說句兒罷。誰挑撿你？又是誰欺負你？不要說是嫂子，就是秋菱，我也從來沒有加他一點聲氣兒的。」金桂聽了這幾句話，更加拍著炕沿大哭起來，說：「我那裡比得秋菱？連他腳底下的泥我還跟不上呢！他是來久了的，知道姑娘的心事，又會獻勤兒；我是新來的，又不會獻勤兒，如何拿我比他？

⑳掃帚顛倒豎——比喻大小、主僕、貴賤顛倒。

何苦來，天下有幾個都是貴妃的命？行點好兒罷！別修的像我嫁個糊塗行子，守活寡；那就是活活兒的現了眼了！」薛姨媽聽到那裡，萬分氣不過，便站起身來道：「不是我護著自己的女孩兒，他句句勸你，你卻句句慪他。你有什麼過不去，不要尋他，勒死我倒也是希鬆的！」寶釵忙勸道：「媽媽，你老人家不用動氣。咱們既來勸他，自己生氣，倒多了層氣。不如且出去，等嫂子歇歇兒再說。」因吩咐寶蟾道：「你可別再多嘴了。」跟了薛姨媽，出得房來。

走過院子裡，只見賈母身邊的丫頭同著秋菱迎面走來。薛姨媽道：「你從那裡來？老太太身上可安？」那丫頭道：「老太太身上好，叫來請姨太太安，還謝謝前兒的荔枝，還給琴姑娘道喜。」寶釵道：「你多早晚來的？」那丫頭道：「來了好一會子了。」薛姨媽料他知道，紅著臉說道：「這如今我們家裡鬧得也不像個過日子的人家了，叫你們那邊聽見笑話。」丫頭道：「姨太太說那裡的話？誰家沒個『碟大碗小，磕著碰著』的呢？那是姨太太多心罷咧。」說著，跟了回到薛姨媽房中，略坐了一回就去了。

寶釵正囑咐香菱些話，只聽薛姨媽忽然叫道：「左肋疼痛的很！」說著，便向炕上躺下。唬得寶釵、香菱二人手足無措。要知後事如何，下回分解。

第八十四回　試文字寶玉始提親　探驚風賈環重結怨

卻說薛姨媽一時因被金桂這場氣慪得肝氣上逆，左肋作痛。寶釵明知是這個原故，也等不及醫生來看，先叫人去買了幾錢鈎藤①來，濃濃的煎了一碗，給他母親吃了。又和秋菱給薛姨媽捶腿揉胸，停了一會兒，略覺安頓。這薛姨媽只是又悲又氣，氣的是金桂撒潑，悲的是寶釵有涵養，倒覺可憐。寶釵又勸了一回，不知不覺的睡了一覺，肝氣也漸漸平復了。寶釵便說道：「媽媽，你這種閑氣不要放在心上才好。過幾天走的動了，樂得往那邊老太太、姨媽處去說說話兒，散散悶也好。家裡橫豎有我和秋菱照看著，諒他也不敢怎麼樣。」薛姨媽點點頭道：「過兩日看罷了。」

且說元妃疾愈之後，家中俱各喜歡。過了幾日，有幾個老公走來，帶著東西銀兩，宣貴妃娘娘之命，

①鈎藤——茜草科常綠攀緣灌木，中醫以帶鈎的莖枝入藥，有清熱平肝、熄風定驚等功效。

因家中省問勤勞，俱有賞賜。把物件銀兩一一交代清楚。賈赦、賈政等稟明了賈母，一齊謝恩畢，太監吃了茶，去了。大家回到賈母房中，說笑了一回。外面老婆子傳進來說：「小廝們來回道，那邊有人請大老爺說要緊的話呢。」賈母便向賈赦道：「你去罷。」賈赦答應著，退出來自去了。

這裡賈母忽然想起，和賈政笑道：「娘娘心裡卻甚實惦記著寶玉，前兒還特特的問他來著呢。」賈政陪笑道：「只是寶玉不大肯念書，辜負了娘娘的美意。」賈母道：「我倒給他上了個好兒，說他近日文章都做上來了。」賈政笑道：「那裡能像老太太的話呢。」賈母道：「你們時常叫他出去作詩作文，難道他都沒作上來麼？小孩子家，慢慢的教導他，可是人家說的：『胖子也不是一口兒吃的。』」賈政聽了這話，忙陪笑道：「老太太說的是。」

賈母又道：「提起寶玉，我還有一件事和你商量：如今他也大了，你們也該留神，看一個好孩子，給他定下。這也是他終身的大事。也別論遠近親戚，什麼窮啊富的，只要深知那姑娘的脾性兒好、模樣兒周正的，就好。」賈政道：「老太太吩咐的很是。但只一件：姑娘也要好，第一要他自己學好才好；不然，不稂不莠②的，反倒耽誤了人家的女孩兒，豈不可惜？」賈母聽了這話，心裡卻有些不喜歡，便說道：「論起來，現放著你們作父母的，那裡用我去張心③？但只我想寶玉這孩子從小兒跟著我，未免

②不稂不莠——稂，音ㄌㄤˊ，僅生穗不結實的禾穀；莠，音ㄧㄡˇ，一種莖葉穗都像粟的草，俗稱狗尾草。不稂不莠，語出《詩經・小雅・大田》，原指莊稼長得好，既無稂又無莠。元、明以後，用「不郎不秀」比喻人不成材，後人便漸將「不稂不莠」混同為「不郎不秀」，比喻人不成材、沒出息。

聯經出版事業公司　校印

多疼他一點兒，躭誤了他成人的正事，也是有的。只是我看他那生來的模樣兒也還齊整，心性兒也還實在，未必一定是那種沒出息的、必至糟塌了人家的女孩兒。也不知是我偏心，我看著橫豎比環兒略好些，不知你們看著怎麼樣？」幾句話，說得賈政心中甚實不安，連忙陪笑道：「老太太看的人也多了，既說他好，有造化的，想來是不錯的。只是兒子望他成人，性兒太急了一點，或者竟和古人的話相反，倒是『莫知其子之美』④了。」一句話把賈母也慪笑了，眾人也都陪著笑了。賈母因說道：「你這會子也有了幾歲年紀，又居著官，自然越歷練越老成。」說到這裡，回頭瞅著邢夫人和王夫人，笑道：「想他那年輕的時候，那一種古怪脾氣，比寶玉還加一倍呢。直等娶了媳婦，才略略的懂了些人事兒。如今只抱怨寶玉，這會子我看寶玉比他還略體些人情兒呢。」說的邢夫人、王夫人都笑了。因說道：「老太太又說起逗笑兒的話兒來了。」

說著，小丫頭子們進來告訴鴛鴦：「請示老太太，晚飯伺候下了。」賈母便問：「你們又咕咕唧唧的說什麼？」鴛鴦笑著回明了。賈母道：「那麼著，你們也都吃飯去罷，單留鳳姐兒和珍哥媳婦跟著我吃罷。」賈政及邢、王二夫人都答應著，伺候擺上飯來，賈母又催了一遍，才都退出各散。

③張心——張羅、費心，操心。

④莫知其子之美——《大學》：「故諺有之曰：人莫知其子之惡。」這是說，父母因偏愛自己的孩子而看不到他的缺點；這裡賈政有意改「惡」字為「美」，意在討賈母喜歡。

卻說邢夫人自去了。賈政同王夫人進入房中。賈政因提起賈母方才的話來，說道：「老太太這樣疼寶玉，畢竟要他有些實學，日後可以混得功名才好；不枉老太太疼他一場，也不至糟塌了人家的女兒。」王夫人道：「老爺這話自然是該當的。」賈政因著個屋裡的丫頭傳出去告訴李貴：「寶玉放學回來，索性吃飯後再叫他過來，說我還要問他話呢。」李貴答應了「是」。至寶玉放了學，剛要過來請安，只見李貴道：「二爺先不用過去。老爺吩咐了，今日叫二爺吃了飯再過去呢，聽見還有話問二爺呢。」寶玉聽了這話，又是一個悶雷。只得見過賈母，便回園吃飯。三口兩口吃完，忙漱了口，便往賈政這邊來。

賈政此時在內書房坐著，寶玉進來請了安，一旁侍立。賈政問道：「這幾日我心上有事，也忘了問你。那一日你說你師父叫你講一個月的書，就要給你開筆⑤，如今算來，將兩個月了，你到底開了筆了沒有？」寶玉道：「才做過三次。師父說：『且不必回老爺知道，等好些，再回老爺知道罷。』因此這兩天總沒敢回。」賈政道：「是什麼題目？」寶玉道：「一個是『吾十有五而志於學』⑥，一個是『人不知而不慍』⑦，一個是『則歸墨』⑧三字。」賈政道：「都有稿兒麼？」寶玉道：「都是作了抄出來，

---

⑤開筆——舊時稱學童開始作八股文為開筆，也叫試筆。

⑥吾十有五而志於學——見《論語・為政》。這是孔子老年時回顧自身經歷所說的話，說他在十五歲就立志學習。

⑦人不知而不慍——人家不了解我，我也不怨恨；語見《論語・學而》。慍，音ㄩㄣˋ，怨、憤恨。

⑧則歸墨——《孟子・滕文公》下：「天下之言不歸楊，則歸墨。」是說：人們的言論主張，不是屬於楊朱一派，就是屬於墨翟一派。楊朱、墨翟，戰國時期的思想家，楊朱主張利己，墨翟主張利人。

師父又改的。」賈政道：「你帶了家來了，還是在學房裡呢？」寶玉道：「在學房裡呢。」賈政道：「叫人取了來我瞧。」寶玉連忙叫人傳話與焙茗：「叫他往學房中去，我書桌子抽屜裡有一本薄薄兒竹紙本子，上面寫著『窗課』⑨兩字的就是，快拿來。」

一回兒，焙茗拿了來，遞給寶玉。寶玉呈與賈政。賈政翻開看時，見頭一篇寫著題目是「吾十有五而志於學」。他原本破的是「聖人有志於學，幼而已然矣」。代儒卻將「幼」字抹去，明用「十五」。賈政道：「你原本『幼』字便扣不清題目了。『幼』字是從小起，至十六以前都是『幼』。這章書是聖人自言學問工夫與年俱進的話，所以十五、三十、四十、五十、六十、七十，俱要明點出來，才見得到了幾時有這麼個光景，到了幾時又有那麼個光景。師父把你『幼』字改了『十五』，便明白了好些。」看到承題⑩，那抹去的原本云：「夫不志於學，人之常也。」賈政搖頭道：「不但是孩子氣，可見你本性不是個學者的志氣。」又看後句：「聖人十五而志之，不亦難乎？」說道：「這更不成話了。」然後看代儒的改本云：「夫人孰不學？而志於學者卒鮮。此聖人所為自信於十五時歟？」便問：「改的懂得麼？」寶玉答應道：「懂得。」

又看第二藝⑪，題目是「人不知而不慍」。便先看代儒的改本云：「不以不知而慍者，終無改其說

⑨窗課——明清時讀書人的作文本上常寫有「窗課」二字，表示是八股文的習作。

⑩破、承題——破，八股文開頭兩句須說破題目要義，稱為「破題」，緊承破題申述題義的，叫「承題」。

⑪第二藝——即第二篇、第二文。《書·舜典》：「藝，文也。」

樂矣。」方覷著眼看那抹去的底本，說道：「你是什麼？——『能無慍人之心，純乎學者也。』上一句似單做了『而不慍』三個字的題目，下一句又犯了下文君子的分界。必如改筆，才合題位⑫呢。且下句找清上文，方是書理⑬。須要細心領略。」寶玉答應著。賈政又往下看，「夫不知，未有不慍者也；而竟不然。是非由說而樂者，曷克臻此。」原本末句「非純學者乎」。賈政道：「這也與破題同病的。這改的也罷了，不過清楚，還說得去。」

第三藝是「則歸墨」。賈政看了題目，自己揚著頭想了一想，因問寶玉道：「你的書講到這裡了麼？」寶玉道：「師父說，《孟子》好懂些，所以倒先講《孟子》，大前日才講完了。如今講『上論語』呢。」賈政因看這個破承，倒沒大改。破題云：「言於舍楊之外，若別無所歸者焉。」賈政道：「第二句倒難為你。」「夫墨，非欲歸者也；而墨之言已半天下矣，則舍楊之外，欲不歸於墨，得乎？」賈政道：「這是你做的麼？」寶玉答應道：「是。」賈政點點頭兒，因說道：「這也並沒有什麼出色處，但初試筆能如此，還算不離。前年我在任上時，還出過『惟士為能』⑭這個題目。這些童生都讀過前人這篇，不能自出心裁，每多抄襲。你念過沒有？」寶玉道：「也念過。」賈政道：「我要你另換個主意，不許雷同

---

⑫合題位——合乎文章的命題，相當於現代所謂切題或扣題。

⑬書理——即文理，文辭的義理和脈絡。

⑭惟士為能——《孟子．梁惠王》上：「無恆產而有恆心者，惟士為能。」意思是：沒有固定財產而有一定道德觀念和行為準則的，只有士人才能做到。

聯經出版事業公司　校印

了前人，只做個破題也使得。」寶玉只得答應著，低頭搜索枯腸。賈政背著手，也在門口站著作想。只見一個小小廝往外飛走，看見賈政，連忙側身垂手站住。賈政便問道：「作什麼？」小廝回道：「老太太那邊姨太太來了，二奶奶傳出話來，叫預備飯呢。」賈政聽了，也沒言語。那小廝自去了。

誰知寶玉自從寶釵搬回家去，十分想念，聽見薛姨媽來了，只當寶釵同來，心中早已忙了，便乍著膽子回道：「破題倒作了一個，但不知是不是？」賈政道：「你念來我聽。」寶玉念道：「天下不皆士也，能無產者，亦僅矣⑮。」賈政聽了，點著頭道：「也還使得。以後作文，總要把界限分清，把神理想明白了，再去動筆。你來的時候，老太太知道不知道？」寶玉道：「知道的。」賈政道：「既如此，你還到老太太處去罷。」寶玉答應了個「是」，只得拿捏⑯著，慢慢的退出，剛過穿廊月洞門的影屏，便一溜烟跑到老太太院門口。急得焙茗在後頭趕著叫：「看跌倒了！老爺來了。」寶玉那裡聽得見。剛進得門來，便聽見王夫人、鳳姐、探春等笑語之聲。

丫鬟們見寶玉來了，連忙打起簾子，悄悄告訴道：「姨太太在這裡呢。」寶玉趕忙進來給薛姨媽請安，過來才給賈母請了晚安。賈母便問：「你今兒怎麼這早晚才散學？」寶玉悉把賈政看文章並命作破題的話述了一遍。賈母笑容滿面。寶玉因問眾人道：「寶姐姐在那裡坐著呢？」薛姨媽笑道：「你寶姐

---

⑮天下不皆士也……亦僅矣——意思是：天下不全是讀書人，就是在「士」裡面，能做到「無恆產而有恆心」的，也是很少的。

⑯拿捏——故意裝作拘謹的樣子。

姐沒過來，家裡和香菱作活呢。」寶玉聽了，心中索然，又不好就走。只見說著話兒已擺上飯來，自然是賈母、薛姨媽上坐，探春等陪坐。薛姨媽道：「寶哥兒呢？」賈母忙笑說道：「寶玉跟著我這邊坐罷。」寶玉連忙回道：「頭裡散學時，李貴傳老爺的話，叫吃了飯過去。我趕著要了一碟菜，泡茶吃了一碗飯，就過去了。老太太和姨媽、姐姐們用罷。」賈母道：「既這麼著，鳳丫頭就過來跟著我。你太太才說他今兒吃齋，叫他們自己吃去罷。」王夫人也道：「你跟著老太太、姨太太吃罷，不用等我，我吃齋呢。」於是鳳姐告了坐，丫頭安了杯箸，鳳姐執壺斟了一巡，才歸坐。

大家吃著酒。賈母便問道：「可是才姨太太提香菱，我聽見前兒丫頭們說『秋菱』，不知是誰，問起來才知道是他。怎麼那孩子好好的又改了名字呢？」薛姨媽滿臉飛紅，嘆了口氣道：「老太太再別提起。自從蟠兒娶了這個不知好歹的媳婦，成日家咕咕唧唧，如今鬧的也不成個人家了。我也說過他幾次，他牛心不聽說，我也沒那麼大精神和他們盡著吵去，只好由他們去。可不是他嫌這丫頭的名兒不好改的。」賈母道：「名兒什麼要緊的事呢。」薛姨媽道：「說起來，我也怪臊的。其實老太太這邊，有什麼不知道的？他那裡是為這名兒不好？聽見說，他因為是寶丫頭起的，他才有心要改。」賈母道：「這又是什麼原故呢？」薛姨媽把手絹子不住的擦眼淚，未從說，又嘆了一口氣，道：「老太太還不知道呢！這如今媳婦子專和寶丫頭慪氣。前日老太太打發人看我去，我們家裡正鬧呢。」賈母連忙接著問道：「可是前兒聽見姨太太肝氣疼，要打發人看去，後來聽見說好了，所以沒著人去。依我勸，姨太太竟把他們別放在心上。再者，他們也是新過門的小夫妻，過些時，自然就好了。我看寶丫頭性格兒溫厚和平，雖然年輕，比大人還強幾倍。前日那小丫頭子回來說，我們這邊還都贊嘆了他一會子。都像寶丫頭那樣心胸

聯經出版事業公司　校印

兒，脾氣兒、真是百裡挑一的。不是我說句冒失話，那給人家作了媳婦兒，怎麼叫公婆不疼、家裡上上下下的不賓服⑰呢。」

寶玉頭裡已經聽煩了，推故要走，及聽見這話，又坐了呆呆的往下聽。薛姨媽道：「不中用。他雖好，到底是女孩兒家。養了蟠兒這個糊塗孩子，真真叫我不放心，只怕在外頭喝點子酒，鬧出事來。幸虧老太太這裡的大爺、二爺常和他在一塊兒，我還放點兒心。」寶玉聽到這裡，便接口道：「姨媽更不用懸心。薛大哥相好的都是些正經買賣大客人，都是有體面的，那裡就鬧出事來？」薛姨媽笑道：「依你這樣說，我敢只⑱不用操心了。」說話間，飯已吃完。寶玉先告辭了：「晚間還要看書。」便各自去了。

這裡丫頭們剛捧上茶來，只見琥珀走過來向賈母耳朵旁邊說了幾句，賈母便向鳳姐兒道：「你快去罷，瞧瞧巧姐兒去罷。」鳳姐聽了，還不知何故，大家也怔了。琥珀遂過來向鳳姐道：「剛才平兒打發小丫頭子來回二奶奶，說：『巧姐兒身上不大好，請二奶奶忙著些過來才好呢。』」賈母因說道：「你快去罷，姨太太也不是外人。」鳳姐連忙答應，在薛姨媽跟前告了辭。又見王夫人說道：「你先過去，我就去。小孩子家魂兒還不全呢，別叫丫頭們大驚小怪的，屋裡的貓兒狗兒，也叫他們留點神兒。——盡著孩子貴氣，偏有這些瑣碎。」鳳姐答應了，然後帶了小丫頭回房去了。

這裡薛姨媽又問了一回黛玉的病。賈母道：「林丫頭那孩子倒罷了，只是心重些，所以身子就不大

---

⑰賓服——本指諸侯或邊遠部落按期向天子朝貢，表示歸順；這裡是心悅誠服的意思。

⑱敢只——當然，一定，又作「敢自」、「敢仔」。

很結實了。要賭靈性兒，也和寶丫頭不差什麼；要賭寬厚待人裡頭，卻不濟他寶姐姐有擔待、有盡讓了。」薛姨媽又說了兩句閑話兒，便道：「老太太歇著罷。我也要到家裡去看看，只剩下寶丫頭和香菱了。打那麼同著姨太太看看巧姐兒。」賈母道：「正是。姨太太上年紀的人，看看是怎麼不好，說給他們，也得點主意兒。」薛姨媽便告辭，同著王夫人出來，往鳳姐院裡去了。

卻說賈政試了寶玉一番，心裡卻也喜歡，走向外面和那些門客閑談。說起方才的話來，便有新進到來最善大棋⑲的一個王爾調，名作梅的，說道：「據我們看來，寶二爺的學問已是大進了。」賈政道：「那有進益？不過略懂得些罷咧。『學問』兩個字，早得很呢！」詹光道：「這是老世翁過謙的話。不但王大兄這般說，就是我們看，寶二爺必定要高發的。」賈政笑道：「這也是諸位過愛的意思。」那王爾調又道：「晚生還有一句話，不揣冒昧，和老世翁商議。」賈政道：「什麼事？」王爾調陪笑道：「也是晚生的相與，做過南韶道的張大老爺家有一位小姐，說是生得德容功貌俱全，此時尚未受聘。他又沒有兒子，家資巨萬。但是要富貴雙全的人家，女婿又要出眾，才肯作親。晚生來了兩個月，瞧著寶二爺的人品學業，都是必要大成的。老世翁這樣門楣，還有何說。若晚生過去，包管一說就成。」賈政道：「寶玉說親，卻也是年紀了，並且老太太常說起。但只張大老爺素來尚未深悉。」詹光道：「王兄所提張家，晚生卻也知道。況和大老爺那邊是舊親，老世翁一問便知。」賈政想了一回，道：「大老爺那邊，

⑲大棋——即圍棋。

聯經出版事業公司校印

不曾聽得這門親戚。」詹光道：「老世翁原來不知，這張府上原和邢舅太爺那邊有親的。」賈政聽了，方知是邢夫人的親戚。坐了一回，進來了，便要同王夫人說知，轉問邢夫人去。誰知王夫人陪了薛姨媽到鳳姐那邊看巧姐兒去了。那天已經掌燈時候，薛姨媽去了，王夫人才過來了。賈政告訴了王爾調和詹光的話，又問：「巧姐兒怎麼了？」王夫人道：「怕是驚風的光景。」賈政道：「不甚利害呀？」王夫人道：「看著是搐風的來頭，只還沒搐出來呢。」賈政聽了，便不言語，各自安歇，一宿晚景不提。

卻說次日邢夫人過賈母這邊來請安，王夫人便提起張家的事，一面回賈母，一面問邢夫人。邢夫人道：「張家雖係老親，但近年來久已不通音信，不知他家的姑娘是怎麼樣的。倒是前日孫親家太太打發老婆子來問安，卻說起張家的事，說他家有個姑娘，托孫親家那邊有對勁的提一提。聽見說，只這一個女孩兒，十分嬌養，也識得幾個字，見不得大陣仗兒，常在房中不出來的。張大老爺又說：只有這一個女孩兒，不肯嫁出去，怕人家公婆嚴，姑娘受不得委屈，必要女婿過門，贅在他家，給他料理些家事。」賈母聽到這裡，不等說完便道：「這斷使不得。我們寶玉，別人伏侍他還不夠呢，倒給人家當家去！」邢夫人道：「正是老太太這個話。」賈母因向王夫人道：「你回來告訴你老爺，就說我的話，這張家的親事是作不得的。」王夫人答應了。

賈母便問：「你們昨日看巧姐兒怎麼樣？頭裡平兒來回我，說很不大好，我也要過去看看呢。」邢、王二夫人道：「老太太雖疼他，他那裡耽的住？」賈母道：「卻也不止為他，我也要走動走動，活活筋骨兒。」說著，便吩咐：「你們吃飯去罷，回來同我過去。」邢、王二夫人答應著出來，各自去了。

一時，吃了飯，都來陪賈母到鳳姐房中。鳳姐連忙出來，接了進去。賈母便問：「巧姐兒到底怎麼樣？」鳳姐兒道：「只怕是搐風的來頭。」賈母道：「這麼著還不請人趕著瞧！」鳳姐道：「已經請去了。」賈母因同邢、王二夫人進房來看，只見奶子抱著，用桃紅綾子小綿被兒裹著，臉皮趣青[20]，眉梢鼻翅，微有動意。賈母同邢、王二夫人看了看，便出外間坐下。

正說間，只見一個小丫頭回鳳姐道：「老爺打發人問姐兒怎麼樣。」鳳姐道：「替我回老爺，就說請大夫去了。一會兒開了方子，就過去回老爺。」賈母忽然想起張家的事來，向王夫人道：「你該就去告訴你老爺，省得人家去說了，回來又駁回。」又問邢夫人道：「你們和張家如今為什麼不走了？」邢夫人因又說：「論起那張家行事，也難和咱們作親，太嗇克[21]，沒的玷辱了寶玉。」鳳姐聽了這話，已知八九，便問道：「太太不是說寶兄弟的親事？」邢夫人道：「可不是麼！」賈母接著因把剛才的話告訴鳳姐。鳳姐笑道：「不是我當著老祖宗、太太們跟前說句大膽的話：現放著天配的姻緣，何用別處去找。」賈母笑問道：「在那裡？」鳳姐道：「一個『寶玉』，一個『金鎖』，老太太怎麼忘了？」賈母笑了一笑，因說：「昨日你姑媽在這裡，你為什麼不提？」鳳姐道：「老祖宗和太太們在前頭，那裡有我們小孩子家說話的地方兒？況且姨媽過來瞧老祖宗，怎麼提這些個？這也得太太們過去求親才是。」賈母笑了，邢、王二夫人也都笑了。賈母因道：「可是我背晦了。」

說著人回：「大夫來了。」賈母便坐在外間，邢、王二夫人略避。那大夫同賈璉進來，給賈母請了

[20] 趣青——很青。
[21] 嗇克——小氣，應當用的錢財也捨不得用。

安，方進房中。看了出來，站在地下，躬身回賈母道：「妞兒一半是內熱，一半是驚風。須先用一劑發散風痰藥，還要用四神散才好，因病勢來得不輕。如今的牛黃都是假的，要找真牛黃方用得。」賈母道了乏㉒，那大夫同賈璉出去開了方子，去了。鳳姐道：「人參家裡常有，這牛黃倒怕未必有，外頭買去，只是要真的才好。」王夫人道：「等我打發人到姨太太那邊去找找。他家蟠兒是向與那些西客㉓們做買賣，或者有真的，也未可知。我叫人去問問。」正說話間，眾姊妹都來瞧來了，坐了一回，也都跟著賈母等去了。

這裡煎了藥，給巧姐兒灌了下去，只見「喀」的一聲，連藥帶痰都吐出來，鳳姐才略放了一點兒心。只見王夫人那邊的小丫頭拿著一點兒的小紅紙包兒，說道：「二奶奶，牛黃有了。太太說了，叫二奶奶親自把分兩對準了呢。」鳳姐答應著，接過來，便叫平兒配齊了真珠、冰片、朱砂，快熬起來。自己用戥子按方秤了，攙在裡面，等巧姐兒醒了，好給他吃。只見賈環掀簾進來，說：「二姐姐，你們巧姐兒怎麼了？媽叫我來瞧瞧他。」鳳姐見了他母子便嫌，說：「好些了。你回去說，叫你們姨娘想著。」

那賈環口裡答應，只管各處瞧看。看了一回，便問鳳姐兒道：「你這裡聽的說有牛黃，不知牛黃是怎麼個樣兒？給我瞧瞧呢。」鳳姐道：「你別在這裡鬧了，妞兒才好些。那牛黃都煎上了。」賈環聽了，便去伸手拿那銱子瞧時，豈知措手不及，「沸」的一聲，銱子倒了，火已潑滅了一半。賈環見不是事，

㉒道乏——對人表示慰問或慰勞，向人致謝。

㉓西客——指專向西域或西洋一帶做生意的客商。

自覺沒趣，連忙跑了。鳳姐急的火星直爆，罵道：「真真那一世的對頭冤家！你何苦來還來使促狹！從前你媽要想害我，如今又來害妞兒。我和你幾輩子的仇呢！」一面罵平兒不照應。正罵著，只見丫頭來找賈環。鳳姐道：「你去告訴趙姨娘，說他操心也太苦了。巧姐兒死定了，不用他惦著了！」平兒急忙在那裡配藥再熬。那丫頭摸不著頭腦，便悄悄問平兒道：「二奶奶為什麼生氣？」平兒將環哥弄倒藥銱子說了一遍。丫頭道：「怪不得他不敢回來，躲了別處去了。這環哥兒明日還不知怎麼樣呢。平姐姐，我替你收拾罷。」平兒說：「這倒不消。幸虧牛黃還有一點，如今配好了，你去罷。」丫頭道：「我一准回去告訴趙姨奶奶，也省得他天天說嘴。」

丫頭回去，果然告訴了趙姨娘。趙姨娘氣的叫：「快找環兒！」環兒在外間屋子裡躲著，被丫頭找了來。趙姨娘便罵道：「你這個下作種子！你為什麼弄洒了人家的藥，招的人家咒罵？我原叫你去問一聲，不用進去。你偏進去，又不就走，還要『虎頭上捉虱子』！你看我回了老爺，打你不打！」這裡趙姨娘正說著，只聽賈環在外間屋子裡更說出些驚心動魄的話來。未知何言，下回分解。

第八十五回　賈存周報陞郎中任　薛文起①復惹放流刑

話說趙姨娘正在屋裡抱怨賈環，只聽賈環在外間屋裡發話道：「我不過弄倒了藥銱子，洒了一點子藥，那丫頭子又沒就死了，值得他也罵我，你也罵我，賴我心壞，把我往死裡糟塌？等著我明兒還要那小丫頭子的命呢！看你們怎麼著！只叫他們提防著就是了。」那趙姨娘趕忙從裡間出來，握住他的嘴說道：「你還只管信口胡唚，還叫人家先要了我的命呢！」娘兒兩個吵了一回。趙姨娘聽見鳳姐的話，越想越氣，也不著人來安慰鳳姐一聲兒。過了幾天，巧姐兒也好了。因此兩邊結怨比從前更加一層了。

一日林之孝進來回道：「今日是北靜郡王生日，請老爺的示下。」賈政吩咐道：「只按向年舊例辦

① 薛文起——薛蟠的字前八十回各本多作「薛文龍」，程本承甲辰本作「薛文起」；後四十回和前八十回不一致的地方很多，為保留原貌，並不一一改動強求統一。

了，回大老爺知道，送去就是了。」林之孝答應了，自去辦理。不一時，賈赦過來同賈政商議，帶了賈珍、賈璉、寶玉去與北靜王拜壽。別人還不理論，惟有寶玉素日仰慕北靜王的容貌威儀，巴不得常見才好，遂連忙換了衣服，跟著來到北府。賈赦、賈政遞了職名候諭。不多時，裡面出來了一個太監，手裡掐著數珠兒，見了賈赦、賈政，笑嘻嘻的說道：「二位老爺好？」賈赦、賈政也都趕忙問好。他兄弟三人也過來問了好。那太監道：「王爺叫請進去呢。」

於是爺兒五個跟著那太監進入府中，過了兩層門，轉過一層殿去，裡面方是內宮門。剛到門前，大家站住，那太監先進去回王爺去了。這裡門上小太監都迎著問了好。一時那太監出來，說了個「請」字，爺兒五個肅敬跟入。只見北靜郡王穿著禮服，已迎到殿門廊下。賈赦、賈政先上來請安，捱次便是珍、璉、寶玉請安。那北靜郡王單拉著寶玉道：「我久不見你，很惦記你。」因又笑問道：「你那塊玉兒好？」寶玉躬著身打著一半千兒回道：「蒙王爺福庇，都好。」北靜王道：「今日你來，沒有什麼好東西給你吃，倒是大家說說話兒罷。」說著，幾個老公打起簾子，北靜郡王說「請」，自己卻先進去，然後賈赦等都躬著身跟進去。先是賈赦請北靜王受禮，北靜王也說了兩句謙辭，那賈赦早已跪下，次及賈政等捱次行禮，自不必說。

那賈赦等復肅敬退出。北靜王吩咐太監等讓在眾戚舊一處，好生款待，卻單留寶玉在這裡說話兒，又賞了坐。寶玉又磕頭謝了恩，在挨門邊繡墩上側坐，說了一回讀書作文諸事。北靜王甚加愛惜，又賞了茶，因說道：「昨兒巡撫吳大人來陛見，說起令尊翁前任學政時，秉公辦事，凡屬生童，俱心服之至。他陛見時，萬歲爺也曾問過，他也十分保舉，可知是令尊翁的喜兆。」寶玉連忙站起，聽畢這一段話，才回啟道：「此是王爺的恩典，吳大人的盛情。」

正說著，小太監進來回道：「外面諸位大人老爺都在前殿謝王爺賞宴。」說著，呈上謝宴並請午安的帖子來。北靜王略看了一看，仍遞給小太監，笑了一笑說道：「知道了，勞動他們。」那小太監又回道：「這賈寶玉，王爺單賞的飯預備了。」北靜王便命那太監帶了寶玉到一所極小巧精緻的院裡，派人陪著吃了飯，又過來謝了恩。北靜王又說了些好話兒，忽然笑說道：「我前次見你那塊玉倒有趣兒，回來說了個式樣，叫他們也作了一塊來。今日你來得正好，就給你帶回去頑罷。」因命小太監取來，親手遞給寶玉。寶玉接過來捧著，又謝了，然後退出。北靜王又命兩個小太監跟出來，才同著賈赦等回來了。賈赦便各自回院裡去。

這裡賈政帶著他三人回來見過賈母，請過了安，說了一回府裡遇見的人。寶玉又回了賈政「吳大人陞見保舉」的話。賈政道：「這吳大人，本來咱們相好，也是我輩中人，還倒是有骨氣的。」又說了幾句閑話兒，賈母便叫：「歇著去罷。」賈政退出，珍、璉、寶玉都跟到門口。賈政道：「你們都回去陪老太太坐著去罷。」說著，便回房去。剛坐了一坐，只見一個小丫頭回道：「外面林之孝請老爺回話。」說著，遞上個紅單帖來，寫著吳巡撫的名字。賈政知是來拜，便叫小丫頭叫林之孝進來。賈政出至廊檐下。林之孝進來回道：「今日巡撫吳大人來拜，奴才回了去了。再奴才還聽見說，現今工部出了一個郎中缺，外頭人和部裡都吵嚷是老爺擬正②呢。」賈政道：「瞧罷咧。」林之孝又回了幾句話，才出去了。

②擬正——官吏代任或試任官職後被正式任命，叫擬正。

且說珍、璉、寶玉三人回去，獨有寶玉到賈母那邊，一面述說北靜王待他的光景，並拿出那塊玉來。大家看著，笑了一回。賈母因命人：「給他收起去罷，別丟了。」因問：「你那塊玉好生帶著罷，別鬧混了。」寶玉在項上摘了下來，說：「這不是我那一塊玉，那裡就掉了呢。比起來，兩塊玉差遠著呢，那裡混得過？我正要告訴老太太：前兒晚上，我睡的時候，把玉摘下來掛在帳子裡，他竟放起光來了，滿帳子都是紅的。」賈母說道：「又胡說了。帳子的檐子是紅的，火光照著，自然紅是有的。」寶玉道：「不是，那時候燈已滅了，屋裡都漆黑的了，還看得見他呢。」邢、王二夫人抿著嘴笑。鳳姐道：「這是喜信發動了。」寶玉道：「什麼喜信？」賈母道：「你不懂得。今兒個鬧了一天，你去歇歇兒去罷，別在這裡說呆話了。」寶玉又站了一會兒，才回園中去了。

這裡賈母問道：「正是，你們去看薛姨媽，說起這事沒有？」王夫人道：「本來就要去看的，因鳳丫頭為巧姐兒病著，耽擱了兩天，今日才去的。這事我們都告訴了，姨媽倒也十分願意，只說蟠兒這時候不在家，目今他父親沒了，只得和他商量商量再辦。」賈母道：「這也是情理的話。既這麼樣，大家先別提起，等姨太太那邊商量定了再說。」

不說賈母處談論親事。且說寶玉回到自己房中，告訴襲人道：「老太太與鳳姐姐方才說話含含糊糊，不知是什麼意思？」襲人想了想，笑了一笑，道：「這個，我也猜不著。但只剛才說這些話時，林姑娘在跟前沒有？」寶玉道：「林姑娘才病起來，這些時何曾到老太太那邊去呢？」正說著，只聽外間屋裡麝月與秋紋拌嘴。襲人道：「你兩個又鬧什麼？」麝月道：「我們兩個鬥牌，他贏了我的錢，他拿了去，他輸了錢，就不肯拿出來。這也罷了，他倒把我的錢都搶了去了。」寶玉笑道：「幾個錢，什麼要緊？傻丫頭，不許鬧了。」說的兩個人都咕嘟著嘴，坐著去了。這裡襲人打發寶玉睡下。不提。

卻說襲人聽了寶玉方才的話，也明知是給寶玉提親的事。因恐寶玉每有癡想，這一提起，不知又招出他多少呆話來，所以故作不知，自己心上卻也是頭一件關切的事。夜間躺著，想了個主意，不如去見見紫鵑，看他有什麼動靜，自然就知道了。次日一早起來，打發寶玉上了學，自己梳洗了，便慢慢的去到瀟湘館來。只見紫鵑正在那裡掐花兒呢，見襲人進來，便笑嘻嘻的道：「姐姐屋裡坐著。」襲人道：「坐著，妹妹掐花兒呢嗎？姑娘呢？」紫鵑道：「姑娘才梳洗完了，等著溫藥呢。」紫鵑一面說著，一面同襲人進來。見了黛玉正在那裡拿著一本書看。襲人陪著笑道：「姑娘怨不得勞神，起來就看書。我們寶二爺念書，若能像姑娘這樣，豈不好了呢！」黛玉笑著把書放下。雪雁已拿著個小茶盤裡托著一鍾藥，一鍾水，小丫頭在後面捧著痰盒漱盂進來。原來襲人來時要探探口氣，坐了一回，無處入話，又想著黛玉最是心多，探不成消息，再惹著了他，倒是不好，又坐了坐，搭訕著辭了出來了。

將到怡紅院門口，只見兩個人在那裡站著呢。襲人不便往前走，那一個早看見了，連忙跑過來。襲人一看，卻是鋤藥，因問：「你作什麼？」鋤藥道：「剛才芸二爺來了，拿了個帖兒，說給咱們寶二爺瞧的，在這裡候信。」襲人道：「寶二爺天天上學，你難道不知道，還候什麼信呢？」鋤藥笑道：「我告訴他了。他叫告訴姑娘，聽姑娘的信呢。」襲人正要說話，只見那一個也慢慢的蹭了過來，細看時，就是賈芸，溜溜湫湫③往這邊來了。襲人見是賈芸，連忙向鋤藥道：「你告訴說：知道了，回來給寶二爺

③溜溜湫湫——油腔滑調、鬼頭鬼腦，不正經的樣子。

瞧罷。」那賈芸原要過來和襲人說話，無非親近之意，又不敢造次，只得慢慢踱來。相離不遠，不想襲人說出這話，自己也不好再往前走，只好站住。這裡襲人已掉背臉往回裡去了。賈芸只得快快而回，同鋤藥出去了。

晚間寶玉回房，襲人便回道：「今日廊下小芸二爺來了。」寶玉道：「作什麼？」襲人道：「他還有個帖兒呢。」寶玉道：「在那裡？拿來我看看。」麝月便走去，在裡間屋裡書槅子上頭拿了來。寶玉接著看時，上面皮兒上寫著「叔父大人安稟」。寶玉道：「這孩子怎麼又不認我作父親了？」襲人道：「怎麼？」寶玉道：「前年他送我白海棠時，稱我作『父親大人』，今日這帖子封皮上寫著『叔父』，可不是又不認了麼。」襲人道：「他也不害臊，你也不害臊。他那麼大了，倒認你這麼大兒的作父親，可不是他不害臊？你正經連個——」剛說到這裡，臉一紅，微微的一笑。寶玉也覺得了，便道：「這倒難講。俗語說：『和尚無兒，孝子多著呢。』只是我看著他還伶俐得人心兒，才這麼著：他不願意，我還不希罕呢！」說著，一面拆那帖兒。襲人也笑道：「那小芸二爺也有些鬼鬼頭頭的。什麼時候又要看人，什麼時候又躲躲藏藏的，可知也是個心術不正的貨！」

寶玉只顧拆開看那字兒，也不理會襲人這些話。襲人見他看那帖兒，皺一回眉，又笑一笑兒，又搖搖頭兒，後來光景竟大不耐煩起來。襲人等他看完了，問道：「是什麼事情？」寶玉也不答言，把那帖子已經撕作幾段。襲人見這般光景，也不便再問，便問寶玉：「吃了飯，還看書不看？」寶玉道：「可笑芸兒這孩子竟這樣的混賬。」襲人見他所答非所問，便微微的笑著問道：「到底是什麼事？」寶玉道：「問他作什麼，咱們吃飯罷。吃了飯歇著罷，心裡鬧的怪煩的。」說著叫小丫頭子點了一個火兒來，把

聯經出版事業公司 校印

那撕的帖兒燒了。

一時，小丫頭們擺上飯來，寶玉只是怔怔的坐著。襲人連哄帶慪，催著，吃了一口兒飯，便擱下了，仍是悶悶的歪在床上。一時間，忽然掉下淚來。此時襲人、麝月都摸不著頭腦。麝月道：「好好兒的，這又是為什麼？都是什麼『芸兒』『雨兒』的，不知什麼事，弄了這麼個浪帖子來，惹的這麼傻了的似的，哭一會子，笑一會子。要天長日久鬧起這悶葫蘆來，可叫人怎麼受呢！」說著，竟傷起心來。襲人旁邊由不得要笑，便勸道：「好妹妹，你也別慪人了。他一個人就夠受了，你又這麼著。他那帖子上的事，難道與你相干？」麝月道：「你混說起來了。知道他帖兒上寫的是什麼混賬話？你混往人身上扯。要那麼說，他帖兒上只怕倒與你相干呢！」襲人還未答言，只聽寶玉在床上「噗哧」的一聲笑了，爬起來，抖了抖衣裳，說：「咱們睡覺罷，別鬧了。明日我還起早念書呢。」說著便躺下睡了。一宿無話。

次日，寶玉起來，梳洗了，便往家塾裡去。走出院門，忽然想起，叫焙茗略等，急忙轉身回來叫：「麝月姐姐呢？」麝月答應著，出來問道：「怎麼又回來了？」寶玉道：「今日芸兒要來了，告訴他別在這裡鬧，再鬧，我就回老太太和老爺去了。」麝月答應了，寶玉才轉身去了。剛往外走着，只見賈芸慌慌張張往裡來，看見寶玉連忙請安，說：「叔叔大喜了！」那寶玉估量著是昨日那件事，便說道：「你也太冒失了！不管人心裡有事沒事，只管來攪。」賈芸陪笑道：「叔叔不信，只管瞧去，人都來了，在咱們大門口呢。」寶玉越發急了，說：「這是那裡的話？」

正說著，只聽外邊一片聲嚷起來。賈芸道：「叔叔聽，這不是？」寶玉越發心裡狐疑起來，只聽一個人嚷道：「你們這些人好沒規矩，這是什麼地方，你們在這裡混嚷！」那人答道：「誰叫老爺升了官呢，怎麼不叫我們來吵喜④呢？別人家盼著吵，還不能呢。」寶玉聽了，才知道是賈政升了郎中了，人來報喜的。心中自是甚喜。連忙要走時，賈芸趕著說道：「叔叔樂不樂？叔叔的親事要再成了，不用說，是兩層喜了。」寶玉紅了臉，啐了一口，道：「呸！沒趣兒的東西！還不快走呢。」賈芸把臉紅了，道：「這有什麼的？我看你老人家就不──」寶玉沉著臉道：「就不什麼？」賈芸未及說完，也不敢言語了。

寶玉連忙來到家塾中，只見代儒笑著說道：「我才剛聽見你老爺升了。你今日還來了麼？」寶玉陪笑道：「過來見了太爺，好到老爺那邊去。」代儒道：「今日不必來了，放你一天假罷。可不許回園子裡頑去。你年紀不小了，雖不能辦事，也當跟著你大哥他們學學才是。」寶玉答應著回來。剛走到二門口，只見李貴走來迎著，旁邊站住，笑道：「二爺來了麼？奴才才要到學裡請去。」寶玉笑道：「誰說的？」李貴道：「老太太才打發人到院裡去找二爺，那邊的姑娘們說：二爺學裡去了。剛才老太太打發人出來，叫奴才去給二爺告幾天假，聽說還要唱戲賀喜呢，二爺就來了。」說著，寶玉自己進去。進了二門，只見滿院裡丫頭、老婆都是笑容滿面，見他來了，笑道：「二爺這早晚才來，還不快進去給老太太道喜去呢。」

寶玉笑著進了房門，只見黛玉挨著賈母左邊坐著呢，右邊是湘雲。地下邢、王二夫人，探春、惜春、李紈、鳳姐、李紋、李綺、邢岫烟一干姊妹，都在屋裡，只不見寶釵、寶琴、迎春三人。寶玉此時喜的無話可說，忙給賈母道了喜，又給邢、王二夫人道喜，一一見了眾姊妹，便向黛玉笑

④吵喜──到喜慶之家故意吵鬧討賞錢、賞物，以示慶賀，叫「吵喜」或「鬧喜」。

道：「妹妹身體可大好了？」黛玉也微笑道：「大好了。聽見說二哥哥身上也欠安，好了麼？」寶玉道：「可不是！我那日夜裡忽然心裡疼起來，這幾天剛好些，就上學去了，也沒能過去看妹妹。」黛玉不等他說完，早扭過頭和探春說話去了。鳳姐在地下站著，笑道：「你兩個那裡像天天在一處的？倒像是客一般，有這些套話！可是人說的『相敬如賓』了。」說的大家一笑。黛玉滿臉飛紅，又不好說，又不好不說，遲了一回兒，才說道：「你懂得什麼？」眾人越發笑了。鳳姐一時回過味來，才知道自己出言冒失，正要拿話岔時，只見寶玉忽然向黛玉道：「林妹妹，你瞧芸兒這種冒失鬼——」說了這一句，方想起來，便不言語了。招的大家又都笑起來，說：「這從那裡說起？」黛玉也摸不著頭腦，也跟著訕訕的笑。寶玉無可搭訕，因又說道：「可是剛才我聽見有人要送戲，說是幾兒？」大家都瞅著他笑。鳳姐兒道：「你在外頭聽見，你來告訴我們。你這會子問誰呢？」寶玉得便說道：「我外頭再去問問去。」賈母道：「別跑到外頭去。頭一件，看報喜的笑話，第二件，你老子今日大喜，回來碰見你，又該生氣了。」寶玉答應了個「是」，才出來了。

這裡賈母因問鳳姐：「誰說送戲的話？」鳳姐道：「說是舅太爺那邊說，後兒日子好，送一班新出的小戲兒給老太太、老爺、太太賀喜。」因又笑著說道：「不但日子好，還是好日子呢。」說著這話，卻瞅著黛玉笑。黛玉也微笑。王夫人因道：「可是呢，後日還是外甥女兒的好日子呢。」賈母想了一想，也笑道：「可見我如今老了，什麼事都糊塗了。虧了有我這鳳丫頭，是我個『給事中』⑤。既這麼著，

⑤給事中——清代屬都察院，和御史同為諫官。這裡借喻辦理事務、隨時從旁提醒的得力助手。

很好。他舅舅家給他們賀喜，你舅舅家就給你做生日，豈不好呢。」說的大家都笑起來，說道：「老祖宗說句話兒，都是上篇上論的，怎麼怨得有這麼大福氣呢！」

說著，寶玉進來，聽見這些話，越發樂的手舞足蹈了。一時，大家都在賈母這邊吃飯，甚熱鬧，自不必說。飯後，那賈政謝恩回來，給宗祠裡磕了頭，便來給賈母磕頭，站著說了幾句話，便出去拜客去了。這裡接連著親戚族中的人來來去去，鬧鬧穰穰，車馬填門，貂蟬⑥滿座，真是：

花到正開蜂蝶鬧，月逢十足海天寬。

如此兩日，已是慶賀之期。這日一早，王子騰和親戚家已送過一班戲來，就在賈母正廳前，搭起行臺⑦。外頭爺們都穿著公服陪侍，親戚來賀的約有十餘桌酒。裡面為著是新戲，又見賈母高興，便將琉璃戲屏隔在後廈，裡面也擺下酒席。上首薛姨媽一桌，是王夫人、寶琴陪著；對面老太太一桌，是邢夫人、岫烟陪著；下面尚空兩桌，賈母叫他們快來。

一回兒，只見鳳姐領著眾丫頭，都簇擁著黛玉來了。黛玉略換了幾件新鮮衣服，打扮得宛如嫦娥下界，含羞帶笑的，出來見了眾人。湘雲、李紋、李紈都讓他上首座，黛玉只是不肯。賈母笑道：「今日你坐了罷。」薛姨媽站起來問道：「今日林姑娘也有喜事麼？」賈母笑道：「是他的生日。」薛姨媽道：「咳！我倒忘了。」走過來說道：「恕我健忘，回來叫寶琴過來拜姐姐的壽。」黛玉笑說：「不敢。」

⑥貂蟬——貂尾和金蟬；原指漢代侍從官員帽上的飾物，後用作達官貴人的代稱。

⑦行臺——戲臺。

大家坐了。那黛玉留神一看，獨不見寶釵，便問道：「寶姐姐可好麼？為什麼不過來？」薛姨媽道：「他原該來的，只因無人看家，所以不來。」黛玉紅著臉，微笑道：「姨媽那裡又添了大嫂子，怎麼倒用寶姐姐看起家來？大約是他怕人多熱鬧，懶待來罷？我倒怪想他的。」薛姨媽笑道：「難得你惦記他，他也常想你們姊妹們，過一天，我叫他來，大家敘敘。」

說著，丫頭們下來斟酒上菜，外面已開戲了。出場自然是一兩齣吉慶戲文，乃至第三齣，只見金童玉女，旗幡寶幢，引著一個霓裳羽衣的小旦，頭上披著一條黑帕，唱了一回兒進去了。眾皆不識，聽見外面人說：「這是新打的《蕊珠記》⑧裡的〈冥升〉。小旦扮的是嫦娥，前因墮落人寰，幾乎給人為配，幸虧觀音點化，他就未嫁而逝，此時升引月宮。不聽見曲裡頭唱的：『人間只道風情好，那知道秋月春花容易拋？幾乎不把廣寒宮忘卻了！』」第四齣是〈吃糠〉⑨，第五齣是達摩帶著徒弟過江回去⑩，正扮出些海市蜃樓，好不熱鬧。

眾人正在高興時，忽見薛家的人滿頭汗闖進來，向薛蝌說道：「二爺快回去！並裡頭回明太太，也

---

⑧新打的《蕊珠記》——打，指排演。《蕊珠記》，劇目名，寫嫦娥奔月的故事；元人庾天錫著有《秋月蕊珠宮》，但劇本已失傳。《蕊珠記》或據此改編。

⑨〈吃糠〉——指元代高明所作南戲《琵琶記》第二十一齣〈糟糠自厭〉。寫趙五娘甘守貧困，侍奉公婆事。

⑩達摩帶著徒弟過江回去——明代張鳳翼《祝髮記》第二十四齣〈達摩渡江〉，寫達摩折葦渡江，點化徐孝克的故事。達摩，相傳是南天竺人，南朝梁時來到南京，後渡江到嵩山少林寺修行，是禪宗的開山始祖。

請速回去，家中有要事。」薛蝌道：「什麼事？」家人道：「家去說罷。」薛蝌也不及告辭，就走了。

薛姨媽見裡頭丫頭傳進話去，更駭得面如土色，即忙起身，帶著寶琴，別了一聲，即刻上車回去了。弄得內外愕然。賈母道：「咱們這裡打發人跟過去聽聽，到底是什麼事，大家都關切的。」眾人答應了個「是」。

不說賈府依舊唱戲。單說薛姨媽回去，只見有兩個衙役站在二門口，幾個當鋪裡夥計陪著，說：「太太回來，自有道理。」正說著，薛姨媽已進來了。那衙役們見跟從著許多男婦，簇擁著一位老太太，便知是薛蟠之母。看見這個勢派，也不敢怎麼，只得垂手侍立，讓薛姨媽進去了。

那薛姨媽走到廳房後面，早聽見有人大哭，卻是金桂。薛姨媽趕忙走來，只見寶釵迎出來，滿面淚痕，見了薛姨媽，便道：「媽媽聽了先別著急，辦事要緊。」薛姨媽同著寶釵進了屋子，因為頭裡進門時，已經走著聽見家人說了，嚇的戰戰兢兢的了，一面哭著，因問：「到底是和誰？」只見家人回道：「太太此時且不必問那些底細。憑他是誰，打死了總是要償命的，且商量怎麼辦才好。」薛姨媽哭著出來道：「還有什麼商議？」家人道：「依小的們的主見：今夜打點銀兩，同著二爺趕去和大爺見了面，就在那裡訪一個有斟酌的刀筆先生⑪，許他些銀子，先把死罪撕擄開，回來再求賈府去上司衙門說情。還有外面的衙役，太太先拿出幾兩銀子來打發了他們。我們好趕著辦事。」薛姨媽道：「你們找著那家

⑪刀筆先生——古時以刀為筆，刻字於簡牘，後來便稱公牘文書或訴訟狀文為刀筆，稱以代寫訴訟狀文為業的人為刀筆先生，也形容他們下筆像刀一樣，能操縱人的生死。

子，許他發送銀子，再給他些養濟⑫銀子，原告不追，事情就緩了。」寶釵在簾內說道：「媽媽，使不得。這些事，越給錢越鬧的凶，倒是剛才小廝說的話是。」薛姨媽又哭道：「我也不要命了！趕到那裡見他一面，同他死在一處就完了！」寶釵急的一面勸，一面在簾子裡叫人：「快同二爺辦去罷。」丫頭們攙進薛姨媽來。薛蝌才往外走，寶釵道：「有什麼信，打發人即刻寄了來，你們只管在外頭照料。」薛蝌答應著去了。

這寶釵方勸薛姨媽，那裡金桂趁空兒抓住香菱，又和他嚷道：「平常你們只管誇他們家裡打死了人，一點事也沒有，就進京來了的；如今攛掇的真打死人了！平日裡只講有錢有勢，有好親戚，這時候我看著也是唬的慌手慌腳的了。大爺明兒有個好歹兒不能回來時，你們各自幹你們的去了，撂下我一個人受罪！」說著，又大哭起來。這裡薛姨媽聽見，越發氣的發昏。寶釵急的沒法。正鬧著，只見賈府中王夫人早打發大丫頭過來打聽來了。寶釵雖心知自己是賈府的人了，一則尚未提明，二則事急之時，只得向那大丫頭道：「此時事情頭尾尚未明白，就只聽見說我哥哥在外頭打死了人，被縣裡拿了去了，也不知怎麼定罪呢。剛才二爺才去打聽去了，一半日得了準信，趕著就給那邊太太送信去。你先回去道謝太太惦記著，底下我們還有多少仰仗那邊爺們的地方呢。」那丫頭答應著去了。

薛姨媽和寶釵在家抓摸不著。過了兩日，只見小廝回來，拿了一封書，交給小丫頭拿進來。寶釵拆開看時，書內寫著：

---

⑫養濟——指給受害人一些賠償、小惠。

大哥人命是誤傷，不是故殺。今早用蝌出名，補了一張呈紙進去，尚未批出。大哥前頭口供甚是不好。待此紙批准後，再錄一堂⑬，能夠翻供得好，便可得生了。快向當鋪內再取銀五百兩來使用。千萬莫遲！並請太太放心。餘事問小廝。

寶釵看了，一一念給薛姨媽聽了，薛姨媽拭著眼淚說道：「這樣看起來，竟是死活不定了。」寶釵道：「媽媽先別傷心，等著叫進小廝來問明了再說。」一面打發小丫頭把小廝叫進來。薛姨媽便問小廝道：「你把大爺的事細說與我聽聽。」小廝道：「我那一天晚上聽見大爺和二爺說的，把我唬糊塗了。」未知小廝說出什麼話來，下回分解。

⑬再錄一堂——即對案件的重審。堂，過堂、審訊；錄，記錄口供。

第八十六回　受私賄老官翻案牘　寄閑情淑女解琴書

話說薛姨媽聽了薛蝌的來書，因叫進小廝，問道：「你聽見你大爺說，到底是怎麼就把人打死了呢？」小廝道：「小的也沒聽真切。那一日大爺告訴二爺說——」說著回頭看了一看，見無人，才說道：「大爺說：自從家裡鬧的特利害，大爺也沒心腸了，所以要到南邊置貨去。這日想著約一個人同行，這人在咱們這城南二百多地住。大爺找他去了，遇見在先和大爺好的那個蔣玉菡帶著些小戲子進城，大爺同他在個鋪子裡吃飯喝酒。因為這當槽兒的①盡著拿眼瞟蔣玉菡，大爺就有了氣了。後來蔣玉菡走了。第二天，大爺就請找的那個人喝酒，酒後想起頭一天的事來，叫那當槽兒的換酒，那當槽兒的來遲了，大爺就罵起來了。那個人不依，大爺就拿起酒碗照他打去。誰知那個人也是個潑皮，便把頭伸過來叫大爺打。大爺拿碗就砸他的腦袋一下，他就冒了血了，躺在地下，頭裡還罵，後頭就不言語了。」薛姨媽道：「怎

①當槽兒的——酒店裡跑堂的。

麼也沒人勸勸嗎？」那小廝道：「這個沒聽見大爺說，小的不敢妄言。」薛姨媽道：「你先去歇歇罷。」小廝答應出來。這裡薛姨媽自來見王夫人，托王夫人轉求賈政。賈政問了前後，也只好含糊應了，只說等薛蝌遞了呈子，看他本縣怎麼批了，再作道理。

這裡薛姨媽又在當鋪裡兌了銀子，叫小廝趕著去了。三日後，果有回信。薛姨媽接著了，即叫小丫頭告訴寶釵，連忙過來看了。只見書上寫道：

帶去銀兩做了衙門上下使費。哥哥在監，也不大吃苦，請太太放心。獨是這裡的人很刁，屍親、見證都不依，連哥哥請的那個朋友也幫著他們。我與李祥兩個俱係生地生人，幸找著一個好先生，許他銀子，才討個主意，說是須得拉扯著同哥哥喝酒的吳良，弄人保出他來，許他銀兩，叫他撕擄。他若不依，便說張三是他打死，明推在異鄉人身上，他吃不住，就好辦了。我依著他，果然吳良出來。現在買囑屍親見證，又做了一張呈子。前日遞的，今日批來，請看呈底便知。

因又唸呈底道：

「具呈人某，呈為兄遭飛禍、代伸冤抑事：竊生胞兄薛蟠，本籍南京，寄寓西京②。於某年月日，備本往南貿易。去未數日，家奴送信回家，說遭人命，生即奔憲治③，知兄誤傷張姓。及至囹圄④，據兄泣告，實與張姓素不相認，並無仇隙。偶因換酒角口，生兄將酒潑地，恰值張三低頭拾

②西京——原指漢唐的都城長安（在今陝西西安附近），這裡是作者虛擬朝代的國都。

③憲治——這裡指縣衙門。憲，舊時對上官的尊稱；下文「憲天」、「憲慈」都是對縣官的尊稱。

物，一時失手，酒碗誤碰囟門身死。蒙恩拘訊，兄懼受刑，承認鬥毆致死。仰蒙憲天仁慈，知有冤抑，尚未定案。生兄在禁，具呈訴辯，有干例禁；生念手足，冒死代呈。伏乞憲慈恩准，提證質訊，開恩莫大。生等舉家仰戴鴻仁，永永無既⑤矣。激切上呈。」批的是：「屍場檢驗，證據確鑿。且並未用刑，爾兄自認鬥殺，招供在案。今爾遠來，並非目睹，何得揑詞妄控？理應治罪，姑念為兄情切，且恕。不准。」

薛姨媽聽到那裡，說道：「這不是救不過來了麼。這怎麼好呢？」寶釵道：「二哥的書還沒看完，後面還有呢。」因又念道：「有要緊的，問來使便知。」薛姨媽便問來人，因說道：「縣裡早知我們的家當充足，須得在京裡謀幹得大情，再送一分大禮，還可以復審，從輕定案。太太此時必得快辦，再遲了就怕大爺要受苦了。」

薛姨媽聽了，叫小廝自去，即刻又到賈府與王夫人說明原故，懇求賈政。賈政只肯托人與知縣說情，不肯提及銀物。薛姨媽恐不中用，求鳳姐與賈璉說了，花上幾千銀子，才把知縣買通。薛蝌那裡也便弄通了。然後知縣掛牌坐堂，傳齊了一干鄰保、證見、屍親人等，監裡提出薛蟠。刑房書吏俱一一點名。知縣便叫地保對明初供，又叫屍親張王氏並屍叔張二問話。

張王氏哭稟道：「小的的男人是張大，南鄉裡住，十八年前死了。大兒子、二兒子也都死了，光留

④囹圄——音ㄌㄧㄥˊ ㄩˇ，監獄。

⑤仰戴鴻仁，永永無既——感戴大恩大德，永生永世不盡。鴻，大；既，盡。

聯經出版事業公司校印

下這個死的兒子，叫張三，今年二十三歲，還沒有娶女人呢。為小人家裡窮，沒得養活，在李家店裡做當槽兒的。那一天晌午，李家店裡打發人來叫俺，說：『你兒子叫人打死了。』我的青天老爺，小的就唬死了！跑到那裡，看見我兒子頭破血出的躺在地下喘氣兒，問他話也說不出來，不多一會兒，就死了。小人就要揪住這個小雜種拚命。」眾衙役吆喝一聲。張王氏便磕頭道：「求青天老爺伸冤，小人就只這一個兒子了。」

知縣便叫：「下去。」又叫李家店的人問道：「那張三是你店內傭工的麼？」那李二回道：「不是傭工，是做當槽兒的。」知縣道：「那日屍場上，你說張三是薛蟠將碗砸死的，你親眼見的麼？」李二說道：「小的在櫃上，聽見說客房裡要酒，不多一回，便聽見說：『不好了，打傷了！』小的跑進去，只見張三躺在地下，也不能言語。小的便喊稟地保，一面報他母親去了。他們到底怎樣打的，實在不知道，求太爺問那喝酒的便知道了。」知縣喝道：「初審口供，你是親見的，怎麼如今說沒有見！」李二道：「小的前日唬昏了亂說。」衙役又吆喝了一聲。

知縣便叫吳良問道：「你是同在一處喝酒的麼？薛蟠怎麼打的？據實供來！」吳良說：「小的那日在家，這個薛大爺叫我喝酒。他嫌酒不好，要換，張三不肯。薛大爺生氣，把酒向他臉上潑去，不曉得怎麼樣，就碰在那腦袋上了。這是親眼見的。」知縣道：「胡說！前日屍場上，薛蟠自己認拿碗砸死的，你說你親眼見的，怎麼今日的供不對？掌嘴！」衙役答應著要打。吳良求著說：「薛蟠實沒有與張三打架，酒碗失手碰在腦袋上的。求老爺問薛蟠，便是恩典了。」

知縣叫提薛蟠，問道：「你與張三到底有什麼仇隙？畢竟是如何死的？實供上來！」薛蟠道：「求太老爺開恩！小的實沒有打他。為他不肯換酒，故拿酒潑他，不想一時失手，酒碗誤碰在他的腦袋上。小的即忙掩他的血，那裡知道再掩不住，血淌多了，過一回就死了。前日屍場上怕太老爺要打，所以說是拿碗砸他的。只求太爺開恩！」知縣便喝道：「好個糊塗東西！本縣問你怎麼砸他的，你便供說惱他不換酒，才砸的，今日又供是失手碰的！」知縣假作聲勢，要打要夾，薛蟠一口咬定。

知縣叫仵作：「將前日屍場填寫傷痕，據實報來。」仵作稟報說：「前日驗得張三屍身無傷，惟囟門有磁器傷長一寸七分，深五分，皮開，囟門骨脆，裂破三分。實係磕碰傷。」知縣查對屍格⑥相符，早知書吏改輕，也不駁詰，胡亂便叫畫供。張王氏哭喊道：「青天老爺！前日聽見還有多少傷，怎麼今日都沒有了？」知縣道：「這婦人胡說！現有屍格，你不知道麼？」叫屍叔張二，便問道：「你侄兒身死，你知道有幾處傷？」張二忙供道：「腦袋上一傷。」知縣道：「可又來！」叫書吏將屍格給張王氏瞧去，並叫地保、屍叔指明與他瞧：現有屍場親押、證見，俱供並未打架，不為鬥毆，只依誤傷，吩咐畫供。將薛蟠監禁候詳⑦，餘令原保領出，退堂。張王氏哭著亂嚷，知縣叫眾衙役攆他出去。張二也勸張王氏道：「實在誤傷，怎麼賴人？現在太老爺斷明，不要胡鬧了。」

薛蝌在外打聽明白，心內喜歡，便差人回家送信，等批詳回來，便好打點贖罪，且住著等信。只聽路上三三兩兩傳說：「有個貴妃薨了，皇上輟朝三日。」這裡離陵寢不遠，知縣辦差墊道，一時料著

⑥屍格——又叫屍單，仵作驗屍時填寫屍體狀況的表格。

⑦候詳——舊時公文的一種，等候寫公文向上級呈報；下文「批評」是上級批示的公文。

不得閑，住在這裡無益，不如到監，告訴哥哥：「安心等著。我回家去，過幾日再來。」薛蟠也怕母親痛苦，帶信說：「我無事，必須衙門再使費幾次，便可回家了。只是不要可惜銀錢。」

薛蝌留下李祥在此照料，一逕回家，見了薛姨媽，陳說知縣怎樣徇情，怎樣審斷，終定了誤傷，將來屍親那裡再花些銀子，一准贖罪，便沒事了。薛姨媽聽說，暫且放心，說：「正盼你來家中照應。賈府裡本該謝去，況且周貴妃薨了，他們天天進去，家裡空落落的。我想著要去替姨太太那邊照應照應，作伴兒，只是咱們家又沒人。你這來的正好。」薛蝌道：「我在外頭原聽見說是賈妃薨了，這麼才趕回來的。我們元妃好好兒的，怎麼說死了？」薛姨媽道：「上年原病過一次，也就好了。這回又沒聽見元妃有什麼病。只聞那府裡頭幾天老太太不大受用，合上眼便看見元妃娘娘。眾人都不放心，直至打聽起來，又沒有什麼事。到了大前兒晚上，老太太親口說是：『怎麼元妃獨自一個人到我這裡？』眾人只道是病中想的話，總不信。老太太又說：『你們不信，元妃還與我說是：「榮華易盡，須要退步抽身。」』眾人都說：『誰不想到？這是有年紀的人思前想後的心事。』所以也不當件事。恰好第二天早起，裡頭吵嚷出來，說娘娘病重，宣各誥命進去請安。他們就驚疑的了不得，趕著進去。他們還沒有出來，我們家裡已聽見周貴妃薨逝了。你想外頭的訛言，家裡的疑心，恰碰在一處，可奇不奇？」

寶釵道：「不但是外頭的訛言舛錯，便在家裡的，一聽見『娘娘』兩個字，也就都忙了，過後才明白。這兩天那府裡這些丫頭、婆子來說，他們早知道不是咱們家的娘娘。我說：『你們那裡拿得定呢？』他說道：『前幾年正月，外省薦了一個算命的，說是很準。那老太太叫人將元妃八字夾在丫頭們八字裡，送出去叫他推算。他獨說：「這正月初一日生日的那位姑娘，只怕時辰錯了；不然，真是個貴人，也不能在這府中。」老爺和眾人說：「不管他錯不錯，照八字算去。」那先生便說：「甲申年正月丙寅，這四個字內，有『傷官』『敗財』，惟『申』字內有『正官』『祿馬』，這就是家裡養不住的，也不見什麼好。這日子是乙卯，初春木旺，雖是『比肩』，那裡知道愈『比』愈好，就像那個好木料，愈經斲削，才成大器。」獨喜得時上什麼辛金為貴，什麼巳中「正官」「祿馬」獨旺：這叫作「飛天祿馬格」。又說什麼「日祿歸時，貴重的很，『天月二德』坐本命，貴受椒房之寵。這位姑娘，若是時辰準了，定是一位主子娘娘。」這不是算準了麼！我們還記得說：「可惜榮華不久，只怕遇著寅年卯月，這就是『比』而又『比』，『劫』而又『劫』，譬如好木，大要做玲瓏剔透，本質就不堅了。」他們把這些話都忘記了，只管瞎忙。我才想起來告訴我們大奶奶，今年那裡是寅年卯月呢？』」

寶釵尚未說完，薛蝌急道：「且不要管人家的事，既有這樣個神仙算命的，我想哥哥今年什麼惡星照命，遭這麼橫禍？快開八字，與我給他算去，看有妨礙麼。」寶釵道：「他是外省來的，不知如今在京不在了。」

說著，便打點薛姨媽往賈府去。到了那裡，只有李紈、探春等在家接著，便問道：「大爺的事怎麼樣了？」薛姨媽道：「等詳了上司才定，看來也到不了死罪了。」這才大家放心。探春便道：「昨晚太太想著說：『上回家裡有事，全仗姨太太照應；如今自己有事，也難提了。』心裡只是不放心。」薛姨媽道：「我在家裡，也是難過。只是你大哥遭了事，你二兄弟又辦事去了，家裡你姐姐一個人，中什麼用？況且我們媳婦兒又是個不大曉事的，所以不能脫身過來。目今那裡知縣也正為預備周貴妃的差事，不得了結案件，所以你二兄弟回來了，我才得過來看看。」李紈便道：「請姨太太這裡住幾天更好。」

薛姨媽點頭道：「我也要在這邊給你們姊妹們作作伴兒，——就只你寶妹妹冷靜些。」惜春道：「姨媽要惦著，為什麼不把寶姐姐也請過來？」薛姨媽笑著說道：「使不得。」惜春道：「怎麼使不得？他先怎麼住著來呢？」李紈道：「你不懂的。人家家裡如今有事，怎麼來呢？」惜春也信以為實，不便再問。

正說著，賈母等回來。見了薛姨媽，也顧不得問好，便問薛蟠的事。薛姨媽細述了一遍。寶玉在旁聽見什麼蔣玉菡一段，當著人不問，心裡打量是「他既回了京，怎麼不來瞧我？」又見寶釵也不過來，不知是怎麼個原故。心內正自呆呆的想呢，恰好黛玉也來請安，寶玉稍覺心裡喜歡，便把想寶釵來的念頭打斷，同著姊妹們在老太太那裡吃了晚飯。大家散了，薛姨媽將就住在老太太的套間屋裡。

寶玉回到自己房中，換了衣服，忽然想起蔣玉菡給的汗巾，便向襲人道：「你那一年沒有繫的那條紅汗巾子，還有沒有？」襲人道：「我擱著呢。問他做什麼？」寶玉道：「我白問問。」襲人道：「你沒有聽見，薛大爺相與這些混賬人，所以鬧到人命關天。你還提那些作什麼？有這樣白操心，倒不如靜靜兒的念念書，把這些個沒要緊的事撂開了也好。」寶玉道：「我並不鬧什麼，偶然想起，有也罷，沒也罷，我白問一聲，你們就有這些話。」襲人笑道：「並不是我多話。一個人知書達理，就該往上巴結才是。就是心愛的人來了，也叫他瞧著喜歡尊敬啊。」寶玉被襲人一提，便說：「了不得！方才我在老太太那邊，看見人多，沒有與林妹妹說話。他也不曾理我。散的時候，他先走了，此時必在屋裡。我去就來。」說著就走。襲人道：「快些回來罷，這都是我提頭兒，倒招起你的高興來了。」

寶玉也不答言，低著頭，一逕走到瀟湘館來。只見黛玉靠在桌上看書。寶玉走到跟前，笑說道：「妹

聯經出版事業公司 校印

妹早回來了？」黛玉也笑道：「你不理我，我還在那裡做什麼！」寶玉一面笑說：「他們人多說話，我插不下嘴去，所以沒有和你說話。」一面瞧著黛玉看的那本書。書上的字一個也不認得，有的像「芍」字，有的像「茫」字，也有一個「大」字旁邊「九」字加上一勾，中間又添個「五」字，也有上頭「五」字「六」字又添一個「木」字，底下又是一個「五」字，看著又奇怪，又納悶，便說：「妹妹近日愈發進了，看起天書來了。」

黛玉「嗤」的一聲笑道：「好個念書的人！連個琴譜都沒有見過？」寶玉道：「琴譜怎麼不知道？為什麼上頭的字一個也不認得？妹妹，你認得麼？」黛玉道：「不認得，瞧他做什麼？」寶玉道：「我不信，從沒有聽見你會撫琴。我們書房裡掛著好幾張，前年來了一個清客先生叫做什麼嵇好古，老爺煩他撫了一曲。他取下琴來，說都使不得，還說：『老先生若高興，改日攜琴來請教。』想是我們老爺也不懂，他便不來了。怎麼你有本事藏著？」黛玉道：「我何嘗真會呢？前日身上略覺舒服，在大書架上翻書，看有一套琴譜，甚有雅趣，上頭講的琴理甚通，手法說的也明白，真是古人靜心養性的工夫。我在揚州，也聽得講究過，也曾學過，只是不弄了，就沒有了。這果真是『三日不彈，手生荊棘。』前日看這幾篇，沒有曲文，只有操名⑧。我又到別處找了一本有曲文的來看著，才有意思。究竟怎麼彈得好，實在也難。書上說的：師曠鼓琴，能來風雷龍鳳；孔聖人尚學琴於師襄⑨，一操便知其為文王；高山流水，得遇知音⑩……」說到這裡，眼皮兒微微一動，慢慢的低下頭去。

⑧操名——琴曲名。操，即琴操，古琴曲叫操，如下文的〈猗蘭操〉便是相傳為孔子所作的琴曲名。

寶玉正聽得高興，便道：「好妹妹，你才說的實在有趣！只是我才見上頭的字，都不認得，你教我幾個呢。」黛玉道：「不用教的，一說便可以知道的。」寶玉道：「我是個糊塗人，得教我那個『大』字加一勾，中間一個『五』字的。」黛玉笑道：「這『大』字『九』字是用左手大拇指按琴上的九徽⑪，這一勾加『五』字是右手鉤五弦⑫。並不是一個字，乃是一聲，是極容易的。還有吟、揉、綽、注、撞、走、飛、推等法，是講究手法的。」寶玉樂得手舞足蹈的說：「好妹妹，你既明琴理，我們何不學起來。」黛玉道：「琴者，禁也⑬。古人制下，原以治身，涵養性情，抑其淫蕩，去其奢侈。若要撫琴，必擇靜室高齋，或在層樓的上頭，在林石的裡面，或是山巔上，或是水涯上。再遇著那天地清和的時候，風清

---

⑨師曠、師襄——師曠，春秋時代晉國的樂師，他辨音能力很強，善彈七弦琴，相傳他彈琴招來了玄鶴。師襄，春秋時代魯國樂官，善彈琴、擊磬，據說孔子曾跟他學琴。

⑩高山流水，得遇知音——《列子・湯問》：「伯牙善鼓琴，鍾子期善聽。伯牙鼓琴，志在高山，鍾子期曰：『善哉，峨峨兮若泰山！』志在流水，曰：『善哉，洋洋乎若江河！』」因此後人以「高山流水」比喻知音。

⑪九徽——徽，亦作暉。古琴依三分損益法確定十三音，每音在琴面左側飾以金玉或螺蛤的圓點為標記，稱作「徽」。九徽，自琴首向琴尾數第九個圓點，即第九音。

⑫五弦——這裡指第五根弦。我國古琴起初是五弦，自周代後變為七弦。近徽一側為第一弦，最粗；近彈琴者一側為第七弦，最細。

⑬琴者，禁也——語出《白虎通・禮樂》：「琴，禁也，禁止於邪，以正人心也。」認為琴能禁止淫邪，使人心端正，所以不能輕率彈奏。

聯經出版事業公司校印

月朗，焚香靜坐，心不外想，氣血和平，才能與神合靈，與道合妙。所以古人說『知音難遇』。若無知音，寧可獨對著那清風明月，蒼松怪石，野猿老鶴，撫弄一番，以寄興趣，方為不負了這琴。還有一層，又要指法好，取音好。若必要撫琴，先須衣冠整齊，或鶴氅，或深衣⑭，要如古人的像表，那才能稱聖人之器，然後盥了手，焚上香，方才將身就在榻邊，把琴放在案上，坐在第五徽的地方兒，對著自己的當心，兩手方從容抬起，這才心身俱正。還要知道輕重疾徐、卷舒自若、體態尊重方好。」寶玉道：「我們學著頑，若這麼講究起來，那就難了。」

兩個人正說著，只見紫鵑進來，看見寶玉，笑說道：「寶二爺，今日這樣高興。」寶玉笑道：「聽見妹妹講究的叫人頓開茅塞，所以越聽越愛聽。」紫鵑道：「不是這個高興，說的是二爺到我們這邊來的話。」寶玉道：「先時妹妹身上不舒服，我怕鬧的他煩。再者，我又上學，因此顯著就疏遠了似的。」紫鵑不等說完，便道：「姑娘也是才好，二爺既這麼說，坐坐也該讓姑娘歇歇兒了，別叫姑娘只是講究勞神了。」寶玉笑道：「可是我只顧愛聽，也就忘了妹妹勞神了。」黛玉笑道：「說這些倒也開心，也沒有什麼勞神的。只是怕我只管說，你只管不懂呢。」寶玉道：「橫豎慢慢的自然明白了。」說著，便站起來道：「當真的妹妹歇歇兒罷。明兒我告訴三妹妹和四妹妹去，叫他們都學起來，讓我聽。」黛玉笑道：「你也太受用了。即如大家學會了撫起來，你不懂，可不是對⑮——」黛玉說到那裡，想起心上

⑭深衣——古代諸侯、大夫、士等貴族日常穿的便衣，也指平民的禮服，因上衣下裳相連，袍身深長，故名。

⑮對——「對牛彈琴」的省略。對牛彈琴，譏笑別人聽不懂音樂或聽不懂對方所說的話，也比喻說話不看對象。

的事，便縮住口，不肯往下說了。寶玉便笑道：「只要你們能彈，我便愛聽，也不管『牛』不『牛』的了。」黛玉紅了臉一笑。紫鵑、雪雁也笑了。

於是走出門來，只見秋紋帶著小丫頭，捧著一小盆蘭花來，說：「太太那邊有人送了四盆蘭花來，因裡頭有事，沒有空兒頑他，叫給二爺一盆，林姑娘一盆。」黛玉看時，卻有幾枝雙朵兒的，心中忽然一動，也不知是喜是悲，便呆呆的呆看。那寶玉此時卻一心只在琴上，便說：「妹妹有了蘭花，就可以做〈猗蘭操〉了。」黛玉聽了，心裡反不舒服。回到房中，看著花，想到：「草木當春，花鮮葉茂，想我年紀尚小，便像三秋蒲柳⑯。若是果能隨願，或者漸漸的好來；不然，只恐似那花柳殘春，怎禁得風催雨送。」想到那裡，不禁又滴下淚來。紫鵑在旁看見這般光景，卻想不出原故來：「方才寶玉在這裡，那麼高興；如今好好的看花，怎麼又傷起心來？」正愁著沒法兒勸解，只見寶釵那邊打發人來。未知何事，下回分解。

⑯蒲柳——水楊，秋天零落最早，所以常用來比喻早衰的體質。

聯經出版事業公司校印

第八十七回　感秋深撫琴悲往事　坐禪寂走火入邪魔

卻說黛玉叫進寶釵家的女人來，問了好，呈上書子。黛玉叫他去喝茶，便將寶釵來書打開看時，只見上面寫著：

妹生辰不偶①，家運多艱，姊妹伶仃，萱親衰邁。兼之猇聲狺語②，旦暮無休。更遭慘禍飛災，不啻驚風密雨。夜深輾側，愁緒何堪。屬在同心，能不為之愍惻③乎？回憶海棠結社，序屬清秋，對菊持螯，同盟歡洽。猶記「孤標傲世偕誰隱，一樣花開為底遲」之句，未嘗不嘆冷節遺芳④，

①生辰不偶——降生的時辰不吉利，即命運不好。不偶，即數奇，謂命運不佳。

②猇聲狺語——虎叫狗吠，形容惡言叫罵。猇，音ㄒㄧㄠ，虎吼聲；狺，音ㄧㄣˊ，狗叫聲。

③同心、愍惻——同心，知心。愍惻，同情；愍，哀憐、傷痛。

④冷節遺芳——這是以菊的品格自喻。冷節，清冷的季節；遺芳，百花凋謝後菊花才開，故稱遺芳。

如吾兩人也！感懷觸緒，聊賦四章，匪曰無故呻吟，亦長歌當哭之意耳。

悲時序之遞嬗，又屬清秋。感遭家之不造兮，獨處離愁。北堂有萱兮，何以忘憂？無以解憂兮，我心咻咻。⑤　一解。

雲憑憑兮秋風酸，步中庭兮霜葉乾。何去何從兮，失我故歡。靜言思之兮惻肺肝！⑥　二解

惟鮪有潭兮，惟鶴有梁。鱗甲潛伏兮，羽毛何長！騷首問兮茫茫，高天厚地兮，誰知余之永傷。⑦　三解

銀河耿耿兮寒氣侵，月色橫斜兮玉漏沉。憂心炳炳兮發我哀吟，吟復吟兮寄我知音。⑧　四解

黛玉看了，不勝傷感。又想：「寶姐姐不寄與別人，單寄與我，也是『惺惺惜惺惺』⑨的意思。」

---

⑤「悲時序」一首——遞嬗，不斷地更替、變化。不造，不成、不幸；離愁，即「罹愁」，遭受愁苦。咻咻，本為噓氣聲，引申為煩擾不安。

⑥「雲憑憑兮」一首——憑憑，雲層厚積的樣子；秋風酸，悲涼的秋風。故歡，舊時的歡樂。靜言思之，靜靜思考；言，助詞，無實義。

⑦「惟鮪有潭兮」一首——鮪，音ㄨㄟˇ，鱘、鰉之類春天溯江產卵，產後洄游深海的軟骨魚；梁，魚梁，捉魚的擋水牆。鱗甲，魚蝦等水族的統稱；毛羽，飛禽的統稱。永傷，無限的悲傷。

⑧「銀河耿耿兮」一首——耿耿，光明的樣子；玉漏沉，猶言夜深沉。炳炳，本是光明、顯著的意思，這裡指愁思很厲害。

⑨惺惺惜惺惺——聰明人愛憐聰明人，常用來表示同病相憐。惺惺，聰明。

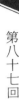

正在沉吟，只聽見外面有人說道：「林姐姐在家裡呢麼？」黛玉一面把寶釵的書疊起，口內便答應道：「是誰？」正問著，早見幾個人進來，卻是探春、湘雲、李紋、李綺。彼此問了好，雪雁倒上茶來，大家喝了，說些閑話。因想起前年的菊花詩來，黛玉便道：「寶姐姐自從挪出去，來了兩遭，如今索性有事也不來了，真真奇怪。我看他終久還來我們這裡不來。」探春微笑道：「怎麼不來？橫豎要來的。如今是他們尊嫂有些脾氣，姨媽上了年紀的人，又兼有薛大哥的事，自然得寶姐姐照料一切，那裡還比得先前有工夫呢。」

正說著，忽聽得「唿喇喇」一片風聲，吹了好些落葉，打在窗紙上。停了一回兒，又透過一陣陣清香來。眾人聞著，都說道：「這是何處來的香風？這像什麼香？」黛玉道：「好像木樨香。」探春笑道：「林姐姐終不脫南邊人的話，這大九月裡的，那裡還有桂花呢？」黛玉笑道：「原是啊！不然，怎麼不竟說是桂花香，只說似乎像呢？」湘雲道：「三姐姐，你也別說。你可記得『十里荷花，三秋桂子』⑩？在南邊，正是晚桂開的時候了，你只沒見過罷了。等你明日到南邊去的時候，你自然也就知道了。」探春笑道：「我有什麼事到南邊去？況且這個也是我早知道的，不用你們說嘴。」李紋、李綺只抿著嘴兒笑。

黛玉道：「妹妹，這可說不齊。俗語說：『人是地行仙』⑪，今日在這裡，明日就不知在那裡。譬如我，原是南邊人，怎麼到了這裡呢？」湘雲拍著手笑道：「今兒三姐姐可叫林姐姐問住了。不但林姐

⑩十里荷花，三秋桂子——宋代柳永〈望海潮〉詞中描寫西湖景色的句子。

⑪人是地行仙——地行仙，和人混在一起的神仙。俗諺有「人是地行仙，一日不見走三千」之說。

姐是南邊人到這裡，就是我們這幾個人就不同：也有本來是北邊的；也有根子是南邊，生長在北邊的；也有生長在南邊，到這北邊的。今兒大家都湊在一處，可見人總有一個定數。大凡地和人，總是各自有緣分的。」眾人聽了，都點頭，探春也只是笑。又說了一會子閑話兒，大家散出。黛玉送到門口，大家都說：「你身上才好些，別出來了，看著了風。」

於是黛玉一面說著話兒，一面站在門口又與四人殷勤了幾句，便看著他們出院去了。進來坐著，看看已是林鳥歸山，夕陽西墜。因史湘雲說起南邊的話，便想著：「父母若在，南邊的景致，春花秋月，水秀山明，二十四橋⑫，六朝遺跡。不少下人伏侍，諸事可以任意，言語亦可不避。香車畫舫，紅杏青帘，惟我獨尊。今日寄人籬下，縱有許多照應，自己無處不要留心。不知前生作了什麼罪孽，今生這樣孤淒。真是李後主說的『此間日中只以眼淚洗面』⑬矣！」一面思想，不知不覺神往那裡去了。

紫鵑走來，看見這樣光景，想著必是因剛才說起南邊北邊的話來，一時觸著黛玉的心事了，便問道：「姑娘們來說了半天話，想來姑娘又勞了神了。剛才我叫雪雁告訴廚房裡，給姑娘作了一碗火肉⑭白菜湯，加了一點兒蝦米兒，配了點青笋紫菜。姑娘想著好麼？」黛玉道：「也罷了。」紫鵑道：「還熬了

⑫二十四橋——江蘇揚州名勝之一。有二說：一說有橋二十四座；一說為橋名，又名紅藥橋，在揚州西門外，傳說古有二十四美人在此吹簫，因此叫「二十四橋」。

⑬此間日中，只以眼淚洗面——南唐後主李煜亡國被俘後，曾在給舊宮人的信裡說過這句話，極言去國的哀傷心情。

⑭火肉——火腿肉。

一點江米粥。」黛玉點點頭兒，又說道：「那粥該你們兩個自己熬了，不用他們廚房裡熬才是。」紫鵑道：「我也怕廚房裡弄的不乾淨，我們各自熬呢。就是那湯，我也告訴雪雁和柳嫂兒說了，要弄乾淨著。柳嫂兒說了：他打點妥當，拿到他屋裡，叫他們五兒瞅著燉呢。」黛玉道：「我倒不是嫌人家骯髒，只是病了好些日子，不周不備，都是人家。這會子又湯兒、粥兒的調度，未免惹人厭煩。」說著，眼圈兒又紅了。

紫鵑道：「姑娘這話也是多想。姑娘是老太太的外孫女兒，又是老太太心坎兒上的。別人求其在姑娘眼前討好兒還不能呢，那裡有抱怨的？」黛玉點點頭兒，因又問道：「你才說的五兒，不是那日和寶二爺那邊的芳官在一處的那個女孩兒？」紫鵑道：「就是他。」黛玉道：「不聽見說要進來麼？」紫鵑道：「可不是！因為病了一場，後來好了，才要進來，正是晴雯他們鬧出事來的時候，也就耽擱住了。」黛玉道：「我看那丫頭倒也還頭臉兒乾淨。」說著，外頭婆子送了湯來。雪雁出來接時，那婆子說道：「柳嫂兒叫回姑娘：這是他們五兒作的，沒敢在大廚房裡作，怕姑娘嫌骯髒。」雪雁答應著，接了進來。黛玉在屋裡已聽見了，吩咐雪雁告訴那老婆子：「回去說，叫他費心。」雪雁出來說了，老婆子自去。

這裡雪雁將黛玉的碗箸安放在小几兒上，因問黛玉道：「還有咱們南來的五香大頭菜，拌些麻油、醋，可好麼？」黛玉道：「也使得，只不必累贅了。」一面盛上粥來，黛玉吃了半碗，用羹匙舀了兩口湯喝，就擱下了。兩個丫鬟撤了下來，拭淨了小几，端下去，又換上一張常放的小几。黛玉漱了口，盥了手，便道：「紫鵑，添了香了沒有？」紫鵑道：「就添去。」黛玉道：「你們就把那湯和粥吃了罷，味兒還好，且是乾淨。待我自己添香罷。」兩個人答應了，在外間自吃去了。

這裡黛玉添了香，自己坐著。才要拿本書看，只聽得園內的風自西邊直透到東邊，穿過樹枝，都在那裡「唏溜嘩喇」不住的響。一回兒，檐下的鐵馬⑮也只管「叮叮噹噹」的亂敲起來。一時雪雁先吃完了，進來伺候。黛玉便問道：「天氣冷了，我前日叫你們把那些小毛兒衣服晾晾，可曾晾過沒有？」雪雁道：「都晾過了。」黛玉道：「你拿一件來我披披。」雪雁走去，將一包小毛衣服抱來，打開氈包，給黛玉自揀。只見內中夾著個絹包兒，黛玉伸手拿起，打開看時，卻是寶玉病時送來的舊手帕，自己題的詩，上面淚痕猶在；裡頭卻包著那剪破了的香囊、扇袋並寶玉通靈玉上的穗子。原來晾衣服時從箱中撿出，紫鵑恐怕遺失了，遂夾在這氈包裡的。這黛玉不看則已，看了時，也不說穿那一件衣服，手裡只拿著那兩方手帕，呆呆的看那舊詩。看了一回，不覺的簌簌淚下。紫鵑剛從外間進來，只見雪雁正捧著一氈包衣裳，在旁邊呆立。小几上卻擱著剪破的香囊、兩三截兒扇袋和那鉸折了的穗子；黛玉手中自拿著兩方舊帕，上邊寫著字跡，在那裡對著滴淚。正是：

失意人逢失意事，新啼痕間舊啼痕。

紫鵑見了這樣，知是他觸物傷情，感懷舊事，料道勸也無益，只得笑著道：「姑娘，還看那些東西作什麼？那都是那幾年寶二爺和姑娘小時，一時好了，一時惱了，鬧出來的笑話兒。要像如今這樣斯抬斯敬，那裡能把這些東西白糟塌了呢？」紫鵑這話原給黛玉開心，不料這幾句話更提起黛玉初來時和寶玉的舊事來，一發珠淚連綿起來。紫鵑又勸道：「雪雁這裡等著呢，姑娘披上一件罷。」那黛玉才把手

⑮鐵馬——又叫檐馬。掛在房檐下的鐵片或鈴鐺，風吹時互相碰撞發出叮噹聲。

聯經出版事業公司 校印

帕撂下。紫鵑連忙拾起，將香袋等物包起拿開。

這黛玉方披了一件皮衣，自己悶悶的走到外間來坐下。回頭看見案上寶釵的詩啟尚未收好，又拿出來瞧了兩遍，嘆道：「境遇不同，傷心則一。不免也賦四章，翻入琴譜，可彈可歌，明日寫出來寄去，以當和作。」便叫雪雁將外邊桌上筆硯拿來，濡墨揮毫，賦成四疊⑯。又將琴譜翻出，借他〈猗蘭〉〈思賢〉兩操，合成音韵，與自己做的配齊了，然後寫出，以備送與寶釵。又即叫雪雁向箱中將自己帶來的短琴拿出，調上弦，又操演了指法。黛玉本是個絕頂聰明人，又在南邊學過幾時，雖是手生，到底一理就熟。撫了一番，夜已深了，便叫紫鵑收拾睡覺。不題。

卻說寶玉這日起來，梳洗了，帶著焙茗正往書房中來，只見墨雨笑嘻嘻的跑來，迎頭說道：「二爺，今日便宜了！太爺不在書房裡，都放了學了。」寶玉道：「當真的麼？」墨雨道：「二爺不信，那不是三爺和蘭哥兒來了？」寶玉看時，只見賈環、賈蘭跟著小廝們，兩個笑嘻的，嘴裡咭咭呱呱，不知說些什麼，迎頭來了。見了寶玉，都垂手站住。寶玉問道：「你們兩個怎麼就回來了？」賈環道：「今日太爺有事，說是放一天學，明兒再去呢。」寶玉聽了，方回身到賈母、賈政處去稟明了，然後回到怡紅院中。襲人問道：「怎麼又回來了？」寶玉告訴了他，只坐了一坐兒，便往外走。襲人道：「往那裡去，這樣忙法？就放了學，依我說也該養養神兒了。」寶玉站住腳，低了頭，說道：「你的話也是。但是好

⑯疊——按前面樂章的格式，曲調重奏一次或文辭重複一章叫「一疊」。

容易放一天學，還不散散去，你也該可憐我些兒。」襲人見說的可憐，笑道：「由爺去罷。」正說著，端了飯來。寶玉也沒法兒，只得且吃飯，三口兩口忙忙的吃完，漱了口，一溜煙往黛玉房中去了。走到門口，只見雪雁在院中晾絹子呢。寶玉因問：「姑娘吃了飯了麼？」雪雁道：「早起喝了半碗粥，懶待吃飯。這時候打盹兒呢。二爺且到別處走走，回來再來罷。」寶玉只得回來。無處可去，忽然想起惜春有好幾天沒見，便信步走到蓼風軒來。

剛到窗下，只見靜悄悄一無人聲。寶玉打諒他也睡午覺，不便進去。才要走時，只聽屋裡微微一響，不知何聲。寶玉站住再聽，半日，又拍的一響。寶玉還未聽出，只見一個人道：「你在這裡下了一個子兒，那裡你不應麼？」寶玉方知是下大棋，但只急切聽不出這個人的語音是誰。底下方聽見惜春道：「怕什麼？你這麼一吃我，我這麼一應，你又這麼吃，我又這麼應：還緩著一著兒呢，終久連得上。」那一個又道：「我要這麼一吃呢？」惜春道：「阿嗄！還有一著『反撲』在裡頭呢！我倒沒防備。」寶玉聽了，聽那一個聲音很熟，卻不是他們姊妹。料著惜春屋裡也沒外人，輕輕的掀簾進去。看時，不是別人，卻是那櫳翠庵的「檻外人」妙玉。這寶玉見是妙玉，不敢驚動。妙玉和惜春正在凝思之際，也沒理會。寶玉卻站在旁邊看他兩個手段。只見妙玉低著頭，問惜春道：「你這個『畸角兒』不要了麼？」惜春道：「怎麼不要？你那裡頭都是死子兒，我怕什麼？」妙玉道：「且別說滿話，試試看。」惜春道：「我便打了起來，看你怎麼樣。」妙玉卻微微笑著，把邊上子一接，卻搭轉一吃，把惜春的一個角兒都打起來了，笑著說道：「這叫做『倒脫靴勢』⑰。」

惜春尚未答言，寶玉在旁情不自禁，哈哈一笑，把兩個人都唬了一大跳。惜春道：「你這是怎麼說？

進來也不言語，這麼使促狹唬人！你多早晚進來的？」寶玉道：「我頭裡就進來了，看著你們兩個爭這個『畸角兒』。」說著，一面與妙玉施禮，一面又笑問道：「妙公輕易不出禪關⑱，今日何緣下凡一走？」妙玉聽了，忽然把臉一紅，也不答言，低了頭自看那棋。寶玉自覺造次，連忙陪笑道：「倒是出家人比不得我們在家的俗人。頭一件，心是靜的。靜則靈，靈則慧。……」寶玉尚未說完，只見妙玉微微的把眼一抬，看了寶玉一眼，復又低下頭去，那臉上的顏色漸漸的紅暈起來。寶玉見他不理，只得訕訕的旁邊坐了。

惜春還要下子，妙玉半日說道：「再下罷。」便起身理理衣裳，重新坐下，癡癡的問著寶玉道：「你從何處來？」寶玉巴不得這一聲，好解釋前頭的話，忽又想道：「或是妙玉的機鋒。」轉紅了臉，答應不出來。妙玉微微一笑，自和惜春說話。惜春也笑道：「二哥哥，這什麼難答的？你沒的聽見人家常說的，『從來處來』麼？這也值得把臉紅了，見了生人的似的！」妙玉聽了這話，想起自家，心上一動，臉上一熱，必然也是紅的，倒覺不好意思起來。因站起來說道：「我來得久了，要回庵裡去了。」惜春知妙玉為人，也不深留，送出門口。妙玉笑道：「久已不來這裡，彎彎曲曲的，回去的路頭都要迷住了。」

---

⑰反撲、畸角兒、倒脫靴勢——都是圍棋術語。反撲，指甲方在吃乙方棋子以後，乙方又反過來將甲方吃掉。畸角兒，全盤圍棋的某一角；畸角面積雖小，但容易活棋、占子多，常為雙方重視、爭奪。倒脫靴勢，甲方已將乙方棋子圍死，乙方設法不僅將被圍棋子接引出來成為活棋，同時反而圍住甲方。

⑱禪關——這裡指僧、尼靜坐修行的房子。

寶玉道：「這倒要我來指引指引，何如？」妙玉道：「不敢，二爺前請。」

於是二人別了惜春，離了蓼風軒，彎彎曲曲，走近瀟湘館，忽聽得叮咚之聲。妙玉道：「那裡的琴聲？」寶玉道：「想必是林妹妹那裡撫琴呢。」妙玉道：「原來他也會這個，怎麼素日不聽見提起？」寶玉悉把黛玉的事述了一遍，因說：「咱們去看他。」妙玉道：「從古只有聽琴，再沒有『看琴』的。」寶玉笑道：「我原說我是個俗人。」說著，二人走至瀟湘館外，在山子石坐著靜聽，甚覺音調清切。只聽得低吟道：

風蕭蕭兮秋氣深，美人千里兮獨沉吟。望故鄉兮何處，倚欄杆兮涕沾襟。

歇了一回，聽得又吟道：

山迢迢兮水長，照軒窗兮明月光。耿耿不寐兮銀河渺茫，羅衫怯怯兮風露涼。

又歇了一歇。妙玉道：「剛才『侵』字韻是第一疊，如今『陽』字韻是第二疊了。咱們再聽。」裡邊又吟道：

子之遭兮不自由，予之遇兮多煩憂。之子與我兮心焉相投，思古人兮俾無尤⑲。

妙玉道：「這又是一拍。何憂思之深也！」寶玉道：「我雖不懂得，但聽他音調，也覺得過悲了。」裡頭又調了一回弦。妙玉道：「君弦太高了，與無射律只怕不配呢⑳。」裡邊又吟道：

---

⑲思古人兮俾無尤——語見《詩・邶風・綠衣》：「我思古人，俾無尤兮。」意思是：思念古人的美德，使自己避免過錯。

⑳「君弦太高」一語——君弦，古琴近徽一側的第一根弦，又名初弦、大弦，最粗，是確定基音的。無射律，十二律的第十一律，音階較高，所以君弦定音太高，無射律的音階就更高，彈奏極困難。

人生斯世兮如輕塵，天上人間兮感夙因。感夙因兮不可惙㉑，素心如何天上月！

妙玉聽了，呀然失色道：「如何忽作變徵㉒之聲？音韻可裂金石矣。只是太過。」寶玉道：「太過便怎麼？」妙玉道：「恐不能持久。」正議論時，聽得君弦「蹦」的一聲斷了。妙玉站起來，連忙就走。寶玉道：「怎麼樣？」妙玉道：「日後自知，你也不必多說。」竟自走了。弄得寶玉滿肚疑團，沒精打彩的歸至怡紅院中，不表。

單說妙玉歸去，早有道婆接著，掩了庵門，坐了一回，把「禪門日誦」念了一遍。吃了晚飯，點上香，拜了菩薩，命道婆自去歇著，自己的禪床靠背俱已整齊，屏息垂簾，跏趺㉓坐下，斷除妄想，趨向真如。坐到三更過後，聽得屋上「骨碌碌」一片瓦響，妙玉恐有賊來，下了禪床，出到前軒，但見雲影橫空，月華如水。那時天氣尚不很涼，獨自一個，憑欄站了一回，忽聽房上兩個貓兒一遞一聲廝叫。那妙玉忽想起日間寶玉之言，不覺一陣心跳耳熱。自己連忙收攝心神，走進禪房，仍到禪床上坐了。怎奈神不守舍，一時如萬馬奔馳，覺得禪床便恍蕩起來，身子已不在庵中。便有許多王孫公子要求娶他，又

㉑惙——音ㄔㄨㄛˋ，通「輟」，中止、停止。

㉒變徵（音ㄓˇ）——古代七聲音階分宮、商、角、變徵、徵、羽、變宮，調式不同，表現的音樂效果也不同；變徵，相當於現代的B調，一般表現激越悲涼的情緒。

㉓跏趺——音ㄐㄧㄚ ㄈㄨ，佛教徒打坐的姿勢，盤膝，左腳背搭於右腿，右腳背搭於左腿。

有些媒婆扯扯拽拽扶他上車，自己不肯去。一回兒又有盜賊劫他，持刀執棍的逼勒，只得哭喊求救。

早驚醒了庵中女尼、道婆等眾，都拿火來照看。只見妙玉兩手撒開，口中流沫。急叫醒時，只見眼睛直豎，兩顴鮮紅，罵道：「我是有菩薩保佑，你們這些強徒敢要怎麼樣！」眾人都唬的沒了主意，都說道：「我們在這裡呢，快醒轉來罷！」妙玉道：「我要回家去！你們有什麼好人，送我回去罷。」道婆道：「這裡就是你住的房子。」說著，又叫別的女尼忙向觀音前禱告，求了籤，翻開籤書看時，是觸犯了西南角上的陰人㉔。就有一個說：「是了。大觀園中西南角上本來沒有人住，陰氣是有的。」一面弄湯弄水在那裡忙亂。那女尼原是自南邊帶來的，伏侍妙玉自然比別人盡心，圍著妙玉，坐在禪床上。妙玉回頭道：「你是誰？」女尼道：「是我。」妙玉仔細瞧了一瞧，道：「原來是你！」便抱住那女尼，嗚嗚咽咽的哭起來，說道：「你是我的媽呀，你不救我，我不得活了！」那女尼一面喚醒他，一面給他揉著。道婆倒上茶來喝了，直到天明才睡了。

女尼便打發人去請大夫來看脈，也有說是思慮傷脾的，也有說是熱入血室的，也有說是邪祟觸犯的，也有說是內外感冒的：終無定論。後請得一個大夫來看了，問：「曾打坐過沒有？」道婆說道：「向來打坐的。」大夫道：「這病可是昨夜忽然來的麼？」道婆道：「是。」大夫道：「這是走魔入火的原故。」眾人問：「有礙沒有？」大夫道：「幸虧打坐不久，魔還入得淺，可以有救。」寫了降伏心火的藥，吃了一劑，稍稍平復些。外面那些游頭浪子聽見了，便造作許多謠言，說：「這樣年紀，那裡忍得住？況

㉔陰人——這裡指死人或陰魂。

且又是很風流的人品，很乖覺的性靈，以後不知飛在誰手裡，便宜誰去呢！」過了幾日，妙玉病雖略好，神思未復，終有些恍惚。

一日，惜春正坐著，彩屏忽然進來，回道：「姑娘知道妙玉師父的事嗎？」惜春道：「他有什麼事？」彩屏道：「我昨日聽見邢姑娘和大奶奶那裡說呢：他自從那日和姑娘下棋回去，夜間忽然中了邪，嘴裡亂嚷，說強盜來搶他來了，到如今還沒好。姑娘你說這不是奇事嗎？」惜春聽了，默然無語，因想：「妙玉雖然潔淨，畢竟塵緣未斷。可惜我生在這種人家，不便出家。我若出了家時，那有邪魔纏擾？一念不生，萬緣俱寂。」想到這裡，驀與神會，若有所得，便口占一偈云：

大造本無方，云何是應住。既從空中來，應向空中去。㉕

占畢，即命丫頭焚香。自己靜坐了一回，又翻開那棋譜來，把孔融、王積薪㉖等所著看了幾篇。內中「荷葉包蟹勢」、「黃鶯搏兔勢」都不出奇，「三十六局殺角勢」一時也難會難記，獨看到「八龍走馬」，覺得甚有意思。正在那裡作想，只聽見外面一個人走進院來，連叫：「彩屏！」未知是誰，下回分解。

㉕「大造」一偈——大造，指現實世界；無方，無常；住，佛家語，即住相，執迷於現實世界。空中來，佛教認為空能生有，所以說人生是從空中來；空中去，歸向空門、佛門。

㉖孔融、王積薪——孔融，東漢時人；王積薪，唐代人，著有《圍棋十訣》；兩人都是圍棋高手。

第八十八回　博庭歡寶玉贊孤兒　正家法賈珍鞭悍僕

卻說惜春正在那裡揣摩棋譜，忽聽院內有人叫彩屏，不是別人，卻是鴛鴦的聲兒。彩屏出去，同著鴛鴦進來。那鴛鴦卻帶著一個小丫頭，提了一個小黃絹包兒。惜春笑問道：「什麼事？」鴛鴦道：「老太太因明年八十一歲，是個『暗九』①，許下一場九晝夜的功德，發心要寫三千六百五十零一部《金剛經》。這已發出外面人寫了。但是俗說《金剛經》就像那道家的符殼，《心經》才算是符膽②。故此，《金剛經》內必要插著《心經》，更有功德。老太太因《心經》是更要緊的，觀自在③又是女菩薩，所

①暗九——舊時迷信，認為八十一為九九相乘而得，暗藏兩個九字，所以稱為「暗九」，又稱「暗坎」（含有過不去之意），因此八十一歲是個不吉利的歲數，必須誦經參佛、消災祈福。

②《金剛經》、《心經》、符殼、符膽——《金剛經》和《心經》都屬《般若經》，《心經》經文極簡，概括了《般若經》精義，舊時多與《金剛經》合印。符膽，指道家符錄的精義所在；符殼，指符錄的圖形。

③觀自在——即觀世音，又稱觀音菩薩。

聯經出版事業公司校印

以要幾個親丁奶奶、姑娘們寫上三百六十五部，如此，又虔誠，又潔淨。咱們家中，除了二奶奶：頭一宗，他當家沒有空兒，二宗，他也寫不上來；其餘會寫字的，不論寫得多少，連東府珍大奶奶、姨娘們都分了去，本家裡頭自不用說。」惜春聽了，點頭道：「別的我做不來，若要寫經，我最信心④的。你擱下，喝茶罷。」鴛鴦才將那小包兒擱在桌上，同惜春坐下。

彩屏倒了一鍾茶來。惜春笑問道：「你寫不寫？」鴛鴦道：「姑娘又說笑話了。那幾年還好，這三四年來，姑娘見我還拿了拿筆兒麼？」惜春道：「這卻是有功德的。」鴛鴦道：「我也有一件事：向來伏侍老太太安歇後，自己念上米佛⑤，已經念了三年多了。我把這個米收好，等老太太做功德的時候，我將他襯在裡頭，供佛施食，也是我一點誠心。」惜春道：「這樣說來，老太太做了觀音，你就是龍女⑥了。」鴛鴦道：「那裡跟得上這個分兒？卻是除了老太太，別的也伏侍不來，不曉得前世什麼緣分兒。」說著要走，叫小丫頭把小絹包打開，拿出來道：「這素紙一扎，是寫《心經》的。」又拿起一子兒藏香⑦，道：「這是叫寫經時點著寫的。」惜春都應了。

鴛鴦遂辭了出來，同小丫頭來至賈母房中，回了一遍。看見賈母與李紈打雙陸⑧，鴛鴦旁邊瞧著。

---

④信心——這裡是盡心、虔誠的意思。

⑤念米佛——念佛的方式之一：邊念佛邊數米粒，念一聲數一粒。

⑥龍女——相傳為婆竭羅龍王的女兒，八歲到靈鷲山拜釋迦牟尼，後來成了佛。

⑦一子兒藏香——一子兒，一束；藏香，西藏供佛所用的香。

李紈的骰子好，擲下去，把老太太的錘打下了好幾個去。鴛鴦抿著嘴兒笑。忽見寶玉進來，手中提了兩個細篾絲的小籠子，籠內有幾個蟈蟈兒，說道：「我聽說老太太夜裡睡不著，我給老太太留下解解悶。」賈母笑道：「你別瞅著你老子不在家，你只管淘氣。」寶玉笑道：「我沒有淘氣。」賈母道：「你沒淘氣，不在學房裡念書，為什麼又弄這個東西呢？」寶玉道：「不是我自己弄的。今兒因師父叫環兒和蘭兒對對子，環兒對不來，我悄悄的告訴了他。他說了，師父喜歡，誇了他兩句。他感激我的情，買了來孝敬我的。我才拿了來孝敬老太太的。」賈母道：「他沒有天天念書麼？為什麼對不上來？對不上來，就叫你儒大爺爺打他的嘴巴子，看他臊不臊！你也夠受了。不記得你老子在家時，一叫做詩做詞，唬的倒像個小鬼兒似的？這會子又說嘴了。那環兒小子更沒出息，求人替做了，就變著方法兒打點人。這麼點子孩子，就鬧鬼鬧神的，也不害臊，趕大了，還不知是個什麼東西呢！」說的滿屋子人都笑了。

賈母又問道：「蘭小子呢，做上來了沒有？──這該環兒替他了，他又比他小了。是不是？」寶玉笑道：「他倒沒有，卻是自己對的。」賈母道：「我不信！不然，就也是你鬧了鬼了。如今你還了得，『羊群裡跑出駱駝來了，就只你大。』你又會做文章了。」寶玉笑道：「實在是他作的。師父還誇他明兒一定有大出息呢。老太太不信，就打發人叫了他來親自試試，老太太就知道了。」賈母道：「果然這麼著，我才喜歡。我不過怕你撒謊。既是他做的，這孩子明兒大概還有一點兒出息。」因看著李紈，又

⑧雙陸──又叫「雙鹿」，古代博戲之一。下鋪一特製盤子，雙方各用十六枚棒槌形的「馬」立在自己一方，按擲骰子的點數在盤上占步數，先走到對方的得勝。下文的「錘」，指的就是棒槌形的「馬」。

聯經出版事業公司校印

想起賈珠來，「這也不枉你大哥哥死了，你大嫂子拉扯他一場，日後也替你大哥哥頂門壯戶。」說到這裡，不禁流下淚來。李紈聽了這話，卻也動心，只是賈母已經傷心，自己連忙忍住淚，笑勸道：「這是老祖宗的餘德，我們托著老祖宗的福罷咧。只要他應得了老祖宗的話，就是我們的造化了。老祖宗看著也喜歡，怎麼倒傷起心來呢？」因又回頭向寶玉道：「寶叔叔明兒別這麼誇他，他多大孩子，知道什麼？你不過是愛惜他的意思，他那裡懂得？一來二去，眼大心肥，那裡還能夠有長進呢！」賈母道：「你嫂子這也說的是。就只他還太小呢，也別逼㯷⑨緊了他。小孩子膽兒小，一時逼急了，弄出點子毛病來，書倒念不成，把你的工夫都白糟塌了。」賈母說到這裡，李紈卻忍不住，撲簌簌掉下淚來，連忙擦了。

只見賈環、賈蘭也都進來給賈母請了安。賈蘭又見過他母親，然後過來，在賈母旁邊侍立。賈母道：「我剛才聽見你叔叔說你對的好對子，師父誇你來著？」賈蘭也不言語，只管抿著嘴兒笑。鴛鴦過來說道：「請示老太太，晚飯伺候下了。」賈母道：「請你姨太太去罷。」琥珀接著便叫人去王夫人那邊請薛姨媽。

這裡寶玉、賈環退出。素雲和小丫頭們過來把雙陸收起。李紈尚等著伺候賈母的晚飯，賈蘭便跟著他母親站著。賈母道：「你們娘兒兩個跟著我吃罷。」李紈答應了。一時，擺上飯來，丫鬟回來稟道：「太太叫回老太太：姨太太這幾天浮來暫去，不能過來回老太太，今日飯後家去了。」於是賈母叫賈蘭

⑨逼㯷——逼迫。

在身旁邊坐下，大家吃飯，不必細述。

卻說賈母剛吃完了飯，盥漱了，歪在床上說閑話兒。只見小丫頭子告訴琥珀，琥珀過來回賈母道：「東府大爺請晚安來了。」賈母道：「你們告訴他：如今他辦理家務乏乏的，叫他歇著去罷。我知道了。」小丫頭告訴老婆子們，老婆子才告訴賈珍。賈珍然後退出。

到了次日，賈珍過來料理諸事。門上小廝陸續回了幾件事，又一個小廝回道：「莊頭送果子來了。」賈珍道：「單子呢？」那小廝連忙呈上。賈珍看時，上面寫著不過是時鮮果品，還夾帶菜蔬野味若干在內。賈珍看完，問：「向來經管的是誰？」門上的回道：「是周瑞。」便叫周瑞：「照賬點清，送往裡頭交代。等我把賬抄下一個底子，留著好對。」又叫：「告訴廚房，把下菜中添幾宗，給送果子的來人，照常賞飯給錢。」周瑞答應了。一面叫人搬至鳳姐兒院子裡去，又把莊上的賬同果子交代明白，出去了。一回兒，又進來回賈珍道：「才剛來的果子，大爺曾點過數目沒有？」賈珍道：「我那裡有工夫點這個呢？給了你賬，你照賬點就是了。」周瑞道：「小的曾點過，也沒有少，也不能多出來。大爺既留下底子，再叫送果子來的人問問，他這賬是真的假的。」賈珍道：「這是怎麼說？不過是幾個果子罷咧，有什麼要緊？我又沒有疑你。」說著，只見鮑二走來，磕了一個頭，說道：「求大爺原舊放小的在外頭伺候罷。」賈珍道：「你們這又是怎麼著？」鮑二道：「奴才在這裡又說不上話來。」賈珍道：「誰叫你說話。」鮑二道：「何苦來，在這裡作眼睛珠兒？」周瑞接口道：「奴才在這裡經管地租莊子，銀錢出入每年也有三五十萬來往，老爺、太太、奶奶們從沒有說過話的，何況這些零星東西？若照鮑二說起來，爺們家裡的田地、房產都被奴才們弄完了。」賈珍想道：「必是鮑二在這裡拌嘴，不如叫他出去。」因向鮑二說道：「快滾罷！」又告訴周瑞說：「你也不用說了，你幹你的事罷。」二人各自散了。

賈珍正在廂房裡歇著，聽見門上鬧的翻江攪海，叫人去查問，回來說道：「鮑二和周瑞的乾兒子打架。」賈珍道：「周瑞的乾兒子是誰？」門上的回道：「他叫何三，本來是個沒味兒的，天天在家裡喝酒鬧事，常來門上坐著。聽見鮑二與周瑞拌嘴，他就插在裡頭。」賈珍道：「這卻可惡！把鮑二和那個什麼何幾給我一塊兒捆起來！周瑞呢？」門上的回道：「打架時他先走了。」賈珍道：「給我拿了來！這還了得了！」眾人答應了。

正嚷著，賈璉也回來了，賈珍便告訴了一遍。賈璉道：「這還了得！」又添了人去拿周瑞。周瑞知道躲不過，也找到了。賈珍便叫：「都捆上！」賈璉便向周瑞道：「你們前頭的話也不要緊，大爺說開了，很是了。為什麼外頭又打架！你們打架已經使不得，又弄個野雜種什麼何三來鬧。你不壓伏壓伏他們，倒竟走了！」就把周瑞踢了幾腳。賈珍道：「單打周瑞不中用。」喝命人把鮑二和何三各人打了五十鞭子，攆了出去，方和賈璉兩個商量正事。

下人背地裡便生出許多議論來：也有說賈珍護短的；也有說不會調停的；也有說他本不是好人，「前兒尤家姊妹弄出許多醜事來，那鮑二不是他調停著二爺叫了來的嗎？這會子又嫌鮑二不濟事，必是鮑二的女人伏侍不到了。」人多嘴雜，紛紛不一。

卻說賈政自從在工部掌印，家人中盡有發財的。那賈芸聽見了，也要插手弄一點事兒，便在外頭說了幾個工頭，講了成數，便買了些時新繡貨，要走鳳姐兒門子。

鳳姐正在房中，聽見丫頭們說：「大爺、二爺都生了氣，在外頭打人呢。」鳳姐聽了，不知何故，正要叫人去問問，只見賈璉已進來了，把外面的事告訴了一遍。鳳姐道：「事情雖不要緊，但這風俗兒斷不可長。此刻還算咱們家裡正旺的時候兒，他們就敢打架；以後小輩兒們當了家，他們越發難制伏了。前年我在東府裡，親眼見過焦大吃的爛醉，躺在臺階子底下罵人，不管上上下下，一混湯子的混罵。他雖是有過功的人，到底主子奴才的名分，也要存點兒體統才好。珍大奶奶——不是我說——是個老實頭，個個人都叫他養得無法無天的。如今又弄出一個什麼鮑二！我還聽見是你和珍大爺得用的人，為什麼今兒又打他呢？」賈璉聽了這話刺心，便覺訕訕的，拿話來支開，借有事，說著就走了。

小紅進來回道：「芸二爺在外頭要見奶奶。」鳳姐一想，「他又來做什麼？」便道：「叫他進來罷。」小紅出來，瞅著賈芸微微一笑。賈芸趕忙湊近一步，問道：「姑娘替我回了沒有？」小紅紅了臉，說道：「我就是見二爺的事多。」賈芸道：「何曾有多少事能到裡頭來勞動姑娘呢？就是那一年姑娘在寶二叔房裡，我才和姑娘——」小紅怕人撞見，不等說完，趕忙問道：「那年我換給二爺的一塊絹子，二爺見了沒有？」那賈芸聽了這句話，喜的心花俱開，才要說話，只見一個小丫頭從裡面出來，賈芸連忙同著小紅往裡走。兩個人一左一右，相離不遠，賈芸悄悄的道：「回來我出來，還是你送出我來。我告訴你，還有笑話兒呢。」小紅聽了，把臉飛紅，瞅了賈芸一眼，也不答言。同他到了鳳姐門口，自己先進去回了，然後出來，掀起簾子，點手兒，口中卻故意說道：「奶奶請芸二爺進來呢。」

賈芸笑了一笑，跟著他走進房來，見了鳳姐兒，請了安，並說：「母親叫問好。」鳳姐也問了他母親好。鳳姐道：「你來有什麼事？」賈芸道：「侄兒從前承嬸娘疼愛，心上時刻想著，總過意不去。欲要孝敬嬸娘，又怕嬸娘多想。如今重陽時候，略備了一點兒東西。嬸娘這裡那一件沒有，不過是侄兒一點孝心。只怕嬸娘不肯賞臉。」鳳姐兒笑道：「有話坐下說。」賈芸才側身坐了，連忙將東西捧著擱在旁邊桌上。鳳姐又道：「你不是什麼有餘的人，何苦又去花錢？我又不等著使。你今日來意，是怎麼個想頭兒，你倒是實說。」賈芸道：「並沒有別的想頭兒，不過感念嬸娘的恩惠，過意不去罷咧。」說著，微微的笑了。鳳姐道：「不是這麼說。你手裡窄，我很知道，我何苦白白兒使你的？你要我收下這個東西，須先和我說明白了。要是這麼『含著骨頭露著肉』⑩的，我倒不收。」

賈芸沒法兒，只得站起來，陪著笑兒說道：「並不是有什麼妄想。前幾日聽見老爺總辦陵工⑪，侄兒有幾個朋友辦過好些工程，極妥當的，要求嬸娘在老爺跟前提一提。辦得一兩種，侄兒再忘不了嬸娘的恩典。若是家裡用得著，侄兒也能給嬸娘出力。」鳳姐道：「若是別的，我卻可以作主。至於衙門裡的事，上頭呢，都是堂官、司員⑫定的；底下呢，都是那些書辦、衙役們辦的：別人只怕插不上手。連自己的家人，也不過跟著老爺伏侍伏侍。就是你二叔去，亦只是為的是各自家裡的事，他也並不能攙越公事。論家事，這裡是踩一頭兒撬一頭兒⑬的，連珍大爺還彈壓不住；你的年紀兒又輕，輩數兒又小，

⑩含著骨頭露著肉——形容人說話呑呑吐吐。
⑪陵工——修建帝王陵墓寢廟的工程，由工部的屯田司主管，由一名工部郎中總負責。
⑫堂官、司員——清代對朝廷各部、署的長官通稱「堂官」，各部屬官稱「司員」。

那裡纏的清這些人呢？況且衙門裡頭的事差不多兒也要完了，不過吃飯瞎跑。你在家裡什麼事作不得，難道沒了這碗飯吃不成？我這是實在話，你自己回去想想就知道了。你的情意，我已經領了，把東西快拿回去，是那裡弄來的，仍舊給人家送了去罷。」

正說著，只見奶媽子一大起帶了巧姐兒進來。那巧姐兒身上穿得錦團花簇，手裡拿著好些頑意兒，笑嘻嘻走到鳳姐身邊學舌。賈芸一見，便站起來，笑盈盈的趕著說道：「這就是大妹妹麼？你要什麼好東西不要？」那巧姐兒便「啞」的一聲哭了。賈芸連忙退下。鳳姐道：「乖乖不怕。」連忙將巧姐攬在懷裡，道：「這是你芸大哥哥，怎麼認起生來了？」賈芸道：「妹妹生得好相貌，將來又是個有大造化的。」那巧姐兒回頭把賈芸一瞧，又哭起來，疊連幾次。賈芸看這光景坐不住，便起身告辭要走。鳳姐道：「你把東西帶了去罷。」賈芸道：「這一點子，嬸娘還不賞臉？」鳳姐道：「你不帶去，我便叫人送到你家去。芸哥兒，你不要這麼樣。你又不是外人，我這裡有機會，少不得打發人去叫你，沒有事，也沒法兒，不在乎這些東東西西上的。」賈芸看見鳳姐執意不受，只得紅著臉道：「既這麼著，我再找得用的東西來孝敬嬸娘罷。」鳳姐兒便叫小紅拿了東西，跟著賈芸送出來。

賈芸走著，一面心中想道：「人說二奶奶利害，果然利害。一點兒都不漏縫，真正斬釘截鐵，怪不得沒有後世。這巧姐兒更怪，見了我好像前世的冤家似的。真正晦氣，白鬧了這麼一天！」

小紅見賈芸沒得彩頭，也不高興，拿著東西跟出來。賈芸接過來，打開包兒，揀了兩件，悄悄的遞

⑬踩一頭兒蹺一頭兒——形容事情此起彼落，顧得了這邊就顧不了那邊。

給小紅。小紅不接，嘴裡說道：「二爺別這麼著。看奶奶知道了，大家倒不好看。」賈芸道：「你好生收著罷。怕什麼，那裡就知道了呢？你若不要，就是瞧不起我了。」小紅微微一笑，才接過來，說道：「誰要你這些東西？算什麼呢。」說了這句話，把臉又飛紅了。賈芸也笑道：「我也不是為東西。況且那東西也算不了什麼。」

說著話兒，兩個已走到二門口。賈芸把下剩的仍舊揣在懷內。小紅催著賈芸道：「你先去罷。有什麼事情，只管來找我。我如今在這院裡了，又不隔手。」賈芸點點頭兒，說道：「二奶奶太利害，我可惜不能常來。剛才我說的話，你橫豎心裡明白，得了空兒，再告訴你罷。」小紅滿臉羞紅，說道：「你去罷，明兒也常來走走。誰叫你和他生疏呢？」賈芸道：「知道了。」賈芸說著，出了院門。這裡小紅站在門口，怔怔的看他去遠了，才回來了。

卻說鳳姐在房中吩咐預備晚飯，因又問道：「你們熬了粥了沒有？」丫鬟們連忙去問，回來回道：「預備了。」鳳姐道：「你們把那南邊來的糟東西弄一兩碟來罷。」秋桐答應了，叫丫頭們伺候。平兒走來笑道：「我倒忘了：今兒晌午，奶奶在上頭老太太那邊的時候，水月庵的師父打發人來，要向奶奶討兩瓶南小菜，還要支用幾個月的月銀，說是身上不受用。我問那道婆來着：『師父怎麼不受用？』他說：『四五天了。前兒夜裡，因那些小沙彌、小道士裡頭有幾個女孩子睡覺沒有吹燈，他說了幾次不聽。那一夜，看見他們三更以後燈還點著呢，他便叫他們吹燈，個個都睡著了，沒有人答應，只得自己親自起來給他們吹滅了。回到炕上，只見有兩個人，一男一女，坐在炕上。他趕著問是誰，那裡把一根繩子往他脖子上一套，他便叫起人來。眾人聽見，點上燈火一齊趕來，已經躺在地下，滿口吐白沫子，幸虧救醒了。此時還不能吃東西，所以叫來尋些小菜兒的。』我因奶奶不在房中，不便給他。我說：『奶奶此時沒有空兒，在上頭呢，回來告訴。』便打發他回去了。才剛聽見說起南菜，方想起來了，不然就忘了。」鳳姐聽了，呆了一呆，說道：「南菜不是還有呢，叫人送些去就是了。那銀子，過一天叫芹哥來領就是了。」又見小紅進來回道：「才剛二爺差人來，說是今晚城外有事，不能回來，先通知一聲。」鳳姐道：「是了。」

說著，只聽見小丫頭從後面喘吁吁的嚷著，直跑到院子裡來，外面平兒接著，還有幾個丫頭們，咕咕唧唧的說話。鳳姐道：「你們說什麼呢？」平兒道：「小丫頭子有些膽怯，說鬼話。」鳳姐叫那一個小丫頭進來，問道：「什麼鬼話？」那丫頭道：「我才剛到後邊去叫打雜兒的添煤，只聽得三間空屋子裡『嘩喇嘩喇』的響，我還道是貓兒耗子，又聽得『噯』的一聲，像個人出氣兒的似的。我害怕，就跑回來了。」鳳姐罵道：「胡說！我這裡斷不興說神說鬼，我從來不信這些個話。快滾出去罷！」那小丫頭出去了。鳳姐便叫彩明將一天零碎日用賬對過一遍，時已將近二更，大家又歇了一回，略說些閑話，遂叫各人安歇去罷。鳳姐也睡下了。

將近三更，鳳姐似睡不睡，覺得身上寒毛一乍，自己驚醒了，越躺著越發起滲⑭來，因叫平兒、秋桐過來作伴。二人也不解何意。那秋桐本來不順鳳姐，後來賈璉因尤二姐之事，不大愛惜他了，鳳姐又籠絡他，如今倒也安靜，只是心裡比平兒差多了，外面情兒。今見鳳姐不受用，只得端上茶來。鳳姐喝

⑭滲——恐懼、害怕。

了一口，道：「難為你，睡去罷，只留平兒在這裡就夠了。」秋桐卻要獻殷勤兒，因說道：「奶奶睡不著，倒是我們兩個輪流坐坐也使得。」鳳姐一面說，一面睡著了。平兒、秋桐看見鳳姐已睡，只聽得遠遠的雞叫了，二人方都穿著衣服略躺了一躺，就天亮了，連忙起來伏侍鳳姐梳洗。鳳姐因夜中之事，心神恍惚不寧，只是一味要強，仍然扎掙起來。正坐著納悶，忽聽個小丫頭子在院裡問道：「平姑娘在屋裡麼？」平兒答應了一聲，那小丫頭掀起簾子進來，卻是王夫人打發過來來找賈璉，說：「外頭有人回要緊的官事。老爺才出了門，太太叫快請二爺過去呢。」鳳姐聽見，唬了一跳。未知何事，下回分解。

第八十九回　人亡物在公子填詞　蛇影杯弓①顰卿絶粒

卻說鳳姐正自起來納悶，忽聽見小丫頭這話，又唬了一跳，連忙問道：「什麼官事？」小丫頭道：「也不知道。剛才二門上小廝回進來，回老爺有要緊的官事，所以太太叫我請二爺來了。」鳳姐聽是工部裡的事，才把心略略的放下，因說道：「你回去回太太，就說二爺昨日晚上出城有事，沒有回來。打發人先回珍大爺去罷。」那丫頭答應著去了。

一時賈珍過來見了部裡的人，問明了，進來見了王夫人，回道：「部中來報：昨日總河②奏到，河南一帶決了河口，湮沒了幾府州縣。又要開銷國帑，修理城工。工部司官又有一番照料，所以部裡特來

①蛇影杯弓——即「杯弓蛇影」。《晉書．樂廣傳》說：晉代樂廣宴客，客飲酒時見杯中有蛇，回去後就生病，樂廣知道這是壁上的弓映在杯中的倒影，再邀客飲，客恍然大悟，病就好了。後人便用來比喻疑神疑鬼。

②總河——又稱「河督」，「河道總督」的簡稱，正二品，總管黃、淮等河道事務。

報知老爺的。」說完退出，及賈政回家來，回明。從此直到冬間，賈政天天有事，常在衙門裡。寶玉的功課也漸漸鬆了，只是怕賈政覺察出來，不敢不常在學房裡去念書，連黛玉處也不敢常去。

那時已到十月中旬，寶玉起來，要往學房中去。這日天氣陡寒，只見襲人早已打點出一包衣服，向寶玉道：「今日天氣很冷，早晚寧使暖些。」說著，把衣服拿出來，給寶玉挑了一件穿。又包了一件，叫小丫頭拿出交給焙茗，囑咐道：「天氣涼，二爺要換時，好生預備著。」焙茗答應了，抱著毡包，跟著寶玉自去。寶玉到了學房中，做了自己的功課，忽聽得紙窗「呼喇喇」一派風聲。代儒道：「天氣又發冷。」把風門推開一看，只見西北上一層層的黑雲漸漸往東南撲上來。焙茗走進來回寶玉道：「二爺，天氣冷了，再添些衣服罷。」寶玉點點頭兒。只見焙茗拿進一件衣服來，寶玉不看則已，看了時，神已癡了。那些小學生都巴著眼瞧，卻原是晴雯所補的那件雀金裘。寶玉道：「怎麼拿這一件來？是誰給你的？」焙茗道：「是裡頭姑娘們包出來的。」寶玉道：「我身上不大冷，且不穿呢，包上罷。」代儒只當寶玉可惜這件衣服，卻也心裡喜他知道儉省。焙茗道：「二爺穿上罷，著了涼，又是奴才的不是了。二爺只當疼奴才罷！」寶玉無奈，只得穿上，呆呆的對著書坐著。代儒也只當他看書，不甚理會。晚間放學時，寶玉便往代儒托病告假一天。代儒本來上年紀的人，也不過伴著幾個孩子解悶兒，時常也八病九痛的，樂得去一個少操一日心。況且明知賈政事忙，賈母溺愛，便點點頭兒。

寶玉一逕回來，見過賈母、王夫人，也是這樣說，自然沒有不信的。略坐一坐，便回園中去了。見了襲人等，也不似往日有說有笑的，便和衣躺在炕上。襲人道：「晚飯預備下了，這會兒吃，還是等一等兒？」寶玉道：「我不吃了，心裡不舒服。你們吃去罷。」襲人道：「那麼著，你也該把這件衣服換下來。那個東西，那裡禁得住揉搓？」寶玉道：「不用換。」襲人道：「倒也不但是嬌嫩物兒，你瞧瞧那上頭的針線，也不該這麼糟塌他呀。」寶玉聽了這話，正碰在他心坎兒上，嘆了一口氣道：「那麼著，你就收起來，給我包好了。我也總不穿他了！」說著，站起來脫下。襲人才過來接時，寶玉已經自己疊起。襲人道：「二爺怎麼今日這樣勤謹起來了？」寶玉也不答言，疊好了，便問：「包這個的包袱呢？」麝月連忙遞過來，讓他自己包好，回頭卻和襲人擠著眼兒笑。

寶玉也不理會，自己坐著，無精打彩，猛聽架上鐘響，自己低頭看了看表，針已指到酉初二刻了。一時小丫頭點上燈來。襲人道：「你不吃飯，喝一口粥兒罷。別淨餓著，看仔細餓上虛火來，那又是我們的累贅了。」寶玉搖搖頭兒，說：「不大餓，強吃了倒不受用。」襲人道：「既這麼著，就索性早些歇著罷。」於是襲人、麝月鋪設好了，寶玉也就歇下，翻來覆去，只睡不著，將及黎明，反矇矓睡去，不一頓飯時，早又醒了。

此時，襲人、麝月也都起來。襲人道：「昨夜聽著你翻騰到五更多，我也不敢問你。後來我就睡著了，不知到底你睡著了沒有？」寶玉道：「也睡了一睡，不知怎麼就醒了。」襲人道：「你沒有什麼不受用？」寶玉道：「沒有，只是心上發煩。」襲人道：「今日學房裡去不去？」寶玉道：「我昨兒已經告了一天假了，今兒我要想園裡逛一天，散散心，只是怕冷。你叫他們收拾一間房子，備下一爐香，擱下紙墨筆硯。你們只管幹你們的，我自己靜坐半天才好。別叫他們來攪我。」麝月接著道：「二爺要靜靜兒的用工夫，誰敢來攪。」襲人道：「這麼著很好，也省得著了涼，自己坐坐，心神也不散。」因又問：「你既懶待吃飯，今日吃什麼？早說，好傳給廚房裡去。」寶玉道：「還是隨便罷，不必鬧的大驚

聯經出版事業公司 校印

小怪的。倒是要幾個果子擱在那屋裡，借點果子香。」襲人道：「那個屋裡好？別的都不大乾淨，只有晴雯起先住的那一間，因一向無人，還乾淨，就是清冷些。」寶玉道：「不妨，把火盆挪過去就是了。」襲人答應了。

正說著，只見一個小丫頭端了一個茶盤兒，一個碗，一雙牙箸，遞給麝月，道：「這是剛才花姑娘要的，廚房裡老婆子送了來了。」麝月接了一看，卻是一碗燕窩湯，便問襲人道：「這是姐姐要的麼？」襲人笑道：「昨夜二爺沒吃飯。又翻騰了一夜，想來今日早起心裡必是發空的，所以我告訴小丫頭們，叫廚房裡作了這個來的。」襲人一面叫小丫頭放桌兒，麝月打發寶玉喝了，漱了口。只見秋紋走來說道：「那屋裡已經收拾妥了，但等著一時炭勁過了，二爺再進去罷。」寶玉點頭，只是一腔心事，懶怠說話。一時，小丫頭來請，說：「筆硯都安放妥當了。」寶玉道：「知道了。」又一個小丫頭回道：「早飯得了，二爺在那裡吃？」寶玉道：「就拿了來罷，不必累贅了。」小丫頭答應了自去。一時端上飯來，寶玉笑了一笑，向襲人、麝月道：「我心裡悶得很，自己吃，只怕又吃不下去，不如你們兩個同我一塊兒吃，或者吃的香甜，我也多吃些。」麝月笑道：「這是二爺的高興，我們可不敢。」襲人道：「其實也使得，我們一處喝酒，也不止今日。只是偶然替你解悶兒，還使得，若認真這樣，還有什麼規矩體統呢。」說著，三人坐下：寶玉在上首，襲人、麝月兩個打橫陪著。吃了飯，小丫頭端上漱口茶，兩個看著撤了下去。

寶玉因端著茶，默默如有所思，又坐了一坐，便問道：「那屋裡收拾妥了麼？」麝月道：「頭裡就回過了，這回子又問！」寶玉略坐了一坐，便過這間屋子來，親自點了一炷香，擺上些果品，便叫人出去，關上了門。外面襲人等都靜悄無聲。寶玉拿了一幅泥金角花的粉紅箋出來，口中祝了幾句，便提起筆來寫道：

怡紅主人焚付晴姐知之，酌茗清香，庶幾來饗！

其詞云：

隨身伴，獨自意綢繆。誰料風波平地起，頓教軀命即時休。孰與話輕柔？東逝水，無復向西流。想像更無懷夢草，添衣還見翠雲裘。脈脈使人愁！③

寫畢，就在香上點個火，焚化了。靜靜兒等著，直待一炷香點盡了，才開門出來。襲人道：「怎麼出來了？想來又悶的慌了。」

寶玉笑了一笑，假說道：「我原是心裡煩，才找個地方兒靜坐坐兒。這會子好了，還要外頭走走去呢。」說著，一逕出來，到了瀟湘館中，在院裡問道：「林妹妹在家裡呢麼？」紫鵑接應道：「是誰？」掀簾看時，笑道：「原來是寶二爺。姑娘在屋裡呢，請二爺到屋裡坐著。」寶玉同著紫鵑走進來。黛玉卻在裡間呢，說道：「紫鵑，請二爺屋裡坐罷。」

寶玉走到裡間門口，看見新寫的一付紫墨色泥金雲龍箋的小對，上寫道：「綠窗明月在，青史古人空。」寶玉看了，笑了一笑，走入門去，笑問道：「妹妹做什麼呢？」黛玉站起來，迎了兩步，笑著讓

③「隨身伴」一詞——綢繆，情意深厚、心意纏綿。懷夢草，傳說漢武帝很懷念死去的寵妃李夫人，東方朔便獻仙草一株，夜間佩帶，夢會李夫人，因而稱為懷夢草。翠雲裘，指晴雯病中所補的雀金裘。

聯經出版事業公司 校印

道：「請坐。我在這裡寫經，只剩得兩行了，等寫完了，再說話兒。」因叫雪雁倒茶。寶玉道：「你別動，只管寫。」說著，一面看見中間掛著一幅單條④，上面畫著一個嫦娥，帶著一個侍者；又一個女仙，也有一個侍者，捧著一個長長兒的衣囊似的，二人身邊略有些雲護，別無點綴，全仿李龍眠⑤白描筆意，上有「鬥寒圖」三字，用八分書⑥寫著。寶玉道：「妹妹這幅〈鬥寒圖〉可是新掛上的？」黛玉道：「可不是！昨日他們收拾屋子，我想起來，拿出來叫他們掛上的。」寶玉道：「是什麼出處？」黛玉笑道：「眼前熟的很的，還要問人！」寶玉笑道：「我一時想不起，妹妹告訴我罷。」黛玉道：「豈不聞『青女素娥俱耐冷，月中霜裡鬥嬋娟』⑦？」寶玉道：「是啊。這個實在新奇雅致，卻好此時拿出來掛。」說著，又東瞧瞧，西走走。

雪雁沏了茶來，寶玉吃著。又等了一會子，黛玉經才寫完，站起來道：「簡慢了。」寶玉笑道：「妹妹還是這麼客氣。」但見黛玉身上穿著月白繡花小毛皮襖，加上銀鼠坎肩；頭上挽著隨常雲髻，簪上一枝赤金匾簪，別無花朵；腰下繫著楊妃色⑧繡花綿裙。真比如：

④單條——即立軸，中國畫裝裱體式之一，直幅卷軸的一種，居中為畫幅，四周鑲邊成狹長形條幅。

⑤李龍眠——北宋畫家李公麟，晚年居龍眠山莊，號龍眠山人，善用白描手法，擅畫人物鞍馬、神仙佛道，兼及山水花鳥。

⑥八分書——字體名，隸書的一種，形體與漢隸相似，帶有波挑。

⑦「青女」兩句——見李商隱〈霜月〉詩。青女，神話中主管霜雪的女神；素娥，即嫦娥，月中女神。

⑧楊妃色——即粉紅色。

亭亭玉樹臨風立，冉冉香蓮帶露開。

寶玉因問道：「妹妹這兩日彈琴來著沒有？」黛玉道：「兩日沒彈了。因為寫字已經覺得手冷，那裡還去彈琴？」寶玉道：「不彈也罷了。我想琴雖是清高之品，卻不是好東西，從沒有彈琴裡彈出富貴壽考來的，只有彈出憂思怨亂來的。再者，彈琴也得心裡記譜，未免費心。依我說，妹妹身子又單弱，不操這心也罷了。」黛玉抿著嘴兒笑。寶玉指著壁上道：「這張琴可就是麼？怎麼這麼短？」黛玉笑道：「這張琴不是短，因我小時學撫的時候，別的琴都夠不著，因此特地做起來的。雖不是焦尾枯桐⑨，這鶴山鳳尾，還配得齊整，龍池雁足⑩，高下還相宜。你看這斷紋，不是牛旄⑪似的麼？所以音韻也還清越。」寶玉道：「妹妹這幾天來做詩沒有？」黛玉道：「自結社以後，沒大作。」寶玉笑道：「你別瞞我。我聽見你吟的什麼『不可惙，素心如何天上月』，你擱在琴裡，覺得音響分外亮，有的沒有？」黛玉道：「你怎麼聽見了？」寶玉道：「我那一天從蓼風軒來聽見的，又恐怕打斷你的清韻，所以靜聽了一會，就走了。我正要問你：前路是平韵，到末了兒忽轉了仄韵，是個什麼意思？」黛玉道：「這是人

---

⑨焦尾枯桐——《後漢書·蔡邕傳》載：某人用枯桐樹燒飯，蔡邕聽其火裂聲，知道是好木材，取來做琴，果然聲音極佳，因末端有燒焦痕跡，就叫做焦琴或焦尾琴。後來就用「焦尾枯桐」來稱贊好琴。

⑩鶴山鳳尾、龍池雁足——都是古琴幾個部位的專名。鶴山，琴面近琴首一端的高起者，上架七弦；鳳尾，即琴尾。龍池，琴底前端的一長方孔（琴底尾端另一較小長方孔叫鳳沼）；雁足，琴腰底部的兩隻木足。

⑪牛旄——古琴上髹漆的裂紋叫斷紋，斷紋如「牛旄」者為上品。

心自然之音，做到那裡就到那裡，原沒有一定的。」寶玉道：「原來如此。可惜我不知音，枉聽了一會子。」黛玉道：「古來知音人能有幾個？」寶玉聽了，又覺得出言冒失了，又怕寒了黛玉的心，坐了一坐，心裡像有許多話，卻再無可講的。黛玉因方才的話也是衝口而出，此時回想，覺得太冷淡些，也就無話。寶玉一發打量黛玉設疑，遂訕訕的站起來說道：「妹妹坐著罷。我還要到三妹妹那裡瞧瞧去呢。」黛玉道：「你若是見了三妹妹，替我問候一聲罷。」寶玉答應著，便出來了。

黛玉送至屋門口，自己回來，悶悶的坐著，心裡想道：「寶玉近來說話，半吐半吞，忽冷忽熱，也不知他是什麼意思。」正想著，紫鵑走來道：「姑娘，經不寫了？我把筆硯都收好了？」黛玉道：「不寫了，收起去罷。」說著，自己走到裡間屋裡床上歪著，慢慢的細想。紫鵑進來問道：「姑娘喝碗茶罷？」黛玉道：「不喝呢。我略歪歪兒，你們自己去罷。」

紫鵑答應著出來，只見雪雁一個人在那裡發呆。紫鵑走到他跟前，問道：「你這會子也有了什麼心事了麼？」雪雁只顧發呆，倒被他唬了一跳，因說道：「你別嚷，今日我聽見了一句話，我告訴你聽，奇不奇。你可別言語。」說著，往屋裡努嘴兒。因自己先行，點著頭兒叫紫鵑同他出來，到門外平臺底下，悄悄兒的道：「姐姐，你聽見了麼？寶玉定了親了！」紫鵑聽見，唬了一跳，說道：「這是那裡來的話？只怕不真罷。」雪雁道：「怎麼不真！別人大概都知道，就只咱們沒聽見。」紫鵑道：「你是那裡聽來的？」雪雁道：「我聽見侍書說的，是個什麼知府家，家資也好，人才也好。」

紫鵑正聽時，只聽得黛玉咳嗽了一聲，似乎起來的光景。紫鵑恐怕他出來聽見，便拉了雪雁，搖搖手兒，往裡望望，不見動靜，才又悄悄兒的問道：「他到底怎麼說來？」雪雁道：「前兒不是叫我到三姑娘那裡去道謝嗎？三姑娘不在屋裡，只有侍書在那裡。大家坐著，無意中說起寶二爺的淘氣來。他說：『寶二爺怎麼好，只會頑兒，全不像大人的樣子，已經說親了，還是這麼呆頭呆腦。』我問他定了沒有，他說是定了，是個什麼王大爺做媒的。那王大爺是東府裡的親戚，所以也不用打聽，一說就成了。」紫鵑側著頭想了一想，「這回話奇！」又問道：「怎麼家裡沒有人說起？」雪雁道：「侍書也說的，是老太太的意思。若一說起，恐怕寶玉野了心，所以都不提起。侍書告訴了我，又叮囑千萬不可露風，說出來，只道是我多嘴。」把手往裡一指，「所以他面前也不提。今日是你問起，我不犯瞞你。」

正說到這裡，只聽鸚鵡叫喚，學著說：「姑娘回來了，快倒茶來！」倒把紫鵑、雪雁嚇了一跳，回頭並不見有人，便罵了鸚鵡一聲，走進屋內，只見黛玉喘吁吁的剛坐在椅子上。紫鵑搭訕著問茶問水。黛玉問道：「你們兩個那裡去了？再叫不出一個人來。」說著，便走到炕邊，將身子一歪，仍舊倒在炕上，往裡躺下，叫把帳子撩下。紫鵑、雪雁答應出去，他兩個心裡疑惑方才的話只怕被他聽了去了，只好大家不提。

誰知黛玉一腔心事，又竊聽了紫鵑、雪雁的話，雖不很明白，已聽得了七八分，如同將身撂在大海裡一般。思前想後，竟應了前日夢中之讖，千愁萬恨，堆上心來。左右打算，不如早些死了，免得眼見了意外的事情，那時反倒無趣。又想到自己沒了爹娘的苦，自今以後，把身子一天一天的糟塌起來，一年半載，少不得身登清淨。打定了主意，被也不蓋，衣也不添，竟是合眼裝睡。紫鵑和雪雁來伺候幾次，不見動靜，又不好叫喚。晚飯都不吃。點燈以後，紫鵑掀開帳子，見已睡著了，被窩都蹬在腳後。怕他著了涼，輕輕兒拿來蓋上。黛玉也不動，單待他出去，仍然褪下。

聯經出版事業公司 校印

那紫鵑只管問雪雁：「今兒的話到底是真的是假的？」雪雁道：「怎麼不真！」紫鵑道：「侍書怎麼知道的？」雪雁道：「是小紅那裡聽來的。」紫鵑道：「頭裡咱們說話，只怕姑娘聽見了。你看剛才的神情，大有原故。今日以後，咱們倒別提這件事了。」說著，兩個人也收拾要睡。紫鵑進來看時，只見黛玉被窩又蹬下來，復又給他輕輕蓋上。一宿晚景不提。

次日，黛玉清早起來，也不叫人，獨自一個，呆呆的坐著。紫鵑醒來，看見黛玉已起，便驚問道：「姑娘怎麼這樣早？」黛玉道：「可不是，睡得早，所以醒得早。」紫鵑連忙起來，叫醒雪雁，伺候梳洗。那黛玉對著鏡子，只管呆呆的自看。看了一回，那淚珠兒斷斷連連，早已濕透了羅帕。正是：

瘦影正臨春水照，卿須憐我我憐卿。

紫鵑在旁也不敢勸，只怕倒把閑話勾引舊恨來。遲了好一會，黛玉才隨便梳洗了，那眼中淚漬終是不乾。又自坐了一會，叫紫鵑道：「你把藏香點上。」紫鵑道：「姑娘，你睡也沒睡得幾時，如何點香？不是要寫經？」黛玉點點頭兒。紫鵑道：「姑娘今日醒得太早，這會子又寫經，只怕太勞神了罷。」黛玉道：「不怕！早完了早好！況且我也並不是為經，倒借著寫字解解悶兒。以後你們見了我的字迹，就算見了我的面兒了。」說著，那淚直流下來。紫鵑聽了這話，不但不能再勸，連自己也掌不住滴下淚來。

原來黛玉立定主意，自此以後，有意糟塌身子，茶飯無心，每日漸減下來。寶玉下學時，也常抽空問候，只是黛玉雖有萬千言語，自知年紀已大，又不便似小時可以柔情挑逗，所以滿腔心事，只是說不出來。寶玉欲將實言安慰，又恐黛玉生嗔，反添病症。兩個人見了面，只得用浮言勸慰，真真是「親極反疏」了。那黛玉雖有賈母、王夫人等憐恤，不過請醫調治，只說黛玉常病，那裡知他的心病？紫鵑等雖知其意，也不敢說。從此，一天一天的減，到半月之後，腸胃日薄一日，果然粥都不能吃了。黛玉日間聽見的話，都似寶玉娶親的話；看見怡紅院中的人，無論上下，也像寶玉娶親的光景。薛姨媽來看，黛玉不見寶釵，越發起疑心。索性不要人來看望，也不肯吃藥，只要速死。睡夢之中，常聽見有人叫「寶二奶奶」的。一片疑心，竟成蛇影。一日竟是絕粒，粥也不喝，懨懨一息，垂斃殆盡。未知黛玉性命如何，且看下回分解。

聯經出版事業公司校印

第九十回　失綿衣貧女耐嗷嘈　送果品小郎驚叵測①

卻說黛玉自立意自戕之後，漸漸不支，一日竟至絕粒。從前十幾天內，賈母等輪流看望，他有時還說幾句話；這兩日索性不大言語。心裡雖有時昏暈，卻也有時清楚。賈母等見他這病不似無因而起，也將紫鵑、雪雁盤問過兩次，兩個那裡敢說，便是紫鵑欲向侍書打聽消息，又怕越鬧越真，黛玉更死得快了，所以見了侍書，毫不提起。那雪雁是他傳話弄出這樣原故來，此時恨不得長出百十個嘴來說「我沒說」，自然更不敢提起。到了這一天黛玉絕粒之日，紫鵑料無指望了，守著哭了會子，因出來偷向雪雁道：「你進屋裡來，好好兒的守著他。我去回老太太、太太和二奶奶去，今日這個光景，大非往常可比了。」雪雁答應，紫鵑自去。

這裡雪雁正在屋裡伴著黛玉，見他昏昏沉沉，小孩子家那裡見過這個樣兒，只打諒如此便是死的光

①嗷嘈、叵測——嗷嘈，吵鬧喊叫的聲音。叵測，不可猜測；叵，不可。

景了，心中又痛又怕，恨不得紫鵑一時回來才好。正怕著，只聽窗外腳步走響，雪雁知是紫鵑回來，才放下心了，連忙站起來，掀著裡間簾子等他。只見外面簾子響處，進來了一個人，卻是侍書。那侍書是探春打發來看黛玉的，見雪雁在那裡掀著簾子，便問道：「姑娘怎麼樣？」雪雁點點頭兒，叫他進來。侍書跟進來，見紫鵑不在屋裡，瞧了瞧黛玉，只剩得殘喘微延，唬的驚疑不止，因問：「紫鵑姐姐呢？」雪雁道：「告訴上屋裡去了。」

那雪雁此時只打諒黛玉心中一無所知了，又見紫鵑不在面前，因悄悄的拉了侍書的手問道：「你前日告訴我說的什麼王大爺給這裡寶二爺說了親，是真話麼？」侍書道：「怎麼不真。」雪雁道：「多早晚放定的？」侍書道：「那裡就放定了呢。那一天我告訴你時，是我聽見小紅說的。後來我到二奶奶那邊去，二奶奶正和平姐姐說呢，說：『那都是門客們借著這個事討老爺的喜歡，往後好拉攏的意思。別說大太太說不好，就是大太太願意，說那姑娘好，那大太太眼裡看的出什麼人來？再者，老太太心裡早有了人了，就在咱們園子裡的。大太太那裡摸的著底呢？老太太不過因老爺的話，不得不問問罷咧。』又聽見二奶奶說：『寶玉的事，老太太總是要親上作親的，憑誰來說親，橫豎不中用。』」雪雁聽到這裡，也忘了神了，因說道：「這是怎麼說，白白的送了我們這一位的命了！」侍書道：「這是從那裡說起？」雪雁道：「你還不知道呢！前日都是我和紫鵑姐姐說來著，這一位聽見了，就弄到這步田地了。」侍書道：「你悄悄兒的說罷，看仔細他聽見了。」雪雁道：「人事都不省了，瞧瞧罷，左不過在這一兩天了。」正說著，只見紫鵑掀簾進來說：「這還了得！你們有什麼話，還不出去說，還在這裡說。索性逼死他就完了！」侍書道：「我不信有這樣奇事。」紫鵑道：「好姐姐，不是我說，你又該惱了！你懂

聯經出版事業公司校印

得什麼呢?懂得也不傳這些舌了。」

這裡三個人正說著，只聽黛玉忽然又嗽了一聲。紫鵑連忙跑到炕沿前站著，侍書、雪雁也都不言語了。紫鵑彎著腰，在黛玉身後輕輕問道：「姑娘，喝口水罷?」黛玉微微答應了一聲。雪雁連忙倒了半鍾滾白水，紫鵑接了托著，侍書也走近前來。紫鵑和他搖頭兒，不叫他說話，侍書只得咽住了。站了一回，黛玉又嗽了一聲。紫鵑趁勢問道：「姑娘，喝水呀?」黛玉又微微應了一聲，那頭似有欲抬之意，那裡抬得起?紫鵑爬上炕去，爬在黛玉旁邊，端著水，試了冷熱，送到脣邊，扶了黛玉的頭，就到碗邊，喝了一口。紫鵑才要拿時，黛玉意思還要喝一口，紫鵑便托著那碗不動。黛玉又喝了一口，搖搖頭兒，不喝了，喘了一口氣，仍舊躺下。半日，微微睜眼說道：「剛才說話不是侍書麼?」紫鵑答應道：「是。」侍書尚未出去，因連忙過來問候。黛玉睜眼看了，點點頭兒，又歇了一歇，說道：「回去問你姑娘好罷。」侍書見這番光景，只當黛玉嫌煩，只得悄悄的退出去了。

原來那黛玉雖則病勢沉重，心裡卻還明白。起先侍書、雪雁說話時，他也模糊聽見了一半句，卻只作不知，也因實無精神答理。及聽了雪雁、侍書的話，才明白過前頭的事情原是議而未成的，又兼侍書說是鳳姐說的，老太太的主意親上作親，又是園中住著的，非自己而誰?因此一想，陰極陽生②，心神頓覺清爽許多，所以才喝了兩口水，又要想問侍書的話。恰好賈母、王夫人、李紈、鳳姐聽見紫鵑之言，都趕著來看。黛玉心中疑團已破，自然不似先前尋死之意了。雖身體軟弱，精神短少，卻也勉強答應一

②陰極陽生——事情壞到極點，就轉化為好處。

兩句了。鳳姐因叫過紫鵑，問道：「姑娘也不至這樣。這是怎麽說，你這樣唬人。」紫鵑道：「實在頭裡看著不好，才敢去告訴的。回來見姑娘竟好了許多，也就怪了。」賈母笑道：「你也別怪他，他懂得什麽？看見不好就言語，這倒是他明白的地方，小孩子家，不嘴懶腳懶就好。」說了一回，賈母等料著無妨，也就去了。正是：

心病終須心藥治，解鈴還是繫鈴人。

不言黛玉病漸減退，且說雪雁、紫鵑背地裡都念佛。雪雁向紫鵑說道：「虧他好了，只是病的奇怪，好的也奇怪。」紫鵑道：「病的倒不怪，就只好的奇怪。想來寶玉和姑娘必是姻緣，人家說的『好事多磨』，又說道『是姻緣，棒打不回』。這樣看起來，人心天意，他們兩個竟是天配的了。再者，你想那一年我說了林姑娘要回南去，把寶玉沒急死了，鬧得家翻宅亂；如今一句話，又把這一個弄得死去活來：可不說的三生石上百年前結下的麽。」說著，兩個悄悄的抿著嘴笑了一回。雪雁又道：「幸虧好了。咱們明兒再別說了，就是寶玉娶了別的人家兒的姑娘，我親見他在那裡結親，我也再不露一句話了。」紫鵑笑道：「這就是了。」

不但紫鵑和雪雁在私下裡講究，就是眾人也都知道黛玉的病也病得奇怪，好也好得奇怪，三三兩兩，唧唧噥噥議論著。不多幾時，連鳳姐兒也知道了，邢、王二夫人也有些疑惑，倒是賈母略猜著了八九。

那時正值邢、王二夫人、鳳姐等在賈母房中說閑話，說起黛玉的病來。賈母道：「我正要告訴你們，寶玉和林丫頭是從小兒在一處的，我只說小孩子們，怕什麽？以後時常聽得林丫頭忽然病，忽然好，都為有了些知覺了。所以我想他們若盡著擱在一塊兒，畢竟不成體統。你們怎麽說？」王夫人聽了，便呆了一呆，只得答應道：「林姑娘是個有心計兒的。至於寶玉，呆頭呆腦，不避嫌疑是有的，看起外面，卻還都是個小孩兒形象。此時若忽然或把那一個分出園外，不是倒露了什麼痕跡了麼？古來說的：『男大須婚，女大須嫁。』老太太想，倒是趕著把他們的事辦辦也罷了。」賈母皺了一皺眉，說道：「林丫頭的乖僻，雖也是他的好處，我的心裡不把林丫頭配他，也是為這點子；況且林丫頭這樣虛弱，恐不是有壽的。只有寶丫頭最妥。」王夫人道：「不但老太太這麼想，我們也是這樣。但林姑娘也得給他說了人家兒才好。不然，女孩兒家長大了，那個沒有心事？倘或真與寶玉有些私心，若知道寶玉定下寶丫頭，那倒不成事了。」賈母道：「自然先給寶玉娶了親，然後給林丫頭說人家，再沒有先是外人後是自己的。況且林丫頭年紀到底比寶玉小兩歲。依你們這樣說，倒是寶玉定親的話，不許叫他知道倒罷了。」鳳姐便吩咐眾丫頭們道：「你們聽見了？寶二爺定親的話，不許混吵嚷。若有多嘴的，提防著他的皮！」賈母又向鳳姐道：「鳳哥兒，你如今自從身上不大好，也不大管園裡的事了。我告訴你，須得經點兒心。不但這個，就像前年那些人喝酒耍錢，都不是事。你還精細些，少不得多分點兒心，嚴緊嚴緊他們才好。況且我看他們也就只還服你。」鳳姐答應了。娘兒們又說了一回話，方各自散了。

從此鳳姐常到園中照料。一日，剛走進大觀園，到了紫菱洲畔，只聽見一個老婆子在那裡嚷。鳳姐走到跟前，那婆子才瞧見了，早垂手侍立，口裡請了安。鳳姐道：「你在這裡鬧什麼？」婆子道：「蒙奶奶們派我在這裡看守花果，我也沒有差錯，不料邢姑娘的丫頭說我們是賊。」鳳姐道：「為什麼呢？」婆子道：「昨兒我們家的黑兒跟著我到這裡頑了一回，他不知道，又往邢姑娘那邊去瞧了一瞧，我就叫他回去了。今兒早起，聽見他們丫頭說丟了東西了。我問他丟了什麼，他就問起我來了。」鳳姐道：「問了你一聲，也犯不著生氣呀。」婆子道：「這裡園子，到底是奶奶家裡的，並不是他們家裡的。我們都是奶奶派的，賊名兒怎麼敢認呢？」鳳姐照臉啐了一口，厲聲道：「你少在我跟前嘮嘮叨叨的！你在這裡照看，姑娘丟了東西，你們就該問哪！怎麼說出這些沒道理的話來？把老林叫了來，攆出他去！」丫頭們答應了。只見邢岫烟趕忙出來，迎著鳳姐陪笑道：「這使不得，沒有的事，事情早過去了。」鳳姐道：「姑娘，不是這個話。倒不講事情，這名分上太豈有此理了！」岫烟見婆子跪在地下告饒，便忙請鳳姐到裡邊去坐。鳳姐道：「他們這種人，我知道，他除了我，其餘都沒上沒下的了。」岫烟再三替他討饒，只說自己的丫頭不好。鳳姐道：「我看著邢姑娘的分上，饒你這一次！」婆子才起來，磕了頭，又給岫烟磕了頭，才出去了。

　　這裡二人讓了坐。鳳姐笑問道：「你丟了什麼東西了？」岫烟笑道：「沒有什麼要緊的，是一件紅小襖兒，已經舊了的。我原叫他們找，找不著就罷了。這小丫頭不懂事，問了那婆子一聲，那婆子自然不依了。這都是小丫頭糊塗不懂事，我也罵了幾句。已經過去了，不必再提了。」鳳姐把岫烟內外一瞧，看見雖有些皮綿衣服，已是半新不舊的，未必能暖和。他的被窩多半是薄的。至於房中桌上擺設的東西，就是老太太拿來的，卻一些不動，收拾的乾乾淨淨。鳳姐心上便很愛敬他，說道：「一件衣服原不要緊，這時候冷，又是貼身的，怎麼就不問一聲兒呢。這撒野的奴才，了不得了！」說了一回，鳳姐出來，各處去坐了一坐，就回去了。到了自己房中，叫平兒取了一件大紅洋縐的小襖兒，一件松花色綾子一斗珠兒的小皮襖，一條寶藍盤錦③鑲花綿裙，一件佛青④銀鼠褂子，包好叫人送去。

聯經出版事業公司校印

那時岫烟被那老婆子聒噪了一場，雖有鳳姐來壓住，心上終是不安。想起：「許多姊妹們在這裡，沒有一個人敢得罪他的，獨自我這裡，他們言三語四，剛剛鳳姐來碰見。」想來想去，終是沒意思，又說不出來。正在吞聲飲泣，看見鳳姐那邊的豐兒送衣服過來。岫烟一看，決不肯受。豐兒道：「奶奶吩咐我說：『姑娘要嫌是舊衣裳，將來送新的來。』」岫烟笑謝道：「承奶奶的好意，只是因我丟了衣服，他就拿來，我斷不敢受。你拿回去，千萬謝你們奶奶！承你奶奶的情，我算領了。」倒拿個荷包給了豐兒。那豐兒只得拿了去了。不多時，又見平兒同著豐兒過來，岫烟忙迎著問了好，讓了坐。平兒笑說道：「我們奶奶說，姑娘特外道的了不得。」岫烟道：「不是外道，實在不過意。」平兒道：「奶奶說，姑娘要不收這衣裳，不是嫌太舊，就是瞧不起我們奶奶。剛才說了，我要拿回去，奶奶不依我呢。」岫烟紅著臉笑謝道：「這樣說了，叫我不敢不收。」又讓了一回茶。

平兒同豐兒回去，將到鳳姐那邊，碰見薛家差來的一個老婆子，接著問好。平兒便問道：「你那裡來的？」婆子道：「那邊太太、姑娘叫我來請各位太太、奶奶、姑娘們的安。我才剛在奶奶前問起姑娘來，說姑娘到園中去了。可是從邢姑娘那裡來麼？」平兒道：「你怎麼知道？」婆子道：「方才聽見說。真真的二奶奶和姑娘們的行事叫人感念。」平兒笑了一笑說：「你回來坐著罷。」婆子道：「我還有事，改日再過來瞧姑娘罷。」說著走了。平兒回來，回覆了鳳姐。不在話下。

---

③盤錦——用金線在絲織物上盤出圖案。

④佛青——繪畫顏料，又名頭青，石青中最深的一種。如來佛像頭部螺髻著色用頭青，故稱「佛頭青」或「佛青」。

且說薛姨媽家中被金桂攪得翻江倒海，看見婆子回來，述起岫烟的事，寶釵母女二人不免滴下淚來。寶釵道：「都為哥哥不在家，所以叫邢姑娘多吃幾天苦。如今還虧鳳姐姐不錯。咱們底下也得留心，到底是咱們家裡人。」說著，只見薛蝌進來說道：「大哥哥這幾年在外頭相與的都是些什麼人！連一個正經的也沒有，來一起子，都是些狐群狗黨！我看他們那裡是不放心，不過將來探探消息兒罷咧。這兩天都被我趕出去了。以後吩咐了門上，不許傳進這種人來。」薛姨媽道：「又是蔣玉菡那些人哪？」薛蝌道：「蔣玉菡卻倒沒來，倒是別人。」薛姨媽聽了薛蝌的話，不覺又傷心起來，說道：「我雖有兒，如今就像沒有的了。就是上司准了，也是個廢人。你雖是我侄兒，我看你還比你哥哥明白些，我這後輩子全靠你了，你自己從今更要學好。再者，你聘下的媳婦兒，家道不比往時了。人家的女孩兒出門子不是容易，再沒別的想頭，只盼著女婿能幹，他就有日子過了。若邢丫頭也像這個東西……」說著，把手往裡頭一指，道，「我也不說了。邢丫頭實在是個有廉恥有心計兒的，又守得貧，耐得富。只是等咱們的事情過去了，早些把你們的正經事完結了，也了我一宗心事。」薛蝌道：「琴妹妹還沒有出門子，這倒是太太煩心的一件事。至於這個，可算什麼呢！」大家又說了一回閑話。

薛蝌回到自己房中，吃了晚飯，想起邢岫烟住在賈府園中，終是寄人籬下；況且又窮，日用起居，不想可知。況兼當初一路同來，模樣兒、性格兒都知道的。可知天意不均：如夏金桂這種人，偏教他有錢，嬌養得這般潑辣；邢岫烟這種人，偏教他這樣受苦。閻王判命的時候，不知如何判法的？想到悶來，也想吟詩一首，寫出來出出胸中的悶氣。又苦自己沒有工夫，只得混寫道：

蛟龍失水似枯魚，兩地情懷感索居。同在泥塗多受苦，不知何日向清虛⑤。

寫畢，看了一回，意欲拿來粘在壁上，又不好意思。自己沉吟道：「不要被人看見笑話。」又念了一遍，道：「管他呢！左右粘上自己看著解悶兒罷。」又看了一回，到底不好，拿來夾在書裡。又想：「自己年紀可也不小了，家中又碰見這樣飛災橫禍，不知何日了局，致使幽閨弱質，弄得這般淒涼寂寞！」

正在那裡想時，只見寶蟾推門進來，拿著一個盒子，笑嘻嘻放在桌上。薛蝌站起來讓坐。寶蟾笑著向薛蝌道：「這是四碟果子，一小壺兒酒：大奶奶叫給二爺送來的。」薛蝌陪笑道：「大奶奶費心！但是叫小丫頭們送來就完了，怎麼又勞動姐姐呢？」寶蟾道：「好說。自家人，二爺何必說這些套話？再者，我們大爺這件事，實在叫二爺操心，大奶奶久已要親自弄點什麼兒謝二爺，又怕別人多心。二爺是知道的，咱們家裡都是言合意不合，送點子東西沒要緊，倒沒的惹人七嘴八舌的講究。所以今日些微的弄了一兩樣果子，一壺酒，叫我親自悄悄兒的送來。」說著，又笑瞅了薛蝌一眼，道：「明兒二爺再別說這些話，叫人聽著怪不好意思的。我們不過也是底下的人；伏侍的著大爺，就伏侍的著二爺，這有何妨呢？」

薛蝌一則秉性忠厚，二則到底年輕，只是向來不見金桂和寶蟾如此相待，心中想到剛才寶蟾說為薛蟠之事，也是情理，因說道：「果子留下罷，這個酒兒，姐姐只管拿回去。我向來的酒上實在很有限，擠住了偶然喝一鍾；平日無事，是不能喝的。難道大奶奶和姐姐還不知道麼？」寶蟾道：「別的我作得主，獨這一件事，我可不敢應。大奶奶的脾氣兒，二爺是知道的，我拿回去，不說二爺不喝，倒要說我

⑤「蛟龍」一詩——索居，獨處；索，孤獨。塗，也是泥；泥塗，指惡劣的環境、困境。清虛、天空。

不盡心了。」薛蝌沒法，只得留下。寶蟾方才要走，又到門口往外看看，回過頭來向著薛蝌一笑，又用手指著裡面說道：「他還只怕要來親自給你道乏呢。」薛蝌不知何意，反倒訕訕的起來，因說道：「姐姐替我謝大奶奶罷。天氣寒，看涼著。再者，自己叔嫂，也不必拘這些個禮。」寶蟾也不答言，笑著走了。

薛蝌始而以為金桂為薛蟠之事，或者真是不過意，備此酒果給自己道乏，也是有的。及見了寶蟾這種鬼鬼祟祟、不尷不尬的光景，也覺了幾分。卻自己回心一想：「他到底是嫂子的名分，那裡就有別的講究了呢？或者寶蟾不老成，自己不好意思怎麼樣，卻指著金桂的名兒，也未可知。然而到底是哥哥的屋裡人，也不好……」忽又一轉念：「那金桂素性為人，毫無閨閣理法，況且有時高興，打扮得妖調非常，自以為美，又焉知不是懷著壞心呢？不然，就是他和琴妹妹也有了什麼不對的地方兒，所以設下這個毒法兒，要把我拉在渾水裡，弄一個不清不白的名兒，也未可知。」想到這裡，索性倒怕起來。正在不得主意的時候，忽聽窗外「噗哧」的笑了一聲，把薛蝌倒唬了一跳。未知是誰，下回分解。

第九十一回　縱淫心寶蟾工設計　布疑陣寶玉妄談禪

話說薛蝌正在狐疑，忽聽窗外一笑，唬了一跳，心中想道：「不是寶蟾，定是金桂。只不理他們，看他們有什麼法兒！」聽了半日，卻又寂然無聲。自己也不敢吃那酒果。掩上房門，剛要脫衣時，只聽見窗紙上微微一響。薛蝌此時被寶蟾鬼混了一陣，心中七上八下，竟不知是如何是可。聽見窗紙微響，細看時，又無動靜，自己反倒疑心起來，掩了懷，坐在燈前，呆呆的細想；又把那果子拿了一塊，翻來覆去的細看。猛回頭，看見窗上紙濕了一塊，走過來覷著眼看時，冷不防外面往裡一吹，把薛蝌唬了一大跳。聽得「吱吱」的笑聲，薛蝌連忙把燈吹滅了，屏息①而臥。只聽外面一個人說道：「二爺為什麼不喝酒吃果子，就睡了？」這句話仍是寶蟾的語音。薛蝌只不作聲裝睡。又隔有兩句話時，又聽得外面似有恨聲道：「天下那裡有這樣沒造化的人！」薛蝌聽了似寶蟾，又似是金桂的語音，這才知道他們原

①屏息——由於注意或恐懼而不敢大聲呼吸；屏，抑止。

來是這一番意思。翻來覆去，直到五更後才睡著了。

剛到天明，早有人來扣門。薛蝌忙問：「是誰？」外面也不答應。薛蝌只得起來，開了門看時，卻是寶蟾，攏著頭髮，掩著懷，穿一件片錦邊琵琶襟小緊身②，上面繫一條松花綠半新的汗巾，下面並未穿裙，正露著石榴紅洒花夾褲，一雙新繡紅鞋。原來寶蟾尚未梳洗，恐怕人見，趕早來取傢伙。薛蝌見他這樣打扮便走進來，心中又是一動，只得陪笑問道：「怎麼這樣早就起來了？」寶蟾把臉紅著，並不答言，只管把果子折在一個碟子裡，端著就走。薛蝌見他這般，知是昨晚的原故，心裡想道：「這也罷了。倒是他們惱了，索性死了心，也省得來纏。」於是把心放下，喚人舀水洗臉。自己打算在家裡靜坐兩天：一則養養心神，二則出去怕人找他。

原來和薛蟠好的那些人，因見薛家無人，只有薛蝌在那裡辦事，年紀又輕，便生許多覬覦③之心。也有想揷在裡頭做跑腿的；也有能做狀子的，認得一二個書役④的，要給他上下打點的；甚至有叫他在內趁錢⑤的；也有造作謠言恐嚇的：種種不一。薛蝌見了這些人，遠遠躲避，又不敢面辭，恐怕激出意

---

②琵琶襟小緊身——清代便服之一。大襟只掩到胸前，不到腋下，鈕扣自大襟領口釘起直通向下，這種式樣叫「琵琶襟」；緊身，即背心。
③覬覦——音ㄐㄧˋ ㄩˊ，非分的希望或企圖。
④書役——猶「書辦」、「書吏」，舊時衙門中承辦文書簿記等事的官吏。
⑤趁錢——從中賺錢、乘機撈一把錢財。

外之變，只好藏在家中，聽候轉詳。不提。

且說金桂昨夜打發寶蟾送了些酒果去探探薛蝌的消息，寶蟾回來，將薛蝌的光景一一的說了。金桂見事有些不大投機，便怕白鬧一場，反被寶蟾瞧不起；欲把兩三句話遮飾，改過口來，又可惜了這個人，心裡倒沒了主意，怔怔的坐著。那知寶蟾亦知薛蟠難以回家，正欲尋個頭路，因怕金桂拿他，所以不敢透漏。今見金桂所為，先已開了端了，他便樂得借風使船，先弄薛蝌到手，不怕金桂不依，所以用言挑撥。見薛蝌似非無情，又不甚兜攬，一時也不敢造次。後來見薛蝌吹燈自睡，大覺掃興，回來告訴金桂，看金桂有甚方法，再作道理。及見金桂怔怔的，似乎無技可施，他也只得陪金桂收拾睡了。夜裡那裡睡得著？翻來覆去，想出一個法子來：不如明兒一早起來，先去取了傢伙，卻自己換上一兩件動人的衣服，也不梳洗，越顯出一番嬌媚來。只看薛蝌的神情，自己反倒裝出一番惱意，索性不理他。那薛蝌若有悔心，自然移船泊岸⑥，不愁不先到手。及至見了薛蝌，仍是昨晚這般光景，並無邪僻之意，自己只得以假為真，端了碟子回來，卻故意留下酒壺，以為再來搭轉之地。

只見金桂問道：「你拿東西去，有人碰見麼？」寶蟾道：「沒有。」「二爺也沒問你什麼？」寶蟾道：「也沒有。」金桂因一夜不曾睡著，也想不出一個法子來，只得回思道：「若作此事，別人可瞞，寶蟾如何能瞞？不如我分惠於他，他自然沒有不盡心的。我又不能自去，少不得要他作腳⑦，倒不如和

⑥移船泊岸——比喻主動遷就、讓別人自動來投合自己。

他商量一個穩便主意。」因帶笑說道：「你看二爺到底是個怎麼樣的人？」寶蟾道：「倒像個糊塗人。」金桂聽了笑道：「你如何說起爺們來了？」寶蟾也笑道：「他辜負奶奶的心，我就說得他！」金桂道：「他怎麼辜負我的心？你倒得說說。」寶蟾道：「奶奶給他好東西吃，他倒不吃，這不是辜負奶奶的心麼？」說著，卻把眼溜著金桂一笑。金桂道：「你別胡想。我給他送東西，為大爺的事不辭勞苦，我所以敬他；又怕人說瞎話，所以問你。你這些話向我說，我不懂是什麼意思。」寶蟾笑道：「奶奶別多心，我是跟奶奶的，還有兩個心麼？但是事情要密些，倘或聲張起來，不是頑的。」金桂也覺得臉飛紅了，因說道：「你這個丫頭，就不是個好貨！想來你心裡看上了，卻拿我作筏子，是不是呢？」寶蟾道：「只是奶奶那麼想罷咧，我倒是替奶奶難受。奶奶要真瞧二爺好，我倒有個主意。奶奶想，『那個耗子不偷油』呢？他也不過怕事情不密，大家鬧出亂子來，不好看。依我想，奶奶且別性急，時常在他身上不周不備的去處張羅張羅。他是個小叔子，又沒娶媳婦兒，奶奶就多盡點心兒，和他貼個好兒，別人也說不出什麼來。過幾天，他感奶奶的情，他自然要謝候奶奶。那時奶奶再備點東西兒在咱們屋裡，我幫著奶奶灌醉了他，怕跑了他？他要不應，咱們索性鬧起來，就說他調戲奶奶。他害怕，他自然得順著咱們的手兒。他再不應，他也不是人，咱們也不致白丟了臉面。奶奶想怎麼樣？」金桂聽了這話，兩顴早已紅暈了，笑罵道：「小蹄子，你倒偷過多少漢子的似的！怪不得大爺在家時離不開你！」寶蟾把嘴一撇，笑說道：「罷喲！人家倒替奶奶拉縴⑧，奶奶倒往我們說這個話咧。」從此，金桂一心籠絡薛蝌，倒無

⑦作腳——傳遞信息。

聯經出版事業公司校印

心混鬧了。家中也少覺安靜。

當日寶蟾自去取了酒壺，仍是穩穩重重，一臉的正氣。薛蝌偷眼看了，反倒後悔，疑心「或者是自己錯想了他們，也未可知。果然如此，倒辜負了他這一番美意，保不住日後倒要和自己也鬧起來，豈非自惹的呢？」過了兩天，甚覺安靜。薛蝌遇見寶蟾，寶蟾便低頭走了，連眼皮兒也不抬；遇見金桂，金桂卻一盆火兒⑨的趕著。薛蝌見這般光景，反倒過意不去。這且不表。

且說寶釵母女覺得金桂幾天安靜，待人忽然親熱起來，一家子都為罕事。薛姨媽十分歡喜，想：「必是薛蟠娶這媳婦時沖犯了什麼，才敗壞了這幾年。目今鬧出這樣事來，虧得家裡有錢，賈府出力，方才有了指望。媳婦兒忽然安靜起來，或者是蟠兒轉過運氣來了，也未可知。」於是自己心裡倒以為希有之奇。這日飯後，扶了同貴過來，到金桂房裡瞧瞧。走到院中，只聽一個男人和金桂說話。同貴知機，便說道：「大奶奶，老太太過來了。」說著，已到門口。只見一個人影兒在房門後一躲，薛姨媽一嚇，倒退了出來。

金桂道：「太太請裡頭坐。沒有外人。他就是我的過繼兄弟，本住在屯裡，不慣見人，因沒有見過太太。今兒才來，還沒去請太太的安。」薛姨媽道：「既是舅爺，不妨見見。」金桂叫兄弟出來，見了薛姨媽，作了一個揖，問了好。薛姨媽也問了好，坐下敘起話來。薛姨媽道：「舅爺上京幾時了？」那

⑧拉縴——原指拉著繩子使船前進，這裡是指「拉關係」。

⑨一盆火兒——形容很熱心、熱情。

夏三道：「前月我媽沒有人管家，把我過繼來的。前日才進京，今日來瞧姐姐。」薛姨媽看那人不尷尬⑩，於是略坐坐兒，便起身道：「舅爺坐著罷。」回頭向金桂道：「舅爺頭上末下⑪的來，留在咱們這裡吃了飯再去罷。」金桂答應著，薛姨媽自去了。

金桂見婆婆去了，便向夏三道：「你坐著，今日可是過了明路的了，省得我們二爺查考你。我今日還叫你買些東西，只別叫眾人看見。」夏三道：「這個交給我就完了。你要什麼，只要有錢，我就買得來。」金桂道：「且別說嘴，你買上了當，我可不收。」說著，二人又笑了一回，然後金桂陪夏三吃了晚飯，又告訴他買的東西，又囑咐一回，夏三自去。從此夏三往來不絕。雖有個年老的門上人，知是舅爺，也不常回，從此生出無限風波。這是後話。不表。

一日薛蟠有信寄回，薛姨媽打開叫寶釵看時，上寫：

男在縣裡也不受苦，母親放心。但昨日縣裡書辦說，府裡已經准許，想是我們的情到了。豈知府裡詳上去，道⑫裡反駁下來。虧得縣裡主文相公好，即刻做了回文頂上去了。那道裡卻把知縣申飭。現在道裡要親提，若一上去，又要吃苦。必是道裡沒有托到。母親見字，快快托人求道爺去。

⑩不尷尬——這裡是不正常、奇怪、不正路的意思。

⑪頭上末下——頭一回、初次。

⑫道——我國歷史上行政區域名稱，清代在省以下設道，管轄數個府縣。

還叫兄弟快來！不然，就要解道。銀子短不得！火速！火速！

薛姨媽聽了，又哭了一場，自不必說。薛蝌一面勸慰，一面說道：「事不宜遲。」薛姨媽沒法，只得叫薛蝌到縣照料，命人即便收拾行李，兌了銀子，家人李祥本在那裡照應的，薛蝌又同了一個當中伙計連夜起程。

那時手忙腳亂，雖有下人辦理，寶釵又恐他們思想不到，親來幫著，直鬧至四更才歇。到底富家女子嬌養慣的，心上又急，又苦勞了一會，晚上就發燒。到了明日，湯水都吃不下。鶯兒去回了薛姨媽。薛姨媽急來看時，只見寶釵滿面通紅，身如燔灼，話都不說。薛姨媽慌了手腳，便哭得死去活來。寶琴扶著勸薛姨媽。秋菱也淚如泉湧，只管叫著。寶釵不能說話，手也不能搖動，眼乾鼻塞。叫人請醫調治，漸漸蘇醒回來。薛姨媽等大家略略放心。早驚動榮、寧兩府的人，先是鳳姐打發人送十香返魂丹來，隨後王夫人又送至寶丹來。賈母、邢、王二夫人以及尤氏等都打發丫頭來問候，卻都不叫寶玉知道。一連治了七八天，終不見效，還是他自己想起「冷香丸」，吃了三丸，才得病好。後來寶玉也知道了，因病好了，沒有瞧去。

那時薛蝌又有信回來，薛姨媽看了，怕寶釵耽憂，也不叫他知道，自己來求王夫人，並述了一會子寶釵的病。薛姨媽去後，王夫人又求賈政。賈政道：「此事上頭可托，底下難托，必須打點才好。」王夫人又提起寶釵的事來，因說道：「這孩子也苦了。既是我家的人了，也該早些娶了過來才是，別叫他糟塌壞了身子。」賈政道：「我也是這麼想。但是他家亂忙，況且如今到了冬底，已經年近歲逼，不無各自要料理些家務。今冬且放了定，明春再過禮，過了老太太的生日，就定日子娶。你把這番話先告訴薛姨太太。」王夫人答應了。

到了明日，王夫人將賈政的話向薛姨媽述了。薛姨媽想著也是。到了飯後，王夫人陪著來到賈母房中，大家讓了坐。賈母道：「姨太太才過來？」薛姨媽道：「還是昨兒過來的。因為晚了，沒得過來給老太太請安。」王夫人便把賈政昨夜所說的話向賈母述了一遍，賈母甚喜。

說著，寶玉進來了。賈母便問道：「吃了飯了沒有？」寶玉道：「才打學房裡回來，吃了，要往學房裡去，先見見老太太。又聽見說姨媽來了，過來給姨媽請請安。」因問：「寶姐姐可大好了？」薛姨媽笑道：「好了。」原來方才大家正說著，見寶玉進來，都煞住了。寶玉坐了坐，見薛姨媽情形不似從前親熱，「雖是此刻沒有心情，也不犯大家都不言語。」滿腹猜疑，自往學中去了。

晚間回來，都見過了，便往瀟湘館來。掀簾進去，紫鵑接著。見裡間屋內無人，寶玉道：「姑娘那裡去了？」紫鵑道：「上屋裡去了。知道姨太太過來，姑娘請安去了。二爺沒有到上屋裡去麼？」寶玉道：「我去了來的，沒有見你姑娘。」紫鵑道：「這也奇了。」寶玉問：「姑娘到底那裡去了？」紫鵑道：「不定。」寶玉往外便走。剛出屋門，只見黛玉帶著雪雁，冉冉而來。寶玉道：「妹妹回來了。」縮身退步進來。

黛玉進來，走入裡間屋內，便請寶玉裡頭坐。紫鵑拿了一件外罩換上，然後坐下，問道：「你上去，看見姨媽沒有？」寶玉道：「見過了。」黛玉道：「姨媽說起我沒有？」寶玉道：「不但沒有說起你，連見了我，也不像先時親熱。今日我問起寶姐姐病來，他不過笑了一笑，並不答言。難道怪我這兩天沒有去瞧他麼？」黛玉笑了一笑，道：「你去瞧過沒有？」寶玉道：「頭幾天不知道；這兩天知道了，也沒有去。」黛玉道：「可不是！」寶玉道：「老太太不叫我去，太太也不叫我去，老爺又不叫我去，我如何敢去？若是像從前這扇小門走得通的時候，要我一天瞧他十趟也不難。如今把門堵了，要打前頭過去，自然不便了。」黛玉道：「他那裡知道這個原故？」寶玉道：「寶姐姐為人是最體諒我的。」黛玉道：「你不要自己打錯了主意。若論寶姐姐，更不體諒，——又不是姨媽病，是寶姐姐病：向來在園中，做詩、賞花、飲酒，何等熱鬧；如今隔開了，你看見他家裡有事了，他病到那步田地，你像沒事人一般，他怎麼不惱呢？」寶玉道：「這樣，難道寶姐姐便不和我好了不成？」黛玉道：「他和你好不好，我卻不知，我也不過是照理而論。」

寶玉聽了，瞪著眼呆了半晌。黛玉看見寶玉這樣光景，也不睬他，只是自己叫人添了香，又翻出書來，細看了一會。只見寶玉把眉一皺，把腳一跺，道：「我想這個人，生他做什麼！天地間沒有了我，倒也乾淨！」黛玉道：「原是有了我，便有了人；有了人，便有無數的煩惱生出來：恐怖、顛倒、夢想，更有許多纏礙。——才剛我說的，都是頑話。你不過是看見姨媽沒精打彩，如何便疑到寶姐姐身上去？姨媽過來原為他的官司事情，心緒不寧，那裡還來應酬你？都是你自己心上胡思亂想，鑽入魔道裡去了。」寶玉豁然開朗，笑道：「很是，很是。你的性靈，比我竟強遠了。怨不得前年我生氣的時候，你和我說過幾句禪語，我實在對不上來。我雖丈六金身，還借你一莖所化⑬。」

⑬丈六金身、一莖所化——丈六金身，指佛；《傳燈錄》：「西方有佛，其形長丈六而金黃色。」一莖，指蓮花；佛教說，諸佛都由蓮花化生。

黛玉乘此機會，說道：「我便問你一句話，你如何回答？」寶玉盤著腿，合著手，閉著眼，嘘著嘴，道：「講來。」黛玉道：「寶姐姐和你好，你怎麼樣？寶姐姐不和你好，你怎麼樣？寶姐姐前兒和你好，如今不和你好，你怎麼樣？今兒和你好，後來不和你好，你怎麼樣？你和他好，他偏不和你好，你怎麼樣？你不和他好，他偏要和你好，你怎麼樣？」寶玉呆了半晌，忽然大笑道：「任憑弱水三千，我只取一瓢飲⑭。」黛玉道：「瓢之漂水，奈何⑮？」寶玉道：「非瓢漂水；水自流，瓢自漂耳！」黛玉道：「水止珠沈⑯，奈何？」寶玉道：「禪心已作沾泥絮，莫向春風舞鷓鴣⑰。」黛玉道：「禪門第一戒是不打誑語的。」寶玉道：「有如三寶⑱。」黛玉低頭不語。

只聽見檐外老鴰「呱呱」的叫了幾聲，便飛向東南上去，寶玉道：「不知主何吉凶。」黛玉道：「人有吉凶事，不在鳥音中。」忽見秋紋走來說道：「請二爺回去。老爺叫人到園裡來問過，說二爺打學裡

---

⑭「任憑」二句——弱水，河流名，我國古籍中，以弱水為名的河流很多，如《尚書．禹貢》：「弱水既西，涇屬渭汭」的弱水，指的是甘肅的張掖河。三千，比喻河長水多。這兩句是說：儘管世上女子很多，我卻只愛你一人。

⑮瓢之漂水，奈何——瓢被水漂起，搖動不定，又將怎麼辦？暗喻寶玉婚事如果不能自主，又該如何？

⑯水止珠沉——比喻人遭到不幸，如死亡。

⑰「禪心」二句——意思是：禪定之心已經像被泥沾住的飛絮一樣，靜止不動；絕不像鷓鴣鳥，一遇春天就輕飛狂舞。這裡喻愛情的堅貞不渝。

⑱三寶——佛教名詞，指佛（創教者）、法（佛教教義）、僧（繼承及宣揚教義的人）三者。

回來了沒有？襲人姐姐只說已經來了。快去罷。」唬得寶玉站起身來，往外忙走，黛玉也不敢相留。未知何事，下回分解。

第九十二回　評女傳巧姐慕賢良　玩母珠賈政參聚散

話說寶玉從瀟湘館出來，連忙問秋紋道：「老爺叫我作什麼？」秋紋笑道：「沒有叫。襲人姐姐叫我請二爺，我怕你不來，才哄你的。」寶玉聽了，才把心放下，因說：「你們請我也罷了，何苦來唬我？」說著，回到怡紅院內。襲人便問道：「你這好半天到那裡去了？」寶玉道：「在林姑娘那邊，說起薛姨媽、寶姐姐的事來，便坐住了。」襲人又問道：「說些什麼？」寶玉將打禪語的話述了一遍。襲人道：「你們再沒個計較，正經說些家常閑話兒，或講究些詩句，也是好的。怎麼又說到禪語上了？又不是和尚。」寶玉道：「你不知道，我們有我們的禪機，別人是插不下嘴去的。」襲人笑道：「你們參禪參翻了，又叫我們跟著打悶葫蘆了。」寶玉道：「頭裡我也年紀小，他也孩子氣，所以我說了不留神的話，他就惱了。如今我也留神，他也沒有惱的了。只是他近來不常過來，我又念書，偶然到一處，好像生疏了似的。」襲人道：「原該這麼著才是。都長了幾歲年紀了，怎麼好意思還像小孩子時候的樣子。」

寶玉點頭道：「我也知道。如今且不用說那個。我問你：老太太那裡打發人來說什麼來著沒有？」

聯經出版事業公司校印

襲人道：「沒有說什麼。」寶玉道：「必是老太太忘了。明兒不是十一月初一日麼，年年老太太那裡必是個老規矩，要辦消寒會①，齊打伙兒坐下，喝酒說笑。我今日已經在學房裡告了假了，這會子沒有信兒，明兒可是去不去呢？若去了呢，白白的告了假；若不去，老爺知道了，又說我偷懶。」襲人道：「據我說，你竟是去的是。才念的好些兒了，又想歇著。依我說，也該上緊些才好。昨兒聽見太太說，蘭哥兒念書真好，他打學房裡回來，還各自念書作文章，天天晚上弄到四更多天才睡。你比他大多了，又是叔叔，倘或趕不上他，又叫老太太生氣。倒不如明兒早起去罷。」麝月道：「這樣冷天，已經告了假，又去，倒叫學房裡說：既這麼著，就不該告假呀，顯見的是告謊假，脫滑兒。依我說，落得歇一天。就是老太太忘記了，咱們這裡就不消寒了麼？咱們也鬧個會兒，不好麼？」襲人道：「都是你起頭兒，二爺更不肯去了。」麝月道：「我也是樂一天是一天，比不得你要好名兒，使喚一個月再多得二兩銀子！」襲人啐道：「小蹄子！人家說正經話，你又來胡拉混扯的了。」麝月道：「我倒不是混拉扯，我是為你。」襲人道：「為我什麼？」麝月道：「二爺上學去了，你又該咕嘟著嘴想著，巴不得二爺早一刻兒回來，就有說有笑的了。這會子又假撇清，何苦呢！我都看見了。」

襲人正要罵他，只見老太太那裡打發人來，說道：「老太太說了，叫二爺明兒不用上學去呢。明兒請了姨太太來給他解悶，只怕姑娘們都來，家裡的史姑娘、邢姑娘、李姑娘們都請了，明兒來赴什麼消寒會呢。」寶玉沒有聽完，便喜歡道：「可不是？老太太最高興的！明日不上學，是過了明路的了。」

①消寒會——我國北方舊俗，在陰曆十一月，富貴人家為了消磨寒冬而聚會飲酒，尋歡作樂，叫消寒會。

襲人也便不言語了。那丫頭回去。寶玉認真念了幾天書，巴不得頑這一天。又聽見薛姨媽過來，想著「寶姐姐自然也來」。心裡喜歡，便說：「快睡罷，明日早些起來。」於是一夜無話。

到了次日，果然一早到老太太那裡請了安，又到賈政、王夫人那裡請了安，回明了老太太今兒不叫上學，賈政也沒言語。便慢慢退出來，走了幾步，便一溜烟跑到賈母房中。見眾人都沒來，只有鳳姐那邊的奶媽子帶了巧姐兒，跟著幾個小丫頭過來，給老太太請了安，說：「我媽媽先叫我來請安，陪著老太太說說話兒。媽媽回來就來。」賈母笑著道：「好孩子，我一早就起來了，等他們總不來，只有你二叔叔來了。」那奶媽子便說：「姑娘，給你二叔叔請安。」寶玉也問了一聲「妞妞好？」巧姐兒道：「我昨夜聽見我媽媽說，要請二叔叔去說話。」寶玉道：「說什麼呢？」巧姐兒道：「我媽媽說，跟著李媽認了幾年字，不知道我認得不認得。我說都認得，我認給媽媽瞧。媽媽說我瞎認，不信，說我一天盡子頑，那裡認得。我瞧著那些字也不要緊，就是那《女孝經》②也是容易念的。媽媽說我哄他，要請二叔叔得空兒的時候給我理理。」賈母聽了，笑道：「好孩子，你媽媽是不認得字的，所以說你哄他。明兒叫你二叔叔理給他瞧瞧，他就信了。」寶玉道：「你認了多少字了？」巧姐兒道：「認了三千多字，念了一本《女孝經》，半個月頭裡又上了《列女傳》。」寶玉道：「你念了懂得嗎？你要不懂，我倒是講講這個你聽罷。」賈母道：「做叔叔的也該講究給侄女兒聽聽。」

寶玉道：「那文王后妃③是不必說了，想來是知道的。那姜后脫簪待罪④，齊國的無鹽雖醜，能安邦

②《女孝經》——唐朝侯莫陳邈的妻子鄭氏仿照《孝經》編寫的一部闡揚婦女孝道的書，共十八章。

定國⑤，是后妃裡頭的賢能的。若說有才的，是曹大姑、班婕妤、蔡文姬、謝道韞⑥諸人。孟光的荊釵布裙，鮑宣妻的提甕出汲，陶侃母的截髮留賓，還有畫荻教子⑦的，這是不厭貧的。那苦的裡頭，有樂昌公主破鏡重圓，蘇蕙的迴文感主⑧。那孝的是更多了，木蘭代父從軍，曹娥投水尋父的屍首⑨等類也多，我也說不得許多。那個曹氏的引刀割鼻⑩，是魏國的故事。那守節的更多了，只好慢慢的講。若是

---

③文王后妃——周文王的正妃，名太姒，文人稱頌她有「賢德」，能協助文王治內。

④姜后脫簪待罪——據《列女傳》記載，周宣王的妻子姜后，見宣王荒淫享樂，不理朝政，便脫卸首飾，同宮中的女犯人一起待罪，宣王受感動，從此勤於政事。

⑤齊國的無鹽安邦定國——戰國齊國無鹽邑有個叫鍾離春的女子，面貌醜陋，有一次她去見齊宣王，指責時政，宣王採納她的意見，並拜她為無鹽君，立為王后，齊國從此安定。

⑥曹大姑、班婕妤、蔡文姬、謝道韞——曹大姑即班昭，蔡文姬即蔡琰，參第一回註⑬。班婕妤，名不詳，西漢人，因有文才，被漢成帝立為「婕妤」（皇宮中的女官名），作品有〈自悼賦〉、〈怨歌行〉等。謝道韞，東晉謝安的侄女，參第五回註㊵。

⑦孟光、鮑宣妻、陶侃母、畫荻教子——據《列女傳》記載，孟光是東漢人，梁鴻的妻子，她與梁鴻結婚時，按照丈夫的意願，脫去華麗的衣服，穿上粗布衣裙，插上荊條作髮簪，和梁鴻一起到山中過隱居的生活。東漢鮑宣妻桓少君本是富家女，嫁給貧士鮑宣後，桓少君就脫去華美的衣裳，換上粗布短衣，親自提著水罐到井裡打水。晉朝陶侃貧賤時，孝廉范逵雪天造訪，住在他家，陶侃的母親便剪下兩縷頭髮賣掉，換了酒菜，招待客人。畫荻教子，傳說宋代歐陽修少時家貧，他的母親鄭氏用蘆葦作筆畫地寫字，教他讀書。

那些豔的，王嬙、西子、樊素、小蠻、絳仙⑪等。妒的是禿妾髮、怨洛神⑫等類，也少。文君、紅拂是女中的……」賈母聽到這裡，說：「夠了，不用說了。你講的太多，他那裡還記得呢？」巧姐兒道：「二叔叔才說的，也有念過的，也有沒念過的。念過的二叔叔一講，我更知道了好些。」寶玉道：「那字是自然認得的了，不用再理。明兒我還上學去呢。」

巧姐兒道：「我還聽見我媽媽昨兒說：我們家的小紅，頭裡是二叔叔那裡的，我媽媽要了來，還沒

---

⑧樂昌破鏡、蘇蕙迴文——樂昌是南朝陳代的公主，在陳將亡時，他和丈夫徐德言怕因戰亂離散，就打破一面銅鏡，各執一半，作為日後重見的憑證，並決定正月十五日賣鏡於市，後來兩人就靠半邊鏡子按約定的辦法得以團圓。蘇蕙，字若蘭，東晉時前秦女詩人，曾織錦「迴文旋圖詩」，寄給她的丈夫竇滔；迴文詩是一種文字遊戲，縱橫反覆讀去，都可成詩。

⑨木蘭、曹娥——木蘭，宋代郭茂倩編《樂府詩集．木蘭詩》敘述女子木蘭女扮男裝代父從軍十二年。曹娥，據《列女傳》記載，東漢人曹娥得知父親曹盱在江裡淹死後，就在江邊痛哭多日，也投了江，五天後抱父屍而出。

⑩曹氏的引刀割鼻——據《三國志．魏志》記載，三國時曹文叔的妻子曹氏，文叔死後，她父親勸她改嫁，她就用刀割了自己的兩隻耳朵和鼻子，表示不改嫁。

⑪樊素、小蠻、絳仙——樊素、小蠻，唐代詩人白居易的兩個家伎，樊素善歌，小蠻善舞。絳仙，姓吳，隋煬帝時的宮女，會作詩，煬帝曾讚她為女相如。

⑫禿妾髮、怨洛神——禿妾髮，傳說唐代任瓌的妻子個性嫉妒，唐太宗賜宮女二人給任瓌作妾，她把二人頭髮完全燒光，唐太宗以死威嚇，她寧死不改。怨洛神，傳說晉代劉伯玉的妻子段明光性情妒忌，因劉伯玉對她稱讚了曹植〈洛神賦〉中的洛神，她就心懷嫉妒，投水而死。

有補上人呢。我媽媽想著要把什麼柳家的五兒補上，不知二叔叔要不要。」寶玉聽了更喜歡，笑著道：「你聽你媽媽的話！要補誰就補誰罷咧，又問什麼要不要呢。」因又向賈母笑道：「我瞧大妞妞這個小模樣兒，又有這個聰明兒，只怕將來比鳳姐姐還強呢，又比他認的字。」賈母道：「女孩兒家認得字呢也好，只是女工針黹倒是要緊的。」巧姐兒道：「我也跟著劉媽媽學著做呢，什麼扎花兒咧、拉鎖子⑬，我雖弄不好，卻也學著會做幾針兒。」賈母道：「咱們這樣人家，固然不仗著自己做，但只到底知道些，日後才不受人家的拿捏⑭。」巧姐兒答應著「是」，還要寶玉解說《列女傳》，見寶玉呆呆的，也不敢再說。

你道寶玉呆的是什麼？只因柳五兒要進怡紅院，頭一次是他病了，不能進來；第二次王夫人攆了晴雯，大凡有些姿色的，都不敢挑；後來又在吳貴家看晴雯去，五兒跟著他媽給晴雯送東西去⑮，見了一面，更覺嬌娜嫵媚。今日虧得鳳姐想著，叫他補入小紅的窩兒，竟是喜出望外了。所以呆呆的想他。

賈母等著那些人，見這時候還不來，又叫丫頭去請。回來李紈同著他妹子，探春、惜春、史湘雲、黛玉都來了，大家請了賈母的安。眾人廝見。獨有薛姨媽未到，賈母又叫請去。果然姨媽帶著寶琴過來。

---

⑬拉鎖子——刺繡工藝的一種，用線往返編綴成鎖鏈式的結子，組成各種圖案花紋，比一般絲繡堅實耐久。

⑭拿捏——刁難。

⑮柳五兒要進怡紅院一段——柳五兒在第七十七回王夫人說她「患病死了」，但本回她卻預備分派在怡紅院當差，又說寶玉在晴雯家遇到五兒，前面第八十九回也說她「病了一場，後來好了」，這些矛盾，是續書和原作有出入造成的，到程印本就把這些矛盾改掉了。

寶玉請了安，問了好。只不見寶釵、邢岫烟二人。黛玉便問起：「寶姐姐為何不來？」薛姨媽假說身上不好。——邢岫烟知道薛姨媽在坐，所以不來。——寶玉雖見寶釵不來，心中納悶，因黛玉來了，便把想寶釵的心暫且擱開。不多時，邢、王二夫人也來了。鳳姐聽見婆婆們先到了，自己不好落後，只得打發平兒先來告假，說是正要過來，因身上發熱，過一回兒就來。賈母道：「既是身上不好，不來也罷。咱們這時候很該吃飯了。」丫頭們把火盆往後挪了一挪兒，就在賈母榻前一溜擺下兩桌，大家序次坐下。吃了飯，依舊圍爐閑談，不須多贅。

且說鳳姐因何不來？頭裡為著倒比邢、王二夫人遲了，不好意思；後來旺兒家的來回說：「迎姑娘那裡打發人來請奶奶安，還說並沒有到上頭，只到奶奶這裡來。」鳳姐聽了納悶，不知又是什麼事，便叫那人進來，問：「姑娘在家好？」那人道：「有什麼好的！奴才並不是姑娘打發來的，實在是司棋的母親央我來求奶奶的。」鳳姐道：「司棋已經出去了，為什麼來求我？」那人道：「自從司棋出去，終日啼哭。忽然那一日，他表兄來了。他母親見了，恨得什麼似的，說他害了司棋，一把拉住要打。那小子不敢言語。誰知司棋聽見了，急忙出來，老著臉，和他母親道：『我是為他出來的，我也恨他沒良心。如今他來了，媽要打他，不如勒死了我！』他母親罵他：『不害臊的東西！你心裡要怎麼樣？』司棋說道：『一個女人配一個男人。我一時失腳，上了他的當，我就是他的人了，決不肯再失身給別人的。我恨他為什麼這樣膽小！「一身作事一身當」，為什麼要逃？就是他一輩子不來了，我也一輩子不嫁人的。媽要給我配人，我原拚著一死的。今兒他來了，媽問他怎麼樣。若是他不改心，我在媽跟前磕了頭，只當是我死了，他到那裡，我跟到那裡，就是討飯吃也是願意的。』他媽氣得了不得，便哭著罵著說：『你是我的女兒，我偏不給他，你敢怎麼著？』那知道那司棋這東西糊塗，便一頭撞在墻上，把腦袋撞破，鮮血直流，竟死了。他媽哭著，救不過來，便要叫那小子償命。他表兒說道：『你們不用著急。我在外頭原發了財，因想著他才回來的，心也算是真了。你們若不信，只管瞧。』說著，打懷裡掏出一匣子金珠首飾來。他媽媽看見了，便心軟了，說：『你既有心，為什麼總不言語？』他外甥道：『大凡女人都是水性楊花，我若說有錢，他便是貪圖銀錢了。如今他只為人，就是難得的。我把金珠給你們，我去買棺盛殮他。』那司棋的母親接了東西，也不顧女孩兒了，便由著外甥去。那裡知道他外甥叫人抬了兩口棺材來。司棋的母親看見詫異，說：『怎麼棺材要兩口？』他外甥笑道：『一口裝不下，得兩口才好。』司棋的母親見他外甥又不哭，只當是他心疼的傻了。豈知他忙著把司棋收拾了，也不啼哭，眼錯不見，把帶的小刀子往脖子裡一抹，也就抹死了。司棋的母親懊悔起來，倒哭得了不得。如今坊上知道了，要報官。他急了，央我來求奶奶說個人情，他再過來給奶奶磕頭。」鳳姐聽了，詫異道：「那有這樣傻丫頭，偏偏的就碰見這個傻小子！怪不得那一天翻出那些東西來，他心裡沒事人似的，敢只是這麼個烈性孩子。論起來，我也沒這麼大工夫管他這些閑事，但只你才說的，叫人聽著，怪可憐見兒的。也罷了，你回去告訴他，我和你二爺說，打發旺兒給他撕擄就是了。」鳳姐打發那人去了，才過賈母這邊來。不提。

且說賈政這日正與詹光下大棋，通局的輸贏也差不多，單為著一隻角兒，死活未分，在那裡打劫⑯。

⑯打劫——圍棋術語。雙方對殺時，黑方提子後，白方不得立即反提，必須先在別處下一著造成對黑方的威脅，使黑方必須應付一子，然後才能回提，叫「打劫」。

聯經出版事業公司校印

門上的小厮進來回道：「外面馮大爺要見老爺。」賈政道：「請進來。」小厮出去請了，馮紫英走進門來。賈政即忙迎著。馮紫英進來，在書房中坐下，見是下棋，便道：「只管下棋，我來觀局。」詹光笑道：「晚生的棋是不堪瞧的。」馮紫英道：「好說，請下罷。」賈政道：「有什麼事麼？」馮紫英道：「沒有什麼話。老伯只管下棋，我也學幾著兒。」賈政向詹光道：「馮大爺是我們相好的，既沒事，我們索性下完了這一局再說話兒。馮大爺在旁邊瞧著。」馮紫英道：「下采⑰不下采？」詹光道：「下采的。」馮紫英道：「下采的是不好多嘴的。」賈政道：「多嘴也不妨，橫豎他輸了十來兩銀子，終久是不拿出來的。往後只好罰他做東便了。」詹光笑道：「這倒使得。」馮紫英道：「老伯和詹公對下麼？」賈政笑道：「從前對下，他輸了；如今讓他兩個子兒，他又輸了。時常還要悔幾著，不叫他悔，他就急了。」詹光也笑道：「沒有的事。」賈政道：「你試試瞧。」大家一面說笑，一面下完了。做起棋來，詹光還了棋頭⑱，輸了七個子兒。馮紫英道：「這盤終吃虧在打劫裡頭。老伯劫少，就便宜了。」

賈政對馮紫英道：「有罪，有罪。咱們說話兒罷。」馮紫英道：「小侄與老伯久不見面，一來會會，二來因廣西的同知進來引見，帶了四種洋貨，可以做得貢的。一件是圍屏，有二十四扇槅子，都是紫檀雕刻的。中間雖說不是玉，卻是絕好的硝子石⑲，石上鏤出山水、人物、樓臺、花鳥等物。一扇上有五

⑰下采——下賭注。

⑱做棋、還棋頭——下完棋，為便於計算子數，雙方需互換某些棋子，使棋盤內彼此所佔的地盤，整齊劃一，叫「做棋」。開局時，甲方讓乙方數子；下完棋，若乙方勝，計算子數時，需將甲方所讓子數扣除，叫「還棋頭」。

聯經出版事業公司校印

六十個人，都是宮妝的女子，名為『漢宮春曉』。人的眉、目、口、鼻以及出手、衣褶，刻得又清楚又細膩。點綴布置，都是好的。我想尊府大觀園中正廳上卻可用得著。還有一個鐘表，有三尺多高，也是一個小童兒拿著時辰牌，到了什麼時候，他就報什麼時辰；裡頭也有些人在那裡打十番的。這是兩件重笨的，卻還沒有拿來。現在我帶在這裡兩件，卻有些意思兒。」

就在身邊拿出一個錦匣子，見幾重白綿裹著，揭開了綿子，第一層是一個玻璃盒子，裡頭金托子，大紅縐綢托底，上放著一顆桂圓大的珠子，光華耀目。馮紫英道：「據說這就叫做『母珠』。」因叫拿一個盤兒來。詹光即忙端過一個黑漆茶盤，道：「使得麼？」馮紫英道：「使得。」便又向懷裡掏出一個白絹包兒，將包兒裡的珠子都倒在盤裡散著，把那顆母珠擱在中間，將盤置於桌上。看見那些小珠子兒滴溜滴溜滾到大珠身邊來，一回兒把這顆大珠子抬高了，別處的小珠子一顆也不剩，都黏在大珠上。詹光道：「這也奇怪。」賈政道：「這是有的，所以叫做『母珠』，原是珠之母。」

那馮紫英又回頭看著他跟來的小廝道：「那個匣子呢？」那小廝趕忙捧過一個花梨木匣子來。大家打開看時，原來匣內襯著虎紋錦，錦上疊著一束藍紗。詹光道：「這是什麼東西？」馮紫英道：「這叫做『鮫綃帳』。」在匣子裡拿出來時，疊得長不滿五寸，厚不上半寸，馮紫英一層一層的打開，打到十來層，已經桌上鋪不下了。馮紫英道：「你看裡頭還有兩摺，必得高屋裡去才張得下。這就是鮫絲所織，暑熱天氣張在堂屋裡頭，蒼蠅、蚊子一個不能進來，又輕又亮。」賈政道：「不用全打開，怕疊起來倒

⑲硝子石——一種質地似玉的石頭。

費事。」詹光便與馮紫英一層一層摺好收拾。

馮紫英道：「這四件東西，價兒也不很貴，兩萬銀他就賣。母珠一萬，鮫綃帳五千，『漢宮春曉』與自鳴鐘五千。」賈政道：「那裡買得起！」馮紫英道：「你們是個國戚，難道宮裡頭用不著麼？」賈政道：「用得著的很多，只是那裡有這些銀子？等我叫人拿進去給老太太瞧瞧。」馮紫英道：「很是。」

賈政便著人叫賈璉把這兩件東西送到老太太那邊去，並叫人請了邢、王二夫人、鳳姐兒都來瞧著，又把兩樣東西一一試過。賈璉道：「他還有兩件：一件是圍屏，一件是樂鐘。共總要賣二萬銀子呢。」鳳姐兒接著道：「東西自然是好的，但是那裡有這些閑錢？咱們又不比外任督撫要辦貢⑳。我已經想了好些年了，像咱們這種人家，必得置些不動搖的根基才好：或是祭地，或是義莊㉑，再置些墳屋。往後子孫遇見不得意的事，還是點兒底子，不到一敗塗地。我的意思是這樣，不知老太太、老爺、太太們怎麼樣？若是外頭老爺們要買，只管買。」賈母與眾人都說：「這話說的倒也是。」賈璉道：「還了他罷。原是老爺叫我送給老太太瞧，為的是宮裡好進。誰說買來擱在家裡？老太太還沒開口，你便說了一大些喪氣話！」說著，便把兩件東西拿了出去，告訴了賈政，說：「老太太不要。」便與馮紫英道：「這兩件東西，好可好，就只沒銀子。我替你留心，有要買的人，我便送信給你去。」

⑳外任督撫要辦貢——外任，指京官以外的地方官。督撫，總督和巡撫；總督在明清時代是一省或數省軍政最高長官；巡撫僅次於總督，主管地方行政。貢，獻給皇帝的物品。

㉑義莊——舊時有些宗族，以贍助貧窮孤寡族人為名，置田收租，算作族中公產，名叫「義莊」。

馮紫英只得收拾好，坐下說些閑話，沒有興頭，就要起身。賈政道：「你在我這裡吃了晚飯去罷。」馮紫英道：「罷了，來了就叨擾老伯嗎？」賈政道：「說那裡的話。」正說著，人回：「大老爺來了。」賈赦早已進來。彼此相見，敘些寒溫。不一時擺上酒來，肴饌羅列，大家喝著酒。至四五巡後，說起洋貨的話。馮紫英道：「這種貨本是難消的，除非要像尊府這種人家，還可消得，其餘就難了。」賈政道：「這也不見得。」賈赦道：「我們家裡也比不得從前了，這回兒也不過是個空門面。」馮紫英又問：「東府珍大爺可好麼？我前兒見他，說起家常話兒來，提到他令郎續娶的媳婦，遠不及頭裡那位秦氏奶奶了。如今後娶的到底是那一家的？我也沒有問起。」賈政道：「我們這個侄孫媳婦兒，也是這裡大家，從前做過京畿道㉒的胡老爺的女孩兒。」紫英道：「胡道長我是知道的。但是他家教上也不怎麼樣。──也罷了，只要姑娘好就好。」

賈璉道：「聽得內閣裡人說起，賈雨村又要陞了。」賈政道：「這也好，不知准不准？」賈璉道：「大約有意思的了。」馮紫英道：「我今兒從吏部裡來，也聽見這樣說。雨村老先生是貴本家不是？」賈政道：「是。」馮紫英道：「是有服的還是無服㉓的？」賈政道：「說也話長。他原籍是浙江湖州府人，流寓到蘇州，甚不得意。有個甄士隱和他相好，時常周濟他。以後中了進士，得了榜下知縣㉔，便

㉒京畿道──這裡泛指歸京都直轄的地區。京畿，舊時稱國都和國都附近的地方。

㉓有服、無服──服，指喪服。舊時按照宗族關係的親疏遠近，規定斬衰、齊衰、大功、小功、緦麻等五種不同的喪服形式，稱為五服。凡在五服以內的親屬叫有服，在五服以外的叫無服。

聯經出版事業公司　校印

娶了甄家的丫頭。如今的太太不是正配。豈知甄士隱弄到零落不堪，沒有找處。雨村革了職以後，那時還與我家並未相識，只因舍妹丈林如海林公在揚州巡鹽的時候，請他在家做西席，外甥女兒是他的學生。因他有起復的信，要進京來，恰好外甥女兒要上來探親，林姑老爺便托他照應上來的，還有一封薦書，托我吹噓吹噓。那時看他不錯，大家常會。豈知雨村也奇：我家世襲起，從『代』字輩下來，寧、榮兩宅人口房舍以及起居事宜，一概都明白，因此遂覺得親熱了。」因又笑說道：「幾年間，門子也會鑽了。由知府推陞轉了御史，不過幾年，陞了吏部侍郎，署兵部尚書。為著一件事降了三級，如今又要陞了。」

　　馮紫英道：「人世的榮枯，仕途的得失，終屬難定。」賈政道：「像雨村算便宜的了。還有我們差不多的人家，就是甄家，從前一樣功勳，一樣的世襲，一樣的起居，我們也是時常往來。不多幾年，他們進京來，差人到我這裡請安，還很熱鬧。一回兒抄了原籍的家財，至今杳無音信，不知他近況若何，心下也著實惦記。看了這樣，你想做官的怕不怕？」賈赦道：「咱們家是最沒有事的。」馮紫英道：「果然，尊府是不怕的。一則裡頭有貴妃照應；二則故舊好，親戚多；三則你家自老太太起至於少爺們，沒有一個刁鑽刻薄的。」賈政道：「雖無刁鑽刻薄，卻沒有德行才情。白白的衣租食稅，那裡當得起？」賈赦道：「咱們不用說這些話，大家吃酒罷。」大家又喝了幾杯，擺上飯來。

　　吃畢，喝茶。馮家的小廝走來輕輕的向紫英說了一句，馮紫英便要告辭了。賈赦、賈政道：「你說什麼？」小廝道：「外面下雪，早已下了梆子㉕了。」賈政叫人看時，已是雪深一寸多了。賈政道：「那

㉔榜下知縣——新中進士，陞見以後就被錄用去當知縣。榜下，即榜後。

㉕下了梆子——已打過初更的意思。

兩件東西，你收拾好了麼？」馮紫英道：「收好了。若尊府要用，價錢還自然讓些。」賈政道：「我留神就是了。」紫英道：「我再聽信罷。天氣冷，請罷，別送了。」賈赦、賈政便命賈璉送了出去。未知後事如何，下回分解。

第九十三回　甄家僕投靠賈家門　水月庵掀翻風月案

　　卻說馮紫英去後，賈政叫門上人來吩咐道：「今兒臨安伯那裡來請吃酒，知道是什麼事？」門上的人道：「奴才曾問過，並沒有什麼喜慶事。不過南安王府裡到了一班小戲子，都說是個名班。伯爺高興，唱兩天戲，請相好的老爺們瞧瞧，熱鬧熱鬧。大約不用送禮的。」說著，賈赦過來問道：「明兒二老爺去不去？」賈政道：「承他親熱，怎麼好不去的？」說著，門上進來回道：「衙門裡書辦來請老爺明日上衙門，有堂派①的事，必得早些去。」賈政道：「知道了。」說著，只見兩個管屯裡地租子的家人走來，請了安，磕了頭，旁邊站著。賈政道：「你們是郝家莊的？」兩個答應了一聲。賈政也不往下問，竟與賈赦各自說了一回話兒，散了。家人等秉著手燈，送過賈赦去。

　　這裡賈璉便叫那管租的人道：「說你的。」那人說道：「十月裡的租子，奴才已經趕上來了，原是

①堂派——由辦公處或衙門長官交派要辦的事。

聯經出版事業公司　校印

明兒可到。誰知京外拿車，把車上的東西，不由分說，都掀在地下。奴才告訴他，說是府裡收租子的車，不是買賣車。他更不管這些。奴才叫車夫只管拉著走，幾個衙役就把車夫混打了一頓，硬扯了兩輛車去了。奴才所以先來回報，求爺打發個人到衙門裡去要了來才好。再者，也整治整治這些無法無天的差役才好。爺還不知道呢，更可憐的是那買賣車，客商的東西全不顧，掀下來，趕著就走。那些趕車的但說句話，打的頭破血出的。」賈璉聽了，罵道：「這個還了得！」立刻寫了一個帖兒，叫家人：「拿去向拿車的衙門裡要車去，並車上東西。若少了一件，是不依的！快叫周瑞。」周瑞不在家。又叫旺兒，旺兒晌午出去了，還沒有回來。賈璉道：「這些忘八羔子，一個都不在家！他們終年家吃糧不管事！」因吩咐小廝們：「快給我找去！」說著，也回到自己屋裡睡下。不題。

且說臨安伯第二天又打發人來請。賈政告訴賈赦道：「我是衙門裡有事，璉兒要在家等候拿車的事情，也不能去。倒是大老爺帶寶玉應酬一天也罷了。」賈赦點頭道：「也使得。」賈政遣人去叫寶玉，說：「今兒跟大老爺到臨安伯那裡聽戲去。」寶玉喜歡的了不得，便換上衣服，帶了焙茗、掃紅、鋤藥三個小子出來，見了賈赦，請了安，上了車，來到臨安伯府裡。門上人回進去，一會子出來說：「老爺請。」於是賈赦帶著寶玉走入院內，只見賓客喧闐。賈赦、寶玉見了臨安伯，又與眾賓客都見過了禮，大家坐著，說笑了一回。

只見一個掌班的拿著一本戲單，一個牙笏，向上打了一個千兒，說道：「求各位老爺賞戲。」先從尊位點起，挨至賈赦，也點了一齣。那人回頭見了寶玉，便不向別處去，竟搶步上來打個千兒道：「求二爺賞兩齣。」寶玉一見那人，面如傅粉，唇若塗朱，鮮潤如出水芙蕖，飄揚似臨風玉樹；原來不是別人，就是蔣玉菡。前日聽得他帶了小戲兒進京，也沒有到自己那裡；此時見了，又不好站起來，只得笑道：「你多早晚來的？」蔣玉菡把手在自己身子上一指，笑道：「怎麼二爺不知道麼？」寶玉因眾人在坐，也難說話，只得胡亂點了一齣。

蔣玉菡去了，便有幾個議論道：「此人是誰？」有的說：「他向來是唱小旦的，如今不肯唱小旦，年紀也大了，就在府裡掌班。頭裡也改過小生。他也攢了好幾個錢，家裡已經有兩三個鋪子，只是不肯放下本業，原舊領班。」有的說：「想必成了家了。」有的說：「親還沒有定。他倒拿定一個主意：說是人生配偶，關係一生一世的事，不是混鬧得的，不論尊卑貴賤，總要配的上他的才能。所以到如今還並沒娶親。」寶玉暗忖度道：「不知日後誰家的女孩兒嫁他？要嫁著這樣的人材兒，也算是不辜負了。」

那時開了戲，也有崑腔，也有高腔，也有弋腔、梆子腔②，做得熱鬧。過了晌午，便擺開桌子吃酒。又看了一回，賈赦便欲起身。臨安伯過來留道：「天色尚早，聽見說蔣玉菡還有一齣《占花魁》③，他們頂好的首戲。」寶玉聽了，巴不得賈赦不走。於是賈赦又坐了一會。果然蔣玉菡扮著秦小官伏侍花魁

---

②高腔、弋腔、梆子腔——都是戲曲的種類。高腔的特點是用打擊樂，不用管弦樂伴奏，臺上一人獨唱，臺後眾人幫腔，音調高亢。弋腔又稱弋陽腔，起源於江西弋陽縣。梆子腔，用梆子節樂，曲腔較活，節奏較快，清乾隆中葉曾盛行於北京。

③占花魁——明末清初人李玉根據話本〈賣油郎獨占花魁〉改編的傳奇，寫妓女王美娘（花魁）為賣油郎秦種（秦小官）的真誠所感動，自行贖身，嫁於秦種的故事。

聯經出版事業公司　校印

醉後神情，把這一種憐香惜玉的意思，做得極情盡致。以後對飲對唱，纏綿繾綣。寶玉這時不看花魁，只把兩隻眼睛獨射在秦小官身上。更加蔣玉菡聲音響亮，口齒清楚，按腔落板，寶玉的神魂都唱了進去了。直等這齣戲進場後，更知蔣玉菡極是情種，非尋常戲子可比。因想著：「〈樂記〉上說的是：『情動於中，故形於聲。聲成文，謂之音。』④所以知聲、知音、知樂，有許多講究。聲音之原，不可不察。詩詞一道，但能傳情，不能入骨，自後想要講究講究音律。」寶玉想出了神，忽見賈赦起身，主人不及相留。寶玉沒法，只得跟了回來。到了家中，賈赦自回那邊去了，寶玉來見賈政。

賈政才下衙門，正向賈璉問起拿車之事。賈璉道：「今兒叫人拿帖兒去，知縣不在家。他的門上說了：『這是本官不知道的，並無牌票⑤出去拿車，都是那些混賬東西在外頭撒野擠訛頭⑥。既是老爺府裡的，我便立刻叫人去追辦，包管明兒連車連東西一併送來。如有半點差遲，再行稟過本官，重重處治。此刻本官不在家，求這裡老爺看破些，可以不用本官知道更好。』」賈政道：「既無官票，到底是何等樣人在那裡作怪？」賈璉道：「老爺不知，外頭都是這樣。想來明兒必定送來的。」賈璉說完下來，寶

---

④〈樂記〉……謂之音——〈樂記〉，《禮記》中的一篇，相傳為戰國時公孫尼子所作，後來散失，現存〈樂記〉是漢代人所輯錄，是我國古代重要的音樂理論著作之一。情動於中，故形於聲；聲成文，謂之音：意思是感情發自內心，發出來的成為聲音；聲音交錯成為樂曲，就叫音樂。文，這裡指樂曲。

⑤牌票——官府下行公文證件的一種。

⑥撒野擠訛頭——撒野，野蠻、不規矩的行動；擠訛頭，找岔子（藉口）進行敲詐勒索。

聯經出版事業公司　校印

玉上去見了。賈政問了幾句，便叫他往老太太那裡去。

賈璉因為昨夜叫空了家人，出來傳喚，那起人多已伺候齊全。賈璉罵了一頓，叫大管家賴升：「將各行檔的花名冊子拿來，你去查點查點，寫一張諭帖⑦，叫那些人知道：若有並未告假，私自出去，傳喚不到，貽誤公事的，立刻給我打了攆出去！」賴升連忙答應了幾個「是」，出來吩咐了一回。家人各自留意。

過不幾時，忽見有一個人，頭上戴著毡帽，身上穿著一身青布衣裳，腳下穿著一雙撒鞋⑧，走到門上，向眾人作了個揖。眾人拿眼上上下下打諒了他一番，便問他：「是那裡來的？」那人道：「我自南邊甄府中來的。並有家老爺手書一封，求這裡的爺們呈上尊老爺。」眾人聽見他是甄府來的，才站起來讓他坐下，道：「你乏了，且坐坐，我們給你回就是了。」門上一面進來回明賈政，呈上來書。賈政拆書看時，上寫著：

世交夙好，氣誼素敦。遙仰襜帷⑨，不勝依切。弟因菲材獲譴，自分萬死難償，幸邀寬宥，待罪邊隅，迄今門戶凋零，家人星散。所有奴子包勇，向曾使用，雖無奇技，人尚愨實⑩，倘使得備

---

⑦諭帖——舊時上對下的文告。

⑧撒鞋——一種鞋幫納得很密，前鞋臉較深，縫著皮梁的布鞋。

⑨遙仰襜帷——仰，仰慕；襜（音ㄔㄢ）帷，車帷，舊時用作對人的敬稱。

聯經出版事業公司 校印

奔走，餬口有資，屋烏之愛⑪，感佩無涯矣。專此奉達，餘容再敘。不宣。

賈政看完，笑道：「這裡正因人多，甄家倒薦人來。又不好卻的。」吩咐門上：「叫他見我。且留他住下，因材使用便了。」門上出去，帶進人來。見賈政，便磕了三個頭，起來道：「家老爺請老爺安。」自己又打個千兒說：「包勇請老爺安。」

賈政回問了甄老爺的好，便把他上下一瞧。但見包勇身長五尺有零，肩背寬肥，濃眉爆眼，磕額⑫長髯，氣色粗黑，垂著手站著。便問道：「你是向來在甄家的，還是住過幾年的？」包勇道：「小的向在甄家的。」賈政道：「你如今為什麼要出來呢？」包勇道：「小的原不肯出來。只是家爺再四叫小的出來，說是別處你不肯去，這裡老爺家裡只當原在自己家裡一樣的，所以小的來了。」賈政道：「你們老爺不該有這事情，弄到這樣的田地。」包勇道：「小的本不敢說，我們老爺只是太好了，一味的真心待人，反倒招出事來。」賈政道：「真心是最好的了。」包勇道：「因為太真了，人人都不喜歡，討人厭煩是有的。」賈政笑了一笑，道：「既這樣，皇天自然不負他的。」

包勇還要說時，賈政又問道：「我聽見說你們家的哥兒不是也叫寶玉麼？」包勇道：「是。」賈政道：「他還肯向上巴結⑬麼？」包勇道：「老爺若問我們哥兒，倒是一段奇事。哥兒的脾氣也和我家老

---

⑩愨實——誠實，謹慎。愨，音ㄑㄩㄝˋ。
⑪屋烏之愛——語出《尚書大傳》：「愛人者，兼其屋上之烏。」由於愛此而兼愛及彼，即「愛屋及烏」。
⑫磕額——額頭凸出。

爺一個樣子，也是一味的誠實。從小兒只管和那些姊妹們在一處頑，老爺、太太也狠打過幾次，他只是不改。那一年太太進京的時候兒，哥兒大病了一場，已經死了半日，把老爺幾乎急死，裝裹都預備了。幸喜後來好了，嘴裡說道：走到一座牌樓那裡，見了一個姑娘，領著他到了一座廟裡，見了好些櫃子，裡頭見了好些冊子。又到屋裡，見了無數女子，說是都變了鬼怪似的，也有變做骷髏兒的。他嚇急了，便哭喊起來。老爺知他醒過來了，連忙調治，漸漸的好了。老爺仍叫他在姊妹們一處頑去，他竟改了脾氣了：好著時候的頑意兒一概都不要了，惟有念書為事。就有什麼人來引誘他，他也全不動心。如今漸漸的能夠幫著老爺料理些家務了。」賈政默然想了一回，道：「你去歇歇去罷。等這裡用著你時，自然派你一個行次兒⑭。」包勇答應著退下來，跟著這裡人出去歇息。不提。

一日賈政早起，剛要上衙門，看見門上那些人在那裡交頭接耳，好像要使賈政知道的似的，又不好明回，只管咕咕唧唧的說話。賈政叫上來問道：「你們有什麼事，這麼鬼鬼祟祟的？」門上的人回道：「奴才們不敢說。」賈政道：「有什麼事不敢說的？」門上的人道：「奴才今兒起來，開門出去，見門上貼著一張白紙，上寫著許多不成事體的字。」賈政道：「那裡有這樣的事！寫的是什麼？」門上的人道：「是水月庵裡的骯髒話。」賈政道：「拿給我瞧。」門上的人道：「奴才本要揭下來，誰知他貼得

⑬巴結——這裡是努力的意思。

⑭行次兒——行當，差事。

結實，揭不下來，只得一面抄，一面洗。剛才李德揭了一張給奴才瞧，就是那門上貼的話。奴才們不敢隱瞞。」說著，呈上那帖兒。賈政接來看時，上面寫著：

西貝草斤年紀輕，水月庵裡管尼僧。一個男人多少女，窩娼聚賭是陶情⑮。不肖子弟來辦事，榮國府內出新聞。

賈政看了，氣得頭昏目暈，趕著叫門上的人不許聲張，悄悄叫人往寧、榮兩府靠近的夾道子墻壁上再去找尋。隨即叫人去喚賈璉出來。

賈璉即忙趕至。賈政忙問道：「水月庵中寄居的那些女尼、女道，向來你也查考查考過沒有？」賈璉道：「沒有。一向都是芹兒在那裡照管。」賈政道：「你知道芹兒照管得來，照管不來？」賈璉道：「老爺既這麼說，想來芹兒必有不妥當的地方兒。」賈政嘆道：「你瞧瞧這個帖兒寫的是什麼！」賈璉一看，道：「有這樣事麼！」正說著，只見賈蓉走來，拿著一封書子，寫著「二老爺密啟」。打開看時，也是無頭榜⑯一張，與門上所貼的話相同。賈政道：「快叫賴大帶了三四輛車子到水月庵裡去，把那些女尼、女道士一齊拉回來，不許泄漏，只說裡面傳喚。」賴大領命去了。

且說水月庵中小女尼、女道士等初到庵中，沙彌與道士原係老尼收管，日間教他些經懺。以後元妃

⑮陶情——原意是「陶冶性情」，這裡是「尋歡作樂」的意思。

⑯無頭榜——不具姓名的招貼、榜文。

聯經出版事業公司校印

不用，也便習學得懶怠了。那些女孩子們年紀漸漸的大了，都也有個知覺了。更兼賈芹也是風流人物，打量芳官等出家只是小孩子性兒，便去招惹他們。那知芳官竟是真心，不能上手，便把這心腸移到女尼、女道士身上。因那小沙彌中有個名叫沁香的，和女道士中有個叫做鶴仙的，長得都甚妖嬈，賈芹便和這兩個人勾搭上了。閑時便學些絲弦，唱個曲兒。

那時正當十月中旬，賈芹給庵中那些人領了月例銀子，便想起法兒來，告訴眾人道：「我為你們領月錢，不能進城，又只得在這裡歇著。怪冷的，怎麼樣？我今兒帶些果子酒，大家吃著樂一夜，好不好？」那些女孩子都高興，便擺起桌子，連本庵的女尼也叫了來，惟有芳官不來。賈芹喝了幾杯，便說道要行令。沁香等道：「我們都不會，倒不如搳拳罷。誰輸了喝一杯，豈不爽快？」本庵的女尼道：「這天剛過晌午，混嚷混喝的不像。且先喝幾鍾，愛散的先散去，誰愛陪芹大爺的，回來晚上盡子喝去，我也不管。」

正說著，只見道婆急忙進來說：「快散了罷，府裡賴大爺來了。」眾女尼忙亂收拾，便叫賈芹躲開。賈芹因多喝了幾杯，便道：「我是送月錢來的，怕什麼！」話猶未完，已見賴大進來，見這般樣子，心裡大怒，為的是賈政吩咐不許聲張，只得含糊裝笑道：「芹大爺也在這裡呢麼？」賈芹連忙站起來道：「賴大爺，你來作什麼？」賴大說：「大爺在這裡更好。快快叫沙彌、道士收拾，上車進城，宮裡傳呢。」賈芹等不知原故，還要細問。賴大說：「天已不早了，快快的，好趕進城。」眾女孩子只得一齊上車，賴大騎著大走騾，押著趕進城。不題。

卻說賈政知道這事，氣得衙門也不能上了，獨坐在內書房嘆氣。賈璉也不敢走開。忽見門上的進來稟道：「衙門裡今夜該班是張老爺，因張老爺病了，有知會來請老爺補一班。」賈政正等賴大回來要辦賈芹，此時又要該班，心裡納悶，也不言語。賈璉走上去說道：「賴大是飯後出去的，水月庵離城二十來里，就趕進城，也得二更天。今日又是老爺的幫班，請老爺只管去。賴大來了，叫他押著，也別聲張，等明兒老爺回來再發落。倘或芹兒來了，也不用說明，看他明兒見了老爺怎麼樣說。」賈政聽來有理，只得上班去了。賈璉抽空才要回到自己房中，一面走著，心裡抱怨鳳姐出的主意，欲要埋怨，因他病著，只得隱忍，慢慢的走著。

且說那些下人一人傳十，傳到裡頭。先是平兒知道，即忙告訴鳳姐。鳳姐因那一夜不好，懨懨的總沒精神，正是惦記鐵檻寺的事情。聽說「外頭貼了匿名揭帖」⑰的一句話，嚇了一跳，忙問：「貼的是什麼？」平兒隨口答應，不留神，就錯說了，道：「沒要緊，是饅頭庵裡的事情。」鳳姐本是心虛，聽見「饅頭庵的事情」，這一唬，直唬怔了，一句話沒說出來，急火上攻，眼前發暈，咳嗽了一陣，「哇」的一聲，吐出一口血來。平兒慌了，說道：「水月庵裡不過是女沙彌、女道士的事，奶奶著什麼急？」鳳姐聽是水月庵，才定了定神，說道：「呸！糊塗東西！到底是水月庵呢，是饅頭庵？」平兒笑道：「是我頭裡錯聽了是饅頭庵，後來聽見不是饅頭庵，是水月庵。我剛才也就說溜了嘴，說成饅頭庵了。」鳳姐道：「我就知道是水月庵，那饅頭庵與我什麼相干！原是這水月庵是我叫芹兒管的，大約剋扣了月錢。」平兒道：「我聽著不像月錢的事，還有些骯髒話呢。」鳳姐道：「我更不管那個。你二爺那裡去了？」

⑰揭帖——舊時公開的私人啟事；那些不具名而有揭發性質的啟事就叫「匿名揭帖」。

平兒說：「聽見老爺生氣，他不敢走開。我聽見事情不好，我吩咐這些人不許吵嚷，不知太太們知道了麼？但聽見說，老爺叫賴大拿這些女孩子去了。且叫個人前頭打聽打聽。奶奶現在病著，依我，竟先別管他們的閑事。」

正說著，只見賈璉進來。鳳姐欲待問他，見賈璉一臉的怒氣，暫且裝作不知。賈璉飯沒吃完，旺兒來說：「外頭請爺呢，賴大回來了。」賈璉道：「芹兒來了沒有？」旺兒道：「也來了。」賈璉便道：「你去告訴賴大，說老爺上班兒去了。把這些個女孩子暫且收在園裡，明日等老爺回來送進宮去。只叫芹兒在內書房等著我。」旺兒去了。

賈芹走進書房，只見那些下人指指點點，不知說什麼。看起這個樣兒來，不像宮裡要人。想著問人，又問不出來。正在心裡疑惑，只見賈璉走出來。賈芹便請了安，垂手侍立，說道：「不知道娘娘宮裡即刻傳那些孩子們做什麼？叫侄兒好趕。幸喜侄兒今兒送月錢去，還沒有走，便同著賴大來了。二叔想來是知道的。」賈璉道：「我知道什麼？你才是明白的呢！」賈芹摸不著頭腦兒，也不敢再問。賈璉道：「你幹得好事，把老爺都氣壞了！」賈芹道：「侄兒沒有幹什麼。庵裡月錢是月月給的，孩子們經懺是不忘記的。」賈璉見他不知，又是平素常在一處頑笑的，便嘆口氣道：「打嘴的東西！你各自去瞧瞧罷！」便從靴掖兒裡頭拿出那個揭帖來，扔與他瞧。

賈芹拾來一看，嚇得面如土色，說道：「這是誰幹的！我並沒得罪人，為什麼這麼坑我！我一月送錢去，只走一趟，並沒有這些事。若是老爺回來，打著問我，侄兒便該死了。我母親知道，更要打死。」說著，見沒人在旁邊，便跪下去說道：「好叔叔，救我一救兒罷！」說著，只管磕頭，滿眼淚流。賈璉想道：「老爺最惱這些，要是問準了有這些事，這場氣也不小。鬧出去也不好聽，又長那個貼帖兒的人的志氣了。將來咱們的事多著呢。倒不如趁著老爺上班兒，和賴大商量著，若混過去，就可以沒事了。現在沒有對證。」想定主意，便說：「你別瞞我，你幹的鬼鬼祟祟的事，你打諒我都不知道呢！若要完事，就是老爺打著問你，你一口咬定沒有才好。沒臉的，起去罷！」叫人去喚賴大。

不多時，賴大來了。賈璉便與他商量。賴大說：「這芹大爺本來鬧的不像了。奴才今兒到庵裡的時候，他們正在那裡喝酒呢。帖兒上的話，是一定有的。」賈璉道：「芹兒，你聽！賴大還賴你不成？」賈芹此時紅漲了臉，一句也不敢言語。還是賈璉拉著賴大，央他：「護庇護庇罷，只說是芹哥兒在家裡找來的。你帶了他去，只說沒有見我。明日你求老爺，也不用問那些女孩子了。竟是叫了媒人來，領了去，一賣完事。果然娘娘再要的時候兒，咱們再買。」賴大想來，鬧也無益，且名聲不好，就應了。賈璉叫賈芹：「跟了賴大爺去罷，聽著他教你。你就跟著他。」

說罷，賈芹又磕了一個頭，跟著賴大出去。到了沒人的地方兒，又給賴大磕頭。賴大說：「我的小爺，你太鬧的不像了。不知得罪了誰，鬧出這個亂兒。你想想，誰和你不對罷？」賈芹想了一想，忽然想起一個人來。未知是誰，下回分解。

第九十四回　宴海棠賈母賞花妖　失寶玉通靈知奇禍

話說賴大帶了賈芹出來，一宿無話，靜候賈政回來。單是那些女尼、女道重進園來，都喜歡的了不得，欲要到各處逛逛，明日預備進宮。不料賴大便吩咐了看園的婆子並小廝看守，惟給了些飲食，卻是一步不准走開。那些女孩子摸不著頭腦，只得坐著，等到天亮。園裡各處的丫頭雖都知道拉進女尼們來，預備宮裡使喚，卻也不能深知原委。

到了明日早起，賈政正要下班，因堂上發下兩省城工估銷冊子①，立刻要查核，一時不能回家，便叫人回來告訴賈璉說：「賴大回來，你務必查問明白。該如何辦就如何辦了，不必等我。」賈璉奉命，先替芹兒喜歡，又想道：若是辦得一點影兒都沒有，又恐賈政生疑，「不如回明二太太，討個主意辦去，便是不合老爺的心，我也不至甚擔干係。」主意定了，進內去見王夫人，陳說：「昨日老爺見了揭帖生

①估銷冊子——即預算簿，預計工程花銷的冊子。

氣，把芹兒和女尼、女道等都叫進府來查辦。今日老爺沒空問這種不成體統的事，叫我來回太太，該怎麼便怎麼樣。我所以來請示太太，這件事如何辦理？」

王夫人聽了，詫異道：「這是怎麼說！若是芹兒這麼樣起來，這還成咱們家的人了麼？但只這個貼帖兒的也可惡，這些話可是混嚼說得的麼？你到底問了芹兒有這件事沒有呢？」賈璉道：「剛才也問過了。太太想，別說他幹了沒有，就是幹了，一個人幹了混賬事也肯應承麼？但只我想芹兒也不敢行此事，知道那些女孩子都是娘娘一時要叫的，倘或鬧出事來，怎麼樣呢？依侄兒的主見，要問也不難，若問出來，太太怎麼個辦法呢？」王夫人道：「如今那些女孩子在那裡？」賈璉道：「都在園裡鎖著呢。」王夫人道：「姑娘們知道不知道？」賈璉道：「大約姑娘們也都知道是預備宮裡頭的話，外頭並沒提起別的來。」

王夫人道：「很是。這些東西一刻也是留不得的。頭裡我原要打發他們去來著，都是你們說留著好，如今不是弄出事來了麼？你竟叫賴大那些人帶去，細細的問他的本家有人沒有，將文書查出，花上幾十兩銀子，僱隻船，派個妥當人送到本地，一概連文書發還了，也落得無事。若是為著一兩個不好，個個都押著他們還俗，那又太造孽了。若在這裡發給官媒，雖然我們不要身價，他們弄去賣錢，那裡顧人的死活呢？芹兒呢，你便狠狠的說他一頓。除了祭祀喜慶，無事叫他不用到這裡來，看仔細碰在老爺氣頭兒上，那可就吃不了兜著走了。並說與賬房兒裡，把這一項錢糧檔子銷了。還打發個人到水月庵，說老爺的諭：除了上墳燒紙，若有本家爺們到他那裡去，不許接待。若再有一點不好風聲，連老姑子一併攆出去。」

賈璉一一答應了，出去將王夫人的話告訴賴大，說：「是太太主意，叫你這麼辦去。辦完了，告訴我去回太太。你快辦去罷。回來老爺來，你也按著太太的話回去。」賴大聽說，便道：「我們太太真正是個佛心。這班東西著人送回去。既是太太好心，不得不挑個好人。芹哥兒竟交給二爺開發了罷。那個貼帖兒的，奴才想法兒查出來，重重的收拾他才好！」賈璉點頭說：「是了。」即刻將賈芹發落。賴大也趕著把女尼等領出，按著主意辦去了。晚上賈政回家，賈璉、賴大回明賈政。賈政本是省事的人，聽了也便擱開手了。獨有那些無賴之徒，聽得賈府發出二十四個女孩子出來，那個不想？究竟那些人能夠回家不能，未知著落，亦難虛擬。

且說紫鵑因黛玉漸好，園中無事，聽見女尼等預備宮內使喚，不知何事，便到賈母那邊打聽打聽。恰遇著鴛鴦下來，閑著坐下說閑話兒，提起女尼的事。鴛鴦詫異道：「我並沒有聽見，回來問問二奶奶就知道了。」正說著，只見傅試家兩個女人過來請賈母的安，鴛鴦要陪了上去。那兩個女人因賈母正睡晌覺，就與鴛鴦說了一聲兒，回去了。紫鵑問：「這是誰家差來的？」鴛鴦道：「好討人嫌！家裡有了一個女孩兒生得好些，便獻寶的似的，常常在老太太面前誇他家姑娘長得怎麼好，心地怎麼好，禮貌上又能，說話兒又簡絕，做活計兒手兒又巧，會寫會算，尊長上頭最孝敬的，就是待下人也是極和平的。——來了就編這麼一大套，常常說給老太太聽。我聽著很煩。這幾個老婆子真討人嫌！我們老太太偏愛聽那些個話。老太太也罷了，還有寶玉，素常見了老婆子便很厭煩的，偏見了他們家的老婆子便不厭煩。你說奇不奇？前兒還來說：他們姑娘現有多少人家兒來求親，他們老爺總不肯應，心裡只要和咱們這種人家作親才肯。一回誇獎，一回奉承，把老太太的心都說活了。」紫鵑聽了一呆，便假意道：「若老太太喜歡，為什麼不就給寶玉定了呢？」鴛鴦正要說出原故，聽見上頭說：「老太太醒了。」鴛鴦趕著上去。

紫鵑只得起身出來，回到園裡。一頭走，一頭想著：「天下莫非只有一個寶玉？你也想他，我也想他！我們家的那一位，越發癡心起來了！看他的那個神情兒，是一定在寶玉身上的了：三番五次的病，可不是為著這個是什麼？這家裡『金』的『銀』的還鬧不清，若添了一個什麼傅姑娘，更了不得了！我看寶玉的心也在我們那一位的身上；聽著鴛鴦的說話，竟是見一個愛一個的。這不是我們姑娘白操了心了嗎？」

紫鵑本是想著黛玉，往下一想，連自己也不得主意了，不免掉下淚來。要想叫黛玉不用瞎操心呢，又恐怕他煩惱；若是看著他這樣，又可憐見兒的。左思右想，一時煩躁起來，自己啐自己道：「你替人耽什麼憂！就是林姑娘真配了寶玉，他的那性情兒也是難伏侍的。寶玉性情雖好，又是貪多嚼不爛的。我倒勸人不必瞎操心，我自己才是瞎操心呢！從今以後，我盡我的心伏侍姑娘，其餘的事全不管！」這麼一想，心裡倒覺清淨。回到瀟湘館來，見黛玉獨自一人坐在炕上，理從前做過的詩文詞稿。抬頭見紫鵑來，便問：「你到那裡去了？」紫鵑道：「我今兒瞧了瞧姊妹們去。」黛玉道：「敢是找襲人姐姐去麼？」紫鵑道：「我找他做什麼。」黛玉一想這話，怎麼順嘴說了出來，反覺不好意思，便啐道：「你找誰與我什麼相干！倒茶去罷。」

紫鵑也心裡暗笑，出來倒茶。只聽見園裡的一疊聲亂嚷，不知何故，一面倒茶，一面叫人去打聽。回來說道：「怡紅院裡的海棠本來萎了幾棵，也沒人去澆灌他。昨日寶玉走去，瞧見枝頭上好像有了骨朵兒似的。人都不信，沒有理他。忽然今日開得很好的海棠花，眾人詫異，都爭著去看。連老太太、太太都哄動了，來瞧花兒呢，所以大奶奶叫人收拾園裡敗葉枯枝，這些人在那裡傳喚。」黛玉也聽見了，知道老太太來，便更了衣，叫雪雁去打聽，「若是老太太來了，即來告訴我。」雪雁去不多時，便跑來說道：「老太太、太太，好些人都來了，請姑娘就去罷。」黛玉略自照了一照鏡子，掠了一掠鬢髮，便扶著紫鵑到怡紅院來。已見老太太坐在寶玉常臥的榻上，黛玉便說：「請老太太安。」退後，便見了邢、王二夫人，回來與李紈、探春、惜春、邢岫烟彼此問了好。只有鳳姐因病未來；史湘雲因他叔叔調任回京，接了家去；薛寶琴跟他姐姐家去住了；李家姊妹因見園內多事，李嬸娘帶了在外居住：所以黛玉今日見的只有數人。

大家說笑了一回，講究這花開得古怪。賈母道：「這花兒應在三月裡開的，如今雖是十一月，因節氣遲，還算十月，應著小陽春②的天氣，這花開因為和暖，是有的。」王夫人道：「老太太見的多，說得是。也不為奇。」邢夫人道：「我聽見這花已經萎了一年，怎麼這回不應時候兒開了？必有個原故。」李紈笑道：「老太太與太太說得都是。據我的糊塗想頭，必是寶玉有喜事來了，此花先來報信。」探春雖不言語，心內想：「此花必非好兆。大凡順者昌，逆者亡；草木知運，不時而發，必是妖孽。」只不好說出來。獨有黛玉聽說是喜事，心裡觸動，便高興說道：「當初田家有荊樹一棵③，三個弟兄因分了

②小陽春——也叫小春，指農曆的十月。因十月為陽，故名小陽春。

③田家有荊樹一棵——傳說南朝齊代田真兄弟三人分家，要把堂前的一棵紫荊樹破為三分，那樹就枯死了；田家兄弟受感動，又合住一起，荊樹就復活了。見梁朝吳均的《續齊諧記》。

家，那荊樹便枯了。後來感動了他弟兄們，仍舊歸在一處，那荊樹也就榮了。可知草木也隨人的。如今二哥哥認真念書，舅舅喜歡，那棵樹也就發了。」賈母、王夫人聽了喜歡，便說：「林姑娘比方得有理，很有意思。」

正說著，賈赦、賈政、賈環、賈蘭都進來看花。賈赦便說：「據我的主意，把他砍去，必是花妖作怪。」賈政道：「『見怪不怪，其怪自敗。』不用砍他，隨他去就是了。」賈母聽見，便說：「誰在這裡混說？人家有喜事好處，什麼怪不怪的！若有好事，你們享去；若是不好，我一個人當去。你們不許混說。」賈政聽了，不敢言語，訕訕的同賈赦等走了出來。

那賈母高興，叫人傳話到廚房裡，「快快預備酒席，大家賞花。」叫：「寶玉、環兒、蘭兒各人做一首詩誌喜。林姑娘的病才好，不要他費心；若高興，給你們改改。」對著李紈道：「你們都陪我喝酒。」李紈答應了「是」，便笑對探春笑道：「都是你鬧的。」探春道：「饒不叫我們做詩，怎麼我們鬧的？」李紈道：「海棠社不是你起的麼？如今那棵海棠也要來入社了。」大家聽著，都笑了。

一時擺上酒菜，一面喝著，彼此都要討老太太的歡喜，大家說些興頭話。寶玉上來，斟了酒，便立成了四句詩，寫出來念與賈母聽，道：

海棠何事忽摧隤，今日繁花為底開？應是北堂增壽考，一陽旋復占先梅④。

---

④寶玉詩——摧隤（音ㄊㄨㄟˊ），毀廢，這裡是凋謝枯萎的意思。為底開，為什麼開；底，何、什麼。北堂，通常代指母親，此處指寶玉的祖母賈母；壽考，長壽。一陽旋復，冬至陰氣盛到極點，陽氣開始回升。

賈環也寫了來，念道：

草木逢春當茁芽，海棠未發候偏差。人間奇事知多少，冬月開花獨我家。

賈蘭恭楷謄正，呈與賈母，賈母命李紈念道：

烟凝媚色春前萎，霜浥微紅雪後開。莫道此花知識淺，欣榮預佐合歡杯。

賈母聽畢，便說：「我不大懂詩，聽去倒是蘭兒的好，環兒做得不好。——都上來吃飯罷。」寶玉看見賈母喜歡，更是興頭。因想起：「晴雯死的那年海棠死的，今日海棠復榮，我們院內這些人自然都好。但是晴雯不能像花的死而復生了。」頓覺轉喜為悲。忽又想起前日巧姐提鳳姐要把五兒補入，「或此花為他而開，也未可知。」卻又轉悲為喜，依舊說笑。

賈母還坐了半天，然後扶了珍珠回去了。王夫人等跟著過來。只見平兒笑嘻嘻的迎上來，說：「我們奶奶知道老太太在這裡賞花，自己不得來，叫奴才來伏侍老太太、太太們，還有兩匹紅送給寶二爺包裹這花，當作賀禮。」襲人過來接了，呈與賈母看。賈母笑道：「偏是鳳丫頭行出點事兒來，叫人看著又體面，又新鮮，很有趣兒！」襲人笑著向平兒道：「回去替寶二爺給二奶奶道謝：要有喜，大家喜。」賈母聽了，笑道：「嗳喲！我還忘了呢！鳳丫頭雖病著，還是他想得到，送得也巧。」一面說著，眾人就隨著去了。

平兒私與襲人道：「奶奶說，這花開得奇怪，叫你鉸塊紅綢子掛掛，便應在喜事上去了。以後也不必只管當作奇事混說。」襲人點頭答應，送了平兒出去。不題。

聯經出版事業公司　校印

且說那日寶玉本來穿著一裹圓⑤的皮襖在家歇息，因見花開，只管出來看一回、賞一回、嘆一回、愛一回的，心中無數悲喜離合，都弄到這株花上去了。忽然聽說賈母要來，便去換了一件狐腋箭袖，罩一件元狐腿外褂⑥，出來迎接賈母。匆匆穿換，未將「通靈寶玉」掛上。及至後來賈母去了，仍舊換衣。襲人見寶玉脖子上沒有掛著，便問：「那塊玉呢？」寶玉道：「才剛忙亂換衣，摘下來放在炕桌上，我沒有帶。」襲人回看桌上並沒有玉，便向各處找尋，踪影全無，嚇得襲人滿身冷汗。寶玉道：「不用著急，少不得在屋裡的。問他們就知道了。」

襲人當作麝月等藏起嚇他頑，便向麝月等笑著說道：「小蹄子們！頑呢，到底有個頑法。把這件東西藏在那裡了？別真弄丟了，那可就大家活不成了！」麝月等都正色道：「這是那裡的話！頑是頑，笑是笑，這個事非同兒戲，你可別混說！你自己昏了心了，想想罷，想想擱在那裡了？這會子又混賴人了！」襲人見他這般光景，不像是頑話，便著急道：「皇天菩薩！小祖宗！到底你擺在那裡去了？」寶玉道：「我記得明明放在炕桌上的，你們到底找啊。」

襲人、麝月、秋紋等也不敢叫人知道，大家偷偷兒的各處搜尋。鬧了大半天，毫無影響，甚至翻箱倒籠，實在沒處去找，便疑到方才這些人進來，不知誰撿了去了。襲人說道：「進來的，誰不知道這玉是性命似的東西呢？誰敢撿了去呢。你們好歹先別聲張，快到各處問去。若有姊妹們撿著嚇我們頑呢，

---

⑤一裹圓——清代的一種長皮襖，只有左右開衩，前後不開衩（清代禮服有前後開衩），叫「一裹圓」。

⑥元狐腿外褂——黑狐腿皮製成的外套。元，即「玄」，黑色。

你們給他磕頭，要了回來；若是小丫頭偷了去，問出來，也不回上頭，不論把什麼送他換了出來，都使得的。這可不是小事！真要丟了這個，比丟了寶二爺的還利害呢！」麝月、秋紋剛要往外走，襲人又趕出來囑咐道：「頭裡在這裡吃飯的倒先別問去，找不成，再惹出些風波來，更不好了。」麝月等依言，分頭各處追問，人人不曉，個個驚疑。麝月等回來，俱目瞪口呆，面面相窺。寶玉也嚇怔了。襲人急的只是乾哭。找是沒處找，回又不敢回：怡紅院裡的人嚇得個個像木雕泥塑一般。

大家正在發呆，只見各處知道的都來了。探春叫把園門關上，先命個老婆子帶著兩個丫頭，再往各處去尋找；一面又叫告訴眾人：「若誰找出來，重重的賞銀。」大家頭宗要脫干係，二宗聽見重賞，不顧命的混找了一遍，甚至於茅廝裡都找到。誰知那塊玉竟像繡花針兒一般，找了一天，總無影響。

李紈急了，說：「這件事不是頑的，我要說句無禮的話了。」眾人道：「什麼呢？」李紈道：「事情到了這裡，也顧不得了。現在園裡除了寶玉，都是女人，要求各位姐姐、妹妹、姑娘都要叫跟來的丫頭脫了衣服，大家搜一搜。若沒有，再叫丫頭們去搜那些老婆子並粗使的丫頭。」大家說道：「這話也說的有理。現在人多手亂，魚龍混雜，倒是這麼一來，他們也洗洗清。」探春獨不言語。那些丫頭們也都願意洗淨自己。先是平兒起，平兒說道：「打我先搜起。」於是各人自己解懷，李紈一氣兒混搜。探春嗔著李紈道：「大嫂子，你也學那起不成材料的樣子來了！那個人既偷了去，還肯藏在身上？況且這件東西在家裡是寶，到了外頭，不知道的是廢物，偷他做什麼？我想來必是有人使促狹。」眾人聽說，又見環兒不在這裡，昨兒是他滿屋裡亂跑，都疑到他身上，只是不肯說出來。探春又道：「使促狹的只有環兒。你們叫個人去悄悄的叫了他來，背地裡哄著他，叫他拿出來，然後嚇著他，叫他不要聲張。這就完了。」大家點頭稱是。

李紈便向平兒道：「這件事還是得你去才弄得明白。」平兒答應，就趕著去了。不多時，同了環兒來了。眾人假意裝出沒事的樣子，叫人沏了碗茶，擱在裡間屋裡。眾人故意搭訕走開，原叫平兒哄他。平兒便笑著向環兒道：「你二哥哥的玉丟了，你瞧見了沒有？」賈環便急得紫漲了臉，瞪著眼，說道：「人家丟了東西，你怎麼又叫我來查問，疑我！我是犯過案的賊麼？」平兒見這樣子，倒不敢再問，便又陪笑道：「不是這麼說。怕三爺要拿了去嚇他們，所以白問問瞧見了沒有，好叫他們找。」賈環道：「他的玉在他身上，看見不看見該問他，怎麼問我？捧著他的人多著咧！得了什麼不來問我，丟了東西就來問我！」說著，起身就走。眾人不好攔他。

這裡寶玉倒急了，說道：「都是這勞什子鬧事！我也不要他了，你們也不用鬧了。環兒一去，必是嚷著滿院裡都知道了，這可不是鬧事了麼？」襲人等急得又哭道：「小祖宗，你看這玉丟了沒要緊；若是上頭知道了，我們這些人就要粉身碎骨了！」說著，便嚎啕大哭起來。

眾人更加傷感，明知此事掩飾不來，只得要商議定了話，回來好回賈母諸人。寶玉道：「你們竟也不用商議，硬說我砸了就完了。」平兒道：「我的爺，好輕巧話兒！上頭要問為什麼砸的呢？他們也是個死啊！倘或要起砸破的碴兒來，那又怎麼樣呢？」寶玉道：「不然，便說我前日出門丟了。」眾人一想，「這句話倒還混得過去，但是這兩天又沒上學，又沒往別處去。」寶玉道：「怎麼沒有？大前兒還到南安王府裡聽戲去了呢。便說那日丟的。」探春道：「那也不妥。既是前兒丟的，為什麼當日不來回？」眾人正在胡思亂想，要裝點撒謊，只聽得趙姨娘的聲兒哭著喊著走來，說：「你們丟了東西，自己不找，怎麼叫人背地裡拷問環兒!我把環兒帶了來,索性交給你們這一起洑上水的,該殺該剮,隨你們罷!」說著,將環兒一推,說:「你是個賊,快快的招罷!」氣得環兒也哭喊起來。

李紈正要勸解,丫頭來說:「太太來了。」襲人等此時無地可容,寶玉等趕忙出來迎接。趙姨娘暫且也不敢作聲,跟了出來。王夫人見眾人都有驚惶之色,才信方才聽見的話,便道:「那塊玉真丟了麼?」眾人都不敢作聲,王夫人走進屋裡坐下,便叫襲人。慌得襲人連忙跪下,含淚要稟。王夫人道:「你起來,快快叫人細細找去,一忙亂倒不好了。」襲人哽咽難言。寶玉生恐襲人真告訴出來,便說道:「太太,這事不與襲人相干。是我前日到南安王府那裡聽戲,在路上丟了。」王夫人道:「為什麼那日不找?」寶玉道:「我怕他們知道,沒有告訴他們。我叫焙茗等在外頭各處找過的。」王夫人道:「胡說!如今脫換衣服,不是襲人他們伏侍的麼?大凡哥兒出門回來,手巾、荷包短了,還要個明白,何況這塊玉不見了,便不問的麼?」寶玉無言可答。趙姨娘聽見,便得意了,忙接過口道:「外頭丟了東西,也賴環兒!……」話未說完,被王夫人喝道:「這裡說這個,你且說那些沒要緊的話!」趙姨娘便不敢言語了。還是李紈、探春從實的告訴了王夫人一遍。王夫人也急得淚如雨下,索性要回明賈母,去問邢夫人那邊跟來的這些人去。

鳳姐病中也聽見寶玉失玉,知道王夫人過來,料躲不住,便扶了豐兒來到園裡。正值王夫人起身要走,鳳姐姣怯怯的說:「請太太安。」寶玉等過來問了鳳姐好。王夫人因說道:「你也聽見了麼?這可不是奇事嗎?剛才眼錯不見就丟了,再找不著。你去想想:打從老太太那邊丫頭起,至你們平兒,誰的手不穩,誰的心促狹。我要回了老太太,認真的查出來才好。不然,是斷了寶玉的命根子了。」鳳姐回

聯經出版事業公司 校印

道：「咱們家人多手雜，自古說的，『知人知面不知心』，那裡保得住誰是好的。但是一吵嚷已經都知道了，偷玉的人若叫太太查出來，明知是死無葬身之地，他著了急，反要毀壞了滅口，那時可怎麼處呢？據我的糊塗想頭，只說寶玉本不愛他，撂丟了，也沒有什麼要緊。只要大家嚴密些，別叫老太太、老爺知道。這麼說了，暗暗的派人去各處察訪，哄騙出來，那時玉也可得，罪名也好定。不知太太心裡怎麼樣？」王夫人遲了半日，才說道：「你這話雖也有理，但只是老爺跟前怎麼瞞的過呢？」便叫環兒過來，道：「你二哥哥的玉丟了，白問了你一句，怎麼你就亂嚷？若是嚷破了，人家把那個毀壞了，我看你活得活不得！」賈環嚇得哭道：「我再不敢嚷了。」趙姨娘聽了，那裡還敢言語。王夫人便吩咐眾人道：「想來自然有沒找到的地方兒，好端端的在家裡的，還怕他飛到那裡去不成？只是不許聲張。限襲人三天內給我找出來。要是三天找不著，只怕也瞞不住，大家那就不用過安靜日子了。」說著，便叫鳳姐兒跟到邢夫人那邊，商議踩緝⑦。不題。

這裡李紈等紛紛議論，便傳喚看園子的一干人來，叫把園門鎖上，快傳林之孝家的來，悄悄兒的告訴了他，叫他：「吩咐前後門上，三天之內，不論男女下人，從裡頭可以走動，要出時，一概不許放出。只說裡頭丟了東西，待這件東西有了著落，然後放人出來。」林之孝家的答應了「是」，因說：「前兒奴才家裡也丟了一件不要緊的東西，林之孝必要明白，上街去找了一個測字的，那人叫做什麼劉鐵嘴，測了一個字，說的很明白，回來依舊一找，便找著了。」襲人聽見，便央及林家的道：「好林奶奶，出

⑦踩緝——搜尋追捕。

去快求林大爺替我們問問去！」那林之孝家的答應著出去了。

邢岫烟道：「若說那外頭測字打卦的，是不中用的。我在南邊聞妙玉能扶乩，何不煩他問一問？況且我聽見說這塊玉原有仙機，想來問得出來。」眾人都詫異道：「咱們常見的，從沒有聽他說起。」麝月便忙問岫烟道：「想來別人求他是不肯的，好姑娘，我給姑娘磕個頭，求姑娘就去！若問出來了，我一輩子總不忘你的恩！」說著，趕忙就要磕下頭去，岫烟連忙攔住。黛玉等也都慫恿著岫烟速往櫳翠庵去。

一面林之孝家的進來說道：「姑娘們大喜！林之孝測了字回來說，這玉是丟不了的，將來橫豎有人送還來的。」眾人聽了，也都半信半疑，惟有襲人、麝月喜歡的了不得。探春便問：「測的是什麼字？」林之孝家的道：「他的話多，奴才也學不上來。記得是拈了個賞人東西的『賞』字。那劉鐵嘴也不問，便說：『丟了東西不是？』」李紈道：「這就算好。」林之孝家的道：「他還說，『賞』字上頭一個『小』字，底下一個『口』字，這件東西很可嘴裡放得，必是個珠子寶石。」眾人聽了，誇讚道：「真是神仙。往下怎麼說？」林之孝家的道：「他說：底下『貝』字拆開，不成一個『見』字，可不是『不見』了？因上頭拆了『當』字，叫快到當鋪裡找去。『賞』字加一『人』字，可不是『償』字？只要找著當鋪就有人，有了人便贖了來，可不是償還了嗎。」眾人道：「既這麼著，就先往左近找起，橫豎幾個當鋪都找遍了，少不得就有了。咱們有了東西，再問人就容易了。」李紈道：「只要東西，那怕不問人都使得。林嫂子，煩你就把測字的話快去告訴二奶奶，回了太太，先叫太太放心。就叫二奶奶快派人查去。」林家的答應了便走。

眾人略安了一點兒神，呆呆的等岫烟回來。正呆等，只見跟寶玉的焙茗在門外招手兒，叫小丫頭快出來。那小丫頭趕忙的出去了。焙茗便說道：「你快進去告訴我們二爺和裡頭太太、奶奶、姑娘們，天大喜事！」那小丫頭子道：「你快說罷，怎麼這麼累贅？」焙茗笑著拍手道：「我告訴姑娘，姑娘進去回了，咱們兩個人都得賞錢呢！你打量什麼？寶二爺的那塊玉呀，我得了準信來了。」未知如何，下回分解。

第九十五回　因訛成實元妃薨逝　以假混眞寶玉瘋顛

話說焙茗在門口和小丫頭子說寶玉的玉有了，那小丫頭急忙回來告訴寶玉。眾人聽了，都推著寶玉出去問他，眾人在廊下聽著。寶玉也覺放心，便走到門口，問道：「你那裡得了？快拿來。」焙茗道：「拿是拿不來的，還得托人做保去呢。」寶玉道：「你快說是怎麼得的，我好叫人取去。」焙茗道：「我在外頭，知道林爺爺去測字，我就跟了去。我聽見說在當鋪裡找，我沒等他說完，便跑到幾個當鋪裡去。我比給他們瞧，有一家便說『有』。我說：『給我罷。』那鋪子裡要票子。我說：『當多少錢？』他說：『三百錢的也有，五百錢的也有。前兒有一個人拿這麼一塊玉，當了三百錢去，今兒又有人也拿一塊玉，當了五百錢去。』」寶玉不等說完，便道：「你快拿三百五百錢去取了來，我們挑著看是不是。」裡頭襲人便啐道：「二爺不用理他！我小時候兒聽見我哥哥常說，有些人賣那些小玉兒，沒錢用，便去當。想來是家家當鋪裡有的。」眾人正在聽得詫異，被襲人一說，想了一想，倒大家笑起來，說：「快叫二爺進來罷，不用理那糊塗東西了。他說的那些玉，想來不是正經東西。」

聯經出版事業公司　校印

寶玉正笑著，只見岫烟來了。原來岫烟走到櫳翠庵，見了妙玉，不及閑話，便求妙玉扶乩。妙玉冷笑幾聲，說道：「我與姑娘來往，為的是姑娘不是勢利場中的人。今日怎麼聽了那裡的謠言，過來纏我？況且我並不曉得什麼叫扶乩。」說著，將要不理。岫烟懊悔此來，知他脾氣是這麼著的，「一時我已說出，不好白回去，又不好與他質證他會扶乩的話。」只得陪著笑，將襲人等性命關係的話說了一遍，見妙玉略有活動，便起身拜了幾拜。妙玉嘆道：「何必為人作嫁？但是我進京以來，素無人知，今日你來破例，恐將來纏繞不休。」岫烟道：「我也一時不忍，知你必是慈悲的。便是將來他人求你，願不願在你，誰敢相強？」

妙玉笑了一笑，叫道婆焚香，在箱子裡找出沙盤、乩架，書了符，命岫烟行禮，祝告畢，起來同妙玉扶著乩。不多時，只見那仙乩疾書道：

噫！來無跡，去無踪，青埂峰下倚古松。欲追尋，山萬重，入我門來一笑逢。

書畢，停了乩。岫烟便問：「請是何仙？」妙玉道：「請的是拐仙①。」岫烟錄了出來，請教妙玉解識。妙玉道：「這個可不能，連我也不懂。你快拿去，他們的聰明人多著哩。」

岫烟只得回來。進入院中，各人都問：「怎樣了？」岫烟不及細說，便將所錄乩語遞與李紈。眾姊妹及寶玉爭看，都解的是：「一時要找是找不著的，然而丟是丟不了的，不知幾時不找便出來了。但是青埂峰不知在那裡？」李紈道：「這是仙機隱語。咱們家裡那裡跑出青埂峰來？必是誰怕查出，撂在有

①拐仙——傳說中的八仙之一，相傳姓李名玄，因有足疾，拄鐵拐，因此稱李鐵拐或鐵拐李。

松樹的山子石底下，也未可定。獨是『入我門來』這句，到底是入誰的門呢？」黛玉道：「不知請的是誰？」岫烟道：「拐仙。」探春道：「若是仙家的門，便難入了。」

襲人心裡著忙，便捕風捉影的混找，沒一塊石底下不找到，只是沒有。回到院中，寶玉也不問有無，只管傻笑。麝月著急道：「小祖宗！你到底是那裡丟的？說明了，我們就是受罪，也在明處啊！」寶玉笑道：「我說外頭丟的，你們又不依。你如今問我，我知道麼？」李紈、探春道：「今兒從早起鬧起，已到三更來的天了。你瞧林妹妹已經掌不住，各自去了。我們也該歇歇兒了，明兒再鬧罷。」說著，大家散去。寶玉即便睡下。可憐襲人等哭一回，想一回，一夜無眠。暫且不提。

且說黛玉先自回去，想起「金」「石」的舊話來，反自喜歡；心裡說道：「和尚、道士的話，真個信不得。果真金玉有緣，寶玉如何能把這玉丟了呢？或者因我之事，拆散他們的金玉，也未可知。」想了半天，更覺安心，把這一天的勞乏竟不理會，重新倒看起書來。紫鵑倒覺身倦，連催黛玉睡下。黛玉雖躺下，又想到海棠花上，說：「這塊玉原是胎裡帶來的，非比尋常之物，來去自有關係。若是這花主好事呢，不該失了這玉呀？看來此花開的不祥，莫非他有不吉之事？」不覺又傷起心來。又轉想到喜事上頭，此花又似應開，此玉又似應失，如此一悲一喜，直想到五更，方睡著。

次日，王夫人等早派人到當鋪裡去查問，鳳姐暗中設法找尋。一連鬧了幾天，總無下落。還喜賈母、賈政未知。襲人等每日提心吊膽，寶玉也好幾天不上學，只是怔怔的，不言不語，沒心沒緒的。王夫人只知他因失玉而起，也不大著意。那日正在納悶，忽見賈璉進來請安，嘻嘻的笑道：「今日聽得軍機賈雨村打發人來告訴二老爺，說：『舅太爺陞了內閣大學士，奉旨來京，已定明年正月二十日宣麻②。有三百里的文書③去了。』想舅太爺晝夜趲行，半個多月就要到了。侄兒特來回太太知道。」王夫人聽說，便歡喜非常。正想娘家人少，薛姨媽家又衰敗了，兄弟又在外任，照應不著。今日忽聽兄弟拜相回京，王家榮耀，將來寶玉都有倚靠。便把失玉的心又略放開些了，天天專望兄弟來京。

忽一天，賈政進來，滿臉淚痕，喘吁吁的說道：「你快去稟知老太太，即刻進宮！不用多人的，是你伏侍進去。因娘娘忽得暴病，現在太監在外立等，他說：『太醫院已經奏明痰厥④，不能醫治。』」王夫人聽說，便大哭起來。賈政道：「這不是哭的時候，快快去請老太太，說得寬緩些，不要唬壞了老人家。」賈政說著，出來吩咐家人伺候。王夫人收了淚，去請賈母，只說元妃有病，進去請安。賈母念佛道：「怎麼又病了？前番唬的我了不得，後來又打聽錯了。這回情願再錯了也罷！」王夫人一面回答，一面催鴛鴦等開箱取衣飾穿戴起來。王夫人趕著回到自己房中，也穿戴好了，過來伺候。一時出廳上轎進宮。不題。

且說元春自選了鳳藻宮後，聖眷隆重，身體發福，未免舉動費力。每日起居勞乏，時發痰疾。因前日侍宴回宮，偶沾寒氣，勾起舊病。不料此回甚屬利害，竟至痰氣壅塞，四肢厥冷。一面奏明，即召太醫調治。豈知湯藥不進，連用通關之劑⑤，並不見效。內官憂慮，奏請預辦後事。所以傳旨命賈氏椒房進見。

②宣麻——唐代任免將相、號令征伐時，用麻紙書寫詔書，當朝宣讀，叫宣麻；這裡代指朝廷的任命。
③三百里的文書——日夜行程三百里的急遞公文。
④痰厥——中醫術語。指痰氣壅塞，驟然昏倒的症狀。

賈母、王夫人遵旨進宮，見元妃痰塞口涎，不能言語，見了賈母，只有悲泣之狀，卻少眼淚。賈母進前請安，奏些寬慰的話。少時賈政等職名遞進，宮嬪傳奏，元妃目不能顧，漸漸臉色改變。內宮太監即要奏聞，恐派各妃看視，椒房姻戚未便久羈，請在外宮伺候。賈母、王夫人怎忍便離，無奈國家制度，只得下來，又不敢啼哭，惟有心內悲感。

朝門內官員有信。不多時，只見太監出來，立傳欽天監。賈母便知不好，尚未敢動。稍刻，小太監傳諭出來，說：「賈娘娘薨逝。」是年甲寅年十二月十八日立春，元妃薨日是十二月十九日，已交卯年寅月，存年四十三歲。賈母含悲起身，只得出宮上轎回家。賈政等亦已得信，一路悲戚。到家中，邢夫人、李紈、鳳姐、寶玉等出廳，分東西迎著賈母，請了安，並賈政、王夫人請安，大家哭泣。不題。

次日早起，凡有品級的，按貴妃喪禮，進內請安哭臨。賈政又是工部，雖按照儀注辦理，未免堂上又要周旋他些，同事又要請教他，所以兩頭更忙，非比從前太后與周妃的喪事了。但元妃並無所出，惟謚曰「賢淑貴妃」。此是王家制度，不必多贅。

只講賈府中男女天天進宮，忙的了不得。幸喜鳳姐兒近日身子好些，還得出來照應家事，又要預備王子騰進京接風賀喜。鳳姐胞兄王仁，知道叔叔入了內閣，仍帶家眷來京。鳳姐心裡喜歡，便有些心病有這些娘家的人，也便撂開，所以身子倒覺比前好了些。王夫人看見鳳姐照舊辦事，又把擔子卸了一半，又眼見兄弟來京，諸事放心，倒覺安靜些。

⑤通關之劑——指適用於醫治昏厥、痰壅、牙關緊閉等症的疏通關竅藥劑。

獨有寶玉原是無職之人，又不念書，代儒學裡知他家裡有事，也不來管他；賈政正忙，自然沒有空兒查他：想來寶玉趁此機會，竟可與姊妹們天天暢樂；不料他自失了玉後，終日懶怠走動，說話也糊塗了。並賈母等出門回來，有人叫他去請安，便去；沒人叫他，他也不動。襲人等懷著鬼胎，又不敢去招惹他，恐他生氣。每天茶飯，端到面前便吃，不來，也不要。襲人看這光景不像是有氣，竟像是有病的。襲人偷著空兒到瀟湘館告訴紫鵑，說是：「二爺這麼著，求姑娘給他開導開導。」紫鵑雖即告訴黛玉，只因黛玉想著親事上頭一定是自己了，如今見了他，反覺不好意思：「若是他來呢，原是小時在一處的，也難不理他；若說我去找他，斷斷使不得。」所以黛玉不肯過來。襲人又背地裡去告訴探春。那知探春心裡明明知道海棠開得怪異，「寶玉」失的更奇，接連著元妃姐姐薨逝，諒家道不祥，日日愁悶，那有心腸去勸寶玉？況兄妹們男女有別，只好過來一兩次。寶玉又終是懶懶的，所以也不大常來。

寶釵也知失玉。因薛姨媽那日應了寶玉的親事，回去便告訴了寶釵。薛姨媽還說：「雖是你姨媽說了，我還沒有應准，說等你哥哥回來再定。你願意不願意？」寶釵反正色的對母親道：「媽媽這話說錯了。女孩兒家的事情是父母做主的。如今我父親沒了，媽媽應該做主的；再不然，問哥哥。怎麼問起我來？」所以薛姨媽更愛惜他，說他雖是從小嬌養慣的，卻也生來的貞靜，因此在他面前，反不提起寶玉了。寶釵自從聽此一說，把「寶玉」兩字自然更不提起了。如今雖然聽見失了玉，心裡也甚驚疑，倒不好問，只得聽旁人說去，竟像不與自己相干的。只有薛姨媽打發丫頭過來了好幾次問信。因他自己的兒子薛蟠的事焦心，只等哥哥進京，便好為他出脫罪名；又知元妃已薨，雖然賈府忙亂，卻得鳳姐好了，出來理家，也把賈家的事擱開了。只苦了襲人，雖然在寶玉跟前低聲下氣的伏侍勸慰，寶玉竟是不懂，襲人只有暗暗的著急而已。

過了幾日，元妃停靈寢廟⑥，賈母等送殯，去了幾天。豈知寶玉一日呆似一日，也不發燒，也不疼痛，只是吃不像吃，睡不像睡，甚至說話都無頭緒。那襲人、麝月等一發慌了，回過鳳姐幾次。鳳姐不時過來，起先道是找不著玉生氣，如今看他失魂落魄的樣子，只有日日請醫調治。煎藥吃了好幾劑，只有添病的，沒有減病的。及至問他那裡不舒服，寶玉也不說出來。

直至元妃事畢，賈母惦記寶玉，親自到園看視。王夫人也隨過來。襲人等忙叫寶玉接去請安。寶玉雖說是病，每日原起來行動，今日叫他接賈母去，他依然仍是請安，惟是襲人在旁扶著指教。賈母見了，便道：「我的兒！我打諒你怎麼病著，故此過來瞧你。今你依舊的模樣兒，我的心放了好些。」王夫人也自然是寬心的。但寶玉並不回答，只管嘻嘻的笑。賈母等進屋坐下，問他的話，襲人教一句，他說一句，大不似往常，直是一個傻子似的。賈母愈看愈疑，便說：「我才進來看時，不見有什麼病，如今細細一瞧，這病果然不輕，竟是神魂失散的樣子。到底因什麼起的呢？」王夫人知事難瞞，又瞧瞧襲人怪可憐的樣子，只得便依著寶玉先前的話，將那往南安王府裡去聽戲時丟了這塊玉的話，悄悄的告訴了一遍。心裡也彷徨的很，生恐賈母著急，並說：「現在著人在四下裡找尋，求籤問卦，都說在當鋪裡找，少不得找著的。」

賈母聽了，急得站起來，眼淚直流，說道：「這件玉，如何是丟得的！你們忒不懂事了！難道老爺

⑥寢廟——原指宗廟的兩個部分：前曰廟，後曰寢；這裡指陵墓地停放靈柩的廟堂。

也是撂開手的不成？」王夫人知賈母生氣，叫襲人等跪下，自己斂容低首回說：「媳婦恐老太太著急，老爺生氣，都沒敢回。」賈母咳道：「這是寶玉的命根子。因丟了，所以他是這麼失魂喪魄的。還了得！況是這玉滿城裡都知道，誰撿了去，便叫你們找出來麼！叫人快快請老爺，我與他說。」那時嚇得王夫人、襲人等俱哀告道：「老太太這一生氣，回來老爺更了不得了。現在寶玉病著，交給我們盡命的找來就是了。」賈母道：「你們怕老爺生氣，有我呢！」便叫麝月傳人去請，不一時，傳進話來，說：「老爺謝客去了。」賈母道：「不用他也使得。你們便說我說的話，暫且也不用責罰下人，我便叫璉兒來，寫出賞格，懸在前日經過的地方，便說：『有人撿得送來者，情願送銀一萬兩；如有知人撿得，送信找得者，送銀五千兩。』如真有了，不可吝惜銀子。這麼一找，少不得就找出來了。若是靠著咱們家幾個人找，就找一輩子，也不能得。」王夫人也不敢直言。賈母傳話，告訴賈璉，叫他速辦去了。

賈母便叫人：「將寶玉動用之物，都搬到我那裡去。只派襲人、秋紋跟過來，餘者仍留園內看屋子。」寶玉聽了，終不言語，只是傻笑。賈母便攜了寶玉起身，襲人等攙扶出園。回到自己房中，叫王夫人坐下，看人收拾裡間屋內安置，便對王夫人道：「你知道我的意思麼？我為的園裡人少，怡紅院裡的花樹忽萎忽開，有些奇怪。頭裡仗著一塊玉能除邪祟；如今此玉丟了，生恐邪氣易侵：故我帶他過來一塊兒住著。這幾天也不用叫他出去，大夫來，就在這裡瞧。」王夫人聽說，便接口道：「老太太想的自然是。如今寶玉同著老太太住了，老太太的福氣大，不論什麼都壓住了。」賈母道：「什麼福氣！不過我屋裡乾淨些，經卷也多，都可以念念，定定心神。你問寶玉好不好？」那寶玉見問，只是笑。襲人叫他說「好」，寶玉也就說「好」。王夫人見了這般光景，未免落淚，在賈母這裡，不敢出聲。賈母知王夫人著急，便說道：「你回去罷，這裡有我調停他。晚上老爺回來，告訴他不必來見我，不許言語就是了。」王夫人去後，賈母叫鴛鴦找些安神定魄的藥，按方吃了。不題。

且說賈政當晚回家，在車內聽見道兒上人說道：「人要發財，也容易的很。」那個問道：「怎麼見得？」這個人又道：「今日聽見榮府裡丟了什麼哥兒的玉了，貼著招帖兒，上頭寫著玉的大小式樣顏色，說：有人撿了送去，就給一萬兩銀子；送信的，還給五千呢！」賈政雖未聽得如此真切，心裡詫異，急忙趕回，便叫門上的人，問起那事來。門上的人稟道：「奴才頭裡也不知道；今日晌午，璉二爺傳出老太太的話，叫人去貼帖兒，才知道的。」賈政便嘆氣道：「家道該衰，偏生養這麼一個孽障！才養他的時候，滿街的謠言，隔了十幾年，略好了些。這會子又大張曉諭的找玉，成何道理！」說著，忙走進裡頭去問王夫人。王夫人便一五一十的告訴。賈政知是老太太的主意，又不敢違拗，只抱怨王夫人幾句。又走出來，叫瞞著老太太，背地裡揭了這個帖兒下來。豈知早有那些游手好閑的人揭了去了。

過了些時，竟有人到榮府門上，口稱送玉來。家內人們聽見，喜歡的了不得，便說：「拿來，我給你回去。」那人便懷內掏出賞格⑦來，指給門上人瞧，「這不是你府上的帖子麼？寫明送玉來的給銀一萬兩。二太爺，你們這會子瞧我窮，回來我得了銀子，就是個財主了。別這麼待理不理的。」門上聽他話頭來得硬，說道：「你到底略給我瞧一瞧，我好給你回去。」那人初倒不肯，後來聽人說得有理，便

⑦賞格——懸賞所定的報酬數目。

掏出那玉，托在掌中一揚，說：「這是不是？」眾家人原是在外服役，只知有玉，也不常見；今日才看見這玉的模樣兒了，急忙跑到裡頭，搶頭報⑧似的。

那日賈政、賈赦出門，只有賈璉在家。眾人回明，賈璉還細問：「真不真？」門上人口稱：「親眼見過，只是不給奴才，要見主子，一手交銀，一手交玉。」賈璉卻也喜歡，忙去稟知王夫人，即便回明賈母。把個襲人樂得合掌念佛。賈母並不改口，一疊連聲：「快叫璉兒請那人到書房內坐下，將玉取來一看，即便送銀。」賈璉依言，請那人進來，當客待他，用好言道謝：「要借這玉送到裡頭，本人見了，謝銀分厘不短。」那人只得將一個紅綢子包兒送過去。賈璉打開一看，可不是那一塊晶瑩美玉嗎？賈璉素昔原不理論，今日倒要看看，看了半日，上面的字也彷彿認得出來，什麼「除邪祟」等字。賈璉看了，喜之不勝，便叫家人伺候，忙忙的送與賈母、王夫人認去。

這會子驚動了合家的人，都等著爭看。鳳姐見賈璉進來，便劈手奪去，不敢先看，送到賈母手裡。賈璉笑道：「你這麼一點兒事，還不叫我獻功呢！」賈母打開看時，只見那玉比先前昏暗了好些。一面擦摸，鴛鴦拿上眼鏡兒來，戴著一瞧，說：「奇怪！這塊玉倒是的，怎麼把頭裡的寶色都沒了呢？」王夫人看了一會子，也認不出，便叫鳳姐過來看。鳳姐看了道：「像倒像，只是顏色不大對。不如叫寶兄弟自己一看，就知道了。」襲人在旁，也看著未必是那一塊，只是盼的心盛，也不敢說出不像來。鳳姐

---

⑧搶頭報——搶先報喜。科舉時代，報喜的人可向考中的人家索取賞錢，先來報的人通常拿得多，所以很多人都爭著搶頭報。

於是從賈母手中接過，同著襲人拿來給寶玉瞧。這時寶玉正睡著才醒。鳳姐告訴道：「你的玉有了。」寶玉睡眼矇朧，接在手裡也沒瞧，便往地下一撂，道：「你們又來哄我了！」說著，只是冷笑。鳳姐連忙拾起來，道：「這也奇了，怎麼你沒瞧，就知道呢？」寶玉也不答言，只管笑。王夫人也進屋裡來了，見他這樣，便道：「這不用說了。他那玉原是胎裡帶來的一種古怪東西，自然他有道理。想來這個必是人見了帖兒，照樣做的。」大家此時恍然大悟。

賈璉在外間屋裡聽見這話，便說道：「既不是，快拿來給我問問他去，人家這樣事，他敢來鬼混！」賈母喝住，道：「璉兒，拿了去給他，叫他去罷。那也是窮極了的人，沒法兒了，所以見我們家有這樣事，他便想著賺幾個錢，也是有的。如今白白的花了錢弄了這個東西，又叫咱們認出來了。依著我，不要難為他，把這玉還給他，說不是我們的，賞給他幾兩銀子。外頭的人知道了，才肯有信兒就送來呢，若是難為了這一個人，就有真的，人家也不敢拿來了。」賈璉答應出去。那人還等著呢，半日不見人來，正在那裡心裡發虛，只見賈璉氣忿走出來了。未知何如，下回分解。

第九十六回　瞞消息鳳姐設奇謀　洩機關顰兒迷本性

話說賈璉拿了那塊假玉忿忿走出，到了書房。那個人看見賈璉的氣色不好，心裡先發了虛了，連忙站起來迎著。剛要說話，只見賈璉冷笑道：「好大膽！我把你這個混賬東西！這裡是什麼地方兒，你敢來掉鬼①！」回頭便問：「小廝們呢？」外頭轟雷一般，幾個小廝齊聲答應。賈璉道：「取繩子去捆起他來！等老爺回來問明了，把他送到衙門裡去！」眾小廝又一齊答應：「預備著呢！」嘴裡雖如此，卻不動身。那人先自唬的手足無措，見這般勢派，知道難逃公道，只得跪下給賈璉碰頭，口口聲聲只叫：「老太爺，別生氣！是我一時窮極無奈，才想出這個沒臉的營生來。那玉是我借錢做的，我也不敢要了，只得孝敬府裡的哥兒頑罷。」說畢，又連連磕頭。賈璉啐道：「你這個不知死活的東西！這府裡希罕你的那扔不了的浪東西！」正鬧著，只見賴大進來，陪著笑向賈璉道：「二爺別生氣了。靠他算個什麼東西！

①掉鬼——搗鬼，弄虛作假騙人。

饒了他，叫他滾出去罷。」賈璉道：「實在可惡！」賴大、賈璉作好作歹，眾人在外頭都說道：「糊塗狗攮的！還不給爺和賴大爺磕頭呢！快快的滾罷，還等窩心腳呢！」那人趕忙磕了兩個頭，抱頭鼠竄而去。從此街上鬧動了「賈寶玉弄出『假寶玉』」來。

且說賈政那日拜客回來，眾人因為燈節底下，恐怕賈政生氣，已過去的事了，便也都不肯回。只因元妃的事，忙碌了好些時，近日寶玉又病著，雖有舊例家宴，大家無興，也無有可記之事。

到了正月十七日，王夫人正盼王子騰來京，只見鳳姐進來回說：「今日二爺在外聽得有人傳說：我們家大老爺趕著進京，離城只二百多里地，在路上沒了。太太聽見了沒有？」王夫人吃驚道：「我沒有聽見，老爺昨晚也沒有說起，到底在那裡聽見的？」鳳姐道：「說是在樞密②張老爺家聽見的。」王夫人怔了半天，那眼淚早流下來了，因拭淚說道：「回來再叫璉兒索性打聽明白了，來告訴我。」鳳姐答應去了。

王夫人不免暗裡落淚，悲女哭弟，又為寶玉耽憂。如此連三接二，都是不隨意的事，那裡擱得住，便有些心口疼痛起來。又加賈璉打聽明白了，來說道：「舅太爺是趕路勞乏，偶然感冒風寒。到了十里屯地方，延醫調治，無奈這個地方沒有名醫，誤用了藥，一劑就死了。但不知家眷可到了那裡沒有？」王夫人聽了，一陣心酸，便心口疼得坐不住，叫彩雲等扶了上炕，還扎掙著叫賈璉去回了賈政，「即速

②樞密——樞密使的簡稱，是樞密院的長官，主要掌管軍事機密、邊防等；清代也常尊稱軍機大臣為「樞密」。

收拾行裝，迎到那裡，幫著料理完畢，即刻回來告訴我們。好叫你媳婦兒放心。」賈璉不敢違拗，只得辭了賈政起身。

賈政早已知道，心裡很不受用；又知寶玉失玉以後神志惛憒，醫藥無效；又值王夫人心疼。那年正值京察③，工部將賈政保列一等。二月，吏部帶領引見。皇上念賈政勤儉謹慎，即放了江西糧道④。即日謝恩，已奏明起程日期。雖有眾親朋賀喜，賈政也無心應酬，只念家中人口不寧，又不敢耽延在家。正在無計可施，只聽見賈母那邊叫：「請老爺。」

賈政即忙進去，看見王夫人帶著病也在那裡。便向賈母請了安。賈母叫他坐下，便說：「你不日就要赴任，我有多少話與你說，不知你聽不聽？」說著，掉下淚來。賈政忙站起來，說道：「老太太有話，只管吩咐，兒子怎敢不遵命呢？」賈母哽咽著說道：「我今年八十一歲的人了，你又要做外任去，偏有你大哥在家，你又不能告親老⑤。你這一去了，我所疼的只有寶玉，偏偏的又病得糊塗，還不知道怎麼樣呢！我昨日叫賴升媳婦出去，叫人給寶玉算算命，這先生算得好靈，說：『要娶了金命的人幫扶他，必要沖沖喜才好；不然，只怕保不住。』我知道你不信那些話，所以教你來商量。你的媳婦也在這裡，你們兩個也商量商量：還是要寶玉好呢，還是隨他去呢？」賈政陪笑說道：「老太太當初疼兒子這麼疼

③京察——清代每三年對官吏進行一次考績，分別升降；京官的考績叫做「京察」，外官的考績叫作「大計」。
④糧道——官名。明、清兩代都設有督糧道，督運各省漕糧，簡稱糧道。
⑤告親老——舊時官員，因父母年老，家中又無兄弟，可以告假離職，歸家養親，叫作「告親老」。

的，難道做兒子的就不疼自己的兒子不成麼？只為寶玉不上進，所以時常恨他，也不過是『恨鐵不成鋼』的意思。老太太既要給他成家，這也是該當的，豈有逆著老太太，不疼他的理？如今寶玉病著，兒子也是不放心。因老太太不叫他見我，所以兒子也不敢言語。我到底瞧瞧寶玉是個什麼病？」

王夫人見賈政說著也有些眼圈兒紅，知道心裡是疼的，便叫襲人扶了寶玉來。寶玉見了他父親，襲人叫他請安，他便請了個安。賈政見他臉面很瘦，目光無神，大有瘋傻之狀，便叫人扶了進去，便想到：「自己也是望六的人了，如今又放外任，不知道幾年回來。倘或這孩子果然不好，一則年老無嗣，雖說有孫子，到底隔了一層；二則老太太最疼的是寶玉，若有差錯，可不是我的罪名更重了？」瞧瞧王夫人，一包眼淚，又想到他身上，復站起來說：「老太太這麼大年紀，想法兒疼孫子，做兒子的還敢違拗？老太太主意該怎麼便怎麼就是了。但只姨太太那邊，不知說明白了沒有？」王夫人便道：「姨太太是早應了的；只為蟠兒的事沒有結案，所以這些時總沒提起。」賈政又道：「這就是第一層的難處。他哥哥在監裡，妹子怎麼出嫁？況且貴妃的事雖不禁婚嫁，寶玉應照已出嫁的姐姐，有九個月的功服⑥，此時也難娶親。再者，我的起身日期已經奏明，不敢耽擱，這幾天怎麼辦？」

賈母想了一想：「說的果然不錯。若是等這幾件事過去，他父親又走了。倘或這病一天重似一天，怎麼好？只可越些禮，辦了才好。」想定主意，便說道：「你若給他辦呢，我自然有個道理，包管都礙不著：姨太太那邊，我和你媳婦親自過去求他。蟠兒那裡，我央蝌兒去告訴他，說是要救寶玉的命，諸事

⑥功服——舊時喪服名。功服所用的麻布，要經過加工，色白較細，又分大功、小功，大功服九個月，小功五個月。

將就，自然應的。若說服裡娶親，當真使不得；況且寶玉病著，也不可教他成親，不過是沖沖喜。我們兩家願意，孩子們又有『金玉』的道理，婚是不用合的了。即挑了好日子，按著咱們家分兒過了禮⑦。趕著挑個娶親日子，一概鼓樂不用，倒按宮裡的樣子，用十二對提燈，一乘八人轎子抬了來，照南邊規矩拜了堂，一樣坐床撒帳⑧，可不是算娶了親了麼？寶丫頭心地明白，是不用慮的。內中又有襲人，也還是個妥妥當當的孩子。再有個明白人常勸他，更好。他又和寶丫頭合的來。再者，姨太太曾說，寶丫頭的金鎖也有個和尚說過，只等有玉的便是婚姻。焉知寶丫頭過來，不因金鎖倒招出他那塊玉來，也定不得。從此一天好似一天，豈不是大家的造化？這會子只要立刻收拾屋子，鋪排起來。——這屋子是要你派的。一概親友不請，也不排筵席；待寶玉好了，過了功服，然後再擺席請人：這麼著，都趕的上。你也看見了他們小兩口的事，也好放心的去。」

賈政聽了，原不願意，只是賈母做主，不敢違命，勉強陪笑說道：「老太太想的極是，也很妥當。只是要吩咐家下眾人，不許吵嚷得裡外皆知，這要躭不是的。姨太太那邊，只怕不肯；若是果真應了，也只好按著老太太的主意辦去。」賈母道：「姨太太那裡有我呢。你去吧。」賈政答應出來，心中好不自在。因赴任事多，部裡領憑，親友們薦人；種種應酬不絕，竟把寶玉的事，聽憑賈母交與王夫人、鳳

⑦過禮——舊時代的訂婚禮，男方向女方送定聘的禮物，女方也送回禮，叫作「過禮」。

⑧坐床撒帳——舊時結婚的一種風俗：新夫婦交拜畢，入新房並坐在床上，叫坐床，也叫坐帳；女賓各以金錢、彩果散擲，叫撒帳。

聯經出版事業公司校印

姐兒了。惟將榮禧堂後身王夫人內屋旁邊一大跨所⑨二十餘間房屋指與寶玉，餘者一概不管。賈母定了主意，叫人告訴他去，賈政只說「很好」，此是後話。

且說寶玉見過賈政，襲人扶回裡間炕上。因賈政在外，無人敢與寶玉說話，寶玉便昏昏沉沉的睡去。賈母與賈政所說的話，寶玉一句也沒有聽見。襲人等卻靜靜兒的聽得明白。頭裡雖也聽得些風聲，到底影響，只不見寶釵過來，卻也有些信真。今日聽了這些話，心裡方才水落歸漕⑩，倒也喜歡。心裡想道：「果然上頭的眼力不錯，這才配得是。我也造化。若他來了，我可以卸了好些擔子。但是這一位的心裡只有一個林姑娘，幸虧他沒有聽見，若知道了，又不知要鬧到什麼分兒了！」襲人想到這裡，轉喜為悲，心想：「這件事怎麼好？老太太、太太那裡知道他們心裡的事？一時高興，說給他知道，原想要他病好。若是他仍似前的心事：初見林姑娘，便要摔玉砸玉；況且那年夏天在園裡把我當作林姑娘，說了好些私心話；後來因為紫鵑說了句頑話兒，便哭得死去活來。若是如今和他說要娶寶姑娘，竟把林姑娘撂開，除非是他人事不知還可，若稍明白些，只怕不但不能沖喜，竟是催命了！我再不把話說明，那不是一害三個人了麼？」襲人想定主意，待等賈政出去，叫秋紋照看著寶玉，便從裡間出來，走到王夫人身旁，悄悄的請了王夫人到賈母後身屋裡去說話。賈母只道是寶玉有話，也不理會，還在那裡打算怎麼過禮，

⑨跨所——即跨院，連接兩個院落的房子。

⑩水落歸漕——比喻安定的意思。漕，水道。

聯經出版事業公司校印

怎麼娶親。

那襲人同了王夫人到了後間，便跪下哭了。王夫人不知何意，把手拉著他說：「好端端的，這是怎麼說？有什麼委屈，起來說。」襲人道：「這話奴才是不該說的，這會子因為沒有法兒了。」王夫人道：「你慢慢說。」襲人道：「寶玉的親事，老太太、太太已定了寶姑娘了，自然是極好的一件事。只是奴才想著，太太看去，寶玉和寶姑娘好，還是和林姑娘好呢？」王夫人道：「他兩個因從小兒在一處，所以寶玉和林姑娘又好些。」襲人道：「不是『好些』。」便將寶玉素與黛玉這些光景一一的說了，還說：「這些事都是太太親眼見的，獨是夏天的話，我從沒敢和別人說。」王夫人拉著襲人道：「我看外面兒已瞧出幾分來了，你今兒一說，更加是了。但是剛才老爺說的話，想必都聽見了，你看他的神情兒怎麼樣？」襲人道：「如今寶玉若有人和他說話他就笑，沒人和他說話他就睡。所以頭裡的話卻倒都沒聽見。」王夫人道：「倒是這件事叫人怎麼樣呢？」襲人道：「奴才說是說了，還得太太告訴老太太，想個萬全的主意才好。」王夫人便道：「既這麼著，你去幹你的，這時候滿屋子的人，暫且不用提起，等我瞅空兒回明老太太，再作道理。」說著，仍到賈母跟前。

賈母正在那裡和鳳姐兒商議，見王夫人進來，便問道：「襲人丫頭說什麼？這麼鬼鬼祟祟的。」王夫人趁問，便將寶玉的心事，細細回明賈母。賈母聽了，半日沒言語。王夫人和鳳姐也都不再說了。只見賈母嘆道：「別的事都好說。林丫頭倒沒有什麼；若寶玉真是這樣，這可叫人作了難了。」只見鳳姐想了一想，因說道：「難倒不難。只是我想了個主意，不知姑媽肯不肯。」王夫人道：「你有主意，只管說給老太太聽，大家娘兒們商量著辦罷了。」鳳姐道：「依我想，這件事只有一個『掉包兒』的法子。」

賈母道：「怎麼『掉包兒』？」鳳姐道：「如今不管寶兄弟明白不明白，大家吵嚷起來，說是老爺做主，將林姑娘配了他了。瞧他的神情兒怎麼樣。要是他全不管，這個包兒也就不用掉了。若是他有些喜歡的意思，這事卻要大費周折呢。」王夫人道：「就算他喜歡，你怎麼樣辦法呢？」鳳姐走到王夫人耳邊，如此這般的說了一遍。王夫人點了幾點頭兒，笑了一笑，說道：「也罷了。」賈母便問道：「你娘兒兩個搗鬼，到底告訴我是怎麼著呀？」鳳姐恐賈母不懂，露洩機關，便也向耳邊輕輕的告訴了一遍。賈母果真一時不懂，鳳姐笑著又說了幾句。賈母笑道：「這麼著也好，可就只忒苦了寶丫頭了。倘或吵嚷出來，林丫頭又怎麼樣呢？」鳳姐道：「這個話，原只說給寶玉聽，外頭一概不許提起，有誰知道呢？」

正說間，丫頭傳進話來，說：「璉二爺回來了。」王夫人恐賈母問及，使個眼色與鳳姐。鳳姐便出來迎著賈璉，努了個嘴兒，同到王夫人屋裡等著去了。一回兒王夫人進來，已見鳳姐哭的兩眼通紅。賈璉請了安，將到十里屯料理王子騰的喪事的話說了一遍，便說：「有恩旨賞了內閣的職銜，謚了文勤公，命本宗扶柩回籍，著沿途地方官員照料。昨日起身，連家眷回南去了。舅太太叫我回來請安問好，說：『如今想不到不能進京，有多少話不能說。』聽見我大舅子要進京，若是路上遇見了，便叫他來到咱們這裡細細的說。」王夫人聽畢，其悲痛自不必言。鳳姐勸慰了一番，「請太太略歇一歇，晚上來，再商量寶玉的事罷。」說畢，同了賈璉回到自己房中，告訴了賈璉，叫他派人收拾新房。不題。

一日，黛玉早飯後帶著紫鵑到賈母這邊來，一則請安，二則也為自己散散悶。出了瀟湘館，走了幾步，忽然想起忘了手絹子來，因叫紫鵑回去取來，自己卻慢慢的走著等他。剛走到沁芳橋那邊山石背後

聯經出版事業公司　校印

當日同寶玉葬花之處，忽聽一個人嗚嗚咽咽在那裡哭。黛玉煞住腳聽時，又聽不出是誰的聲音，也聽不出哭著叨叨的是些什麼話。心裡甚是疑惑，便慢慢的走去。及到了跟前，卻見一個濃眉大眼的丫頭在那裡哭呢。黛玉未見他時，還只疑府裡這些大丫頭有什麼說不出的心事，所以來這裡發洩發洩；及至見了這個丫頭，卻又好笑，因想到：「這種蠢貨，有什麼情種？自然是那屋裡作粗活的丫頭，受了大女孩子的氣了。」細瞧了一瞧，卻不認得。

那丫頭見黛玉來了，便也不敢再哭，站起來拭眼淚。黛玉問道：「你好好的為什麼在這裡傷心？」那丫頭聽了這話，又流淚道：「林姑娘，你評評這個理：他們說話，我又不知道，我就說錯了一句話，我姐姐也不犯就打我呀！」黛玉聽了，不懂他說的是什麼，因笑問道：「你姐姐是那一個？」那丫頭道：「就是珍珠姐姐。」黛玉聽了，才知他是賈母屋裡的。因又問：「你叫什麼？」那丫頭道：「我叫傻大姐兒。」黛玉笑了一笑，又問：「你姐姐為什麼打你？你說錯了什麼話了？」那丫頭道：「為什麼呢，就是為我們寶二爺娶寶姑娘的事情。」

黛玉聽了這句話，如同一個疾雷，心頭亂跳。略定了定神，便叫了這丫頭：「你跟了我這裡來。」那丫頭跟著黛玉到那畸角兒上葬桃花的去處，那裡背靜。黛玉因問道：「寶二爺娶寶姑娘，他為什麼打你呢？」傻大姐道：「我們老太太和太太、二奶奶商量了，因為我們老爺要起身，說：就趕著往姨太太商量，把寶姑娘娶過來罷。頭一宗，給寶二爺沖什麼喜，第二宗——」說到這裡，又瞅著黛玉笑了一笑，才說道：「趕著辦了，還要給林姑娘說婆婆家呢。」

黛玉已經聽呆了。這丫頭只管說道：「我又不知道他們怎麼商量的，不叫人吵嚷，怕寶姑娘聽見害躁。我白和寶二爺屋裡的襲人姐姐說了一句：『咱們明兒更熱鬧了，又是寶姑娘，又是寶二奶奶，這可怎麼叫呢？』林姑娘，你說我這話害著珍珠姐姐什麼了嗎？他走過來就打了我一個嘴巴，說我混說，不遵上頭的話，要攆出我去。──我知道上頭為什麼不叫言語呢？你們又沒告訴我，就打我！」說著，又哭起來。

那黛玉此時心裡竟是油兒、醬兒、糖兒、醋兒倒在一處的一般，甜苦酸鹹，竟說不上什麼味兒來了。停了一會兒，顫巍巍的說道：「你別混說了。你再混說，叫人聽見，又要打你了。你去罷。」說著，自己移身要回瀟湘館去。那身子竟有千百斤重的，兩隻腳卻像踩著棉花一般，早已軟了，只得一步一步慢慢的走將來。走了半天，還沒到沁芳橋畔，原來腳下軟了，走的慢，且又迷迷癡癡，信著腳從那邊繞過來，更添了兩箭地的路。這時剛到沁芳橋畔，卻又不知不覺的順著堤往回裡走起來。紫鵑取了絹子來，卻不見黛玉。正在那裡看時，只見黛玉顏色雪白，身子恍恍蕩蕩的，眼睛也直直的，在那裡東轉西轉。又見一個丫頭往前頭走了，離的遠，也看不出是那一個來。心中驚疑不定，只得趕過來輕輕的問道：「姑娘，怎麼又回去？是要往那裡去？」黛玉也只模糊聽見，隨口應道：「我問問寶玉去！」紫鵑聽了，摸不著頭腦，只得攙著他到賈母這邊來。

黛玉走到賈母門口，心裡微覺明晰，回頭看見紫鵑攙著自己，便站住了，問道：「你作什麼來的？」紫鵑陪笑道：「我找了絹子來了。頭裡見姑娘在橋那邊呢，我趕著過去問姑娘，姑娘沒理會。」黛玉笑道：「我打量你來瞧寶二爺來了呢，不然，怎麼往這裡走呢？」紫鵑見他心裡迷惑，便知黛玉必是聽見那丫頭什麼話了，惟有點頭微笑而已。只是心裡怕他見了寶玉，那一個已經是瘋瘋傻傻，這一個又這樣恍恍惚惚，一時說出些不大體統的話來，那時如何是好？心裡雖如此想，卻也不敢違拗，只得攙他進去。

那黛玉卻又奇怪了，這時不似先前那樣軟了，也不用紫鵑打簾子，自己掀起簾子進來，卻見寂然無聲。因賈母在屋裡歇中覺，丫頭們也有脫滑頑去的，也有打盹兒的，也有在那裡伺候老太太的。倒是襲人聽見簾子響，從屋裡出來一看，見是黛玉，便讓道：「姑娘，屋裡坐罷。」黛玉笑著道：「寶二爺在家麼？」襲人不知底裡，剛要答言，只見紫鵑在黛玉身後和他努嘴兒，指著黛玉，又搖搖手兒。襲人不解何意，也不敢言語。黛玉卻也不理會，自己走進房來。看見寶玉在那裡坐著，也不起來讓坐，只瞅著嘻嘻的傻笑。黛玉自己坐下，卻也瞅著寶玉笑。兩個人也不問好，也不說話，也無推讓，只管對著臉傻笑起來。

襲人看見這番光景，心裡大不得主意，只是沒法兒。忽然聽著黛玉說道：「寶玉，你為什麼病了？」寶玉笑道：「我為林姑娘病了。」襲人、紫鵑兩個嚇得面目改色，連忙用言語來岔。兩個卻又不答言，仍舊傻笑起來。襲人見了這樣，知道黛玉此時心中迷惑不減於寶玉，因悄和紫鵑說道：「姑娘才好了，我叫秋紋妹妹同著你攙回姑娘，歇歇去罷。」因回頭向秋紋道：「你和紫鵑姐姐送林姑娘去罷，你可別混說話。」秋紋笑著，也不言語，便來同著紫鵑攙起黛玉。

那黛玉也就站起來，瞅著寶玉只管笑，只管點頭兒。紫鵑又催道：「姑娘，回家去歇歇罷。」黛玉道：「可不是！我這就是回去的時候兒了。」說著，便回身笑著出來了，仍舊不用丫頭們攙扶，自己卻走得比往常飛快。紫鵑、秋紋後面趕忙跟著走。黛玉出了賈母院門，只管一直走去。紫鵑連忙攙住，叫道：「姑娘，往這麼來。」黛玉仍是笑著，隨了往瀟湘館來。離門口不遠，紫鵑道：「阿彌陀佛！可到了家了！」只這一句話沒說完，只見黛玉身子往前一栽，「哇」的一聲，一口血直吐出來。未知性命如何，且聽下回分解。

第九十七回　林黛玉焚稿斷癡情　薛寶釵出閨成大禮

話說黛玉到瀟湘館門口，紫鵑說了一句話，更動了心，一時吐出血來，幾乎暈倒。虧了還同著秋紋，兩個人挽扶著黛玉到屋裡來。那時秋紋去後，紫鵑、雪雁守著，見他漸漸蘇醒過來，問紫鵑道：「你們守著哭什麼？」紫鵑見他說話明白，倒放了心了，因說：「姑娘剛才打老太太那邊回來，身上覺著不太好，唬的我們沒了主意，所以哭了。」黛玉笑道：「我那裡就能夠死呢！」這一句話沒完，又喘成一處。原來黛玉因今日聽得寶玉、寶釵的事情，這本是他數年的心病，一時急怒，所以迷惑了本性。及至回來吐了這一口血，心中卻漸漸的明白過來，把頭裡的事一字也不記得了。這會子見紫鵑哭，方模糊想起傻大姐的話來，此時反不傷心，惟求速死，以完此債。這裡紫鵑、雪雁只得守著，想要告訴人去，怕又像上次招得鳳姐兒說他們失驚打怪的。

那知秋紋回去，神情慌遽。正值賈母睡起中覺來，看見這般光景，便問：「怎麼了？」秋紋嚇的連忙把剛才的事回了一遍。賈母大驚，說：「這還了得！」連忙著人叫了王夫人、鳳姐過來，告訴了他婆媳兩個。鳳姐道：「我都囑咐到了，這是什麼人去走了風呢？這不更是一件難事了嗎！」賈母道：「且別管那些，先瞧瞧去是怎麼樣了。」說著，便起身帶著王夫人、鳳姐等過來看視。見黛玉顏色如雪，並無一點血色，神氣昏沉，氣息微細。半日又咳嗽了一陣，丫頭遞了痰盒，吐出都是痰中帶血的。大家都慌了。只見黛玉微微睜眼，看見賈母在他旁邊，便喘吁吁的說道：「老太太，你白疼了我了！」賈母一聞此言，十分難受，便道：「好孩子，你養著罷！不怕的。」黛玉微微一笑，把眼又閉上了。外面丫頭進來回鳳姐道：「大夫來了。」於是大家略避。王大夫同著賈璉進來，診了脈，說道：「尚不妨事。這是鬱氣傷肝，肝不藏血，所以神氣不定。如今要用斂陰止血的藥，方可望好。」王大夫說完，同著賈璉出去開方取藥去了。

賈母看黛玉神氣不好，便出來告訴鳳姐等道：「我看這孩子的病，不是我咒他，只怕難好。你們也該替他預備預備，沖一沖，或者好了，豈不是大家省心？就是怎麼樣，也不至臨時忙亂。咱們家裡這兩天正有事呢。」鳳姐兒答應了。賈母又問了紫鵑一回，到底不知是那個說的。賈母心裡只是納悶，因說：「孩子們從小兒在一處兒頑，好些是有的。如今大了，懂的人事，就該要分別些，才是做女孩兒的本分，我才心裡疼他。若是他心裡有別的想頭，成了什麼人了呢！我可是白疼了他了。你們說了，我倒有些不放心。」因回到房中，又叫襲人來問。

襲人仍將前日回王夫人的話並方才黛玉的光景述了一遍。賈母道：「我方才看他卻還不至糊塗，這個理我就不明白了。咱們這種人家，別的事自然沒有的，這心病也是斷斷有不得的！林丫頭若不是這個病呢，我憑著花多少錢都使得；若是這個病，不但治不好，我也沒心腸了！」鳳姐道：「林妹妹的事，老太太倒不必張心，橫豎有他二哥哥天天同著大夫瞧著。倒是姑媽那邊的事要緊。今日早起聽見說，房子不差什麼就妥當了，竟是老太太、太太到姑媽那邊，我也跟了去，商量商量。就只一件：姑媽家裡有寶妹妹在那裡，難以說話，不如索性請姑媽晚上過來，咱們一夜都說結了，就好辦了。」賈母、王夫人都道：「你說的是。今日晚了，明日飯後，咱們娘兒們就過去。」說著，賈母用了晚飯。鳳姐同王夫人各自歸房。不提。

且說次日鳳姐吃了早飯過來，便要試試寶玉，走進裡間說道：「寶兄弟大喜，老爺已擇了吉日，要給你娶親了。你喜歡不喜歡？」寶玉聽了，只管瞅著鳳姐笑，微微的點點頭兒。鳳姐笑道：「給你娶林妹妹過來，好不好？」寶玉卻大笑起來。鳳姐看著，也斷不透他是明白，是糊塗，因又問道：「老爺說：你好了才給你娶林妹妹呢，若還是這麼傻，便不給你娶了。」寶玉忽然正色道：「我不傻，你才傻呢！」說著，便站起來說：「我去瞧瞧林妹妹，叫他放心。」鳳姐忙扶住了，說：「林妹妹早知道了。他如今要做新媳婦了，自然害羞，不肯見你的。」寶玉道：「娶過來，他到底是見我不見？」鳳姐又好笑，又著忙，心裡想：「襲人的話不差。提了林妹妹，雖說仍舊說些瘋話，卻覺得明白些。若真明白了，將來不是林姑娘，打破了這個燈虎兒①，那饑荒才難打呢！」便忍笑說道：「你好好兒的，便見你，若是瘋瘋顛顛的，他就不見你了。」寶玉說道：「我有一個心，前兒已交給林妹妹了。他要過來，橫豎給我帶

①燈虎兒——即燈謎；把謎語寫好貼在燈上，供人猜測，叫「打燈虎」。

來，還放在我肚子裡頭。」鳳姐聽著竟是瘋話，便出來看著賈母笑。賈母聽了，又是笑，又是疼，便說道：「我早聽見了。如今且不用理他，叫襲人好好的安慰他。咱們走罷。」

說著，王夫人也來。大家到了薛姨媽那裡，只說：「惦記著這邊的事，來瞧瞧。」薛姨媽感激不盡，說些薛蟠的話。喝了茶，薛姨媽才要叫人告訴寶釵，鳳姐連忙攔住，說：「姑媽不必告訴寶妹妹。」又向薛姨媽陪笑說道：「老太太此來，一則為瞧姑媽，二則也有句要緊的話，特請姑媽到那邊商議。」薛姨媽聽了，點點頭兒說：「是了。」於是大家又說些閑話，便回來了。

當晚薛姨媽果然過來，見過了賈母，到王夫人屋裡來，不免說起王子騰來，大家落了一回淚。薛姨媽便問道：「剛才我到老太太那裡，寶哥兒出來請安，還好好兒的，不過略瘦些，怎麼你們說得很利害？」鳳姐便道：「其實也不怎麼樣，只是老太太懸心。目今老爺又要起身外任去，不知幾年才來。老太太的意思：頭一件叫老爺看著寶兄弟成了家，也放心；二則也給寶兄弟沖沖喜，借大妹妹的金鎖壓壓邪氣，只怕就好了。」薛姨媽心裡也願意，只慮著寶釵委屈，便道：「也使得，只是大家還要從長計較計較才好。」王夫人便按著鳳姐的話和薛姨媽說，只說：「姨太太這會子家裡沒人，不如把裝奩一概蠲免。明日就打發蝌兒去告訴蟠兒，一面這裡過門，一面給他變法兒撕擄官事。」並不提寶玉的心事，又說：「姨太太，既作了親，娶過來早早好一天，大家早放一天心。」正說著，只見賈母差鴛鴦過來候信。薛姨媽雖恐寶釵委屈，然也沒法兒，又見這般光景，只得滿口應承。鴛鴦回去回了賈母。賈母也甚喜歡，又叫鴛鴦過來求薛姨媽和寶釵說明原故，不叫他受委屈。薛姨媽也答應了。便議定鳳姐夫婦作媒人。大家散了。王夫人姊妹不免又敘了半夜話兒。

次日，薛姨媽回家，將這邊的話細細的告訴了寶釵，還說：「我已經應承了。」寶釵始則低頭不語，後來便自垂淚。薛姨媽用好言勸慰，解釋了好些話。寶釵自回房內，寶琴隨去解悶。薛姨媽才告訴了薛蝌，叫他：「明日起身，一則打聽審詳的事，二則告訴你哥哥一個信兒，你即便回來。」

薛蝌去了四日，便回來回覆薛姨媽道：「哥哥的事，上司已經准了誤殺，一過堂就要題本了，叫咱們預備贖罪的銀子。妹妹的事，說：『媽媽做主很好的。趕著辦，又省了好些銀子，叫媽媽不用等我，該怎麼著就怎麼辦罷。』」薛姨媽聽了，一則薛蟠可以回家，二則完了寶釵的事，心裡安放了好些。便是看著寶釵心裡好像不願意似的，「雖是這樣，他是女兒家，素來也孝順守禮的人，知我應了，他也沒得說的。」便叫薛蝌：「辦泥金庚帖，填上八字，即叫人送到璉二爺那邊去。還問了過禮的日子來，你好預備。本來咱們不驚動親友，哥哥的朋友，是你說的，『都是混賬人』；親戚呢，就是賈、王兩家。如今賈家是男家，王家無人在京裡。史姑娘放定的事，他家沒有來請咱們，咱們也不用通知。倒是把張德輝請了來，托他照料些，他上幾歲年紀的人，到底懂事。」薛蝌領命，叫人送帖過去。

次日賈璉過來，見了薛姨媽，請了安，便說：「明日就是上好的日子，今日過來回姨太太，就是明日過禮罷。只求姨太太不要挑飭②就是了。」說著，捧過通書③來。薛姨媽也謙遜了幾句，點頭應允。賈璉趕著回去回明賈政。賈政便道：「你回老太太說：既不叫親友們知道，諸事寧可簡便些。若是東西

②挑飭——苛細的選擇和責備。
③通書——這裡指舊時男家通知女家迎娶日期的帖子。

上，請老太太瞧了就是了，不必告訴我。」賈璉答應，進內將話回明賈母。

這裡王夫人叫了鳳姐命人將過禮的物件都送與賈母過目，並叫襲人告訴寶玉。那寶玉又嘻嘻的笑道：「這裡送到園裡，回來園裡又送到這裡，咱們的人送，咱們的人收，何苦來呢？」賈母、王夫人聽了，都喜歡道：「說他糊塗，他今日怎麼這麼明白呢？」鴛鴦等忍不住好笑，只得上來一件一件的點明給賈母瞧，說：「這是金項圈，這是金珠首飾，共八十件。這是妝蟒四十匹。這是各色綢緞一百二十匹。這是四季的衣服，共一百二十件。外面也沒有預備羊酒④，這是折羊酒的銀子。」賈母看了，都說「好」，輕輕的與鳳姐說道：「你去告訴姨太太，說：不是虛禮，求姨太太等蟠兒出來，慢慢的叫人給他妹妹做來就是了。那好日子的被褥，還是咱們這裡代辦了罷。」鳳姐答應了，出來叫賈璉先過去，又叫周瑞、旺兒等，吩咐他們：「不必走大門，只從園裡從前開的便門內送去，我也就過去。這門離瀟湘館還遠，倘別處的人見了，囑咐他們不用在瀟湘館裡提起。」眾人答應著，送禮而去。寶玉認以為真，心裡大樂，精神便覺得好些，只是語言總有些瘋傻。那過禮的回來，都不提名說姓，因此上下人等雖都知道，只因鳳姐吩咐，都不敢走漏風聲。

且說黛玉雖然服藥，這病日重一日。紫鵑等在旁苦勸，說道：「事情到了這個分兒，不得不說了。姑娘的心事，我們也都知道。至於意外之事，是再沒有的。姑娘不信，只拿寶玉的身子說起，這樣大病，

④羊酒——古時用羊和酒作隆重的賞賜、饋贈或慶賀的禮物；這裡是作為訂婚的聘禮。

怎麼做得親呢？姑娘別聽瞎話，自己安心保重才好。」黛玉微笑一笑，也不答言，又咳嗽數聲，吐出好些血來。紫鵑等看去，只有一息奄奄，明知勸不過來，惟有守著流淚，天天三四趟去告訴賈母，鴛鴦測度賈母近日比前疼黛玉的心差了些，所以不常去回。況賈母這幾日的心都在寶釵、寶玉身上，不見黛玉的信兒，也不大提起，只請太醫調治罷了。

黛玉向來病著，自賈母起，直到姊妹們的下人，常來問候；今見賈府中上下人等都不過來，連一個問的人都沒有，睜開眼，只有紫鵑一人。自料萬無生理，因扎掙著向紫鵑說道：「妹妹，你是我最知心的！雖是老太太派你服侍我，這幾年，我拿你就當作我的親妹妹——」說到這裡，氣又接不上來。紫鵑聽了，一陣心酸，早哭得說不出話來。遲了半日，黛玉又一面喘，一面說道：「紫鵑妹妹，我躺著不受用，你扶起我來靠著坐坐才好。」紫鵑道：「姑娘的身上不大好，起來又要抖摟⑤著了。」黛玉聽了，閉上眼不言語了。一時，又要起來。紫鵑沒法，只得同雪雁把他扶起，兩邊用軟枕靠住，自己卻倚在旁邊。

黛玉那裡坐得住？下身自覺硌的疼，狠命的撐著。叫過雪雁來道：「我的詩本子……」說著，又喘。雪雁料是要他前日所理的詩稿，因找來送到黛玉眼前。黛玉點點頭兒，又抬眼看那箱子。雪雁不解，只是發怔。黛玉氣的兩眼直瞪，又咳嗽起來，又吐了一口血。雪雁連忙回身取了水來，黛玉漱了，吐在盒內。紫鵑用絹子給他拭了嘴。黛玉便拿那絹子指著箱子，又喘成一處，說不上來，閉了眼。紫鵑道：「姑娘歪歪兒罷。」黛玉又搖搖頭兒，紫鵑料是要絹子，便叫雪雁開箱，拿出一塊白綾絹子來，黛玉瞧了，

⑤抖摟——打開、掀動；這裡指因掀開衣被而受感冒。

聯經出版事業公司 校印

撂在一邊，使勁說道：「有字的。」紫鵑這才明白過來，要那塊題詩的舊帕，只得叫雪雁拿出來，遞給黛玉。紫鵑勸道：「姑娘歇歇罷，何苦又勞神？等好了，再瞧罷。」只見黛玉接到手裡，也不瞧詩，掙扎著伸出那隻手來，狠命的撕那絹子，卻是只有打顫的分兒，那裡撕得動？紫鵑早已知他是恨寶玉，卻也不敢說破，只說：「姑娘，何苦自己又生氣！」黛玉點點頭兒，掖在袖裡，便叫雪雁點燈。雪雁答應，連忙點上燈來。

黛玉瞧瞧，又閉了眼坐著，喘了一會子，又道：「籠上火盆。」紫鵑打諒他冷，因說道：「姑娘躺下，多蓋一件罷。那炭氣只怕耽不住。」黛玉又搖頭兒。雪雁只得籠上，擱在地下火盆架上。黛玉點頭，意思叫挪到炕上來。雪雁只得端上來，出去拿那張火盆炕桌。那黛玉卻又把身子欠起，紫鵑只得兩隻手來扶著他。黛玉這才將方才的絹子拿在手中，瞅著那火，點點頭兒，往上一撂。紫鵑唬了一跳，欲要搶時，兩隻手卻不敢動。雪雁又出去拿火盆桌子，此時那絹子已經燒著了。紫鵑勸道：「姑娘，這是怎麼說呢！」黛玉只作不聞，回手又把那詩稿拿起來，瞧了瞧，又撂下了。紫鵑怕他也要燒，連忙將身倚住黛玉，騰出手來拿時，黛玉又早拾起，撂在火上。此時紫鵑卻夠不著，乾急。雪雁正拿進桌子來，看見黛玉一撂，不知何物，趕忙搶時，那紙沾火就著，如何能夠少待，早已烘烘的著了。雪雁也顧不得燒手，從火裡抓起來撂在地下亂踩，卻已燒得所餘無幾了。那黛玉把眼一閉，往後一仰，幾乎不曾把紫鵑壓倒。紫鵑連忙叫雪雁上來，將黛玉扶著放倒，心裡突突的亂跳。欲要叫人時，天又晚了；欲不叫人時，自己同著雪雁和鸚哥等幾個小丫頭，又怕一時有什麼原故。好容易熬了一夜。

到了次日早起，覺黛玉又緩過一點兒來。飯後，忽然又嗽又吐，又緊起來。紫鵑看著不祥了，連忙

聯經出版事業公司　校印

將雪雁等都叫進來看守，自己卻來回賈母。那知到了賈母上房，靜悄悄的，只有兩三個老媽媽和幾個做粗活的丫頭在那裡看屋子呢。紫鵑因問道：「老太太呢？」那些人都說不知道。紫鵑聽這話詫異，遂到寶玉屋裡去看，竟也無人。遂問屋裡的丫頭，也說不知。紫鵑已知八九，「但這些人怎麼竟這樣狠毒冷淡！」又想到黛玉這幾天竟連一個人問的也沒有，越想越悲，索性激起一腔悶氣來，一扭身，便出來了。自己想了一想：「今日倒要看看寶玉是何形狀！看他見了我怎麼樣過的去！那一年我說了一句謊話，他就急病了，今日竟公然做出這件事來！可知天下男子之心真真是冰寒雪冷，令人切齒的！」一面走，一面想，早已來到怡紅院。只見院門虛掩，裡面卻又寂靜的很。紫鵑忽然想到：「他要娶親，自然是有新屋子的，但不知他這新屋子在何處？」

正在那裡徘徊瞻顧，看見墨雨飛跑，紫鵑便叫住他。墨雨過來笑嘻嘻的道：「姐姐在這裡做什麼？」紫鵑道：「我聽見寶二爺娶親，我要來看看熱鬧兒。誰知不在這裡，也不知是幾兒？」墨雨悄悄的道：「我這話，只告訴姐姐，你可別告訴雪雁他們。上頭吩咐了，連你們都不叫知道呢。就是今日夜裡娶，那裡是在這裡，老爺派璉二爺另收拾了房子了。」說著又問：「姐姐有什麼事麼？」紫鵑道：「沒什麼事，你去罷。」墨雨仍舊飛跑去了。紫鵑自己也發了一回呆，忽然想起黛玉來，這時候還不知是死是活。因兩淚汪汪，咬著牙發狠道：「寶玉！我看他明兒死了，你算是躲的過，不見了！你過了你那如心如意的事兒，拿什麼臉來見我！」一面哭，一面走，嗚嗚咽咽的自回去了。

還未到瀟湘館，只見兩個小丫頭在門裡往外探頭探腦的，一眼看見紫鵑，那一個便嚷道：「那不是紫鵑姐姐來了嗎？」紫鵑知道不好了，連忙擺手兒不叫嚷，趕忙進去看時，只見黛玉肝火上炎，兩顴紅赤。紫鵑覺得不妥，叫了黛玉的奶媽王奶奶來。一看，他便大哭起來。這紫鵑因王奶媽有些年紀，可以仗個膽兒，誰知竟是個沒主意的人，反倒把紫鵑弄得心裡七上八下。忽然想起一個人來，便命小丫頭急忙去請。你道是誰？原來紫鵑想起李宮裁是個孀居，今日寶玉結親，他自然迴避。況且園中諸事向係李紈料理，所以打發人去請他。

李紈正在那裡給賈蘭改詩，冒冒失失的見一個丫頭進來回說：「大奶奶！只怕林姑娘好不了！那裡都哭呢。」李紈聽了，嚇了一大跳，也不及問了，連忙站起身來便走，素雲、碧月跟著。一頭走著，一頭落淚，想著：「姊妹在一處一場，更兼他那容貌才情，真是寡二少雙，惟有青女素娥可以彷彿一二，竟這樣小小的年紀，就作了北邙鄉女⑥！偏偏鳳姐想出一條偷梁換柱之計，自己也不好過瀟湘館來，竟未能少盡姊妹之情。真真可憐可嘆！」一頭想著，已走到瀟湘館的門口。裡面卻又寂然無聲，李紈倒著起忙來：「想來必是已死，都哭過了，那衣衾未知裝裹妥當了沒有？」連忙三步兩步走進屋子來。

裡間門口一個小丫頭已經看見，便說：「大奶奶來了。」紫鵑忙往外走，和李紈走了個對臉。李紈忙問：「怎麼樣？」紫鵑欲說話時，惟有喉中哽咽的分兒，卻一字說不出，那眼淚一似斷線珍珠一般，只將一隻手回過去指著黛玉。李紈看了紫鵑這般光景，更覺心酸，也不再問，連忙走過來。看時，那黛玉已不能言。李紈輕輕叫了兩聲，黛玉卻還微微的開眼，似有知識之狀，但只眼皮嘴唇微有動意，口內尚有出入之息，卻要一句話、一點淚也沒有了。

---

⑥北邙鄉女——代指女子的死亡。北邙，在洛陽北郊，常用作墳地的代稱。

李紈回身見紫鵑不在跟前，便問雪雁。雪雁道：「他在外頭屋裡呢。」李紈連忙出來，只見紫鵑在外間空床上躺著，顏色青黃，閉了眼，只管流淚，那鼻涕眼淚把一個砌花錦邊的褥子已濕了碗大的一片。李紈連忙喚他，那紫鵑才慢慢的睜開眼，欠起身來。李紈道：「傻丫頭！這是什麼時候，且只顧哭你的！林姑娘的衣衾，還不拿出來給他換上，還等多早晚呢？難道他個女孩兒家，你還叫他赤身露體，精著來，光著去嗎？」紫鵑聽了這句話，一發止不住痛哭起來。李紈一面也哭，一面著急，一面拭淚，一面拍著紫鵑的肩膀說：「好孩子，你把我的心都哭亂了！快著收拾他的東西罷，再遲一會子，就了不得了！」

正鬧著，外邊一個人慌慌張張跑進來，倒把李紈唬了一跳，看時，卻是平兒。跑進來，看見這樣，只是呆磕磕的發怔。李紈道：「你這會子不在那邊，做什麼來了？」說著，林之孝家的也進來了。平兒道：「奶奶不放心，叫來瞧瞧。既有大奶奶在這裡，我們奶奶就只顧那一頭兒了。」李紈點點頭兒。平兒道：「我也見見林姑娘。」說著，一面往裡走，一面早已流下淚來。

這裡李紈因和林之孝家的道：「你來的正好，快出去瞧瞧去，告訴管事的預備林姑娘的後事。妥當了，叫他來回我，不用到那邊去。」林之孝家的答應了，還站著。李紈道：「還有什麼話呢？」林之孝家的道：「剛才二奶奶和老太太商量了，那邊用紫鵑姑娘使喚使喚呢。」李紈還未答言，只見紫鵑道：「林奶奶，你先請罷。等著人死了，我們自然是出去的，那裡用這麼……」說到這裡，卻又不好說了，因又改說道：「況且我們在這裡守著病人，身上也不潔淨。林姑娘還有氣兒呢。不時的叫我。」李紈在旁解說道：「當真這林姑娘和這丫頭也是前世的緣法兒。倒是雪雁是他南邊帶來的，他倒不理會。惟有紫鵑，我看他兩個一時也離不開。」林之孝家的頭裡聽了紫鵑的話，未免不受用；被李紈這番一說，卻也沒的說。又見紫鵑哭得淚人一般，只好瞅著他微微的笑，因又說道：「紫鵑姑娘這些閑話倒不要緊，只是他卻說得，我可怎麼回老太太呢？況且這話是告訴得二奶奶的嗎？」

正說著，平兒擦著眼淚出來，道：「告訴二奶奶什麼事？」林之孝家的將方才的話說了一遍。平兒低了一回頭，說：「這麼著罷，就叫雪姑娘去罷。」李紈道：「他使得嗎？」平兒走到李紈耳邊說了幾句，李紈點點頭兒道：「既是這麼著，就叫雪雁過去也是一樣的。」林之孝家的因問平兒道：「雪姑娘使得嗎？」平兒道：「使得，都是一樣。」林家的道：「那麼姑娘就快叫雪姑娘跟了我去。我先去回了老太太和二奶奶。這可是大奶奶和姑娘的主意，回來姑娘再各自回二奶奶去。」李紈道：「是了。你這麼大年紀，連這麼點子事都還不耽呢！」林家的笑道：「不是不耽：頭一宗，這件事，老太太和二奶奶辦的，我們都不能很明白；再者，又有大奶奶和平姑娘呢。」

說著，平兒已叫了雪雁出來。原來雪雁因這幾日黛玉嫌他小孩子家懂得什麼，便也把心冷淡了；況且聽是老太太和二奶奶叫，也不敢不去。連忙收拾了頭，平兒叫他換了新鮮衣服，跟著林家的去了。隨後平兒又和李紈說了幾句話。李紈又囑咐平兒打那麼催著林之孝家的叫他男人快辦了來。平兒答應著出來，轉了個彎子，看見林家的帶著雪雁在前頭走呢，趕忙叫住道：「我帶了他去罷，你先告訴林大爺辦林姑娘的東西去罷。奶奶那裡，我替回就是了。」那林家的答應著去了。這裡平兒帶了雪雁到了新房子裡，回明了，自去辦事。

卻說雪雁看見這般光景，想起他家姑娘，也未免傷心，只是在賈母、鳳姐跟前不敢露出。因又想道：

聯經出版事業公司　校印

「也不知用我作什麼？我且瞧瞧。寶玉一日家和我們姑娘好的蜜裡調油⑦，這時候總不見面了，也不知是真病假病。只怕是怕我們姑娘不依，他假說丟了玉，裝出傻子樣兒來，叫我們姑娘寒了心，他好娶寶姑娘的意思。我看看他去，看他見了我傻不傻。莫不成今兒還裝傻麼？」一面想著，已溜到裡間屋子門口，偷偷兒的瞧。

這時寶玉雖因失玉昏憒，但只聽見娶了黛玉為妻，真乃是從古至今、天上人間，第一件暢心滿意的事了，那身子頓覺健旺起來，——只不過不似從前那般靈透，所以鳳姐的妙計百發百中——巴不得即見黛玉。盼到今日完姻，真樂得手舞足蹈，雖有幾句傻話，卻與病時光景大相懸絕了。雪雁看了，又是生氣，又是傷心，他那裡曉得寶玉的心事？便各自走開。

這裡寶玉便叫襲人快快給他裝新，坐在王夫人屋裡。看見鳳姐、尤氏忙忙碌碌，再盼不到吉時，只管問襲人道：「林妹妹打園裡來，為什麼這麼費事，還不來？」襲人忍著笑道：「等好時辰。」回來又聽見鳳姐與王夫人道：「雖然有服，外頭不用鼓樂，咱們南邊規矩要拜堂的，冷清清使不得。我傳了家內學過音樂管過戲子的那些女人來吹打，熱鬧些。」王夫人點頭說：「使得。」

一時，大轎從大門進來，家裡細樂⑧迎出去，十二對宮燈排著進來，倒也新鮮雅致。儐相⑨請了新

---

⑦蜜裡調油——形容親密得分不開的樣子。

⑧細樂——用絲竹管弦等樂器所奏的輕清音樂，這是相對於聲重的打擊樂而言。

⑨儐相——古時稱接引賓客的人叫儐，贊禮的人叫相，這裡指舊日行婚禮時陪伴引導新郎新娘的男子和女子。

人出轎。寶玉見新人蒙著蓋頭，喜娘⑩披著紅扶著。下首扶新人的，你道是誰？原來就是雪雁。寶玉看見雪雁，猶想：「因何紫鵑不來，倒是他呢？」又想道：「是了，雪雁原是他南邊家裡帶來的，紫鵑仍是我們家的，自然不必帶來。」因此，見了雪雁竟如見了黛玉的一般歡喜。儐相贊禮⑪，拜了天地，請出賈母受了四拜，後請賈政夫婦登堂，行禮畢，送入洞房。還有坐床撒帳等事，俱是按金陵舊例。賈政原為賈母作主，不敢違拗，不信沖喜之說。那知今日寶玉居然像個好人一般，賈政見了，倒也喜歡。

那新人坐了床，便要揭起蓋頭的，鳳姐早已防備，故請賈母、王夫人等進去照應。寶玉此時到底有些傻氣，便走到新人跟前說道：「妹妹，身上好了？好些天不見了。蓋著這勞什子做什麼？」欲待要揭去，反把賈母急出一身冷汗來。寶玉又轉念一想道：「林妹妹是愛生氣的，不可造次。」又歇了一歇，仍是按捺不住，只得上前揭了。喜娘接去蓋頭，雪雁走開，鶯兒等上來伺候。寶玉睜眼一看，好像寶釵，心裡不信，自己一手持燈，一手擦眼，一看，可不是寶釵麼！只見他盛妝豔服，豐肩愞體，鬟低鬢嚲，眼瞤息微⑫，真是荷粉露垂，杏花烟潤了。

寶玉發了一回怔，又見鶯兒立在旁邊，不見了雪雁。寶玉此時心無主意，自己反以為是夢中了，呆呆的只管站著。眾人接過燈去，扶了寶玉仍舊坐下，兩眼直視，半語全無。賈母恐他病發，親自扶他上

⑩喜娘——舊時結婚時陪伴照料新娘的婦人。
⑪贊禮——這裡指在結婚儀式中宣唱儀節。
⑫眼瞤息微——指眼皮微動，呼吸細微。瞤，音ㄕㄨㄣˋ，眼睛動的樣子。

床。鳳姐、尤氏請了寶釵進入裡間床上坐下，寶釵此時自然是低頭不語。

寶玉定了一回神，見賈母、王夫人坐在那邊，便輕輕的叫襲人道：「我是在那裡呢？這不是做夢麼？」襲人道：「你今日好日子，什麼夢不夢的混說！老爺可在外頭呢！」寶玉悄悄兒的拿手指著道：「坐在那裡這一位美人兒是誰？」襲人握了自己的嘴，笑的說不出話來，歇了半日才說道：「是新娶的二奶奶。」眾人也都回過頭去，忍不住的笑。寶玉又道：「好糊塗！你說『二奶奶』，到底是誰？」襲人道：「寶姑娘。」寶玉道：「林姑娘呢？」襲人道：「老爺作主娶的是寶姑娘，怎麼混說起林姑娘來？」寶玉道：「我才剛看見林姑娘了麼，還有雪雁呢，怎麼說沒有？——你們這都是做什麼頑呢？」鳳姐便走上來，輕輕的說道：「寶姑娘在屋裡坐著呢，別混說。回來得罪了他，老太太不依的。」

寶玉聽了，這會子糊塗更利害了。本來原有昏憒的病，加以今夜神出鬼沒，更叫他不得主意，便也不顧別的了，口口聲聲只要找林妹妹去。賈母等上前安慰，無奈他只是不懂。又有寶釵在內，又不好明說。知寶玉舊病復發，也不講明，只得滿屋裡點起安息香來，定住他的神魂，扶他睡下。眾人鴉雀無聞。停了片時，寶玉便昏沉睡去。賈母等才得略略放心，只好坐以待旦，叫鳳姐去請寶釵安歇。寶釵置若罔聞，也便和衣在內暫歇。賈政在外，未知內裡原由，只就方才眼見的光景想來，心下倒放寬了。恰是明日就是起程的吉日，略歇了一歇，眾人賀喜送行。賈母見寶玉睡著，也回房去暫歇。

次早，賈政辭了宗祠，過去拜別賈母，稟稱：「不孝遠離，惟願老太太順時頤養⑬。兒子一到任所，

⑬順時頤養——適應季節寒暑變化，注意保養自己的身體。頤養，保養。

即修稟⑭請安，不必掛念。寶玉的事，已經依了老太太完結，只求老太太訓誨。」賈母恐賈政在路不放心，並不將寶玉復病的話說起，只說：「我有一句話：寶玉昨夜完姻，並不是同房，今日你起身，必該叫他遠送才是。他因病沖喜，如今才好些，又是昨日一天勞乏，出來恐怕著了風。故此問你，你叫他送呢，我即刻去叫他；你若疼他，我就叫人帶了他來，你見見，叫他給你磕頭就算了。」賈政道：「叫他送什麼？只要他從此以後認真念書，比送我還喜歡呢。」賈母聽了，又放了一條心。便叫賈政坐著，叫鴛鴦去，如此如此，帶了寶玉，叫襲人跟著來。

鴛鴦去了不多一會，果然寶玉來了，仍是叫他行禮。寶玉見了父親，神志略斂些，片時清楚，也沒什麼大差。賈政吩咐了幾句，寶玉答應了。賈政叫人扶他回去了，自己回到王夫人房中，又切實的叫王夫人管教兒子，「斷不可如前嬌縱。明年鄉試，務必叫他下場。」王夫人一一的聽了，也沒提起別的。即忙命人扶了寶釵過來，行了新婦送行之禮，也不出房。其餘內眷俱送至二門而回。賈珍等也受了一番訓飭。大家舉酒送行，一班子弟及晚輩親友，直送至十里長亭⑮而別。

不言賈政起程赴任。且說寶玉回來，舊病陡發，更加昏憒，連飲食也不能進了。未知性命如何，下回分解。

---

⑭修稟——這裡指給長輩寫信。修，撰寫；稟，下對上的報告。

⑮十里長亭——古時設在遠郊大路旁供人休息的亭舍，常當作和遠行者的餞別場所。

第九十八回　苦絳珠魂歸離恨天　病神瑛淚灑相思地

話說寶玉見了賈政，回至房中，更覺頭昏腦悶，懶待動彈，連飯也沒吃，便昏沉睡去。仍舊延醫診治，服藥不效，索性連人也認不明白了。大家扶著他坐起來，還是像個好人，一連鬧了幾天，那日恰是回九①之期，若不過去，薛姨媽臉上過不去；若說去呢，寶玉這般光景，賈母明知是為黛玉而起，欲要告訴明白，又恐氣急生變。寶釵是新媳婦，又難勸慰，必得姨媽過來才好。若不回九，姨媽嗔怪。便與王夫人、鳳姐商議道：「我看寶玉竟是魂不守舍，起動是不怕的。用兩乘小轎，叫人扶著，從園裡過去，應了回九的吉期；以後請姨媽過來安慰寶釵，咱們一心一計的調治寶玉，可不兩全？」王夫人答應了，即刻預備。幸虧寶釵是新媳婦，寶玉是個瘋傻的，由人掇弄過去了。寶釵也明知其事，心裡只怨母親辦得糊塗，事已至此，不肯多言。獨有薛姨媽看見寶玉這般光景，心裡懊悔，只得草草完事。

①回九——舊時習俗，新娘結婚三天後回娘家，叫作「回門」；九天再回娘家，叫作「回九」。

到家，寶玉越加沉重，次日連起坐都不能了。日重一日，甚至湯水不進。薛姨媽等忙了手腳，各處遍請名醫，皆不識病源。只有城外破寺中住著個窮醫，姓畢，別號知庵的，診得病源是悲喜激射，冷暖失調，飲食失時，憂忿滯中，正氣壅閉：此內傷外感之症。於是度量用藥，至晚服了，二更後果然省些人事，便要水喝。賈母、王夫人等才放了心，請了薛姨媽帶了寶釵，都到賈母那裡暫且歇息。

寶玉片時清楚，自料難保，見諸人散後，房中只有襲人，因喚襲人至跟前，拉著手哭道：「我問你：寶姐姐怎麼來的？我記得老爺給我娶了林妹妹過來，怎麼被寶姐姐趕了去了？他為什麼霸占住在這裡？我要說呢，又恐怕得罪了他。你們聽見林妹妹哭得怎麼樣了？」襲人不敢明說，只得說道：「林姑娘病著呢。」寶玉又道：「我瞧瞧他去。」說著，要起來。豈知連日飲食不進，身子那能動轉，便哭道：「我要死了！我有一句心裡的話，只求你回明老太太：橫豎林妹妹也是要死的，我如今也不能保。兩處兩個病人，都要死的，死了越發難張羅。不如騰一處空房子，趁早將我同林妹妹兩個抬在那裡，活著也好一處醫治伏侍，死了也好一處停放。你依我這話，不枉了幾年的情分。」襲人聽了這些話，便哭的哽嗓氣噎。

寶釵恰好同了鶯兒過來，也聽見了，便說道：「你放著病不保養，何苦說這些不吉利的話？老太太才安慰了些，你又生出事來。老太太一生疼你一個。如今八十多歲的人了，雖不圖你的封誥，將來你成了人，老太太也看著樂一天，也不枉了老人家的苦心。太太更是不必說了，一生的心血精神，撫養了你這一個兒子，若是半途死了，太太將來怎麼樣呢？我雖是命薄，也不至於此：據此三件看來，你便要死，那天也不容你死的，所以你是不得死的。只管安穩著，養個四五天後，風邪散了，太和正氣② 一足，自然這些邪病都沒有了。」寶玉聽了，竟是無言可答，半晌，方才嘻嘻的笑道：「你是好些時不和我說話

聯經出版事業公司校印

了，這會子說這些大道理的話給誰聽？」寶釵聽了這話，便又說道：「實告訴你說罷：那兩日你不知人事的時候，林妹妹已經亡故了。」寶玉忽然坐起來，大聲詫異道：「果真死了嗎？」寶釵道：「果真死了。豈有紅口白舌咒人死的呢！老太太、太太知道你姊妹和睦，你聽見他死了，自然你也要死，所以不肯告訴你。」

寶玉聽了，不禁放聲大哭，倒在床上。忽然眼前漆黑，辨不出方向，心中正自恍惚，只見眼前好像有人走來。寶玉茫然問道：「借問此是何處？」那人道：「此陰司泉路。你壽未終，何故至此？」寶玉道：「適聞有一故人已死，遂尋訪至此，不覺迷途。」那人道：「故人是誰？」寶玉道：「姑蘇林黛玉。」那人冷笑道：「林黛玉生不同人，死不同鬼，無魂無魄，何處尋訪？凡人魂魄，聚而成形，散而為氣，生前聚之，死則散焉。常人尚無可尋訪，何況林黛玉呢？汝快回去罷。」寶玉聽了，呆了半晌，道：「既云死者散也，又如何有這個陰司呢？」那人冷笑道：「那陰司說有便有，說無就無。皆為世俗溺於生死之說，設言以警世，便道上天深怒愚人，——或不守分安常；或生祿未終，自行夭折；或嗜淫欲，尚氣逞凶，無故自隕者：特設此地獄，囚其魂魄，受無邊的苦，以償生前之罪。汝尋黛玉，是無故自陷也。且黛玉已歸太虛幻境，汝若有心尋訪，潛心修養，自然有時相見；如不安生，即以自行夭折之罪，囚禁陰司，除父母外，欲圖一見黛玉，終不能矣。」那人說畢，袖中取出一石，向寶玉心口擲來。寶玉聽了這話，又被這石子打著心窩，嚇的即欲回家，只恨迷了道路。正在躊躇，忽聽那邊有人喚他。回首看時，

②太和正氣——又作「大和正氣」，道家認為此氣有益萬物生長。

不是別人，正是賈母、王夫人、寶釵、襲人等圍繞哭泣叫著。自己仍舊躺在床上。見案上紅燈，窗前皓月，依然錦繡叢中，繁華世界。定神一想，原來竟是一場大夢。渾身冷汗，覺得心內清爽。仔細一想，真正無可奈何，不過長嘆數聲而已。

寶釵早知黛玉已死，因賈母等不許眾人告訴寶玉知道，恐添病難治。自己卻深知寶玉之病實因黛玉而起，失玉次之，故趁勢說明，使其一痛決絕，神魂歸一，庶可療治。賈母、王夫人等不知寶釵的用意，深怪他造次。後來見寶玉醒了過來，方才放心。立即到外書房請了畢大夫進來診視。那大夫進來診了脈，便道：「奇怪，這回脈氣沉靜，神安鬱散，明日進調理的藥，就可以望好了。」說著出去。眾人各自安心散去。

襲人起初深怨寶釵不該告訴，惟是口中不好說出。鶯兒背地也說寶釵道：「姑娘忒性急了。」寶釵道：「你知道什麼好歹！橫豎有我呢。」那寶釵任人誹謗，並不介意，只窺察寶玉心病，暗下針砭。③

一日，寶玉漸覺神志安定，雖一時想起黛玉，尚有糊塗。更有襲人緩緩的將「老爺選定的寶姑娘為人和厚；嫌林姑娘秉性古怪，原恐早夭；老太太恐你不知好歹，病中著急，所以叫雪雁過來哄你」的話時常勸解。寶玉終是心酸落淚。欲待尋死，又想著夢中之言，又恐老太太、太太生氣，又不能撩開。又想黛玉已死，寶釵又是第一等人物，方信「金石姻緣」有定，自己也解了好些。寶釵看來不妨大事，於是自己心也安了，只在賈母、王夫人等前盡行過家庭之禮後，便設法以釋寶玉之憂。寶玉雖不能時常坐

③針砭——砭，音ㄅㄧㄢ，古代扎皮肉治病的石頭針；針砭，用治病來比喻幫人家改正過錯。

起，亦常見寶釵坐在床前，禁不住生來舊病。寶釵每以正言勸解，以「養身要緊，你我既為夫婦，豈在一時」之語安慰他。那寶玉心裡雖不順遂，無奈日裡賈母、王夫人及薛姨媽等輪流相伴，夜間寶釵獨去安寢，賈母又派人伏侍，只得安心靜養。又見寶釵舉動溫柔，也就漸漸的將愛慕黛玉的心腸略移在寶釵身上。此是後話。

卻說寶玉成家的那一日，黛玉白日已昏暈過去，卻心頭口中一絲微氣不斷，把個李紈和紫鵑哭的死去活來。到了晚間，黛玉卻又緩過來了，微微睜開眼，似有要水要湯的光景。此時雪雁已去，只有紫鵑和李紈在旁。紫鵑便端了一盞桂圓湯和的梨汁，用小銀匙灌了兩三匙。黛玉閉著眼，靜養了一會子，覺得心裡似明似暗的。此時李紈見黛玉略緩，明知是迴光返照④的光景，卻料著還有一半天耐頭，自己回到稻香村，料理了一回事情。

這裡黛玉睜開眼一看，只有紫鵑和奶媽並幾個小丫頭在那裡，便一手攥了紫鵑的手，使著勁說道：「我是不中用的人了。你伏侍我幾年，我原指望咱們兩個總在一處。不想我……」說著，又喘了一會子，閉了眼歇著。紫鵑見他攥著不肯鬆手，自己也不敢挪動，看他的光景，比早半天好些，只當還可以回轉，聽了這話，又寒了半截。半天，黛玉又說道：「妹妹！我這裡並沒親人，我的身子是乾淨的，你好歹叫他們送我回去。」說到這裡，又閉了眼不言語了。那手卻漸漸緊了，喘成一處，只是出氣大，入氣小，

④迴光返照——太陽將落時由於光線反射，天空在短暫時間內又發亮；比喻人將死時神志忽然又清醒一下。

已經促疾的很了。

紫鵑忙了，連忙叫人請李紈，可巧探春來了。紫鵑見了，忙悄悄的說道：「三姑娘，瞧瞧林姑娘罷。」說著，淚如雨下。探春過來，摸了摸黛玉的手，已經涼了，連目光也都散了。探春、紫鵑正哭著叫人端水來給黛玉擦洗，李紈趕忙進來了。三個人才見了，不及說話。剛擦著，猛聽黛玉直聲叫道：「寶玉！寶玉！你好……」說到「好」字，便渾身冷汗，不作聲了。紫鵑急等忙扶住，那汗愈出，身子便漸漸的冷了。探春、李紈叫人亂著攏頭穿衣，只見黛玉兩眼一翻，嗚呼！

香魂一縷隨風散，愁緒三更入夢遙！

當時黛玉氣絕，正是寶玉娶寶釵的這個時辰。紫鵑等都大哭起來。李紈、探春想他素日的可疼，今日更加可憐，也便傷心痛哭。因瀟湘館離新房子甚遠，所以那邊並沒聽見。一時大家痛哭了一陣，只聽得遠遠一陣音樂之聲，側耳一聽，卻又沒有了。探春、李紈走出院外再聽時，惟有竹梢風動，月影移墻，好不凄涼冷淡！一時叫了林之孝家的過來，將黛玉停放畢，派人看守，等明早去回鳳姐。

鳳姐因見賈母、王夫人等忙亂，賈政起身，又為寶玉惛憒更甚，正在著急異常之時，若是又將黛玉的凶信一回，恐賈母、王夫人愁苦交加，急出病來，只得親自到園。到了瀟湘館內，也不免哭了一場。見了李紈、探春，知道諸事齊備，便說：「很好。只是剛才你們為什麼不言語，叫我著急？」探春道：「剛才送老爺，怎麼說呢？」鳳姐道：「還倒是你們兩個可憐他些。這麼著，我還得那邊去招呼那個冤家呢。但是這件事好累墜！若是今日不回，使不得；若回了，恐怕老太太擱不住。」李紈道：「你去見機行事，得回再回方好。」鳳姐點頭，忙忙的去了。

聯經出版事業公司校印

鳳姐到了寶玉那裡，聽見大夫說不妨事，賈母、王夫人略覺放心，鳳姐便背了寶玉，緩緩的將黛玉的事回明了。賈母、王夫人聽得，都唬了一大跳。賈母眼淚交流，說道：「是我弄壞了他了！但只是這個丫頭也忒傻氣！」說著，便要到園裡去哭他一場，又惦記著寶玉，兩頭難顧。王夫人等含悲共勸賈母不必過去，「老太太身子要緊。」賈母無奈，只得叫王夫人自去。又說：「你替我告訴他的陰靈：『並不是我忍心不來送你，只為有個親疏，你是我的外孫女兒，是親的了；若與寶玉比起來，可是寶玉比你更親些。倘寶玉有些不好，我怎麼見他父親呢！』」說著，又哭起來。王夫人勸道：「林姑娘是老太太最疼的，但只壽夭有定。如今已經死了，無可盡心，只是葬禮上要上等的發送。一則可以少盡咱們的心，二則就是姑太太和外甥女兒的陰靈兒，也可以少安了。」賈母聽到這裡，越發痛哭起來。

鳳姐恐怕老人家傷感太過，明仗著寶玉心中不甚明白，便偷偷的使人來撒個謊兒，哄老太太道：「寶玉那裡找老太太呢。」賈母聽見，才止住淚問道：「不是又有什麼原故？」鳳姐陪笑道：「沒什麼原故，他大約是想老太太的意思。」賈母連忙扶了珍珠兒，鳳姐也跟著過來。走至半路，正遇王夫人過來，一一回明了賈母。賈母自然又是哀痛的，只因要到寶玉那邊，只得忍淚含悲的說道：「既這麼著，我也不過去了。由你們辦罷。我看著心裡也難受，只別委屈了他就是了。」王夫人、鳳姐一一答應了，賈母才過寶玉這邊來。見了寶玉，因問：「你做什麼找我？」寶玉笑道：「我昨日晚上看見林妹妹來了，他說要回南去。我想沒人留的住，還得老太太給我留一留他。」賈母聽著，說：「使得，只管放心罷。」襲人因扶寶玉躺下。

賈母出來，到寶釵這邊來。那時寶釵尚未回九，所以每每見了人，倒有些含羞之意。這一天，見賈母滿面淚痕，遞了茶，賈母叫他坐下。寶釵側身陪著坐了，才問道：「聽得林妹妹病了，不知他可好些了？」賈母聽了這話，那眼淚止不住流下來，因說道：「我的兒！我告訴你，你可別告訴寶玉。都是因你林妹妹，才叫你受了多少委屈。你如今作媳婦了，我才告訴你：這如今你林妹妹沒了兩三天了，就是娶你的那個時辰死的。如今寶玉這一番病，還是為著這個，你們先都在園子裡，自然也都是明白的。」寶釵把臉飛紅了，想到黛玉之死，又不免落下淚來。賈母又說了一回話去了。自此寶釵千回萬轉⑤，想了一個主意，只不肯造次，所以過了回九才想出這個法子來。如今果然好些，然後大家說話才不至似前留神。

獨是寶玉雖然病勢一天好似一天，他的癡心總不能解，必要親去哭他一場。賈母等知他病未除根，不許他胡思亂想，怎奈他鬱悶難堪，病多反覆。倒是大夫看出心病，索性叫他開散了，再用藥調理，倒可好得快些。寶玉聽說，立刻要往瀟湘館來。賈母等只得叫人抬了竹椅子過來，扶寶玉坐上。賈母、王夫人即便先行。到了瀟湘館內，一見黛玉靈柩，賈母已哭得淚乾氣絕。鳳姐等再三勸住。王夫人也哭了一場。李紈便請賈母、王夫人在裡間歇著，猶自落淚。

寶玉一到，想起未病之先來到這裡，今日屋在人亡，不禁嚎啕大哭。想起從前何等親密，今日死別，怎不更加傷感。眾人原恐寶玉病後過哀，都來解勸，寶玉已經哭得死去活來，大家攙扶歇息。其餘隨來的，如寶釵，俱極痛哭。獨是寶玉必要叫紫鵑來見，問明姑娘臨死有何話說。紫鵑本來深恨寶玉，見如

---

⑤千回萬轉——這裡是心裡反覆考慮的意思。

此，心裡已回過來些；又見賈母、王夫人都在這裡，不敢灑落⑥寶玉：便將林姑娘怎麼復病，怎麼燒毀帕子，焚化詩稿，並將臨死說的話，一一的都告訴了。寶玉又哭得氣噎喉乾。探春趁便又將黛玉臨終囑咐帶柩回南的話也說了一遍。賈母、王夫人又哭起來。多虧鳳姐能言勸慰，略略止些，便請賈母等回去。寶玉那裡肯捨？無奈賈母逼著，只得勉強回房。

賈母有了年紀的人，打從寶玉病起，日夜不寧，今又大痛一陣，已覺頭暈身熱。雖是不放心惦著寶玉，卻也掙扎不住，回到自己房中睡下。王夫人更加心痛難禁，也便回去，派了彩雲幫著襲人照應，並說：「寶玉若再悲戚，速來告訴我們。」寶釵是知寶玉一時必不能捨，也不相勸，只用諷刺的話說他。寶玉倒恐寶釵多心，也便飲泣收心。歇了一夜，倒也安穩。明日一早，眾人都來瞧他，但覺氣虛身弱，心病倒覺去了幾分。於是加意調養，漸漸的好起來。賈母幸不成病，惟是王夫人心痛未痊。那日薛姨媽過來探望，看見寶玉精神略好，也就放心，暫且住下。

一日，賈母特請薛姨媽過去商量，說：「寶玉的命，都虧姨太太救的。如今想來不妨了，獨委屈了你的姑娘。如今寶玉調養百日，身體復舊，又過了娘娘的功服，正好圓房：要求姨太太作主，另擇個上好的吉日。」薛姨媽便道：「老太太主意很好，何必問我。寶丫頭雖生的粗笨，心裡卻還是極明白的。他的情性，老太太素日是知道的。但願他們兩口兒言和意順，從此老太太也省好些心，我姐姐也安慰些，我也放了心了。老太太便定個日子。——還通知親戚不用呢？」賈母道：「寶玉和你們姑娘生來第一件

⑥灑落——數落、責備。

聯經出版事業公司　校印

大事，況且費了多少周折，如今才得安逸，必要大家熱鬧幾天。親戚都要請的。一來酬願，二則咱們吃杯喜酒，也不枉我老人家操了好些心。」

薛姨媽聽說，自然也是喜歡的，便將要辦妝奩的話也說了一番。賈母道：「咱們親上做親，我想也不必這些。若說動用的，他屋裡已經滿了。必要寶丫頭他心愛的要你幾件，姨太太就拿了來。我看寶丫頭也不是多心的人，不比的我那外孫女兒的脾氣，所以他不得長壽。」說著，連薛姨媽也便落淚。恰好鳳姐進來，笑道：「老太太、姑媽又想著什麼了？」薛姨媽道：「我和老太太說起你林妹妹來，所以傷心。」鳳姐笑道：「老太太和姑媽且別傷心，我剛才聽了個笑話兒來了，意思說給老太太和姑媽聽。」賈母拭了拭眼淚，微笑道：「你又不知要編派誰呢？你說來，我和姨太太聽聽。說不笑，我們可不依。」只見那鳳姐未從張口，先用兩隻手比著，笑彎了腰了。未知他說出些什麼來，下回分解。

第九十九回 守官箴①惡奴同破例 閱邸報老舅自擔驚

話說鳳姐兒見賈母和薛姨媽為黛玉傷心，便說：「有個笑話兒說給老太太和姑媽聽。」未從開口，先自笑了，因說道：「老太太和姑媽打諒是那裡的笑話兒？就是咱們家的那二位新姑爺、新媳婦啊！」賈母道：「怎麼了？」鳳姐拿手比著道：「一個這麼坐著，一個這麼站著；一個這麼扭過去，一個這麼轉過來；一個又……」說到這裡，賈母已經大笑起來，說道：「你好生說罷，倒不是他們兩口兒，你倒把人慪的受不得了。」薛姨媽也笑道：「你往下直說罷，不用比了。」鳳姐才說道：「剛才我到寶兄弟屋裡，我看見好幾個人笑。我只道是誰，巴著窗戶眼兒一瞧，原來寶妹妹坐在炕沿上，寶兄弟站在地下。寶兄弟拉著寶妹妹的袖子，口口聲聲只叫：『寶姐姐，你為什麼不會說話了？你這麼說一句話，我的病包管全好。』寶妹妹卻扭著頭，只管躲。寶兄弟卻作了一個揖，上面又拉寶妹妹的衣服。寶妹妹急得一

①官箴——本指古代百官對帝王的規勸，後來變為做官應該遵守的道德規則。箴，勸告，勸戒。

扯，寶兄弟自然病後是腳軟的，索性一撲，撲在寶妹妹身上了。寶妹妹急得紅了臉，說道：『你越發比先不尊重了！』」說到這裡，賈母和薛姨媽都笑起來。鳳姐又道：「寶兄弟便立起身來，笑道：『虧了跌了這一交，好容易才跌出你的話來了。』」薛姨媽笑道：「這是寶丫頭古怪。這有什麼的？既作了兩口兒，說說笑笑的怕什麼？他沒見他璉二哥和你。」鳳姐兒笑道：「這是怎麼說呢？我饒說笑話給姑媽解悶兒，姑媽反倒拿我打起卦②來了。」賈母也笑道：「要這麼著才好。夫妻固然要和氣，也得有個分寸兒。我愛寶丫頭就在這尊重上頭。只是我愁著寶玉還是那麼傻頭傻腦的，這麼說起來，比頭裡竟明白多了。你再說說，還有什麼笑話兒沒有？」鳳姐道：「明兒寶玉圓了房，親家太太抱了外孫子，那時候不更是笑話兒了麼？」賈母笑道：「猴兒，我在這裡同著姨太太想你林妹妹，你來慪個笑兒還罷了，怎麼臊起皮來了。你不叫我們想你林妹妹？你不用太高興了，你林妹妹恨你，將來不要獨自一個到園裡去，提防他拉著你不依。」鳳姐笑道：「他倒不怨我。他臨死咬牙切齒，倒恨著寶玉呢。」賈母、薛姨媽聽著，還道是頑話兒，也不理會，便道：「你別胡拉扯了。你去叫外頭挑個很好的日子給你寶兄弟圓了房兒罷。」鳳姐去了，擇了吉日，重新擺酒，唱戲，請親友。這不在話下。

卻說寶玉雖然病好復原，寶釵有時高興，翻書觀看，談論起來，寶玉所有眼前常見的，尚可記憶，若論靈機，大不似從前活變了，連他自己也不解。寶釵明知是「通靈」失去，所以如此。倒是襲人時常說他：「你何故把從前的靈機都忘了？那些舊毛病忘了才好，為什麼你的脾氣還覺照舊，在道理上更糊

②打卦——原指依照卦象推算吉凶，這裡有「打趣」、「取笑」的意思。

塗了呢?」寶玉聽了,並不生氣,反是嘻嘻的笑。有時寶玉順性胡鬧,多虧寶釵勸說,諸事略覺收斂些。襲人倒可少費些唇舌,惟知悉心伏侍。別的丫頭素仰寶釵貞靜和平,各人心服,無不安靜。只有寶玉到底是愛動不愛靜的,時常要到園裡去逛。賈母等一則怕他招受寒暑,二則恐他睹景傷情,雖黛玉之柩已寄放城外庵中,然而瀟湘館依然人亡屋在,不免勾起舊病來,所以也不使他去。況且親戚姊妹們,薛寶琴已回到薛姨媽那邊去了;史湘雲因史侯回京,也接了家去了,又有了出嫁的日子,所以不大常來,只有寶玉娶親那一日與吃喜酒這天來過兩次,也只在賈母那邊住下,為著寶玉已經娶過親的人,又想自己就要出嫁的,也不肯如從前的詼諧談笑,就是有時過來,也只和寶釵說話,見了寶玉不過問好而已;那邢岫烟卻是因迎春出嫁之後,便隨著邢夫人過去;李家姊妹也另住在外,即同著李嬸娘過來,亦不過到太太們與姊妹們處請安問好,即回到李紈那裡略住一兩天就去了;所以園內的只有李紈、探春、惜春了。賈母還要將李紈等挪進來,為著元妃薨後,家中事情接二連三,也無暇及此。現今天氣一天熱似一天,園裡尚可住得,等到秋天再挪。此是後話,暫且不提。

且說賈政帶了幾個在京請的幕友,曉行夜宿,一日,到了本省,見過上司,即到任拜印受事,便查盤各屬州縣糧米倉庫。賈政向來作京官,只曉得郎中事務都是一景兒③的事情,就是外任,原是學差,也無關於吏治④上,所以外省州縣折收糧米、勒索鄉愚這些弊端,雖也聽見別人講究,卻未嘗身親其事,

③一景兒——一宗事情,這裡指同一類的事情。

只有一心做好官。便與幕賓商議，出示嚴禁，並諭以一經查出，必定詳參揭報⑤。初到之時，果然胥吏畏懼，便百計鑽營，偏遇賈政這般古執。那些家人，跟了這位老爺，在都中一無出息，好容易盼到主人放了外任，便在京指著在外發財的名頭向人借貸，做衣裳，裝體面，心裡想著：到了任，銀錢是容易的了。不想這位老爺呆性發作，認真要查辦起來，州縣饋送，一概不受。門房簽押⑥等人，心裡盤算道：「我們再挨半個月，衣服也要當完了。債又逼起來，那可怎麼樣好呢？眼見得白花花的銀子，只是不能到手。」那些長隨⑦也道：「你們爺們到底還沒花什麼本錢來的。我們才冤，花了若干的銀子打了個門子⑧，來了一個多月，連半個錢也沒見過。想來跟這個主兒是不能撈本兒的了。明兒我們齊打夥兒告假去。」次日，果然聚齊，都來告假。賈政不知就裡，便說：「要來也是你們，要去也是你們。既嫌這裡不好，就都請便。」那些長隨怨聲載道而去。

只剩下些家人，又商議道：「他們可去的去了，我們去不了的，到底想個法兒才好。」內中有一個

④吏治——官吏治事的成績。

⑤詳參揭報——把詳細情況揭發上報，進行彈劾。參，彈劾。

⑥簽押——清代衙門辦理公文的處所，稱為「簽押房」；「簽押」指在「簽押房」辦事的人。下文「簽押上」，如同說「簽押房方面」。

⑦長隨——舊時隨從官吏聽候使喚的僕役，也叫跟班。

⑧打了個門子——找了個門路，得了個差事。

管門的叫李十兒，便說：「你們這些沒能耐的東西，著什麼忙！我見這『長』字號兒的在這裡，不犯給他出頭。如今都餓跑了，瞧瞧你十太爺的本領，少不得本主兒依我。只是要你們齊心，打夥兒弄幾個錢回家受用；若不隨我，我也不管了，橫豎拚得過你們。」眾人都說：「好十爺！你還主兒信得過。若你不管，我們實在是死症了。」李十兒道：「不要我出了頭，得了銀錢，又說我得了大分兒了。窩兒裡反起來，大家沒意思。」眾人道：「你萬安，沒有的事。就沒有多少，也強似我們腰裡掏錢。」

正說著，只見糧房書辦走來找周二爺。李十兒坐在椅子上，蹺著一隻腿，挺著腰，說道：「找他做什麼？」書辦便垂手陪著笑，說道：「本官到了一個多月的任，這些州縣太爺見得本官的告示利害，知道不好說話，到了這時候，都沒有開倉。若是過了漕⑨，你們太爺們來做什麼的？」李十兒道：「你別混說。老爺是有根蒂的，說到那裡是要辦到那裡。這兩天原要行文催兌，因我說了緩幾天，才歇的。你到底找我們周二爺做什麼？」書辦道：「原為打聽催文的事，沒有別的。」李十兒道：「越發胡說！方才我說催文，你就信嘴胡謅。可別鬼鬼祟祟來講什麼賬，我叫本官打了你，退你！」書辦道：「我在這衙門內已經三代了，外頭也有些體面，家裡還過得，就規規矩矩伺候本官陞了還能夠，不像那些等米下鍋的。」說著，回了一聲：「二太爺，我走了。」李十兒便站起，堆著笑說：「這麼不禁頑，幾句話就臉急了。」書辦道：「不是我臉急，若再說什麼，豈不帶累了二太爺的清名呢？」李十兒過來拉著書辦的手，說：「你貴姓啊？」書辦道：「不敢，我姓詹，單名是個『會』字，從小兒也在京裡混了幾年。」

⑨過了漕——過了交糧日期。漕，指水道運糧。

李十兒道：「詹先生，我是久聞你的名的。我們弟兄們是一樣的，有什麼話，晚上到這裡，咱們說一說。」書辦也說：「誰不知道李十太爺是能事的！把我一詐，就嚇毛了。」大家笑著走開。那晚便與書辦咕唧了半夜，第二天拿話去探賈政，被賈政痛罵了一頓。

隔一天拜客，裡頭吩咐伺候，外頭答應了。停了一會子，打點已經三下了，大堂上沒有人接鼓。好容易叫個人來打了鼓。賈政踱出暖閣，站班喝道的衙役只有一個。賈政也不查問，在墀下上了轎，等轎夫，又等了好一回。來齊了，抬出衙門，那個炮只響得一聲，吹鼓亭的鼓手，只有一個打鼓，一個吹號筒。賈政便也生氣，說：「往常還好，怎麼今兒不齊集至此。」抬頭看那執事，卻是攙前落後。勉強拜客回來，便傳誤班的要打。有的說因沒有帽子誤的，有的說是號衣⑩當了誤的，又有的說是三天沒吃飯抬不動。賈政生氣，打了一兩個，也就罷了。

隔一天，管廚房的上來要錢，賈政將帶來銀兩付了。以後便覺樣樣不如意，比在京的時候倒不便了好些。無奈，便喚李十兒問道：「我跟來這些人怎樣都變了？你也管管。現在帶來銀兩早使沒有了，藩庫⑪俸銀尚早，該打發京裡取去。」李十兒稟道：「奴才那一天不說他們？不知道怎麼樣，這些人都是沒精打彩的，叫奴才也沒法兒。老爺說家裡取銀子，取多少？現在打聽節度衙門這幾天有生日，別的府道老爺都上千上萬的送了，我們到底送多少呢？」賈政道：「為什麼不早說？」李十兒說：「老爺最聖

⑩號衣——舊時兵士、差役所穿的帶記號的衣服。
⑪藩庫——即省庫。清代專管一省財賦和人事的官吏稱藩司，所以省庫也叫藩庫。

明的。我們新來乍到，又不與別位老爺很來往，誰肯送信？巴不得老爺不去，便好想老爺的美缺。」賈政道：「胡說！我這官是皇上放的，不與節度做生日，便叫我不做不成！」李十兒笑著回道：「老爺說的也不錯。京裡離這裡很遠，凡百的事，都是節度奏聞，他說好便好，說不好便吃不住。到得明白，已經遲了。就是老太太、太太們，那個不願意老爺在外頭烈烈轟轟的做官呢。」

賈政聽了這話，也自然心裡明白，道：「我正要問你，為什麼不說起來？」李十兒回說：「奴才本不敢說。老爺既問到這裡，若不說，是奴才沒良心；若說了，少不得老爺又生氣。」賈政道：「只要說得在理。」李十兒說道：「那些書吏、衙役，都是花了錢買著糧道的衙門，那個不想發財？俱要養家活口。自從老爺到了任，並沒見為國家出力，倒先有了口碑載道。」賈政道：「民間有什麼話？」李十兒道：「百姓說，『凡有新到任的老爺，告示出得愈利害，愈是想錢的法兒。州縣害怕了，好多多的送銀子。』收糧的時候，衙門裡便說新道爺的法令，明是不敢要錢，這一留難叨蹬⑫，那些鄉民心裡願意花幾個錢，早早了事。所以那些人不說老爺好，反說不諳民情。便是本家大人，是老爺最相好的，他不多幾年，已巴到極頂的分兒，也只為識時達務，能夠上和下睦罷了。」賈政聽到這話，道：「胡說！我就不識時務嗎？若是上和下睦，叫我與他們『貓鼠同眠』⑬嗎？」李十兒回說道：「奴才為著這點忠心兒掩不住，才這麼說。若是老爺就是這樣做去，到了功不成、名不就的時候，老爺又說奴才沒良心，有什

⑫叨蹬——對付、折騰。
⑬貓鼠同眠——不分上下，通同一氣。

麼話，不告訴老爺了。」

賈政道：「依你怎麼做才好？」李十兒道：「也沒有別的。趁著老爺的精神年紀，裡頭的照應，老太太的硬朗，為顧著自己就是了。不然到不了一年，老爺家裡的錢也都貼補完了，還落了自上至下的人抱怨，都說老爺是做外任的，自然弄了錢藏著受用。倘遇著一兩件為難的事，誰肯幫著老爺？那時辦也辦不清，悔也悔不及！」賈政道：「據你一說，是叫我做貪官嗎？送了命還不要緊，必定將祖父的功勳抹了才是？」李十兒回稟道：「老爺極聖明的人，沒看見舊年犯事的幾位老爺嗎？這幾位都與老爺相好，老爺常說是個做清官的，如今名在那裡！現有幾位親戚，老爺向來說他們不好的，如今陞的陞、遷的遷。只在要做的好就是了。老爺要知道：民也要顧，官也要顧。若是依著老爺，不准州縣得一個大錢，外頭這些差使誰辦？只要老爺外面還是這樣清名聲原好，裡頭的委屈，只要奴才辦去，關礙不著老爺的。奴才跟主兒一場，到底也要掏出忠心來。」賈政被李十兒一番言語，說得心無主見，道：「我是要保性命的，你們鬧出來，不與我相干！」說著，便踱了進去。

李十兒便自己做起威福，鉤連內外，一氣的哄著賈政辦，反覺得事事周到，件件隨心。所以賈政不但不疑，反多相信。便有幾處揭報，上司見賈政古樸忠厚，也不查察。惟是幕友們耳目最長，見得如此，得便用言規諫，無奈賈政不信，也有辭去的，也有與賈政相好在內維持的。於是漕務事畢，尚未隕越⑭。

⑭隕越——顛墜；這裡是失敗、失職的意思。隕，音ㄩㄣˇ，墜落。

一日，賈政無事，在書房中看書。簽押上呈進一封書子，外面官封上開著：「鎮守海門等處總制公文一角⑮，飛遞江西糧道衙門。」賈政拆封看時，只見上寫道：

金陵契好，桑梓⑯情深。昨歲供職來都，竊喜常依座右。仰蒙雅愛，許結朱陳⑰，至今佩德勿諼。祇因調任海疆，未敢造次奉求，衷懷歉仄，自嘆無緣。今幸棨戟遙臨⑱，快慰平生之願。正中燕賀⑲，先蒙翰教，邊帳先生，武夫額手⑳。雖隔重洋，尚叨樾蔭㉑。想蒙不棄卑寒，希望蔦蘿㉒之附。小兒已承青盼，淑媛素仰芳儀。如蒙踐諾，即遣冰人㉓。途路雖遙，一水可通。不敢云百

---

⑮鎮守海門……公文一角——海門，在今浙江蕭山縣東北；總制，即總督；一角，古代公文一份稱一角。
⑯桑梓——桑和梓都是古代家宅旁栽的樹，後用作故鄉的代稱。桑梓情深，指同鄉感情深厚。
⑰朱陳——古村名。白居易〈朱陳村〉詩：「徐州古豐縣，有村曰朱陳……一村唯兩姓，世世為婚姻。」後就用為聯婚的代稱。
⑱棨戟遙臨——棨（音ㄑㄧˇ）戟，古代官吏出行時的儀仗，木製，狀如戟；這裡代指賈政。遙臨，從很遠的地方來臨。
⑲燕賀——《淮南子・說林訓》：「大廈成而燕雀相賀。」後用「燕賀」指祝賀新居落成，這裡是祝賀升官。
⑳額手——以手加額，表示歡迎、慶幸。
㉑樾蔭——庇蔭、庇護。樾，音ㄩㄝˋ，樹蔭。
㉒蔦蘿——蔦和女蘿，兩種寄生植物，莖都是攀附蔓延的；比喻同別人的親戚關係，有依附和自謙之意。
㉓冰人——即媒人。《晉書・索紞傳》記載：令狐策夢見自己站在冰上和冰下人談話，索紞為他解夢，說他將替人作媒，後來令狐策果然作了田、張兩家的媒人；後來就稱媒人為冰人。

輛之迎㉔，敬備仙舟以俟。茲修寸幅㉕，恭賀陞祺，並求金允。臨穎不勝待命之至㉖。

世弟周瓊頓首

賈政看了，心想：「兒女姻緣，果然有一定的。舊年因見他就了京職，又是同鄉的人，素來相好，又見那孩子長得好，在席間原提起這件事。因未說定，也沒有與他們說起。後來他調了海疆，大家也不說了。不料我今陞任至此，他寫書來問。我看起門戶卻也相當，與探春倒也相配。但是我並未帶家眷，只可寫字與他商議。」正在躊躇，只見門上傳進一角文書，是議取到省會議事件。賈政只得收拾上省，候節度派委。

一日在公館閑坐，見桌上堆著一堆字紙，賈政一一看去，見刑部一本：「為報明事，會看得金陵籍行商薛蟠——」賈政便吃驚道：「了不得，已經提本了！」隨用心看下去，是「薛蟠毆傷張三身死，串囑屍證，揑供誤殺一案」。賈政一拍桌道：「完了！」只得又看，底下是：

據京營節度使咨㉗稱：「緣薛蟠籍隸金陵，行過太平縣，在李家店歇宿，與店內當槽之張三素不

㉔百輛之迎——隆重的迎娶新婦。百輛，古時諸侯嫁娶，送嫁迎嫁都用百輛車子。
㉕寸幅——簡短的書信。寸，短小；幅，代指書信。
㉖臨穎不勝待命之至——舊時寫信的客套話。穎，筆頭，引申為寫；不勝待命之至，殷切地等候您的吩咐，是盼望答覆的謙詞。
㉗咨——咨文，舊時用於同級機關的一種公文；下文「節度疏稱……」，疏指奏疏，古代臣下向皇帝陳述事情的文書。

相認，於某年月日，薛蟠令店主備酒邀請太平縣民吳良同飲，令當槽張三取酒。因酒不甘，薛蟠令換好酒。張三因稱酒已沽定，難換。薛蟠因伊倔強，將酒照臉潑去，不期去勢甚猛，恰值張三低頭拾箸，一時失手，將酒碗擲在張三囟門，皮破血出，逾時殞命，李店主趨救不及，隨向張三之母告知，伊母張王氏往看，見已身死，隨喊稟地保㉘，赴縣呈報。前署縣㉙詣驗，仵作將骨破一寸三分及腰眼一傷，漏報填格，詳府審轉。看得薛蟠實係潑酒失手，擲碗誤傷張三身死，將薛蟠照過失殺人，准鬥殺罪收贖。」等因前來，臣等細閱各犯證屍親前後供詞不符，且查《鬥殺律》注云：「相爭為鬥，相打為毆。必實無爭鬥情形，邂逅身死，方可以過失殺定擬。」應令該節度審明實情，妥擬具題。今據該節度疏稱：薛蟠因張三不肯換酒，醉後拉著張三右手，先毆腰眼一拳。張三被毆回罵，薛蟠將碗擲出，致傷囟門深重，骨碎腦破，立時殞命。是張三之死實由薛蟠以酒碗砸傷深重致死，自應以薛蟠擬抵。將薛蟠依《鬥殺律》擬絞監候，吳良擬以杖徒㉚。承審不實之府州縣，應請……

以下注著「此稿未完」。賈政因薛姨媽之托，曾托過知縣，若請旨革審起來，牽連著自己，好不放心。

㉘地保——即里正。唐制百戶為一里，設里正一人，宋、金、元都沿用此名。

㉙署縣——即知縣，因他可以簽名（署名）在縣裡發號施令。又，舊時稱代理、暫任或試充官職叫「署」。

㉚絞監候、杖徒——絞監候，清代刑律：死刑罪犯不立刻執行，而暫行監禁，等秋審後再決定行刑的，叫監候；犯絞刑的，叫絞監候。杖徒，杖，舊時用大荊條或大竹板拷打屁股、腿或背的刑罰；徒，強制犯人服一定時間的勞役。

聯經出版事業公司 校印

即將下一本開看，偏又不是。只好翻來覆去，將報看完，終沒有接這一本的，心中狐疑不定，更加害怕起來。

正在納悶，只見李十兒進來：「請老爺到官廳伺候去，大人衙門已經打了二鼓了。」賈政只是發怔，沒有聽見。李十兒又請了一遍。賈政道：「這便怎麼處？」李十兒道：「老爺有什麼心事？」賈政將看報之事說了一遍。李十兒道：「老爺放心。若是部裡這麼辦了，還算便宜薛大爺呢！奴才在京的時候，聽見薛大爺在店裡叫了好些媳婦，都喝醉了生事，直把個當槽兒的活活打死的。奴才聽見不但是托了知縣，還求璉二爺去花了好些錢，各衙門打通了，才提的。不知道怎麼部裡沒有弄明白。如今就是鬧破了，也是官官相護的，不過認個承審不實，革職處分罷，那裡還肯認得銀子聽情呢？老爺不用想，等奴才再打聽罷。不要誤了上司的事。」賈政道：「你們那裡知道？只可惜那知縣聽了一個情，把這個官都丟了，還不知道有罪沒有呢！」李十兒道：「如今想他也無益，外頭伺候著好半天了，請老爺就去罷。」賈政不知節度傳辦何事，且聽下回分解。

聯經出版事業公司校印

第一百回　破好事香菱結深恨　悲遠嫁寶玉感離情

話說賈政去見了節度，進去了半日，不見出來，外頭議論不一。李十兒在外也打聽不出什麼事來，便想到報上的餓荒，實在也著急。好容易聽見賈政出來，便迎上來跟著，等不得回去，在無人處，便問：「老爺進去這半天，有什麼要緊的事？」賈政笑道：「並沒有事。只為鎮海總制是這位大人的親戚，有書來囑托照應我，所以說了些好話。又說：『我們如今也是親戚了。』」李十兒聽得，心內喜歡，不免又壯了些膽子，便竭力慫恿賈政許這親事。

賈政心想薛蟠的事，到底有什麼掛礙，在外頭信息不早，難以打點，故回到本任來便打發家人進京打聽；順便將總制求親之事回明賈母，如若願意，即將三姑娘接到任所。家人奉命，趕到京中，回明了王夫人，便在吏部打聽得賈政並無處分，惟將署太平縣的這位老爺革職，即寫了稟帖，安慰了賈政，然後住著等信。

且說薛姨媽為著薛蟠這件人命官司，各衙門內不知花了多少銀錢，才定了誤殺具題。原打量將當鋪折變給人，備銀贖罪。不想刑部駁審，又托人花了好些錢，總不中用，依舊定了個死罪，監著守候秋天大審。薛姨媽又氣又疼，日夜啼哭。寶釵雖時常過來勸解，說是：「哥哥本來沒造化。承受了祖父這些家業，就該安安頓頓的守著過日子。在南邊已經鬧的不像樣，便是香菱那件事情，就了不得，因為仗著親戚們的勢力，花了些銀錢，這算白打死了一個公子。哥哥就該改過，做起正經人來，也該奉養母親才是，不想進了京仍是這樣。媽媽為他，不知受了多少氣，哭掉了多少眼淚。給他娶了親，原想大家安安逸逸的過日子，不想命該如此，偏偏娶的嫂子又是一個不安靜的，所以哥哥躲出門的。真正俗語說的『冤家路兒狹』，不多幾天就鬧出人命來了。媽媽和二哥哥也算不得不盡心的了：花了銀錢不算，自己還求三拜四的謀幹①。無奈命裡應該，也算自作自受。大凡養兒女是為著老來有靠，便是小戶人家，還要掙一碗飯養活母親；那裡有將現成的鬧光了，反害的老人家哭的死去活來的？不是我說，哥哥的這樣行為，不是兒子，竟是個冤家對頭。媽媽再不明白，明哭到夜，夜哭到明，又受嫂子的氣。我呢，又不能常在這裡勸解，我看見媽媽這樣，那裡放得下心！他雖說是傻，也不肯叫我回去。前兒老爺打發人回來說，看見京報，唬的了不得，所以才叫人來打點的。我想哥哥鬧了事，擔心的人也不少。幸虧我還是在跟前的一樣；若是離鄉調遠，聽見了這個信，只怕我想媽媽也就想殺了！我求媽媽暫且養養神，趁哥哥的活口現在，問問各處的賬目。人家該咱們的，咱們該人家的，亦該請個舊伙計來算一算，看看還有幾個錢

①謀幹——策劃、鑽營。

沒有。」薛姨媽哭著說道：「這幾天為鬧你哥哥的事，你來了，不是你勸我，便是我告訴你衙門的事。你還不知道：京裡的官商名字已經退了，兩個當鋪已經給了人家，銀子早拿來使完了。還有一個當鋪，管事的逃了，虧空了好幾千兩銀子，也夾在裡頭打官司。你二哥哥天天在外頭要賬，料著京裡的賬已經去了幾萬銀子，只好拿南邊公分裡銀子並住房折變才夠。前兩天還聽見一個荒信，說是南邊的公當鋪也因為折了本兒收了。若是這麼著，你娘的命可就活不成的了！」說著，又大哭起來。

寶釵也哭著勸道：「銀錢的事，媽媽操心也不中用，還有二哥哥給我們料理。單可恨這些伙計們，見咱們的勢頭兒敗了，各自奔各自的去也罷了，我還聽見說幫著人家來擠我們的訛頭。可見我哥哥活了這麼大，交的人總不過是些個酒肉弟兄，急難中是一個沒有的。媽媽若是疼我，聽我的話：有年紀的人，自己保重些；媽媽這一輩子，想來還不致挨凍受餓。家裡這點子衣裳傢伙，只好聽憑嫂子去，那是沒法兒的了。所有的家人、婆子，瞧他們也沒心在這裡，該去的叫他們去。就可憐香菱苦了一輩子，只好跟著媽媽過去。實在短什麼，我要是有的，還可以拿些個來；料我們那個也沒有不依的。就是襲姑娘也是心術正道的，他聽見我哥哥的事，他倒提起媽媽來就哭。我們那一個還道是沒事的，所以不大著急，若聽見了，也是要唬個半死兒的。」薛姨媽不等說完，便說：「好姑娘，你可別告訴他。他為一個林姑娘，幾乎沒要了命，如今才好了些。要是他急出個原故來，不但你添一層煩惱，我越發沒了依靠了！」寶釵道：「我也是這麼想，所以總沒告訴他。」

正說著，只聽見金桂跑來外間屋裡哭喊道：「我的命是不要的了！男人呢，已經是沒有活的分兒了。咱們如今索性鬧一鬧，大伙兒到法場上去拚一拚！」說著，便將頭往隔斷板②上亂撞，撞的披頭散髮。氣得薛姨媽白瞪著兩隻眼，一句話也說不出來。還虧得寶釵「嫂子」長、「嫂子」短，好一句、歹一句的勸他。金桂道：「姑奶奶，如今你是比不得頭裡的了。你兩口兒好好的過日子，我是個單身人兒，要臉做什麼！」說著，便要跑到街上回娘家去，虧得人還多，扯住了，又勸了半天方住。把個寶琴唬的再不敢見他。若是薛蝌在家，他便抹粉施脂，描眉畫鬢，奇情異致的打扮收拾起來，不時打從薛蝌住房前過，或故意咳嗽一聲，或明知薛蝌在屋，特問房裡何人；有時遇見薛蝌，他便妖妖喬喬、嬌嬌癡癡的問寒問熱，忽喜忽嗔。丫頭們看見，都趕忙躲開。他自己也不覺得，只是一意一心要弄得薛蝌感情時，好行寶蟾之計。那薛蝌卻只躲著；有時遇見，也不敢不周旋一二，只怕他撒潑放刁的意思。更加金桂一則為色迷心，越瞧越愛，越想越幻，那裡還看得出薛蝌的真假來？只有一宗，他見薛蝌有什麼東西都是托香菱收著；衣服縫洗，也是香菱；兩個人偶然說話，他來了，急忙散開：一發動了一個「醋」字。欲待發作薛蝌，卻是捨不得，只得將一腔隱恨都擱在香菱身上。卻又恐怕鬧了香菱得罪了薛蝌，倒弄得隱忍不發。

一日，寶蟾走來笑嘻嘻的向金桂道：「奶奶看見了二爺沒有？」金桂道：「沒有。」寶蟾笑道：「我說二爺的那種假正經是信不得的。咱們前日送了酒去，他說不會喝；剛才我見他到太太那屋裡去，那臉上紅撲撲兒的一臉酒氣。奶奶不信，回來只在咱們院門口等他，他打那邊過來時，奶奶叫住他問問，看他說什麼。」金桂聽了，一心的怒氣，便道：「他那裡就出來了呢？他既無情義，問他作什麼！」寶蟾道：「奶奶又迂了。他好說，咱們也好說；他不好說，咱們再另打主意。」金桂聽著有理，因叫寶蟾：

②隔斷板——大房屋中隔開裡間和外間的木板，也叫隔槅。

「瞧著他，看他出去了。」寶蟾答應著出來。金桂卻又打開鏡奩，又照了一照，把嘴唇兒又抹了一抹，然後拿一條洒花絹子，才要出來，又似忘了什麼的，心裡倒不知怎麼是好了。只聽寶蟾外面說道：「二爺，今日高興呀！那裡喝了酒來了？」金桂聽了，明知是叫他出來的意思，連忙掀起簾子出來。只見薛蝌和寶蟾說道：「今日是張大爺的好日子，所以被他們強不過，吃了半鍾，到這時候臉還發燒呢。」一句話沒說完，金桂早接口道：「自然人家外人的酒比咱們自己家裡的酒是有趣兒的！」薛蝌被他拿話一激，臉越紅了，連忙走過來陪笑道：「嫂子說那裡的話？」寶蟾見他二人交談，便躲到屋裡去了。

這金桂初時原要假意發作薛蝌兩句，無奈一見他兩頰微紅，雙眸帶澀，別有一種謹愿可憐之意，早把自己那驕悍之氣，感化到爪洼國去了，因笑說道：「這麼說，你的酒是硬強著才肯喝的呢！」薛蝌道：「我那裡喝得來？」金桂道：「不喝也好，強如像你哥哥喝出亂子來，明兒娶了你們奶奶兒，像我這樣守活寡受孤單呢！」說到這裡，兩個眼已經乜斜了，兩腮上也覺紅暈了。薛蝌見這話越發邪僻了，打算著要走。金桂也看出來了，那裡容得？早已走過來一把拉住。薛蝌急了道：「嫂子！放尊重些！」說著，渾身亂顫。金桂索性老著臉道：「你只管進來，我和你說一句要緊的話。」正鬧著，忽聽背後一個人叫道：「奶奶！香菱來了。」把金桂唬了一跳，回頭瞧時，卻是寶蟾掀著簾子看他二人的光景，一抬頭見香菱從那邊來了，趕忙知會金桂。金桂這一驚不小，手已鬆了。薛蝌得便脫身跑了。那香菱正走著，原不理會，忽聽寶蟾一嚷，才瞧見金桂在那裡拉住薛蝌往裡死拽。香菱卻唬的心頭亂跳，自己連忙轉身回去。這裡金桂早已連嚇帶氣，呆呆的瞅著薛蝌去了。怔了半天，恨了一聲，自己掃興歸房，從此把香菱恨入骨髓。那香菱本是要到寶琴那裡，剛走出腰門③，看見這般，嚇回去了。

是日，寶釵在賈母屋裡，聽得王夫人告訴老太太要聘探春一事。賈母說道：「既是同鄉的人，很好。只是聽見說那孩子到過我們家裡，怎麼你老爺沒有提起？」王夫人道：「連我們也不知道。」賈母道：「好便好，但是道兒太遠。雖然老爺在那裡，倘或將來老爺調任，可不是我們孩子太單了嗎？」王夫人道：「兩家都是做官的，也是拿不定。或者那邊還調進來；即不然，終有個葉落歸根④。況且老爺既在那裡做官，上司已經說了，好意思不給麼？想來老爺的主意定了，只是不敢做主。故遣人來回老太太的。」賈母道：「你們願意更好。只是三丫頭這一去了，不知三年兩年那邊可能回家？若再遲了，恐怕我趕不上再見他一面了！」說著，掉下淚來。王夫人道：「孩子們大了，少不得總要給人家的。就是本鄉本土的人，除非不做官還使得；若是做官的，誰保得住總在一處？只要孩子們有造化就好。譬如迎姑娘倒配得近呢，偏是時常聽見他被女婿打鬧，甚至不給飯吃。就是我們送了東西去，他也摸不著。近來聽見益發不好了，也不放他回來。兩口子拌起來，就說咱們使了他家的銀錢。可憐這孩子總不得個出頭的日子。前兒我惦記他，打發人去瞧他，迎丫頭藏在耳房裡，不肯出來。老婆子們必要進去，看見我們姑娘這樣冷天還穿著幾件舊衣裳。他一包眼淚的告訴婆子們說：『回去別說我這麼苦，這也是命裡所招！也不用送什麼衣服東西來，不但摸不著，反要添一頓打，說是我告訴的。』老太太想想，這倒是近處眼見的，若不好，更難受。倒虧了大太太也不理會他，大老爺也不出個頭！如今迎姑娘實在比我們三等使喚的丫

③腰門——隨牆所開出的便門。
④葉落歸根——比喻事物有一定的歸宿，這裡是回老家的意思。

頭還不如。我想探丫頭雖不是我養的，老爺既看見過女婿，定然是好才許的。只請老太太示下，擇個好日子，多派幾個人，送到他老爺任上。該怎麼著，老爺也不肯將就。」賈母道：「有他老子作主，你就料理妥當，揀個長行的日子送去，也就定了一件事。」王夫人答應著「是」。寶釵聽得明白，也不敢則聲，只是心裡叫苦：「我們家裡姑娘們就算他是個尖兒，如今又要遠嫁，眼看著這裡的人一天少似一天了。」見王夫人起身告辭出去，他也送了出來，一逕回到自己房中，並不與寶玉說話。見襲人獨自一個做活，便將聽見的話說了。襲人也很不受用。

卻說趙姨娘聽見探春這事，反歡喜起來，心裡說道：「我這個丫頭，在家忒瞧不起我，我何從還是個娘？比他的丫頭還不濟！況且洑上水，護著別人。他擋在頭裡，連環兒也不得出頭。如今老爺接了去，我倒乾淨。想要他孝敬我，不能夠了。只願意他像迎丫頭似的，我也稱稱願。」一面想著，一面跑到探春那邊與他道喜，說：「姑娘，你是要高飛的人了。到了姑爺那邊，自然比家裡還好，想來你也是願意的。便是養了你一場，並沒有借你的光兒。就是我有七分不好，也有三分的好，總不要一去了把我擱在腦杓子後頭。」探春聽著毫無道理，只低頭作活，一句也不言語。趙姨娘見他不理，氣忿忿的自己去了。

這裡探春又氣又笑，又傷心，也不過自己掉淚而已。坐了一回，悶悶的走到寶玉這邊來。寶玉因問道：「三妹妹，我聽見林妹妹死的時候，你在那裡來著。我還聽見說，林妹妹死的時候，遠遠的有音樂之聲，或者他是有來歷的，也未可知。」探春笑道：「那是你心裡想著罷了。只是那夜卻怪，不似人家鼓樂之音。你的話或者也是。」寶玉聽了，更以為實。又想前日自己神魂飄蕩之時，曾見一人，說是黛玉生不同人，死不同鬼，必是那裡的仙子臨凡。忽又想起那年唱戲做的嫦娥，飄飄豔豔，何等風致。過了一回，探春去了，因必要紫鵑過來，立刻回了賈母去叫他。無奈紫鵑心裡不願意，雖經賈母、王夫人派了過來，也就沒法，只是在寶玉跟前，不是噯聲，就是嘆氣的。寶玉背地裡拉著他，低聲下氣，要問黛玉的話，紫鵑從沒好話回答。寶釵倒背地裡誇他有忠心，並不嗔怪他。那雪雁雖是寶玉娶親這夜出過力的，寶釵見他心地不甚明白，便回了賈母、王夫人，將他配了一個小斯，各自過活去了。王奶媽養著他將來好送黛玉的靈柩回南。鸚哥等小丫頭仍伏侍了老太太。

寶玉本想念黛玉，因此及彼，又想跟黛玉的人已經雲散，更加納悶。悶到無可如何，忽又想起黛玉死得這樣清楚，必是離凡返仙去了，反又喜歡。忽然聽見襲人和寶釵那裡講究探春出嫁之事，寶玉聽了，「啊呀」的一聲，哭倒在炕上。唬得寶釵、襲人都來扶起，說：「怎麼了？」寶玉早哭的說不出來，定了一回子神，說道：「這日子過不得了！我姊妹們都一個一個的散了！林妹妹是成了仙去了。大姐姐呢，已經死了，——這也罷了，沒天天在一塊。二姐姐呢，碰著了一個混賬不堪的東西。三妹妹又要遠嫁，總不得見的了！史妹妹又不知要到那裡去？薛妹妹是有了人家的。這些姐姐妹妹，難道一個都不留在家裡，單留我做什麼？」襲人忙又拿話解勸。寶釵擺著手說：「你不用勸他，讓我來問他。」因問著寶玉道：「據你的心裡，要這些姊妹都在家裡陪到你老了，都不要為終身的事嗎？若說別人，或者還有別的想頭。你自己的姐姐妹妹，不用說沒有遠嫁的；就是有，老爺作主，你有什麼法兒？打量天下獨是你一個人愛姐姐妹妹呢？若是都像你，就連我也不能陪你了。大凡人念書，原為的是明理，怎麼你益發糊塗了？這麼說起來，我同襲姑娘各自一邊兒去，讓你把姐姐妹妹們都邀了來守著你。」

寶玉聽了，兩隻手拉住寶釵、襲人道：「我也知道。為什麼散的這麼早呢？等我化了灰的時候再散也不遲！」襲人掩著他的嘴道：「又胡說！才這兩天身上好些，二奶奶才吃些飯。若是你又鬧翻了，我也不管了！」寶玉慢慢的聽他兩個人說話都有道理，只是心上不知道怎樣才好，只得強說道：「我卻明白，但只是心裡鬧的慌。」寶釵也不理他，暗叫襲人快把定心丸給他吃了，慢慢的開導他。襲人便欲告訴探春，說臨行不必來辭，寶釵道：「這怕什麼？等消停幾日，待他心裡明白，還要叫他們多說句話兒呢。況且三姑娘是極明白的人，不像那些假惺惺的人，少不得有一番箴諫。他以後便不是這樣了。」正說著，賈母那邊打發過鴛鴦來說，知道寶玉舊病又發，叫襲人勸說安慰，叫他不要胡思亂想。襲人等應了。鴛鴦坐了一會子去了。

那賈母又想起探春遠行，雖不備妝奩，其一應動用之物，俱該預備，便把鳳姐叫來，將老爺的主意告訴了一遍，即叫他料理去。鳳姐答應，不知怎麼辦理，下回分解。

聯經出版事業公司　校印

第一百一回　大觀園月夜感幽魂　散花寺神籤驚異兆

卻說鳳姐回至房中，見賈璉尚未回來，便分派那管辦探春行裝奩事的一干人。那天已有黃昏以後，因忽然想起探春來，要瞧瞧他去，便叫豐兒與兩個丫頭跟著，頭裡一個丫頭打著燈籠。走出門來，見月光已上，照耀如水。鳳姐便命打燈籠的「回去罷。」因而走至茶房窗下，聽見裡面有人嘁嘁喳喳的，又似哭，又似笑，又似議論什麼的。鳳姐知道不過是家下婆子們又不知搬什麼是非，心內大不受用，便命小紅進去，裝做無心的樣子，細細打聽著，用話套出原委來。小紅答應著去了。鳳姐只帶著豐兒來至園門前，門尚未關，只虛虛的掩著。於是主僕二人方推門進去，只見園中月色比著外面更覺明朗，滿地下重重樹影，杳無人聲，甚是淒涼寂靜。剛欲往秋爽齋這條路來，只聽「唿」的一聲風過，吹的那樹枝上落葉滿園中「唰喇喇」的作響，枝梢上「吱嘍嘍」發哨，將那些寒鴉宿鳥都驚飛起來。鳳姐吃了酒，被風一吹，只覺身上發噤起來。那豐兒也把頭一縮，說：「好冷！」鳳姐也撐不住，便叫豐兒：「快回去把那件銀鼠坎肩兒拿來，我在三姑娘那裡等著。」豐兒巴不得一聲，也要回去穿衣裳來，答應了一聲，

聯經出版事業公司校印

回頭就跑了。

鳳姐剛舉步走了不遠，只覺身後「咈咈哧哧」，似有聞嗅之聲，不覺頭髮森然豎了起來。由不得回頭一看，只見黑油油一個東西在後面伸著鼻子聞他呢，那兩隻眼睛恰似燈光一般。鳳姐嚇的魂不附體，不覺失聲的「咳」了一聲。卻是一隻大狗。那狗抽頭回身，拖著一個掃帚尾巴，一氣跑上大土山上，方站住了，回身猶向鳳姐拱爪兒。

鳳姐兒此時心跳神移，急急的向秋爽齋來。已將來至門口，方轉過山子，只見迎面有一個人影兒一恍。鳳姐心中疑慮，心裡想著必是那一房裡的丫頭，便問：「是誰？」問了兩聲，並沒有人出來，已經嚇得神魂飄蕩。恍恍惚惚的似乎背後有人說道：「嬸娘連我也不認得了！」鳳姐忙回頭一看，只見這人形容俊俏，衣履風流，十分眼熟，只是想不起是那房那屋裡的媳婦來。只聽那人又說道：「嬸娘只管享榮華、受富貴的心盛，把我那年說的『立萬年永遠之基』都付於東洋大海了。」鳳姐聽說，低頭尋思，總想不起。那人冷笑道：「嬸娘那時怎樣疼我了，如今就忘在九霄雲外了。」鳳姐聽了，此時方想起來是賈蓉的先妻秦氏，便說道：「噯呀，你是死了的人哪，怎麼跑到這裡來了呢？」啐了一口，方轉回身，腳下不防一塊石頭絆了一跤，猶如夢醒一般，渾身汗如雨下。雖然毛髮悚然，心中卻也明白，只見小紅、豐兒影影綽綽的來了。

鳳姐恐怕落人的褒貶，連忙爬起來，說道：「你們做什麼呢，去了這半天？快拿來我穿上罷。」一面豐兒走至跟前，伏侍穿上，小紅過來攙扶。鳳姐道：「我才到那裡，他們都睡了。咱們回去罷。」一面說，一面帶了兩個丫頭急急忙忙回到家中。賈璉已回來了，只是見他臉上神色更變，不似往常，待要問他，又知他素日性格，不敢突然相問，只得睡了。

至次日五更，賈璉就起來要往總理內庭都檢點太監① 裘世安家來打聽事務，因太早了，見桌上有昨日送來的抄報，便拿起來閑看。第一件是雲南節度使王忠一本：新獲了一起私帶神槍② 火藥出邊事，共有十八名人犯，頭一名鮑音，口稱係太師③ 鎮國公賈化家人。第二件蘇州刺史④ 李孝一本，參劾縱放家奴，倚勢凌辱軍民，以致因奸不遂，殺死節婦一家人命三口事。兇犯姓時名福，自稱係世襲三等職銜賈範家人。賈璉看見這兩件，心中早又不自在起來，待要看第三件，又恐遲了不能見裘世安的面，因此急急的穿了衣服，也等不得吃東西，恰好平兒端上茶來，喝了兩口，便出來騎馬走了。

平兒在房內收拾換下的衣服。此時鳳姐尚未起來，平兒因說道：「今兒夜裡我聽著奶奶沒睡什麼覺，我這會子替奶奶捶著，好生打個盹兒罷。」鳳姐半日不言語。平兒料著這意思是了，便爬上炕來，坐在身邊輕輕的捶著。才捶了幾拳，那鳳姐剛有要睡之意，只聽那邊大姐兒哭了。鳳姐又將眼睜開，平兒連向那邊叫道：「李媽，你到底是怎麼著？姐兒哭了，你到底拍著他些。你也忒好睡了。」那邊李媽從夢中驚醒，聽得平兒如此說，心中沒好氣，只得狠命拍了幾下，口裡嘟嘟嚷嚷的罵道：「真真的小短命鬼

①總理內庭都檢點太監——即宮庭內部總管太監，這是作者虛構的官名。
②神槍——用火藥發射的火槍，在明、清時代是厲害的武器。
③太師——古官名。周代始設，歷代職掌不同，至明、清多以朝臣兼任，成為虛銜。
④刺史——古官名。漢代始設，本為巡察官性質，官階低於郡守，清代又稱知州為刺史。

兒！放著屍不挺，三更半夜噎你娘的喪！」一面說，一面咬牙，便向那孩子身上擰了一把。那孩子「哇」的一聲大哭起來了。鳳姐聽見，說：「了不得！你聽聽，他該挫磨孩子了。你過去把那黑心的養漢老婆下死勁的打他幾下子，把妞妞抱過來。」平兒笑道：「奶奶別生氣，他那裡敢挫磨姐兒？只怕是不隄防錯碰了一下子，也是有的。這會子打他幾下子沒要緊，明兒叫他們背地裡嚼舌根，倒說三更半夜打人。」鳳姐聽了，半日不言語，長嘆一聲說道：「你瞧瞧，這會子不是我十旺八旺⑤的呢！明兒我要是死了，剩下這小孽障，還不知怎麼樣呢！」平兒笑道：「奶奶，這怎麼說！大五更的，何苦來呢？」鳳姐冷笑道：「你那裡知道？我是早已明白了。我也不久了。雖然活了二十五歲，人家沒見的也見了，沒吃的也吃了，也算全了。所有世上有的也都有了。氣也算賭盡了，強也算爭足了，就是『壽』字兒上頭缺一點兒，也罷了！」平兒聽說，由不的滾下淚來。鳳姐笑道：「你這會子不用假慈悲，我死了，你們只有歡喜的。你們一心一計和和氣氣的，省得我是你們眼裡的刺似的。只有一件，你們知好歹，只疼我那孩子就是了。」平兒聽說這話，越發哭的淚人似的。鳳姐笑道：「別扯你娘的臊了！那裡就死了呢？哭的那麼痛！我不死還叫你哭死了呢。」平兒聽說，連忙止住哭，道：「奶奶說得這麼叫人傷心！」一面說，一面又捶，半日不言語，鳳姐又朦朧睡去。

平兒方下炕來要去，只聽外面腳步響。誰知賈璉去遲了，那裘世安已經上朝去了，不遇而回，心中正沒好氣，進來就問平兒道：「那些人還沒起來呢麼？」平兒回說：「沒有呢。」賈璉一路摔簾子進來，

⑤十旺八旺——身體健壯。

冷笑道：「好，好，這會子還都不起來，安心打擂臺打撒手兒！」一疊又要吃茶。平兒忙倒了一碗茶來。原來那些丫頭、老婆見賈璉出了門，又復睡了，不打諒這會子回來，原不曾預備。平兒便把溫過的拿了來。賈璉生氣，舉起碗來，「嘩啷」一聲摔了個粉碎。

鳳姐驚醒，唬了一身冷汗，「噯喲」一聲，睜開眼，只見賈璉氣狠狠的坐在旁邊，平兒彎著腰拾碗片子呢。鳳姐道：「你怎麼就回來了？」問了一聲，半日不答應，只得又問一聲。賈璉嚷道：「你不要我回來，叫我死在外頭罷！」鳳姐笑道：「這又是何苦來呢？常時我見你不像今兒回來的快，問你一聲，也沒什麼生氣的。」賈璉又嚷道：「又沒遇見，怎麼不快回來呢！」鳳姐笑道：「沒有遇見，少不得耐煩些，明兒再去早些兒，自然遇見了。」賈璉嚷道：「我可不『吃著自己的飯，替人家趕獐子』呢！我這裡一大堆的事，沒個動秤兒的⑥，沒來由，為人家的事，瞎鬧了這些日子，當什麼呢！正經那有事的人還在家裡受用，死活不知，還聽見說要鑼鼓喧天的擺酒唱戲做生日呢！我可瞎跑他娘的腿子！」一面說，一面往地下啐了一口，又罵平兒。

鳳姐聽了，氣的乾咽，要和他分證，想了一想，又忍住了，勉強陪笑道：「何苦來生這麼大氣？大清早起，和我叫喊什麼？誰叫你應了人家的事？你既應了，就得耐煩些，少不得替人家辦辦。──也沒見這個人自己有為難的事，還有心腸唱戲擺酒的鬧！」賈璉道：「你可說麼，你明兒倒也問問他！」鳳姐詫異道：「問誰？」賈璉道：「問誰！問你哥哥！」鳳姐道：「是他嗎？」賈璉道：「可不是他，還

⑥動秤兒的──指工作上實際有幫助的人，實際做事的人。

聯經出版事業公司校印

有誰呢！」鳳姐忙問道：「他又有什麼事，叫你替他跑？」賈璉道：「你還在罎子裡⑦呢！」鳳姐道：「真真這就奇了！我連一個字兒也不知道。」賈璉道：「你怎麼能知道呢？這個事，連太太和姨太太還不知道呢。頭一件，怕太太和姨太太不放心；二則你身上又常嚷不好：所以我在外頭壓住了，不叫裡頭知道的。說起來真真可人惱！你今兒不問我，我也不便告訴你。你打諒你哥哥行事像個人呢！你知道外頭人都叫他什麼？」鳳姐道：「叫他什麼？」賈璉道：「叫他什麼！叫他『忘仁』！」鳳姐「撲哧」的一笑：「他可不叫王仁，叫什麼呢？」賈璉道：「你打諒那個『王仁』嗎，是忘了仁義禮智信的那個『忘仁』哪！」鳳姐道：「這是什麼人這麼刻薄嘴兒糟塌人！」賈璉道：「不是糟塌他呀！今兒索性告訴你，你也不知道知道你那哥哥的好處，到底知道他給他二叔做生日呵！」鳳姐想了一想，道：「噯喲！可是呵，我還忘了問你：二叔不是冬天的生日嗎？我記得年年都是寶玉去。前者老爺陞了，二叔那邊送過戲來，我還偷偷兒的說，二叔為人是最嗇刻的，比不得大舅太爺。他們各自家裡還烏眼雞似的。不麼，昨兒大舅太爺沒了，你瞧他是個兄弟，他還出了個頭兒攬了個事兒嗎！所以那一天說，趕他的生日咱們還他一班子戲，省了親戚跟前落虧欠。如今這麼早就做生日，也不知道是什麼意思。」賈璉道：「你還作夢呢！他一到京，接著舅太爺的首尾就開了一個弔，他怕咱們知道攔他，所以沒告訴咱們，弄了好幾千銀子。後來二舅嗔著他，說他不該一網打盡。他吃不住了，變了個法子，就指著你們二叔的生日撒了個網，想著再弄幾個錢，好打點二舅太爺不生氣。也不管親戚朋友、冬天夏天的，人家知道不知道，這麼

⑦在罎子裡——猶言「蒙在鼓裡」，這是受蒙蔽的意思。

丟臉！你知道我起早為什麼？這如今因海疆的事情，御史參了一本，說是大舅太爺的虧空，本員已故，應著落其弟王子勝、侄王仁賠補。爺兒兩個急了，找了我給他們托人情。我見他們嚇的那麼個樣兒，再者，又關係太太和你，我才應了。想著找找總理內庭都檢點老裘替辦辦，或者前任後任挪移挪移。偏又去晚了，他進裡頭去了，我白起來跑了一趟，他們家裡還那裡定戲擺酒呢！你說說，叫人生氣不生氣！」

鳳姐聽了，才知王仁所行如此。但他素性要強護短，聽賈璉如此說，便道：「憑他怎麼樣，到底是你的親大舅兒。再者，這件事，死的大太爺、活的二叔，都感激你。罷了，沒什麼說的，我們家的事，少不得我低三下四的求你了，省的帶累別人受氣，背地裡罵我！」說著，眼淚早流下來，掀開被窩，一面坐起來，一面挽頭髮，一面披衣裳。賈璉道：「你倒不用這麼著，是你哥哥不是人，我並沒說你呀。況且我出去了，你身上又不好，我都起來了，他們還睡覺，咱們老輩子有這個規矩麼！你如今作『好好先生』，不管事了。我說了一句，你就起來；明兒我要嫌這些人，難道你都替了他們麼？好沒意思呀！」鳳姐聽了這些話，才把淚止住了，說道：「天呢不早了，我也該起來了。你有這麼說的，你替他們家在心的辦辦，那就是你的情分了。再者，也不光為我，就是太太聽見也喜歡。」賈璉道：「是了，知道了，『大蘿蔔還用屎澆』⑧。」平兒道：「奶奶，這麼早起來做什麼？那一天奶奶不是起來有一定的時候兒呢？爺也不知是那裡的邪火，拿著我們出氣。何苦來呢！奶奶也算替爺掙夠了，那一點兒不是奶奶擋頭

⑧大蘿蔔還用屎澆——種大蘿蔔不需要大糞肥料澆灌。這是一句詼諧的成語，意思是：高明的人哪還用得著愚拙的人來教導？

陣？不是我說，爺把現成兒的也不知吃了多少，這會子替奶奶辦了一點子事，又關會著好幾層兒呢，就是這麼拿糖作醋⑨的起來，也不怕人家寒心。況且這也不單是奶奶的事呀！我們起遲了，原該爺生氣，左右到底是奴才呀。奶奶跟前，盡著身子累的成了個病包兒了，這是何苦來呢！」說著，自己的眼圈兒也紅了。那賈璉本是一肚子悶氣，那裡見得這一對嬌妻美妾又尖利又柔情的話呢？便笑道：「夠了，算了罷！他一個人就夠使的了，不用你幫著。左右我是外人，多早晚我死了，你們就清淨了。」鳳姐道：「你也別說那個話，誰知道誰怎麼樣呢？你不死，我還死呢！早死一天早心淨。」說著，又哭起來。平兒只得又勸了一回。那時天已大亮。日影橫窗。賈璉也不便再說，站起來出去了。

這裡鳳姐自己起來，正在梳洗，忽見王夫人那邊小丫頭過來道：「太太說了，叫問二奶奶今日過舅太爺那邊去不去？要去，說叫二奶奶同著寶二奶奶一路去呢。」鳳姐因方才一段話，已經灰心喪意，恨娘家不給爭氣；又兼昨夜園中受了那一驚，也實在沒精神，便說道：「你先回太太去，我還有一兩件事沒辦清，今日不能去。況且他們那又不是什麼正經事。寶二奶奶要去，各自去罷。」小丫頭答應著，回去回覆了。不在話下。

且說鳳姐梳了頭，換了衣服，想了想，雖然自己不去，也該帶個信兒；再者，寶釵還是新媳婦，出門子自然要過去照應照應的。於是見過王夫人，支吾了一件事，便過來到寶玉房中。只見寶玉穿著衣服歪在炕上，兩個眼睛呆呆的看寶釵梳頭。鳳姐站在門口，還是寶釵一回頭看見了，連忙起身讓坐。寶玉

⑨拿糖作醋——即故意擺架子，裝腔作勢。

也爬起來，鳳姐才笑嘻嘻的坐下。寶釵因說麝月道：「你們瞧著二奶奶進來，也不言語聲兒！」麝月笑著道：「二奶奶頭裡進來就擺手兒不叫言語麼。」鳳姐因向寶玉道：「你還不走，等什麼呢？沒見這麼大人了，還是這麼小孩子氣的。人家各自梳頭，你爬在旁邊看什麼？成日家一塊子在屋裡，還看不夠？也不怕丫頭們笑話？」說著，「哧」的一笑，又瞅著他咂嘴兒。寶玉雖也有些不好意思，還不理會。把個寶釵直臊的滿臉飛紅，又不好聽著，又不好說什麼，只見襲人端過茶來，只得搭訕著自己遞了一袋烟。鳳姐兒笑著站起來接了，道：「二妹妹，你別管我們的事，你快穿衣服罷。」

寶玉一面也搭訕著找這個，弄那個。鳳姐道：「你先去罷，那裡有個爺們等著奶奶們一塊兒走的理呢？」寶玉道：「我只是嫌我這衣裳不大好，不如前年穿著老太太給的那件雀金呢好。」鳳姐因慪他道：「你為什麼不穿？」寶玉道：「穿著太早些。」鳳姐忽然想起，自悔失言，幸虧寶釵也和王家是內親，只是那些丫頭們跟前，已經不好意思了。襲人卻接著說道：「二奶奶還不知道呢，就是穿得，他也不穿了。」鳳姐兒道：「這是什麼原故？」襲人道：「告訴二奶奶，真真是我們這位爺的行事都是天外飛來的。那一年因二舅太爺的生日，老太太給了他這件衣裳，誰知那一天就燒了。我媽病重了，我沒在家。那時候還有晴雯妹妹呢，聽見說，病著整給他補了一夜，第二天老太太才沒瞧出來呢。去年那一天上學天冷，我叫焙茗拿了去給他披披。誰知這位爺見了這件衣裳，想起晴雯來了，說了總不穿了，叫我給他收一輩子呢。」鳳姐不等說完，便道：「你提晴雯，可惜了兒的！那孩子模樣兒、手兒都好，就只嘴頭子利害些。偏偏兒的太太不知聽了那裡的謠言，活活兒的把個小命兒要了。還有一件事：那一天我瞧見廚房裡柳家的女人他女孩兒，叫什麼五兒，那丫頭長的和晴雯脫了個影兒似的。我心裡要叫他進來，後來我問他媽，他媽說是很願意。我想著寶二爺屋裡的小紅跟了我去，我還沒還他呢，就把五兒補過來。平兒說：『太太那一天說了，凡像那個樣兒的都不叫派到寶二爺屋裡呢。』我所以也就擱下了。這如今寶二爺也成了家了，還怕什麼呢？不如我就叫他進來。可不知寶二爺願意不願意？要想著晴雯，只瞧見這五兒就是了。」寶玉本要走，聽見這些話已呆了。襲人道：「為什麼不願意？早就要弄了來的，只是因為太太的話說的結實罷了。」鳳姐道：「那麼著，明兒我就叫他進來。太太的跟前有我呢。」寶玉聽了，喜不自勝，才走到賈母那邊去了。這裡寶釵穿衣服。鳳姐兒看他兩口兒這般恩愛纏綿，想起賈璉方才那種光景，好不傷心，坐不住，便起身向寶釵笑道：「我和你向老太太屋裡去罷。」笑著出了房門，一同來見賈母。

寶玉正在那裡回賈母往舅舅家去。賈母點頭說道：「去罷，只是少吃酒，早些回來。你身子才好些。」寶玉答應著出來，剛走到院內，又轉身回來，向寶釵耳邊說了幾句，不知什麼。寶釵笑道：「是了，你快去罷。」將寶玉催著去了。這賈母和鳳姐、寶釵說了沒三句話，只見秋紋進來傳說：「二爺打發焙茗轉來，說請二奶奶。」寶釵說道：「他又忘了什麼，又叫他回來？」秋紋道：「我叫小丫頭問了，焙茗說是『二爺忘了一句話，二爺叫我回來告訴二奶奶：若是去呢，快些來罷；若不去呢，別在風地裡站著。』」說的賈母、鳳姐並地下站著的眾老婆子、丫頭都笑了。寶釵飛紅了臉，把秋紋啐了一口，說道：「好個糊塗東西！這也值得這樣慌慌張張跑了來說？」秋紋也笑著回去叫小丫頭去罵焙茗。那焙茗一面跑著，一面回頭說道：「二爺把我巴巴的叫下馬來，叫回來說的。我若不說，回來對出來，又罵我了。這會子說了，他們又罵我！」那丫頭笑著跑回來說了。賈母向寶釵道：「你去罷，省得他這麼記掛。」說的寶釵站不住，又被鳳姐慪他頑笑，沒好意思，才走了。

只見散花寺的姑子大了來了，給賈母請安，見過了鳳姐，坐著吃茶。賈母因問他：「這一向怎麼不來？」大了道：「因這幾日廟中作好事，有幾位誥命夫人不時在廟裡起坐，所以不得空兒來。今日特來回老祖宗，明兒還有一家作好事，不知老祖宗高興不高興？若高興，也去隨喜隨喜。」賈母便問：「做什麼好事？」大了道：「前月為王大人府裡不乾淨，見神見鬼的，偏生那太太夜間又看見去世的老爺。因此，昨日在我廟裡告訴我，要在散花菩薩跟前許願燒香，做四十九天的水陸道場，保佑家口安寧，亡者升天，生者獲福。所以我不得空兒來請老太太的安。」

卻說鳳姐素日最厭惡這些事的，自從昨夜見鬼，心中總是疑疑惑惑的，如今聽了大了這些話，不覺把素日的心性改了一半，已有三分信意，便問大了道：「這散花菩薩是誰？他怎麼就能避邪除鬼呢？」大了見問，便知他有些信意，便說道：「奶奶今日問我，讓我告訴奶奶知道。這個散花菩薩來歷根基不淺，道行非常。生在西天大樹國中，父母打柴為生。養下菩薩來，頭長三角，眼橫四目，身長三尺，兩手拖地。父母說這是妖精，便棄在冰山之後了。誰知這山上有一個得道的老猢猻出來打食，看見菩薩頂上白氣沖天，虎狼遠避，知道來歷非常，便抱回洞中撫養。誰知菩薩帶了來的聰慧，禪也會談，與猢猻天天談道參禪，說的天花散漫繽紛。至一千年後飛升了。至今山上猶見談經之處天花散漫，所求必靈，時常顯聖，救人苦厄。因此世人才蓋了廟，塑了像供奉。」鳳姐道：「這有什麼憑據呢？」大了道：「奶奶又來搬駁了。一個佛爺可有什麼憑據呢？就是撒謊，也不過哄一兩個人罷咧，難道古往今來多少明白人都被他哄了不成？奶奶只想，惟有佛家香火歷來不絕，他到底是祝國祝民，有些靈驗，人才信服。」

聯經出版事業公司校印

鳳姐聽了，大有道理，因道：「既這麼，我明兒去試試。你廟裡可有籤？我去求一籤，我心裡的事，籤上批的出？批的出來？我從此就信了。」大了道：「我們的籤最是靈的，明兒奶奶去求一籤就知道了。」賈母道：「既這麼著，索性等到後日初一，你再去求。」說著，大了吃了茶，到王夫人各房裡去請了安，回去不提。

這裡鳳姐勉強扎掙著，到了初一清早，令人預備了車馬，帶著平兒並許多奴僕來至散花寺。大了帶了眾姑子接了進去。獻茶後，便洗手至大殿上焚香。那鳳姐兒也無心瞻仰聖像，一秉虔誠，磕了頭，舉起籤筒，默默的將那見鬼之事並身體不安等故祝告了一回。才搖了三下，只聽「唰」的一聲，筒中攛出一支籤來。於是叩頭，拾起一看，只見寫著「第三十三籤，上上大吉」。大了忙查籤簿看時，只見上面寫著，「王熙鳳衣錦還鄉」。鳳姐一見這幾個字，吃一大驚，驚問大了道：「古人也有叫王熙鳳的麼？」大了笑道：「奶奶最是通今博古的，難道漢朝的王熙鳳求官的這一段事也不曉得？」周瑞家的在旁笑道：「前年李先兒還說這一回書的，我們還告訴他重著奶奶的名字，不要叫呢。」鳳姐笑道：「可是呢，我倒忘了。」說著，又瞧底下的，寫的是：

去國離鄉二十年，於今衣錦返家園。蜂採百花成蜜後，為誰辛苦為誰甜！⑩

行人至，音信遲，訟宜和，婚再議。

---

⑩「去國」一籤——去，離開；國，古代把王國首都境內的封邦、封邑都稱為國，這裡指王熙鳳的娘家南京。蜂採二句，見唐朝羅隱〈蜂〉詩，「蜂採」原作「採得」，這裡以蜜蜂釀蜜比喻王熙鳳空忙一場。

看完也不甚明白。大了道：「奶奶大喜。這一籤巧得很。奶奶自幼在這裡長大，何曾回南京去了？如今老爺放了外任，或者接家眷來，順便還家，奶奶可不是『衣錦還鄉』了？」一面說，一面抄了個籤經交與丫頭。鳳姐也半疑半信的。大了擺了齋來，鳳姐只動了一動，放下來要走，又給了香銀。大了苦留不住，只得讓他走了。鳳姐回至家中，見了賈母、王夫人等，問起籤來，命人一解，都歡喜非常：「或者老爺果有此心，咱們走一趟也好。」鳳姐兒見人人這麼說，也就信了。不在話下。

卻說寶玉這一日正睡午覺，醒來不見寶釵，正要問時，只見寶釵進來。寶玉問道：「那裡去了？半日不見。」寶釵笑道：「我給鳳姐姐瞧一回籤。」寶玉聽說，便問是怎麼樣的。寶釵把籤帖念了一回，又道：「家中人人都說好的。據我看，這『衣錦還鄉』四字裡頭還有原故，後來再瞧罷了。」寶玉道：「你又多疑了，妄解聖意。『衣錦還鄉』四字，從古至今都知道是好的，今兒你又偏生看出原故來了。依你說，這『衣錦還鄉』還有什麼別的解說？」寶釵正要解說，只見王夫人那邊打發丫頭過來請二奶奶。寶釵立刻過去。未知何事，下回分解。

第一百二回　寧國府骨肉病災祲①　大觀園符水驅妖孽

話說王夫人打發人來喚寶釵，寶釵連忙過來，請了安。王夫人道：「你三妹妹如今要出嫁了，只得你們作嫂子的大家開導開導他，也是你們姊妹之情。況且他也是個明白孩子，我看你們兩個也很合的來。只是我聽見說，寶玉聽見他三妹妹出門子，哭的了不得，你也該勸勸他。如今我的身子是十病九痛的，你二嫂子也是三日好兩日不好。你還心地明白些，諸事也別說只管吞著②，不肯得罪人。將來這一番家事，都是你的擔子。」寶釵答應著。王夫人又說道：「還有一件事，你二嫂子昨兒帶了柳家媳婦的丫頭來，說補在你們屋裡。」寶釵道：「今兒平兒才帶過來，說是太太和二奶奶的主意。」王夫人道：「是呦，你二嫂子和我說，我想也沒要緊，不便駁他的回。只是一件，我見那孩子眉眼兒上頭也不是個很安頓

①災祲——祲，音ㄐㄧㄣˋ，妖氣、邪氣。災祲，妖邪帶來的災禍。
②吞著——這裡是「忍耐」的意思。

的。起先為寶玉房裡的丫頭狐狸似的，我攆了幾個，那時候你也知道，不然你怎麼搬回家去了呢？如今有你，自然不比先前了。我告訴你，不過留點神兒就是了。你們屋裡，就是襲人那孩子還可以使得。」寶釵答應了，又說了幾句話，便過來了。飯後到了探春那邊，自有一番殷勤勸慰之言，不必細說。

次日，探春將要起身，又來辭寶玉。寶玉自然難割難分。探春便將綱常大體的話，說的寶玉始而低頭不語，後來轉悲作喜，似有醒悟之意。於是探春放心，辭別眾人，竟上轎登程，水舟陸車而去。

先前眾姊妹們都住在大觀園中，後來賈妃薨後，也不修葺。到了寶玉娶親，林黛玉一死，史湘雲回去，寶琴在家住著，園中人少，況兼天氣寒冷，李紈姊妹、探春、惜春等俱挪回舊所。到了花朝月夕，依舊相約頑耍。如今探春一去，寶玉病後不出屋門，益發沒有高興的人了。所以園中寂寞，只有幾家看園的人住著。那日，尤氏過來送探春起身，因天晚省得套車，便從前年在園裡開通寧府的那個便門裡走過去了。覺得淒涼滿目，臺榭依然，女墻③一帶都種作園地一般，心中悵然如有所失。因到家中，便有些身上發熱，扎掙一兩天，竟躺倒了。日間的發燒猶可，夜裡身熱異常，便譫語④綿綿。賈珍連忙請了大夫看視。說感冒起的，如今纏經入了足陽明胃經⑤，所以譫語不清，如有所見，有了大穢⑥，即可身安。

---

③女牆——古代城牆上的矮牆。

④譫語——胡言亂語，這裡指病人發高燒時說的胡話。譫，音ㄓㄢˊ，多言。

⑤纏經、足陽明胃經——中醫術語，纏經即「傳經」，參見第六十四回註⑰。足陽明胃經，人體十二經脈之一，主頭面、腸胃及神志病等病症。

尤氏服了兩劑，並不稍減，更加發起狂來。賈珍著急，便叫賈蓉來打聽外頭有好醫生，再請幾位來瞧瞧。賈蓉回道：「前兒這位太醫是最興時的了。只怕我母親的病不是藥治得好的。」賈珍道：「胡說！不吃藥，難道由他去罷？」賈蓉道：「不是說不治。為的是前日母親往西府去，回來是穿著園子裡走來家的，一到了家，就身上發燒，別是撞客著了罷？外頭有個毛半仙，是南方人，卦起的很靈，不如請他來占卦占卦。看有信兒呢，就依著他；要是不中用，再請別的好大夫來。」賈珍聽了，即刻叫人請來。坐在書房內喝了茶，便說：「府上叫我，不知占什麼事？」賈蓉道：「家母有病，請教一卦。」毛半仙道：「既如此，取淨水洗手，設下香案。讓我起出一課來看就是了。」一時，下人安排定了，他便懷裡掏出卦筒來，走到上頭，恭恭敬敬的作了一個揖，手內搖著卦筒，口裡念道：「伏以太極兩儀，絪縕交感⑦。圖書⑧出而變化不窮，神聖作而誠求必應。茲有信官⑨賈某，為因母病，虔請伏羲、文王、周公、孔子四大聖人，鑑臨在上，誠感則靈，有凶報凶，有吉報吉。先請內象三爻⑩。」說著，將筒內的錢倒在盤內，說：「有靈的，頭一爻就是『交』。」拿起來又搖一搖，倒出來說是「單」。第三爻又是「交」。

---

⑥大穢——即大便。

⑦太極兩儀，絪縕交感——道家稱遠古天地未分，元氣混一的狀態為太極；兩儀，指天地或陰陽。絪縕，同「氤氳」，萬物互相作用而變化生長之意；交感，互相感應、互相作用。

⑧圖書——即河圖、洛書。傳說遠古時有龍馬從黃河出現，背負「河圖」；有神龜從洛水出現，背負「洛書」。

⑨信官——信，信奉，這裡指信奉占卦的人；官，這裡是尊稱。

檢起錢來，嘴裡說是：「內爻已示，更請外象三爻，完成一卦。」起出來是「單拆單」。那毛半仙收了卦筒和銅錢，便坐下來問道：「請坐，請坐，讓我來細細的看看。這個卦乃是『未濟』之卦。世爻是第三爻，午火兄弟劫財，晦氣是一定該有的。如今尊駕為母問病，用神是初爻，真是父母爻動出官鬼來。五爻上又有一層官鬼，我看令堂太夫人的病是不輕的。還好，還好，如今子亥之水休囚，寅木動而生火。世爻上動出一個子孫來，倒是克鬼的。況且日月生身，再隔兩日，子水官鬼落空，交到戌日就好了。但是父母爻上變鬼，恐怕令尊大人也有些關礙。就是本身世爻比劫過重，到了水旺土衰的日子，也不好。」說完了，便撅著鬍子坐著。

賈蓉起先聽他搗鬼，心裡忍不住要笑；聽他講的卦理明白，又說生怕父親也不好，便說道：「卦是極高明的，但不知我母親到底是什麼病？」毛半仙道：「據這卦上，世爻午火變水相克，必是寒火凝結。若要斷得清楚，揲著⑪也不大明白，除非用大六壬⑫才斷得準。」賈蓉道：「先生都高明的麼？」毛半

⑩「內象三爻」一段——象、爻都是占卜術語。象，表示自然變化和人事吉凶的卦爻等符號。占卜時焚香祝禱說明緣由，將三枚制錢放進卦筒內搖動後倒出，凡兩背一面的叫「拆」，一背兩面的叫「單」，三個都是背的叫「重」，三個都是面的叫「交」。搖倒一次成為一爻，共進行六次，前三爻為「內象」，後三爻為「外象」，合成一卦；爻旁地支叫做課，以此推斷吉凶禍福，叫做「文王課」。

⑪揲著——我國古代占卜的一種。著，音ㄕ，多年生草本植物，古人用它的莖進行占卜。揲，音ㄕㄜˊ，依照一定規則，按著草的不同數目分組，以卜吉凶。

仙道：「知道些。」賈蓉便要請教，報了一個時辰。毛先生便畫了盤子，將神將排定。「算去是戌上白虎，這課叫做『魄化課』。大凡白虎乃是凶將，乘旺象氣受制，便不能為害。如今乘著死神死煞，及時令囚死，則為餓虎，定是傷人。就如魄神受驚消散，故名『魄化』。這課象說是人身喪魄，憂患相仍，病多喪死，訟有憂驚。按象有日暮虎臨，必定是傍晚得病的。象內說：『凡占此課，必定舊宅有伏虎作怪，或有形響。』如今尊駕為大人而占，正合著虎在陽憂男，在陰憂女。此課十分凶險呢！」賈蓉沒有聽完，唬得面上失色道：「先生說得很是。但與那卦又不大相合，到底有妨礙麼？」毛半仙道：「你不用慌，待我慢慢的再看。」低著頭又咕噥了一會子，便說：「好了，有救星了！算出巳上有貴神救解，謂之『魄化魂歸』。先憂後喜，是不妨事的；只要小心些就是了。」

賈蓉奉上卦金，送了出去，回稟賈珍，說是：「母親的病，是在舊宅傍晚得的，為撞著什麼『伏屍白虎』。」賈珍道：「你說你母親前日從園裡走回來的，可不是那裡撞著的。你還記得你二嬸娘到園裡去，回來就病了？他雖沒有見什麼，後來那些丫頭、老婆們都說是山子上一個毛烘烘的東西，眼睛有燈籠大，還會說話，把他二奶奶趕了回來，唬出一場病來。」賈蓉道：「怎麼不記得！我還聽見寶二叔家的茗烟說：晴雯是做了園裡芙蓉花的神了；林姑娘死了，半空裡有音樂，必定他也是管什麼花兒了。想這許多妖怪在園裡，還了得！頭裡人多陽氣重，常來常往不打緊；如今冷落的時候，母親打那裡走，還不知踹了什麼花

---

⑫大六壬——占卜的一種。五行以水為首，壬屬水；六十甲子中，壬有六個，故名六壬。以天上十二辰分野和地上十二方位配合起來推算吉凶。

兒呢，不然，就是撞著那一個。那卦也還算是準的。」賈珍道：「到底說有妨礙沒有呢？」賈蓉道：「據他說，到了戌日就好了。——只願早兩天好，或除兩天才好。」賈珍道：「這又是什麼意思？」賈蓉道：「那先生若是這樣準，生怕老爺也有些不自在。」

正說著，裡頭喊說：「奶奶要坐起到那邊園裡去，丫頭們都按捺不住。」賈珍等進去安慰定了，只聞尤氏嘴裡亂說：「穿紅的來叫我！穿綠的來趕我！」地下這些人又怕又好笑。賈珍便命人買些紙錢，送到園裡燒化。果然那夜出了汗，便安靜些。到了戌日，也就漸漸的好起來。由是一人傳十，十人傳百，都說大觀園中有了妖怪，唬得那些看園的人也不修花補樹、灌溉果蔬。起先晚上不敢行走，以致鳥獸逼人，甚至日裡也是約伴持械而行。過了些時，果然賈珍患病，竟不請醫調治，輕則到園化紙許願，重則詳星拜斗⑬。賈珍方好，賈蓉等相繼而病。如此接連數月，鬧得兩府俱怕。從此風聲鶴唳，草木皆妖。園中出息，一概全蠲，各房月例重新添起，反弄得榮府中更加拮据。那些看園的沒有了想頭，個個要離此處，每每造言生事，便將花妖樹怪編派起來，各要搬出，將園門封固，再無人敢到園中。以致崇樓高閣，瓊館瑤臺，皆為禽獸所棲。

卻說晴雯的表兄吳貴正住在園門口，他媳婦自從晴雯死後，聽見說作了花神，每日晚間便不敢出門。這一日，吳貴出門買東西，回來晚了。那媳婦子本有些感冒著了，日間吃錯了藥，晚上吳貴到家，已死在炕上。外面的人因那媳婦子不妥當，便都說妖怪爬過墻吸了精去死的。於是老太太著急的了不得，替另派

⑬詳星拜斗——向天上的星宿神將跪祭、祈禱。

了好些人將寶玉的住房圍住，巡邏打更。這些小丫頭們還說，有的看見紅臉的，有的看見很俊的女人的，吵嚷不休，唬得寶玉天天害怕。虧得寶釵有把持的，聽得丫頭們混說，便唬嚇著要打，所以那些謠言略好些。無奈各房的人都是疑人疑鬼的不安靜，也添了人坐更，於是更加了好些食用。

獨有賈赦不大很信，說：「好好園子，那裡有什麼鬼怪！」挑了個風清日暖的日子，帶了好幾個家人，手內持著器械，到園踹看動靜。眾人勸他不依。到了園中，果然陰氣逼人。賈赦還扎掙前走，跟的人都探頭縮腦。內中有個年輕的家人，心內已經害怕，只聽「呼」的一聲，回過頭來，只見五色燦爛的一件東西跳過去了，唬得「噯喲」一聲，腿子發軟，便躺倒了。賈赦回身查問，那小子喘噓噓的回道：「親眼看見一個黃臉紅鬚綠衣青裳一個妖怪走到樹林子後頭山窟窿裡去了。」賈赦聽了，便也有些膽怯，問道：「你們都看見麼？」有幾個推順水船兒的回說：「怎麼沒瞧見？因老爺在頭裡，不敢驚動罷了。奴才們還撐得住。」說得賈赦害怕，也不敢再走，急急的回來，吩咐小子們：「不要提及，只說看遍了，沒有什麼東西。」心裡實也相信，要到真人府⑭裡請法官驅邪。豈知那些家人無事還要生事，今見賈赦怕了，不但不瞞著，反添些穿鑿，說得人人吐舌。

賈赦沒法，只得請道士到園作法事驅邪逐妖。擇吉日，先在省親正殿上鋪排起壇場，上供三清聖像，旁設二十八宿並馬、趙、溫、周⑮四大將，下排三十六天將圖像。香花燈燭設滿一堂，鐘鼓法器排兩邊，

⑭真人府——這裡指主管道教的官衙。道家稱修真得道或成仙的人為「真人」，明清時曾封龍虎山道士為「正一真人」，令掌道教。

插著五方旗號。道紀司⑯派定四十九位道眾的執事，淨了一天的壇。三位法官行香取水畢，然後擂起法鼓。法師們俱戴上七星冠，披上九宮八卦的法衣，踏著登雲履，手執牙笏，便拜表請聖。又念了一天的消災驅邪接福的《洞元經》⑰，以後便出榜召將。榜上大書「太乙、混元、上清⑱三境靈寶符錄演教大法師，行文敕令本境諸神到壇聽用。」

那日，兩府上下爺們仗著法師擒妖，都到園中觀看，都說：「好大法令！呼神遣將的鬧起來，不管有多少妖怪也唬跑了。」大家都擠到壇前。只見小道士們將旗幡舉起，按定五方站住，伺候法師號令。三位法師，一位手提寶劍，拿著法水；一位捧著七星皂旗；一位舉著桃木打妖鞭，立在壇前。只聽法器一停，上頭令牌三下，口中念念有詞，那五方旗便團團散布。法師下壇，叫本家領著到各處樓閣殿亭、房廊屋舍、山崖水畔，洒了法水，將劍指畫了一回；回來，連擊牌令，將七星旗祭起，眾道士將旗幡一聚，接下打怪鞭望空打了三下。本家眾人都道拿住妖怪，爭著要看，及到跟前，並不見有什麼形響。只見法

⑮二十八宿並馬、趙、溫、周四大將——二十八宿，我國古代天文學將周天群星分為二十八個星座，道教認為每個星都有星神，這裡指二十八個星神。馬、趙、溫、周是道教的四大護法神將。

⑯道紀司——明清時代掌管州府中有關道教事務的官署。

⑰《洞元經》——即《洞玄經》，宣揚元始天尊開劫度人之說，也稱《度人經》。

⑱太乙、混元、上清——太乙，即「太一」，指天地未分的混沌元氣。混元，宇宙開闢之始。上清，道家稱仙人住的地方。

師叫眾道士拿取瓶罐，將妖收下，加上封條，法師朱筆書符收禁，令人帶回在本觀塔下鎮住，一面撤壇謝將。

賈赦恭敬叩謝了法師。賈蓉等小弟兄背地都笑個不住，說：「這樣的大排場，我打量拿著妖怪，給我們瞧瞧到底是些什麼東西，那裡知道是這樣收羅！究竟妖怪拿去了沒有？」賈珍聽見，罵道：「糊塗東西！妖怪原是聚則成形、散則成氣，如今多少神將在這裡，還敢現形嗎？無非把這妖氣收了，便不作祟，就是法力了。」眾人將信將疑，且等不見響動再說。

那些下人只知妖怪被擒，疑心去了，便不大驚小怪，往後果然沒人提起了。賈珍等病愈復原，都道法師神力。獨有一個小子笑說道：「頭裡那些響動，我也不知道；就是跟著大老爺進園這一日，明明是個大公野雞飛過去了，拴兒嚇離了眼，說得活像。我們都替他圓了個謊，大老爺就認真起來。倒瞧了個很熱鬧的壇場。」眾人雖然聽見，那裡肯信，究無人敢住。

一日，賈赦無事，正想要叫幾個家下人搬住園中，看守房屋，惟恐夜晚藏匿奸人。方欲傳出話去，只見賈璉進來，請了安，回說今日到他大舅家去，聽見一個荒信，「說是二叔被節度使參進來，為的是失察屬員，重徵糧米，請旨革職的事。」賈赦聽了，吃驚道：「只怕是謠言罷？前兒你二叔帶書子來，說：探春於某日到了任所，擇了某日吉時，送了你妹子到了海疆，路上風恬浪靜，合家不必掛念。還說節度認親，倒設席賀喜，那裡有做了親戚倒提參起來的？且不必言語，快到吏部打聽明白，就來回我。」

賈璉即刻出去，不到半日回來，便說：「才到吏部打聽，果然二叔被參。題本上去，虧得皇上的恩典，沒有交部，便下旨意，說是：『失察屬員，重徵糧米，苛虐百姓，本應革職，姑念初膺外任，不諳吏治，被屬員蒙蔽，著降三級，加恩仍以工部員外上行走⑲，並令即日回京。』這信是準的。正在吏部說話的時候，來了一個江西引見知縣，說起我們二叔，是很感激的。但說是個好上司，只是用人不當，那些家人在外招搖撞騙，欺凌屬員，已經把好名聲都弄壞了。節度大人早已知道，也說我們二叔是個好人。不知怎麼樣，這回又參了。想是忒鬧得不好，恐將來弄出大禍，所以借了一件失察的事情參的，倒是避重就輕的意思也未可知。」賈赦未聽說完，便叫賈璉：「先去告訴你嬸子知道，且不必告訴老太太就是了。」賈璉去回王夫人。未知有何話說，下回分解。

⑲行走——入值辦事的意思。清制，凡在朝廷某部門任職，稱在某處或某官上行走。

第一百三回　施毒計金桂自焚身　昧眞禪雨村空遇舊

話說賈璉到了王夫人那邊，一一的說了。次日，到了部裡打點停妥，回來又到王夫人那邊，將打點吏部之事告知。王夫人便道：「打聽準了麼？果然這樣，老爺也願意，合家也放心。那外任是何嘗做得的？若不是那樣的參回來，只怕叫那些混賬東西把老爺的性命都坑了呢！」賈璉道：「太太那裡知道？」王夫人道：「自從你二叔放了外任，並沒有一個錢拿回來，把家裡的倒掏摸了好些去了。你瞧那些跟老爺去的人，他男人在外頭不多幾時，那些小老婆子們便金頭銀面的妝扮起來了，可不是在外頭瞞著老爺弄錢？你叔叔便由著他們鬧去，若弄出事來，不但自己的官做不成，只怕連祖上的官也要抹掉了呢！」賈璉道：「嬸子說得很是。方才我聽見參了，嚇的了不得，直等打聽明白才放心。也願意老爺做個京官，安安逸逸的做幾年，才保得住一輩子的聲名。就是老太太知道了，倒也是放心的，只要太太說得寬緩些。」王夫人道：「我知道。你到底再去打聽打聽。」

賈璉答應了，才要出來，只見薛姨媽家的老婆子慌慌張張的走來，到王夫人裡間屋內，也沒說請安，便道：「我們太太叫我來告訴這裡的姨太太，說我們家了不得了，又鬧出事來了！」王夫人聽了，便問：「鬧出什麼事來？」那婆子又說：「了不得，了不得！」王夫人哼道：「糊塗東西！有要緊事，你到底說啊！」婆子便說：「我們家二爺不在家，一個男人也沒有。這件事情出來怎麼辦！要求太太打發幾位爺們去料理料理。」王夫人聽著不懂，便急著道：「究竟要爺們去幹什麼事？」婆子道：「我們大奶奶死了！」王夫人聽了，便啐道：「這種女人死，死了罷咧，也值得大驚小怪的！」婆子道：「不是好好兒死的，是混鬧死的！快求太太打發人去辦辦！」說著就要走。王夫人又生氣，又好笑，說：「這婆子好混賬！璉哥兒，倒不如你過去瞧瞧，別理那糊塗東西。」那婆子沒聽見打發人去，只聽見說別理他，他便賭氣跑回去了。

這裡薛姨媽正在著急，再等不來，好容易見那婆子來了，便問：「姨太太打發誰來？」婆子嘆說道：「人最不要有急難事。什麼好親好眷，看來也不中用！姨太太不但不肯照應我們，倒罵我糊塗！」薛姨媽聽了，又氣又急道：「姨太太不管，你姑奶奶怎麼說了？」婆子道：「姨太太既不管，我們家的姑奶奶自然更不管了。沒有去告訴。」薛姨媽啐道：「姨太太是外人，姑娘是我養的，怎麼不管！」婆子一時省悟道：「是啊！這麼著我還去。」

正說著，只見賈璉來了，給薛姨媽請了安，道了惱，回說：「我嬸子知道弟婦死了，問老婆子，再說不明，著急得很，打發我來問個明白，還叫我在這裡料理。該怎麼樣，姨太太只管說了辦去。」薛姨媽本來氣得乾哭，聽見賈璉的話，便笑著說：「倒要二爺費心。我說姨太太是待我最好的，都是這老貨說不清，幾乎誤了事。請二爺坐下，等我慢慢的告訴你。」便說：「不為別的事，為的是媳婦不是好死的。」賈璉道：「想是為兄弟犯事，怨命死的？」薛姨媽道：「若這樣倒好了！前幾個月頭裡，他天天蓬頭赤腳的瘋鬧。後來聽見你兄弟問了死罪，他雖哭了一場，以後倒擦脂抹粉的起來。我若說他，又要吵個了不得，我總不理他。有一天，不知怎麼樣來要香菱去作伴。我說：『你放著寶蟾，還要香菱做什麼？況且香菱是你不愛的，何苦招氣生？』他必不依。我沒法兒，便叫香菱到他屋裡去。可憐這香菱不敢違我的話，帶著病就去了。誰知道他待香菱很好，我倒喜歡。你大妹妹知道了，說：『只怕不是好心罷？』我也不理會。頭幾天香菱病著，他倒親手去做湯給他吃，那知香菱沒福，剛端到跟前，他自己燙了手，連碗都砸了。我只說必要遷怒在香菱身上，他倒沒生氣，自己還拿笤帚掃了，拿水潑淨了地，仍舊兩個人很好。昨兒晚上，又叫寶蟾去做了兩碗湯來，自己說同香菱一塊兒喝。隔了一回，聽見他屋裡兩隻腳蹬響，寶蟾急的亂嚷，以後香菱也嚷著，扶著墻出來叫人。我忙著看去，只見媳婦鼻子、眼睛裡都流出血來，在地下亂滾，兩手在心口亂抓，兩腳亂蹬，把我就嚇死了！問他也說不出來，只管直嚷，鬧了一回就死了。我瞧那光景是服了毒的。寶蟾便哭著來揪香菱，說他把藥藥死了奶奶了。我看香菱也不是這麼樣的人；再者，他病的起還起不來，怎麼能藥人呢？無奈寶蟾一口咬定。我的二爺！這叫我怎麼辦？只得硬著心腸，叫老婆子們把香菱捆了，交給寶蟾，便把房門反扣了。我同你二妹妹守了一夜，等府裡的門開了，才告訴去的。二爺！你是明白人，這件事怎麼好？」賈璉道：「夏家知道了沒有？」薛姨媽道：「也得撕擄明白了，才好報啊！」賈璉道：「據我看起來，必要經官才了得下來。我們自然疑在寶蟾身上，別人便說寶蟾為什麼藥死他奶奶？也是沒答對的。若說在香菱身上，竟還裝得上。」

正說著，只見榮府女人們進來說：「我們二奶奶來了。」賈璉雖是大伯子，因從小兒見的，也不迴避。寶釵進來見了母親，又見了賈璉，便往裡間屋裡同寶琴坐下。薛姨媽也將前事告訴一遍。寶釵便說：「若把香菱捆了，可不是我們也說是香菱藥死的了麼？媽媽說這湯是寶蟾做的，就該捆起寶蟾來問他呀。一面便該打發人報夏家去，一面報官的是。」薛姨媽聽見有理，便問賈璉。賈璉道：「二妹子說得很是。報官還得我去，托了刑部裡的人，相驗問口供的時候，有照應得。只是要捆寶蟾放香菱，倒怕難些。」薛姨媽道：「並不是我要捆香菱，我恐怕香菱病中受冤著急，一時尋死，又添了一條人命，才捆了交給寶蟾，也是一個主意。」賈璉道：「雖是這麼說，我們倒幫了寶蟾了。若要放都放，要捆都捆，他們三個人是一處的，只要叫人安慰香菱就是了。」薛姨媽便叫人開門進去，寶釵就派了帶來幾個女人幫著捆寶蟾。只見香菱已哭得死去活來，寶蟾反得意洋洋，以後見人要捆他，便亂嚷起來。那禁得榮府的人吆喝著，也就捆了。竟開著門，好叫人看著。這裡報夏家的人已經去了。

那夏家先前不住在京裡，因近年消索，又記掛女兒，新近搬進京來。父親已沒，只有母親，又過繼了一個混賬兒子，把家業都花完了，不時的常到薛家。那金桂原是個水性人兒，那裡守得住空房？況兼天天心裡想念薛蝌，便有些飢不擇食的光景。無奈他這一乾兄弟又是個蠢貨，雖也有些知覺，只是尚未入港，所以金桂時常回去，也幫貼他些銀錢。這些時正盼金桂回家，只見薛家的人來，心裡就想又拿什麼東西來了。不料說這裡姑娘服毒死了，他便氣得亂嚷亂叫。金桂的母親聽見了，更哭喊起來，說：「好端端的女孩兒在他家，為什麼服了毒呢？」哭著喊著的，帶了兒子，也等不得僱車，便要走來。那夏家本是買賣人家，如今沒了錢，那顧什麼臉面？兒子頭裡就走，他跟了一個破老婆子出了門，在街上啼啼哭哭的僱了一輛破車，便跑到薛家。

進門也不打話，便「兒」一聲「肉」一聲的要討人命。那時賈璉到刑部托人，家裡只有薛姨媽、寶釵、寶琴，何曾見過個陣仗，都嚇得不敢則聲。便要與他講理，他們也不聽，只說：「我女孩兒在你家，得過什麼好處？兩口朝打暮罵的，鬧了幾時，還不容他兩口子在一處。你們商量著把女婿弄在監裡，永不見面。你們娘兒們仗著好親戚受用也罷了，還嫌他礙眼，叫人藥死了他，倒說是服毒！他為什麼服毒！」說著，直奔著薛姨媽來。薛姨媽只得後退，說：「親家太太！且請瞧瞧你女兒，問問寶蟾，再說歪話不遲。」那寶釵、寶琴因外面有夏家的兒子，難以出來攔護，只在裡邊著急。

恰好王夫人打發周瑞家的照看，一進門來，見一個老婆子指著薛姨媽的臉哭罵。周瑞家的知道必是金桂的母親，便走上來說：「這位是親家太太麼？大奶奶自己服毒死的，與我們姨太太什麼相干？也不犯這麼糟塌呀！」那金桂的母親問：「你是誰？」薛姨媽見有了人，膽子略壯了些，便說：「這就是我親戚賈府裡的。」金桂的母親便說道：「誰不知道你們有仗腰子的親戚，才能夠叫姑爺坐在監裡！如今我的女孩兒倒白死了不成！」說著，便拉薛姨媽說：「你到底把我女兒怎樣弄殺了？給我瞧瞧！」周瑞家的一面勸說：「只管瞧瞧，用不著拉拉扯扯。」便把手一推。夏家的兒子便跑進來不依，道：「你仗著府裡的勢頭兒來打我母親麼！」說著，便將椅子打去，卻沒有打著。裡頭跟寶釵的人聽見外頭鬧起來，趕著來瞧，恐怕周瑞家的吃虧，齊打夥的上去，半勸半喝。那夏家的母子索性撒起潑來，說：「知道你們榮府的勢頭兒！我們家的姑娘已經死了，如今也都不要命了！」說著，仍奔薛姨媽拚命。地下的人雖多，那裡擋得住？自古說的：「一人拚命，萬夫莫當。」

正鬧到危急之際，賈璉帶了七八個家人進來，見是如此，便叫人先把夏家的兒子拉出去，便說：「你們不許鬧，有話好好兒的說。快將家裡收拾收拾，刑部裡頭的老爺們就來相驗了。」金桂的母親正在撒潑，只見來了一位老爺，幾個在頭裡吆喝，那些人都垂手侍立。金桂的母親見這個光景，也不知是賈府何人，又見他兒子已被眾人揪住，又聽見說刑部來驗，他心裡原想看見女兒屍首，先鬧了一個稀爛，再去喊官去，不承望這裡先報了官，也便軟了些。薛姨媽已嚇糊塗了。還是周瑞家的回說：「他們來了，也沒有去瞧他姑娘，便作踐起姨太太來了。我們為好勸他，那裡跑進一個野男人，在奶奶們裡頭混撒村混打，這可不是沒有王法了！」賈璉道：「這回子不用和他講理，等一會子打著問他，說：男人有男人的所在，裡頭都是些姑娘、奶奶們，況且有他母親還瞧不見他們姑娘麼？他跑進來不是要打搶來了麼！」家人們做好做歹壓伏住了。周瑞家的仗著人多，便說：「夏太太，你不懂事！既來了，該問個青紅皂白。你們姑娘是自己服毒死了，不然，便是寶蟾藥死他主子了。怎麼不問明白，又不看屍首，就想訛人來了呢？我們就肯叫一個媳婦兒白死了不成！現在把寶蟾捆著，因為你們姑娘必要點病兒，所以叫香菱陪著他，也在一個屋裡住：故此，兩個人都看守在那裡。原等你們來眼看著刑部相驗，問出道理來才是啊！」

金桂的母親此時勢孤，也只得跟著周瑞家的到他女孩兒屋裡，只見滿臉黑血，直挺挺的躺在炕上，便叫哭起來。寶蟾見是他家的人來，便哭喊說：「我們姑娘好意待香菱，叫他在一塊兒住，他倒抽空兒藥死我們姑娘！」那時薛家上下人等俱在，便齊聲吆喝道：「胡說！昨日奶奶喝了湯才藥死的，這湯可不是你做的？」寶蟾道：「湯是我做的，端了來，我有事走了，不知香菱起來放些什麼在裡頭，藥死的。」金桂的母親聽未說完，就奔香菱，眾人攔住。薛姨媽便道：「這樣子是砒霜藥的，家裡決無此物。不管香菱、寶蟾，終有替他買的，回來刑部少不得問出來，才賴不去。如今把媳婦權放平正，好等官來相驗。」

聯經出版事業公司 校印

眾婆子上來抬放。寶釵道：「都是男人進來，你們將女人動用的東西檢點檢點。」只見炕褥底下有一個揉成團的紙包兒。金桂的母親瞧見便拾起，打開看時，並沒有什麼，便撩開了。寶蟾看見道：「可不是有了憑據了！這個紙包兒我認得，頭幾天耗子鬧得慌，奶奶家去與舅爺要的，拿回來擱在首飾匣內。必是香菱看見了，拿來藥死奶奶的。若不信，你們看看首飾匣裡有沒有了。」

金桂的母親便依著寶蟾的話，取出匣子，只有幾支銀簪子。薛姨媽便說：「怎麼好些首飾都沒有了？」寶釵叫人打開箱櫃，俱是空的，便道：「嫂子這些東西被誰拿去？這可要問寶蟾。」金桂的母親心裡也虛了好些，見薛姨媽查問寶蟾，便說：「姑娘的東西，他那裡知道？」周瑞家的道：「親家太太別這麼說呢。我知道寶姑娘是天天跟著大奶奶的，怎麼說不知？」這寶蟾見問得緊，又不好胡賴，只得說道：「奶奶自己每每帶回家去，我管得麼？」眾人便說：「好個親家太太！哄著拿姑娘的東西，哄完了，叫他尋死，來訛我們！好罷了！回來相驗，便是這麼說。」寶釵叫人：「到外面告訴璉二爺說，別放了夏家的人！」

裡面金桂的母親忙了手腳，便罵寶蟾道：「小蹄子別嚼舌頭了！姑娘幾時拿東西到我家去？」寶蟾道：「如今東西是小，給姑娘償命是大。」寶琴道：「有了東西，就有償命的人了。快請璉二哥哥問準了夏家的兒子買砒霜的話，回來好回刑部裡的話。」金桂的母親著了急，道：「這寶蟾必是撞見鬼了，混說起來！我們姑娘何嘗買過砒霜？若這麼說，必是寶蟾藥死了的！」寶蟾急的亂嚷，說：「別人賴我也罷了，怎麼你們也賴起我來呢？你們不是常和姑娘說，叫他別受委屈，鬧得他們家破人亡，那時將東西捲包兒一走，再配一個好姑爺。這個話是有的沒有？」金桂的母親還未及答言，周瑞家的便接口說道：

聯經出版事業公司校印

「這是你們家的人說的，還賴什麼呢？」金桂的母親恨的咬牙切齒的罵寶蟾說：「我待你不錯呀，為什麼你倒拿話來葬送我呢？回來見了官，我就說是你藥死姑娘的！」寶蟾氣得瞪著眼說：「請太太放了香菱罷，不犯著白害別人。我見官自有我的話。」

寶釵聽出這個話頭兒來了，便叫人反倒放開了寶蟾，說：「你原是個爽快人，何苦白冤在裡頭？你有話，索性說了，大家明白，豈不完了事了呢？」寶蟾也怕見官受苦，便說：「我們奶奶天天抱怨說：『我這樣人，為什麼碰著這個瞎眼的娘，不配給二爺，偏給了這麼個混賬糊塗行子！要是能夠同二爺過一天，死了也是願意的。』說到那裡，便恨香菱。我起初不理會，後來看見與香菱好了，我只道是香菱教他什麼了，不承望昨兒的湯不是好意。——」金桂的母親接說道：「益發胡說了！若是要藥香菱，為什麼倒藥了自己呢？」寶釵便問道：「香菱，昨日你喝湯來著沒有？」香菱道：「頭幾天我病得抬不起頭來，奶奶叫我喝湯，我不敢說不喝。剛要扎掙起來，那碗湯已經洒了，倒叫奶奶收拾了個難，我心裡很過不去。昨兒聽見叫我喝湯，我喝不下去，沒有法兒，正要喝的時候兒呢，偏又頭暈起來。只見寶蟾姐姐端了去，我正喜歡；剛合上眼，奶奶自己喝著湯，叫我嘗嘗，我便勉強也喝了。」寶蟾不待說完，便道：「是了！我老實說罷。昨兒奶奶叫我做兩碗湯，說是和香菱同喝。我氣不過，心裡想著：香菱那裡配我做湯給他喝呢？我故意的一碗裡頭多抓了一把鹽，記了暗記兒，原想給香菱喝的。剛端進來，奶奶卻攔著我到外頭叫小子們僱車，說今日回家去。我出去說了，回來見鹽多的這碗湯在奶奶跟前呢。我恐怕奶奶喝著鹹，又要罵我。正沒法的時候，奶奶往後頭走動，我眼錯不見，就把香菱這碗湯換了過來。也是合該如此，奶奶回來就拿了湯去到香菱床邊喝著，說：『你到底嘗嘗。』那香菱也不覺鹹。兩個人

聯經出版事業公司校印

都喝完了。我正笑香菱沒嘴道兒①，那裡知道這死鬼奶奶要藥香菱，必定趁我不在，將砒霜撒上了，也不知道我換碗。這可就是『天理昭彰，自害其身』了。」於是眾人往前後一想，真正一絲不錯，便將香菱也放了，扶著他仍舊睡在床上。

不說香菱得放，且說金桂母親心虛事實，還想辯賴。薛姨媽等你言我語，反要他兒子償還金桂之命。正然吵嚷，賈璉在外嚷說：「不用多說了，快收拾停當。刑部老爺就到了。」此時惟有夏家母子著忙，想來總要吃虧的，不得已反求薛姨媽道：「千不是，萬不是，終是我死的女孩兒不長進，這也是自作自受。若是刑部相驗，到底府上臉面不好看。求親家太太息了這件事罷！」寶釵道：「那可使不得。已經報了，怎麼能息呢？」周瑞家的等人大家做好做歹的勸說：「若要息事，除非夏親家太太自己出去攔驗，我們不提長短罷了。」賈璉在外也將他兒子嚇住，他情願迎到刑部具結攔驗②。眾人依允。薛姨媽命人買棺成殮。不提。

且說賈雨村陞了京兆府尹③，兼管稅務，一日，出都查勘開墾地畝，路過知機縣，到了急流津，正要渡過彼岸，因待人夫，暫且停轎。只見村旁有一座小廟，牆壁坍頹，露出幾株古松，倒也蒼老。雨村

①沒嘴道兒——嘗不出味道，味覺不靈。
②具結攔驗——由死者親屬出具保證文書阻攔官府驗屍，表示對死因不懷疑，不告發。
③京兆府尹——主持京師政事的長官，西漢始設，清代並沒有這種職稱。

下轎，閑步進廟，但見廟內神像金身脫落，殿宇歪斜，旁有斷碣，字迹模糊，也看不明白。意欲行至後殿，只見一翠柏下蔭著一間茅廬，廬中有一個道士合眼打坐。雨村走近看時，面貌甚熟，想著倒像在那裡見來的，一時再想不出來。從人便欲吆喝。雨村止住，徐步向前，叫一聲：「老道。」那道士雙眼微啟，微微的笑道：「貴官何事？」雨村便道：「本府出都查勘事件，路過此地，見老道靜修自得，想來道行深通，意欲冒昧請教。」那道人說：「來自有地，去自有方。」雨村知是有些來歷的，便長揖請問：「老道從何處修來，在此結廬？此廟何名？廟中共有幾人？或欲真修，豈無名山？或欲結緣④，何不通衢？」那道人道：「『葫蘆』尚可安身，何必名山結舍？廟名久隱，斷碣猶存。形影相隨，何須修募？豈似那『玉在匵中求善價，釵於奩內待時飛』之輩耶？」

雨村原是個穎悟人，初聽見「葫蘆」兩字，後聞「玉釵」一對，忽然想起甄士隱的事來。重復將那道士端詳一回，見他容貌依然，便屏退從人，問道：「君家莫非甄老先生麼？」那道人從容笑道：「什麼『真』？什麼『假』！要知道『真』即是『假』，『假』即是『真』。」雨村聽說出「賈」字來，益發無疑；便從新施禮，道：「學生自蒙慨贈到都，托庇獲雋公車⑤，受任貴鄉，始知老先生超悟塵凡，飄舉仙境。學生雖溯洄⑥思切，自念風塵俗吏，未由再覲仙顏。今何幸於此處相遇！求老仙翁指示愚蒙。

④結緣——佛教徒認為佈施行善能結下將來得道的因緣，因此佛教徒積善行好、世人給寺廟募捐布施都叫結緣。

⑤獲雋公車——指考中進士。雋，通俊，才智出眾；公車，漢代以公家車馬送應舉的人，後來便以「公車」作為入京應試的代稱。

聯經出版事業公司 校印

倘荷不棄，京寓甚近，學生當得供奉，得以朝夕聆教。」那道人也站起來回禮，道：「我於蒲團之外，不知天地間尚有何物。適才尊官所言，貧道一概不解。」說畢，依舊坐下。雨村復又心疑：「想去若非士隱，何貌言相似若此？離別來十九載，面色如舊，必是修煉有成，未肯將前身說破。但我既遇恩公，又不可當面錯過。看來不能以富貴動之，那妻女之私更不必說了。」想罷，又道：「仙師既不肯說破前因，弟子於心何忍？」正要下禮，只見從人進來，稟說：「天色將晚，快請渡河。」雨村正無主意，那道人道：「請尊官速登彼岸，見面有期，遲則風浪頓起。果蒙不棄，貧道他日尚在渡頭候教。」說畢，仍合眼打坐。雨村無奈，只得辭了道人出廟。正要過渡，只見一人飛奔而來。未知何事，下回分解。

⑥溯洄——這裡是追念往昔的意思。溯洄，逆流而上，引申為尋源、追憶。

第一百四回　醉金剛小鰍生大浪　癡公子餘痛觸前情

話說賈雨村剛欲過渡，見有人飛奔而來，跑到跟前，口稱：「老爺，方才進的那廟火起了！」雨村回首看時，只見烈炎燒天，飛灰蔽目。雨村心想：「這也奇怪！我才出來，走不多遠，這火從何而來？莫非士隱遭劫於此？」欲待回去，又恐誤了過河；若不回去，心下又不安。想了一想，便問道：「你方才見這老道士出來了沒有？」那人道：「小的原隨老爺出來，因腹內疼痛，略走了一走。回頭看見一片火光，原來就是那廟中火起，特趕來稟知老爺。並沒有見有人出來。」雨村雖則心裡狐疑，究竟是名利關心的人，那肯回去看視？便叫那人：「你在這裡等火滅了，進去瞧那老道在與不在，即來回稟。」那人只得答應了伺候。

雨村過河，仍自去查看，查了幾處，遇公館①便自歇下。明日，又行一程，進了都門，眾衙役接著，

①公館——這裡指官府所設供來往官員歇息的館舍。

前呼後擁的走著。雨村坐在轎內，聽見轎前開路的人吵嚷。雨村問是何事。那開路的拉了一個人過來跪在轎前，稟道：「那人酒醉，不知迴避，反衝突過來。小的吆喝他，他倒恃酒撒賴，躺在街心，說小的打了他了。」雨村便道：「我是管理這裡地方的，你們都是我的子民。知道本府經過，喝了酒，不知退避，還敢撒賴！」那人道：「我喝酒是自己的錢；醉了，躺的是皇上的地。便是大人老爺也管不得！」雨村怒道：「這人目無法紀！問他叫什麼名字。」那人回道：「我叫醉金剛倪二。」雨村聽了生氣，叫人：「打這金剛，瞧他是金剛不是！」手下把倪二按倒，著實的打了幾鞭。倪二負痛，酒醒求饒。雨村在轎內笑道：「原來是這麼個金剛麼！我且不打你，叫人帶進衙門慢慢的問你！」眾衙役答應，拴了倪二，拉著便走。倪二哀求，也不中用。

雨村進內復旨回曹②，那裡把這件事放在心上？那街上看熱鬧的三三兩兩傳說：「倪二仗著有些力氣，恃酒訛人，今兒碰在賈大人手裡，只怕不輕饒的。」這話已傳到他妻女耳邊，那夜果等倪二不見回家，他女兒便到各處賭場尋覓，那賭博的都是這麼說，他女兒急得哭了。眾人都道：「你不用著急。那賈大人是榮府的一家。榮府裡的一個什麼二爺和你父親相好，你同你母親去找他說個情，就放出來了。」倪二的女兒聽了，想了一想，「果然我父親常說間壁賈二爺和他好，為什麼不找他去？」趕著回來，即和母親說了。

娘兒兩個去找賈芸。那日賈芸恰在家，見他母女兩個過來，便讓坐。賈芸的母親便倒茶。倪家母女

②回曹——回到自己的官衙。曹，古代分科辦事的官署。

即將倪二被賈大人拿去的話說了一遍，「求二爺說情放出來。」賈芸一口應承，說：「這算不得什麼，我到西府裡說一聲就放了。那賈大人全仗我家的西府裡才得做了這麼大官，只要打發個人去一說就完了。」倪家母女歡喜，回來便到府裡告訴了倪二，叫他不用忙，已經求了賈二爺，他滿口應承，討個情便放出來的。倪二聽了也喜歡。

不料賈芸自從那日給鳳姐送禮不收，不好意思進來，也不常到榮府。那榮府的門上原看著主子的行事，叫誰走動，才有些體面，一時來了，他便進去通報；若主子不大理了，不論本家親戚，他一概不回，支了去就完事。那日賈芸到府上說：「給璉二爺請安。」門上的說：「二爺不在家，等回來，我們替回罷。」賈芸欲要說「請二奶奶的安」，生恐門上厭煩，只得回家。又被倪家母女催逼著，說：「二爺常說府上是不論那個衙門，說一聲誰敢不依。如今還是府裡的一家，又不為什麼大事，這個情還討不來，白是我們二爺了！」賈芸臉上下不來，嘴裡還說硬話：「昨兒我們家裡有事，沒打發人說去，少不得今兒說了就放。什麼大不了的事！」倪家母女只得聽信。

豈知賈芸近日大門竟不得進去，繞到後頭，要進園內找寶玉，不料園門鎖著，只得垂頭喪氣的回來。想起：「那年倪二借銀與我，買了香料送給他，才派我種樹；如今我沒有錢去打點，就把我拒絕。他也不是什麼好的，拿著太爺留下的公中銀錢在外放加一錢③，我們窮本家，要借一兩也不能。他打諒保得住一輩子不窮的了，那知外頭的聲名很不好。我不說罷了，若說起來，人命官司不知有多少呢！」一面

③加一錢——高利貸的一種，月息為本金的十分之一。

聯經出版事業公司　校印

想著，來到家中，只見倪家母女都等著。賈芸無言可支，便說道：「西府裡已經打發人說了，只言賈大人不依。你還求我們家的奴才周瑞的親戚冷子興去才中用。」倪家母女聽了，說：「二爺這樣體面爺們還不中用，若是奴才，是更不中用了。」賈芸不好意思，心裡發急道：「你不知道，如今的奴才比主子強多著呢！」倪家母女聽來無法，只得冷笑幾聲，說：「這倒難為二爺白跑了這幾天！等我們那一個出來再道乏罷。」說畢出來，另托人將倪二弄了出來，只打了幾板，也沒有什麼罪。

倪二回家，他妻女將賈家不肯說情的話說了一遍。倪二正喝著酒，便生氣要找賈芸，說：「這小雜種，沒良心的東西！頭裡他沒有飯吃，要到府內鑽謀事辦，虧我倪二爺幫了他。如今我有了事，他不管。好罷咧！若是我倪二鬧出來，連兩府裡都不乾淨！」他妻女忙勸道：「嗳！你又喝了黃湯，便是這樣有天沒日頭的。前兒可不是醉了鬧的亂子，捱了打？還沒好呢，你又鬧了！」倪二道：「捱了打便怕他不成？只怕拿不著由頭！我在監裡的時候，倒認得了好幾個有義氣的朋友，聽見他們說起來，不獨是城內姓賈的多，外省姓賈的也不少，前兒監裡收下了好幾個賈家的家人。我倒說，這裡的賈家小一輩子並奴才們雖不好，他們老一輩的還好，怎麼犯了事？我打聽打聽，說是和這裡賈家是一家，都住在外省，審明白了，解進來問罪的，我才放心。若說賈二這小子他忘恩負義，我便和幾個朋友說他家怎樣倚勢欺人，怎樣盤剝小民，怎樣強娶有男婦女，叫他們吵嚷出來，有了風聲到了都老爺耳朵裡，這一鬧起來，叫你們才認得倪二金剛呢！」他女人道：「你喝了酒，睡去罷！他又強占誰家的女人來了？沒有的事，你不用混說了。」倪二道：「你們在家裡，那裡知道外頭的事？前年我在賭場裡碰見了小張，說他女人被賈家占了，他還和我商量。我倒勸他才了事的。但不知這小張如今那裡去了，這兩年沒見。若碰著了他，我倪二出個主意叫賈老二死，給我好好的孝敬孝敬我倪二太爺才罷了！你倒不理我了！」說著，倒身躺下，嘴裡還是咕咕嘟嘟的說了一回，便睡去了。他妻女只當是醉話，也不理他。明日早起，倪二又往賭場中去了。不題。

且說雨村回到家中，歇息了一夜，將道上遇見甄士隱的事告訴了他夫人一遍。他夫人便埋怨他：「為什麼不回去瞧一瞧？倘或燒死了，可不是咱們沒良心！」說著，掉下淚來。雨村道：「他是方外④的人了，不肯和咱們在一處的。」正說著，外頭傳進話來，稟說：「前日老爺吩咐瞧火燒廟去的回來了回話。」雨村踱了出來。那衙役打千請了安，回說：「小的奉老爺的命回去，也不等火滅，便冒火進去瞧那個道士，豈知他坐的地方多燒了。小的想著那道士必定燒死了。那燒的墻屋往後塌去，道士的影兒都沒有，只有一個蒲團、一個瓢兒還是好好的。小的各處找尋他的屍首，連骨頭都沒有一點兒。小的恐老爺不信，想要拿這蒲團、瓢兒回來做個證見，小的這麼一拿，豈知都成了灰了。」雨村聽畢，心下明白，知士隱仙去，便把那衙役打發了出去。回到房中，並沒提起士隱火化之言，恐他婦女不知，反生悲感，只說並無形跡，必是他先走了。

雨村出來，獨坐書房，正要細想士隱的話，忽有家人傳報說：「內廷傳旨，交看事件。」雨村疾忙上轎進內。只聽見人說：「今日賈存周江西糧道被參回來，在朝內謝罪。」雨村忙到了內閣，見了各大

④方外——世外，超越世俗禮教之外。從前稱出家做和尚、道士的人為「方外人」。

聯經出版事業公司校印

人，將海疆辦理不善的旨意看了，出來即忙找著賈政，先說了些為他抱屈的話，後又道喜，問：「一路可好？」賈政也將違別以後的話細細的說了一遍。雨村道：「謝罪的本上了去沒有？」賈政道：「已上去了，等膳後下來，看旨意罷。」正說著，只聽裡頭傳出旨來叫賈政，賈政即忙進去。各大人有與賈政關切的，都在裡頭等著。等了好一回，方見賈政出來，看見他帶著滿頭的汗。眾人迎上去接著，問：「有什麼旨意？」賈政吐舌道：「嚇死人，嚇死人！倒蒙各位大人關切，幸喜沒有什麼事。」眾人道：「旨意問了些什麼？」賈政道：「旨意問的是雲南私帶神槍一案。本上奏明是原任太師賈化的家人，主上一時記著我們先祖的名字，便問起來。我忙著磕頭奏明先祖的名字是代化，主上便笑了，還降旨意說：『前放兵部，後降府尹的，不是也叫賈化麼？』」那時雨村也在旁邊，倒嚇了一跳，便問賈政道：「老先生怎麼奏的？」賈政道：「我便慢慢奏道：『原任太師賈化是雲南人，現任府尹賈某是浙江湖州人。』主上又問：『蘇州刺史奏的賈範，是你一家了？』我又磕頭奏道：『是。』主上便變色道：『縱使家奴強占良民妻女，還成事麼！』我一句不敢奏。主上又問道：『賈範是你什麼人？』我忙奏道：『是遠族。』主上哼了一聲，降旨叫出來了。可不是詫事！」

眾人道：「本來也巧，怎麼一連有這兩件事？」賈政道：「事倒不奇，倒是都姓賈的不好。算來我們寒族人多，年代久了，各處都有。現在雖沒有事，究竟主上記著一個『賈』字就不好。」眾人說：「真是真，假是假，怕什麼？」賈政道：「我心裡巴不得不做官，只是不敢告老。現在我們家裡兩個世襲，這也無可奈何的。」雨村道：「如今老先生仍是工部，想來京官是沒有事的。」賈政道：「京官雖然無事，我究竟做過兩次外任，也就說不齊了。」眾人道：「二老爺的人品行事，我們都佩服的。就是令兄大老爺，也是個好人。只要在令侄輩身上嚴緊些就是了。」賈政道：「我因在家的日子少，舍侄的事情不大查考，我心裡也不甚放心。諸位今日提起，都是至相好，或者聽見東宅的侄兒家有什麼不奉規矩的事麼？」眾人道：「沒聽見別的，只有幾位侍郎心裡不大和睦，內監裡頭也有些。想來不怕什麼，只要囑咐那邊令侄諸事留神就是了。」眾人說畢，舉手而散。

賈政然後回家，眾子侄等都迎接上來。賈政迎著，請賈母的安，然後眾子侄俱請了賈政的安，一同進府。王夫人等已到了榮禧堂迎接。賈政先到了賈母那裡拜見了，陳述些違別的話。賈母問探春消息。賈政將許嫁探春的事都稟明了，還說：「兒子起身急促，難過重陽，雖沒有親見，聽見那邊親家的人來，說的極好。親家老爺、太太都說請老太太的安；還說今冬明春大約還可調進京來，這便好了。如今聞得海疆有事，只怕那時還不能調。」賈母始則因賈政降調回來，知探春遠在他鄉，一無親故，心下不悅；後聽賈政將官事說明，探春安好，也便轉悲為喜，便笑著叫賈政出去。然後弟兄相見，眾子侄拜見，定了明日清晨拜祠堂。

賈政回到自己屋內，王夫人等見過，寶玉、賈璉替另⑤拜見。賈政見了寶玉果然比起身之時臉面豐滿，倒覺安靜，並不知他心裡糊塗，所以心甚喜歡，不以降調為念，心想：「幸虧老太太辦理的好。」又見寶釵沉厚更勝先時，蘭兒文雅俊秀，便喜形於色。獨見環兒仍是先前，究不甚鍾愛。歇息了半天，忽然想起：「為何今日短了一人？」王夫人知是想著黛玉。前因家書未報，今日又初到家，正是喜歡，不

⑤替另——另外、重新的意思。

便直告，只說是病著。豈知寶玉的心裡已如刀絞，因父親到家，只得把持心性伺候。王夫人家筵接風，子孫敬酒。鳳姐雖是侄媳，現辦家事，也隨了寶釵等遞酒。賈政便叫：「遞了一巡酒，都歇息去罷。」命眾家人不必伺候，待明早拜過宗祠，然後進見。分派已定，賈政與王夫人說些別後的話，餘者王夫人都不敢言。倒是賈政先提起王子騰的事來，王夫人也不敢悲戚。賈政又說蟠兒的事，王夫人只說他是自作自受，趁便也將黛玉已死的話告訴。賈政反嚇了一驚，不覺掉下淚來，連聲嘆息。王夫人也掌不住，也哭了。旁邊彩雲等即忙拉衣，王夫人止住，重又說些喜歡的話，便安寢了。

次日一早，至宗祠行禮，眾子侄都隨往。賈政便在祠旁廂房坐下，叫了賈珍、賈璉過來，問起家中事務。賈珍揀可說的說了。賈政又道：「我初回家，也不便來細細查問。只是聽見外頭說起你家裡更不比往前，諸事要謹慎才好。你年紀也不小了，孩子們該管教管教，別叫他們在外頭得罪人。璉兒也該聽聽。不是才回家便說你們，因我有所聞，所以才說的，你們更該小心些。」賈珍等臉漲通紅的，也只答應個「是」字，不敢說什麼。賈政也就罷了。回歸西府，眾家人磕頭畢，仍復進內，眾女僕行禮，不必多贅。

只說寶玉因昨賈政問起黛玉，王夫人答以有病，他便暗裡傷心，直待賈政命他回去，一路上已滴了好些眼淚。回到房中，見寶釵和襲人等說話，他便獨坐外間納悶。寶釵叫襲人送過茶去，知他必是怕老爺查問功課，所以如此，只得過來安慰。寶玉便借此說：「你們今夜先睡一回，我要定定神。這時更不如從前，三言可忘兩語，老爺瞧了不好。你們睡罷，叫襲人陪著我。」寶釵聽去有理，便自己到房先睡。

寶玉輕輕的叫襲人坐著，央他把紫鵑叫來，有話問他。「但是紫鵑見了我，臉上、嘴裡總是有氣似的，須得你去解釋開了他來才好。」襲人道：「你說要定神，我倒喜歡，怎麼又定到這上頭了？有話你明兒問不得！」寶玉道：「我就是今晚得閑，明日倘或老爺叫幹什麼，便沒空兒。好姐姐，你快去叫他來。」襲人道：「他不是二奶奶叫，是不來的。」寶玉道：「我所以央你去說明白了才好。」襲人道：「叫我說什麼？」寶玉道：「你還不知道我的心、也不知道他的心麼？都為的是林姑娘。你說我並不是負心的，我如今叫你們弄成了一個負心人了！」說著這話，便瞧瞧裡頭，用手一指說：「他是我本不願意的，都是老太太他們捉弄的，好端端把一個林妹妹弄死了。就是他死，也該叫我見見，說個明白，他自己死了也不怨我！你是聽見三姑娘他們說的，臨死恨怨我。那紫鵑為他姑娘，也恨得我了不得。你想我是無情的人麼？晴雯到底是個丫頭，也沒有什麼大好處，他死了，我老實告訴你罷，我還做個祭文去祭他。那時林姑娘還親眼見的。如今林姑娘死了，莫非倒不如晴雯麼？死了連祭都不能祭一祭。林姑娘死了還有知的，他想起來不要更怨我麼？」襲人道：「你要祭便祭去，要我們做什麼？」

寶玉道：「我自從好了起來，就想要做一首祭文的，不知道我如今一點靈機都沒有了。若祭別人，胡亂卻使得；若是他，斷斷俗俚不得一點兒的。所以叫紫鵑來問，他姑娘這條心，他們打從那樣上看出來的。我沒病的頭裡還想得出來，一病以後都不記得。你說林姑娘已經好了，怎麼忽然死的？他好的時候，我不去，他怎麼說？我病時候，他不來，他也怎麼說？所以有他的東西，我誆了過來，你二奶奶總不叫我動，不知什麼意思。」襲人道：「二奶奶惟恐你傷心罷了，還有什麼？」寶玉道：「我不信。既是他這麼念我，為什麼臨死都把詩稿燒了，不留給我作個紀念？又聽見說天上有音樂響，必是他成了神或是登了仙去。我雖見過了棺材，倒底不知道棺材裡有他沒有？」襲人道：「你這話益發糊塗了！怎麼一個人不死就擱上一個空棺材當死了人呢！」寶玉道：「不是嗄！大凡成仙的人，或是肉身去的，或是脫胎去的。好姐姐，你倒底叫了紫鵑來。」襲人道：「如今等我細細的說明了你的心，他若肯來，還好；若不肯來，還得費多少話。就是來了，見你也不肯細說。據我主意，明後日等二奶奶上去了，我慢慢的問他，或者倒可仔細。遇著閑空兒，我再慢慢的告訴你。」寶玉道：「你說得也是。你不知道我心裡的著急。」

正說著，麝月出來說：「二奶奶說，天已四更了，請二爺進去睡罷。襲人姐姐必是說高了興了，忘了時候兒了。」襲人聽了，道：「可不是？該睡了，有話明兒再說罷。」寶玉無奈，只得含愁進去，又向襲人耳邊道：「明兒不要忘了。」襲人笑說：「知道了。」麝月笑道：「你們兩個又鬧鬼了。何不和二奶奶說了，就到襲人那邊睡去？由著你們說一夜，我們也不管。」寶玉擺手道：「不用言語。」襲人恨道：「小蹄子，你又嚼舌根，看我明兒撕你！」回轉頭來對寶玉道：「這不是二爺鬧的？說了四更的話，總沒有說到這裡。」一面說，一面送寶玉進屋，各人散去。

那夜寶玉無眠，到了明日，還思這事。只聞得外頭傳進話來，說：「眾親朋因老爺回家，都要送戲接風。老爺再四推辭，說：『唱戲不必，竟在家裡備了水酒，倒請親朋過來，大家談談。』於是定了後兒擺席請人，所以進來告訴。」不知所請何人，下回分解。

第一百五回　錦衣軍查抄寧國府　驄馬使①彈劾平安州

話說賈政正在那裡設宴請酒，忽見賴大急忙走上榮禧堂來回賈政道：「有錦衣府堂官趙老爺帶領好幾位司官②，說來拜望。奴才要取職名來回，趙老爺說：『我們至好，不用的。』一面就下車來，走進來了。請老爺同爺們快接去。」賈政聽了，心想：「趙老爺並無來往，怎麼也來？現在有客，留他不便，不留又不好。」正自思想，賈璉說：「叔叔快去罷。再想一回，人都進來了。」正說著，只見二門上家人又報進來，說：「趙老爺已進二門了。」賈政等搶步接去，只見趙堂官滿臉笑容，並不說什麼，一逕走上廳來。後面跟著五六位司官，也有認得的，也有不認得的，但是總不答話。賈政等心裡不得主意，只得跟了上來讓坐。眾親友也有認得趙堂官的，見他仰著臉不大理人，只拉著賈政的手，笑著說了幾句

①錦衣軍、驄馬使——錦衣軍，負責保衛皇帝及宮廷的禁衛軍，有巡察緝捕的能力。驄馬使，這裡指監察御史。

②司官——清代各部屬官員的通稱，這裡指錦衣府的官員。

聯經出版事業公司校印

寒溫的話。眾人看見來頭不好，也有躲進裡間屋裡的，也有垂手侍立的。

賈政正要帶笑敘話，只見家人慌張報道：「西平王爺到了。」賈政慌忙去接，已見王爺進來。趙堂官搶上去請了安，便說：「王爺已到，隨來各位老爺就該帶領府役把守前後門。」眾官應了出去。賈政等知事不好，連忙跪接。西平郡王用兩手扶起，笑嘻嘻的說道：「無事不敢輕造，有奉旨交辦事件，要赦老接旨。如今滿堂中筵席未散，想有親友在此未便，且請眾位府上親友各散，獨留本宅的人聽候。」趙堂官回說：「王爺雖是恩典，但東邊的事，這位王爺辦事認真，想是早已封門。」眾人知是兩府干係，恨不能脫身。只見王爺笑道：「眾位只管就請，叫人來給我送出去，告訴錦衣府的官員說：這都是親友，不必盤查，快快放出。」那些親友聽見，就一溜烟如飛的出去了。獨有賈赦、賈政一干人唬得面如土色，滿身發顫。

不多一回，只見進來無數番役，各門把守。本宅上下人等，一步不能亂走。趙堂官便轉過一副臉來，回王爺道：「請爺宣旨意，就好動手。」這些番役卻撩衣勒臂，專等旨意。西平王慢慢的說道：「小王奉旨，帶領錦衣府趙全來查看賈赦家產。」賈赦等聽見，俱俯伏在地。王爺便站在上頭說：「有旨意：『賈赦交通外官③，依勢凌弱，辜負朕恩，有忝④祖德，著革去世職。欽此。』」趙堂官一疊聲叫：「拿下賈赦，其餘皆看守。」維時賈赦、賈政、賈璉、賈珍、賈蓉、賈薔、賈芝、賈蘭俱在，惟寶玉假說有

③交通外官——京官私自交結外任官員，是一種結黨營私的罪名。交通，串通。

④忝——辱沒，有愧於。

病，在賈母那邊打鬧，賈環本來不大見人的，所以就將現在幾人看住。

趙堂官即叫他的家人：「傳齊司員，帶同番役，分頭按房抄查登賬。」這一言不打緊，唬得賈政上下人等面面相看，喜得番役、家人摩拳擦掌，就要往各處動手。西平王道：「聞得赦老與政老同房各爨⑤的，理應遵旨查看賈赦的家資。其餘且按房封鎖，我們覆旨去，再候定奪。」趙堂官站起來說：「回王爺：賈赦、賈政並未分家，聞得他侄兒賈璉現在承總管家，不能不盡行查抄。」西平王聽了，也不言語。趙堂官便說：「賈璉、賈赦兩處須得奴才帶領去查抄才好。」西平王便說：「不必忙。先傳信後宅，且請內眷迴避，再查不遲。」一言未了，老趙家奴、番役已經拉著本宅家人領路，分頭查抄去了。王爺喝命：「不許囉唣⑥！待本爵自行查看。」說著，便慢慢的站起來要走，又吩咐說：「跟我的人一個不許動，都給我站在這裡候看，回來一齊瞧著登數。」正說著，只見錦衣司官跪稟說：「在內查出御用衣裙並多少禁用之物，不敢擅動，回來請示王爺。」一回兒，又有一起人來攔住王爺，就回說：「東跨所抄出兩箱房地契，又一箱借票，卻都是違例取利的。」老趙便說：「好個重利盤剝！很該全抄！請王爺就此坐下，叫奴才去全抄來，再候定奪罷。」

說著，只見王府長史來稟說：「守門軍傳進來說：『主上特命北靜王到這裡宣旨，請爺接去。』」趙堂官聽了，心裡喜歡說：「我好晦氣，碰著這個酸王。如今那位來了，我就好施威！」一面想著，也

⑤同房各爨——雖住在一起，未分家，但各自起火過活。爨，音ㄘㄨㄢˋ，燒火做飯，代指過日子。

⑥囉唣——吵鬧、騷擾。

迎出來。只見北靜王已到大廳，就向外站著，說：「有旨意，錦衣府趙全聽宣。」說：「奉旨意：『著錦衣官惟提賈赦質審，餘交西平王遵旨查辦。欽此。』」西平王領了，好不喜歡，便與北靜王坐下，著趙堂官提取賈赦回衙。裡頭那些查抄的人聽得北靜王到，俱一齊出來，及聞趙堂官走了，大家沒趣，只得侍立聽候。北靜王便揀選兩個誠實司官並十來個老年番役，餘者一概逐出。

西平王便說：「我正與老趙生氣。幸得王爺到來降旨；不然，這裡很吃大虧。」北靜王說：「我在朝內聽見王爺奉旨查抄賈宅，我甚放心，諒這裡不致茶毒。不料老趙這麼混賬。但不知現在政老及寶玉在那裡？裡面不知鬧到怎麼樣了？」眾人回稟：「賈政等在下房看守著，裡面已抄得亂騰騰的了。」西平王便吩咐司員：「快將賈政帶來問話。」眾人領命，帶了上來。賈政跪了請安，不免含淚乞恩。北靜王便起身拉著，說：「政老放心。」便將旨意說了。賈政感激涕零，望北又謝了恩，仍上來聽候。王爺道：「政老，方才老趙在這裡的時候，番役呈稟有禁用之物並重利欠票，我們也難掩過。這禁用之物，原辦進貴妃用的，我們聲明，也無礙。獨是借券，想個什麼法兒才好。如今政老且帶司員實在將赦老家產呈出，也就了事；切不可再有隱匿，自干罪戾。」賈政答應道：「犯官再不敢。但犯官祖父遺產並未分過，惟各人所住的房屋有的東西便為己有。」兩王便說：「這也無妨，惟將赦老那一邊所有的交出就是了。」又吩咐司員等依命行去，不許胡混亂動。司官領命去了。

且說賈母那邊女眷也擺家宴。王夫人正在那邊說：「寶玉不到外頭，恐他老子生氣。」鳳姐帶病哼哼唧唧的說：「我看寶玉也不是怕人，他見前頭陪客的人也不少了，所以在這裡照應，也是有的。倘或老爺想起裡頭少個人在那裡照應，太太便把寶兄弟獻出去，可不是好？」賈母笑道：「鳳丫頭病到這地位，這張嘴還是那麼尖巧。」正說到高興，只聽見邢夫人那邊的人一直聲的嚷進來說：「老太太、太太！不……不好了！多多少少的穿靴帶帽的強……強盜來了！翻箱倒籠的來拿東西！」賈母等聽著發呆。又見平兒披頭散髮，拉著巧姐，哭啼啼的來說：「不好了，我正與姐兒吃飯，只見來旺被人拴著進來說：『姑娘快快傳進去，請太太們迴避，外面王爺就進來查抄家產！』我聽了著忙，正要進房拿要緊東西，被一夥人渾推渾趕出來的。咱們這裡該穿該帶的快快收拾。」王、邢二夫人等聽得，俱魂飛天外，不知怎樣才好。獨見鳳姐先前圓睜兩眼聽著，後來便一仰身栽到地下死了。賈母沒有聽完，便嚇得涕淚交流，連話也說不出來。那時一屋子人拉那個，扯那個，正鬧得翻天覆地，又聽見一疊聲嚷說：「叫裡面女眷們迴避，王爺進來了！」

　　可憐寶釵、寶玉等正在沒法，只見地下這些丫頭、婆子亂抬亂扯的時候，賈璉喘吁吁的跑進來說：「好了，好了！幸虧王爺救了我們了！」眾人正要問他，賈璉見鳳姐死在地下，哭著亂叫；又怕老太太嚇壞了，急得死去活來。還虧平兒將鳳姐叫醒，令人扶著。老太太也回過氣來，哭得氣短神昏，躺在炕上。李紈再三寬慰。然後賈璉定神，將兩王恩典說明，惟恐賈母、邢夫人知道賈赦被拿，又要唬死，暫且不敢明說，只得出來照料自己屋內。

　　一進屋門，只見箱開櫃破，物件搶得半空。此時急得兩眼直豎，淌淚發呆。聽見外頭叫，只得出來。見賈政同司員登記物件，一人報說：「赤金首飾共一百二十三件，珠寶俱全。珍珠十三掛、淡金盤二件、金碗二對、金搶碗⑦二個、金匙四十把、銀大碗八十個、銀盤二十個、三鑲金象牙筯二把、鍍金執壺四把、鍍金折盂⑧三對、茶托二件、銀碟七十六件、銀酒杯三十六個。黑狐皮十八張、青狐六張、貂皮三十六張、黃狐三十張、猞猁猻皮十二張、麻葉皮⑨三張、洋灰皮六十張、灰狐腿皮四十張、醬色羊皮二十張、猢狸皮二張、黃狐腿二把、小白狐皮二十塊、洋呢三十度⑩、畢嘰二十三度、姑絨十二度、香鼠筒子⑪十件、豆鼠皮四方、天鵝絨一卷、梅鹿皮一方、雲狐⑫筒子二件、貉崽皮一卷、鴨皮⑬七把、灰鼠⑭一百六十張、獾子皮八張、虎皮六張、海豹三張、海龍十六張、灰色羊四十把、黑色羊皮六十三張、元狐帽沿十副、倭刀⑮帽沿十二副、貂帽沿二副、小狐皮十六張、江貉皮⑯二張、獺子皮二張、貓皮三十五張、倭股⑰十二度、綢緞一百三十卷、紗綾一百八十一卷、羽線縐⑱三十二卷、氆氌⑲三十卷、妝

---

⑦金搶碗——即槍金碗。在碗盤等器物上鑲嵌金花紋叫槍金，也作戧金。

⑧折盂——舊時用來承接飯後漱口水的小盂。「折」在這裡讀ㄓㄜˊ。

⑨麻葉皮——一種粗的草狐皮，又叫「芝麻葉子」。

⑩度——度尺。古代稱黍百粒橫排起來的長度為一度尺，等於清代營造尺的八寸一分。

⑪香鼠筒子——香鼬皮衣料。香鼬分布在我國東北部、中部和南部，皮毛珍貴。

⑫雲狐——用狐腦門和狐股兩處皮毛拼成的皮衣料，毛色呈雲紋，故名。

⑬鴨皮——用野鴨頭部綠色皮毛拼成，次於雀金呢。

⑭灰鼠——又叫「鼲」（音ㄏㄨㄣˊ），產於吉林山區，皮毛珍貴。

⑮倭刀——青狐的別稱，又作「窩刀」，毛色兼黑黃，貴重次於元（玄）狐。

⑯江貉皮——毛短色深，做帽檐或袖頭用。

蟒緞八卷、葛布三捆、各色布三捆、各色皮衣一百三十二件、棉夾單紗絹衣三百四十件。玉玩三十二件、帶頭⑳九副、銅錫等物五百餘件、鐘表十八件、朝珠㉑九掛、各色妝蟒三十四件、上用蟒緞迎手靠背三分、宮妝衣裙八套、脂玉㉒圈帶一條、黃緞十二卷。潮銀㉓五千二百兩、赤金五十兩、錢七千吊。」一切動用傢伙攢釘㉔登記，以及榮國賜第，俱一一開列，其房地契紙，家人文書，亦俱封裹。

賈璉在旁邊竊聽，只不聽見報他的東西，心裡正在疑惑。只聞兩家王爺問賈政道：「所抄家資，內有借券，實係盤剝，究是誰行的？政老據實才好。」賈政聽了，跪在地下碰頭說：「實在犯官不理家務，這些事全不知道。問犯官侄兒賈璉才知。」賈璉連忙走上，跪下稟說：「這一箱文書既在奴才屋內抄出來的，敢說不知道麼？只求王爺開恩，奴才叔叔並不知道的。」兩王道：「你父已經獲罪，只可並案辦理。你今認了，也是正理。如此，叫人將賈璉看守，餘俱散收宅內。政老，你須小心候旨。我們進內覆

⑰倭股——日本緞。
⑱羽線縐——用毛線按織縐法織成的料子。「縐」是一種帶自然縐紋的絲織品。
⑲氆氌——音ㄆㄨˇ ㄌㄨˇ，藏族生產的一種羊毛織品，也可做鋪墊等。
⑳帶頭——舊時袍外所繫腰帶一端的扣頭，常鑲以金玉等飾物。
㉑朝珠——清制，具有某種品級或職務的官員，項上掛一〇八顆佛珠，叫做「朝珠」，是特定官服的一部分。
㉒脂玉——產於新疆和闐，潔白如羊脂，又叫「羊脂玉」。
㉓潮銀——成色不好或重新回爐熔煉過的銀子。
㉔攢釘——鑽孔裝釘；這裡是將一頁頁的清單或賬目裝釘成冊。

旨去了，這裡有官役看守。」說著，上轎出門。賈政等就在二門跪送。北靜王把手一伸，說：「請放心。」覺得臉上大有不忍之色。

此時賈政魂魄方定，猶是發怔。賈蘭便說：「請爺爺進內瞧老太太，再想法兒打聽東府裡的事。」賈政疾忙起身進內。只見各門上婦女亂糟糟的，不知要怎樣。賈政無心查問，一直到賈母房中，只見人人淚痕滿面，王夫人、寶玉等圍住賈母，寂靜無言，各各掉淚。惟有邢夫人哭作一團。因見賈政進來，都說：「好了，好了！」便告訴老太太說：「老爺仍舊好好的進來，請老太太安心罷。」賈母奄奄一息的，微開雙目說：「我的兒，不想還見得著你！」一聲未了，便嚎啕的哭起來。於是滿屋裡人俱哭個不住。賈政恐哭壞老母，即收淚說：「老太太放心罷。本來事情原不小，蒙主上天恩，兩位王爺的恩典，萬般軫恤㉕。就是大老爺暫時拘質，等問明白了，主上還有恩典。如今家裡一些也不動了。」賈母見賈赦不在，又傷心起來，賈政再三安慰方止。

眾人俱不敢走散，獨邢夫人回至自己那邊，見門總封鎖，丫頭、婆子亦鎖在幾間屋內。邢夫人無處可走，放聲大哭起來，只得往鳳姐那邊去。見二門旁舍亦上封條，惟有屋門開著，裡頭嗚咽不絕。邢夫人進去，見鳳姐面如紙灰，合眼躺著，平兒在旁暗哭。邢夫人打諒鳳姐死了，又哭起來。平兒迎上來說：「太太不要哭。奶奶抬回來，覺著像是死的了，幸得歇息一回，蘇過來，哭了幾聲，如今痰息氣定，略安一安神。太太也請定定神罷。但不知老太太怎樣了？」邢夫人也不答言，仍走到賈母那邊。見眼前俱

㉕軫恤——同情、憐憫。軫，音ㄓㄣˇ，傷痛、憐憫。

聯經出版事業公司校印

是賈政的人，自己夫子被拘，媳婦病危，女兒受苦，現在身無所歸，那裡禁得住？眾人勸慰。李紈等令人收拾房屋，請邢夫人暫住，王夫人撥人伏侍。

賈政在外，心驚肉跳，拈鬚搓手的等候旨意。聽見外面看守軍人亂嚷道：「你到底是那一邊的？既碰在我們這裡，就記在這裡冊上。拴著他，交給裡頭錦衣府的爺們！」賈政出外看時，見是焦大，便說：「怎麼跑到這裡來？」焦大見問，便號天蹈地的哭道：「我天天勸，這些不長進的爺們，倒拿我當作冤家！連爺還不知道焦大跟著太爺受的苦！今朝弄到這個田地！珍大爺、蓉哥兒都叫什麼王爺拿了去了，裡頭女主兒們都被什麼府裡衙役搶得披頭散髮，擉㉖在一處空房裡，那些不成材料的狗男女卻像豬狗似的攔起來了；所有的都抄出來擱著，木器釘得破爛，磁器打得粉碎。他們還要把我拴起來。我活了八九十歲，只有跟著太爺捆人的，那裡倒叫人捆起來！我便說我是西府裡，就跑出來。那些人不依，押到這裡，不想這裡也是那麼著。我如今也不要命了，和那些人拚了罷！」說著撞頭。眾役見他年老，又是兩王吩咐，不敢發狠，便說：「你老人家安靜些，這是奉旨的事。你且這裡歇歇，聽個信兒再說。」賈政聽明，雖不理他，但是心裡刀絞似的，便道：「完了，完了，不料我們一敗塗地如此！」

正在著急聽候內信，只見薛蝌氣噓噓的跑進來說：「好容易進來了！姨父在那裡？」賈政道：「來得好！但是外頭怎麼放進來的？」薛蝌道：「我再三央說，又許他們錢，所以我才能夠出入的。」賈政便將抄去之事告訴了他，便煩去打聽打聽，「就有好親，在火頭上，也不便送信，是你就好通信了。」

㉖擉——音ㄔㄨㄛ，同戳，這裡是豎立、站的意思。

薛蝌道：「這裡的事，我倒想不到；那邊東府的事我已聽見說，完了。」賈政道：「究竟犯什麼事？」薛蝌道：「今朝為我哥哥打聽決罪的事，在衙內聞得，有兩位御史風聞得珍大爺引誘世家子弟賭博，這款還輕；還有一大款是強占良民妻女為妾，因其女不從，凌逼致死。那御史恐怕不準，還將咱們家的鮑二拿去，又還拉出一個姓張的來。只怕連都察院都有不是，為的是姓張的曾告過的。」賈政尚未聽完，便跺腳道：「了不得！罷了，罷了！」嘆了一口氣，撲簌簌的掉下淚來。

薛蝌寬慰了幾句，即便又出來打聽去了。隔了半日，仍舊進來，說：「事情不好。我在刑科打聽，倒沒有聽見兩王覆旨的信，但聽得說李御史今早參奏平安州奉承京官，迎合上司，虐害百姓，好幾大款。」賈政慌道：「那管他人的事！到底打聽我們的怎麼樣？」薛蝌道：「說是平安州，就有我們，那參的京官就是赦老爺。說的是包攬詞訟㉗，所以火上澆油。就是同朝這些官府，俱藏躲不迭，誰肯送信？就即如才散的這些親友，有的竟回家去了，也有遠遠兒的歇下打聽的。可恨那些貴本家便在路上說：『祖宗撇下的功業，弄出事來了，不知道飛到那個頭上，大家也好施威㉘。……』」賈政沒有聽完，復又頓足道：「都是我們大老爺忒糊塗！東府也忒不成事體！如今老太太與璉兒媳婦是死是活，還不知道呢。你再打聽去，我到老太太那邊瞧瞧。若有信，能夠早一步才好。」正說著，聽見裡頭亂嚷出來說：「老太太不好了！」急得賈政即忙進去。未知生死如何，下回分解。

㉗包攬詞訟——官員、地主、惡霸等勾結官吏，替別人打官司，從中謀取不義之財。詞訟，打官司。

㉘施威——即「施展」，利用機會撈一把財物、利益等。

第一百六回　王熙鳳致禍抱羞慚　賈太君禱天消禍患

話說賈政聞知賈母危急，即忙進去看視。見賈母驚嚇氣逆，王夫人、鴛鴦等喚醒回來，即用疏氣安神的丸藥服了，漸漸的好些，只是傷心落淚。賈政在旁勸慰，總說是：「兒子們不肖，招了禍來，累老太太受驚。若老太太寬慰些，兒子們尚可在外料理；若是老太太有什麼不自在，兒子們的罪孽更重了。」賈母道：「我活了八十多歲，自作女孩兒起，到你父親手裡，都托著祖宗的福，從沒有聽見過那些事。如今到老了，見你們倘或受罪，叫我心裡過得去麼！倒不如合上眼，隨你們去罷了！」說著，又哭。

賈政此時著急異常，又聽外面說：「請老爺，內廷有信。」賈政急忙出來，見是北靜王府長史，一見面便說：「大喜！」賈政謝了，請長史坐下，「請問王爺有何諭旨？」那長史道：「我們王爺同西平郡王進內覆奏，將大人的懼怕的心、感激天恩之話都代奏了。主上甚是憫恤，並念及貴妃溘逝①未久，

①溘逝——忽然死亡。溘，音ㄎㄜˋ，忽然。

聯經出版事業公司校印

不忍加罪，著加恩仍在工部員外上行走。所封家產，惟將賈赦的入官，餘俱給還。並傳旨令盡心供職。惟抄出借券，令我們王爺查核，如有違禁重利的，一概照例入官；其在定例生息的，同房地文書，盡行給還。賈璉著革去職銜，免罪釋放。」賈政聽畢，即起身叩謝天恩，又拜謝王爺恩典。「先請長史大人代為稟謝，明晨到闕②謝恩，並到府裡磕頭。」那長史去了。少停，傳出旨來，承辦官遵旨一一查清，入官者入官，給還者給還，將賈璉放出，所有賈赦名下男婦人等造冊入官。

可憐賈璉屋內東西除將按例放出的文書發給外，其餘雖未盡入官的，早被查抄的人盡行搶去，所存者只有傢伙物件。賈璉始則懼罪，後蒙釋放，已是大幸，及想起歷年積聚的東西並鳳姐的體己不下七八萬金，一朝而盡，怎得不痛？且他父親現禁在錦衣府，鳳姐病在垂危，一時悲痛。又見賈政含淚叫他問道：「我因官事在身，不大理家，故叫你們夫婦總理家事。你父親所為，固難勸諫，那重利盤剝，究竟是誰幹的？況且非咱們這樣人家所為。如今入了官，在銀錢，是不打緊的，這種聲名出去還了得嗎！」賈璉跪下說道：「侄兒辦家事，並不敢存一點私心。所有出入的賬目，自有賴大、吳新登、戴良等登記，老爺只管叫他們來查問。現在這幾年，庫內的銀子出多入少，雖沒貼補在內，已在各處做了好些空頭，求老爺問太太就知道了。這些放出去的賬，連侄兒也不知道那裡的銀子，要問周瑞、旺兒才知道。」賈政道：「據你說來，連你自己屋裡的事還不知道，那些家中上下的事更不知道了！我這回也不來查問你。現今你無事的人，你父親的事和你珍大哥的事，還不快去打聽打聽。」賈璉一心委屈，含著眼淚，答應

②闕——音ㄑㄩㄝˋ，宮闕，帝王的住所，朝廷。

聯經出版事業公司 校印

了出去。

賈政嘆氣連連的想道：「我祖父勤勞王事，立下功勛，得了兩個世職，如今兩房犯事，都革去了。我瞧這些子侄沒一個長進的。老天啊，老天啊！我賈家何至一敗如此！我雖蒙聖恩格外垂慈，給還家產，那兩處食用，自應歸並一處，叫我一人那裡支撐的住？方才璉兒所說，更加詫異，說不但庫上無銀，而且尚有虧空，這幾年竟是虛名在外。只恨我自己為什麼糊塗若此？倘或我珠兒在世，尚有膀臂；寶玉雖大，更是無用之物。」想到那裡，不覺淚滿衣襟。又想：「老太太偌大年紀，兒子們並沒有自能奉養一日，反累他嚇得死去活來。種種罪孽，叫我委之何人！」

正在獨自悲切，只見家人稟報各親友進來看候。賈政一一道謝，說起：「家門不幸，是我不能管教子侄，所以至此。」有的說：「我久知令兄赦大老爺行事不妥，那邊珍哥更加驕縱。若說因官事錯誤，得個不是，於心無愧。如今自己鬧出的，倒帶累了二老爺。」有的說：「人家鬧的也多，也沒見御史參奏。不是珍老大得罪朋友，何至如此！」有的說：「也不怪御史，我們聽見說是府上的家人同幾個泥腿③在外頭哄嚷出來的。御史恐參奏不實，所以誆了這裡的人去，才說出來的。我想府上待下人最寬的，為什麼還有這事？」有的說：「大凡奴才們是一個養活不得的。今兒在這裡都是好親友，我才敢說。就是尊駕在外任，我保不得——你是不愛錢的，——那外頭的風聲也不好，都是奴才們鬧的。你該提防些。如今雖說沒有動你的家，倘或再遇著主上疑心起來，好些不便呢。」賈政聽說，心下著忙道：「眾位聽

③泥腿——無賴、流氓。

見我的風聲怎樣？」眾人道：「我們雖沒聽見實據，只聞外面人說你在糧道任上怎麼叫門上家人要錢。」賈政聽了，便說道：「我是對得天的，從不敢起這要錢的念頭。只是奴才在外招搖撞騙，鬧出事來，我就吃不住了。」眾人道：「如今怕也無益，只好將現在的管家們都嚴嚴的查一查，若有抗主的奴才，查出來嚴嚴的辦一辦。」

賈政聽了點頭。便見門上進來回稟說：「孫姑爺那邊打發人來說，自己有事不能來，著人來瞧瞧。說大老爺該他一種銀子，要在二老爺身上還的。」賈政心內憂悶，只說：「知道了。」眾人都冷笑道：「人說令親孫紹祖混賬，真有些。如今丈人抄了家，不但不來瞧看幫補照應，倒趕忙的來要銀子，真真不在理上！」賈政道：「如今且不必說他。那頭親事原是家兄配錯的，我的侄女兒的罪已經受夠了，如今又招我來。」正說著，只見薛蝌進來說道：「我打聽錦衣府趙堂官必要照御史參的辦去，只怕大老爺和珍大爺吃不住。」眾人都道：「二老爺，還得是你出去求求王爺，怎麼挽回挽回才好。不然，這兩家就完了。」賈政答應致謝，眾人都散。

那時天已點燈時候，賈政進去請賈母的安，見賈母略略好些。回到自己房中，埋怨賈璉夫婦不知好歹，如今鬧出放賬取利的事情，大家不好。方見鳳姐所為，心裡很不受用。鳳姐現在病重，知他所有什物盡被抄搶一光，心內鬱結，一時未便埋怨，暫且隱忍不言。一夜無話。次早，賈政進內謝恩，並到北靜王府、西平王府兩處叩謝，求兩位王爺照應他哥哥、侄兒。兩位應許。賈政又在同寅④相好處托情。

---

④同寅——同官、同僚。寅，敬畏；同寅，同心敬畏（其官事、職務等）。

且說賈璉打聽得父兄之事不很妥，無法可施，只得回到家中。平兒守著鳳姐哭泣，秋桐在耳房中抱怨鳳姐。賈璉走近旁邊，見鳳姐奄奄一息，就有多少怨言，一時也說不出來。平兒哭道：「如今事已如此，東西已去，不能復來。奶奶這樣，還得再請個大夫調治調治才好。」賈璉啐道：「我的性命還不保，我還管他麼！」鳳姐聽見，睜眼一瞧，雖不言語，那眼淚流個不盡。見賈璉出去，便與平兒道：「你別不達事務了。到了這樣田地，你還顧我做什麼？我巴不得今兒就死才好！只要你能夠眼裡有我，我死之後，你扶養大了巧姐兒，我在陰司裡也感激你的。」平兒聽了，放聲大哭。鳳姐道：「你也是聰明人。他們雖沒有來說我，他必抱怨我。雖說事是外頭鬧的，我若不貪財，如今也沒有我的事，不但是枉費心計，掙了一輩子的強，如今落在人後頭！我只恨用人不當。恍惚聽得那邊珍大爺的事，說是強占良民妻子為妾，不從逼死，有個姓張的在裡頭，你想想還有誰？若是這件事審出來，咱們二爺是脫不了的，我那時怎樣見人？我要即時就死，又耽不起吞金服毒的。你倒還要請大夫，可不是你為顧我，反倒害了我了麼？」平兒愈聽愈慘，想來實在難處，恐鳳姐自尋短見，只得緊緊守著。

幸賈母不知底細，因近日身子好些，又見賈政無事，寶玉、寶釵在旁，天天不離左右，略覺放心。素來最疼鳳姐，便叫鴛鴦：「將我體己東西拿些給鳳丫頭，再拿些銀錢交給平兒，好好的伏侍好了鳳丫頭，我再慢慢的分派。」又命王夫人照看了邢夫人。又加了寧國府第入官，所有財產、房地等並家奴等俱造冊收盡，這裡賈母命人將車接了尤氏婆媳等過來。可憐赫赫寧府，只剩得他們婆媳兩個並佩鳳、偕鸞二人，連一個下人沒有。賈母指出房子一所居住，就在惜春所住的間壁。又派了婆子四人、丫頭兩個伏侍。一應飯食起居在大廚房內分送，衣裙什物又是賈母送去，零星需用亦在賬房內開銷，俱照榮府每人月例之數。

那賈赦、賈珍、賈蓉在錦衣府使用，賬房內實在無項可支。如今鳳姐一無所有，賈璉況又多債務滿身，賈政不知家務，只說：「已經托人，自有照應。」賈璉無計可施，想到那親戚裡頭，薛姨媽家已敗，王子騰已死，餘者親戚雖有，俱是不能照應，只得暗暗差人下屯，將地畝暫賣了數千金，作為監中使費。賈璉如此一行，那些家奴見主家勢敗，也便趁此弄鬼，並將東莊租稅也就指名借用些。此是後話，暫且不提。

且說賈母見祖宗世職革去，現在子孫在監質審，邢夫人、尤氏等日夜啼哭，鳳姐病在垂危，雖有寶玉、寶釵在側，只可解勸，不能分憂，所以日夜不寧，思前想後，眼淚不乾。一日傍晚，叫寶玉回去，自己扎掙坐起，叫鴛鴦等各處佛堂上香；又命自己院內焚起斗香，用拐拄著，出到院中，琥珀知是老太太拜佛，鋪下大紅短毡拜墊。賈母上香跪下，磕了好些頭，念了一回佛，含淚祝告天地道：「皇天菩薩在上：我賈門史氏，虔誠禱告，求菩薩慈悲。我賈門數世以來，不敢行兇霸道。我幫夫助子，雖不能為善，亦不敢作惡。必是後輩兒孫驕侈暴佚，暴殄天物，以致合府抄檢。現在兒孫監禁，自然凶多吉少，皆由我一人罪孽，不教兒孫，所以至此。我今即求皇天保佑：在監逢凶化吉，有病的早早安身。總有合家罪孽，情願一人承當，只求饒恕兒孫。若皇天見憐，念我虔誠，早早賜我一死，寬免兒孫之罪。」默默說到此，不禁傷心，嗚嗚咽咽的哭泣起來。鴛鴦、珍珠一面解勸，一面扶進房去。

只見王夫人帶了寶玉、寶釵，過來請晚安，見賈母悲傷，三人也大哭起來。寶釵更有一層苦楚：想哥哥也在外監，將來要處決，不知可減緩否；翁姑雖然無事，眼見家業蕭條；寶玉依然瘋傻，毫無志氣。想到後來終身，更比賈母、王夫人哭得更痛。寶玉見寶釵如此大慟，他亦有一番悲戚，想的是：「老太太年老不得安，老爺、太太見此光景不免悲傷；眾姊妹風流雲散，一日少似一日。追想在園中吟詩起社，何等熱鬧，自從林妹妹一死，我鬱悶到今，又有寶姐姐過來，未便時常悲切。」見他憂兄思母，日夜難得笑容，今見他悲哀欲絕，心裡更加不忍，竟嚎啕大哭。鴛鴦、彩雲、鶯兒、襲人見他們如此，也各有所思，便也嗚咽起來。餘者丫頭們看得傷心，也便陪哭，竟無人解慰。滿屋中哭聲驚天動地，將外頭上夜婆子嚇慌，急報於賈政知道。那賈政正在書房納悶，聽見賈母的人來報，心中著忙，飛奔進內。遠遠聽得哭聲甚眾，打諒老太太不好，急得魂魄俱喪。疾忙進來，只見坐著悲啼，神魂方定，說是：「老太太傷心，你們該勸解，怎麼的齊打夥兒哭起來了？」眾人聽得賈政聲氣，急忙止哭，大家對面發怔。賈政上前安慰了老太太，又說了眾人幾句。各自心想道：「我們原恐老太太悲傷，故來勸解，怎麼忘情，大家痛哭起來？」

正自不解，只見老婆子帶了史侯家的兩個女人進來，請了賈母的安，又向眾人請安畢，便說：「我們家老爺、太太、姑娘打發我來，說：聽見府裡的事，原沒有什麼大事，不過一時受驚。恐怕老爺、太太煩惱，叫我們過來告訴一聲，說：這裡二老爺是不怕的了。我們姑娘本要自己來的，因不多幾日就要出閣，所以不能來了。」賈母聽了，不便道謝，說：「你回去給我問好。這是我們的家運合該如此。承你老爺、太太惦記，過一日再來奉謝。你家姑娘出閣，想來你們姑爺是不用說的了。他們的家計如何？」兩個女人回道：「家計倒不怎麼著，只是姑爺長的很好，為人又和平。我們見過好幾次，看來與這裡寶二爺差不多，還聽得說，才情、學問都好的。」賈母聽了，喜歡道：「咱們都是南邊人，雖在這裡住久了，那些大規矩還是從南方禮兒，所以新姑爺我們都沒見過。我前兒還想起我娘家的人來，最疼的就是你們家姑娘，一年三百六十天，在我跟前的日子倒有二百多天，混得這麼大了。我原想給他說個好女婿，又為他叔叔不在家，我又不便作主。他既造化配了個好姑爺，我也放心。月裡出閣，我原想過來吃杯喜酒的，不料我家鬧出這樣事來，我的心就像在熱鍋裡熬的似的，那裡能夠再到你們家去。你回去說我問好，我們這裡的人，都說請安問好。你替另告訴你家姑娘，不要將我放在心裡。我是八十多歲的人了，就死也算不得沒福的了。只願他過了門，兩口子和順，百年到老，我便安心了。」說著，不覺掉下淚來。那女人道：「老太太也不必傷心。姑娘過了門，等回了九，少不得同姑爺過來請老太太的安，那時老太太見了才喜歡呢。」賈母點頭。

那女人出去。別人都不理論，只有寶玉聽了發了一回怔，心裡想道：「如今一天一天的都過不得了。為什麼人家養了女兒，到大了必要出嫁？一出了嫁就改變。史妹妹這樣一個人，又被他叔叔硬壓著配人了。他將來見了我，必是又不理我了。我想一個人到了這個沒人理的分兒，還活著做什麼？」想到那裡，又是傷心。見賈母此時才安，又不敢哭泣，只是悶悶的。

一時賈政不放心，又進來瞧瞧老太太，見是好些，便出來傳了賴大，叫他將合府裡管事家人的花名冊子拿來，一齊點了一點：除去賈赦入官的人，尚有三十餘家，共男女二百十二名。賈政叫現在府內當差的男人共二十一名進來，問起歷年居家用度，共有若干進來，該用若干出去。那管總的家人將近來支用簿子呈上。賈政看時，所入不敷所出，又加連年宮裡花用，賬上有在外浮借⑤的也不少。再查東省地租，近年所交不及祖上一半，如今用度比祖上更加十倍。賈政不看則已，看了急得跺腳道：「這了不得！我打量雖是璉兒管事，在家自有把持，豈知好幾年頭裡已就『寅年用了卯年』的，還是這樣裝好看！竟把世職俸祿當作不打緊的事情，為什麼不敗呢？我如今要就省儉起來，已是遲了。」想到那裡，背著手踱來踱去，竟無方法。

眾人知賈政不知理家，也是白操心著急，便說道：「老爺也不用焦心，這是家家這樣的。若是統總算起來，連王爺家還不夠。不過是裝著門面，過到那裡就到那裡。如今老爺到底得了主上的恩典，才有這點子家產，若是一並入了官，老爺就不用過了不成？」賈政嗔道：「放屁！你們這班奴才最沒有良心的！仗著主子好的時候，任意開銷；到弄光了，走的走，跑的跑，還顧主子的死活嗎？如今你們道是沒有查封是好，那知道外頭的名聲？大本兒都保不住，還擱得住你們在外頭支架子，說大話，誆人騙人？到鬧出事來，望主子身上一推就完了。如今大老爺與珍大爺的事，說是咱們家人鮑二在外傳播的，我看這人口冊上並沒有鮑二，這是怎麼說？」眾人回道：「這鮑二是不在冊檔上的。先前在寧府冊上，為二爺見他老實，把他們兩口子叫過來了。及至他女人死了，他又回寧府去。後來老爺衙門有事，老太太、太太們、爺們往陵上去，珍大爺替理家事，帶過來的，以後也就去了。老爺數年不管家事，那裡知道這些事來？老爺打量冊上沒有名字的就只有這個人，不知一個人手下親戚們也有，奴才還有奴才呢！」賈政道：「這還了得！」想去一時不能清理，只得喝退眾人，早打了主意在心裡了，且聽賈赦等事審得怎

⑤浮借——暫記的借款，這裡說明經常借款。浮，暫時。

聯經出版事業公司校印

樣再定。

一日，正在書房籌算，只見一人飛奔進來說：「請老爺快進內廷問話。」賈政聽了，心下著忙，只得進去。未知凶吉，下回分解。

第一百七回　散餘資賈母明大義　復世職政老沐天恩

話說賈政進內，見了樞密院各位大人，又見了各位王爺。北靜王道：「今日我們傳你來，有遵旨問你的事。」賈政即忙跪下。眾大人便問道：「你哥哥交通外官、恃強凌弱、縱兒聚賭、強占良民妻女不遂逼死的事，你都知道麼？」賈政回道：「犯官自從主恩欽點學政，任滿後查看賑恤，於上年冬底回家，又蒙堂派工程，後又往江西監道，題參回都，仍在工部行走，日夜不敢怠惰。一應家務並未留心伺察，實在糊塗，不能管教子侄，這就是辜負聖恩。亦求主上重重治罪。」北靜王據說轉奏。

不多時，傳出旨來。北靜王便述道：「主上因御史參奏賈赦交通外官，恃強凌弱。——據該御史指出平安州互相往來，賈赦包攬詞訟。——嚴鞫①賈赦，據供平安州原係姻親來往，並未干涉官事。該御史亦不能指實。惟有倚勢強索石呆子古扇一款是實的，然係玩物，究非強索良民之物可比。雖石呆子自

①鞫——音ㄐㄩˊ，審訊、查問。

聯經出版事業公司校印

盡，亦係瘋傻所致，與逼勒致死者有間②。今從寬將賈赦發往臺站③效力贖罪。所參賈珍強占良民妻女為妾不從逼死一款，提取都察院原案，看得尤二姐實係張華指腹為婚未娶之妻，因伊貧苦自願退婚，尤二姐之母願給賈珍之弟為妾，並非強占。再尤三姐自刎掩埋並未報官一款，查尤三姐原係賈珍妻妹，本意為伊擇配，因被逼索定禮，眾人揚言穢亂，以致羞忿自盡，並非賈珍逼勒致死。但身係世襲職員，罔知法紀，私埋人命，本應重治，念伊究屬功臣後裔，不忍加罪，亦從寬革去世職，派往海疆效力贖罪。賈蓉年幼無干，省釋④。賈政實係在外任多年，居官尚屬勤慎，免治伊治家不正之罪。」

賈政聽了，感激涕零，叩首不及；又叩求王爺代奏下忱⑤。北靜王道：「你該叩謝天恩，更有何奏？」賈政道：「犯官仰蒙聖恩，不加大罪，又蒙將家產給還，實在捫心惶愧，願將祖宗遺受重祿積餘置產，一並交官。」北靜王道：「主上仁慈待下，明慎用刑，賞罰無差。如今既蒙莫大深恩，給還財產，你又何必多此一奏？」眾官也說不必。賈政便謝了恩，叩謝了王爺出來。恐賈母不放心，急忙趕回。

上下男女人等不知傳進賈政是何吉凶，都在外頭打聽，一見賈政回家，都略略的放心，也不敢問。只見賈政忙忙的走到賈母跟前，將蒙聖恩寬免的事，細細告訴了一遍。賈母雖則放心，只是兩個世職革

②有間——這裡是有區別的意思。間，音ㄐㄧㄢˋ，區別。
③臺站——清代設置在邊遠地區負責軍事上防守、調度的機構，又叫「軍臺」。發往臺站，等於是充軍。
④省釋——釋放。省，這裡是略而不計、免於論處的意思。
⑤下忱——自己的私意、想法，是謙卑的說法。

聯經出版事業公司　校印

去，賈赦又往臺站效力，賈珍又往海疆，不免又悲傷起來。邢夫人、尤氏聽見那話，更哭起來。賈政便道：「老太太放心。大哥雖則臺站效力，也是為國家辦事，不致受苦，只要辦得妥當，就可復職。珍兒正是年輕，很該出力。若不是這樣，便是祖父的餘德，亦不能久享。」說了些寬慰的話。

賈母素來本不大喜歡賈赦，那邊東府賈珍究竟隔了一層，只有邢夫人、尤氏痛哭不已。邢夫人想著：「家產一空，丈夫年老遠出，膝下雖有璉兒，又是素來順他二叔的，如今是都靠著二叔，他兩口子更是順著那邊去了。獨我一人孤苦伶仃，怎麼好？」那尤氏本來獨掌寧府的家計，除了賈珍，也算是惟他為尊，又與賈珍夫婦相和，「如今犯事遠出，家財抄盡，依住榮府，雖則老太太疼愛，終是依人門下。又帶了偕鸞、佩鳳，蓉兒夫婦又是不能興家立業的人。」又想著：「二妹妹、三妹妹俱是璉二叔鬧的，如今他們倒安然無事，依舊夫婦完聚。只留我們幾人，怎生度日？」想到這裡，痛哭起來。賈母不忍，便問賈政道：「你大哥和珍兒現已定案，可能回家？蓉兒既沒他的事，也該放出來了。」賈政道：「若在定例，大哥是不能回家的。我已托人徇個私情，叫我們大老爺同侄兒回家，好置辦行裝，衙門內業已應了。想來蓉兒同著他爺爺、父親一起出來。只請老太太放心，兒子辦去。」

賈母又道：「我這幾年老的不成人了，總沒有問過家事。如今東府是全抄去了，房屋入官不消說的。你大哥那邊、璉兒那裡，也都抄去了。咱們西府銀庫、東省地土，你知道到底還剩了多少？他兩個起身，也得給他們幾千銀子才好。」賈政正是沒法，聽見賈母一問，心想著：「若是說明，又恐老太太著急；若不說明，不用說將來，現在怎樣辦法？」定了主意，便回道：「若老太太不問，兒子也不敢說。如今老太太既問到這裡，現在璉兒也在這裡，昨日兒子已查了：舊庫的銀子早已虛空，不但用盡，外頭還有

聯經出版事業公司校印

虧空。現今大哥這件事，若不花銀托人，雖說主上寬恩，只怕他們爺兒兩個也不大好。就是這項銀子尚無打算。東省的地畝，早已寅年吃了卯年的租兒了，一時也算不轉來，只好盡所有的蒙聖恩沒有動的衣服、首飾折變了，給大哥、珍兒作盤費罷了。過日的事只可再打算。」

賈母聽了，又急得眼淚直淌，說道：「怎麼著？咱們家到了這樣田地了麼？我雖沒有經過，我想起我家向日比這裡還強十倍，也是擺了幾年虛架子，沒有出這樣事，已經塌下來了，不消一二年就完了。據你說起來，咱們竟一兩年就不能支了？」賈政道：「若是這兩個世俸不動，外頭還有些挪移；如今無可指稱⑥誰肯接濟？」說著，也淚流滿面，「想起親戚來，用過我們的，如今都窮了；沒有用過我們的，又不肯照應了。昨日兒子也沒有細查，只看家下的人丁冊子，別說上頭的錢一無所出，那底下的人也養不起許多。」

賈母正在憂慮，只見賈赦、賈珍、賈蓉一齊進來給賈母請安。賈母看這般光景，一隻手拉著賈赦，一隻手拉著賈珍，便大哭起來。他兩人臉上羞慚，又見賈母哭泣，都跪在地下哭著說道：「兒孫們不長進，將祖上功勳丟了，又累老太太傷心，兒孫們是死無葬身之地的了！」滿屋中人看這光景，又一齊大哭起來。賈政只得勸解：「倒先要打算他兩個的使用。大約在家只可住得一兩日，遲則人家就不依了。」老太太含悲忍淚的說道：「你兩個且各自同你們媳婦們說說話兒去罷。」又吩咐賈政道：「這件事是不能久待的，想來外面挪移恐不中用，那時誤了欽限⑦，怎麼好？只好我替你們打算罷了。就是家中如此

⑥指稱——憑借、指望。

亂糟糟的，也不是常法兒。」一面說著，便叫鴛鴦吩咐去了。

這裡賈赦等出來，又與賈政哭泣了一會，都不免將從前任性、過後惱悔、如今分離的話說了一會，各自同媳婦那邊悲傷去了。賈赦年老，倒也拋的下；獨有賈珍與尤氏怎忍分離？賈璉、賈蓉兩個也只有拉著父親啼哭。雖說是比軍流⑧減等，究竟生離死別。這也是事到如此，只得大家硬著心腸過去。

卻說賈母叫邢、王二夫人同了鴛鴦等，開箱倒籠，將做媳婦到如今積攢的東西都拿出來，又叫賈赦、賈政、賈珍等一一的分派。說這裡現有的銀子，交賈赦三千兩，「你拿二千兩去做你的盤費使用，留一千給大太太另用。這三千給珍兒，你只許拿一千去，留下二千交你媳婦過日子。仍舊各自度日，房子是在一處，飯食各自吃罷。四丫頭將來的親事，還是我的事。只可憐鳳丫頭操心了一輩子，如今弄得精光，也給他三千兩，叫他自己收著，不許叫璉兒用。如今他還病得神昏氣喪，叫平兒來拿去。這是你祖父留下來的衣服，還有我少年穿的衣服、首飾，如今我用不著。男的呢，叫大老爺、珍兒、璉兒、蓉兒拿去分了；女的呢，叫大太太、珍兒媳婦、鳳丫頭拿了分去。這五百兩銀子交給璉兒，明年將林丫頭的棺材送回南去。」分派定了，又叫賈政道：「你說現在還該著人的使用，這是少不得的。你叫拿這金子變賣償還。這是他們鬧掉了我的，你也是我的兒子，我並不偏向。寶玉已經成了家，我剩下這些金銀等物，大約還值幾千兩銀子，這是都給寶玉的了。珠兒媳婦向來孝順我，蘭兒也好，我也分給他們些。這便是

⑦欽限——皇帝親定的期限。欽，皇帝親自處理事情的專用語。
⑧軍流——充軍流放。

我的事情完了。」

賈政見母親如此明斷分晰，俱跪下哭著說：「老太太這麼大年紀，兒孫們沒點孝順，承受老祖宗這樣恩典，叫兒孫們更無地自容了！」賈母道：「別瞎說！若不鬧出這個亂兒，我還收著呢。只是現在家人過多，只有二老爺是當差的，留幾個人就夠了。你就吩咐管事的，將人叫齊了，他分派妥當。各家有人便就罷了。譬如一抄盡了，怎麼樣呢？我們裡頭的，也要叫人分派，該配人的配人，賞去的賞去。如今雖說咱們這房子不入官，你到底把這園子交了才好。那些田地原交璉兒清理，該賣的賣，該留的留，斷不要支架子，做空頭。我索性說了罷：江南甄家還有幾兩銀子，二太太那裡收著，該叫人就送去罷。倘或再有點事出來，可不是他們『躲過了風暴又遇了雨』了麼？」賈政本是不知當家立計的人，一聽賈母的話，一一領命，心想：「老太太實在真真是理家的人，都是我們這些不長進的鬧壞了！」

賈政見賈母勞乏，求著老太太歇歇養神。賈母又道：「我所剩的東西也有限，等我死了，做結果我的使用。餘的都給我伏侍的丫頭。」賈政等聽到這裡，更加傷感。大家跪下：「請老太太寬懷。只願兒子們托老太太的福，過了些時，都邀了恩眷，那時兢兢業業的治起家來，以贖前愆⑨，奉養老太太到一百歲的時候。」賈母道：「但願這樣才好，我死了也好見祖宗。你們別打諒我是享得富貴受不得貧窮的人哪！不過這幾年看看你們轟轟烈烈，我落得都不管，說說笑笑，養身子罷了。那知道家運一敗直到這樣！若說外頭好看裡頭空虛，是我早知道的了，只是『居移氣，養移體』⑩，一時下不得臺來。如今借

⑨前愆——從前的罪過。愆，音ㄑㄧㄢ，過失、罪過。

此正好收斂，守住這個門頭，不然，叫人笑話你。你還不知，只打諒我知道窮了，便著急的要死。我心裡是想著祖宗莫大的功勛，無一日不指望你們比祖宗還強，能夠守住也就罷了。誰知他們爺兒兩個做些什麼勾當！」

賈母正自長篇大論的說，只見豐兒慌慌張張的跑來回王夫人道：「今早我們奶奶聽見外頭的事，哭了一場，如今氣都接不上來。平兒叫我來回太太。」豐兒沒有說完，賈母聽見，便問：「到底怎麼樣？」王夫人便代回道：「如今說是不大好。」賈母起身道：「噯！這些冤家，竟要磨死我了！」說著，叫人扶著，要親自看去。賈政即忙攔住，勸道：「老太太傷了好一回的心，又分派了好些事，這會該歇歇。便是孫子媳婦有什麼事，該叫媳婦瞧去就是了，何必老太太親身過去呢？倘或再傷感起來，老太太身上要有一點兒不好，叫做兒子的怎麼處呢？」賈母道：「你們各自出去，等一會子再進來。我還有話說。」賈政不敢多言，只得出來料理兄侄起身的事，又叫賈璉挑人跟去。這裡賈母才叫鴛鴦等派人拿了給鳳姐的東西跟著過來。

鳳姐正在氣厥⑪。平兒哭得眼紅，聽見賈母帶著王夫人、寶玉、寶釵過來，疾忙出來迎接。賈母便問：「這會子怎麼樣了？」平兒恐驚了賈母，便說：「這會子好些。老太太既來了，請進去瞧瞧。」他

---

⑩居移氣，養移體——語出《孟子．盡心》上，意思是：環境可以改變人的氣度，生活條件可以改變人的體質。這裡是養尊處優慣了的意思。

⑪氣厥——因情緒緊張、氣血逆亂而引起的昏厥，即休克。

先跑進去輕輕的揭開帳子。鳳姐開眼瞧著，只見賈母進來，滿心慚愧。先前原打算賈母等惱他，不疼的了，是死活由他的，不料賈母親自來瞧，心裡一寬，覺那擁塞的氣略鬆動些，便要扎掙坐起。賈母叫平兒按著，「不要動，你好些麼？」鳳姐含淚道：「我從小兒過來，老太太、太太怎麼樣疼我！那知我福氣薄，叫神鬼支使的失魂落魄，不能夠在老太太跟前盡點孝心，公婆前討個好。還是這樣把我當人，叫我幫著料理家務，被我鬧的七顛八倒，我還有什麼臉兒見老太太、太太呢？今日老太太、太太親自過來，我更當不起了，恐怕該活三天的又折上了兩天去了！」說著，悲咽。

賈母道：「那些事原是外頭鬧起來的，與你什麼相干？就是你的東西被人拿去，這也算不了什麼呀！我帶了好些東西給你，任你自便。」說著，叫人拿上來給他瞧瞧。鳳姐本是貪得無厭的人，如今被抄盡淨，本是愁苦，又恐人埋怨，正是幾不欲生的時候，今兒賈母仍舊疼他，王夫人也沒嗔怪，過來安慰他，又想賈璉無事，心下安放好些。便在枕上與賈母磕頭，說道：「請老太太放心。若是我的病托著老太太的福好了些，我情願自己當個粗使丫頭，盡心竭力的伏侍老太太、太太罷。」賈母聽他說得傷心，不免掉下淚來。寶玉是從來沒有經過這大風浪的，心下只知安樂，不知憂患的人，如今碰來碰去都是哭泣的事，所以他竟比傻子尤甚，見人哭他就哭。

鳳姐看見眾人憂悶，反倒勉強說幾句寬慰賈母的話，求著：「請老太太、太太回去，我略好些，過來磕頭。」說著，將頭仰起。賈母叫平兒：「好生伏侍。短什麼，到我那裡要去。」說著，帶了王夫人將要回到自己房中。只聽見兩三處哭聲，賈母實在不忍聞見，便叫王夫人散去，叫寶玉：「去見你大爺、大哥，送一送就回來。」自己躺在榻上下淚。幸喜鴛鴦等能用百樣言語勸解，賈母暫且安歇。

不言賈赦等分離悲痛。那些跟去的人，誰是願意的？不免心中抱怨，叫苦連天。正是生離果勝死別，看者比受者更加傷心。好好的一個榮國府，鬧到人嚎鬼哭。賈政最循規矩，在倫常上也講究的，執手分別後，自己先騎馬趕至城外舉酒送行，又叮嚀了好些「國家軫恤勳臣，力圖報稱」的話。賈赦等揮淚分頭而別。

賈政帶了寶玉回家，未及進門，只見門上有好些人在那裡亂嚷，說：「今日旨意：將榮國公世職著賈政承襲。」那些人在那裡要喜錢，門上人和他們分爭，說是：「本來的世職，我們本家襲了，有什麼喜報？」那些人說道：「那世職的榮耀，比任什麼還難得！你們大老爺鬧掉了，想要這個，再不能的了！如今的聖人在位，赦過宥罪，還賞給二老爺襲了，這是千載難逢的，怎麼不給喜錢？」正鬧著，賈政回家，門上回了，雖則喜歡，究是哥哥犯事所致，反覺感極涕零，趕著進內告訴賈母。王夫人正恐賈母傷心，過來安慰，聽得世職復還，自是歡喜。又見賈政進來，賈母拉了說些勤黽⑫報恩的話。獨有邢夫人、尤氏心下悲苦，只不好露出來。

且說外面這些趨炎奉勢的親戚朋友，先前賈宅有事，都遠避不來；今兒賈政襲職，知聖眷尚好，大家都來賀喜。那知賈政純厚性成，因他襲哥哥的職，心內反生煩惱，只知感激天恩。於第二日進內謝恩，到底將賞還府第、園子，備摺奏請入官。內廷降旨不必，賈政才得放心。回家以後，循分供職，但是家計蕭條，入不敷出。賈政又不能在外應酬。

⑫勤黽——勤勞努力。黽，音ㄇㄣˇ，努力。

家人們見賈政忠厚，鳳姐抱病不能理家，賈璉的虧缺一日重似一日，難免典房賣地。府內家人，幾個有錢的，怕賈璉纏擾，都裝窮躲事，甚至告假不來，各自另尋門路。獨有一個包勇，雖是新投到此，恰遇榮府壞事，他倒有些真心辦事，見那些人欺瞞主子，便時常不忿。奈他是個新來乍到的人，一句話也插不上，他便生氣，每天吃了就睡。眾人嫌他不肯隨和，便在賈政前說他終日貪杯生事，並不當差。賈政道：「隨他去罷。原是甄府薦來，不好意思，橫豎家內添這一人吃飯，雖說是窮，也不在他一人身上。」並不叫來驅逐。眾人又在賈璉跟前說他怎樣不好，賈璉此時也不敢自作威福，只得由他。

忽一日，包勇奈不過，吃了幾杯酒，在榮府街上閑逛，見有兩個人說話。那人說道：「你瞧！這麼個大府，前兒抄了家，不知如今怎麼樣了？」那人道：「他家怎麼能敗？聽見說，裡頭有位娘娘是他家的姑娘，雖是死了，到底有根基的。況且我常見他們來往的都是王公侯伯，那裡沒有照應？便是現在的府尹、前任的兵部，是他們的一家，難道有這些人還護庇不來麼？」那人道：「你白住在這裡！別人猶可，獨是那個賈大人更了不得！我常見他在兩府來往，前兒御史雖參了，主子還叫府尹查明實迹再辦。你道他怎麼樣？他本沾過兩府的好處，怕人說他回護一家，他便狠狠的踢了一腳，所以兩府裡才到底抄了。你道如今的世情還了得嗎！」兩人無心說閑話，豈知旁邊有人跟著聽的明白。包勇心下暗想：「天下有這樣負恩的人！但不知是我老爺的什麼人？我若見了他，便打他一個死！鬧出事來，我承當去！」那包勇正在酒後胡思亂想，忽聽那邊喝道而來。包勇遠遠站著。只見那兩人輕輕的說道：「這來的就是那個賈大人了。」包勇聽了，心裡懷恨，趁了酒興，便大聲的道：「沒良心的男女！怎麼忘了我們賈家的恩了？」雨村在轎內聽得一個「賈」字，便留神觀看，見是一個醉漢，便不理會，過去了。

那包勇醉著，不知好歹，便得意洋洋回到府中，問起同伴，知是方才見的那位大人是這府裡提拔起來的。「他不念舊恩，反來踢弄咱們家裡，見了他罵他幾句，他竟不敢答言。」那榮府的人本嫌包勇，只是主人不計較他，如今他又在外闖禍，不得不回，趁賈政無事，便將包勇喝酒鬧事的話回了。賈政此時正怕風波，聽得家人回稟，便一時生氣，叫進包勇罵了幾句，便派去看園，不許他在外行走。那包勇本是直爽的脾氣，投了主子，他便赤心護主，豈知賈政反倒責罵他。他也不敢再辯，只得收拾行李，往園中看守澆灌去了。未知後事如何，下回分解。

第一百八回 強歡笑蘅蕪慶生辰 死纏綿瀟湘聞鬼哭

卻說賈政先前曾將房產並大觀園奏請入官，內廷不收，又無人居住，只好封鎖。因園子接連尤氏、惜春住宅，太覺曠闊無人，遂將包勇罰看荒園。此時賈政理家，又奉了賈母之命，將人口漸次減少，諸凡省儉，尚且不能支持。幸喜鳳姐為賈母疼惜，王夫人等雖則不大喜歡，若說治家辦事，尚能出力，所以將內事仍交鳳姐辦理。但近來因被抄以後，諸事運用①不來，也是每形拮据。那些房頭上下人等原是寬裕慣的，如今較之往日，十去其七，怎能周到？不免怨言不絕。鳳姐也不敢推辭，扶病承歡賈母。

過了些時，賈赦、賈珍各到當差地方，恃有用度，暫且自安，寫書回家，都言安逸，家中不必掛念。於是賈母放心，邢夫人、尤氏也略略寬懷。

---

①運用——這裡是應付、調度的意思。

一日，史湘雲出嫁回門，來賈母這邊請安。賈母提起他女婿甚好，史湘雲也將那裡過日平安的話說了，請老太太放心。又提起黛玉去世，不免大家淚落。賈母又想起迎春苦楚，越覺悲傷起來。史湘雲勸解一回，又到各家請安問好畢，仍到賈母房中安歇。言及：「薛家這樣人家，被薛大哥鬧的家破人亡。今年雖是緩決人犯，明年不知可能減等？」賈母道：「你還不知道呢：昨兒蟠兒媳婦死的不明白，幾乎又鬧出一場大事來。還幸虧老佛爺有眼，叫他帶來的丫頭自己供出來了，那夏奶奶才沒的鬧了，自家攔住相驗。你姨媽這裡才將皮裹肉的②打發出去了。你說說，真真是六親同運③！薛家是這樣了，姨太太守著薛蝌過日，為這孩子有良心，他說哥哥在監裡尚未結局，不肯娶親。你邢妹妹在大太太那邊，也就很苦。琴姑娘為他公公死了尚未滿服，梅家尚未娶去。二太太的娘家舅太爺一死，鳳丫頭的哥哥也不成人；那二舅太爺也是個小氣的，又是官項不清④，也是打饑荒。甄家自從抄家以後，別無信息。」湘雲道：「三姐姐去了，曾有書字回家麼？」賈母道：「自從嫁了去，二老爺回來說，你三姐姐在海疆甚好。只是沒有書信，我也日夜惦記。為著我們家連連的出些不好事，所以我也顧不來。如今四丫頭也沒有給他提親。環兒呢，誰有功夫提起他來？如今我們家的日子比你從前在這裡的時候更苦些。只可憐你寶姐

②將皮裹肉的——馬馬虎虎、勉勉強強的。

③六親同運——指近支親族休戚相關、命運相同；六親；這裡泛指親族間的血緣關係。宗法社會中，往往一人獲罪，九族株連；相反地，一人得寵，雞犬飛升。

④官項不清——公款不清，鬧虧空的意思。

姐，自過了門，沒過一天安逸日子。你二哥哥還是這樣瘋瘋顛顛，這怎麼處呢？」

湘雲道：「我從小兒在這裡長大的，這裡那些人的脾氣，我都知道的。這一回來了，竟都改了樣子了。我打量我隔了好些時沒來，他們生疏我。我細想起來，竟不是的。就是見了我，瞧他們的意思，原要像先前一樣的熱鬧，不知道怎麼，說說就傷心起來了。我所以坐坐就到老太太這裡來了。」賈母道：「如今這樣日子，在我也罷了；你們年輕輕兒的人，還了得！我正要想個法兒，叫他們還熱鬧一天才好，只是打不起這個精神來。」湘雲道：「我想起來了：寶姐姐不是後兒的生日嗎？我多住一天，給他拜過壽，大家熱鬧一天。不知老太太怎麼樣？」賈母道：「我真正氣糊塗了。你不提，我竟忘了。後日可不是他的生日！我明日拿出錢來，給他辦個生日。他沒有定親的時候，倒做過好幾次，如今他過了門，倒沒有做。寶玉這孩子，頭裡很伶俐，很淘氣；如今為著家裡的事不好，把這孩子越發弄的話都沒有了。倒是珠兒媳婦還好。他有的時候是這麼著，沒的時候他也是這麼著，帶著蘭兒靜靜兒的過日子，倒難為他。」湘雲道：「別人還不離，獨有璉二嫂子連模樣兒都改了，說話也不伶俐了。明日等我來引導他們，看他們怎麼樣。但是他們嘴裡不說，心裡要抱怨我，說我有了——」湘雲說到那裡，卻把臉飛紅了。賈母會意，道：「這怕什麼？原來姊妹們都是在一處樂慣了的，說說笑笑，再別要留這些心。大凡一個人，也有罷，沒有也罷，總要受得富貴、耐得貧賤才好。你寶姐姐生來是個大方的人。頭裡他家這樣好，他也一點兒不驕傲；後來他家壞了事，他也是舒舒坦坦的。如今在我家裡，寶玉待他好，他也是那樣安頓；一時待他不好，不見他有什麼煩惱。我看這孩子倒是個有福氣的。你林姐姐，那是個最小性兒又多心的，所以到底不長命。鳳丫頭也見過些事，很不該略見些風波就改了樣子，他若這樣沒見識，也就是小器了。後兒寶丫頭的生日，我替另拿出銀子來，熱熱鬧鬧給他做個生日，也叫他喜歡這一天。」湘雲答應道：「老太太說得很是。索性把那些姊妹們都請來了，大家敘一敘。」賈母道：「自然要請的。」一時高興道：「叫鴛鴦拿出一百銀子來，交給外頭，叫他明日起，預備兩天的酒飯。」鴛鴦領命，叫婆子交了出去。一宿無話。

次日，傳話出去，打發人去接迎春。又請了薛姨媽、寶琴，叫帶了香菱來。又請李嬸娘。不多半日，李紋、李綺都來了。

寶釵本不知道，聽見老太太的丫頭來請，說：「薛姨太太來了，請二奶奶過去呢。」寶釵心裡喜歡，便是隨身衣服過去，要見他母親。只見他妹子寶琴並香菱都在這裡，又見李嬸娘等人也都來了。心想：「那些人必是知道我們家的事情完了，所以來問候的。」便去問了李嬸娘好，見了賈母，然後與他母親說了幾句話，便與李家姊妹們問好。

湘雲在旁說道：「太太們請都坐下，讓我們姊妹們給姐姐拜壽。」寶釵聽了，倒呆了一呆，回來一想：「可不是明日是我的生日嗎？」便說：「妹妹們過來瞧老太太是該的，若說為我的生日，是斷斷不敢的。」正推讓著，寶玉也來請薛姨媽、李嬸娘的安。聽見寶釵自己推讓，他心裡本早打算過寶釵生日，因家中鬧得七顛八倒，也不敢在賈母處提起，今見湘雲等眾人要拜壽，便喜歡道：「明日才是生日，我正要告訴老太太來。」湘雲笑道：「扯臊！老太太還等你告訴？你打量這些人為什麼來？是老太太請的！」寶釵聽了，心下未信，只聽賈母合他母親道：「可憐寶丫頭做了一年新媳婦，家裡接二連三的有事，總沒有給他做過生日。今日我給他做個生日，請姨太太、太太們來，大家說說話兒。」薛姨媽道：「老太太這些時心裡才安，他小人兒家，還沒有孝敬老太太，倒要老太太操心。」湘雲道：「老太太最疼的孫子是二哥哥，難道二嫂子就不疼了麼？況且寶姐姐也配老太太給他做生日。」寶釵低頭不語。寶玉心裡想道：「我只說史妹妹出了閣是換了一個人了，我所以不敢親近他，他也不來理我。如今聽他的話，原是和先前一樣的。為什麼我們那個過了門，更覺得靦覥了，話都說不出來了呢？」

正想著，小丫頭進來說：「二姑奶奶回來了。」隨後李紈、鳳姐都進來，大家廝見一番。迎春提起他父親出門，說：「本要趕來見見，只是他攔著不許來，說是咱們家正是晦氣時候，不要沾染在身上。我扭不過，沒有來，直哭了兩三天。」鳳姐道：「今兒為什麼肯放你回來？」迎春道：「他又說咱們家二老爺又襲了職，還可以走走，不妨事的，所以才放我來。」說著，又哭起來。賈母道：「我原為氣得慌，今日接你們來給孫子媳婦過生日，說說笑笑，解個悶兒。你們又提起這些煩事來，又招起我的煩惱來了。」迎春等都不敢作聲了。

鳳姐雖勉強說了幾句有興的話，終不似先前爽利，招人發笑。賈母心裡要寶釵喜歡，故意的慪鳳姐兒說話。鳳姐也知賈母之意，便竭力張羅，說道：「今兒老太太喜歡些了。你看這些人好幾時沒有聚在一處，今兒齊全。」說著，回過頭去，看見婆婆、尤氏不在這裡，又縮住了口。賈母為著「齊全」兩字，也想邢夫人等，叫人請去。邢夫人、尤氏、惜春等聽見老太太叫，不敢不來，心內十分不願意，想著家業零敗，偏又高興給寶釵做生日，到底老太太偏心，便來了也是無精打彩的。賈母問起岫烟來，邢夫人假說病著不來。賈母會意，知薛姨媽在這裡有些不便，也不提了。

一時，擺下果酒。賈母說：「也不送到外頭，今日只許咱們娘兒們樂一樂。」寶玉雖然娶過親的人，因賈母疼愛，仍在裡頭打混，但不與湘雲、寶琴等同席，便在賈母身旁設著一個坐兒，他代寶釵輪流敬酒。賈母道：「如今且坐下，大家喝酒，到挨晚兒再到各處行禮去。若如今行起來了，大家又鬧規矩，把我的興頭打回去，就沒趣了。」寶釵便依言坐下。賈母又叫人來道：「咱們今兒索性洒脫些，各留一兩個人伺候。我叫鴛鴦帶了彩雲、鶯兒、襲人、平兒等在後間去，也喝一鍾酒。」鴛鴦等說：「我們還沒有給二奶奶磕頭，怎麼就好喝酒去呢？」賈母道：「我說了，你們只管去，用的著你們再來。」鴛鴦等去了。這裡賈母才讓薛姨媽等喝酒。見他們都不是往常的樣子，賈母著急道：「你們到底是怎麼著？大家高興些才好！」湘雲道：「我們又吃又喝，還要怎樣？」鳳姐道：「他們小的時候兒都高興，如今都礙著臉不敢混說，所以老太太瞧著冷淨了。」

寶玉輕輕的告訴賈母道：「話是沒有什麼說的，再說就說到不好的上頭來了。不如老太太出個主意，叫他們行個令兒罷。」賈母側著耳朵聽了，笑道：「若是行令，又得叫鴛鴦去。」寶玉聽了，不待再說，就出席到後間去找鴛鴦，說：「老太太要行令，叫姐姐去呢。」鴛鴦道：「小爺，讓我們舒舒服服的喝一杯罷。何苦來，又來攪什麼？」寶玉道：「當真老太太說，得叫你去呢。與我什麼相干？」鴛鴦沒法，說道：「你們只管喝，我去了就來。」便到賈母那邊。

老太太道：「你來了，不是要行令嗎？」鴛鴦道：「聽見寶二爺說老太太叫，我敢不來嗎？不知老太太要行什麼令兒？」賈母道：「那文的怪悶的慌，武的又不好，你倒是想個新鮮玩意兒才好。」鴛鴦想了想道：「如今姨太太有了年紀，不肯費心，倒不如拿出令盆骰子來，大家擲個曲牌名兒賭輸酒罷。」賈母道：「這也使得。」便命人取骰盆放在桌上。鴛鴦說：「如今用四個骰子擲去，擲不出名兒來的罰一杯，擲出名兒來，每人喝酒的杯數兒，擲出來再定。」眾人聽了道：「這是容易的，我們都隨著。」鴛鴦便打點兒。眾人叫鴛鴦喝了一杯，就在他身上數起，恰是薛姨媽先擲。薛姨媽便擲了一下，卻是四個「么」。鴛鴦道：「這是有名的，叫做『商山四皓』⑤。有年紀的喝一杯。」於是賈母、李嬸娘、邢、王兩夫人都該喝。賈母舉酒要喝，鴛鴦道：「這是姨太太擲的，還該姨太太說個曲牌名兒，下家兒接一句《千家詩》⑥。說不出的罰一杯。」薛姨媽道：「你又來算計我了，我那裡說得上來？」賈母道：「不說到底寂寞，還是說一句的好。下家兒就是我了，若說不出來，我陪姨太太喝一鍾就是了。」薛姨媽便道：「我說個『臨老入花叢』⑦。」賈母點點頭兒道：「將謂偷閑學少年。」⑧

說完，骰盆過到李紋，便擲了兩個「四」兩個「二」。鴛鴦說：「也有名了，這叫作『劉阮入天臺』⑨。」李紋便接著說了個「二士入桃源」。下手兒便是李紈，說道：「尋得桃源好避秦。」⑩大家又喝

---

⑤商山四皓——秦末東園公、綺里季、夏黃公、角（音ㄌㄨˋ，一作甪）里先生四人年都年過八十，鬚眉皓白，隱居商山，時稱「商山四皓」。這裡是指骰子的「四個么」。

⑥《千家詩》——舊時流行的兒童啟蒙讀物之一。宋代謝枋得選，王相注，共選錄唐宋絕句、律詩二百餘首。

⑦臨老入花叢——依上文應是「曲牌名」，實際上，這和下面的「二士入桃源」、「公領孫」、「秋魚入菱窠」等都是「骨牌副兒」的名稱，是依照所擲相應的骰子色點而起的，這裡仍指「四個么」。

⑧將謂偷閑學少年——《千家詩》中宋代程顥〈春日偶成〉：「時人不識余心樂，將謂偷閑學少年。」

⑨劉阮入天臺——傳說漢代劉晨、阮肇入天臺山遇到了二位仙女。下文的「二士入桃源」也指同一故事。

聯經出版事業公司　校印

了一口。

骰盆又過到賈母跟前，便擲了兩個「二」兩個「三」。賈母道：「這要喝酒了？」鴛鴦道：「有名兒的，這是『江燕引雛』⑪。眾人都該喝一杯。」鳳姐道：「雛是雛，倒飛了好些了。」眾人瞅了他一眼，鳳姐便不言語。賈母道：「我說什麼呢，『公領孫』罷。」下手是李綺，便說道：「閑看兒童捉柳花。」⑫眾人都說好。

寶玉巴不得要說，只是令盆輪不到，正想著，恰好到了跟前，便擲了一個「二」兩個「三」一個「么」，便說道：「這是什麼？」鴛鴦笑道：「這是個『臭』⑬！先喝一杯再擲罷。」寶玉只得喝了又擲，這一擲擲了兩個「三」兩個「四」。鴛鴦道：「有了，這叫做『張敞畫眉』⑭。」寶玉明白打趣他，寶釵的臉也飛紅了。鳳姐不大懂得，還說：「二兄弟快說了，再找下家兒是誰。」寶玉明知難說，自認：「罰了罷，我也沒下家。」

過了令盆，輪到李紈，便擲了一下兒。鴛鴦道：「大奶奶擲的是『十二金釵』。」寶玉聽了，趕到

⑩尋得桃源好避秦——《千家詩》中宋代謝枋得〈慶全庵桃花〉：「尋得桃源好避秦，桃紅又是一年春。」

⑪江燕引雛——可能用的是金朝李俊民〈壽堂燕〉詩並序的故事，寫江燕為避免禍害，帶著小燕飛去。

⑫閑看兒童捉柳花——《千家詩》中宋代楊萬里〈初夏睡起〉：「日長睡起無情思，閑看兒童捉柳花。」

⑬這是個「臭」——指所擲點數不好，是要輸的。

⑭張敞畫眉——張敞，西漢宣帝時任京兆尹等官，曾為妻子畫眉，後世用以比喻夫妻的感情很好。

李紈身旁看時，只見紅綠對開，便說：「這一個好看得很。」忽然想起「十二釵」的夢來，便呆呆的退到自己座上，心裡想：「這『十二釵』說是金陵的，怎麼家裡這些人，如今七大八小的就剩了這幾個？」復又看看湘雲、寶釵，雖說都在，只是不見了黛玉。一時按捺不住，眼淚便要下來。恐人看見，便說身上躁的很，脫脫衣服去，掛了籌⑮出席去了。這史湘雲看見寶玉這般光景，打量寶玉擲不出好的，被別人擲了去，心裡不喜歡，便去了；又嫌那個令兒沒趣，便有些煩。只見李紈道：「我不說了，席間的人也不齊，不如罰我一杯。」賈母道：「這個令兒也不熱鬧，不如蠲了罷。讓鴛鴦擲一下，看擲出個什麼來。」

小丫頭便把令盆放在鴛鴦跟前。鴛鴦依命便擲了兩個「二」一個「五」，那一個骰子在盆中只管轉，鴛鴦叫道：「不要『五』！」那骰子單單轉出一個「五」來。鴛鴦道：「了不得！我輸了。」賈母道：「這是不算什麼的嗎？」鴛鴦道：「名兒倒有，只是我說不上曲牌名來。」賈母道：「你說名兒，我給你謅。」鴛鴦道：「這是『浪掃浮萍』。」賈母道：「這也不難，我替你說個『秋魚入菱窠』。」鴛鴦下手的就是湘雲，便道：「白萍吟盡楚江秋。」⑯眾人都道：「這句很確。」賈母道：「這令完了。咱們喝兩杯，吃飯罷。」回頭一看，見寶玉還沒進來，便問道：「寶玉那裡去了？還不來？」鴛鴦道：「換衣服去了。」賈母道：「誰跟了去的？」那鶯兒便上來回道：「我看見二爺出去，我叫襲人姐姐跟了去了。」賈母、王夫人才放心。

---

⑮掛籌——行酒令時告假離席叫掛籌。籌，竹、木、象牙等製成的小片，用來計數；這裡指行酒令時用以計數的酒籌。

⑯白萍吟盡楚江秋——《千家詩》中宋代程顥〈題淮南寺〉：「南去北來休便休，白萍吹盡楚江秋。」

等了一回，王夫人叫人去找來。小丫頭子到了新房，只見五兒在那裡插蠟。小丫頭便問：「寶二爺那裡去了？」五兒道：「在老太太那邊喝酒呢。」小丫頭道：「我在老太太那裡，太太叫我來找的。豈有在那裡倒叫我來找的理？」五兒道：「這就不知道了，你到別處找去罷。」小丫頭沒法，只得回來，遇見秋紋，便道：「你見二爺那裡去了？」秋紋道：「我也找他，太太們等他吃飯。這會子那裡去了呢？你快去回老太太去，不必說不在家，只說喝了酒不大受用，不吃飯了，略躺一躺再來，請老太太、太太們吃飯罷。」小丫頭依言回去，告訴珍珠，珍珠依言回了賈母。賈母道：「他本來吃不多，不吃也罷了。叫他歇歇罷。告訴他今兒不必過來，有他媳婦在這裡。」珍珠便向小丫頭道：「你聽見了？」小丫頭答應著，不便說明，只得在別處轉了一轉，說：「告訴了。」眾人也不理會，便吃畢飯，大家散坐說話。不題。

且說寶玉一時傷心，走了出來，正無主意，只見襲人趕來，問是怎麼了。寶玉道：「不怎麼，只是心裡煩得慌。何不趁他們喝酒，咱們兩個到珍大奶奶那裡逛逛去。」襲人道：「珍大奶奶在這裡，去找誰？」寶玉道：「不找誰，瞧瞧他現在這裡住的房屋怎麼樣。」襲人只得跟著，一面走，一面說。走到尤氏那邊，又一個小門兒半開半掩，寶玉也不進去。只見看園門的兩個婆子坐在門檻上說話兒。寶玉問道：「這小門開著麼？」婆子道：「天天是不開的。今兒有人出來說，今日預備老太太要用園裡的果子，故開著門等著。」寶玉便慢慢的走到那邊，果見腰門半開，寶玉便走了進去。襲人忙拉住道：「不用去。園裡不乾淨，常沒有人去，不要撞見什麼。」寶玉仗著酒氣，說：「我不怕那些！」襲人苦苦的拉住，不容

聯經出版事業公司校印

他去。婆子們上來說道：「如今這園子安靜的了。自從那日道士拿了妖去，我們摘花兒、打果子，一個人常走的。二爺要去，咱們都跟著，有這些人，怕什麼！」寶玉喜歡，襲人也不便相強，只得跟著。

寶玉進得園來，只見滿目淒涼，那些花木枯萎，更有幾處亭館，彩色久經剝落。遠遠望見一叢修竹，倒還茂盛。寶玉一想，說：「我自病時出園，住在後邊，一連幾個月不准我到這裡，瞬息荒涼。你看獨有那幾杆翠竹菁葱，這不是瀟湘館麼？」襲人道：「你幾個月沒來，連方向都忘了。咱們只管說話，不覺將怡紅院走過了。」回過頭來用手指著道：「這才是瀟湘館呢。」寶玉順著襲人的手一瞧，道：「可不是過了嗎？咱們回去瞧瞧。」襲人道：「天晚了，老太太必是等著吃飯，該回去了。」寶玉不言，找著舊路，竟往前走。

你道寶玉雖離了大觀園將及一載，豈遂忘了路徑？只因襲人恐他見了瀟湘館，想起黛玉，又要傷心，所以用言混過。豈知寶玉只望裡走，天又晚，恐招了邪氣，故寶玉問他，只說已走過了，欲寶玉不去。不料寶玉的心惟在瀟湘館內。襲人見他往前急走，只得趕上，見寶玉站著，似有所見，如有所聞，便道：「你聽什麼？」寶玉道：「瀟湘館倒有人住著麼？」襲人道：「大約沒有人罷。」寶玉道：「我明明聽見有人在內啼哭，怎麼沒有人！」襲人道：「你是疑心。素常你到這裡，常聽見林姑娘傷心，所以如今還是那樣。」寶玉不信，還要聽去。婆子們趕上說道：「二爺快回去罷，天已晚了。別處我們還敢走走，只是這裡路又隱僻，又聽得人說，這裡林姑娘死後，常聽見有哭聲，所以人都不敢走的。」寶玉、襲人聽說，都吃了一驚。寶玉道：「可不是。」說著，便滴下淚來，說：「林妹妹，林妹妹！好好兒的，是我害了你了！你別怨我，只是父母作主，並不是我負心！」愈說愈痛，便大哭起來。襲人正在沒法，只

聯經出版事業公司 校印

見秋紋帶著些人趕來，對襲人道：「你好大膽，怎麼領了二爺到這裡來！老太太、太太他們打發人各處都找到了，剛才腰門上有人說是你同二爺到這裡來了，唬得老太太、太太們了不得，罵著我，叫我帶人趕來，還不快回去麼！」寶玉猶自痛哭。襲人也不顧他哭，兩個人拉著就走，一面替他拭眼淚，告訴他老太太著急。寶玉沒法，只得回來。

襲人知老太太不放心，將寶玉仍送到賈母那邊。眾人都等著未散。賈母便說：「襲人！我素常知你明白，才把寶玉交給你，怎麼今兒帶他園裡去！他的病才好，倘或撞著什麼，又鬧起來，這便怎麼處？」襲人也不敢分辯，只得低頭不語。寶釵看寶玉顏色不好，心裡著實的吃驚。倒還是寶玉恐襲人受委屈，說道：「青天白日怕什麼？我因為好些時沒到園裡逛逛，今兒趁著酒興走走。那裡就撞著什麼了呢！」鳳姐在園裡吃過大虧的，聽到那裡，寒毛倒豎，說：「寶兄弟膽子忒大了！」湘雲道：「不是膽大，倒是心實。不知是會芙蓉神去了，還是尋什麼仙去了。」寶玉聽著，也不答言。獨有王夫人急的一言不發。賈母問道：「你到園裡可曾唬著麼？這回不用說了，以後要逛，到底多帶幾個人才好。不然，大家早散了。回去好好的睡一夜，明日一早過來，我還要找補，叫你們再樂一天呢。不要為他又鬧出什麼原故來。」

眾人聽說，辭了賈母出來。薛姨媽便到王夫人那裡住下，史湘雲仍在賈母房中，迎春便往惜春那裡去了。餘者各自回去，不題。獨有寶玉回到房中，噯聲嘆氣。寶釵明知其故，也不理他，只是怕他憂悶，勾出舊病來，便進裡間叫襲人來，細問他寶玉到園怎麼的光景。未知襲人怎生回說，下回分解。

聯經出版事業公司　校印

第一百九回 候芳魂五兒承錯愛 還孽債迎女返眞元①

話說寶釵叫襲人問出原故，恐寶玉悲傷成疾，便將黛玉臨死的話與襲人假作閑談，說是：「人生在世，有意有情，到了死後，各自幹各自的去了，並不是生前那樣個人死後還是這樣。活人雖有癡心，死的竟不知道。況且林姑娘既說仙去，他看凡人是個不堪的濁物，那裡還肯混在世上？只是人自己疑心，所以招些邪魔外祟來纏擾了。」寶釵雖是與襲人說話，原說給寶玉聽的。

襲人會意，也說是：「沒有的事，若說林姑娘的魂靈兒還在園裡，我們也算好的，怎麼不曾夢見了一次？」寶玉在外聞聽得，細細的想道：「果然也奇。我知道林妹妹死了，那一日不想幾遍？怎麼從沒夢過？想是他到天上去了，瞧我這凡夫俗子不能交通神明，所以夢都沒有一個兒。我就在外間睡著，或者我從園裡回來，他知道我的實心，肯與我夢裡一見。我必要問他實在那裡去了，我也時常祭奠。若是

①返真元——即死亡。道家認為人死是返歸自然，稱作「反真」。元，本初，元始。

果然不理我這濁物，竟無一夢，我便不想他了。」主意已定，便說：「我今夜就在外間睡了，你們也不用管我。」寶釵也不強他，只說：「你不要胡思亂想。你不瞧瞧，太太因你園裡去了，急得話都說不出來？若是知道還不保養身子，倘或老太太知道了，又說我們不用心。」寶玉道：「白這麼說罷咧，我坐一會子就進來。你也乏了，先睡罷。」寶釵知他必進來的，假意說道：「我睡了，叫襲姑娘伺候你罷。」

寶玉聽了，正合機宜②。候寶釵睡了，他便叫襲人、麝月另鋪設下一副被褥，常叫人進來瞧二奶奶睡著了沒有。寶釵故意裝睡，也是一夜不寧。那寶玉知是寶釵睡著，便與襲人道：「你們各自睡罷，我又不傷感。你若不信，你就伏侍我睡了再進去，只要不驚動我就是了。」襲人果然伏侍他睡下，便預備下了茶水，關好了門，進裡間去照應一回，各自假寐，寶玉若有動靜，再為出來。寶玉見襲人等進去，便將坐更的兩個婆子支到外頭。他輕輕的坐起來，暗暗的祝了幾句，便睡下了，欲與神交。起初再睡不著，以後把心一靜，便睡去了。

豈知一夜安眠，直到天亮。寶玉醒來，拭眼坐起來想了一回，並無有夢，便嘆口氣道：「正是『悠悠生死別經年，魂魄不曾來入夢』③！」寶釵卻一夜反沒有睡著，聽寶玉在外邊念這兩句，便接口道：「這句又說莽撞了。如若林妹妹在時，又該生氣了。」寶玉聽了，反不好意思，只得起來，搭訕著往裡間走來，說：「我原要進來的，不覺得一個盹兒就打著了。」寶釵道：「你進來不進來，與我什麼相干？」

②機宜——這裡作「心意」講。

③「悠悠生死」兩句——唐白居易〈長恨歌〉的詩句，寫唐玄宗對楊貴妃的懷念；這裡寶玉借來表達對黛玉的懷念。

襲人等本沒有睡，眼見他們兩個說話，即忙倒上茶來。已見老太太那邊打發小丫頭來，問：「寶二爺昨睡得安頓麼？若安頓時，早早的同二奶奶梳洗了就過去。」襲人便說：「你去回老太太，說寶玉昨夜很安頓，回來就過來。」小丫頭去了。

寶釵起來梳洗了，鶯兒、襲人等跟著，先到賈母那裡行了禮，便到王夫人那邊起至鳳姐，都讓過了，仍到賈母處，見他母親也過來了。大家問起：「寶玉晚上好麼？」寶釵便說：「回去就睡了，沒有什麼。」眾人放心，又說些閑話。

只見小丫頭進來，說：「二姑奶奶要回去了。聽見說孫姑爺那邊人來，到大太太那裡說了些話，大太太叫人到四姑娘那邊說：『不必留了，讓他去罷。』如今二姑奶奶在大太太那邊哭呢，大約就過來辭老太太。」賈母眾人聽了，心中好不自在，都說：「二姑娘這樣一個人，為什麼命裡遭著這樣的人，一輩子不能出頭。這便怎麼好！」說著，迎春進來，淚痕滿面，因為是寶釵的好日子，只得含著淚，辭了眾人要回去。賈母知道他的苦處，也不便強留，只說道：「你回去也罷了。但是不要悲傷，碰著了這樣人，也是沒法兒的。過幾天我再打發人接你去。」迎春道：「老太太始終疼我，如今也疼不來了。可憐我只是沒有再來的時候了！」說著，眼淚直流。眾人都勸道：「這有什麼不能回來的？比不得你三妹妹，隔得遠，要見面就難了。」賈母等想起探春，不覺也大家落淚。只為是寶釵的生日，即轉悲為喜說：「這也不難。只要海疆平靜，那邊親家調進京來，就見的著了。」大家說：「可不是這麼著呢。」說著，迎春只得含悲而別。眾人送了出來，仍回賈母那裡。從早至暮，又鬧了一天。

眾人見賈母勞乏，各自散了。獨有薛姨媽辭了賈母，到寶釵那裡，說道：「你哥哥是今年過了，直要等到皇恩大赦的時候，減了等，才好贖罪。這幾年叫我孤苦伶仃，怎麼處！我想要與你二哥哥完婚，你想想好不好？」寶釵道：「媽媽是為著大哥哥娶了親，唬怕的了，所以把二哥哥的事猶豫起來。據我說，很該就辦。邢姑娘是媽媽知道的，如今在這裡也很苦。娶了去，雖說我家窮，究竟比他傍人門戶好多著呢。」薛姨媽道：「你得便的時候，就去告訴老太太，說我家沒人，就要揀日子了。」寶釵道：「媽媽只管同二哥哥商量，挑個好日子，過來和老太太、大太太說了，娶過去，就完了一件事。這裡大太太也巴不得娶了去才好。」薛姨媽道：「今日聽見史姑娘也就回去了，老太太心裡要留你妹妹在這裡住幾天，所以他住下了。我想他也是不定多早晚就走的人了，你們姊妹們也多敘幾天話兒。」寶釵道：「正是呢。」於是薛姨媽又坐了一坐，出來辭了眾人，回去了。

卻說寶玉晚間歸房，因想昨夜黛玉竟不入夢，「或者他已經成仙，所以不肯來見我這種濁人，也是有的；不然，就是我的性兒太急了，也未可知。」便想了個主意，向寶釵說道：「我昨夜偶然在外間睡著，似乎比在屋裡睡的安穩些，今日起來，心裡也覺清淨些。我的意思，還要在外間睡兩夜，只怕你們又來攔我。」寶釵聽了，明知早晨他嘴裡念詩是為著黛玉的事了，想來他那個呆性是不能勸的，倒好叫他睡兩夜，索性自己死了心也罷了，況兼昨夜聽他睡的倒也安靜，便道：「好沒來由，你只管睡去，我們攔你作什麼！但只不要胡思亂想，招出些邪魔外祟來。」寶玉笑道：「誰想什麼？」襲人道：「依我勸，二爺竟還是屋裡睡罷。外邊一時照應不到，著了風，倒不好。」寶玉未及答言，寶釵卻向襲人使了個眼色。襲人會意，便道：「也罷，叫個人跟著你罷，夜裡好倒茶倒水的。」寶玉便笑道：「這麼說，

聯經出版事業公司 校印

你就跟了我來。」襲人聽了，倒沒意思起來，登時飛紅了臉，一聲也不言語。寶釵素知襲人穩重，便說道：「他是跟慣了我的，還叫他跟著我罷。叫麝月、五兒照料著也罷了。況且今日他跟著我鬧了一天，也乏了，該叫他歇歇了。」寶玉只得笑著出來。寶釵因命麝月、五兒給寶玉仍在外間鋪設了，又囑咐兩個人醒睡些，要茶、要水，都留點神兒。

兩個答應著出來，看見寶玉端然坐在床上，閉目合掌，居然像個和尚一般，兩個也不敢言語，只管瞅著他笑。寶釵又命襲人出來照應。襲人看見這般，卻也好笑，便輕輕的叫道：「該睡了，怎麼又打起坐來了？」寶玉睜開眼看見襲人，便道：「你們只管睡罷，我坐一坐就睡。」襲人道：「因為你昨日那個光景，鬧的二奶奶一夜沒睡。你再這麼著，成何事體？」寶玉料著自己不睡，都不肯睡，便收拾睡下。襲人又囑咐了麝月等幾句，才進去關門睡了。這裡麝月、五兒兩個人也收拾了被褥，伺候寶玉睡著，各自歇下。

那知寶玉要睡越睡不著，見他兩個人在那裡打鋪，忽然想起那年襲人不在家時，晴雯、麝月兩個人伏侍，夜間麝月出去，晴雯要唬他，因為沒穿衣服，著了涼，後來還是從這個病上死的。想到這裡，一心移在晴雯身上去了。忽又想起鳳姐說五兒給晴雯脫了個影兒，因又將想晴雯的心腸移在五兒身上。自己假裝睡著，偷偷的看那五兒，越瞧越像晴雯，不覺呆性復發。聽了聽，裡間已無聲息，知是睡了；卻見麝月也睡著了，便故意叫了麝月兩聲，卻不答應。五兒聽見寶玉喚人，便問道：「二爺要什麼？」寶玉道：「我要漱漱口。」五兒見麝月已睡，只得起來，重新剪了蠟花，倒了一鍾茶來，一手托著漱盂。

卻因趕忙起來的，身上只穿著一件桃紅綾子小襖兒，鬆鬆的挽著一個鬢兒。寶玉看時，居然晴雯復生。忽又想起晴雯說的「早知擔個虛名，也就打個正經主意了」，不覺呆呆的呆看，也不接茶。

那五兒自從芳官去後，也無心進來了。後來聽見鳳姐叫他進來伏侍寶玉，竟比寶玉盼他進來的心還急。不想進來以後，見寶釵、襲人一般尊貴穩重，看著心裡實在敬慕；又見寶玉瘋瘋傻傻，不似先前風致；又聽見王夫人為女孩子們和寶玉頑笑都攆了：所以把這件事擱在心上，倒無一毫的兒女私情了。怎奈這位呆爺今晚把他當作晴雯，只管愛惜起來。那五兒早已羞得兩頰紅潮，又不敢大聲說話，只得輕輕的說道：「二爺，漱口啊。」寶玉笑著接了茶在手中，也不知道漱了沒有，便笑嘻嘻的問道：「你和晴雯姐姐好不是啊？」五兒聽了，摸不著頭腦，便道：「都是姊妹，也沒有什麼不好的。」寶玉又悄悄的問道：「晴雯病重了，我看他去，不是你也去了麼？」五兒微微笑著點頭兒。寶玉道：「你聽見他說什麼了沒有？」五兒搖著頭兒道：「沒有。」寶玉已經忘神，便把五兒的手一拉。五兒急得紅了臉，心裡亂跳，便悄悄說道：「二爺有什麼話只管說，別拉拉扯扯的。」寶玉才放了手，說道：「他和我說來著，『早知擔了個虛名，也就打正經主意了。』你怎麼沒聽見麼？」五兒聽了這話明明是輕薄自己的意思，又不敢怎麼樣，便說道：「那是他自己沒臉，這也是我們女孩兒家說得的嗎？」寶玉著急道：「你怎麼也是這麼個道學先生！我看你長的和他一模一樣，我才肯和你說這個話，你怎麼倒拿這些話來糟塌他？」

此時五兒心中也不知寶玉是怎麼個意思，便說道：「夜深了，二爺也睡罷，別緊著坐著，看涼著。剛才奶奶和襲人姐姐怎麼囑咐了？」寶玉道：「我不涼。」說到這裡，忽然想起五兒沒穿著大衣服，就

聯經出版事業公司校印

怕他也像晴雯著了涼，便說道：「你為什麼不穿上衣服就過來？」五兒道：「爺叫的緊，那裡有盡著穿衣裳的空兒？要知道說這半天話兒時，我也穿上了。」寶玉聽了，連忙把自己蓋的一件月白綾子棉襖兒揭起來遞給五兒，叫他披上。五兒只不肯接，說：「二爺蓋著罷，我不涼。我涼，我有我的衣裳。」說著，回到自己鋪邊，拉了一件長襖披上。又聽了聽，麝月睡的正濃，才慢慢過來說：「二爺今晚不是要養神呢嗎？」寶玉笑道：「實告訴你罷：什麼是養神，我倒是要遇仙的意思。」五兒聽了，越發動了疑心，便問道：「遇什麼仙？」寶玉道：「你要知道？這話長著呢。你挨著我來坐下，我告訴你。」五兒紅了臉，笑道：「你在那裡躺著，我怎麼坐呢？」寶玉道：「這個何妨？那一年冷天，也是你麝月姐姐和你晴雯姐姐頑，我怕凍著他，還把他攬在被裡渥著呢。這有什麼的！大凡一個人總不要酸文假醋④才好。」五兒聽了，句句都是寶玉調戲之意。那知這位呆爺卻是實心實意的話兒。五兒此時走開不好，站著不好，坐下不好，倒沒了主意了，因微微的笑著道：「你別混說了。看人家聽見，這是什麼意思？怨不得人家說你專在女孩兒身上用工夫！你自己放著二奶奶和襲人姐姐，都是仙人兒似的，只愛和別人胡纏。明兒再說這些話，我回了二奶奶，看你什麼臉見人！」

正說著，只聽外面「咕咚」一聲，把兩個人嚇了一跳。裡間寶釵咳嗽了一聲。寶玉聽見，連忙呶嘴兒。五兒也就忙忙的息了燈，悄悄的躺下了。原來寶釵、襲人因昨夜不曾睡，又兼日間勞乏了一天，所以睡去，都不曾聽見他們說話。此時院中一響，早已驚醒，聽了聽，也無動靜。寶玉此時躺在床上，

④酸文假醋——故作正經，假斯文的意思。

心裡疑惑：「莫非林妹妹來了，聽見我和五兒說話，故意嚇我們的？」翻來覆去，胡思亂想，五更以後，才朦朧睡去。

卻說五兒被寶玉鬼混了半夜，又兼寶釵咳嗽，自己懷著鬼胎，生怕寶釵聽見了，也是思前想後，一夜無眠。次日一早起來，見寶玉尚自昏昏睡著，便輕輕的收拾了屋子。那時麝月已醒，便道：「你怎麼這麼早起來了？你難道一夜沒睡嗎？」五兒聽這話，又似麝月知道了的光景，便只是訕笑，也不答言。不一時，寶釵、襲人也都起來，開了門，見寶玉尚睡，卻也納悶：「怎麼外邊兩夜睡得倒這般安穩？」

及寶玉醒來，見眾人都起來了，自己連忙爬起，揉著眼睛，細想昨夜又不曾夢見，可是「仙凡路隔」了。慢慢的下了床，又想昨夜五兒說的「寶釵、襲人都是天仙一般」，這話卻也不錯，便怔怔的瞅著寶釵。寶釵見他發怔，雖知他為黛玉之事，卻也定不得夢不夢，只是瞅的自己倒不好意思，便道：「二爺昨夜可真遇見仙了麼？」寶玉聽了，只道昨晚的話寶釵聽見了，笑著勉強說道：「這是那裡的話？」那五兒聽了這一句，越發心虛起來，又不好說的，只得且看寶釵的光景。只見寶釵又笑著問五兒道：「你聽見二爺睡夢中和人說話來著麼？」寶玉聽了，自己坐不住，搭訕著走開了。五兒把臉飛紅，只得含糊道：「前半夜倒說了幾句，我也沒聽真。什麼『擔了虛名』，又什麼『沒打正經主意』，我也不懂，勸著二爺睡了。後來我也睡了，不知二爺還說來著沒有。」寶釵低頭一想：「這話明是為黛玉了。但盡著叫他在外頭，恐怕心邪了，招出些花妖月姊來。況兼他的舊病，原在姊妹上情重。只好設法將他的心意挪移過來，然後能免無事。」想到這裡，不免面紅耳熱起來，也就訕訕的進房梳洗去了。

並沒有告訴人。

且說賈母兩日高興，略吃多了些，這晚有些不受用；第二天，便覺著胸口飽悶。鴛鴦等要回賈政。賈母不叫言語，說：「我這兩日嘴饞些，吃多了點子，我餓一頓就好了。你們快別吵嚷。」於是鴛鴦等並沒有告訴人。

這日晚間，寶玉回到自己屋裡，見寶釵自賈母、王夫人處才請了晚安回來。寶玉想著早起之事，未免赧顏抱慚。寶釵看他這樣，也曉得是個沒意思的光景，因想著：「他是個癡情人，要治他的這病，少不得仍以癡情治之。」想了一回，便問寶玉道：「你今夜還在外間睡去罷咧？」寶玉自覺沒趣，便道：「裡間外間都是一樣的。」寶釵意欲再說，反覺不好意思。襲人道：「罷呀，這倒是什麼道理呢？我不信睡得那麼安穩！」五兒聽見這話，連忙接口道：「二爺在外間睡，別的倒沒什麼，只是愛說夢話，叫人摸不著頭腦兒，又不敢駁他的回。」襲人便道：「我今日挪到床上睡睡，看說夢話不說？你們只管把二爺的鋪蓋鋪在裡間就完了。」寶釵聽了，也不作聲。寶玉自己慚愧不來，那裡還有強嘴的分兒，便依著搬進裡間來。一則寶玉負愧，欲安慰寶釵之心；二則寶釵恐寶玉思鬱成疾，不如假以詞色，使得稍覺親近，以為「移花接木」之計。於是當晚襲人果然挪出去。寶玉因心中愧悔，寶釵欲籠絡寶玉之心，自過門至今日，方才如魚得水，恩愛纏綿，所謂「二五之精，妙合而凝」⑤的了。此是後話。

⑤二五之精，妙合而凝——「二」指陰陽，「五」指金、木、水、火、土五行。這裡借指男女房事。

且說次日寶玉、寶釵同起，寶玉梳洗了，先過賈母這邊來。這裡賈母因疼寶玉，又想寶釵孝順，忽然想起一件東西，便叫鴛鴦開了箱子，取出祖上所遺一個漢玉玦，雖不及寶玉他那塊玉石，掛在身上卻也稀罕。鴛鴦找出來遞與賈母，便說道：「這件東西，我好像從沒見的。老太太這些年還記得這樣清楚，說是那一箱什麼匣子裡裝著，我按著老太太的話一拿就拿出來了。老太太怎麼想著拿出來做什麼？」賈母道：「你那裡知道？這塊玉還是祖爺爺給我們老太爺，老太爺疼我，臨出嫁的時候叫了我去，親手遞給我的。還說：『這玉是漢時所佩的東西，很貴重，你拿著就像見了我的一樣。』我那時還小，拿了來，也不當什麼，便撩在箱子裡。到了這裡，我見咱們家的東西也多，這算得什麼，從沒帶過，一撩便撩了六十多年。今兒見寶玉這樣孝順，他又丟了一塊玉，故此想著拿出來給他，也像是祖上給我的意思。」一時寶玉請了安，賈母便喜歡道：「你過來，我給你一件東西瞧瞧。」寶玉走到床前，賈母便把那塊漢玉遞給寶玉。寶玉接來一瞧，那玉有三寸方圓，形似甜瓜，色有紅暈，甚是精緻。寶玉口口稱贊。賈母道：「你愛麼？這是我祖爺爺給我的，我傳了你罷。」寶玉笑著，請了個安謝了，又拿了要送給他母親瞧。賈母道：「你太太瞧了，告訴你老子，又說疼兒子不如疼孫子了。他們從沒見過。」寶玉笑著去了。寶釵等又說了幾句話，也辭了出來。

自此，賈母兩日不進飲食，胸口仍是結悶，覺得頭暈目眩，咳嗽。邢、王二夫人、鳳姐等請安，見賈母精神尚好，不過叫人告訴賈政，立刻來請了安。賈政出來，即請大夫看脈。不多一時，大夫來診了脈，說是有年紀的人停了些飲食，感冒些風寒，略消導發散些就好了。開了方子，賈政看了，知是尋常藥品，命人煎好進服。以後賈政早晚進來請安，一連三日，不見稍減。賈政又命賈璉：「打聽好大夫，

聯經出版事業公司 校印

快去請來瞧老太太的病。咱們家常請的幾個大夫，我瞧著不怎麼好，所以叫你去。」賈璉想了一想，說道：「記得那年寶兄弟病的時候，倒是請了一個不行醫的來瞧好了的，如今不如找他。」賈政道：「醫道卻是極難的，愈是不興時的大夫倒有本領。你就打發人去找來罷。」賈璉即忙答應去了，回來說道：「這劉大夫新近出城教書去了，過十來天進城一次。這時等不得，又請了一位，也就來了。」賈政聽了，只得等著。不題。

且說賈母病時，合宅女眷無日不來請安。一日，眾人都在那裡，只見看園內腰門的老婆子進來，回說：「園裡的櫳翠庵的妙師父知道老太太病了，特來請安。」眾人道：「他不常過來，今兒特地來，你們快請進來。」鳳姐走到床前回賈母。岫烟是妙玉的舊相識，先走出去接他。只見妙玉頭帶妙常髻⑥，身上穿一件月白素綢襖兒，外罩一件水田青緞鑲邊長背心⑦，拴著秋香色的絲縧，腰下繫一條淡墨畫的白綾裙，手執麈尾念珠，跟著一個侍兒，飄飄拽拽的走來。岫烟見了問好，說是：「在園內住的日子，可以常常來瞧瞧你；近來因為園內人少，一個人輕易難出來。況且咱們這裡的腰門常關著，所以這些日子不得見你。今兒幸會。」妙玉道：「頭裡你們是熱鬧場中，你們雖在外園裡住，我也不便常來親近。如今知道這裡的事情也不大好，又聽說是老太太病著，又惦記你，並要瞧瞧寶姑娘。我那管你們的關不關？我要來就來；我不來，你們要我來也不能啊。」岫烟笑道：「你還是那種脾氣。」

⑥妙常髻——帶髮修行的尼姑所梳的髮髻，上覆巾幘；妙常，宋代著名女尼陳妙常。
⑦水田青緞長背心——僧、尼的袈裟，上作方格界欄，像水田形狀，所以又稱為「水田衣」。

一面說著，已到賈母房中。眾人見了，都問了好。妙玉走到賈母床前問候，說了幾句套話。賈母便道：「你是個女菩薩，你瞧瞧我的病可好得了好不了？」妙玉道：「老太太這樣慈善的人，壽數正有呢。一時感冒，吃幾貼藥，想來也就好了。有年紀人，只要寬心些。」賈母道：「我倒不為這些。我是極愛尋快樂的。如今這病也不覺怎樣，只是胸隔悶飽。剛才大夫說是氣惱所致。你是知道的，誰敢給我氣受？這不是那大夫脈理平常麼？我和璉兒說了，還是頭一個大夫說感冒傷食的是，明兒仍請他來。」說著，叫鴛鴦吩咐廚房裡辦一桌淨素菜來，請他在這裡便飯。妙玉道：「我已吃過午飯了，我是不吃東西的。」王夫人道：「不吃也罷，咱們多坐一會，說些閑話兒罷。」妙玉道：「我久已不見你們，今兒來瞧瞧。」又說了一回話，便要走。回頭見惜春站著，便問道：「四姑娘為什麼這樣瘦？不要只管愛畫勞了心。」惜春道：「我久不畫了。如今住的房屋不比園裡的顯亮，所以沒興畫。」妙玉道：「你如今住在那一所了？」惜春道：「就是你才進來的那個門東邊的屋子。你要來，很近。」妙玉道：「我高興的時候來瞧你。」惜春等說著送了出去，回身過來，聽見丫頭們回說大夫在賈母那邊呢。眾人暫且散去。

那知賈母這病日重一日，延醫調治不效，以後又添腹瀉。賈政著急，知病難醫，即命人到衙門告假，日夜同王夫人親視湯藥。一日，見賈母略進些飲食，心裡稍寬。只見老婆子在門外探頭，王夫人叫彩雲看去，問問是誰，彩雲看了是陪迎春到孫家去的人，便道：「你來做什麼？」婆子道：「我來了半日，這裡找不著一個姐姐們，我又不敢冒撞，我心裡又急。」彩雲道：「你急什麼？又是姑爺作踐姑娘不成麼？」婆子道：「姑娘不好了！前兒鬧了一場，姑娘哭了一夜，昨日痰堵住了。他們又不請大夫，今日更利害了。」彩雲道：「老太太病著呢，別大驚小怪的。」王夫人在內已聽見了，恐老太太聽見不受用，忙叫彩雲帶他外頭說去。豈知賈母病中心靜，偏偏聽見，便道：「迎丫頭要死了麼？」王夫人便道：「沒有。婆子們不知輕重，說是這兩日有些病，恐不能就好，到這裡問大夫。」賈母道：「瞧我的大夫就好，快請了去。」王夫人便叫彩雲：「叫這婆子去回大太太去。」那婆子去了。

這裡賈母便悲傷起來，說是：「我三個孫女兒：一個享盡了福死了；三丫頭遠嫁，不得見面；迎丫頭雖苦，或者熬出來，不打量他年輕輕兒的就要死了。留著我這麼大年紀的人活著做什麼！」王夫人、鴛鴦等解勸了好半天。那時寶釵、李氏等不在房中，鳳姐近來有病，王夫人恐賈母生悲添病，便叫人叫了他們來陪著，自己回到房中，叫彩雲來埋怨：「這婆子不懂事！以後我在老太太那裡，你們有事，不用來回。」丫頭們依命不言。豈知那婆子剛到邢夫人那裡，外頭的人已傳進來說：「二姑奶奶死了。」邢夫人聽了，也便哭了一場。現今他父親不在家中，只得叫賈璉快去瞧看。知賈母病重，眾人都不敢回。可憐一位如花似月之女，結褵⑧年餘，不料被孫家揉搓，以致身亡。又值賈母病篤，眾人不便離開，竟容孫家草草完結。

賈母病勢日增，只想這些孫女兒。一時想起湘雲，便打發人去瞧他。回來的人悄悄的找鴛鴦，因鴛鴦在老太太身旁，王夫人等都在那裡，不便上去，到了後頭，找了琥珀，告訴他道：「老太太想史姑娘，叫我們去打聽。那裡知道史姑娘哭得了不得，說是姑爺得了暴病，大夫都瞧了，說這病只怕不能好，若變了個癆病，還可捱過四五年。所以史姑娘心裡著急。又知道老太太病，只是不能過來請安，還叫我不

⑧結褵——古代女子出嫁，母親把佩巾結在女兒身上叫做結褵，後用為女子成婚的代稱。

聯經出版事業公司 校印

要在老太太面前提起。倘或老太太問起來，務必托你們變個法兒回老太太才好。」琥珀聽了，「咳」了一聲，就也不言語了，半日說道：「你去罷。」琥珀也不便回，心裡打算告訴鴛鴦，叫他撒謊去，所以來到賈母床前，只見賈母神色大變，地下站著一屋子的人，嘁嘁的說：「瞧著是不好了。」也不敢言語了。

這裡賈政悄悄的叫賈璉到身旁，向耳邊說了幾句話。賈璉輕輕的答應，出去了，便傳齊了現在家的一干家人，說：「老太太的事，待好出來了，你們快快分頭派人辦去。頭一件，先請出板來瞧瞧，好掛裡子⑨。快到各處將各人的衣服量了尺寸，都開明了，便叫裁縫去做孝衣。那棚杠執事都去講定。廚房裡還該多派幾個人。」賴大等回道：「二爺，這些事不用爺費心，我們早打算好了。只是這項銀子在那裡打算？」賈璉道：「這種銀子不用打算了，老太太自己早留下了。剛才老爺的主意，只要辦的好，我想外面也要好看。」賴大等答應，派人分頭辦去。

賈璉復回到自己房中，便問平兒：「你奶奶今兒怎麼樣？」平兒把嘴往裡一努，說：「你瞧去。」賈璉進內，見鳳姐正要穿衣，一時動不得，暫且靠在炕桌兒上。賈璉道：「你只怕養不住了。老太太的事，今兒明兒就要出來了，你還脫得過麼？快叫人將屋裡收拾收拾，就該扎掙上去了。若有了事，你我還能回來麼？」鳳姐道：「咱們這裡還有什麼收拾的？不過就是這點子東西，還怕什麼！你先去罷，看老爺叫你。我換件衣裳就來。」

賈璉先回到賈母房裡，向賈政悄悄的回道：「諸事已交派明白了。」賈政點頭。外面又報：「太醫

---

⑨板，掛裡子——板，指棺木。在棺材內壁塗上油漆之類並覆蓋上絲綢一類的織物叫「掛裡子」。

聯經出版事業公司 校印

進來了。」賈璉接入，又診了一回，出來悄悄的告訴賈璉：「老太太的脈氣不好，防著些。」賈璉會意，與王夫人等說知。王夫人即忙使眼色叫鴛鴦過來，叫他把老太太的裝裹衣服預備出來。鴛鴦自去料理。

賈母睜眼要茶喝，邢夫人便進了一杯參湯。賈母剛用嘴接著喝，便道：「不要這個，倒一鍾茶來我喝。」眾人不敢違拗，即忙送上來，一口喝了，還要，又喝一口，便說：「我要坐起來。」賈政等道：「老太太要什麼，只管說，可以不必坐起來才好。」賈母道：「我喝了口水，心裡好些，略靠著和你們說說話。」珍珠等用手輕輕的扶起，看見賈母這回精神好些。未知生死，下回分解。

第一百十回　史太君壽終歸地府　王鳳姐力詘失人心

卻說賈母坐起說道：「我到你們家已經六十多年了，從年輕的時候到老來，福也享盡了。自你們老爺起，兒子、孫子也都算是好的了。就是寶玉呢，我疼了他一場。——」說到那裡，拿眼滿地下瞅著。王夫人便推寶玉走到床前。賈母從被窩裡伸出手來拉著寶玉，道：「我的兒，你要爭氣才好！」寶玉嘴裡答應，心裡一酸，那眼淚便要流下來，又不敢哭，只得站著。聽賈母說道：「我想再見一個重孫子，我就安心了。我的蘭兒在那裡呢？」李紈也推賈蘭上去。賈母放了寶玉，拉著賈蘭，道：「你母親是要孝順的。將來你成了人，也叫你母親風光風光。鳳丫頭呢？」鳳姐本來站在賈母旁邊，趕忙走到眼前，說：「在這裡呢。」賈母道：「我的兒，你是太聰明了，將來修修福罷。我也沒有修什麼，不過心實吃虧。那些吃齋念佛的事，我也不大幹，就是舊年叫人寫了些《金剛經》送送人，不知送完了沒有？」鳳姐道：「沒有呢。」賈母道：「早該施捨完了才好。我們大老爺和珍兒是在外頭樂了，最可惡的是史丫頭沒良心，怎麼總不來瞧我。」鴛鴦等明知其故，都不言語。賈母又瞧了一瞧寶釵，嘆了口氣，只見臉上發紅。

聯經出版事業公司校印

賈政知是迴光返照，即忙進上參湯。賈母的牙關已經緊了，合了一回眼，又睜著滿屋裡瞧了一瞧。王夫人、寶釵上去輕輕扶著，邢夫人、鳳姐等便忙穿衣，地下婆子們已將床安設停當，鋪了被褥。聽見賈母喉間略一響動，臉變笑容，竟是去了，享年八十三歲。眾婆子疾忙停床。

於是賈政等在外一邊跪著，邢夫人等在內一邊跪著，一齊舉起哀來。外面家人各樣預備齊全，只聽裡頭信兒一傳出來，從榮府大門起至內宅門扇扇大開，一色淨白紙糊了；孝棚高起，大門前的牌樓立時豎起。上下人等登時成服。賈政報了丁憂①。禮部奏聞。主上深仁厚澤，念及世代功勛，又係元妃祖母，賞銀一千兩，諭禮部主祭。家人們各處報喪。眾親友雖知賈家勢敗，今見聖恩隆重，都來探喪。擇了吉時成殮，停靈正寢。

賈赦不在家，賈政為長；寶玉、賈環、賈蘭是親孫，年紀又小，都應守靈。賈璉雖也是親孫，帶著賈蓉，尚可分派家人辦事。雖請了些男女外親來照應，內裡邢、王二夫人、李紈、鳳姐、寶釵等是應靈旁哭泣的；尤氏雖可照應，他賈珍外出，依住榮府，一向總不上前，且又榮府的事不甚諳練；賈蓉的媳婦更不必說了；惜春年小，雖在這裡長的，他於家事全不知道：所以內裡竟無一人支持。只有鳳姐可以照管裡頭的事，況又賈璉在外作主，裡外他二人，倒也相宜。

鳳姐先前仗著自己的才幹，原打量老太太死了，他大有一番作用。邢、王二夫人等本知他曾辦過秦

①丁憂——舊稱遭父母之喪為丁憂；丁，遭逢的意思。父母之喪，當官的必須閉門謝客、辭官歸里、守制三年，期滿之後才可「起復」。

氏的事，必是妥當，於是仍叫鳳姐總理裡頭的事。鳳姐本不應辭，自然應了，心想：「這裡的事本是我管的，那些家人更是我手下的人。太太和珍大嫂子的人本來難使喚些，如今他們都去了。銀項雖沒有了對牌，這種銀子是現成的。外頭的事又是他辦著。雖說我現今身子不好，想來也不致落褒貶，必是比寧府裡還得辦些。」心下已定，且待明日接了三，後日一早便叫周瑞家的傳出話去，將花名冊取上來。鳳姐一一的瞧了，統共只有男僕二十一人，女僕只有十九人，餘者俱是些丫頭，連各房算上，也不過三十多人，難以點派差使。心裡想道：「這回老太太的事倒沒有東府裡的人多。」又將莊上的弄出幾個，也不敷差遣。

正在思算，只見一個小丫頭過來說：「鴛鴦姐姐請奶奶。」鳳姐只得過去。只見鴛鴦哭得淚人一般，一把拉著鳳姐兒，說道：「二奶奶請坐，我給二奶奶磕個頭。雖說服中不行禮，這個頭是要磕的。」鴛鴦說著跪下。慌的鳳姐趕忙拉住，說道：「這是什麼禮？有話好好的說。」鴛鴦跪著，鳳姐便拉起來。鴛鴦說道：「老太太的事，一應內外，都是二爺和二奶奶辦，這種銀子是老太太留下的。老太太這輩子也沒有糟塌過什麼銀錢，如今臨了這件大事，必得求二奶奶體體面面的辦一辦才好。我方才聽見老爺說什麼『詩云』『子曰』，我不懂；又說什麼『喪與其易，寧戚』，我聽了不明白。我問寶二奶奶，說是，老爺的意思：老太太的喪事，只要悲切才是真孝，不必靡費，圖好看的念頭。我想老太太這樣一個人，怎麼不該體面些！我雖是奴才丫頭，敢說什麼？只是老太太疼二奶奶和我這一場，臨死了還不叫他風光風光！我想二奶奶是能辦大事的，故此我請二奶奶來，求作個主。我生是跟老太太的人，老太太死了，我也是跟老太太的！若是瞧不見老太太的事怎麼辦，將來怎麼見老太太呢？」

聯經出版事業公司校印

鳳姐聽了這話來的古怪，便說：「你放心，要體面是不難的。況且老爺雖說要省，那勢派也錯不得。便拿這項銀子都花在老太太身上，也是該當的。」鴛鴦道：「老太太的遺言說，所有剩下的東西是給我們的，二奶奶倘或用著不夠，只管拿這個去折變補上。就是老爺說什麼，我也不好違老太太的遺言。那日老太太分派的時候，不是老爺在這裡聽見的麼？」鳳姐道：「你素來最明白的，怎麼這會子那樣的著急起來了？」鴛鴦道：「不是我著急，為的是大太太是不管事的，老爺是怕招搖的，若是二奶奶心裡也是老爺的想頭，說抄過家的人家，喪事還是這麼好，將來又要抄起來，也就不顧起老太太來，怎麼處？在我呢，是個丫頭，好歹礙不著，到底是這裡的聲名。」鳳姐道：「我知道了。你只管放心，有我呢！」鴛鴦千恩萬謝的托了鳳姐。

那鳳姐出來，想道：「鴛鴦這東西好古怪！不知打了什麼主意？論理，老太太身上本該體面些。噯！不要管他，且按著咱們家先前的樣子辦去。」於是叫了旺兒家的來，把話傳出去，請二爺進來。不多時，賈璉進來，說道：「怎麼找我？你在裡頭照應著些就是了。橫豎作主是咱們二老爺，他說怎麼著，咱們就怎麼著。」鳳姐道：「你也說起這個話來了，可不是鴛鴦說的話應驗了麼？」賈璉道：「什麼鴛鴦的話？」鳳姐便將鴛鴦請進去的話述了一遍。賈璉道：「他們的話算什麼！才剛二老爺叫我去，說：『老太太的事固要認真辦理，但是知道的呢，說是老太太自己結果自己；不知道的，只說咱們都隱匿起來了，如今很寬裕。老太太的這種銀子用不了，誰還要麼？仍舊該用在老太太身上。老太太是在南邊的，墳地雖有，陰宅卻沒有。老太太的柩是要歸到南邊去的，留這銀子在祖墳上蓋起些房屋來，再餘下的置買幾頃祭田。咱們回去也好，就是不回去，也叫這些貧窮族中住著，也好按時按節早晚上香，時常祭掃祭掃。』

你想這些話可不是正經主意？據你這個話，難道都花了罷？」鳳姐道：「銀子發出來了沒有？」賈璉道：「誰見過銀子！我聽見咱們太太聽見了二老爺的話，極力的攛掇二太太和二老爺，說這是好主意。叫我怎麼著！現在外頭棚杠上要支幾百銀子，這會子還沒有發出來。我要去，他們都說有，先叫外頭辦了，回來再算。你想，這些奴才們有錢的早溜了，按著冊子叫去，有的說告病，有的說下莊子去了。走不動的有幾個，只有賺錢的能耐，還有賠錢的本事麼！」鳳姐聽了，呆了半天，說道：「這還辦什麼！」

正說著，見來了一個丫頭，說：「大太太的話，問二奶奶：今兒第三天了，裡頭還很亂，供了飯，還叫親戚們等著嗎？叫了半天，來了菜，短了飯：這是什麼辦事的道理？」鳳姐急忙進去，吆喝人來伺候，胡弄著將早飯打發了。偏偏那日人來的多，裡頭的人都死眉瞪眼的。鳳姐只得在那裡照料了一會子，又惦記著派人，趕著出來，叫了旺兒家的傳齊了家人女人們，一一分派了。眾人都答應著不動。鳳姐道：「什麼時候，還不供飯！」眾人道：「傳飯是容易的，只要將裡頭的東西發出來，我們才好照管去。」鳳姐道：「糊塗東西！派定了你們，少不得有的！」眾人只得勉強應著。鳳姐即往上房取發應用之物，要去請示邢、王二夫人，見人多難說，看那時候已經日漸平西了，只得找了鴛鴦，說要老太太存的這一分傢伙。鴛鴦道：「你還問我呢！那一年二爺當了，贖了來了麼？」鳳姐道：「不用銀的金的，只要這一分平常使的。」鴛鴦道：「大太太、珍大奶奶屋裡使的是那裡來的？」鳳姐一想不差，轉身就走，只得到王夫人那邊找了玉釧、彩雲，才拿了一分出來，急忙叫彩明登賬，發與眾人收管。

鴛鴦見鳳姐這樣慌張，又不好叫他回來，心想：「他頭裡作事何等爽利周到，如今怎麼掣肘②的這個樣兒！我看這兩三天連一點頭腦③都沒有，不是老太太白疼了他了嗎！」那裡知邢夫人一聽賈政的話，正合著將來家計艱難的心，巴不得留一點子作個收局。況且老太太的事原是長房作主，賈赦雖不在家，賈政又是拘泥的人，有件事便說：「請大太太的主意。」邢夫人素知鳳姐手腳大，賈璉的鬧鬼，所以死拿住不放鬆。鴛鴦只道已將這項銀兩交了出去了，故見鳳姐掣肘如此，便疑為不肯用心，便在賈母靈前嘮嘮叨叨哭個不了。

邢夫人等聽了話中有話，不想到自己不令鳳姐便宜行事，反說：「鳳丫頭果然有些不用心。」王夫人到了晚上，叫了鳳姐過來，說：「咱們家雖說不濟，外頭的體面是要的。這兩三日人來人往，我瞧著那些人都照應不到，想是你沒有吩咐。——還得你替我們操點心兒才好。」鳳姐聽了，呆了一會，要將銀兩不湊手的話說出，但是銀錢是外頭管的，王夫人說的是照應不到，鳳姐也不敢辯，只好不言語。邢夫人在旁說道：「論理，該是我們做媳婦的操心，本不是孫子媳婦的事。但是我們動不得身，所以托你的，你是打不得撒手的。」鳳姐紫漲了臉，正要回說，只聽外頭鼓樂一奏，是燒黃昏紙的時候了，大家舉起哀來，又不得說。鳳姐原想回來再說，王夫人催他出去料理，說道：「這裡有我們的，你快快兒的去料理明兒的事罷。」

鳳姐不敢再言，只得含悲忍泣的出來，又叫人傳齊了眾人，又吩咐了一會，說：「大娘、嬸子們，

②掣肘——掣，拉扯；肘，臂中部彎處。肘關節如被拉扯，手臂就不能屈伸自如，因此常用來比喻對別人作事從旁牽制阻撓。這裡是辦事不爽利、窮於應付的意思。

③頭腦——指事情的頭緒。

可憐我罷！我上頭捱了好些說，為的是他們不齊截，叫人笑話。明兒你們豁出些辛苦來罷！」那些人回道：「奶奶辦事，不是今兒個一遭兒了，我們敢違拗嗎？只是這回的事，上頭過於累贅。只說打發這頓飯罷，有的在這裡吃，有的要在家裡吃，請了那位太太，又是那位奶奶不來。諸如此類，那得齊全？還求奶奶勸勸那些姑娘們不要挑飭就好了。」鳳姐道：「頭一層是老太太的丫頭們是難纏的，太太們的也難說話，叫他說誰去呢？」眾人道：「從前奶奶在東府裡還是署事④，要打要罵，怎麼這樣鋒利？誰敢不依？如今這些姑娘們都壓不住了？」鳳姐嘆道：「東府裡的事，雖說托辦的，太太雖在那裡，不好意思說什麼。如今是自己的事情，又是公中的，人人說得話。再者，外頭的銀錢也叫不靈：即如棚裡要一件東西，傳了出來，總不見拿進來。這叫我什麼法兒呢？」眾人道：「二爺在外頭，倒怕不應付麼？」鳳姐道：「還提那個！他也是那裡為難。第一件，銀錢不在他手裡，要一件得回一件，那裡湊手？」眾人道：「老太太這項銀子不在二爺手裡嗎？」鳳姐道：「你們回來問管事的，便知道了。」眾人道：「怨不得我們聽見外頭男人抱怨說：『這麼件大事，咱們一點摸不著，淨當苦差！』叫人怎麼能齊心呢？」鳳姐道：「如今不用說了。眼面前的事，大家留些神罷。倘或鬧的上頭有了什麼說的，我和你們不依的。」眾人道：「奶奶要怎麼樣，我們敢抱怨嗎？只是上頭一人一個主意，我們實在難周到的。」鳳姐聽了沒法，只得央說道：「好大娘們！明兒且幫我一天。等我把姑娘們鬧明白了，再說罷咧。」眾人聽命而去。

鳳姐一肚子的委屈，愈想愈氣，直到天亮，又得上去。要把各處的人整理整理，又恐邢夫人生氣；

④署事——代理事務。

聯經出版事業公司 校印

要和王夫人說，怎奈邢夫人挑唆。這些丫頭們見邢夫人等不助著鳳姐的威風，更加作踐起他來。幸得平兒替鳳姐排解，說是：「二奶奶巴不得要好，只是老爺、太太們吩咐了外頭，不許糜費，所以我們二奶奶不能應付到了。」說過幾次，才得安靜些。

雖說僧經道懺，上祭掛帳，絡繹不絕，終是銀錢吝嗇，誰肯踴躍，不過草草了事。連日王妃誥命也來得不少，鳳姐也不能上去照應，只好在底下張羅，叫了那個，走了這個，發一回急，央及一會，胡弄過了一起，又打發一起。別說鴛鴦等看去不像樣，連鳳姐自己心裡也過不去了。

邢夫人雖說是冢婦，仗著「悲戚為孝」四個字，倒也都不理會。王夫人落得跟了邢夫人行事，餘者更不必說了。獨有李紈瞧出鳳姐的苦處，也不敢替他說話，只自嘆道：「俗語說的，『牡丹雖好，全仗綠葉扶持』，太太們不虧了鳳丫頭，那些人還幫著嗎？若是三姑娘在家還好，如今只有他幾個自己的人瞎張羅，面前背後的也抱怨，說是一個錢摸不著，臉面也不能剩一點兒。老爺是一味的盡孝，庶務上頭不大明白。這樣的一件大事，不撒散幾個錢就辦的開了嗎？可憐鳳丫頭鬧了幾年，不想在老太太的事上，只怕保不住臉了。」於是抽空兒叫了他的人來，吩咐道：「你們別看著人家的樣兒，也糟塌起璉二奶奶來。別打量什麼穿孝守靈就算了大事了，不過混過幾天就是了。看見那些人張羅不開，便插個手兒，也未為不可。這也是公事，大家都該出力的。」那些素服李紈的人都答應著說：「大奶奶說得很是，我們也不敢那麼著。只聽見鴛鴦姐姐們的口話兒，好像怪璉二奶奶的似的。」李紈道：「就是鴛鴦，我也告訴過他，我說璉二奶奶並不是在老太太的事上不用心，只是銀子錢都不在他手裡，叫他巧媳婦還作的上沒米的粥來嗎？如今鴛鴦也知道了，所以他不怪他了。只是鴛鴦的樣子竟是不像從前了，這也奇怪。那時候有老太太疼他，倒沒有作過什麼威福；如今老太太死了，沒有了仗腰子的了，我看他倒有些氣質不大好了。我先前替他愁，這會子幸喜大老爺不在家，才躲過去了；不然，他有什麼法兒？」

說著，只見賈蘭走來說：「媽媽睡罷。一天到晚人來客去的也乏了，歇歇罷。我這幾天總沒有摸摸書本兒，今兒爺爺叫我家裡睡，我喜歡的很，要理個一兩本書才好。別等脫了孝再都忘了。」李紈道：「好孩子，看書呢，自然是好的。今兒且歇歇罷，等老太太送了殯再看罷。」賈蘭道：「媽媽要睡，我也就睡在被窩裡頭想想也罷了。」眾人聽了，都誇道：「好哥兒！怎麼這點年紀，得了空兒就想到書上？不像寶二爺，娶了親的人還是那麼孩子氣。這幾日跟著老爺跪著，瞧他很不受用，巴不得老爺一動身就跑過來找二奶奶，不知唧唧咕咕的說些什麼，甚至弄的二奶奶都不理他了。他又去找琴姑娘，琴姑娘也遠避他。邢姑娘也不很同他說話。倒是咱們本家的什麼喜姑娘咧四姑娘咧，『哥哥』長『哥哥』短的和他親密。我們看那寶二爺除了和奶奶、姑娘們混混，只怕他心裡也沒有別的事，白過費⑤了老太太的心，疼了他這麼大，那裡及蘭哥兒一零兒呢？大奶奶，你將來是不愁的了！」

李紈道：「就好，也還小，只怕到他大了，咱們家還不知怎麼樣了呢！環哥兒你們瞧著怎麼樣？」眾人道：「這一個更不像樣兒了！兩個眼睛倒像個活猴兒似的，東溜溜，西看看，雖在那裡嚎喪，見了奶奶、姑娘們來了，他在孝幔子裡頭淨偷著眼兒瞧人呢。」李紈道：「他的年紀其實也不小了。前日聽見說還要給他說親呢，如今又得等著了。嗳！還有一件事，——咱們家這些人，我看來也是說不清的，

⑤過費——這裡等於說「枉費」、「辜負」。

且不必說閑話。——後日送殯，各房的車輛是怎麼樣了？」眾人道：「璉二奶奶這幾天鬧得像失魂落魄的樣兒了，也沒見傳出去。昨兒聽見我的男人說，璉二爺派了芸二爺料理，說是咱們家的車也不夠，趕車的也少，要到親戚家去借去呢。」李紈笑道：「車也都是借得的麼？」眾人道：「奶奶說笑話兒了，車怎麼借不得？只是那一日所有的親戚都用車，只怕難借，想來還得僱呢。」李紈道：「底下人的只得僱，上頭白車⑥也有僱的麼？」眾人道：「現在大太太、東府裡的大奶奶、小蓉奶奶都沒有車了，不僱，那裡來的呢？」李紈聽了，嘆息道：「先前見有咱們家兒的太太、奶奶們坐了僱的車來，咱們都笑話，如今輪到自己頭上了。你明兒去告訴你的男人；我們的車馬，早早兒的預備好了，省得擠。」眾人答應了出去。不題。

且說史湘雲因他女婿病著，賈母死後，只來的一次，屈指算是後日送殯，不能不去。又見他女婿的病已成癆症，暫且不妨，只得坐夜⑦前一日過來。想起賈母素日疼他；又想到自己命苦，剛配了一個才貌雙全的男人，性情又好，偏偏的得了冤孽症候，不過捱日子罷了：於是更加悲痛，直哭了半夜。鴛鴦等再三勸慰不止。寶玉瞅著也不勝悲傷，又不好上前去勸。見他淡妝素服，不敷脂粉，更比未出嫁的時候猶勝幾分。轉念又看寶琴等淡素裝飾，自有一種天生丰韵。獨有寶釵渾身孝服，那知道比尋常穿顏色

⑥白車——送喪的車。
⑦坐夜——也叫「伴宿」，出殯前一夜，喪家整夜守靈不睡。

時更有一番雅致。心裡想道：「所以千紅萬紫，終讓梅花為魁。殊不知並非為梅花開的早，竟是『潔白清香』四字是不可及的了。但只這時候若有林妹妹，也是這樣打扮，又不知怎樣的丰韵了！」想到這裡，不覺的心酸起來，那淚珠便直滾滾的下來了，趁著賈母的事，不妨放聲大哭。眾人正勸湘雲不止，外間又添出一個哭的來了。大家只道是想著賈母疼他的好處，所以傷悲，豈知他們兩個人各自有各自的心事。這場大哭，不禁滿屋的人無不下淚。還是薛姨媽、李嬸娘等勸住。

明日是坐夜之期，更加熱鬧。鳳姐這日竟支撐不住，也無方法，只得用盡心力，甚至咽喉嚷破，敷衍過了半日。到了下半天，人客更多了，事情也更繁了，瞻前顧後。正在著急，只見一個小丫頭跑來說：「二奶奶在這裡呢！怪不得大太太說：裡頭人多，照應不過來，二奶奶是躲著受用去了！」鳳姐聽了這話，一口氣撞上來，往下一咽，眼淚直流，只覺得眼前一黑，嗓子裡一甜，便噴出鮮紅的血來，身子站不住，就蹲倒在地。幸虧平兒急忙過來扶住。只見鳳姐的血吐個不住。未知性命如何，下回分解。

第一百十一回　鴛鴦女殉主登太虛　狗彘①奴欺天招夥盜

話說鳳姐聽了小丫頭的話，又氣又急又傷心，不覺吐了一口血，便昏暈過去，坐在地下。平兒急來靠著，忙叫了人來攙扶著，慢慢的送到自己房中，將鳳姐輕輕的安放在炕上，立刻叫小紅斟上一杯開水送到鳳姐唇邊。鳳姐呷了一口，昏迷仍睡。秋桐過來略瞧了一瞧，卻便走開，平兒也不叫他。只見豐兒在旁站著，平兒叫他快快的去回明白了「二奶奶吐血發暈，不能照應」的話，告訴了邢、王二夫人。邢夫人打諒鳳姐推病藏躲，因這時女親在內不少，也不好說別的，心裡卻不全信，只說：「叫他歇著去罷。」眾人也並無言語。只說這晚人客來往不絕，幸得幾個內親照應。家下人等見鳳姐不在，也有偷閑歇力的，亂亂吵吵，已鬧的七顛八倒，不成事體了。

到二更多天，遠客去後，便預備辭靈②。孝幕內的女眷，大家都哭了一陣。只見鴛鴦已哭的昏暈過

①狗彘——罵人下賤的話。彘，音ㄓˋ，豬。

②辭靈——出殯之前，死者親友向靈柩告別。

聯經出版事業公司 校印

去了，大家扶住，捶鬧了一陣，才醒過來，便說「老太太疼我一場，我跟了去」的話。眾人都打諒人到悲哭，俱有這些言語，也不理會。到了辭靈之時，上上下下也有百十餘人，只鴛鴦不在。眾人忙亂之時，誰去檢點。到了琥珀等一干的人哭奠之時，卻不見鴛鴦，想來是他哭乏了，暫在別處歇著，也不言語。

辭靈以後，外頭賈政叫了賈璉問明送殯的事，便商量著派人看家。賈璉回說：「上人裡頭，派了芸兒在家照應，不必送殯；下人裡頭，派了林之孝的一家子照應拆棚等事。但不知裡頭派誰看家？」賈政道：「聽見你母親說是你媳婦病了，不能去，就叫他在家的。你珍大嫂子又說你媳婦病得利害，還叫四丫頭陪著，帶領了幾個丫頭、婆子，照看上屋裡才好。」賈璉聽了，心想：「珍大嫂子與四丫頭兩個不合，所以攛掇著不叫他去。若是上頭就是他照應，也是不中用的。我們那一個又病著，也難照應。」想了一回，回賈政道：「老爺且歇歇兒，等進去商量定了再回。」賈政點了點頭，賈璉便進去了。

誰知此時鴛鴦哭了一場，想到：「自己跟著老太太一輩子，身子也沒有著落。如今大老爺雖不在家，大太太的這樣行為，我也瞧不上。老爺是不管事的人，以後便『亂世為王』起來了。我們這些人，不是要叫他們掇弄了麼？誰收在屋子裡，誰配小子，我是受不得這樣折磨的，倒不如死了乾淨！但是一時怎麼樣的個死法呢？」一面想，一面走回老太太的套間屋內。剛跨進門，只見燈光慘淡，隱隱有個女人拿著汗巾子，好似要上吊的樣子。鴛鴦也不驚怕，心裡想道：「這一個是誰？和我的心事一樣，倒比我走在頭裡了。」便問道：「你是誰？咱們兩個人是一樣的心，要死，一塊兒死。」那個人也不答言。鴛鴦走到跟前一看，並不是這屋子的丫頭，仔細一看，覺得冷氣侵人，一時就不見了。鴛鴦呆了一呆，退出在炕沿上坐下，細細一想，道：「哦！是了，這是東府裡的小蓉大奶奶啊！他早死了的了，怎麼到這裡

聯經出版事業公司校印

來?必是來叫我來了。他怎麼又上吊呢?」想了一想,道:「是了,必是教給我死的法兒。」鴛鴦這麼一想,邪侵入骨,便站起來,一面哭,一面開了妝匣,取出那年絞的一綹頭髮,揣在懷裡,就在身上解下一條汗巾,按著秦氏方才比的地方拴上。自己又哭了一回,聽見外頭人客散去,恐有人進來,急忙關上屋門,然後端了一個腳凳,自己站上,把汗巾拴上扣兒,套在咽喉,便把腳凳蹬開。可憐咽喉氣絕,香魂出竅!正無投奔,只見秦氏隱隱在前,鴛鴦的魂魄疾忙趕上,說道:「蓉大奶奶,你等等我。」那個人道:「我並不是什麼蓉大奶奶,乃警幻之妹可卿是也。」鴛鴦道:「你明明是蓉大奶奶,怎麼說不是呢?」那人道:「這也有個原故,待我告訴你,你自然明白了。我在警幻宮中,原是個鍾情的首坐,管的是風情月債;降臨塵世,自當為第一情人,引這些癡情怨女,早早歸入情司,所以該當懸梁自盡的。因我看破凡情,超出情海,歸入情天,所以太虛幻境『癡情』一司竟自無人掌管。今警幻仙子已經將你補入,替我掌管此司,所以命我來引你前去的。」鴛鴦的魂道:「我是個最無情的,怎麼算我是個有情的人呢?」那人道:「你還不知道呢。世人都把那淫欲之事當作『情』字,所以作出傷風敗化的事來,還自謂風月多情,無關緊要。不知『情』之一字,喜怒哀樂未發之時,便是個性,喜怒哀樂已發,便是情了。至於你我這個情,正是未發之情,就如那花的含苞一樣,欲待發泄出來,這情就不為真情了。」鴛鴦的魂聽了,點頭會意,便跟了秦氏可卿而去。

這裡琥珀辭了靈,聽邢、王二夫人分派看家的人,想著去問鴛鴦明日怎樣坐車的,在賈母的外間屋裡找了一遍,不見,便找到套間裡頭。剛到門口,見門兒掩著,從門縫裡望裡看時,只見燈光半明不滅的,影影綽綽,心裡害怕,又不聽見屋裡有什麼動靜,便走回來說道:「這蹄子跑到那裡去了?」劈頭見了珍珠，說：「你見鴛鴦姐姐來著沒有？」珍珠道：「我也找他，太太們等他說話呢。必在套間裡睡著了。」琥珀道：「我瞧了，屋裡沒有。那燈也沒人夾蠟花兒，漆黑怪怕的，我沒進去。如今咱們一塊兒進去瞧，看有沒有。」琥珀等進去，正夾蠟花，珍珠說：「誰把腳凳撂在這裡，幾乎絆我一跤。」說著，往上一瞧，唬的「噯喲」一聲，身子往後一仰，「咕咚」的栽在琥珀身上。琥珀也看見了，便大嚷起來，只是兩隻腳挪不動。

外頭的人也都聽見了，跑進來一瞧，大家嚷著報與邢、王二夫人知道。王夫人、寶釵等聽了，都哭著去瞧。邢夫人道：「我不料鴛鴦倒有這樣志氣！——快叫人去告訴老爺。」只有寶玉聽見此信，便唬的雙眼直竪。襲人等慌忙扶著，說道：「你要哭就哭，別憋著氣。」寶玉死命的才哭出來了，心想：「鴛鴦這樣一個人，偏又這樣死法！」又想：「實在天地間的靈氣，獨鍾在這些女子身上了。他算得了死所。我們究竟是一件濁物，還是老太太的兒孫，誰能趕得上他？」復又喜歡起來。那時寶釵聽見寶玉大哭，也出來了，及到跟前，見他又笑。襲人等忙說：「不好了！又要瘋了！」寶釵道：「不妨事，他有他的意思。」寶玉聽了，更喜歡寶釵的話：「倒是他還知道我的心，別人那裡知道。」正在胡思亂想，賈政等進來，著實的嗟嘆著，說道：「好孩子，不枉老太太疼他一場！」即命賈璉出去吩咐人連夜買棺盛殮，「明日便跟著老太太的殯送出，也停在老太太棺後，全了他的心志。」賈璉答應出去。這裡命人將鴛鴦放下，停放裡間屋內。平兒也知道了，過來同襲人、鶯兒等一干人都哭的哀哀欲絕。內中紫鵑也想起自己終身一無著落，「恨不跟了林姑娘去，又全了主僕的恩義，又得了死所。如今空懸在寶玉屋內，雖說寶玉仍是柔情蜜意，究竟算不得什麼？」於是更哭得哀切。

王夫人即傳了鴛鴦的嫂子進來，叫他看著入殮。遂與邢夫人商量了，在老太太項內賞了他嫂子一百兩銀子，還說等閑了，將鴛鴦所有的東西俱賞他們。他嫂子磕了頭出去，反喜歡說：「真真的我們姑娘是個有志氣的，有造化的！又得了好名聲，又得了好發送③！」旁邊一個婆子說道：「罷呀，嫂子！這會子你把一個活姑娘賣了一百銀子便這麼喜歡了，那時候兒給了大老爺，你還不知得多少銀錢呢，你該更得意了。」一句話戳了他嫂子的心，便紅了臉走開了。剛走到二門上，見林之孝帶了人抬進棺材來了，他只得也跟進去幫著盛殮，假意哭嚎了幾聲。

賈政因他為賈母而死，要了香來，上了三炷，作了一個揖，說：「他是殉葬的人，不可作丫頭論。你們小一輩都該行個禮。」寶玉聽了，喜不自勝，走上來恭恭敬敬磕了幾個頭。賈璉想他素日的好處，也要上來行禮，被邢夫人說道：「有了一個爺們便罷了，不要折受他不得超生。」賈璉就不便過來了。寶釵聽了，心中好不自在，便說道：「我原不該給他行禮，但只老太太去世，咱們都有未了之事，不敢胡為。他肯替咱們盡孝，咱們也該托托他好好的替咱們伏侍老太太西去，也少盡一點子心哪！」說著，扶了鶯兒走到靈前，一面奠酒，那眼淚早撲簌簌流下來了。奠畢，拜了幾拜，狠狠的哭了他一場。眾人也有說寶玉的兩口子都是傻子，也有說他兩個心腸兒好的，也有說他知禮的。賈政反倒合了意。

一面商量定了看家的仍是鳳姐、惜春，餘者都遣去伴靈。一夜誰敢安眠？一到五更，聽見外面齊人。到了辰初發引，賈政居長，衰麻④哭泣，極盡孝子之禮。靈柩出了門，便有各家的路祭，一路上的風光，

③發送——送靈柩去殯葬；這裡用作名詞，指喪葬費用。

不必細述。走了半日，來至鐵檻寺安靈，所有孝男等俱應在廟伴宿，不題。

且說家中林之孝帶領拆了棚，將門窗上好，打掃淨了院子，派了巡更的人，到晚打更上夜。只是榮府規例：一、二更，三門掩上，男人便進不去了，裡頭只有女人們查夜。鳳姐雖隔了一夜，漸漸的神氣清爽了些，只是那裡動得？只有平兒同著惜春各處走了一走，吩咐了上夜的人，也便各自歸房。

卻說周瑞的乾兒子何三，去年賈珍管事之時，因他和鮑二打架，被賈珍打了一頓，攆在外頭，終日在賭場過日。近知賈母死了，必有些事情領辦，豈知探了幾天的信，一些也沒有想頭，便噯聲嘆氣的回到賭場中，悶悶的坐下。那些人便說道：「老三，你怎麼樣？不下來撈本了麼？」何三道：「倒想要撈一撈呢，就只沒有錢麼。」那些人道：「你到你們周大太爺那裡去了幾日，府裡的錢，你也不知弄了多少來，又來和我們裝窮兒了。」何三道：「你們還說呢！他們的金銀不知有幾百萬，只藏著不用。明兒留著，不是火燒了，就是賊偷了，他們才死心呢！」那些人道：「你又撒謊。他家抄了家，還有多少金銀？」何三道：「你們還不知道呢。抄去的，是撂不了的⑤。如今老太太死，還留了好些金銀，他們一個也不使，都在老太太屋裡擱著，等送了殯回來才分呢。」

內中有一個人聽在心裡，擲了幾骰，便說：「我輸了幾個錢，也不翻本兒了，睡去了。」說著，便

---

④衰麻——同縗（音ㄘㄨㄟ）麻，舊時以麻布披在胸前當作孝服，這是三年之喪用的孝服。這裡泛指孝服。

⑤撂不了的——沒處放的；「撂」在這裡是存放、保存的意思。

走出來，拉了何三道：「老三，我和你說句話。」何三跟他出來。那人道：「你這樣一個伶俐人，這樣窮，為你不服這口氣！」何三道：「我命裡窮，可有什麼法兒呢？」那人道：「你才說榮府的銀子這麼多，為什麼不去拿些使喚使喚？」何三道：「我的哥哥！他家的金銀雖多，你我去白要一二錢，他們給咱們嗎？」那人笑道：「他不給咱們，咱們就不會拿嗎？」

何三聽了這話裡有話，便問道：「依你說，怎麼樣拿呢？」那人道：「我說你沒有本事，若是我，早拿了來了。」何三道：「你有什麼本事？」那人便輕輕的說道：「你若要發財，你就引個頭兒。我有好些朋友都是通天的本事，不要說他們送殯去了，家裡剩下幾個女人，就讓有多少男人也不怕。——只怕你沒這麼大膽子罷咧！」何三道：「什麼敢不敢！你打諒我怕那個乾老子麼？我是瞧著乾媽的情兒上頭，才認他作乾老子罷咧！他又算了人了？你剛才的話，就只怕弄不來，倒招了饑荒。他們那個衙門不熟？別說拿不來，倘或拿了來，也要鬧出來的。」那人道：「這麼說，你的運氣來了。我的朋友，還有海邊上的呢，現今都在這裡，看個風頭，等個門路。若到了手，你我在這裡也無益，不如大家下海去受用，不好麼？你若撂不下你乾媽，咱們索性把你乾媽也帶了去，大家夥兒樂一樂，好不好？」何三道：「老大，你別是醉了罷？這些話混說的什麼！」說著，拉了那人走到一個僻靜地方，兩個人商量了一回，各人分頭而去。暫且不提。

且說包勇自被賈政吆喝派去看園，賈母的事出來，也忙了，不曾派他差使，他也不理會，總是自做自吃，悶來睡一覺，醒時便在園裡耍刀弄棍，倒也無拘無束。那日賈母一早出殯，他雖知道，因沒有派他差事，他任意閑遊。只見一個女尼帶了一個道婆來到園內腰門那裡扣門，包勇走來，說道：「女師父，那裡去？」道婆道：「今日聽得老太太的事完了，不見四姑娘送殯，想必是在家看家。想他寂寞，我們師父來瞧他一瞧。」包勇道：「主子都不在家，園門是我看的，請你們回去罷。要來呢，等主子們回來了再來。」婆子道：「你是那裡來的個黑炭頭？也要管起我們的走動來了。」包勇道：「我嫌你們這些人，我不叫你們來，你們有什麼法兒！」婆子生了氣，嚷道：「這都是反了天的事了！連老太太在日，還不能攔我們的來往走動呢，你是那裡的這麼個橫強盜，這樣沒法沒天的？我偏要打這裡走！」說著，便把手在門環上狠狠的打了幾下。妙玉已氣的不言語，正要回身便走，不料裡頭看二門的婆子聽見有人拌嘴似的，開門一看，見是妙玉，已經回身走去，明知必是包勇得罪了走了。近日婆子們都知道上頭太太們、四姑娘都親近得很，恐他日後說出門上不放他進來，那時如何擔得住，趕忙走來，說：「不知師父來，我們開門遲了。我們四姑娘在家裡，還正想師父呢。快請回來。看園子的小子是個新來的，他不知咱們的事。回來回了太太，打他一頓，攆出去就完了。」妙玉雖是聽見，總不理他。那經得看腰門的婆子趕上再四央求，後來才說出怕自己擔不是，幾乎急的跪下，妙玉無奈，只得隨了那婆子過來。包勇見這般光景，自然不好攔他，氣得瞪眼嘆氣而回。

這裡妙玉帶了道婆走到惜春那裡，道了惱，敘了些閑話。說起：「在家看家，只好熬個幾夜。但是二奶奶病著，一個人又悶又是害怕，能有一個人在這裡，我就放心。如今裡頭一個男人也沒有。今兒你既光降，肯伴我一宵，咱們下棋說話兒，可使得麼？」妙玉本自不肯，見惜春可憐，又提起下棋，一時高興應了，打發道婆回去取了他的茶具、衣褥，命侍兒送了過來，大家坐談一夜。惜春欣幸異常，便命彩屏去開上年蠲的雨水，預備好茶。那妙玉自有茶具。那道婆去了不多一時，又來了個侍者，帶了妙玉日用之物。惜春親自烹茶。兩人言語投機，說了半天，那時已是初更時候，彩屏放下棋枰，兩人對弈。惜春連輸兩盤，妙玉又讓了四個子兒，惜春方贏了半子⑥。這時已到四更，天空地闊，萬籟無聲。妙玉道：「我到五更須得打坐一回，我自有人伏侍，你自去歇息。」惜春猶是不捨，見妙玉要自己養神，不便扭他。

正要歇去，猛聽得東邊上屋內上夜的人一片聲喊起，惜春那裡的老婆子們也接著聲嚷道：「了不得了！有了人了！」唬得惜春、彩屏等心膽俱裂，聽見外頭上夜的男人便聲喊起來。妙玉道：「不好了！必是這裡有了賊了！」正說著，這裡不敢開門，便掩了燈光。在窗戶眼內往外一瞧，只見幾個男人站在院內，唬得不敢作聲，回身擺著手，輕輕的爬下來，說：「了不得！外頭有幾個大漢站著。」說猶未了，又聽得房上響聲不絕，便有外頭上夜的人進來吆喝拿賊。一個人說道：「上屋裡的東西都丟了，並不見人。東邊有人去了，咱們到西邊去。」惜春的老婆子聽見有自己的人，便在外間屋裡說道：「這裡有好些人上了房了。」上夜的都道：「你瞧，這可不是嗎？」大家一齊嚷起來。只聽房上飛下好些瓦來，眾人都不敢上前。

正在沒法，只聽園門腰門一聲大響，打進門來，見一個稍長大漢，手執木棍。眾人唬得藏躲不及，

⑥贏了半子——圍棋雙方共三百六十一個子，平均每方各一百八十又半個子，即使棋逢對手最後也必有半子之差，得子一百八十一個者即贏了對方半子。

聽得那人喊說道：「不要跑了他們一個！你們都跟我來。」這些家人聽了這話，越發唬得骨軟筋酥，連跑也跑不動了。只見這人站在當地只管亂喊，家人中有一個眼尖些的看出來了——你道是誰？正是甄家薦來的包勇。這些家人不覺膽壯起來，便顫巍巍的說道：「有一個走了，有的在房上呢！」包勇便向地下一撲，聳身上房，追趕那賊。這些賊人明知賈家無人，先在院內偷看惜春房內，見有個絕色女尼，便頓起淫心，又欺上屋俱是女人，且又畏懼，正要踹進門去，因聽外面有人進來追趕，所以賊眾上房。見人不多，還想抵擋，猛見一人上房趕來，那些賊見是一人，越發不理論了，便用短兵抵住。那經得包勇用力一棍打去，將賊打下房來。那些賊飛奔而逃，從園墻過去，包勇也在房上追捕。豈知園內早藏下了幾個在那裡接贓，已經接過好些，見賊夥跑回，大家舉械保護，見追的只有一人，明欺寡不敵眾，反倒迎上來。包勇一見，生氣道：「這些毛賊！敢來和我鬥鬥！」那夥賊便說：「我們有一個伙計被他們打倒了，不知死活，咱們索性搶了他出來。」這裡包勇聞聲即打。那夥賊便掄起器械，四五個人圍住包勇亂打起來。外頭上夜的人也都仗著膽子，只顧趕了來。眾賊見鬥他不過，只得跑了。包勇還要趕時，被一個箱子一絆，立定看時，心想東西未丟，眾賊遠逃，也不追趕。便叫眾人將燈照看，地下只有幾個空箱，叫人收拾，他便欲跑回上房。因路徑不熟，走到鳳姐那邊，見裡面燈燭輝煌，便問：「這裡有賊沒有？」裡頭的平兒戰兢兢的說道：「這裡也沒開門，只聽上屋叫喊說有賊呢。你到那裡去罷。」包勇正摸不著路頭，遙見上夜的人過來，才跟著一齊尋到上屋。見是門開戶啟，那些上夜的在那裡啼哭。

一時賈芸、林之孝都進來了，見是失盜，大家著急。進內查點，老太太的房門大開，將燈一照，鎖頭擰折，進內一瞧，箱櫃已開，便罵那些上夜女人道：「你們都是死人麼！賊人進來，你們不知道的麼！」

聯經出版事業公司　校印

那些上夜的人啼哭著說道：「我們幾個人輪更上夜，是管二三更的，我們都沒有住腳，前後走的。他們是四更五更，我們的下班兒。只聽見他們喊起來，並不見一個人，趕著照看，不知什麼時候把東西早已丟了。求爺們問管四五更的。」林之孝道：「你們個個要死！回來再說。咱們先到各處看去。」上夜的男人領著走到尤氏那邊，門兒關緊，有幾個接音說：「唬死我們了。」林之孝問道：「這裡沒有丟東西？」裡頭的人方開了門，道：「這裡沒丟東西。」林之孝帶著人走到惜春院內，只聽得裡面說道：「了不得了！唬死了姑娘了。醒醒兒罷！」林之孝便叫人開門，問是怎樣了。裡頭婆子開門，說：「賊在這裡打仗，把姑娘都唬壞了。虧得妙師父和彩屏才將姑娘救醒。東西是沒失。」林之孝道：「賊人怎麼打仗？」上夜的男人說：「幸虧包大爺上了房把賊打跑了去了，還聽見打倒一個人呢。」包勇道：「在園門那裡呢。」賈芸等走到那邊，果見一人躺在地下，死了，細細一瞧，好像周瑞的乾兒子。眾人見了詫異，派一個人看守著，又派兩個人照看前後門，俱仍舊關鎖著。

林之孝便叫人開了門，報了營官⑦，立刻到來查勘。踏察賊迹是從後夾道上屋的，到了西院房上，見那瓦破碎不堪，一直過了後園去了。眾上夜的齊聲說道：「這不是賊，是強盜。」營官著急道：「並非明火執杖⑧，怎算是盜？」上夜的道：「我們趕賊，他在房上擲瓦，我們不能近前，幸虧我們家的姓包的上房打退。趕到園裡，還有好幾個賊竟與姓包的打仗，打不過姓包的，才都跑了。」營官道：「可

⑦營官——清代綠營官職分標、協、營、汛四級，營級的官長有參將、游擊、都司、守備等名目。
⑧明火執杖——強盜公開搶劫。明火，點著火把；執杖，拿著武器。

又來，若是強盜，倒打不過你們的人麼？不用說了，你們快查清了東西，遞了失單，我們報就是了。」

賈芸等又到上屋，已見鳳姐扶病過來，惜春也來。賈芸請了鳳姐的安，問了惜春的好。大家查看失物。因鴛鴦已死，琥珀等又送靈去了，那些東西都是老太太的，並沒見數，只用封鎖，如今打從那裡查去。眾人都說：「箱櫃東西不少，如今一空，偷的時候不小，那些上夜的人管什麼的？況且打死的賊是周瑞的乾兒子，必是他們通同一氣的。」鳳姐聽了，氣的眼睛直瞪瞪的，便說：「把那些上夜的女人都拴起來，交給營裡審問！」眾人叫苦連天，跪地哀求。不知怎生發放，並失去的物有無著落，下回分解。

聯經出版事業公司校印

第一百十二回　活冤孽妙尼遭大劫　死讎仇趙妾赴冥曹①

話說鳳姐命捆起上夜眾女人送營審問，女人跪地哀求。林之孝同賈芸道：「你們求也無益。老爺派我們看家，沒有事是造化；如今有了事，上下都擔不是，誰救得你？若說是周瑞的乾兒子，連太太起，裡裡外外的都不乾淨。」鳳姐喘吁吁的說道：「這都是命裡所招，和他們說什麼！帶了他們去就是了。這丟的東西，你告訴營裡去說：『實在是老太太的東西，問老爺們才知道。等我們報了去，請了老爺們回來，自然開了失單送來。』文官衙門②裡我們也是這樣報。」賈芸、林之孝答應出去。

惜春一句話也沒有，只是哭道：「這些事我從來沒有聽見過，為什麼偏偏碰在咱們兩個人身上！明兒老爺、太太回來，叫我怎麼見人！說把家裡交給咱們，如今鬧到這個分兒，還想活著麼！」鳳姐道：

①死讎仇、冥曹——死讎仇，死對頭；讎，仇敵。冥曹，又叫陰曹，陰間審判罪人的衙門。

②文官衙門——這裡指管轄京城事務的地方政府，而上文「營裡」指武官衙門。

「咱們願意嗎?現在有上夜的人在那裡。」惜春道:「你還能說,況且你又病著。我是沒有說的。這都是我大嫂子害了我的,他攛掇著太太派我看家的。如今我的臉擱在那裡呢?」說著,又痛哭起來。鳳姐道:「姑娘,你快別這麼想。若說沒臉,大家一樣的。你若這麼糊塗想頭,我更擱不住了。」

二人正說著,只聽見外頭院子裡有人大嚷的說道:「我說那三姑六婆③是再要不得的!我們甄府裡從來是一概不許上門的,不想這府裡倒不講究這個呢!昨兒老太太的殯才出去,那個什麼庵裡的尼姑死要到咱們這裡來,我吆喝著不准他們進來,腰門上的老婆子倒罵我,死央及叫放那姑子進去。那腰門子一會兒開著,一會兒關著,不知做什麼。我不放心,沒敢睡,聽到四更,這裡就嚷起來。我來叫門倒不開了。我聽見聲兒緊了,打開了門,見西邊院子裡有人站著,我便趕上打死了。我今兒才知道,這是四姑奶奶的屋子,那個姑子就在裡頭。今兒天沒亮溜出去了,可不是那姑子引進來的賊麼?」平兒等聽著,都說:「這是誰這麼沒規矩?姑娘、奶奶都在這裡,敢在外頭混嚷嗎?」鳳姐道:「你聽見說『他甄府裡』,別就是甄家薦來的那個厭物罷?」惜春聽得明白,更加心裡過不的。鳳姐接著問惜春道:「那個人混說什麼姑子,你們那裡弄了個姑子住下了?」惜春便將妙玉來瞧他,留著下棋守夜的話說了。鳳姐道:「是他麼?他怎麼肯這樣?是再沒有的話。但是叫這討人嫌的東西嚷出來,老爺知道了,也不好。」惜春愈想愈怕,站起來要走。鳳姐雖說坐不住,又怕惜春害怕,弄出事來,只得叫他先別走,「且看著

③三姑六婆——三姑,尼姑、道姑、卦姑;六婆,牙婆(人販子)、媒婆,師婆(巫婆)、虔婆(鴇母)、藥婆、穩婆(收生婆)。

人把偷剩下的東西收起來，再派了人看著，才好走呢。」平兒道：「咱們不敢收，等衙門裡來了，踏看了才好收呢。咱們只好看著。但只不知老爺那裡有人去了沒有？」鳳姐道：「你叫老婆子問去。」一回進來說：「林之孝是走不開，家下人要伺候查驗的，再有的是說不清楚的，已經芸二爺去了。」鳳姐點頭，同惜春坐著發愁。

且說那夥賊原是何三等邀的，偷搶了好些金銀財寶接運出去，見人追趕，知道都是那些不中用的人，要往西邊屋內偷去，在窗外看見裡面燈光底下兩個美人：一個姑娘，一個姑子。那些賊那顧性命，頓起不良，就要踹進來，因見包勇來趕，才獲贓而逃。只不見了何三。大家且躲入窩家，到第二天打聽動靜，知是何三被他們打死，已經報了文武衙門。這裡是躲不住的，便商量趁早歸入海洋大盜一處去；若遲了，通緝文書一行，關津④上就過不去了。內中一個人膽子極大，便說：「咱們走是走，我就只捨不得那個姑子，長的實在好看。不知是那個庵裡的雛兒⑤呢？」一個人道：「啊呀！我想起來了！必就是賈府園裡的什麼櫳翠庵裡的姑子。不是前年外頭說他和他們家什麼寶二爺有原故，後來不知怎麼又害起相思病來了，請大夫吃藥的？就是他！」那一個人聽了，說：「咱們今日躲一天，叫咱們大哥借錢置辦些買賣行頭⑥，明兒亮鐘⑦時候陸續出關。你們在關外二十里坡等我。」眾賊議定，分贓俵散⑧。不題。

④關津——關塞渡口，泛指關卡。
⑤雛兒——這裡指少女，含有輕薄的意味。
⑥買賣行頭——指做案所需的裝備、用具。

且說賈政等送殯，到了寺內安厝⑨畢，親友散去。賈政在外廂房伴靈，邢、王二夫人等在內，一宿無非哭泣。

到了第二日，重新上祭。正擺飯時，只見賈芸進來，在老太太靈前磕了個頭，忙忙的跑到賈政跟前跪下，請了安，喘吁吁的將昨夜被盜，將老太太上房的東西都偷去，包勇趕賊，打死了一個，已經呈報文武衙門的話說了一遍。賈政聽了發怔。邢、王二夫人等在裡頭也聽見了，都唬得魂不附體，並無一言，只有啼哭。賈政過了一會子，問：「失單怎樣開的？」賈芸回道：「家裡的人都不知道，還沒有開單。」賈政道：「還好。咱們動過家⑩的，若開出好的來，反擔罪名。快叫璉兒。」

賈璉領了寶玉等去別處上祭未回，賈政叫人趕了回來。賈璉聽了，急得直跳，一見芸兒，也不顧賈政在那裡，便把賈芸狠狠的罵了一頓，說：「不配抬舉的東西！我將這樣重任托你，押著人上夜巡更，你是死人麼？虧你還有臉來告訴！」說著，往賈芸臉上啐了幾口。賈芸垂手站著，不敢回一言。賈政道：「你罵他也無益了。」賈璉然後跪下，說：「這便怎麼樣？」賈政道：「也沒法兒，只有報官緝賊。但只是一件：老太太遺下的東西，咱們都沒動。你說要銀子，我想老太太死得幾天，誰忍得動他那一項銀

---

⑦亮鐘——天快亮時更樓上敲的報曉鐘（五更鐘）。

⑧俵散——分給、散開、散發；俵，音ㄅㄧㄠˇ。

⑨安厝——本是安葬的意思，停柩待葬或暫時淺埋以待改葬也稱安厝。厝，同「措」，置放的意思。

⑩動過家——指抄過家，因避諱說「抄家」，所以換個說詞。

子？原打諒完了事，算了賬還人家；再有的，在這裡和南邊置墳產的。再有東西也沒見數兒。如今說文武衙門要失單，若將幾件好的東西開上，恐有礙；若說金銀若干，衣飾若干，又沒有實在數目，謊開使不得。倒可笑你如今竟換了一個人了，為什麼這樣料理不開？你跪在這裡是怎麼樣呢！」

賈璉也不敢答言，只得站起來就走。賈政又叫道：「你那裡去？」賈璉又跪下，道：「趕回去料理清楚再來回。」賈政「哼」的一聲，賈璉把頭低下。賈政道：「你進去回了你母親，叫了老太太的一兩個丫頭去，叫他們細細的想了，開單子。」賈璉心裡明知老太太的東西都是鴛鴦經管，他死了，問誰？就問珍珠，他們那裡記得清楚？只不敢駁回，連連的答應了，起來走到裡頭。邢、王夫人又埋怨了一頓，叫賈璉快回去，問他們這些看家的說：「明兒怎麼見我們！」賈璉也只得答應了出來，一面命人套車，預備琥珀等進城；自己騎上騾子，跟了幾個小廝，如飛的回去。賈芸也不敢再回賈政，斜簽著身子慢慢的溜出來，騎上了馬，來趕賈璉。一路無話。

到回了家中，林之孝請了安，一直跟了進來。賈璉到了老太太上屋，見了鳳姐、惜春在那裡，心裡又恨，又說不出來，便問林之孝道：「衙門裡瞧了沒有？」林之孝自知有罪，便跪下回道：「文武衙門都瞧了，來踪去迹也看了，屍也驗了。」賈璉吃驚道：「又驗什麼屍？」林之孝又將包勇打死的夥賊似周瑞的乾兒子的話回了賈璉。賈璉道：「叫芸兒！」賈芸進來，也跪著聽話。賈璉道：「你見老爺時，怎麼沒有回周瑞的乾兒子做了賊被包勇打死的話？」賈芸說道：「上夜的人說像他的，恐怕不真，所以沒有回。」賈璉道：「好糊塗東西！你若告訴了，我就帶了周瑞來一認，可不就知道了？」林之孝回道：「如今衙門裡把屍首放在市口兒招認去了。」賈璉道：「這又是個糊塗的東西！誰家的人做了賊，被人打死，要償命麼？」林之孝回道：「這不用人家認，奴才就認得是他。」賈璉聽了想道：「是啊！我記得珍大爺那一年要打的可不是周瑞家的麼？」林之孝回說：「他和鮑二打架來著，爺還見過的呢。」

賈璉聽了更生氣，便要打上夜的人。林之孝哀告道：「請二爺息怒。那些上夜的人，派了他們，還敢偷懶？只是爺府上的規矩：三門裡一個男人不敢進去的，就是奴才們，裡頭不叫，也不敢進去。奴才在外同芸哥兒刻刻查點，見三門關的嚴嚴的，外頭的門一重沒有開。那賊是從後夾道子來的。」賈璉道：「裡頭上夜的女人呢？」林之孝將「分更上夜奉奶奶的命捆著，等爺審問」的話回了。

賈璉又問：「包勇呢？」林之孝說：「又往園裡去了。」賈璉便說：「去叫來。」小廝們便將包勇帶來。說：「還虧你在這裡，若沒有你，只怕所有房屋裡的東西都搶了去了呢。」包勇也不言語。惜春恐他說出那話，心下著急。鳳姐也不敢言語。只見外頭說：「琥珀姐姐等回來了。」大家見了，不免又哭一場。

賈璉叫人檢點偷剩下的東西，只有些衣服、尺頭、錢箱未動，餘者都沒有了。賈璉心裡更加著急，想著「外頭的棚杠銀、廚房的錢，都沒有付給，明兒拿什麼還呢？」便呆想了一會。只見琥珀等進去，哭了一會，見箱櫃開著，所有的東西怎能記憶，便胡亂想猜，虛擬了一張失單，命人即送到文武衙門。賈璉復又派人上夜。鳳姐、惜春各自回房。賈璉不敢在家安歇，也不及埋怨鳳姐，竟自騎馬趕出城外。這裡鳳姐又恐惜春短見，又打發了豐兒過去安慰。

天已二更。不言這裡賊去關門⑪，眾人更加小心，誰敢睡覺？且說夥賊一心想著妙玉，知是孤庵女眾，不難欺負。到了三更夜靜，便拿了短兵器，帶了些悶香，跳上高牆。遠遠瞧見櫳翠庵內燈光猶亮，便潛身溜下，藏在房頭僻處。

等到四更，見裡頭只有一盞海燈，妙玉一人在蒲團上打坐。歇了一會，便噯聲嘆氣的說道：「我自元墓到京，原想傳個名的，為這裡請來，不能又棲他處。昨兒好心去瞧四姑娘，反受了這蠢人的氣，夜裡又受了大驚。今日回來，那蒲團再坐不穩，只覺肉跳心驚。」因素常一個打坐的，今日又不肯叫人相伴。豈知到了五更，寒顫起來。正要叫人，只聽見窗外一響，想起昨晚的事，更加害怕，不免叫人。豈知那些婆子都不答應。自己坐著，覺得一股香氣透入囟門，便手足麻木，不能動彈，口裡也說不出話來，心中更自著急。只見一個人拿著明晃晃的刀進來。此時妙玉心中卻是明白，只不能動，想是要殺自己，索性橫了心，倒也不怕。那知那個人把刀插在背後，騰出手來，將妙玉輕輕的抱起，輕薄了一會子，便拖起背在身上。此時妙玉心中只是如醉如癡。可憐一個極潔極淨的女兒，被這強盜的悶香熏住，由著他掇弄了去了。

卻說這賊背了妙玉，來到園後牆邊，搭了軟梯，爬上牆，跳出去了。外邊早有伙計弄了車輛在園外等著，那人將妙玉放倒在車上，反打起官銜燈籠，叫開柵欄，急急行到城門，正是開門之時。門官只知是有公幹出城的，也不及查詰。趕出城去，那夥賊加鞭趕到二十里坡，和眾強徒打了照面，各自分頭奔南海而去。不知妙玉被劫或是甘受汙辱，還是不屈而死，不知下落，也難妄擬。

⑪賊去關門——即「亡羊補牢」，比喻事後補救。

聯經出版事業公司校印

只言櫳翠庵一個跟妙玉的女尼，他本住在靜室後面，睡到五更，聽見前面有人聲響，只道妙玉打坐不安。後來聽見有男人腳步，門窗響動，欲要起來瞧看，只是身子發軟，懶怠開口，又不聽見妙玉言語，只睜著兩眼聽著。到了天亮，才覺得心裡清楚，披衣起來，叫了道婆預備妙玉茶水，他便往前面來看妙玉。豈知妙玉的蹤迹全無，門窗大開。心裡詫異，昨晚響動，甚是疑心，說：「這樣早，他到那裡去了？」走出院門一看，有一個軟梯靠牆立著，地下還有一把刀鞘，一條搭膊，便道：「不好了，昨晚是賊燒了悶香了！」急叫人起來查看，庵門仍是緊閉。那些婆子、女侍們都說：「昨夜煤氣熏著了，今早都起不起來，這麼早，叫我們做什麼？」那女尼道：「師父不知那裡去了。」眾人道：「在觀音堂打坐呢。」女尼道：「你們還做夢呢！你來瞧瞧。」眾人不知，也都著忙，開了庵門，滿園裡都找到了，「想來或是到四姑娘那裡去了。」

眾人來叩腰門，又被包勇罵了一頓。眾人說道：「我們妙師父昨晚不知去向，所以來找。求你老人家叫開腰門，問一問來了沒來就是了。」包勇道：「你們師父引了賊來偷我們，已經偷到手了，他跟了賊去受用去了！」眾人道：「阿彌陀佛！說這些話的，防著下割舌地獄！」包勇生氣道：「胡說！你們再鬧，我就要打了！」眾人陪笑央告道：「求爺叫開門，我們瞧瞧，若沒有，再不敢驚動你太爺了。」包勇道：「你不信，你去找，若沒有，回來問你們！」包勇說著，叫開腰門，眾人找到惜春那裡。

惜春正是愁悶，惦著「妙玉清早去後，不知聽見我們姓包的話了沒有？只怕又得罪了他，以後總不肯來。我的知己是沒有了。況我現在實難見人。父母早死，嫂子嫌我。頭裡有老太太，到底還疼我些；如今也死了，留下我孤苦伶仃，如何了局？」想到：「迎春姐姐磨折死了，史姐姐守著病人，三姐姐遠去，這都是命裡所招，不能自由。獨有妙玉如閑雲野鶴，無拘無束。我能學他，就造化不小了。但我是世家之女，怎能遂意？這回看家，已大擔不是，還有何顏在這裡？又恐太太們不知我的心事，將來的後事如何呢？」想到其間，便要把自己的青絲絞去，要想出家。彩屏等聽見，急忙來勸，豈知已將一半頭髮絞去。彩屏愈加著忙，說道：「一事不了，又出一事，這可怎麼好呢？」

正在吵鬧，只見妙玉的道婆來找妙玉。彩屏問起來由，先唬了一跳，說是：「昨日一早去了沒來。」裡面惜春聽見，急忙問道：「那裡去了？」道婆們將昨夜聽見的響動，被煤氣熏著，今早不見有妙玉，庵內軟梯、刀鞘的話說了一遍。惜春驚疑不定，想起昨日包勇的話來，必是那些強盜看見了他，昨晚搶去了，也未可知。但是他素來孤潔的很，豈肯惜命？「怎麼你們都沒聽見麼？」眾人道：「怎麼不聽見！只是我們這些人都是睜著眼，連一句話也說不出。必是那賊子燒了悶香。妙姑一人，想也被賊悶住，不能言語；況且賊人必多，拿刀弄杖威逼著，他還敢聲喊麼？」

正說著，包勇又在腰門那裡嚷，說：「裡頭快把這些混賬的婆子趕了出來罷！快關腰門！」彩屏聽見，恐擔不是，只得叫婆子出去，叫人關了腰門。惜春於是更加苦楚，無奈彩屏等再三以禮相勸，仍舊將一半青絲籠起。大家商議：「不必聲張。就是妙玉被搶，也當作不知，且等老爺、太太回來再說。」惜春心裡從此死定下一個出家的念頭，暫且不提。

且說賈璉回到鐵檻寺，將到家中查點了上夜的人，開了失單報去的話回了。賈政道：「怎樣開的？」賈璉便將琥珀所記得的數目單子呈出，並說：「這上頭元妃賜的東西，已經注明；還有那人家不大有的東西，不便開上，等侄兒脫了孝，出去托人細細的緝訪，少不得弄出來的。」賈政聽了合意，就點頭不言。

賈璉進內見了邢、王二夫人，商量著：「勸老爺早些回家才好呢，不然，都是亂麻似的。」邢夫人道：「可不是？我們在這裡也是驚心吊膽。」賈璉道：「這是我們不敢說的，還是太太的主意，二老爺是依的。」邢夫人便與王夫人商議妥了。

過了一夜，賈政也不放心，打發寶玉進來說：「請太太們今日回家，過兩三日再來。家人們已經派定了，裡頭請太太們派人罷。」邢夫人派了鸚哥等一干人伴靈，將周瑞家的等人派了總管，其餘上下人等都回去。一時忙亂套車備馬。賈政等在賈母靈前辭別，眾人又哭了一場。

都起來正要走時，只見趙姨娘還爬在地下不起。周姨娘打諒他還哭，便去拉他。豈知趙姨娘滿嘴白沫，眼睛直豎，把舌頭吐出，反把家人唬了一大跳。賈環過來亂嚷。趙姨娘醒來說道：「我是不回去的！跟著老太太回南去！」眾人道：「老太太那用你來？」趙姨娘道：「我跟了一輩子老太太，大老爺還不依，弄神弄鬼的來算計我！——我想仗著馬道婆要出出我的氣，銀子白花了好些，也沒有弄死了一個。如今我回去了，又不知誰來算計我！」眾人聽見，早知是鴛鴦附在他身上。邢、王二夫人都不言語瞅著，只有彩雲等代他央告道：「鴛鴦姐姐，你死是自己願意的，與趙姨娘什麼相干？放了他罷。」見邢夫人在這裡，也不敢說別的。趙姨娘道：「我不是鴛鴦，他早到仙界去了。我是閻王差人拿我去的，要問我為什麼和馬婆子用魘魔法的案件。」說著，便叫：「好璉二奶奶！你在這裡老爺面前少頂一句兒罷！我有一千日的不好，還有一天的好呢。好二奶奶！親二奶奶！並不是我要害你，我一時糊塗，聽了那個老娼婦的話。」正鬧著，賈政打發人進來叫環兒。婆子們去回說：「趙姨娘中了邪了，三爺看著呢。」賈

聯經出版事業公司　校印

政道：「沒有的事，我們先走了。」於是爺們等先回。這裡趙姨娘還是混說，一時救不過來。邢夫人恐他又說什麼出來，便說：「多派幾個人在這裡瞧著他，咱們先走。到了城裡，打發大夫出來瞧罷。」王夫人本嫌他，也打撒手兒。寶釵本是仁厚的人，雖想著他害寶玉的事，心裡究竟過不去，背地裡托了周姨娘在這裡照應。周姨娘也是個好人，便應承了。李紈說道：「我也在這裡罷。」王夫人道：「可以不必。」於是大家都要起身。賈環急忙道：「我也在這裡嗎？」王夫人啐道：「糊塗東西！你姨媽的死活都不知，你還要走嗎！」賈環就不敢言語了。寶玉道：「好兄弟！你是走不得的。我進了城，打發人來瞧你。」說畢，都上車回家。寺裡只有趙姨娘、賈環、鸚哥等人。

賈政、邢夫人等先後到家，到了上房，哭了一場。林之孝帶了家下眾人請了安，跪著。賈政喝道：「去罷！明日問你！」鳳姐那日發暈了幾次，竟不能出接，只有惜春見了，覺得滿面羞慚。邢夫人也不理他，王夫人仍是照常，李紈、寶釵拉著手說了幾句話。獨有尤氏說道：「姑娘，你操心了，倒照應了好幾天！」惜春一言不答，只紫漲了臉。寶釵將尤氏一拉，使了個眼色。尤氏等各自歸房去了。賈政略略的看了一看，嘆了口氣，並不言語。到書房席地坐下⑫，叫了賈璉、賈蓉、賈芸吩咐了幾句話。寶玉要在書房來陪賈政。賈政道：「不必。」蘭兒仍跟他母親。一宿無話。

次日，林之孝一早進書房跪著，賈政將前後被盜的事問了一遍。並將周瑞供了出來，又說：「衙門拿住了鮑二，身邊搜出了失單上的東西。現在夾訊⑬，要在他身上要這一夥賊呢。」賈政聽了，大怒道：

⑫席地坐下——舊時居喪守孝的禮節，孝子只能席地坐臥，即所謂「寢苫枕塊」，參見第六十四回注②。

「家奴負恩，引賊偷竊家主，真是反了！」立刻叫人到城外將周瑞捆了，送到衙門審問。林之孝只管跪著，不敢起來。賈政道：「你還跪著做什麼？」林之孝道：「奴才該死，求老爺開恩！」正說著，賴大等一干辦事家人上來請了安，呈上喪事賬簿。賈政道：「交給璉二爺算明了來回。」吆喝著林之孝起來出去了。

賈璉一腿跪著，在賈政身邊說了一句話。賈政把眼一瞪，道：「胡說！老太太的事，銀兩被賊偷去，就該罰奴才拿出來麼！」賈璉紅了臉，不敢言語，站起來也不敢動。賈政道：「你媳婦怎麼樣？」賈璉又跪下，說：「看來是不中用了。」賈政嘆口氣道：「我不料家運衰敗一至如此！況且環哥兒他媽尚在廟中病著，也不知是什麼症候。你們知道不知道？」賈璉也不敢言語。賈政道：「傳出話去，叫人帶了大夫瞧去。」賈璉即忙答應著，出來，叫人帶了大夫到鐵檻寺去瞧趙姨娘。未知死活，下回分解。

---

⑬夾訊——用夾棍逼審的一種酷刑，行刑用兩根木棍用力夾受刑者的腿。

聯經出版事業公司校印

第一百十三回　懺宿冤鳳姐托村嫗　釋舊憾情婢感癡郎

話說趙姨娘在寺內得了暴病，見人少了，更加混說起來，唬得眾人都恨，就有兩個女人攙著。趙姨娘雙膝跪在地下，說一回，哭一回，有時爬在地下叫饒，說：「打殺我了！紅鬍子的老爺！我再不敢了！」有一時雙手合著，也是叫疼。眼睛突出，嘴裡鮮血直流，頭髮披散，人人害怕，不敢近前。那時又將天晚，趙姨娘的聲音只管喑啞①起來了，居然鬼嚎一般。無人敢在他跟前，只得叫了幾個有膽量的男人進來坐著。趙姨娘一時死去，隔了些時，又回過來，整整的鬧了一夜。

到了第二天，也不言語，只裝鬼臉，自己拿手撕開衣服，露出胸膛，好像有人剝他的樣子。可憐趙姨娘雖說不出來，其痛苦之狀，實在難堪。正在危急，大夫來了，也不敢診，只囑咐：「辦理後事罷。」說了，起身就走。那送大夫的家人再三央告，說：「請老爺看看脈，小的好回稟家主。」那大夫用手一

①喑啞——嗓子還能發音，但說話不清楚，稱作喑啞。

摸，已無脈息。賈環聽了，然後大哭起來。眾人只顧賈環，誰料理趙姨娘。只有周姨娘心裡苦楚，想到：「做偏房側室的下場頭，不過如此！況他還有兒子的，我將來死起來，還不知怎樣呢！」於是反哭的悲切。且說那人趕回家去回稟了。賈政即派家人去照例料理，陪著環兒住了三天，一同回來。

那人去了，這裡一人傳十，十人傳百，都知道趙姨娘使了毒心害人，被陰司裡拷打死了。又說是：「璉二奶奶只怕也好不了，怎麼說璉二奶奶告的呢？」這些話傳到平兒耳內，甚是著急，看著鳳姐的樣子，實在是不能好的了。看著賈璉近日並不似先前的恩愛，本來事也多，竟像不與他相干的。平兒在鳳姐跟前只管勸慰。又想著邢、王二夫人回家幾日，只打發人來問問，並不親身來看：鳳姐心裡更加悲苦。賈璉回來也沒有一句貼心的話。

鳳姐此時只求速死，心裡一想，邪魔悉至。只見尤二姐從房後走來，漸近床前，說：「姐姐，許久的不見了！做妹妹的想念的很，要見不能，如今好容易進來見見姐姐。姐姐的心機也用盡了，咱們的二爺糊塗，也不領姐姐的情，反倒怨姐姐作事過於苛刻，把他的前程去了，叫他如今見不得人。我替姊姊氣不平！」鳳姐恍惚說道：「我如今也後悔我的心忒窄了。妹妹不念舊惡，還來瞧我。」平兒在旁聽見，說道：「奶奶說什麼？」鳳姐一時蘇醒，想起尤二姐已死，必是他來索命。被平兒叫醒，心裡害怕，又不肯說出，只得勉強說道：「我神魂不定，想是說夢話。給我捶捶。」

平兒上去捶著，見個小丫頭子進來，說是：「劉姥姥來了，婆子們帶著來請奶奶的安。」平兒急忙下來，說：「在那裡呢？」小丫頭子說：「他不敢就進來，還聽奶奶的示下。」平兒聽了點頭，想鳳姐病裡必是懶待見人，便說道：「奶奶現在養神呢，暫且叫他等著。你問他來有什麼事麼？」小丫頭子說

聯經出版事業公司 校印

道：「他們問過了，沒有事。說：知道老太太去世了，因沒有報，才來遲了。」小丫頭子說著，鳳姐聽見，便叫：「平兒，你來。人家好心來瞧，不要冷淡人家。你去請了劉姥姥進來，我和他說說話兒。」平兒只得出來請劉姥姥這裡坐。

鳳姐剛要合眼，又見一個男人一個女人走向炕前，就像要上炕似的。鳳姐著忙，便叫平兒，說：「那裡來了一個男人跑到這裡來了！」連叫兩聲，只見豐兒、小紅趕來，說：「奶奶要什麼？」鳳姐睜眼一瞧，不見有人，心裡明白，不肯說出來，便問豐兒道：「平兒這東西那裡去了？」豐兒道：「不是奶奶叫去請劉姥姥去了麼？」鳳姐定了一會神，也不言語。

只見平兒同劉姥姥帶了一個小女孩兒進來，說：「我們姑奶奶在那裡？」平兒引到炕邊，劉姥姥便說：「請姑奶奶安。」鳳姐睜眼一看，不覺一陣傷心，說：「姥姥，你好？怎麼這時候才來？你瞧你外孫女兒也長的這麼大了！」劉姥姥看著鳳姐骨瘦如柴，神情恍惚，心裡也就悲慘起來，說：「我的奶奶！怎麼這幾個月不見，就病到這個分兒？我糊塗的要死，怎麼不早來請姑奶奶的安！」便叫青兒給姑奶奶請安。青兒只是笑。鳳姐看了，倒也十分喜歡，便叫小紅招呼著。劉姥姥道：「我們屯鄉裡的人不會病的，若一病了，就要求神許願，從不知道吃藥的。我想姑奶奶的病不要撞著什麼了罷？」平兒聽著那話不在理，便在背地裡扯他。劉姥姥會意，便不言語。那裡知道這句話倒合了鳳姐的意，扎掙著說：「姥姥！你是有年紀的人，說的不錯。你見過的趙姨娘也死了，你知道麼？」劉姥姥詫異道：「阿彌陀佛！好端端一個人，怎麼就死了？我記得他也有一個小哥兒，這便怎麼樣呢？」平兒道：「這怕什麼？他還有老爺、太太呢。」劉姥姥道：「姑娘，你那裡知道？不好死了，是親生的；隔了肚皮子，是不中用的。」

這句話又招起鳳姐的愁腸，嗚嗚咽咽的哭起來了。眾人都來勸解。

巧姐兒聽見他母親悲哭，便走到炕前，用手拉著鳳姐的手，也哭起來。鳳姐一面哭著，道：「你見過了姥姥了沒有？」巧姐兒道：「沒有。」鳳姐道：「你的名字還是他起的呢，就和乾娘一樣。你給他請個安。」巧姐兒便走到跟前，劉姥姥忙著拉著道：「阿彌陀佛，不要折殺我了！巧姑娘，我一年多不來，你還認得我麼？」巧姐兒道：「怎麼不認得？那年在園裡見的時候，我還小；前年你來，我還合你要隔年的蟈蟈兒，你也沒有給我，必是忘了。」劉姥姥道：「好姑娘，我是老糊塗了。若說蟈蟈兒，我們屯裡多得很。只是不到我們那裡去，若去了，要一車也容易。」鳳姐道：「不然，你帶了他去罷。」劉姥姥笑道：「姑娘這樣千金貴體，綾羅裹大了的，吃的是好東西；到了我們那裡，我拿什麼哄他頑，拿什麼給他吃呢？這倒不是坑殺我了麼？」說著，自己還笑，他說：「那麼著，我給姑娘做個媒罷。我們那裡雖說是屯鄉裡，也有大財主人家，幾千頃地，幾百牲口，銀子錢亦不少，只是不像這裡有金的、有玉的。姑奶奶是瞧不起這種人家，我們莊家人瞧著這樣大財主，也算是天上的人了。」鳳姐道：「你說去，我願意就給。」劉姥姥道：「這是頑話兒罷咧。放著姑奶奶這樣大官大府的人家，只怕還不肯給，那裡肯給莊家人？就是姑奶奶肯了，上頭太太們也不給。」巧姐因他這話不好聽，便走了去和青兒說話。兩個女孩兒倒說得上，漸漸的就熟起來了。

這裡平兒恐劉姥姥話多，攪煩了鳳姐，便拉了劉姥姥說：「你提起太太來，你還沒有過去呢。我出去叫人帶了你去見見，也不枉來這一趟。」劉姥姥便要走。鳳姐道：「忙什麼？你坐下，我問你：近來的日子還過的麼？」劉姥姥千恩萬謝的說道：「我們若不仗著姑奶奶，」說著，指著青兒說：「他的老子娘都要餓死了。如今雖說是莊家人苦，家裡也掙了好幾畝地，又打了一眼井，種些菜蔬瓜果，一年賣的錢也不少，盡夠他們嚼吃的了。這兩年，姑奶奶還時常給些衣服布匹，在我們村裡算過得的了。阿彌陀佛！前日他老子進城，聽見姑奶奶這裡動了家，我就幾乎唬殺了。虧得又有人說不是這裡，我才放心。後來又聽見說這裡老爺陞了，我又喜歡，就要來道喜，為的是滿地的莊家，來不得。昨日又聽說老太太沒有了，我在地裡打豆子，聽見了這話，唬得連豆子都拿不起來了，就在地裡狠狠的哭了一大場。我和女婿說：『我也顧不得你們了！不管真話謊話，我是要進城瞧瞧去的！』我女兒、女婿也不是沒良心的，聽見了，也哭了一回子，今兒天沒亮，就趕著我進城來了。我也不認得一個人，沒有地方打聽，一逕來到後門，見是門神都糊了②，我這一唬又不小。進了門，找周嫂子，再找不著，撞見一個小姑娘，說周嫂子他得了不是了，攆了。我又等了好半天，遇見了熟人，才得進來。不打諒姑奶奶也是那麼病。」說著，又掉下淚來。平兒等著急，也不等他說完，拉著就走，說：「你老人家說了半天，口乾了，咱們喝碗茶去罷。」拉著劉姥姥到下房坐著，青兒在巧姐兒那邊。劉姥姥道：「茶倒不要。好姑娘，叫人帶了我去請太太的安，哭哭老太太去罷。」平兒道：「你不用忙，今兒也趕不出城的了。方才我是怕你說話不防頭，招的我們奶奶哭，所以催你出來的。別思量。」劉姥姥道：「阿彌陀佛！姑娘是你多心，我知道。倒是奶奶的病怎麼好呢？」平兒道：「你瞧去妨礙不妨礙？」劉姥姥道：「說是罪過，我瞧著不好。」

正說著，又聽鳳姐叫呢。平兒及到床前，鳳姐又不言語了。平兒正問豐兒，賈璉進來，向炕上一瞧，

---

②門神都糊了——舊俗有喪事的人家，要用白紙粘糊遮蓋門神、對聯等彩色的裝飾物，表示守喪。

也不言語，走到裡間，氣哼哼的坐下。只有秋桐跟了進去，倒了茶，殷勤一回，不知嘁嘁喳喳的說些什麼。回來，賈璉叫平兒來問道：「奶奶不吃藥麼？」平兒道：「不吃藥！怎麼樣呢？」賈璉道：「我知道麼！你拿櫃子上的鑰匙來罷。」平兒見賈璉有氣，又不敢問，只得出來鳳姐耳邊說了一聲。鳳姐不言語，平兒便將一個匣子擱在賈璉那裡就走。賈璉道：「有鬼叫你嗎？你擱著叫誰拿呢？」平兒忍氣打開，取了鑰匙，開了櫃子，便問道：「拿什麼？」賈璉道：「咱們有什麼嗎？」平兒氣得哭道：「有話明白說，人死了也願意！」賈璉道：「還要說麼！頭裡的事是你們鬧的；如今老太太還短了四五千銀子，老爺叫我拿公中的地賬弄銀子，你說有麼？外頭拉的賬不開發，使得麼？誰叫我應這個名兒！只好把老太太給我的東西折變去罷了！你不依麼？」平兒聽了，一句不言語，將櫃裡東西搬出。只見小紅過來說：「平姐姐快走！奶奶不好呢！」平兒也顧不得賈璉，急忙過來，見鳳姐用手空抓，平兒用手攥著哭叫。賈璉也過來一瞧，把腳一跺道：「若是這樣，是要我的命了！」說著，掉下淚來。豐兒進來說：「外頭找二爺呢。」賈璉只得出去。

這裡鳳姐愈加不好，豐兒等不免哭起來。巧姐聽見趕來。劉姥姥也急忙走到炕前，嘴裡念佛，搗了些鬼，果然鳳姐好些。一時王夫人聽了丫頭的信，也過來了，先見鳳姐安靜些，心下略放心，見了劉姥姥，便說：「劉姥姥，你好？什麼時候來的？」劉姥姥便說：「請太太安。」不及細說，只言鳳姐的病。講究了半天，彩雲進來說：「老爺請太太呢。」王夫人叮嚀了平兒幾句話，便過去了。

鳳姐鬧了一回，此時又覺清楚些，見劉姥姥在這裡，心裡信他求神禱告，便把豐兒等支開，叫劉姥姥坐在頭邊，告訴他心神不寧，如見鬼怪的樣。劉姥姥便說：我們屯裡什麼菩薩靈，什麼廟有感應。鳳姐道：「求你替我禱告，要用供獻的銀錢，我有。」便在手腕上褪下一支金鐲子來交給他。劉姥姥道：「姑奶奶，不用那個。我們村莊人家許了願，好了，花上幾百錢就是了，那用這些？就是我替姑奶奶求去，也是許願。等姑奶奶好了，要花什麼，自己去花罷。」鳳姐明知劉姥姥一片好心，不好勉強，只得留下，說：「姥姥，我的命交給你了。我的巧姐兒也是千災百病的，也交給你了。」劉姥姥順口答應，便說：「這麼著，我看天氣尚早，還趕得出城去，我就去了。明兒姑奶奶好了，再請還願去。」鳳姐因被眾冤魂纏繞害怕，巴不得他就去，便說：「你若肯替我用心，我能安穩睡一覺，我就感激你了。你外孫女兒叫他在這裡住下罷。」劉姥姥道：「莊家孩子沒有見過世面，沒的在這裡打嘴。我帶他去的好。」鳳姐道：「這就是多心了。既是咱們一家，這怕什麼？雖說我們窮了，這一個人吃飯也不礙什麼。」劉姥姥見鳳姐真情，落得叫青兒住幾天，又省了家裡的嚼吃。只怕青兒不肯，不如叫他來問問，若是他肯，就留下。於是和青兒說了幾句。青兒因與巧姐兒頑得熟了，巧姐又不願他去，青兒又願意在這裡，劉姥姥便吩咐了幾句，辭了平兒，忙忙的趕出城去。不題。

且說櫳翠庵原是賈府的地址，因蓋省親園子，將那庵圈在裡頭，向來食用香火，並不動賈府的錢糧。今日妙玉被劫，那女尼呈報到官，一則候官府緝盜的下落，二則是妙玉基業，不便離散，依舊住下。不過回明了賈府。那時賈府的人雖都知道，只為賈政新喪，且又心事不寧，也不敢將這些沒要緊的事回稟。只有惜春知道此事，日夜不安。漸漸傳到寶玉耳邊，說「妙玉被賊劫去」，又有的說：「妙玉凡心動了，跟人而走。」寶玉聽得，十分納悶：「想來必是被強徒搶去。這個人必不肯受，一定不屈而死。」但是一無下落，心下甚不放心，每日長噓短嘆。還說：「這樣一個人，自稱為『檻外人』，怎麼遭此結局！」又想到：「當日園中何等熱鬧，自從二姐姐出閣以來，死的死，嫁的嫁；我想他一塵不染，是保得住的了，豈知風波頓起，比林妹妹死的更奇！」由是一而二，二而三，追思起來，想到《莊子》上的話，虛無縹緲，人生在世，難免風流雲散，不禁的大哭起來。襲人等又道是他的瘋病發作，百般的溫柔解勸。寶釵初時不知何故，也用話箴規。怎奈寶玉抑鬱不解，又覺精神恍惚。寶釵想不出道理，再三打聽，方知妙玉被劫，不知去向，也是傷感。只為寶玉愁煩，便用正言解釋。因提起：「蘭兒自送殯回來，雖不上學，聞得日夜攻苦。他是老太太的重孫。老太太素來望你成人，老爺為你日夜焦心，你為閑情癡意，糟塌自己，我們守著你，如何是個結果！」說得寶玉無言可答，過了一回，才說道：「我那管人家的閑事？只可嘆咱們家的運氣衰頹。」寶釵道：「可又來！老爺、太太原為是要你成人，接續祖宗遺緒③。你只是執迷不悟，如何是好？」寶玉聽來，話不投機，便靠在桌上睡去。寶釵也不理他，叫麝月等伺候著，自己卻去睡了。

寶玉見屋裡人少，想起：「紫鵑到了這裡，我從沒合他說句知心的話兒，冷冷清清撂著他，我心裡甚不過意。他呢，又比不得麝月、秋紋，我可以安放得的。想起從前我病的時候，他在我這裡伴了好些時，如今他的那一面小鏡子還在我這裡，他的情義卻也不薄了。如今不知為什麼，見我就是冷冷的。若說為我們這一個呢，他是和林妹妹最好的，我看他待紫鵑也不錯。我有不在家的日子，紫鵑原與他有說

③遺緒——遺留下的功名家業；緒，事業、功業。這裡寶釵是要寶玉做賈府的接班人。

有講的；到我來了，紫鵑便走開了。想來自然是為林妹妹死了，我便成了家的原故。噯！紫鵑，紫鵑！你這樣一個聰明女孩兒，難道連我這點子苦處都看不出來麼？」因又一想：「今晚他們睡的睡，做活的做活，不如趁著這個空兒，我找他去，看他有什麼話？倘或我還有得罪之處，便陪個不是也使得。」想定主意，輕輕的走出了房門，來找紫鵑。

那紫鵑的下房也就在西廂裡間。寶玉悄悄的走到窗下，只見裡面尚有燈光，便用舌頭舐破窗紙，往裡一瞧，見紫鵑獨自挑燈，又不是做什麼，呆呆的坐著。寶玉便輕輕的叫道：「紫鵑姐姐，還沒有睡麼？」紫鵑聽了，唬了一跳，怔怔的半日才說：「是誰？」寶玉道：「是我。」紫鵑聽著，似乎是寶玉的聲音，便問：「是寶二爺麼？」寶玉在外輕輕的答應了一聲。紫鵑問道：「你來做什麼？」寶玉道：「我有一句心裡的話要和你說說，你開了門，我到你屋裡坐坐。」紫鵑停了一會兒，說道：「二爺有什麼話？天晚了，請回罷，明日再說罷。」寶玉聽了，寒了半截。自己還要進去，恐紫鵑未必開門，欲要回去，這一肚子的隱情，越發被紫鵑這一句話勾起。無奈，說道：「我也沒有多餘的話，只問你一句。」紫鵑道：「既是一句，就請說。」寶玉半日反不言語。

紫鵑在屋裡不見寶玉言語，知他素有癡病，恐怕一時實在搶白了他，勾起他的舊病，倒也不好了，因站起來，細聽了一聽，又問道：「是走了，還是傻站著呢？有什麼又不說，盡著在這裡慪人！已經慪死了一個，難道還要慪死一個麼？這是何苦來呢！」說著，也從寶玉舐破之處往外一張，見寶玉在那裡呆聽。紫鵑不便再說，回身剪了剪燭花。忽聽寶玉嘆了一聲道：「紫鵑姐姐，你從來不是這樣鐵心石腸，怎麼近來連一句好好兒的話都不和我說了？我固然是個濁物，不配你們理我；但只我有什麼不是，只望姐姐說明了，那怕姐姐一輩子不理我，我死了倒作個明白鬼呀！」紫鵑聽了，冷笑道：「二爺就是這個話呀！還有什麼？若就是這個話呢，我們姑娘在時，我也跟著聽俗了！若是我們有什麼不好處呢，我是太太派來的，二爺倒是回太太去，左右我們丫頭們更算不得什麼了！」說到這裡，那聲兒便哽咽起來，說著，又擤鼻涕。寶玉在外知他傷心哭了，便急的跺腳道：「這是怎麼說！我的事情，你在這裡幾個月，還有什麼不知道的？就便別人不肯替我告訴你，難道你還不叫我說，叫我憋死了不成？」說著，也嗚咽起來了。

寶玉正在這裡傷心，忽聽背後一個人接言道：「你叫誰替你說呢？誰是誰的什麼？自己得罪了人，自己央及呀！人家賞臉不賞在人家，何苦來拿我們這些沒要緊的墊喘兒呢？」這一句話把裡外兩個人都嚇了一跳。你道是誰？原來卻是麝月。寶玉自覺臉上沒趣。只見麝月又說道：「到底是怎麼著？一個陪不是，一個人又不理。你倒是快快的央及呀！噯！我們紫鵑姐姐也就太狠心了！外頭這麼怪冷的，人家央及了這半天，總連個活動氣兒也沒有。」又向寶玉道：「剛才二奶奶說了，多早晚了，打量你在那裡呢，你卻一個人站在這房檐底下做什麼？」紫鵑裡面接著說道：「這可是什麼意思呢？早就請二爺進去，有話明日說罷。這是何苦來！」

寶玉還要說話，因見麝月在那裡，不好再說別的，只得一面同麝月走回，一面說道：「罷了，罷了！我今生今世也難剖白這個心了！惟有老天知道罷了！」說到這裡，那眼淚也不知從何處來的，滔滔不斷了。麝月道：「二爺，依我勸，你死了心罷。白陪眼淚，也可惜了兒的。」寶玉也不答言，遂進了屋子，只見寶釵睡了。寶玉也知寶釵裝睡。卻是襲人說了一句道：「有什麼話，明日說不得，巴巴兒的跑那裡

聯經出版事業公司　校印

去鬧，鬧出——」說到這裡，也就不肯說，遲了一遲，才接著道：「身上不覺怎麼樣？」寶玉也不言語，只搖搖頭兒，襲人一面才打發睡下。一夜無眠，自不必說。

這裡紫鵑被寶玉一招，越發心裡難受，直直的哭了一夜。思前想後：「寶玉的事，明知他病中不能明白，所以眾人弄鬼神的辦成了。後來寶玉明白了，舊病復發，常時哭想，並非忘情負義之徒。今日這種柔情，一發叫人難受，只可憐我們林姑娘真真是無福消受他。如此看來，人生緣分，都有一定。在那未到頭時，大家都是癡心妄想；乃至無可如何，那糊塗的也就不理會了，那情深義重的也不過臨風對月，洒淚悲啼。可憐那死的倒未必知道，這活的真真是苦惱傷心，無休無了。算來竟不如草木石頭，無知無覺，倒也心中乾淨！」想到此處，倒把一片酸熱之心一時冰冷了。才要收拾睡時，只聽東院裡吵嚷起來。未知何事，下回分解。

第一百十四回　王熙鳳歷幻返金陵　甄應嘉蒙恩還玉闕

卻說寶玉、寶釵聽說鳳姐病的危急，趕忙起來。丫頭秉燭伺候。正要出院，只見王夫人那邊打發人來說：「璉二奶奶不好了，還沒有咽氣，二爺、二奶奶且慢些過去罷。璉二奶奶的病有些古怪，從三更天起到四更時候，璉二奶奶沒有住嘴說些胡話，要船要轎的，說到金陵歸入冊子去。眾人不懂，他只是哭哭喊喊的。璉二爺沒有法兒，只得去糊了船轎，還沒拿來，璉二奶奶喘著氣等呢。叫我們過來說，等璉二奶奶去了，再過去罷。」寶玉道：「這也奇，他到金陵做什麼？」襲人輕輕的和寶玉說道：「你不是那年做夢，我還記得說有多少冊子，不是璉二奶奶也到那裡去麼？」寶玉聽了點頭道：「是呀！可惜我都不記得那上頭的話了。這麼說起來，人都有個定數的了。但不知林妹妹又到那裡去了？我如今被你一說，我有些懂得了。若再做這個夢時，我得細細的瞧一瞧，便有未卜先知的分兒了。」襲人道：「你這樣的人，可是不可和你說話的！偶然提了一句，你便認起真來了嗎？就算你能先知了，你有什麼法兒？」寶玉道：「只怕不能先知；若是能了，我也犯不著為你們瞎操心了。」

聯經出版事業公司　校印

兩人正說著，寶釵走來問道：「你們說什麼？」寶玉恐他盤詰，只說：「我們談論鳳姐姐。」寶釵道：「人要死了，你們還只管議論人。舊年你還說我咒人，那個籤不是應了麼？」寶玉又想了一想，拍手道：「是的，是的！這麼說起來，你倒能先知了。我索性問問你，你知道我將來怎麼樣？」寶釵笑道：「這是又胡鬧起來了。我是就他求的籤上的話混解的，你就認了真了。你就和我們二嫂子一樣的了。你失了玉，他去求妙玉扶乩，批出來的眾人不解，他還背地裡和我說，妙玉怎麼前知，怎麼參禪悟道；如今他遭此大難，他如何自己都不知道？這可是算得前知嗎？就是我偶然說著了二奶奶的事情，其實知道他是怎麼樣了？只怕我連我自己也不知道呢。這樣下落，可不是虛誕的事，是信得的麼？」

寶玉道：「別提他了。你只說邢妹妹罷。自從我們這裡連連的有事，把他這件事竟忘記了。你們家這麼一件大事，怎樣就草草的完了？也沒請親喚友的。」寶釵道：「你這話又是迂了。我們家的親戚，只有咱們這裡和王家最近。王家沒了什麼正經人了；咱們家遭了老太太的大事，所以也沒請，就是璉二哥張羅了張羅。別的親戚雖也有一兩門子，你沒過去，如何知道？算起來，我們這二嫂子的命和我差不多，好好的許了我二哥哥，我媽媽原想要體體面面的給二哥哥娶這房親事的。一則為我哥哥在監裡，二哥哥也不肯大辦；二則為咱家的事；三則為我二嫂子在大太太那邊忒苦，又加著抄了家，大太太是苛刻一點的，他也實在難受。所以我和媽媽說了，便將將就就的娶了過去。我看二嫂子如今倒是安心樂意的孝敬我媽媽，比親媳婦還強十倍呢；待二哥哥也是極盡婦道的；和香菱又甚好。二哥哥不在家，他兩個和和氣氣的過日子。雖說是窮些，我媽媽近來倒安逸好些。就是想起我哥哥來，不免悲傷。況且常打發人家裡來要使用，多虧二哥哥在外頭賬頭兒上討來應付他的。我聽見說：城裡有幾處房子已經典去，還剩了一所在那裡，打算著搬去住。」寶玉道：「為什麼要搬？住在這裡，你來去也便宜些；若搬遠了，你去就要一天了。」寶釵道：「雖說是親戚，到底各自的穩便些。那裡有個一輩子住在親戚家的呢？」

寶玉還要講出不搬去的理，王夫人打發人來說：「璉二奶奶咽了氣了。所有的人多過去了，請二爺、二奶奶就過去。」寶玉聽了，也掌不住跺腳要哭。寶釵雖也悲戚，恐寶玉傷心，便說：「有在這裡哭的，不如到那邊哭去。」於是兩人一直到鳳姐那裡，只見好些人圍著哭呢。寶釵走到跟前，見鳳姐已經停床，便大放悲聲。寶玉也拉著賈璉的手大哭起來。賈璉也重新哭泣。平兒等因見無人勸解，只得含悲上來勸止了。眾人都悲哀不止。

賈璉此時手足無措，叫人傳了賴大來，叫他辦理喪事。自己回明了賈政去，然後行事。但是手頭不濟，諸事拮据，又想起鳳姐素日來的好處，更加悲哭不已，又見巧姐哭的死去活來，越發傷心。哭到天明，即刻打發人去請他大舅子王仁過來。

那王仁自從王子騰死後，王子勝又是無能的人，任他胡為，已鬧的六親不和。今知妹子死了，只得趕著過來哭了一場。見這裡諸事將就，心下便不舒服，說：「我妹妹在你家辛辛苦苦當了好幾年家，也沒有什麼錯處，你們家該認真的發送發送才是。怎麼這時候諸事還沒有齊備！」賈璉本與王仁不睦，見他說些混賬話，知他不懂的什麼，也不大理他。王仁便叫了他外甥女兒巧姐過來，說：「你娘在時，本來辦事不周到，只知道一味的奉承老太太，把我們的人都不大看在眼裡。外甥女兒，你也大了，看見我曾經沾染過你們沒有？如今你娘死了，諸事要聽著舅舅的話。你母親娘家的親戚就是我和你二舅舅了。你父親的為人，我也早知道的了：只有重別人。那年什麼尤姨娘死了，我雖不在京，聽見人說花了好些銀子。如今你娘死了，你父親倒是這樣的將就辦去嗎！你也不快些勸勸你父親。」巧姐道：「我父親巴不得要好看，只是如今比不得從前了。現在手裡沒錢，所以諸事省些是有的。」王仁道：「你的東西還少麼？」巧姐兒道：「舊年抄去，何嘗還了呢？」王仁道：「你也這樣說？我聽見老太太又給了好些東西，你該拿出來。」巧姐又不好說父親用去，只推不知道。王仁便道：「哦！我知道了，不過是你要留著做嫁妝罷咧！」巧姐聽了，不敢回言，只氣得哽噎難鳴的哭起來了。平兒生氣說道：「舅老爺，有話等我們二爺進來再說。姑娘這麼點年紀，他懂的什麼？」王仁道：「你們是巴不得二奶奶死了，你們就好為王了！我並不要什麼，好看些，也是你們的臉面。」說著，賭氣坐著。巧姐滿懷的不舒服，心想：「我父親並不是沒情。我媽媽在時，舅舅不知拿了多少東西去，如今說得這樣乾淨！」於是便不大瞧得起他舅舅了。豈知王仁心裡想來，他妹妹不知攢積了多少，雖說抄了家，那屋裡的銀子還少嗎？「必是怕我來纏他們，所以也幫著這麼說。這小東西兒也是不中用的！」從此王仁也嫌了巧姐兒了。

賈璉並不知道，只忙著弄銀錢使用。外頭的大事，叫賴大辦了，裡頭也要用好些錢，一時實在不能張羅。平兒知他著急，便叫賈璉道：「二爺也別過於傷了自己的身子。」賈璉道：「什麼身子！現在日用的錢都沒有，這件事怎麼辦！偏有個糊塗行子①又在這裡蠻纏，你想有什麼法兒！」平兒道：「二爺也不用著急，若說沒錢使喚，我還有些東西，舊年幸虧沒有抄去，在裡頭。二爺要，就拿去當著使喚罷。」賈璉聽了，心想：「難得這樣。」便笑道：「這樣更好，省得我各處張羅。等我銀子弄到手了還你。」

①行子——傢伙、東西，這是輕賤別人的說法。行，音ㄏㄤˊ。

平兒道：「我的也是奶奶給的，什麼還不還！只要這件事辦的好看些就是了。」賈璉心裡倒著實感激他，便將平兒的東西拿了去，當錢使用；諸凡事情，便與平兒商量。秋桐看著，心裡就有些不甘，每每口角裡頭便說：「平兒沒有了奶奶，他要上去了！我是老爺的人，他怎麼就越過我去了呢？」平兒也看出來了，只不理他。倒是賈璉一時明白，越發把秋桐嫌了，一時有些煩惱，便拿著秋桐出氣。邢夫人知道，反說賈璉不好。賈璉忍氣。不題。

再說鳳姐停了十餘天，送了殯。賈政守著老太太的孝，總在外書房。那時清客相公漸漸的都辭去了，只有個程日興還在那裡，時常陪著說說話兒。提起：「家運不好，一連人口死了好些，大老爺和珍大爺又在外頭，家計一天難似一天。外頭東莊地畝，也不知道怎麼樣，總不得了呀！」程日興道：「我在這裡好些年，也知道，府上的人那一個不是肥己的？一年一年都往他家裡拿，那自然府上是一年不夠一年了。又添了大老爺、珍大爺那邊兩處的費用；外頭又有些債務；前兒又破了好些財，要想衙門裡緝賊追贓，那是難事。老世翁若要安頓家事，除非傳那些管事的來，派一個心腹的人各處去清查清查，該去的去，該留的留；有了虧空，著在經手的身上賠補，這就有了數兒了。那一座大的園子，人家是不敢買的；這裡頭的出息也不少，又不派人管了。那年老世翁不在家，這些人就弄神弄鬼兒的，鬧的一個人不敢到園裡。這都是家人的弊。此時把下人查一查，好的使著，不好的便攆了，這才是道理。」賈政點頭道：「先生，你有所不知。不必說下人，便是自己的侄兒，也靠不住！若要我查起來，那能一一親見親知。況我又在服中，不能照管這些了。我素來又兼不大理家，有的沒的，我還摸不著呢。」程日興道：「老

聯經出版事業公司　校印

世翁最是仁德的人；若在別家的，這樣的家計，就窮起來，十年五載還不怕，便向這些管家的要，也就夠了。我聽見世翁的家人還有做知縣的呢。」賈政道：「一個人若要使起家人們的錢來，便了不得了，只好自己儉省些。但是冊子上的產業，若是實有還好，生怕有名無實了。」程日興道：「老世翁所見極是。晚生為什麼說要查查呢！」賈政道：「先生必有所聞？」程日興道：「我雖知道些那些管事的神通，晚生也不敢言語的。」賈政聽了，便知話裡有因，便嘆道：「我家祖父以來都是仁厚的，從沒有刻薄過下人。我看如今這些人一日不似一日了。在我手裡行出主子樣兒來，又叫人笑話。」

兩人正說著，門上的進來回道：「江南甄老爺到來了。」賈政便問道：「甄老爺進京為什麼？」那人道：「奴才也打聽了，說是蒙聖恩起復了。」賈政道：「不用說了，快請罷。」那人出去，請了進來。那甄老爺即是甄寶玉之父，名叫甄應嘉，表字友忠，也是金陵人氏，功勳之後。原與賈府有親，素來走動的。因前年掛誤革了職，動了家產；今遇主上眷念功臣，賜還世職，行取②來京陛見。知道賈母新喪，特備祭禮，擇日到寄靈的地方拜奠，所以先來拜望。

賈政有服，不能遠接，在外書房門口等著。那位甄老爺一見，便悲喜交集，因在制中③，不便行禮，便拉著了手敘了些闊別思念的話，然後分賓主坐下，獻了茶，彼此又將別後事情的話說了。賈政問道：

②行取——行文調取的意思。明、清時代，皇帝召見地方官，或地方官按規定年限，經上司保舉，進京考選，補授京官，都由京中有關部門發公文調取。

③制中——正在守喪期中。制，守喪。

「老親翁幾時陛見的？」甄應嘉道：「前日。」賈政道：「主上隆恩，必有溫諭④。」甄應嘉道：「主上的恩典真是比天還高，下了好些旨意。」賈政道：「什麼好旨意？」甄應嘉道：「近來越寇⑤猖獗，海疆一帶，小民不安，派了安國公征勦賊寇。主上因我熟悉土疆，命我前往安撫，但是即日就要起身。昨日知老太太仙逝，謹備瓣香⑥至靈前拜奠，稍盡微忱。」賈政即忙叩首拜謝，便說：「老親翁即此一行，必是上慰聖心，下安黎庶，誠哉莫大之功，正在此行。但弟不克親睹奇才，只好遙聆捷報。現在鎮海統制是弟舍親，會時務望青照⑦。」甄應嘉道：「老親翁與統制是什麼親戚？」賈政道：「弟那年在江西糧道任時，將小女許配與統制少君⑧，結褵已經三載。因海口案內未清，繼以海寇聚奸，所以音信不通。弟深念小女，俟老親翁安撫事竣後，拜懇便中請為一視。弟即修數行煩尊紀⑨帶去，便感激不盡了！」甄應嘉道：「兒女之情，人所不免。我正在有奉托老親翁的事。日蒙聖恩召取來京，因小兒年幼，家下乏人，將賤眷全帶來京。我因欽限迅速，晝夜先行，賤眷在後緩行。到京尚需時日。弟奉旨出京，

④溫諭——即恩諭，指皇帝的命令。
⑤越寇——越地（古時會稽，今屬浙江）的盜寇。
⑥瓣香——指劈作瓜瓣形的沉香、檀香等，本是敬佛所用，也用於祭尊長者。
⑦青照——請求別人照顧的客氣話，源自晉代阮籍對滿意者以青眼相看的典故。
⑧少君——舊時對他人之子的客氣稱呼。
⑨尊紀——猶言您的僕人；舊稱僕人為紀綱。

不敢久留。將來賤眷到京，少不得要到尊府，定叫小犬叩見。如可進教，遇有姻事可圖之處，望乞留意為感。」賈政一一答應。那甄應嘉又說了幾句話，就要起身，說：「明日在城外再見。」賈政見他事忙，諒難再坐，只得送出書房。

賈璉、寶玉早已伺候在那裡代送，因賈政未叫，不敢擅入。甄應嘉出來，兩人上去請安。應嘉一見寶玉，呆了一呆，心想：「這個怎麼甚像我家寶玉？只是渾身縞素。」因問：「至親久闊，爺們都不認得了。」賈政忙指賈璉道：「這是家兄名赦之子璉二侄兒。」又指著寶玉道：「這是第二小犬，名叫寶玉。」應嘉拍手道：「奇！我在家聽見說老親翁有個銜玉生的愛子，名叫寶玉。因與小兒同名，心中甚為罕異。後來想著這個也是常有的事，不在意了。豈知今日一見，不但面貌相同，且舉止一般，這更奇了！」問起年紀，「比這裡的哥兒略小一歲。」賈政便因提起承薦包勇，問及「令郎哥兒與小兒同名」的話述了一遍。應嘉因屬意寶玉，也不暇問及那包勇的得妥，只連連的稱道：「真真罕異！」因又拉了寶玉的手，極致殷勤。又恐安國公起身甚速，急須預備長行，勉強分手徐行。賈璉、寶玉送出，一路又問了寶玉好些的話。及至登車去後，賈璉、寶玉回來見了賈政，便將應嘉問的話回了一遍。

賈政命他二人散去。賈璉又去張羅算明鳳姐喪事的賬目。寶玉回到自己房中，告訴了寶釵，說是：「常提的甄寶玉，我想一見不能，今日倒先見了他父親了。我還聽得說，寶玉也不日要到京了，要來拜望我老爺呢。又人人說和我一模一樣的，我只不信。若是他後兒到了咱們這裡來，你們都去瞧去，看他果然和我像不像？」寶釵聽了道：「噯！你說話怎麼越發不留神了？什麼男人同你一樣都說出來了，還叫我們瞧去嗎！」寶玉聽了，知是失言，臉上一紅，連忙的還要解說。不知何話，下回分解。

第一百十五回　惑偏私惜春矢素志①　證同類寶玉失相知

話說寶玉為自己失言，被寶釵問住，想要掩飾過去，只見秋紋進來說：「外頭老爺叫二爺呢。」寶玉巴不得一聲，便走了。去到賈政那裡，賈政道：「我叫你來不為別的，現在你穿著孝，不便到學裡去，你在家裡，必要將你念過的文章溫習溫習。我這幾天倒也閑著，隔兩三日要做幾篇文章我瞧瞧，看你這些時進益了沒有。」寶玉只得答應著。賈政又道：「你環兄弟、蘭侄兒我也叫他們溫習去了。倘若你作的文章不好，反倒不及他們，那可就不成事了。」寶玉不敢言語，答應了個「是」，站著不動。賈政道：「去罷。」寶玉退了出來，正撞見賴大諸人拿著些冊子進來。

寶玉一溜烟回到自己房中，寶釵問了，知道叫他作文章，倒也喜歡，惟有寶玉不願意，也不敢怠慢。

①惑偏私、矢素志——惑，引誘、誘惑；偏私，這裡是偏愛的意思；這是說，惜春受尼姑的引誘而迷戀於出家。矢素志，立誓實現自己向來的心願；矢，通「誓」；素，向來、素來。

聯經出版事業公司 校印

正要坐下靜靜心，見有兩個姑子進來，寶玉看是地藏庵的，來和寶釵說：「請二奶奶安。」寶釵待理不理的說：「你們好？」因叫人來：「倒茶給師父們喝。」寶玉原要和那姑子說話，見寶釵似乎厭惡這些，也不好兜搭②。那姑子知道寶釵是個冷人，也不久坐，辭了要去。寶釵道：「再坐坐去罷。」那姑子道：「我們因在鐵檻寺做了功德，好些時沒來請太太、奶奶們的安，今日來了，見過了奶奶、太太們，還要看四姑娘呢。」寶釵點頭，由他去了。

那姑子便到惜春那裡，見了彩屏，說：「姑娘在那裡呢？」彩屏道：「不用提了。姑娘這幾天飯都沒吃，只是歪著。」那姑子道：「為什麼？」彩屏道：「說也話長。你見了姑娘，只怕他便和你說了。」惜春早已聽見，急忙坐起來，說：「你們兩個人好啊！見我們家事差了，便不來了！」那姑子道：「阿彌陀佛！有也是施主，沒也是施主，別說我們是本家庵裡的，受過老太太多少恩惠呢。如今老太太的事，太太、奶奶們都見了，只沒有見姑娘，心裡惦記，今兒是特地的來瞧姑娘來的。」惜春便問起水月庵的姑子來，那姑子道：「他們庵裡鬧了些事，如今門上也不肯常放進來了。」便問惜春道：「前兒聽見說櫳翠庵的妙師父怎麼跟了人去了？」惜春道：「那裡的話！說這個話的人隄防著割舌頭！人家遭了強盜搶去，怎麼還說這樣的壞話！」那姑子道：「妙師父的為人怪僻，只怕是假惺惺罷。在姑娘面前，我們也不好說的。那裡像我們這些粗夯人，只知道諷經念佛，給人家懺悔，也為著自己修個善果。」惜春道：「怎麼樣就是善果呢？」那姑子道：「除了咱們家這樣善德人家兒不怕，若是別人家，那些誥命夫人、

②兜搭——麻煩、糾纏。

小姐，也保不住一輩子的榮華。到了苦難來了，可就救不得了。只有個觀世音菩薩大慈大悲，遇見人家有苦難的就慈心發動，設法兒救濟。為什麼如今都說『大慈大悲救苦救難的觀世音菩薩』呢！我們修了行的人，雖說比夫人、小姐們苦多著呢，只是沒有險難的了。雖不能成佛作祖，修修來世或者轉個男身，自己也就好了。不像如今脫生了個女人胎子，什麼委屈煩難都說不出來。姑娘，你還不知道呢：要是人家姑娘們出了門子，這一輩子跟著人，是更沒法兒的。若說修行，也只要修得真。那妙師父自為才情比我們強，他就嫌我們這些人俗，豈知俗的才能得善緣呢。他如今到底是遭了大劫了。」

惜春被那姑子一番話說得合在機上，也顧不得丫頭們在這裡，便將尤氏待他怎樣，前兒看家的事說了一遍。並將頭髮指給他瞧，道：「你打諒我是什麼沒主意戀火坑的人麼？早有這樣的心，只是想不出道兒來。」那姑子聽了，假作驚慌道：「姑娘再別說這個話！珍大奶奶聽見，還要罵殺我們，攆出庵去呢！姑娘這樣人品，這樣人家，將來配個好姑爺，享一輩子的榮華富貴——」惜春不等說完，便紅了臉，說：「珍大奶奶攆得你，我就攆不得麼？」那姑子知是真心，便索性激他一激，說道：「姑娘別怪我們說錯了話。太太、奶奶們那裡就依得姑娘的性子呢？那時鬧出沒意思來倒不好。我們倒是為姑娘的話。」惜春道：「這也瞧罷咧。」彩屏等聽這話頭不好，便使個眼色兒給姑子，叫他走。那姑子會意，本來心裡也害怕，不敢挑逗，便告辭出去。惜春也不留他，便冷笑道：「打諒天下就是你們一個地藏庵麼？」那姑子也不敢答言，去了。

彩屏見事不妥，恐擔不是，悄悄的去告訴了尤氏說：「四姑娘絞頭髮的念頭還沒有息呢。他這幾天不是病，竟是怨命。奶奶隄防些，別鬧出事來，那會子歸罪我們身上。」尤氏道：「他那裡是為要出家？

他為的是大爺不在家，安心和我過不去！也只好由他罷了。」彩屏等沒法，也只好常常勸解。豈知惜春一天一天的不吃飯，只想絞頭髮。彩屏等吃不住，只得到各處告訴。邢、王二夫人等也都勸了好幾次，怎奈惜春執迷不解。

邢、王二夫人正要告訴賈政，只聽外頭傳進來說：「甄家的太太帶了他們家的寶玉來了。」眾人急忙接出，便在王夫人處坐下。眾人行禮，敘些寒溫，不必細述。只言王夫人提起甄寶玉與自己的寶玉無二，要請甄寶玉進來一見。傳話出去，回來說道：「甄少爺在外書房同老爺說話，說的投了機了，打發人來請我們二爺、三爺，還叫蘭哥兒在外頭吃飯。吃了飯進來。」說畢，裡頭也便擺飯。不題。

且說賈政見甄寶玉相貌果與寶玉一樣，試探他的文才，竟應對如流，甚是心敬，故叫寶玉等三人出來，警勵他們。再者，到底叫寶玉來比一比。寶玉聽命，穿了素服，帶了兄弟、侄兒出來，見了甄寶玉，竟是舊相識一般。那甄寶玉也像那裡見過的。兩人行了禮，然後賈環、賈蘭相見。本來賈政席地而坐，要讓甄寶玉在椅子上坐。甄寶玉因是晚輩，不敢上坐，就在地下鋪了褥子坐下。如今寶玉等出來，又不能同賈政一處坐著，為甄寶玉是晚一輩，又不好叫寶玉等站著。賈政知是不便，站著又說了幾句話，叫人擺飯，說：「我失陪，叫小兒輩陪著，大家說說話兒，好叫他們領領大教。」甄寶玉遜謝道：「老伯大人請便。侄兒正欲領世兄們的教呢！」賈政回覆了幾句，便自往內書房去。那甄寶玉反要送出來，賈政攔住。寶玉等先搶了一步，出了書房門檻，站立著，看賈政進去，然後進來讓甄寶玉坐下。彼此套敘了一回，諸如久慕渴想的話，也不必細述。

且說賈寶玉見了甄寶玉，想到夢中之景，並且素知甄寶玉為人，必是和他同心，以為得了知己。因初次見面，不便造次。且又賈環、賈蘭在坐，只有極力誇贊說：「久仰芳名，無由親炙③。今日見面，真是謫仙④一流的人物。」那甄寶玉素來也知賈寶玉的為人，今日一見，果然不差，「只是可與我共學，不可與你適道⑤，他既和我同名同貌，也是三生石上的舊精魂了。既我略知了些道理，怎麼不和他講講？但是初見，尚不知他的心與我同不同，只好緩緩的來。」便道：「世兄的才名，弟所素知的，在世兄是數萬人的裡頭選出來最清最雅的，在弟是庸庸碌碌一等愚人，忝附同名，殊覺玷辱了這兩個字。」賈寶玉聽了，心想：「這個人果然同我的心一樣的。但是你我都是男人，不比那女孩兒們清潔，怎麼他拿我當作女孩兒看待起來？」便道：「世兄謬贊，實不敢當。弟是至濁至愚，只不過一塊頑石耳！何敢比世兄品望高清，實稱此兩字？」甄寶玉道：「弟少時不知分量，自謂尚可琢磨。豈知家遭消索，數年來更比瓦礫猶賤，雖不敢說歷盡甘苦，然世道人情略略的領悟了好些。世兄是錦衣玉食，無不遂心的，必是文章經濟高出人上，所以老伯鍾愛，將為席上之珍⑥：弟所以才說尊名方稱。」

③親炙——親身受到薰陶和教益。炙，薰烤。

④謫仙——賀知章稱讚李白為「天上謫仙人」，所以後人稱李白為「謫仙」；這裡借來恭維人有好風度、好才華。

⑤可與我共學，不可與你適道——語出《論語·子罕》，原句是：「可與共學，未可與適道。」意思是說，能夠在一起學習的人，並不一定是能夠共同完成某種事業或達到某種道德境界的人。適，歸、向。

⑥席上之珍——這裡是比喻有超越常人的才能，等待著被選用。

賈寶玉聽這話頭又近了祿蠹的舊套，想話回答。賈環見未與他說話，心中早不自在。倒是賈蘭聽了這話，甚覺合意，便說道：「世叔所言，固是太謙；若論到文章經濟，實在從歷練中出來的，方為真才實學。在小侄年幼，雖不知文章為何物，然將讀過的細味起來，那膏粱文繡比著令聞廣譽⑦，真是不啻百倍的了！」甄寶玉未及答言，賈寶玉聽了蘭兒的話，心裡越發不合，想道：「這孩子從幾時也學了這一派酸論。」便說道：「弟聞得世兄也詆盡流俗，性情中另有一番見解。今日弟幸會芝範⑧，想欲領教一番超凡入聖⑨的道理，從此可以淨洗俗腸，重開眼界。不意視弟為蠢物，所以將世路的話來酬應。」甄寶玉聽說，心裡曉得：「他知我少年的性情，所以疑我為假。我索性把話說明，或者與我作個知心朋友，也是好的。」便說道：「世兄高論，固是真切。但弟少時也曾深惡那些舊套陳言，只是一年長似一年，家君致仕⑩在家，懶於酬應，委弟接待。後來見過那些大人先生，盡都是顯親揚名的人，便是著書立說，無非言忠言孝，自有一番立德立言⑪的事業，方不枉生在聖明之時，也不致負了父親、師長養育

---

⑦膏粱文繡，令聞廣譽——肥美的食品、華麗的衣飾，美好的名聲、傳播很廣的榮譽。

⑧芝範——恭維他人的儀容風度可以作人模範。芝，香草；範，榜樣。

⑨超凡入聖——原指超越人世而進入佛的境界，這裡是指突破一般人對功名利祿的追求，而達到自己的理想境界。

⑩致仕——交還官職，即辭官、退休，又作「致事」。

⑪立德立言——語出《左傳》：「太上有立德，其次有立功，其次有立言。」意思是：要建樹德業、功績，能著書立說。立，在這裡是建樹、成就的意思。

教誨之恩：所以把少時那一派迂想癡情漸漸的淘汰了些。如今尚欲訪師覓友，教導愚蒙，幸會世兄，定當有以教我。適才所言，並非虛意。」賈寶玉愈聽愈不耐煩，又不好冷淡，只得將言語支吾。幸喜裡頭傳出話來，說：「若是外頭爺們吃了飯，請甄少爺裡頭去坐呢。」寶玉聽了，趁勢便邀甄寶玉進去。

那甄寶玉依命前行，賈寶玉等陪著來見王夫人。賈寶玉見是甄太太上坐，便先請過了安，賈環、賈蘭也見了。甄寶玉也請了王夫人的安。兩母兩子，互相廝認。雖是賈寶玉是娶過親的，那甄夫人年紀已老，又是老親，因見賈寶玉的相貌、身材與他兒子一般，不禁親熱起來。王夫人更不用說，拉著甄寶玉問長問短，覺得比自己家的寶玉老成些。回看賈蘭，也是清秀超群的，雖不能像兩個寶玉的形像，也還隨得上。只有賈環粗夯，未免有偏愛之色。

眾人一見兩個寶玉在這裡，都來瞧看，說道：「真真奇事！名字同了也罷，怎麼相貌、身材都是一樣的！虧得是我們寶玉穿孝，若是一樣的衣服穿著，一時也認不出來。」內中紫鵑一時癡意發作，便想起黛玉來，心裡說道：「可惜林姑娘死了。若不死時，就將那甄寶玉配了他，只怕也是願意的。」正想著，只聽得甄夫人道：「前日聽得我們老爺回來說，我們寶玉年紀也大了，求這裡老爺留心一門親事。」王夫人正愛甄寶玉，順口便說道：「我也想要與令郎作伐⑫。我家有四個姑娘，那三個都不用說，死的死、嫁的嫁了；還有我們珍大侄兒的妹子，只是年紀過小幾歲，恐怕難配。倒是我們大媳婦的兩個堂妹子，生得人才齊整。二姑娘呢，已經許了人家；三姑娘正好與令郎為配。過一天，我給令郎作媒，但是

⑫作伐——作媒，語出《詩經》：「伐柯如之何，匪斧不克；取妻如之何，匪媒不得。」

聯經出版事業公司 校印

他家的家計如今差些。」甄夫人道：「太太這話又客套了。如今我們家還有什麼？只怕人家嫌我們窮罷了。」王夫人道：「現今府上復又出了差，將來不但復舊，必是比先前更要鼎盛起來。」甄夫人笑著道：「但願依著太太的話更好。這麼著，就求太太作個保山。」

甄寶玉聽他們說起親事，便告辭出來。賈寶玉等只得陪著來到書房，見賈政已在那裡，復又立談幾句。聽見甄家的人來回甄寶玉道：「太太要走了，請爺回去罷。」於是甄寶玉告辭出來。賈政命寶玉、環、蘭相送。不題。

且說寶玉自那日見了甄寶玉之父，知道甄寶玉來京，朝夕盼望。今兒見面，原想得一知己，豈知談了半天，竟有些冰炭不投⑬。悶悶的回到自己房中，也不言，也不笑，只管發怔。寶釵便問：「那甄寶玉果然像你麼？」寶玉道：「相貌倒還是一樣的。只是言談間看起來並不知道什麼，不過也是個祿蠹。」寶釵道：「你又編派人家了。怎麼就見得也是個祿蠹呢？」寶玉道：「他說了半天，並沒個明心見性⑭之談，不過說些什麼『文章經濟』，又說什麼『為忠為孝』，這樣人可不是個祿蠹麼？只可惜他也生了這樣一個相貌。我想來，有了他，我竟要連我這個相貌都不要了！」寶釵見他又發呆話，便說道：「你真真說出句話來叫人發笑！這相貌怎麼能不要呢？況且人家這話是正理，做了一個男人，原該要立身揚

---

⑬冰炭不投——冰指水，炭指火，水火不相容，比喻兩種事物完全對立。

⑭明心見性——原是佛教禪宗用語。意思是說，只要悟了自心本性（即佛性），就能成佛。宋、明理學家襲用此語，認為心、性、理本是一體，一切存在於「心」中，只要通過內省（明心）的工夫，就可以認識真理（見性）。

名的，誰像你一味的柔情私意？不說自己沒有剛烈，倒說人家是祿蠹！」寶玉本聽了甄寶玉的話，甚不耐煩，又被寶釵搶白了一場，心中更加不樂，悶悶昏昏，不覺將舊病又勾起來了，並不言語，只是傻笑。寶釵不知，只道是「我的話錯了，他所以冷笑」，也不理他。豈知那日便有些發呆，襲人等慪他，也不言語。過了一夜，次日起來，只是發呆，竟有前番病的樣子。

一日，王夫人因為惜春定要絞髮出家，尤氏不能攔阻，看著惜春的樣子是若不依他，必要自盡的，雖然晝夜著人看著，終非常事，便告訴了賈政。賈政嘆氣跺腳，只說：「東府裡不知幹了什麼，鬧到如此地位！」叫了賈蓉來說了一頓，叫他去和他母親說，認真勸解勸解。「若是必要這樣，就不是我們家的姑娘了。」豈知尤氏不勸還好，一勸了，更要尋死，說：「做了女孩兒，終不能在家一輩子的。若像二姐姐一樣，老爺、太太們倒要煩心，況且死了。如今譬如我死了似的，放我出了家，乾乾淨淨的一輩子，就是疼我了。況且我又不出門，就是櫳翠庵原是咱們家的基址，我就在那裡修行。我有什麼，你們也照應得著。現在妙玉的當家的在那裡。你們依我呢，我就算得了命了；若不依我呢，我也沒法，只有死就完了。我如若遂了自己的心願，那時哥哥回來，我和他說，並不是你們逼著我的；若說我死了，未免哥哥回來，倒說你們不容我。」尤氏本與惜春不合，聽他的話也似乎有理，只得去回王夫人。

王夫人已到寶釵那裡，見寶玉神魂失所，心下著忙，便說襲人道：「你們忒不留神！二爺犯了病，也不來回我。」襲人道：「二爺的病原來是常有的，一時好，一時不好。天天到太太那裡，仍舊請安去，原是好好兒的，今兒才發糊塗些。二奶奶正要來回太太，恐防太太說我們大驚小怪。」寶玉聽見王夫人說他們，心裡一時明白，恐他們受委屈，便說道：「太太放心，我沒什麼病，只是心裡覺著有些悶悶的。」

聯經出版事業公司　校印

王夫人道：「你是有這病根子，早說了，好請大夫瞧瞧，吃兩劑藥好了不好！若再鬧到頭裡丟了玉的時候似的，就費事了。」寶玉道：「太太不放心，便叫個人來瞧瞧，我就吃藥。」王夫人便叫丫頭傳話出來請大夫。這一個心思都在寶玉身上，便將惜春的事忘了。遲了一回，大夫看了，服藥。王夫人回去。

過了幾天，寶玉更糊塗了，甚至於飯食不進，大家著急起來。恰又忙著脫孝，家中無人，又叫了賈芸來照應大夫。賈璉家下無人，請了王仁來在外幫著料理。那巧姐兒是日夜哭母，也是病了。所以榮府中又鬧得馬仰人翻。

一日又當脫孝來家，王夫人親身又看寶玉，見寶玉人事不醒，急得眾人手足無措，一面哭著，一面告訴賈政說：「大夫回了，不肯下藥，只好預備後事！」賈政嘆氣連連，只得親自看視，見其光景果然不好，便又叫賈璉辦去。賈璉不敢違拗，只得叫人料理。手頭又短，正在為難，只見一個人跑進來說：「二爺，不好了！又有饑荒來了！」賈璉不知何事，這一唬非同小可，瞪著眼說道：「什麼事？」那小廝道：「門上來了一個和尚，手裡拿著二爺的這塊丟的玉，說要一萬賞銀。」賈璉照臉啐道：「我打量什麼事，這樣慌張。前番那假的你不知道麼！就是真的，現在人要死了，要這玉做什麼！」小廝道：「奴才也說了。那和尚說，給他銀子就好了。」又聽著外頭嚷進來說：「這和尚撒野，各自跑進來了，眾人攔他攔不住。」賈璉道：「那裡有這樣怪事？你們還不快打出去呢！」正鬧著，賈政聽見了，也沒了主意了。裡頭又哭出來，說：「寶二爺不好了！」賈政益發著急。只見那和尚嚷道：「要命拿銀子來！」

賈政忽然想起：「頭裡寶玉的病是和尚治好的，這會子和尚來，或者有救星。但是這玉倘或是真，他要起銀子來，怎麼樣呢？」想了一想：「姑且不管他，果真人好了再說。」

聯經出版事業公司　校印

賈政叫人去請，那和尚已進來了，也不施禮，也不答話，便往裡就跑。賈璉拉著道：「裡頭都是內眷，你這野東西混跑什麼！」那和尚道：「遲了就不能救了！」賈璉急得一面走，一面亂嚷道：「裡頭的人不要哭了，和尚進來了！」王夫人等只顧著哭，那裡理會？賈璉走進來又嚷。王夫人等回過頭來，見一個長大的和尚，唬了一跳，躲避不及。那和尚直走到寶玉炕前，寶釵避過一邊，襲人見王夫人站著，不敢走開。只見那和尚道：「施主們，我是送玉來的。」說著，把那塊玉擎著道：「快把銀子拿出來，我好救他。」王夫人等驚惶無措，也不擇真假，便說道：「若是救活了人，銀子是有的。」那和尚笑道：「拿來！」王夫人道：「你放心，橫豎折變的出來。」和尚哈哈大笑，手拿著玉，在寶玉耳邊叫道：「寶玉，寶玉！你的『寶玉』回來了。」說了這一句，王夫人等見寶玉把眼一睜。襲人說道：「好了。」只見寶玉便問道：「在那裡呢？」那和尚把玉遞給他手裡。寶玉先前緊緊的攥著，後來慢慢的得過手來，放在自己眼前細細的一看，說：「噯呀，久違了！」裡外眾人都喜歡的念佛，連寶釵也顧不得有和尚了。賈璉也走過來一看，果見寶玉回過來了，心裡一喜，疾忙躲出去了。

那和尚也不言語，趕來拉著賈璉就跑。賈璉只得跟著，到了前頭，趕著告訴賈政。賈政聽了喜歡，即找和尚施禮叩謝。和尚還了禮坐下。賈璉心下狐疑：「必是要了銀子才走。」賈政細看那和尚，又非前次見的，便問：「寶剎何方？法師大號？這玉是那裡得的？怎麼小兒一見便會活過來呢？」那和尚微笑道：「我也不知道，只要拿一萬銀子來就完了。」賈政見這和尚粗魯，也不敢得罪，便說：「有。」和尚道：「有便快拿來罷，我要走了。」賈政道：「略請少坐，待我進內瞧瞧。」和尚道：「你去，快出來才好。」

賈政果然進去，也不及告訴，便走到寶玉炕前。寶玉見是父親來，欲要爬起，因身子虛弱，起不來。王夫人按著說道：「不要動。」寶玉笑著，拿這玉給賈政瞧，道：「寶玉來了。」賈政略略一看，知道此事有些根源，也不細看，便和王夫人道：「寶玉好過來了。這賞銀怎麼樣？」王夫人道：「盡著我所有的折變了給他就是了。」寶玉道：「只怕這和尚不是要銀子的罷？」賈政點頭道：「我也看來古怪，但是他口口聲聲的要銀子。」王夫人道：「老爺出去先款留著他再說。」

賈政出來。寶玉便嚷餓了，喝了一碗粥，還說要飯。婆子們果然取了飯來，王夫人還不敢給他吃。寶玉說：「不妨的，我已經好了。」便爬著吃了一碗，漸漸的神氣果然好過來了，便要坐起來。麝月上去輕輕的扶起，因心裡喜歡，忘了情，說道：「真是寶貝！才看見了一會兒，就好了。虧的當初沒有砸破。」寶玉聽了這話，神色一變，把玉一撂，身子往後一仰，——未知死活，下回分解。

第一百十六回　得通靈幻境悟仙緣　送慈柩故鄉全孝道

話說寶玉一聽麝月的話，身往後仰，復又死去，急得王夫人等哭叫不止。麝月自知失言致禍，此時王夫人等也不及說他。那麝月一面哭著，一面打定主意，心想：「若是寶玉一死，我便自盡跟了他去！」不言麝月心裡的事。且言王夫人等見叫不回來，趕著叫人出來找和尚救治。豈知賈政進內出去時，那和尚已不見了。賈政正在詫異，聽見裡頭又鬧，急忙進來。見寶玉又是先前的樣子，口關緊閉，脈息全無。用手在心窩中一摸，尚是溫熱。賈政只得急忙請醫，灌藥救治。

那知那寶玉的魂魄早已出了竅了。你道死了不成？卻原來恍恍惚惚趕到前廳，見那送玉的和尚坐著，便施了禮。那知和尚站起身來，拉著寶玉就走。寶玉跟了和尚，覺得身輕如葉，飄飄颻颻，也沒出大門，不知從那裡走了出來。行了一程，到了個荒野地方，遠遠的望見一座牌樓，好像曾到過的。正要問那和尚時，只見恍恍惚惚來了一個女人。寶玉心裡想道：「這樣曠野地方，那得有如此的麗人？必是神仙下界了。」寶玉想著，走近前來，細細一看，竟有些認得的，只是一時想不起來。見那女人和和尚打了一

聯經出版事業公司校印

個照面，就不見了。寶玉一想，竟是尤三姐的樣子，越發納悶：「怎麼他也在這裡？」又要問時，那和尚拉著寶玉過了那牌樓，只見牌上寫著「真如福地」①四個大字，兩邊一副對聯，乃是：

假去真來真勝假，無原有是有非無。②

轉過牌坊，便是一座宮門。門上橫書四個大字道：「福善禍淫」。又有一副對子，大書云：

過去未來，莫謂智賢能打破；前因後果，須知親近不相逢。

寶玉看了，心下想道：「原來如此。我倒要問問因果來去的事了。」這麼一想，只見鴛鴦站在那裡招手兒叫他。寶玉想道：「我走了半日，原不曾出園子，怎麼改了樣子了呢？」趕著要和鴛鴦說話，豈知一轉眼便不見了，心裡不免疑惑起來。走到鴛鴦站的地方兒，乃是一溜配殿，各處都有匾額。寶玉無心去看，只向鴛鴦立的所在奔去。見那一間配殿的門半掩半開，寶玉也不敢造次進去，心裡正要問那和尚一聲，回過頭來，和尚早已不見了。寶玉恍惚，見那殿宇巍峨，絕非大觀園景象，便立住腳，抬頭看那匾額上寫道：「引覺情癡」。兩邊寫的對聯道：

喜笑悲哀都是假，貪求思慕總因癡。

寶玉看了，便點頭嘆息。想要進去找鴛鴦，問他是什麼所在，細細想來，甚是熟識，便仗著膽子推門進

①真如福地——真如，指永恆真理；福地，仙境，幸福之地。

②「假去」一聯——佛家認為世間一切都是空的、假的、虛無的，拋棄紅塵，才能達到真的境界；無原是有，塵世上的不存在，正是仙境的存在，所以人離塵世是有而不是無。

去，滿屋一瞧，並不見鴛鴦，裡頭只是黑漆漆的，心下害怕。正要退出，見有十數個大櫥，櫥門半掩。

寶玉忽然想起：「我少時做夢，曾到過這個地方；如今能夠親身到此，也是大幸。」恍惚間，把找鴛鴦的念頭忘了。便壯著膽把上首的大櫥開了櫥門一瞧，見有好幾本冊子，心裡更覺喜歡，想道：「大凡人做夢，說是假的，豈知有這夢便有這事。我常說還要做這個夢再不能的，不料今兒被我找著了。但不知那冊子是那個見過的不是？」伸手在上頭取了一本，冊上寫著《金陵十二釵正冊》。寶玉拿著一想道：「我恍惚記得是那個，只恨記不得清楚！」便打開頭一頁看去，見上頭有畫，但是畫迹模糊，再瞧不出來。後面有幾行字迹，也不清楚，尚可摹擬，便細細的看去，見有什麼「玉帶」，上頭有個好像「林」字，心裡想道：「不要是說林妹妹罷？」便認真看去，底下又有「金簪雪裡」四字，詫異道：「怎麼又像他的名字呢？」復將前後四句合起來一念道：「也沒有什麼道理，只是暗藏著他兩個名字，並不為奇。獨有那『憐』字『嘆』字不好。這是怎麼解？」想到那裡，又自啐道：「我是偷著看，若只管呆想起來，倘有人來，又看不成了。」遂往後看去，也無暇細玩那畫圖，只從頭看去。看到尾兒有幾句詞，什麼「虎兔相逢大夢歸」一句，便恍然大悟道：「是了，果然機關不爽！這必是元春姐姐了。若都是這樣明白，我要抄了去細玩起來，那些姊妹們的壽夭窮通，沒有不知的了。我回去自不肯泄漏，只做一個未卜先知的人，也省了多少閑想。」又向各處一瞧，並沒有筆硯，又恐人來，只得忙著看去。只見圖上影影有一個放風箏的人兒，也無心去看。急急的將那十二首詩詞都看遍了。也有一看便知的，也有一想便得的，也有不大明白的，心下牢牢記著。一面嘆息，一面又取那《金陵又副冊》一看，看到「堪羨優伶有福，誰知公子無緣」，先前不懂，見上面尚有花席的影子，便大驚痛哭起來。

待要往後再看，聽見有人說道：「你又發呆了！林妹妹請你呢！」好似鴛鴦的聲氣，回頭卻不見人。心中正自驚疑，忽鴛鴦在門外招手。寶玉一見，喜得趕出來。但見鴛鴦在前影影綽綽的走，只是趕不上。寶玉叫道：「好姐姐，等等我。」那鴛鴦並不理，只顧前走。寶玉無奈，盡力趕去，忽見別有一洞天，樓閣高聳，殿角玲瓏，且有好些宮女隱約其間。寶玉貪看景致，竟將鴛鴦忘了。寶玉順步走入一座宮門，內有奇花異卉，都也認不明白。惟有白石花闌圍著一棵青草，葉頭上略有紅色，但不知是何名草，這樣矜貴。只見微風動處，那青草已搖擺不休，雖說是一枝小草，又無花朵，其嫵媚之態，不禁心動神怡，魂消魄喪。

寶玉只管呆呆的看著，只聽見旁邊有一人說道：「你是那裡來的蠢物，在此窺探仙草！」寶玉聽了，吃了一驚，回頭看時，卻是一位仙女，便施禮道：「我找鴛鴦姐姐，誤入仙境，恕我冒昧之罪。請問神仙姐姐，這裡是何地方？怎麼我鴛鴦姐姐到此還說是林妹妹叫我？望乞明示。」那人道：「誰知你的姐姐妹妹？我是看管仙草的，不許凡人在此逗留。」寶玉欲待要出來，又捨不得，只得央告道：「神仙姐姐既是那管理仙草的，必然是花神姐姐了。但不知這草有何好處？」那仙女道：「你要知道這草，說起來話長著呢。那草本在靈河岸上，名曰『絳珠草』。因那時萎敗，幸得一個神瑛侍者日以甘露灌溉，得以長生。後來降凡歷劫，還報了灌溉之恩，今返歸真境。所以警幻仙子命我看管，不令蜂纏蝶戀。」

寶玉聽了不解，一心疑定必是遇見了花神了，今日斷不可當面錯過，便問：「管這草的是神仙姐姐了。還有無數名花，必有專管的，我也不敢煩問，只有看管芙蓉花的是那位神仙？」那仙女道：「我卻不知，除是我主人方曉。」寶玉便問道：「姐姐的主人是誰？」那仙女道：「我主人是瀟湘妃子。」寶玉聽道：「是了！你不知道，這位妃子就是我的表妹林黛玉。」那仙女道：「胡說！此地乃上界神女之所，雖號為瀟湘妃子，並不是娥皇、女英之輩，何得與凡人有親？你少來混說，瞧著叫力士③打你出去！」

寶玉聽了發怔，只覺自形穢濁，正要退出，又聽見有人趕來，說道：「裡面叫請神瑛侍者。」那人道：「我奉命等了好些時，總不見有神瑛侍者過來，你叫我那裡請去？」那一個笑道：「才退去的不是麼？」那侍女慌忙趕出來，說：「請神瑛侍者回來！」寶玉只道是問別人，又怕被人追趕，只得踉蹌而逃。

正走時，只見一人手提寶劍，迎面攔住，說：「那裡走！」唬得寶玉驚惶無措。仗著膽抬頭一看，卻不是別人，就是尤三姐。寶玉見了，略定些神，央告道：「姐姐，怎麼你也來逼起我來了？」那人道：「你們弟兄沒有一個好人：敗人名節，破人婚姻！今兒你到這裡，是不饒你的了！」寶玉聽去話頭不好，正自著急，只聽後面有人叫道：「姐姐快快攔住，不要放他走了！」尤三姐道：「我奉妃子之命，等候已久。今兒見了，必定要一劍斬斷你的塵緣！」寶玉聽了，益發著忙，又不懂這些話到底是什麼意思，只得回頭要跑。豈知身後說話的並非別人，卻是晴雯。寶玉一見，悲喜交集，便說：「我一個人走迷了道兒，遇見仇人，我要逃回，卻不見你們一人跟著我。如今好了！晴雯姐姐，快快的帶我回家去罷！」晴雯道：「侍者不必多疑，我非晴雯，我是奉妃子之命，特來請你一會，並不難為你。」寶玉滿腹狐疑，只得問道：「姐姐說是妃子叫我，那妃子究是何人？」晴雯道：「此時不必問，到了那裡，自然知道。」寶玉沒法，只得跟著走。細看那人背後舉動，恰是晴雯，那面目聲音是不錯的了。「怎麼他說不是？我

③力士——即黃巾力士，傳說中天界值勤的神將。

聯經出版事業公司校印

此時心裡模糊。且別管他，到了那邊，見了妃子，就有不是，那時再求他。到底女人的心腸是慈悲的，必是恕我冒失。」

正想著，不多時，到了一個所在。只見殿宇精緻，彩色輝煌，庭中一叢翠竹，戶外數本蒼松。廊檐下立著幾個侍女，都是宮妝打扮，見了寶玉進來，便悄悄的說道：「這就是神瑛侍者麼？」引著寶玉的說道：「就是。你快進去通報罷。」有一侍女笑著招手，寶玉便跟著進去。過了幾層房舍，見一正房，珠簾高掛。那侍女說：「站著候旨。」寶玉聽了，也不敢則聲，只得在外等著。那侍女進去不多時，出來說：「請侍者參見。」又有一人捲起珠簾。只見一女子頭戴花冠，身穿繡服，端坐在內。寶玉略一抬頭，見是黛玉的形容，便不禁的說道：「妹妹在這裡！叫我好想！」那簾外的侍女悄吒道：「這侍者無禮，快快出去！」說猶未了，又見一個侍兒將珠簾放下。寶玉此時欲待進去又不敢，要走又不捨，待要問明，見那些侍女並不認得，又被驅逐，無奈出來。心想要問晴雯，回頭四顧，並不見有晴雯。心下狐疑，只得怏怏出來。又無人引著，正欲找原路而去，卻又找不出舊路了。

正在為難，見鳳姐站在一所房檐下招手。寶玉看見，喜歡道：「可好了！原來回到自己家裡了。我怎麼一時迷亂如此？」急奔前來，說：「姐姐在這裡麼？我被這些人捉弄到這個分兒。林妹妹又不肯見我，不知何原故？」說著，走到鳳姐站的地方，細看起來，並不是鳳姐，原來卻是賈蓉的前妻秦氏。寶玉只得立住腳，要問「鳳姐姐在那裡」，那秦氏也不答言，竟自往屋裡去了。

寶玉恍恍惚惚的，又不敢跟進去，只得呆呆的站著，嘆道：「我今兒得了什麼不是，眾人都不理我！」便痛哭起來。見有幾個黃巾力士執鞭趕來，說是：「何處男人敢闖入我們這天仙福地來！快走出去！」

寶玉聽得，不敢言語。正要尋路出來，遠遠望見一群女子說笑前來。寶玉看時，又像有迎春等一干人走來，心裡喜歡，叫道：「我迷住在這裡，你們快來救我！」正嚷著，後面力士趕來。寶玉急得往前亂跑，忽見那一群女子都變作鬼怪形像，也來追撲。

寶玉正在情急，只見那送玉來的和尚手裡拿著一面鏡子一照，說道：「我奉元妃娘娘旨意，特來救你。」登時鬼怪全無，仍是一片荒郊。寶玉拉著和尚說道：「我記得是你領我到這裡，你一時又不見了。看見了好些親人，只是都不理我，忽又變作鬼怪。到底是夢是真？望老師明白指示。」那和尚道：「你到這裡，曾偷看什麼東西沒有？」寶玉一想，道：「他既能帶我到天仙福地，自然也是神仙了，如何瞞得他？況且正要問個明白。」便道：「我倒見了好些冊子來著。」那和尚道：「可又來！你見了冊子，還不解麼？世上的情緣，都是那些魔障。只要把歷過的事情細細記著，將來我與你說明。」說著，把寶玉狠命的一推，說：「回去罷！」寶玉站不住腳，一跤跌倒，口裡嚷著：「啊喲！」

王夫人等正在哭泣，聽見寶玉蘇來，連忙叫喚。寶玉睜眼看時，仍躺在炕上，見王夫人、寶釵等哭的眼泡紅腫。定神一想，心裡說道：「是了，我是死去過來的。」遂把神魂所歷的事呆呆的細想，幸喜多還記得，便哈哈的笑道：「是了，是了。」王夫人只道舊病復發，便好延醫調治，即命丫頭、婆子快去告訴賈政，說是：「寶玉回過來了。頭裡原是心迷住了，如今說出話來，不用備辦後事了。」賈政聽了即忙進來看視，果見寶玉蘇來，便道：「沒福的癡兒！你要唬死誰麼？」說著，眼淚也不知不覺流下來了。又嘆了幾口氣，仍出去叫人請醫生，診脈服藥。

這裡麝月正思自盡，見寶玉一過來，也放了心。只見王夫人叫人端了桂圓湯，叫他喝了幾口，漸漸的定了神。王夫人等放心，也沒有說麝月，只叫人仍把那玉交給寶釵給他帶上。想起那和尚來，「這玉不知那裡找來的？也是古怪。怎麼一時要銀，一時又不見了？莫非是神仙不成？」寶釵道：「說起那和尚來的蹤迹，去的影響，那玉並不是找來的。頭裡丟的時候，必是那和尚取去的。」王夫人道：「玉在家裡，怎麼能取的了去？」寶釵道：「既可送來，就可取去。」襲人、麝月道：「那年丟了玉，林大爺測了個字，後來二奶奶過了門，我還告訴過二奶奶，說測的那字是什麼『賞』字。二奶奶還記得麼？」寶釵想道：「是了。你們說測的是當鋪裡找去，如今才明白了，竟是個和尚的『尚』字在上頭，可不是和尚取了去的麼？」王夫人道：「那和尚本來古怪。那年寶玉病的時候，那和尚來說是我們家有寶貝可解，說的就是這塊玉了。他既知道，自然這塊玉到底有些來歷。況且你女婿養下來就嘴裡含著的。古往今來，你們聽見過這麼第二個麼？只是不知終久這塊玉到底是怎麼著！就連咱們這一個，也還不知是怎麼著！病也是這塊玉，好也是這塊玉，生也是這塊玉——」說到這裡，忽然住了，不免又流下淚來。寶玉聽了，心裡卻也明白，更想死去的事，愈加有因，只不言語，心裡細細的記憶。

那時惜春便說道：「那年失玉，還請妙玉請過仙，說是『青埂峰下倚古松』，還有什麼『入我門來一笑逢』的話。想起來，『入我門』三字大有講究。佛教的法門最大，只怕二哥哥不能入得去。」寶玉聽了，又冷笑幾聲。寶釵聽了，不覺的把眉頭兒肐揪④著，發起怔來。尤氏道：「偏你一說，又是佛門了。你出家的念頭還沒有歇麼？」惜春笑道：「不瞞嫂子說，我早已斷了葷了。」王夫人道：「好孩子，

④肐揪——形容皺眉時眉頭肌肉的揪結。

阿彌陀佛！這個念頭是起不得的。」惜春聽了，也不言語。寶玉想「青燈古佛前」的詩句，不禁連嘆幾聲。忽又想起一床席、一枝花的詩句來，拿眼睛看著襲人，不覺又流下淚來。眾人都見他忽笑忽悲，也不解是何意，只道是他的舊病。豈知寶玉觸處機來⑤，竟能把偷看冊上詩句俱牢牢記住了，只是不說出來，心中早有一個成見⑥在那裡了。暫且不題。

且說眾人見寶玉死去復生，神氣清爽，又加連日服藥，一天好似一天，漸漸的復原起來。便是賈政見寶玉已好，現在丁憂無事，想起賈赦不知幾時遇赦，老太太的靈柩久停寺內，終不放心，欲要扶柩回南安葬，便叫了賈璉來商議。賈璉便道：「老爺想得極是，如今趁著丁憂，幹了一件大事更好。將來老爺起了服，生恐又不能遂意了。但是我父親不在家，侄兒呢又不敢僭越。老爺的主意很好，只是這件事也得好幾千銀子。衙門裡緝賊，那是再緝不出來的。」賈政道：「我的主意是定了，只為大爺不在家，叫你來商議商議怎麼個辦法。你是不能出門的。現在這裡沒有人，我為是好幾口材都要帶回去的，我一個怎麼樣的照應呢？想起把薔哥兒帶了去，況且有他媳婦的棺材也在裡頭。還有你林妹妹的，那是老太太的遺言，說跟著老太太一塊兒回去的。我想這一項銀子，只好在那裡挪借幾千，也就夠了。」賈璉道：「如今的人情過於淡薄。老爺呢，又丁憂；我們老爺呢，又在外頭。一時借是借不出來的了，只好拿房

⑤觸處機來——不管接觸什麼，機鋒都來。
⑥成見——這裡指主見、定見。

聯經出版事業公司 校印

地文書出去押去。」賈政道：「住的房子是官蓋的，那裡動得？」賈璉道：「住房是不能動的。外頭還有幾所，可以出脫的⑦，等老爺起復後再贖也使得。將來我父親回來了，倘能也再起用，也好贖的。只是老爺這麼大年紀，辛苦這一場，侄兒們心裡實不安。」賈政道：「老太太的事，是應該的。只要你在家謹慎些，把持定了才好。」賈璉道：「老爺這倒只管放心，侄兒雖糊塗，斷不敢不認真辦理的。況且老爺回南，少不得多帶些人去，所留下的人也有限了，這點子費用，還可以過的來。就是老爺路上短少些，必經過賴尚榮的地方，可也叫他出點力兒。」賈政道：「自己的老人家的事，叫人家幫什麼？」賈璉答應了「是」，便退出來打算銀錢。

賈政便告訴了王夫人，叫他管了家，自己便擇了發引長行的日子，就要起身。寶玉此時身體復元，賈環、賈蘭倒認真念書；賈政都交付給賈璉，叫他管教，「今年是大比的年頭。環兒是有服的，不能入場；蘭兒是孫子，服滿了也可以考的；務必叫寶玉同著侄兒考去。能夠中一個舉人，也好贖一贖咱們的罪名。」賈璉等唯唯應命。賈政又吩咐了在家的人，說了好些話，才別了宗祠，便在城外念了幾天經，就發引下船，帶了林之孝等而去。也沒有驚動親友，惟有自家男女送了一程回來。

寶玉因賈政命他赴考，王夫人便不時催逼，查考起他的功課來。那寶釵、襲人時常勸勉，自不必說。那知寶玉病後，雖精神日長，他的念頭一發更奇僻了，竟換了一種，不但厭棄功名仕進，竟把那兒女情緣也看淡了好些。只是眾人不大理會，寶玉也並不說出來。

---

⑦出脫——處理、掉換，這裡是賣掉的意思。

一日，恰遇紫鵑送了林黛玉的靈柩回來，悶坐自己屋裡啼哭，想著：「寶玉無情，見他林妹妹的靈柩回去，並不傷心落淚；見我這樣痛哭，也不來勸慰，反瞅著我笑。這樣負心的人，從前都是花言巧語來哄著我們！前夜虧我想得開，不然幾乎又上了他的當。只是一件叫人不解：如今我看他待襲人等也是冷冷兒的。二奶奶是本來不喜歡親熱的，麝月那些人就不抱怨他麼？我想女孩子們多半是癡心的，白操了那些時的心，看將來怎樣結局！」正想著，只見五兒走來瞧他，見紫鵑滿面淚痕，便說：「姐姐又想林姑娘了？我想一個人，聞名不如眼見。頭裡聽著寶二爺女孩子跟前是最好的，我母親再三的把我弄進來；豈知我進來了，盡心竭力的伏侍了幾次病，如今病好了，連一句好話也沒有剩出來，如今索性連眼兒也都不瞧了。」紫鵑聽他說的好笑，便「噗嗤」的一笑，啐道：「呸！你這小蹄子！你心裡要寶玉怎麼個樣兒待你才好？女孩兒家也不害臊！連名公正氣的屋裡人他瞧著還沒事人一大堆呢，有功夫理你去？」因又笑著拿個指頭往臉上抹著，問道：「你到底算寶玉的什麼人哪？」

那五兒聽了，自知失言，便飛紅了臉。待要解說不是要寶玉怎樣看待，說他近來不憐下的話，只聽院門外亂嚷說：「外頭和尚又來了，要那一萬銀子呢！太太著急，叫璉二爺和他講去，偏偏璉二爺又不在家！那和尚在外頭說些瘋話，太太叫請二奶奶過去商量。」不知怎樣打發那和尚，下回分解。

第一百十七回　阻超凡佳人雙護玉　欣聚黨惡子獨承家

話說王夫人打發人來叫寶釵過去商量，寶玉聽見說是和尚在外頭，趕忙的獨自一人走到前頭，嘴裡亂嚷道：「我的師父在那裡？」叫了半天，並不見有和尚，只得走到外面。見李貴將和尚攔住，不放他進來。寶玉便說道：「太太叫我請師父進去。」李貴聽了，鬆了手，那和尚便搖搖擺擺的進去。

寶玉看見那僧的形狀與他死去時所見的一般，心裡早有些明白了，便上前施禮，連叫：「師父，弟子迎候來遲！」那僧說：「我不要你們接待，只要銀子；拿了來，我就走。」寶玉聽來，又不像有道行的話，看他滿頭癩瘡，渾身腌臢破爛，心裡想道：「自古說『真人不露相，露相不真人』，也不可當面錯過。我且應了他謝銀，並探探他的口氣。」便說道：「師父不必性急。現在家母料理，請師父坐下，略等片刻。弟子請問：師父可是從『太虛幻境』而來！」那和尚道：「什麼『幻境』！不過是來處來、去處去罷了！我是送還你的玉來的。我且問你，那玉是從那裡來的？」寶玉一時對答不來。那僧笑道：「你自己的來路還不知，便來問我！」寶玉本來穎悟，又經點化，早把紅塵看破，只是自己的底裡未知；

聯經出版事業公司　校印

一聞那僧問起玉來，好像當頭一棒，便說道：「你也不用銀子了，我把那玉還你罷。」那僧笑道：「也該還我了。」

寶玉也不答言，往裡就跑，走到自己院內，見寶釵、襲人等都到王夫人那裡去了，忙向自己床邊取了那玉，便走出來。迎面碰見了襲人，撞了一個滿懷，把襲人唬了一跳，說道：「太太說，你陪著和尚坐著很好，太太在那裡打算送他些銀兩。你又回來做什麼？」寶玉道：「你快去回太太，說不用張羅銀兩了，我把這玉還了他就是了。」襲人聽說，即忙拉住寶玉，道：「這斷使不得的！那玉就是你的命，若是他拿去了，你又要病著了！」寶玉道：「如今不再病的了。我已經有了心了，要那玉何用！」摔脫襲人，便要想走。襲人急得趕著嚷道：「你回來，我告訴你一句話！」寶玉回過頭來道：「沒有什麼說的了。」襲人顧不得什麼，一面趕著跑，一面嚷道：「上回丟了玉，幾乎沒有把我的命要了！剛剛兒的有了，你拿了去，你也活不成，我也活不成了！你要還他，除非是叫我死了！」說著，趕上一把拉住。寶玉急了，道：「你死也要還，你不死也要還！」狠命的把襲人一推，抽身要走。怎奈襲人兩隻手繞著寶玉的帶子不放鬆，哭喊著坐在地下。裡面的丫頭聽見，連忙趕來，瞧見他兩個人的神情不好，只聽見襲人哭道：「快告訴太太去！寶二爺要把那玉去還和尚呢！」丫頭趕忙飛報王夫人。那寶玉更加生氣，用手來掰開了襲人的手，幸虧襲人忍痛不放。紫鵑在屋裡聽見寶玉要把玉給人，這一急比別人更甚，把素日冷淡寶玉的主意都忘在九霄雲外了，連忙跑出來，幫著抱住寶玉。那寶玉雖是個男人，用力摔打，怎奈兩個人死命的抱住不放，也難脫身，嘆口氣道：「為一塊玉，這樣死命的不放！若是我一個人走了，又待怎麼樣呢？」襲人、紫鵑聽到那裡，不禁嚎啕大哭起來。

正在難分難解，王夫人、寶釵急忙趕來。見是這樣形景，王夫人便哭著喝道：「寶玉！你又瘋了嗎！」寶玉見王夫人來了，明知不能脫身，只得陪笑說道：「這當什麼，又叫太太著急？他們總是這樣大驚小怪的。我說那和尚不近人情，他必要一萬銀子，少一個不能。我生氣進來，拿這玉還他，就說是假的，要這玉幹什麼？他見得我們不希罕那玉，便隨意給他些，就過去了。」王夫人道：「我打諒真要還他！這也罷了。為什麼不告訴明白了他們？叫他們哭哭喊喊的像什麼？」寶釵道：「這麼說呢，倒還使得。要是真拿那玉給他，那和尚有些古怪，倘或一給了他，又鬧到家口不寧，豈不是不成事了麼？至於銀錢呢，就把我的頭面折變了，也還夠了呢。」王夫人聽了，道：「也罷了，且就這麼辦罷。」寶玉也不回答。只見寶釵走上來，在寶玉手裡拿了這玉，說道：「你也不用出去，我合太太給他錢就是了。」寶玉道：「玉不還他也使得，只是我還得當面見他一面才好。」襲人等仍不肯放手，到底寶釵明決，說：「放了手，由他去就是了。」襲人只得放手。寶玉笑道：「你們這些人，原來重玉不重人哪！你們既放了我，我便跟著他走了，看你們就守著那塊玉怎麼樣！」襲人心裡又著急起來，仍要拉他，只礙著王夫人和寶釵的面前，又不好太露輕薄。恰好寶玉一撒手就走了。襲人忙叫小丫頭在三門口傳了焙茗等，「告訴外頭照應著二爺，他有些瘋了。」小丫頭答應了出去。

王夫人、寶釵等進來坐下，問起襲人來由，襲人便將寶玉的話細細說了。王夫人、寶釵甚是不放心，又叫人出去，吩咐眾人伺候，聽著和尚說些什麼。回來，小丫頭傳話進來回王夫人道：「二爺真有些瘋了。外頭小廝們說：裡頭不給他玉，他也沒法；如今身子出來了，求著那和尚帶了他去。」王夫人聽了，說道：「這還了得！那和尚說什麼來著？」小丫頭回道：「和尚說，要玉不要人。」寶釵道：「不要銀子了麼？」小丫頭道：「沒聽見說。後來和尚和二爺兩個人說著笑著，有好些話，外頭小廝們都不大懂。」王夫人道：「糊塗東西！聽不出來，學是自然學得來的。」便叫小丫頭：「你把那小廝叫進來。」小丫頭連忙出去叫進那小廝，站在廊下，隔著窗戶請了安。王夫人便問道：「和尚和二爺的話，你們不懂，難道學也學不來嗎？」那小廝回道：「我們只聽見說什麼『大荒山』，什麼『青埂峰』，又說什麼『太虛境』，『斬斷塵緣』這些話。」王夫人聽了也不懂。寶釵聽了，唬得兩眼直瞪，半句話都沒有了。

　　正要叫人出去拉寶玉進來，只見寶玉笑嘻嘻的進來，說：「好了，好了！」寶釵仍是發怔。王夫人道：「你瘋瘋顛顛的說的是什麼？」寶玉道：「正經話，又說我瘋顛！那和尚與我原認得的，他不過也是要來見我一見。他何嘗是真要銀子呢？也只當化個善緣①就是了。所以說明了，他自己就飄然而去了。這可不是好了麼？」王夫人不信，又隔著窗戶問那小廝，那小廝連忙出去問了門上的人，進來回說：「果然和尚走了。說：『請太太們放心，我原不要銀子。』只要寶二爺時常到他那裡去去就是了。『諸事只要隨緣，自有一定的道理。』」王夫人道：「原來是個好和尚。你們曾問住在那裡？」門上道：「奴才也問來著，他說我們二爺是知道的。」王夫人問寶玉道：「他到底住在那裡？」寶玉笑道：「這個地方說遠就遠，說近就近。」寶釵不待說完，便道：「你醒醒兒罷！別儘著迷在裡頭！現在老爺、太太就疼你一個人，老爺還吩咐叫你幹功名長進呢。」寶玉道：「我說的不是功名麼？你

①善緣——佛教徒稱行善、佈施叫善緣。下文「隨緣」則指隨合自己命中注定的緣份。

聯經出版事業公司校印

們不知道，『一子出家，七祖昇天』呢！」王夫人聽到那裡，不覺傷心起來，說：「我們的家運怎麼好？一個四丫頭口口聲聲要出家，如今又添出一個來了。我這樣個日子，過他做什麼！」說著，大哭起來。寶釵見王夫人傷心，只得上前苦勸。寶玉笑道：「我說了這一句頑話，太太又認起真來了。」王夫人止住哭聲道：「這些話也是混說的麼！」

正鬧著，只見丫頭來回話：「璉二爺回來了，顏色大變，說請太太回去說話。」王夫人又吃了一驚，說道：「將就些，叫他進來罷。小嬸子也是舊親，不用迴避了。」賈璉進來，見了王夫人，請了安。寶釵迎著，也問了賈璉的安。回說道：「剛才接了我父親的書信，說是病重的很，叫我就去，若遲了，恐怕不能見面。」說到那裡，眼淚便掉下來了。王夫人道：「書上寫的是什麼病？」賈璉道：「寫的是感冒風寒起來的，如今成了癆病了。現在危急，專差一個人連日連夜趕來的，說如若再耽擱一兩天，就不能見面了。故來回太太，侄兒必得就去才好。只是家裡沒人照管。薔兒、芸兒雖說糊塗，到底是個男人，外頭有了事來，還可傳個話。侄兒家裡倒沒有什麼事。秋桐是天天哭著喊著，不願意在這裡，侄兒叫了他娘家的人來領了去了，倒省了平兒好些氣。雖是巧姐沒人照應，還虧平兒的心不很壞。妞兒心裡也明白，只是性氣比他娘還剛硬些，求太太時常管教管教他。」說著眼圈兒一紅，連忙把腰裡拴檳榔荷包的小絹子拉下來擦眼。王夫人道：「放著他親祖母在那裡，托我做什麼？」賈璉輕輕的說道：「太太要說這個話，侄兒就該活活兒的打死了！沒什麼說的，總求太太始終疼侄兒就是了。」說著，就跪下來了。

王夫人也眼圈兒紅了，說：「你快起來！娘兒們說話兒，這是怎麼說？只是一件：孩子也大了，倘或你父親有個一差二錯，又耽擱住了，或者有個門當戶對的來說親，還是等你回來，還是你太太作主？」賈璉道：「現在太太們在家，自然是太太們做主，不必等我。」王夫人道：「你要去，就寫了稟帖給二老爺送個信，說家下無人，你父親不知怎樣，快請二老爺將老太太的大事早早的完結，快快回來。」

賈璉答應了「是」，正要走出去，復轉回來，回說道：「咱們家的家下人，家裡還夠使喚，只是園裡沒有人，太空了。包勇又跟了他們老爺去了。姨太太住的房子，薛二爺已搬到自己的房子內住了。園裡一帶屋子都空著，忒沒照應，還得太太叫人常查看查看。那櫳翠庵原是咱們家的地基，如今妙玉不知那裡去了，所有的根基，他的當家女尼不敢自己作主，要求府裡一個人管理管理。」王夫人道：「自己的事還鬧不清，還擱得住外頭的事麼？這句話，好歹別叫四丫頭知道；若是他知道了，又要吵著出家的念頭出來了。你想：咱們家什麼樣的人家，好好的姑娘出了家，還了得！」賈璉道：「太太不提起，侄兒也不敢說。四妹妹到底是東府裡的，又沒有父母，他親哥哥又在外頭，他親嫂子又不大說的上話。侄兒聽見要尋死覓活了好幾次。他既是心裡這麼著的了，若是牛著他，將來倘或認真尋了死，比出家更不好了。」王夫人聽了點頭道：「這件事真真叫我難擔。我也做不得主，由他大嫂子去就是了。」

賈璉又說了幾句才出來，叫了眾家人來，交代清楚，寫了書，收拾了行裝。平兒等不免叮嚀了好些話。只有巧姐兒慘傷的了不得。賈璉又欲托王仁照應，巧姐到底不願意；聽見外頭托了芸、薔二人，心裡更不受用，嘴裡卻說不出來，只得送了他父親，謹謹慎慎的隨著平兒過日子。豐兒、小紅因鳳姐去世，告假的告假，告病的告病，平兒意欲接了家中一個姑娘來，一則給巧姐作伴，二則可以帶量他。遍想無人，只有喜鸞、四姐兒是賈母舊日鍾愛的，偏偏四姐兒新近出了嫁了，喜鸞也有了人家兒，不日就要出閣，也只得罷了。

且說賈芸、賈薔送了賈璉，便進來見了邢、王二夫人。他兩個倒替著在外書房住下，日間便與家人廝鬧，有時找了幾個朋友吃個「車箍轆會」②，甚至聚賭，裡頭那裡知道。一日，邢大舅、王仁來，瞧見了賈芸、賈薔住在這裡，知他熱鬧，也就借著照看的名兒時常在外書房設局賭錢、喝酒。所有幾個正經的家人，賈政帶了幾個去，賈璉又跟去了幾個，只有那賴、林諸家的兒子、侄兒。那些少年，托著老子娘的福吃喝慣了的，那知當家立計的道理？況且他們長輩都不在家，便是「沒籠頭的馬」了，又有兩個旁主人慫恿，無不樂為。這一鬧，把個榮國府鬧得沒上沒下，沒裡沒外。

那賈薔還想勾引寶玉，賈芸攔住道：「寶二爺那個人沒運氣的，不用惹他。那一年我給他說了一門子絕好的親：父親在外頭做稅官，家裡開幾個當鋪，姑娘長得比仙女兒還好看。我巴巴兒的細細的寫了一封書子給他，誰知他沒造化，——」說到這裡，瞧了瞧左右無人，又說：「他心裡早和咱們這個二嬸娘好上了。你沒聽見說，還有一個林姑娘呢，弄的害了相思病死的，誰不知道！這也罷了，各自的姻緣

②車箍轆會——即車輪會，輪流作主人的聚餐會。

罷咧。誰知他為這件事倒惱了我了，總不大理。他打諒誰必是借誰的光兒呢！」賈薔聽了點點頭，才把這個心歇了。

他兩個還不知道寶玉自會那和尚以後，他是欲斷塵緣。一則在王夫人跟前不敢任性，已與寶釵、襲人等皆不大款洽了。那些丫頭不知道，還要逗他，寶玉那裡看得到眼裡？他也並不將家事放在心裡。時常王夫人、寶釵勸他念書，他便假作攻書，一心想著那個和尚引他到那仙境的機關。心目中觸處皆為俗人，卻在家難受，閑來倒與惜春閑講。他們兩個人講得上了，那種心更加准了幾分，那裡還管賈環、賈蘭等。

那賈環為他父親不在家，趙姨娘已死，王夫人不大理會他，便入了賈薔一路。倒是彩雲時常規勸，反被賈環辱罵。玉釧兒見寶玉瘋顛更甚，早和他娘說了，要求著出去。如今寶玉、賈環他哥兒兩個各有一種脾氣，鬧得人人不理。獨有賈蘭跟著他母親上緊攻書，作了文字，送到學裡請教代儒。因近來代儒老病在床，只得自己刻苦。李紈是素來沉靜，除了請王夫人的安，會會寶釵，餘者一步不走，只有看著賈蘭攻書。所以榮府住的人雖不少，竟是各自過各自的，誰也不肯做誰的主。賈環、賈薔等愈鬧的不像事了，甚至偷典偷賣，不一而足。賈環更加宿娼濫賭，無所不為。

一日，邢大舅、王仁都在賈家外書房喝酒，一時高興，叫了幾個陪酒的來唱著喝著勸酒。賈薔便說：「你們鬧的太俗。我要行個令兒。」眾人道：「使得。」賈薔道：「咱們『月』字流觴③罷。我先說起，『月』字數到那個，便是那個喝酒，還要酒面酒底。須得依著令官，不依者罰三大杯。」眾人都依了。賈薔喝了一杯令酒，便說：「飛羽觴而醉月。」④順飲數到賈環。賈薔說：「酒面要個『桂』字。」賈環便說道：「冷露無聲濕桂花⑤。——酒底呢？」賈薔道：「說個『香』字。」賈環道：「天香雲外飄。」⑥大舅說道：「沒趣，沒趣！你又懂得什麼字了，也假斯文起來！這不是取樂，竟是慪人了！咱們都蠲了，倒是搳搳拳，輸家喝，輸家唱，叫做『苦中苦』。若是不會唱的，說個笑話兒也使得，只要有趣。」眾人都道：「使得。」於是亂搳起來。王仁輸了，喝了一杯，唱了一個。眾人道好，又搳起來了。是個陪酒的輸了，唱了一個什麼「小姐小姐多丰彩」。以後邢大舅輸了，眾人要他唱曲兒，他道：「我唱不上來的，我說個笑話兒罷。」賈薔道：「若說不笑仍要罰的。」

邢大舅就喝了一杯，便說道：「諸位聽著：村莊上有一座元帝廟⑦，旁邊有個土地祠。那元帝老爺常叫土地來說閑話兒。一日，元帝廟裡被了盜，便叫土地去查訪。土地稟道：『這地方沒有賊的，必是神將不小心，被外賊偷了東西去。』元帝道：『胡說！你是土地，失了盜，不問你，問誰去呢？你倒不

③「月」字流觴——酒令的一種。古人每逢三月三日聚會於環曲的流水旁，在上游放置酒杯，任其順流而下，停在誰的面前，誰就取飲，叫做「流觴」。後來就把傳杯行令這種遊戲叫「流觴」，規定在酒令中必須帶出一個「月」字的就叫「月字流觴」。觴，酒杯。

④飛羽觴而醉月——語出唐代李白〈春夜宴桃李園序〉；意思是：在月光下舉杯開懷痛飲。羽觴，雀形的酒杯。

⑤冷露無聲濕桂花——見唐代王建〈十五夜望月寄杜郎中〉詩，意思是：清冷的露水無聲無息地潤濕著桂花。

⑥天香雲外飄——見唐代宋之問〈靈隱寺〉詩，意思是：花氣芳香遠飄天外。

⑦元帝廟——即玄帝廟。玄帝即玄武，是北方之神；宋時因避諱，改玄為真，道教尊稱為真武帝君。

去拿賊，反說我的神將不小心嗎？』土地稟道：『雖說是不小心，到底是廟裡的風水不好。』元帝道：『你倒會看風水麼？』土地道：『待小神看看。』那土地向各處瞧了一會，便來回稟道：『老爺坐的身子背後，兩扇紅門，就不謹慎。小神坐的背後，是砌的牆，自然東西丟不了。以後老爺的背後亦改了牆就好了。』元帝老爺聽來有理，便叫神將派人打牆。眾神將嘆了口氣道：『如今香火一炷也沒有，那裡有磚灰人工來打牆！』元帝老爺沒法，叫眾神將作法，卻都沒有主意。那元帝老爺腳下的龜將軍站起來道：『你們不中用，我有主意：你們將紅門拆下來，到了夜裡，拿我的肚子墊住這門口，難道當不得一堵牆麼？』眾神將都說道：『好！又不花錢，又便當結實。』於是龜將軍便當這個差使，竟安靜了。豈知過了幾天，那廟裡又丟了東西。眾神將叫了土地來，說道：『你說砌了牆就不丟東西，怎麼如今有了牆還要丟？』那土地道：『這牆砌的不結實。』眾神將道：『你瞧去。』土地一看，果然是一堵好牆，怎麼還有失事？把手摸了一摸，道：『我打諒是真牆，那裡知道是個「假牆」！』」眾人聽了大笑起來。賈薔也忍不住的笑，說道：「傻大舅，你好！我沒有罵你，你為什麼罵我？快拿杯來罰一大杯。」邢大舅喝了，已有醉意。

眾人又喝了幾杯，都醉起來。邢大舅說他姐姐不好，王仁說他妹妹不好，都說的狠狠毒毒的。賈環聽了，趁著酒興，也說鳳姐不好，怎樣苛刻我們，怎麼樣踏我們的頭。眾人道：「大凡做個人，原要厚道些。看鳳姑娘仗著老太太這樣的利害，如今焦了尾巴梢子⑧了，只剩了一個姐兒，只怕也要現世現報

⑧焦了尾巴梢子——罵別人沒有後代，俗有「乾尾巴絕後」的話。

聯經出版事業公司　校印

呢！」賈芸想著鳳姐待他不好，又想起巧姐兒見他就哭，也信著嘴兒混說。還是賈薔道：「喝酒罷！說人家做什麼？」那兩個陪酒的道：「這位姑娘多大年紀了？長得怎麼樣？」賈薔道：「模樣兒是好的很的。年紀也有十三四歲了。」那陪酒的說道：「可惜這樣人生在府裡這樣人家！若生在小戶人家，父母兄弟都做了官，還發了財呢！」眾人道：「怎麼樣？」那陪酒的說：「現今有個外藩王爺⑨，最是有情的，要選一個妃子。若合了式，父母兄弟都跟了去。可不是好事兒嗎？」眾人都不大理會，只有王仁心裡略動了一動，仍舊喝酒。

只見外頭走進賴、林兩家的子弟來，說：「爺們好樂呀！」眾人站起來說道：「老大、老三，怎麼這時候才來？叫我們好等！」那兩個人說道：「今早聽見一個謠言，說是咱們家又鬧出事來了，心裡著急，趕到裡頭打聽去，並不是咱們。」眾人道：「不是咱們就完了，為什麼不就來？」那兩個說道：「雖不是咱們，也有些干係。你們知道是誰？就是賈雨村老爺。我們今兒進去，看見帶著鎖子，說要解到三法司⑩衙門裡審問去呢。我們見他常在咱們家裡來往，恐有什麼事，便跟了去打聽。」賈芸道：「到底老大用心，原該打聽打聽。你且坐下喝一杯再說。」

兩人讓了一回，便坐下，喝著酒，道：「這位雨村老爺，人也能幹，也會鑽營；官也不小了，只是貪財，被人家參了個『婪索屬員』的幾款。如今的萬歲爺是最聖明最仁慈的，獨聽了一個『貪』字，或

---

⑨外藩王爺——這裡指分封在京師以外的王爺。藩，屏障、保衛。

⑩三法司——明、清兩代以刑部、都察院、大理寺為三法司，重大案件由三法司會審；這裡泛指司法機關。

因糟塌了百姓，或因恃勢欺良，是極生氣的，所以旨意便叫拿問。若是問出來了，只怕擱不住。若是沒有的事，那參的人也不便。如今真真是好時候，只要有造化，做個官兒就好！」眾人道：「你的哥哥就是有造化的。現做知縣，還不好麼？」賴家的說道：「我哥哥雖是做了知縣，他的行為，只怕也保不住怎麼樣呢。」眾人道：「手也長麼？」賴家的點點頭兒，便舉起杯來喝酒。

眾人又道：「裡頭還聽見什麼新聞？」兩人道：「別的事沒有，只聽見海疆的賊寇拿住了好些，也解到法司衙門裡審問。還審出好些賊寇，也有藏在城裡的，打聽消息，抽空兒就劫搶人家。如今知道朝裡那些老爺們都是能文能武，出力報效，所到之處，早就消滅了。」眾人道：「你聽見有在城裡的，不知審出咱們家失盜了一案來沒有？」兩人道：「倒沒有聽見。恍惚有人說是有個內地裡的人，城裡犯了事，搶了一個女人下海去了。那女人不依，被這賊寇殺了。那賊寇正要逃出關去，被官兵拿住了，就在拿獲的地方正了法了。」眾人道：「咱們櫳翠庵的什麼妙玉，不是叫人搶去？不要就是他罷？」賈環道：「必是他！」眾人道：「你怎麼知道？」賈環道：「妙玉這個東西是最討人嫌的！他一日家捏酸⑪，見了寶玉，就眉開眼笑了。我若見了他，他從不拿正眼瞧我一瞧！真要是他，我才趁願呢！」眾人道：「搶的人也不少，那裡就是他？」賈芸道：「有點信兒。前日有個人說，他庵裡的道婆做夢，說看見是妙玉叫人殺了。」眾人笑道：「夢話算不得。」邢大舅道：「管他夢不夢，咱們快吃飯罷。今夜做個大輸贏。」眾人願意，便吃畢了飯，大賭起來。

⑪捏酸——裝模作樣，假裝正經。

聯經出版事業公司校印

賭到三更多天，只聽見裡頭亂嚷，說是：「四姑娘合珍大奶奶拌嘴，把頭髮都絞掉了，趕到邢夫人、王夫人那裡去磕了頭，說是：要求容他做尼姑呢，送他一個地方；若不容他，他就死在眼前。那邢、王兩位太太沒主意，叫請薔大爺、芸二爺進去。」賈芸聽了，便知是那回看家的時候起的念頭，想是勸不過來的了，便合賈薔商議道：「太太叫我們進去，我們是做不得主的，況且也不好做主，只好勸去。若勸不住，只好由他們罷。咱們商量了寫封書給璉二叔，便卸了我們的干係了。」兩人商量定了主意，進去見了邢、王兩位太太，便假意的勸了一回。無奈惜春立意必要出家，就不放他出去，只求一兩間淨屋子給他誦經拜佛。尤氏見他兩個不肯作主，又怕惜春尋死，自己便硬做主張，說是：「這個不是，索性我耽了罷：說我做嫂子的容不下小姑子，逼他出了家了，就完了！若說到外頭去呢，斷斷使不得。若在家裡呢，太太們都在這裡，算我的主意罷。叫薔哥兒寫封書子給你珍大爺、璉二叔就是了。」賈薔等答應了。不知邢、王二夫人依與不依，下回分解。

第一百十八回　記微嫌舅兄欺弱女　驚謎語妻妾諫癡人

話說邢、王二夫人聽尤氏一段話，明知也難挽回。王夫人只得說道：「姑娘要行善，這也是前生的夙根，我們也實在攔不住。只是咱們這樣人家的姑娘出了家，不成了事體。如今你嫂子說了，准你修行，也是好處。卻有一句話要說：那頭髮可以不剃的，只要自己的心真，那在頭髮上頭呢？你想妙玉也是帶髮修行的，——不知他怎樣凡心一動，才鬧到那個分兒。姑娘執意如此，我們就把姑娘住的房子便算了姑娘的靜室。所有伏侍姑娘的人，也得叫他們來問：他若願意跟的，就講不得說親配人；若不願意跟的，另打主意。」惜春聽了，收了淚，拜謝了邢、王二夫人、李紈、尤氏等。

王夫人說了，便問彩屏等：「誰願跟姑娘修行？」彩屏等回道：「太太們派誰就是誰。」王夫人知道不願意，正在想人。襲人立在寶玉身後，想來寶玉必要大哭，防著他的舊病。豈知寶玉嘆道：「真真難得！」襲人心裡更自傷悲。寶釵雖不言語，遇事試探，見是執迷不醒，只得暗中落淚。

王夫人才要叫了眾丫頭來問。忽見紫鵑走上前去，在王夫人面前跪下，回道：「剛才太太問跟四姑

聯經出版事業公司校印

娘的姐姐，太太看著怎麼樣？」王夫人道：「這個如何強派得人的？誰願意，他自然就說出來了。」紫鵑道：「姑娘修行，自然姑娘願意，並不是別的姐姐們的意思。我有句話回太太：我也並不是拆開姐姐們，各人有各人的心。我伏侍林姑娘一場，林姑娘待我，也是太太們知道的，實在恩重如山，無以可報。他死了，我恨不得跟他去。但是他不是這裡的人，我又受主子家的恩典，難以從死。如今四姑娘既要修行，我就求太太們將我派了跟著姑娘，伏侍姑娘一輩子。不知太太們准不准？若准了，就是我的造化了。」邢、王二夫人尚未答言，只見寶玉聽到那裡，想起黛玉，一陣心酸，眼淚早下來了。眾人才要問他時，他又哈哈的大笑，走上來道：「我不該說的。這紫鵑蒙太太派給我屋裡，我才敢說：求太太准了他罷，全了他的好心。」王夫人道：「你頭裡姊妹出了嫁，還哭得死去活來；如今看見四妹妹要出家，不但不勸，倒說『好事』，你如今到底是怎麼個意思，我索性不明白了。」寶玉道：「四妹妹修行是已經准的了，四妹妹也是一定主意了。若是真的，我有一句話告訴太太；若是不定的，我就不敢混說了。」惜春道：「二哥哥說話也好笑，一個人主意不定，便扭得過太太們來了？我也是像紫鵑的話：容我呢，是我的造化；不容我呢，還有一個死呢！那怕什麼！二哥哥既有話，只管說。」寶玉道：「我這也不算什麼洩漏了，這也是一定的。我念一首詩給你們聽聽罷！」眾人道：「人家苦得很的時候，你倒來做詩慪人！」寶玉道：「不是做詩，我到一個地方兒看了來的。你們聽聽罷。」眾人道：「使得。你就念念，別順著嘴兒胡謅。」寶玉也不分辯，便說道：

勘破三春景不長，緇衣頓改昔年妝。可憐繡戶侯門女，獨臥青燈古佛旁！

李紈、寶釵聽了，詫異道：「不好了，這人入了迷了！」王夫人聽了這話，點頭嘆息，便問寶玉：「你到底是那裡看來的？」寶玉不便說出來，回道：「太太也不必問，我自有見的地方。」王夫人回過味來，細細一想，便更哭起來道：「你說前兒是頑話，怎麼忽然有這首詩？罷了，我知道了！你們叫我怎麼樣呢？我也沒有法兒了，也只得由著你們去罷！但是要等我合上了眼，各自幹各自的就完了！」

寶釵一面勸著，這個心比刀絞更甚，也掌不住，便放聲大哭起來。襲人已經哭的死去活來，幸虧秋紋扶著。寶玉也不啼哭，也不相勸，只不言語。賈蘭、賈環聽到那裡，各自走開。李紈竭力的解說：「總是寶兄弟見四妹妹修行，他想來是痛極了，不顧前後的瘋話，這也作不得準的。獨有紫鵑的事情，准不准，好叫他起來。」王夫人道：「什麼依不依？橫豎一個人的主意定了，那也是扭不過來的。可是寶玉說的，也是一定的了！」

紫鵑聽了，磕頭。惜春又謝了王夫人。紫鵑又給寶玉、寶釵磕了頭。寶玉念聲：「阿彌陀佛！難得，難得！不料你倒先好了！」寶釵雖然有把持，也難掌住。只有襲人，也顧不得王夫人在上，便痛哭不止，說：「我也願意跟了四姑娘去修行。」寶玉笑道：「你也是好心，但是你不能享這個清福的。」襲人哭道：「這麼說，我是要死的了？」寶玉聽到那裡，倒覺傷心，只是說不出來。因時已五更，寶玉請王夫人安歇，李紈等各自散去。彩屏等暫且伏侍惜春回去，後來指配了人家。紫鵑終身伏侍，毫不改初。此是後話。

且言賈政扶了賈母靈柩一路南行，因遇著班師的兵將船隻過境，河道擁擠，不能速行，在道實在心焦。幸喜遇見了海疆的官員，聞得鎮海統制欽召回京，想來探春一定回家，略略解些煩心。只打聽不出起程的日期，心裡又煩躁。想到盤費算來不敷，不得已，寫書一封，差人到賴尚榮任上借銀五百，叫人沿途迎上來，應付需用。那人去了幾日，賈政的船才行得十數里。那家人回來，迎上船隻，將賴尚榮的稟啟呈上。書內告了多少苦處，備上白銀五十兩。賈政看了生氣，即命家人：「立刻送還！將原書發回，叫他不必費心。」那家人無奈，只得回到賴尚榮任所。

賴尚榮接到原書、銀兩，心中煩悶，知事辦得不周到，又添了一百，央求來人帶回，幫著說些好話。豈知那人不肯帶回，撂下就走了。賴尚榮心下不安，立刻修書到家，回明他父親，叫他設法告假，贖出身來。於是賴家托了賈薔、賈芸等在王夫人面前乞恩放出。賈薔明知不能，過了一日，假說王夫人不依的話回覆了。賴家一面告假，一面差人到賴尚榮任上，叫他告病辭官。王夫人並不知道。

那賈芸聽見賈薔的假話，心裡便沒想頭，連日在外又輸了好些銀錢，無所抵償，便和賈環相商。賈環本是一個錢沒有的，雖是趙姨娘積蓄些微，早被他弄光了，那能照應人家？便想起鳳姐待他刻薄，要趁賈璉不在家，要擺佈巧姐出氣，遂把這個當叫賈芸來上，故意的埋怨賈芸道：「你們年紀又大，放著弄銀錢的事又不敢辦，倒和我沒有錢的人相商！」賈芸道：「三叔，你這話說的倒好笑！咱們一塊兒頑，一塊兒鬧，那裡有銀錢的事？」賈環道：「不是前兒有人說是外藩要買個偏房？你們何不和王大舅商量，把巧姐說給他呢？」賈芸道：「叔叔，我說句招你生氣的話：外藩花了錢買人，還想能和咱們走動麼？」賈環在賈芸耳邊說了些話，賈芸雖然點頭，只道賈環是小孩子的話，也不當事。恰好王仁走來說道：「你們兩個人商量些什麼？瞞著我麼？」賈芸便將賈環的話附耳低言的說了。王仁拍手道：「這倒是一種好事！又有銀子！只怕你們不能。若是你們敢辦，我是親舅舅，做得主的。只要環老三在太太跟前那麼一說，我找邢大舅再一說，太太們問起來，你們齊打夥說好就是了。」

賈環等商議定了，王仁便去找邢大舅，賈芸便去回邢、王二夫人，說得錦上添花。王夫人聽了，雖然入耳，只是不信。邢夫人聽得邢大舅知道，心裡願意，便打發人找了邢大舅來問他。那邢大舅已經聽了王仁的話，又可分肥，便在邢夫人跟前說道：「若說這位郡王，是極有體面的。若應了這門親事，雖說是不是正配，保管一過了門，姊夫的官早復了，這裡的聲勢又好了。」邢夫人本是沒主意人，被傻大舅一番假話哄得心動，請了王仁來一問，更說得熱鬧。於是邢夫人倒叫人出去追著賈芸去說。王仁即刻找了人去到外藩公館說了。那外藩不知底細，便要打發人來相看。賈芸又鑽了①相看的人，說明：「原是瞞著合宅的，只說是王府相親。等到成了，他祖母作主，親舅舅的保山，是不怕的。」那相看的人應了。賈芸便送信與邢夫人，並回了王夫人。那李紈、寶釵等不知原故，只道是件好事，也都歡喜。

那日，果然來了幾個女人，都是豔妝麗服。邢夫人接了進去，敘了些閑話。那來人本知是個誥命，也不敢怠慢。邢夫人因事未定，也沒有和巧姐說明，只說有親戚來瞧，叫他去見。那巧姐到底是個小孩子，那管這些？便跟了奶媽過來。平兒不放心，也跟著來。只見有兩個宮人打扮的，見了巧姐，便渾身上下一看，更又起身來拉著巧姐的手又瞧了一遍，略坐了一坐就走了。倒把巧姐看得羞臊，回到房中納悶，想來沒有這門親戚，便問平兒。平兒先看見來頭，卻也猜著八九必是相親的。「但是二爺不在家，大太太作主，到底不知是那府裡的。若說是對頭親②，不該這樣相看。瞧那幾個人的來頭，不像是本支

①鑽了——這裡同「賺了」，誑騙的意思。

②對頭親——門當戶對的親事。

王府③，好像是外頭路數。如今且不必和姑娘說明，且打聽明白再說。」

平兒心下留神打聽。那些丫頭、婆子都是平兒使過的，平兒一問，所有聽見外頭的風聲都告訴了。平兒便嚇的沒了主意，雖不和巧姐說，便趕著去告訴了李紈、寶釵，求他二人告訴王夫人。王夫人知道這事不好，便和邢夫人說知。怎奈邢夫人信了兄弟並王仁的話，反疑心王夫人不是好意，便說：「孫女兒也大了，現在璉兒不在家，這件事，我還做得主。況且是他親舅爺爺和他親舅舅打聽的，難道倒比別人不真麼？我橫豎是願意的。倘有什麼不好，我和璉兒也抱怨不著別人！」

王夫人聽了這些話，心下暗暗生氣，勉強說些閑話，便走了出來，告訴了寶釵，自己落淚。寶玉勸道：「太太別煩惱，這件事，我看來是不成的。這又是巧姐兒命裡所招，只求太太不管就是了。」王夫人道：「你一開口就是瘋話！人家說定了，就要接過去。若依平兒的話，你璉二哥可不抱怨我麼？別說自己的侄孫女兒，就是親戚家的，也是要好才好。邢姑娘是我們作媒的，配了你二大舅子，如今和和順順的過日子，不好麼？那琴姑娘梅家娶了去，聽見說是豐衣足食的，很好。就是史姑娘是他叔叔的主意，頭裡原好，如今姑爺癆病死了，你史妹妹立志守寡，也就苦了。若是巧姐兒錯給了人家兒，可不是我的心壞？」

正說著，平兒過來瞧寶釵，並探聽邢夫人的口氣。王夫人將邢夫人的話說了一遍。平兒呆了半天，跪下求道：「巧姐兒終身全仗著太太。若信了人家的話，不但姑娘一輩子受了苦，是便璉二爺回來，怎

---

③本支王府——屬於皇族宗室的王府，與異姓王相對。

麼說呢？」王夫人道：「你是個明白人，起來，聽我說：巧姐兒到底是大太太孫女兒，他要作主，我能夠攔他麼？」寶玉勸道：「無妨礙的，只要明白就是了。」平兒生怕寶玉瘋顛嚷出來，也並不言語，回了王夫人，竟自去了。

這裡王夫人想到煩悶，一陣心痛，叫丫頭扶著，勉強回到自己房中躺下，不叫寶玉、寶釵過來，說睡睡就好的。自己卻也煩惱，聽見說李嬸娘來了，也不及接待。只見賈蘭進來，請了安，回道：「今早爺爺那裡打發人帶了一封書子來，外頭小子們傳進來的。我母親接了，正要過來，因我老娘來了，叫我先呈給太太瞧，回來我母親就過來，來回太太。還說我老娘要過來呢。」說著，一面把書子呈上。王夫人一面接書，一面問道：「你老娘來作什麼？」賈蘭道：「我也不知道。我只見我老娘說，我三姨兒的婆婆家有什麼信兒來了。」王夫人聽了，想起來還是前次給甄寶玉說了李綺，後來放定、下茶，想來此時甄家要娶過門，所以李嬸娘來商量這件事情，便點點頭兒。一面拆開書信，見上面寫著道：

> 近因沿途俱係海疆凱旋船隻，不能迅速前行。聞探姐隨翁婿來都，不知曾有信否？前接到璉侄手稟，知大老爺身體欠安，亦不知已有確信否？寶玉、蘭哥場期④已近，務須實心用功，不可怠惰。老太太靈柩抵家，尚需日時。我身體平善，不必掛念。此諭寶玉等知道。月日手書。蓉兒另稟。

王夫人看了，仍舊遞給賈蘭，說：「你拿去給你二叔叔瞧瞧，還交給你母親罷。」

正說著，李紈同李嬸娘過來。請安問好畢，王夫人讓了坐。李嬸娘便將甄家要娶李綺的話說了一遍。

---

④場期——科舉考試的期限，即考期。清代考舉人在陰曆八月進行，又叫「秋闈」。

聯經出版事業公司校印

大家商議了一會子。李紈因問王夫人道：「老爺的書子，太太看過了麼？」王夫人道：「看過了。」賈蘭便拿著給他母親瞧。李紈看了道：「三姑娘出門了好幾年，總沒有來，如今要回京了。太太也放了好些心。」王夫人道：「我本是心痛，看見探丫頭要回來了，心裡略好些。只是不知幾時才到？」李嬸娘便問了賈政在路好。李紈因向賈蘭道：「哥兒瞧見了？場期近了，你爺爺惦記的什麼似的。你快拿了去給二叔叔瞧去罷。」李嬸娘道：「他們爺兒兩個又沒進過學，怎麼能下場呢？」王夫人道：「他爺爺做糧道的起身時，給他們爺兒兩個援了例監⑤了。」李嬸娘點頭。賈蘭一面拿著書子出來，來找寶玉。

卻說寶玉送了王夫人去後，正拿著〈秋水〉⑥一篇在那裡細玩。寶釵從裡間走出，見他看的得意忘言，便走過來一看，見是這個，心裡著實煩悶。細想：「他只顧把這些出世離群的話當作一件正經事，終久不妥。」看他這種光景，料勸不過來，便坐在寶玉旁邊，怔怔的坐著。寶玉見他這般，便道：「你這又是為什麼？」寶釵道：「我想你我既為夫婦，你便是我終身的倚靠，卻不在情欲之私。論起榮華富貴，原不過是過眼烟雲；但自古聖賢，以人品根柢為重……」寶玉也沒聽完，把那書本擱在旁邊，微微的笑道：「據你說『人品根柢』，又是什麼『古聖賢』，你可知古聖賢說過『不失其赤子之心』⑦？那

⑤援了例監——明清制度，由捐納取得監生資格者稱為例監。援，引用成例。

⑥〈秋水〉——《莊子》篇名。全篇用各種生動的譬喻說明大小、是非、善惡都是相對的，主張率性自然，「無以人滅天」。

⑦不失其赤子之心——保持像嬰兒一般天真純樸之心，語出《孟子・離婁》下。赤子，嬰兒。

赤子有什麼好處？不過是無知、無識、無貪、無忌。我們生來已陷溺在貪、嗔、癡、愛⑧中，猶如汙泥一般，怎麼能跳出這般塵網⑨？如今才曉得『聚散浮生』⑩四字，古人說了，不曾提醒一個。既要講到人品根柢，誰是到那太初一步地位的？」寶釵道：「你既說『赤子之心』，古聖賢原以忠孝為赤子之心，並不是遁世離群、無關無係為赤子之心。堯、舜、禹、湯、周、孔，時刻以救民濟世為心，所謂赤子之心，原不過是『不忍』⑪二字。若你方才所說的，忍於拋棄天倫，還成什麼道理？」寶玉點頭笑道：「堯舜不強巢許，武周不強夷齊。」⑫寶釵不等他說完，便道：「你這個話，益發不是了。古來若都是巢、許、夷、齊，為什麼如今人又把堯、舜、周、孔稱為聖賢呢！況且你自比夷齊，更不成話。伯夷、叔齊原是生在商末世，有許多難處之事，所以才有托而逃⑬。當此聖世，咱們世受國恩，祖父錦衣玉食；況你自有生以來，自去世的老太太以及老爺、太太，視如珍寶。你方才所說，自己想一想，是與不是？」

⑧貪、嗔、癡、愛——佛教把人類的感情欲望等並稱為「三毒」，即貪、嗔（怒）、癡（包括愛）。

⑨塵網——塵世的羅網；這裡是說被塵世所束縛。

⑩聚散浮生——道家認為，人的生與死是由一種氣的聚與散所決定的，氣聚則生，氣散則亡。

⑪「不忍」二字——不忍加害於人、憐恤別人的心。語出《孟子・公孫丑》上，全句為「人皆有不忍人之心」。

⑫堯舜不強巢許，武周不強夷齊——巢許，巢父和許由，相傳是唐堯時的隱士；堯要讓天下給巢父，他不受，堯又讓許由，由也引以為恥，逃走隱居起來。武周，西周的武王和周公；夷齊，伯夷、叔齊，相傳是殷代孤竹君的兒子，武王滅殷，伯夷、叔齊義不食周粟，隱居首陽山，終於餓死。

⑬有托而逃——即藉口逃避現實；托，托詞，藉口。

寶玉聽了，也不答言，只有仰頭微笑。

寶釵因又勸道：「你既理屈詞窮，我勸你從此把心收一收，好好的用用功。但能博得一第，便是從此而止，也不枉天恩祖德了。」寶玉點了點頭，嘆了口氣，說道：「一第呢，其實也不是什麼難事。倒是你這個『從此而止，不枉天恩祖德』，卻還不離其宗。」寶釵未及答言，襲人過來說道：「剛才二奶奶說的古聖先賢，我們也不懂。我只想著我們這些人從小兒辛辛苦苦跟著二爺，不知陪了多少小心，——論起理來，原該當的，但只二爺也該體諒體諒。況二奶奶替二爺在老爺、太太跟前行了多少孝道，就是二爺不以夫妻為事，也不可太辜負了人心。至於神仙那一層，更是謊話，誰見過有走到凡間來的神仙呢？那裡來的這麼個和尚，說了些混話，二爺就信了真。二爺是讀書的人，難道他的話比老爺、太太還重麼！」寶玉聽了，低頭不語。

襲人還要說時，只聽外面腳步走響，隔著窗戶問道：「二叔在屋裡呢麼？」寶玉聽了，是賈蘭的聲音，便站起來笑道：「你進來罷。」寶釵也站起來。賈蘭進來，笑容可掬的給寶玉、寶釵請了安，問了襲人的好，——襲人也問了好——便把書子呈給寶玉瞧。寶玉接在手中看了，便道：「你三姑姑回來了？」賈蘭道：「爺爺既如此寫，自然是回來的了。」寶玉點頭不語，默默如有所思。賈蘭便問：「叔叔看見爺爺後頭寫的叫咱們好生念書了？叔叔這一程子只怕總沒作文章罷？」寶玉笑道：「我也要作幾篇熟一熟手，好去誆這個功名。」賈蘭道：「叔叔既這樣，就擬幾個題目，我跟著叔叔作作，也好進去混場，別到那時交了白卷子，惹人笑話。不但笑話我，人家連叔叔都要笑話了。」寶玉道：「你也不至如此。」說著，寶釵命賈蘭坐下。寶玉仍坐在原處，賈蘭側身坐了。兩個談了一回文，不覺喜動顏色。寶釵見他爺兒兩個談得高興，便仍進屋裡去了。心中細想：「寶玉此時光景，或者醒悟過來了，只是剛才說話，他把那『從此而止』四字單單的許可，這又不知是什麼意思了？」寶釵尚自猶豫，惟有襲人看他愛講文章，提到下場，更又欣然。心裡想道：「阿彌陀佛！好容易講『四書』似的才講過來了！」這裡寶玉和賈蘭講文，鶯兒沏過茶來，賈蘭站起來接了。又說了一會子下場的規矩並請甄寶玉在一處的話，寶玉也甚似願意。一時賈蘭回去，便將書子留給寶玉了。

那寶玉拿著書子，笑嘻嘻走進來，遞給麝月收了，便出來將那本《莊子》收了，把幾部向來最得意的，如《參同契》、《元命苞》、《五燈會元》⑭之類，叫出麝月、秋紋、鶯兒等都搬了擱在一邊。寶釵見他這番舉動，甚為罕異，因欲試探他，便笑問道：「不看他倒是正經，但又何必搬開呢？」寶玉道：「如今才明白過來了。這些書都算不得什麼，我還要一火焚之，方為乾淨。」寶釵聽了，更欣喜異常。只聽寶玉口中微吟道：「內典語中無佛性，金丹法外有仙舟。」⑮寶釵也沒很聽真，只聽得「無佛性」、「有仙舟」幾個字，心中轉又狐疑，且看他作何光景。寶玉便命麝月、秋紋等收拾一間靜室，把那些語

⑭《參同契》、《元命苞》、《五燈會元》——《參同契》，道教書名，東漢魏伯陽著，是古代道家講修煉的書。《元命苞》，《春秋緯》之一，僅存遺編殘圖，是西漢末假托經義而講符瑞、預言的書。《五燈會元》，宋代僧人普濟編，是佛教禪宗記宗派系統、僧人事蹟和參禪問答的書。

⑮內典、金丹、仙舟——內典，佛家稱佛經教典為內典；金丹，道家煉得的所謂長生不老藥；仙舟，借指求仙的途徑。整句話是說：佛教經典中的話沒有教義精髓，全憑個人內心領悟；道教煉丹術以外還有成仙的途徑。

聯經出版事業公司　校印

錄、名稿及應制詩⑯之類都找出來，擱在靜室中，自己卻當真靜靜的用起功來。寶釵這才放了心。

那襲人此時真是聞所未聞，見所未見，便悄悄的笑著向寶釵道：「到底奶奶說話透徹，只一路講究，就把二爺勸明白了。就只可惜遲了一點兒，臨場太近了。」寶釵點頭微笑道：「功名自有定數，中與不中，倒也不在用功的遲早。但願他從此一心巴結正路，把從前那些邪魔永不沾染，就是好了。」說到這裡，見房裡無人，便悄說道：「這一番悔悟回來，固然很好；但只一件，怕又犯了前頭的舊病，和女孩兒們打起交道來，也是不好。」襲人道：「奶奶說的也是。二爺自從信了和尚，才把這些姊妹冷淡了；如今不信和尚，真怕又要犯了前頭的舊病呢。我想：奶奶和我，二爺原不大理會。紫鵑去了，如今只他們四個，這裡頭就是五兒有些個狐媚子，聽見說，他媽求了大奶奶和奶奶，說要討出去給人家兒呢，但是這兩天到底在這裡呢。麝月、秋紋雖沒別的，只是二爺那幾年也都有些頑頑皮皮的。如今算來，只有鶯兒二爺倒不大理會，況且鶯兒也穩重。我想倒茶弄水，只叫鶯兒帶著小丫頭們伏侍就夠了，不知奶奶心裡怎麼樣？」寶釵道：「我也慮的是這些，你說的倒也罷了。」從此便派鶯兒帶著小丫頭伏侍。

那寶玉卻也不出房門，天天只差人去給王夫人請安。王夫人聽見他這番光景，那一種欣慰之情，更不待言了。到了八月初三，這一日正是賈母的冥壽⑰。寶玉早晨過來磕了頭，便回去，仍到靜室中去了。

---

⑯語錄、名稿、應制詩——語錄，這裡指孔孟程朱等儒家弟子記錄師傅言行的書；名稿，指八股文名家的文章選本，科舉的範文；應制詩，應皇帝之命做的詩，大多是歌功誦德的作品。

⑰冥壽——即陰壽，為已故父祖的逢十生辰行壽禮稱為「做陰壽」，這裡泛指平常陰壽，不一定逢十。

飯後，寶釵、襲人等都和姊妹們跟著邢、王二夫人在前面屋裡說閑話兒。寶玉自在靜室冥心危坐，忽見鶯兒端了一盤瓜果進來，說：「太太叫人送來給二爺吃的。這是老太太的克什⑱。」寶玉站起來答應了，復又坐下，便道：「擱在那裡罷。」鶯兒一面放下瓜果，一面悄悄向寶玉道：「太太那裡誇二爺呢。」寶玉微笑。鶯兒又道：「太太說了：二爺這一用功，明兒進場中了出來，明年再中了進士，作了官，老爺、太太可就不枉了盼二爺了。」寶玉也只點頭微笑。

鶯兒忽然想起那年給寶玉打絡子的時候寶玉說的話來，便道：「真要二爺中了，那可是我們姑奶奶的造化了。二爺還記得那一年在園子裡，不是二爺叫我打梅花絡子時說的：我們姑奶奶後來帶著我不知到那一個有造化的人家兒去呢？如今二爺可是有造化的罷咧。」寶玉聽到這裡，又覺塵心一動，連忙斂神定息，微微的笑道：「據你說來，我是有造化的，你們姑娘也是有造化的，你呢？」鶯兒把臉飛紅了，勉強道：「我們不過當丫頭一輩子罷咧，有什麼造化呢？」寶玉笑道：「果然能夠一輩子是丫頭，你這個造化比我們還大呢！」鶯兒聽見這話，似乎又是瘋話了，恐怕自己招出寶玉的病根來，打算著要走。只見寶玉笑著說道：「傻丫頭，我告訴你罷！」未知寶玉又說出什麼話來，且聽下回分解。

⑱克什——滿語，原義為「恩」、「賜予」，這裡是供品的意思。

第一百十九回 中鄉魁寶玉卻塵緣 沐皇恩賈家延世澤

話說鶯兒見寶玉說話摸不著頭腦，正自要走，只聽寶玉又說道：「傻丫頭，我告訴你罷。你姑娘既是有造化的，你跟著他，自然也是有造化的了。你襲人姐姐是靠不住的。只要往後你盡心伏侍他就是了。日後或有好處，也不枉你跟著他熬了一場。」鶯兒聽了前頭像話，後頭說的又有些不像了，便道：「我知道了。姑娘還等我呢。二爺要吃果子時，打發小丫頭叫我就是了。」寶玉點頭，鶯兒才去了。一時，寶釵、襲人回來，各自房中去了。不題。

且說過了幾天便是場期，別人只知盼望他爺兒兩個作了好文章，便可以高中的了，只有寶釵見寶玉的功課雖好，只是那有意無意之間，卻別有一種冷靜的光景。知他要進場了，頭一件，叔侄兩個都是初次赴考，恐人馬擁擠，有什麼失閃；第二件，寶玉自和尚去後，總不出門，雖然見他用功喜歡，只是改的太速太好了，反倒有些信不及，只怕又有什麼變故：所以進場的頭一天，一面派了襲人帶了小丫頭們同著素雲等給他爺兒兩個收拾妥當，自己又都過了目，好好的擱起，預備著；一面過來同李紈回了王夫人，揀家裡的老成管事的多派了幾個，只說怕人馬擁擠碰了。

次日，寶玉、賈蘭換了半新不舊的衣服，欣然過來見了王夫人。王夫人囑咐道：「你們爺兒兩個都是初次下場，但是你們活了這麼大，並不曾離開我一天。就是不在我眼前，也是丫鬟、媳婦們圍著，何曾自己孤身睡過一夜？今日各自進去，孤孤淒淒，舉目無親，須要自己保重。早些作完了文章出來，找著家人，早些回來，也叫你母親、媳婦們放心。」王夫人說著，不免傷心起來。

賈蘭聽一句答應一句。只見寶玉一聲不哼，待王夫人說完了，走過來給王夫人跪下，滿眼流淚，磕了三個頭，說道：「母親生我一世，我也無可答報，只有這一入場，用心作了文章，好好的中個舉人出來。那時太太喜歡喜歡，便是兒子一輩的事也完了，一輩子的不好，也都遮過去了。」王夫人聽了，更覺傷心起來，便道：「你有這個心，自然是好的，可惜你老太太不能見你的面了！」一面說，一面拉他起來。那寶玉只管跪著，不肯起來，便說道：「老太太見與不見，總是知道的，喜歡的。既能知道了，喜歡了，便不見也和見了的一樣。只不過隔了形質，並非隔了神氣啊。」

李紈見王夫人和他如此，一則怕勾起寶玉的病來，二則也覺得光景不大吉祥，連忙過來說道：「太太，這是大喜的事，為什麼這樣傷心？況且寶兄弟近來很知好歹，很孝順，又肯用功。只要帶了侄兒進去，好好的作文章，早早的回來，寫出來請咱們的世交老先生們看了，等著爺兒兩個都報了喜，就完了。」一面叫人攙起寶玉來。寶玉卻轉過身來給李紈作了個揖，說：「嫂子放心。我們爺兒兩個都是必中的。日後蘭哥還有大出息，大嫂子還要帶鳳冠穿霞帔呢。」李紈笑道：「但願應了叔叔的話，也不枉——」說到這裡，恐怕又惹起王夫人的傷心來，連忙咽住了。寶玉笑道：「只要有了個好兒子，能夠接續祖基，

聯經出版事業公司 校印

就是大哥哥不能見，也算他的後事完了。」李紈見天氣不早了，也不肯盡著和他說話，只好點點頭兒。

此刻寶釵聽得早已呆了，這些話不但寶玉，便是王夫人、李紈所說，句句都是不祥之兆，卻又不敢認真，只得忍淚無言。那寶玉走到跟前，深深的作了一個揖。眾人見他行事古怪，也摸不著是怎麼樣，又不敢笑他。只見寶釵的眼淚直流下來，眾人更是納罕。又聽寶玉說道：「姐姐！我要走了。你好生跟著太太，聽我的喜信兒罷。」寶釵道：「是時候了，你不必說這些嘮叨話了。」寶玉道：「你倒催的我緊，我自己也知道該走了！」回頭見眾人都在這裡，只沒惜春、紫鵑，便說道：「四妹妹和紫鵑姐姐跟前，替我說一句罷，橫豎是再見就完了。」

眾人見他的話又像有理，又像瘋話。大家只說他從沒出過門，都是太太的一套話招出來的，不如早早催他去了，就完了事了，便說道：「外面有人等你呢，你再鬧，就誤了時辰了。」寶玉仰面大笑道：「走了，走了！不用胡鬧了！完了事了！」眾人也都笑道：「快走罷！」獨有王夫人和寶釵娘兒兩個倒像生離死別的一般，那眼淚也不知從那裡來的，直流下來，幾乎失聲哭出。但見寶玉嘻天哈地，大有瘋傻之狀，遂從此出門走了。正是：

走來名利無雙地，打出樊籠第一關。①

①走來名利無雙地，打出樊籠第一關——名利無雙地，意思是獲得名利的唯一地方，即科舉考場；樊籠，鳥籠，比喻世俗名利的羈絆。這兩句的意思是說，走進考場之日，便是出家之時。

不言寶玉、賈蘭出門赴考。且說賈環見他們考去，自己又氣又恨，便自大為王，說：「我可要給母親報仇了！家裡一個男人沒有，上頭大太太依了我，還怕誰！」想定了主意，跑到邢夫人那邊請了安，說了些奉承的話。那邢夫人自然喜歡，便說道：「你這才是明理的孩子呢！像那巧姐兒的事，原該我做主的，你璉二哥糊塗，放著親奶奶，倒托別人去！」賈環道：「人家那頭兒也說了，只認得這一門子。現在定了，還要備一分大禮來送太太呢。如今太太有了這樣的藩王孫女婿兒，還怕大老爺沒大官做麼？不是我說自己的太太：他們有了元妃姐姐，便欺壓的人難受！將來巧姐兒別也是這樣沒良心，等我去問問他。」邢夫人道：「你也該告訴他，他才知道你的好處。只怕他父親在家也找不出這麼門子好親事來！但只平兒那個糊塗東西，他倒說這件事不好，說是你太太也不願意。想來恐怕我們得了意。若遲了，你二哥回來，又聽人家的話，就辦不成了。」賈環道：「那邊都定了，只等太太出了八字。王府的規矩，三天就要來娶的。但是一件，只怕太太不願意：那邊說是不該娶犯官的孫女，只好悄悄的抬了去；等大老爺免了罪，做了官，再大家熱鬧起來。」邢夫人道：「這有什麼不願意？也是禮上應該的。」賈環道：「既這麼著，這帖子太太出了就是了。」邢夫人道：「這孩子又糊塗了！裡頭都是女人，你叫芸哥兒寫了一個就是了。」賈環聽說，喜歡的了不得，連忙答應了出來，趕著和賈芸說了，邀著王仁到那外藩公館立文書、兌銀子去了。

那知剛才所說的話，早被跟邢夫人的丫頭聽見。那丫頭是求了平兒才挑上的，便抽空兒趕到平兒那裡，一五一十都告訴了。平兒早知此事不好，已和巧姐細細的說明。巧姐哭了一夜，必要等他父親回來作主，大太太的話不能遵。今兒又聽見這話，便大哭起來，要和太太講去。平兒急忙攔住道：「姑娘且慢著。大太太是你的親祖母，他說二爺不在家，大太太做得主的，況且還有舅舅做保山：他們都是一氣，姑娘一個人，那裡說得過呢？我到底是下人，說不上話去。如今只可想法兒，斷不可冒失的。」邢夫人那邊的丫頭道：「你們快快的想主意，不然，可就要抬走了！」說著，各自去了。平兒回過頭來，見巧姐哭作一團，連忙扶著道：「姑娘，哭是不中用的！如今是二爺夠不著，聽見他們的話頭——」這句話還沒說完，只見邢夫人那邊打發人來告訴：「姑娘大喜的事來了。叫平兒將姑娘所有應用的東西料理出來。若是賠送呢，原說明了等二爺回來再辦。」平兒只得答應了。

回來又見王夫人過來，巧姐兒一把抱住，哭得倒在懷裡。王夫人也哭道：「妞兒不用著急！我為你吃了大太太好些話，看來是扭不過來的。我們只好應著緩下去，即刻差個家人趕到你父親那裡去告訴。」平兒道：「太太還不知道麼？早起三爺在大太太跟前說了：什麼外藩規矩，三日就要過去的。如今大太太已叫芸哥兒寫了名字、年庚去了，還等得二爺麼？」王夫人聽說是「三爺」，便氣得說不出話來，呆了半天，一疊聲叫人找賈環。找了半日，人回：「今早同薔哥兒、王舅爺出去了。」王夫人問：「芸哥呢？」眾人回說不知道。巧姐屋內人人瞪眼，一無方法。王夫人也難和邢夫人爭論，只有大家抱頭大哭。

有個婆子進來，回說：「後門上的人說，那個劉姥姥又來了。」王夫人道：「咱們家遭著這樣事，那有工夫接待人。不拘怎麼回了他去罷。」平兒道：「太太該叫他進來，他是姐兒的乾媽，也得告訴告訴他。」王夫人不言語，那婆子便帶了劉姥姥進來。各人見了問好。劉姥姥見眾人的眼圈兒都是紅的，也摸不著頭腦，遲了一會子，便問道：「怎麼了？太太、姑娘們必是想二姑奶奶了？」巧姐兒聽見提起他母親，越發大哭起來。平兒道：「姥姥別說閑話。你既是姑娘的乾媽，也該知道的。」便一五一十的告訴了。把個劉姥姥也唬怔了，等了半天，忽然笑道：「你這樣一個伶俐姑娘，沒聽見過鼓兒詞麼？這上頭的方法多著呢。這有什麼難的！」平兒趕忙問道：「姥姥！你有什麼法兒？快說罷！」劉姥姥道：「這有什麼難的呢？一個人也不叫他們知道，扔崩②一走，就完了事了。」平兒道：「這可是混說了！我們這樣人家的人，走到那裡去！」劉姥姥道：「只怕你們不走，你們要走，就到我屯裡去。我就把姑娘藏起來，即刻叫我女婿弄了人，叫姑娘親筆寫個字兒，趕到姑老爺那裡，少不得他就來了。可不好麼？」平兒道：「大太太知道呢？」劉姥姥道：「我來，他們知道麼？」平兒道：「大太太住在後頭，他待人刻薄，有什麼信，沒有送給他的。你若前門走來，就知道了；如今是後門來的，不妨事。」劉姥姥道：「咱們說定了幾時，我叫女婿打了車來接了去。」平兒道：「這還等得幾時呢？你坐著罷。」急忙進去，將劉姥姥的話，避了旁人告訴了。

王夫人想了半天，不妥當。平兒道：「只有這樣。為的是太太，才敢說明。太太就裝不知道，回來倒問大太太。我們那裡就有人去，想二爺回來也快。」王夫人不言語，嘆了一口氣。巧姐兒聽見，便和王夫人道：「只求太太救我！橫豎父親回來，只有感激的。」平兒道：「不用說了，太太回去罷。回來只要太太派人看屋子。」王夫人道：「掩密些！你們兩個人的衣服鋪蓋是要的。」平兒道：「要快走了才中用呢！若是他們定了回來，就有了饑荒了！」一句話提醒了王夫人，便道：「是了，你們快辦去罷！有我呢。」於是王夫人回去，倒過去找邢夫人說閑話兒，把邢夫人先絆住了。平兒這裡便遣人料理去了，

②扔崩——「驟然離開」的形容語。

聯經出版事業公司　校印

囑咐道：「倒別避人。有人進來看見，就說是大太太吩咐的，要一輛車子送劉姥姥去。」這裡又買囑了看後門的人僱了車來。平兒便將巧姐裝做青兒模樣，急急的去了。後來平兒只當送人，眼錯不見，也跨上車去了。

原來近日賈府後門雖開，只有一兩個人看著，餘外雖有幾個家下人，因房大人少，空落落的，誰能照應？且邢夫人又是個不憐下人的，眾人明知此事不好，又都感念平兒的好處，所以通同一氣，放走了巧姐。邢夫人還自和王夫人說話，那裡理會？只有王夫人甚不放心，說了一回話，悄悄的走到寶釵那裡坐下，心裡還是惦記著。寶釵見王夫人神色恍惚，便問：「太太的心裡有什麼事？」王夫人將這事背地裡和寶釵說了。寶釵道：「險得很！如今得快快兒的叫芸哥兒止住那裡才妥當。」王夫人道：「我找不著環兒呢！」寶釵道：「太太總要裝作不知，等我想個人去叫大太太知道才好。」王夫人點頭，一任寶釵想人。暫且不言。

且說外藩原是要買幾個使喚的女人，據媒人一面之辭，所以派人相看。相看的人回去，稟明了藩王。藩王問起人家，眾人不敢隱瞞，只得實說。那外藩聽了，知是世代勛戚，便說：「了不得！這是有干例禁③的，幾乎誤了大事！況我朝覲已過，便要擇日起程，倘有人來再說，快快打發出去！」這日恰好賈芸、王仁等遞送年庚，只見府門裡頭的人便說：「奉王爺的命：再敢拿賈府的人來冒充民女者，要拿住

③有干例禁——即觸犯了朝廷例行的禁令。「大清律、戶律、婚姻」規定：強奪良人家女，占為妻妾者，處絞刑。

究治的！如今太平時候，誰敢這樣大膽！」這一嚷，唬得王仁等抱頭鼠竄的出來，埋怨那說事的人，大家掃興而散。

賈環在家候信，又聞王夫人傳喚，急得煩躁起來。見賈芸一人回來，趕著問道：「定了麼？」賈芸慌忙跺足道：「了不得，了不得！不知誰露了風了！」還把吃虧的話說了一遍。賈環氣得發怔，說：「我早起在大太太跟前說的這樣好，如今怎麼樣處呢？這都是你們眾人坑了我了！」正沒主意，聽見裡頭亂嚷，叫著賈環等的名字，說：「大太太、二太太叫呢！」兩個人只得蹭進去。只見王夫人怒容滿面，說：「你們幹的好事！如今逼死了巧姐和平兒了！快快的給我找還屍首來完事！」兩個人跪下。賈環不敢言語，賈芸低頭說道：「孫子不敢幹什麼，為的是邢舅太爺和王舅爺說給巧妹妹作媒，我們才回太太們的。大太太願意，才叫孫子寫帖兒去的。人家還不要呢。怎麼我們逼死了妹妹呢？」王夫人道：「環兒在大太太那裡說的，三日內便要抬了走。說親作媒，有這樣的麼！我也不問，你們快把巧姐兒還了我們，等老爺回來再說！」邢夫人如今也是一句話兒說不出了，只有落淚。王夫人便罵賈環說：「趙姨娘這樣混賬的東西，留的種子也是這混賬的！」說著，叫丫頭扶了，回到自己房中。

那賈環、賈芸、邢夫人三個人互相埋怨，說道：「如今且不用埋怨，想來死是不死的，必是平兒帶了他到那什麼親戚家躲著去了。」邢夫人叫了前後的門人來罵著，問：「巧姐兒和平兒，知道那裡去了？」豈知下人一口同音，說是：「大太太不必問我們，問當家的爺們就知道了。在大太太也不用鬧，等我們太太問起來，我們有話說。要打大家打，要發大家都發。自從璉二爺出了門，外頭鬧的還了得！我們的月錢月米是不給了！賭錢、喝酒、鬧小旦，還接了外頭的媳婦兒到宅裡來。這不是爺嗎？」說得賈芸等

聯經出版事業公司 校印

頓口無言。

王夫人那邊又打發人來催說：「叫爺們快找來！」那賈環等急得恨無地縫可鑽，又不敢盤問巧姐那邊的人。明知眾人深恨，是必藏起來了，但是這句話怎敢在王夫人面前說。只得各處親戚家打聽，毫無踪迹。裡頭一個邢夫人，外頭環兒等，這幾天鬧的晝夜不寧。

看看到了出場日期，王夫人只盼著寶玉、賈蘭回來。等到晌午，不見回來，王夫人、李紈、寶釵著忙，打發人去到下處打聽。去了一起，又無消息，連去的人也不來了。回來又打發一起人去，又不見回來。三個人心裡如熱油熬煎。

等到傍晚，有人進來，見是賈蘭。眾人喜歡，問道：「寶二叔呢？」賈蘭也不及請安，便哭道：「二叔丟了！」王夫人聽了這話，便怔了，半天也不言語，便直挺挺的躺倒床上。虧得彩雲等在後面扶著，下死的叫醒轉來，哭著。見寶釵也是白瞪兩眼，襲人等已哭得淚人一般，只有哭著罵賈蘭道：「糊塗東西！你同二叔在一處，怎麼他就丟了？」賈蘭道：「我和二叔在下處是一處吃、一處睡。進了場，相離也不遠，刻刻在一處的。今兒一早，二叔的卷子早完了，還等我呢。我們兩個人一起去交了卷子，一同出來，在龍門口④一擠，回頭就不見了。我們家接場的人都問我，李貴還說：『看見的，相離不過數步，怎麼一擠就不見了。』現叫李貴等分頭的找去，我也帶了人，各處號裡都找遍了，沒有，我所以這時候

④龍門口——指科舉考場的出入口。舊時以「登龍門」比喻科舉中式。

才回來。」

王夫人是哭的一句話也說不出來，寶釵心裡已知八九，襲人痛哭不已；賈薔等不等吩咐，也是分頭而去。可憐榮府的人，個個死多活少，空備了接場的酒飯。賈蘭也忘卻了辛苦，還要自己找去。倒是王夫人攔住道：「我的兒！你叔叔丟了，還禁得再丟了你麼？好孩子，你歇歇去罷。」賈蘭那裡肯走？尤氏等苦勸不止。

眾人中只有惜春心裡卻明白了，只不好說出來，便問寶釵道：「二哥哥帶了玉去了沒有？」寶釵道：「這是隨身的東西，怎麼不帶？」惜春聽了，便不言語。襲人想起那日搶玉的事來，也是料著那和尚作怪，柔腸幾斷，珠淚交流，嗚嗚咽咽哭個不住。追想當年寶玉相待的情分，有時慪他，他便惱了，也有一種令人回心的好處，那溫存體貼，是不用說了。若慪急了他，便賭誓說做和尚。那知道今日卻應了這句話！

看看那天已是四更天氣，並沒有個信兒。李紈又怕王夫人苦壞了，極力的勸著回房。眾人都跟著伺候，只有邢夫人回去。賈環躲著不敢出來。王夫人叫賈蘭去了，一夜無眠。次日天明，雖有家人回來，都說：「沒有一處不尋到，實在沒有影兒。」於是薛姨媽、薛蝌、史湘雲、寶琴、李嬸等，接二連三的過來請安問信。

如此一連數日，王夫人哭得飲食不進，命在垂危。忽有家人回道：「海疆來了一人，口稱統制大人那裡來的，說我們家的三姑奶奶明日到京了。」王夫人聽說探春回京，雖不能解寶玉之愁，那個心略放了些。到了明日，果然探春回來。眾人遠遠接著，見探春出跳得比先前更好了，服采鮮明。見了王夫人形容枯槁，眾人眼腫腮紅，便也大哭起來，哭了一會，然後行禮。看見惜春道姑打扮，心裡很不舒服。

又聽見寶玉心迷走失，家中多少不順的事，大家又哭起來。還虧得探春能言，見解亦高，把話來慢慢兒的勸解了好些時，王夫人等略覺好些。再明兒，三姑爺也來了。知有這樣的事，探春住下勸解。跟探春的丫頭、老婆也與眾姊妹們相聚，各訴別後的事。從此，上上下下的人，竟是無晝無夜專等寶玉的信。

那一夜五更多天，外頭幾個家人進來，到二門口報喜。幾個小丫頭亂跑進來，也不及告訴大丫頭了，進了屋子，便說：「太太、奶奶們大喜！」王夫人打諒寶玉找著了，便喜歡的站起身來，說：「在那裡找著的？快叫他進來！」那人道：「中了第七名舉人。」王夫人道：「寶玉呢？」家人不言語。王夫人仍舊坐下。探春便問：「第七名中的是誰？」家人回說：「是寶二爺。」正說著，外頭又嚷道：「蘭哥兒中了！」那家人趕忙出去接了報單回稟，見賈蘭中了一百三十名。李紈心下喜歡，因王夫人不見了寶玉，不敢喜形於色。王夫人見賈蘭中了，心下也是喜歡，只想：「若是寶玉一回來，咱們這些人不知怎樣樂呢！」獨有寶釵心下悲苦，又不好掉淚。眾人道喜，說是：「寶玉既有中的命，自然再不會丟的。況天下那有迷失了的舉人。」王夫人等想來不錯，略有笑容。眾人便趁勢勸王夫人等多進了些飲食。

只見三門外頭焙茗亂嚷說：「我們二爺中了舉人，是丟不了的了！」眾人問道：「怎見得呢？」焙茗道：「『一舉成名天下聞』，如今二爺走到那裡，那裡就知道的。誰敢不送來！」裡頭的眾人都說：「這小子雖是沒規矩，這句話是不錯的。」惜春道：「這樣大人了，那裡有走失的？只怕他勘破世情，入了空門，這就難找著他了！」這句話又招得王夫人等又大哭起來。李紈道：「古來成佛作祖、成神仙的，果然把爵位富貴都拋了，也多得很。」王夫人哭道：「他若拋了父母，這就是不孝，怎能成佛作祖？」探春道：「大凡一個人，不可有奇處。二哥哥生來帶塊玉來，都道是好事；這麼說起來，都是有了這塊玉的不好。若是再有幾天不見，——我不是叫太太生氣：就有些原故了，只好譬如沒有生這位哥哥罷了。果然有來頭成了正果，也是太太幾輩子的修積。」寶釵聽了不言語，襲人那裡忍得住，心裡一疼，頭上一暈，便栽倒了。王夫人見了可憐，命人扶他回去。

賈環見哥哥、侄兒中了，又為巧姐的事，大不好意思，只抱怨薔、芸兩個。知道探春回來，此事不肯干休，又不敢躲開，這幾天竟是如在荊棘之中。

明日，賈蘭只得先去謝恩，知道甄寶玉也中了，大家序了同年⑤。提起賈寶玉心迷走失，甄寶玉嘆息勸慰。知貢舉⑥的將考中的卷子奏聞，皇上一一的披閱，看取中的文章，俱是平正通達的。見第七名賈寶玉是金陵籍貫，第一百三十名又是金陵賈蘭，皇上傳旨詢問：「兩個姓賈的是金陵人氏，是否賈妃一族？」大臣領命出來，傳賈寶玉、賈蘭問話。賈蘭將寶玉場後迷失的話，並將三代陳明，大臣代為轉奏。皇上最是聖明仁德，想起賈氏功勛，命大臣查覆。大臣便細細的奏明。皇上甚是憫恤，命有司將賈赦犯罪情由，查案呈奏。皇上又看到「海疆靖寇班師善後事宜」一本，奏的是「海宴河清⑦，萬民樂業」的事。皇上聖心大悅，命九卿⑧敘功議賞，並大赦天下。

---

⑤序同年——舊時稱同科考中的人為「同年」，明清時代鄉試會試同榜登科的人都稱「同年」。序，排列、次第。
⑥知貢舉——鄉試主考官。知，主持；貢舉，科舉取士的方法。
⑦海宴河清——舊時形容天下太平的常用詞，意思是海裡風平浪靜，黃河流水澄清。
⑧九卿——各代所指有所不同，通常統指中央行政機構的長官，這裡泛指中央機構及朝中要員。

賈蘭等朝臣散後，拜了座師⑨，並聽見朝內有大赦的信，便回了王夫人等。合家略有喜色，只盼寶玉回來。薛姨媽更加喜歡，便要打算贖罪。

一日，人報甄老爺同三姑爺來道喜，王夫人便命賈蘭出去接待。不多一回，賈蘭進來，笑嘻嘻的回王夫人道：「太太們大喜了！甄老伯在朝內聽見有旨意，說是大老爺的罪名免了，珍大爺不但免了罪，仍襲了寧國三等世職。榮國世職，仍是老爺襲了，俟丁憂服滿，仍陞工部郎中。所抄家產，全行賞還。二叔的文章，皇上看了甚喜，問知元妃兄弟，北靜王還奏說人品亦好，皇上傳旨召見，眾大臣奏稱：『據伊姪賈蘭回稱出場時迷失，現在各處尋訪。』皇上降旨，著五營⑩各衙門用心尋訪。這旨意一下，請太太們放心，皇上這樣聖恩，再沒有找不著了。」王夫人等這才大家稱賀，喜歡起來。只有賈環等心下著急，四處找尋巧姐。

那知巧姐隨了劉姥姥，帶著平兒出了城，到了莊上，劉姥姥也不敢輕褻巧姐，便打掃上房，讓給巧姐、平兒住下。每日供給雖是鄉村風味，倒也潔淨；又有青兒陪著，暫且寬心。那莊上也有幾家富戶，知道劉姥姥家來了賈府姑娘，誰不來瞧，都道是天上神仙。也有送菜果的，也有送野味的，倒也熱鬧。內中有個極富的人家，姓周，家財巨萬，良田千頃；只有一子，生得文雅清秀，年紀十四歲，他父母延師讀書，新近科試，中了秀才。那日他母親看見了巧姐，心裡羨慕，自想：「我是莊家人家，那能配得

⑨座師——科舉制度，考中了的舉人、進士稱本科主考官為「座師」。

⑩五營——清代守衛京師的巡捕營，分南、北、左、右、中五營，是京城最高治安機構。

起這樣世家小姐？」呆呆的想著。劉姥姥知他心事，拉著他說：「你的心事我知道了，我給你們做個媒罷。」周媽媽笑道：「你別哄我，他們什麼人家，肯給我們莊家人麼？」劉姥姥道：「說著瞧罷。」於是兩人各自走開。

劉姥姥惦記著賈府，叫板兒進城打聽。那日恰好到寧榮街，只見有好些車轎在那裡。板兒便在鄰近打聽，說是：「寧、榮兩府復了官，賞還抄的家產，如今府裡又要起來了。只是他們的寶玉中了官，不知走到那裡去了。」板兒心裡喜歡，便要回去。又見好幾匹馬到來，在門前下馬，只見門上打千兒請安，說：「二爺回來了！大喜！大老爺身上安了麼？」那位爺笑著道：「好了。又遇恩旨，就要回來了。」還問：「那些人做什麼的？」門上回說：「是皇上派官在這裡下旨意，叫人領家產。」那位爺便喜歡進去。板兒便知是賈璉了，也不用打聽，趕忙回去告訴了他外祖母。劉姥姥聽說，喜的眉開眼笑，去和巧姐兒賀喜，將板兒的話說了一遍。平兒笑說道：「可不是虧得姥姥這樣一辦！不然，姑娘也摸不著那好時候。」巧姐更自歡喜。正說著，那送賈璉信的人也回來了，說是：「姑老爺感激得很，叫我一到家，快把姑娘送回去。又賞了我好幾兩銀子。」劉姥姥聽了得意，便叫人趕了兩輛車，請巧姐、平兒上車。巧姐等在劉姥姥家住熟了，反是依依不捨，更有青兒哭著，恨不能留下。劉姥姥知他不忍相別，便叫青兒跟了進城，一逕直奔榮府而來。

且說賈璉先前知道賈赦病重，趕到配所，父子相見，痛哭了一場，漸漸的好起來。賈璉接著家書，知道家中的事，稟明賈赦回來，走到中途，聽得大赦，又趕了兩天，今日到家，恰遇頒賞恩旨。裡面邢

聯經出版事業公司 校印

夫人等正愁無人接旨，雖有賈蘭，終是年輕，人報璉二爺回來，大家相見，悲喜交集。此時也不及敘話，即到前廳，叩見了欽命大人。問了他父親好，說：「明日到內府領賞，寧國府第發交居住。」眾人起身辭別，賈璉送出門去。見有幾輛屯車⑪，家人們不許停歇，正在吵鬧。賈璉早知道是巧姐來的車，便罵家人道：「你們這班糊塗忘八崽子！我不在家，就欺心害主，將巧姐兒都逼走了。如今人家送來，還要攔阻！必是你們和我有什麼仇麼？」眾家人原怕賈璉回來不依，想來少時才破，豈知賈璉說得更明，心下不懂，只得站著回道：「二爺出門，奴才們有病的，有告假，都是三爺、薔大爺、芸二爺作主，不與奴才們相干。」賈璉道：「什麼混賬東西！我完了事，再和你們說。快把車趕進來！」

賈璉進去，見邢夫人也不言語，轉身到了王夫人那裡，跪下磕了個頭，回道：「姐兒回來了，全虧太太。環兒弟，太太也不用說他了。只是芸兒這東西，他上回看家，就鬧亂兒；如今我去了幾個月，便鬧到這樣。回太太的話：這種人，攆了他，不往來也使得。」王夫人道：「你大舅子為什麼也是這樣？」賈璉道：「太太不用說，我自有道理。」正說著，彩雲等回道：「巧姐兒進來了。」見了王夫人，雖然別不多時，想起這樣逃難的景況，不免落下淚來。巧姐兒也便大哭。賈璉謝了劉姥姥。王夫人便拉他坐下，說起那日的話來。賈璉見平兒，外面不好說別的，心裡感激，眼中流淚。自此賈璉心裡愈敬平兒，打算等賈赦等回來，要扶平兒為正。此是後話，暫且不題。

邢夫人正恐賈璉不見了巧姐，必有一番的周折，又聽見賈璉在王夫人那裡，心下更是著急，便叫丫

---

⑪屯車——農村用來運輸的大車。

頭去打聽。回來說是巧姐兒同著劉姥姥在那裡說話，邢夫人才如夢初覺，知他們弄鬼，還抱怨著王夫人：「調唆我母子不和！到底是那個送信給平兒的？」正問著，只見巧姐同著劉姥姥，帶了平兒，王夫人在後頭跟著進來，先把頭裡的話都說在賈芸、王仁身上，說：「大太太原是聽見人說，為的是好事，那裡知道外頭的鬼？」邢夫人聽了，自覺羞慚；想起王夫人主意不差，心裡也服。於是邢、王夫人彼此心下相安。

平兒回了王夫人，帶了巧姐到寶釵那裡來請安，各自提各自的苦處。又說到：「皇上隆恩，咱們家該興旺起來了。想來寶二爺必回來的。」正說到這話，只見秋紋忽忙來說：「襲人不好了！」不知何事，且聽下回分解。

第一百二十回 甄士隱詳說太虛情 賈雨村歸結紅樓夢

話說寶釵聽秋紋說襲人不好，連忙進去瞧看。巧姐兒同平兒也隨著走到襲人炕前。只見襲人心痛難禁，一時氣厥。寶釵等用開水灌了過來，仍舊扶他睡下，一面傳請大夫。巧姐兒問寶釵道：「襲人姐姐怎麼病到這個樣？」寶釵道：「大前兒晚上哭傷了心了，一時發暈栽倒了。太太叫人扶他回來，他就睡倒了。因外頭有事，沒有請大夫瞧他，所以致此。」說著，大夫來了，寶釵等略避。大夫看了脈，說是急怒所致，開了方子去了。

原來襲人模糊聽見說寶玉若不回來，便要打發屋裡的人都出去，一急，越發不好了。到大夫瞧後，秋紋給他煎藥。他各自一人躺著，神魂未定，好像寶玉在他面前，恍惚又像是見個和尚，手裡拿著一本冊子揭著看，還說道：「你別錯了主意，我是不認得你們的了。」襲人似要和他說話，秋紋走來說：「藥好了，姐姐吃罷。」襲人睜眼一瞧，知是個夢，也不告訴人。吃了藥，便自己細細的想：「寶玉必是跟了和尚去。上回他要拿玉出去，便是要脫身的樣子，被我揪住，看他竟不像往常，把我混推混搡的，一點情意都沒有；後來待二奶奶更生厭煩；在別的姊妹跟前，也是沒有一點情意：這就是悟道的樣子。但是你悟了道，抛了二奶奶怎麼好？我是太太派我伏侍你，雖是月錢照著那樣的分例，其實我究竟沒有在老爺、太太跟前回明，就算了你的屋裡人。若是老爺、太太打發我出去，我若死守著，又叫人笑話；若是我出去，心想寶玉待我的情分，實在不忍。」左思右想，實在難處。想到剛才的夢「好像和我無緣」的話，「倒不如死了乾淨。」豈知吃藥以後，心痛減了好些，也難躺著，只好勉強支持。過了幾日，起來伏侍寶釵。寶釵想念寶玉，暗中垂淚，自嘆命苦。又知他母親打算給哥哥贖罪，很費張羅，不能不幫著打算。暫且不表。

且說賈政扶賈母靈柩，賈蓉送了秦氏、鳳姐、鴛鴦的棺木，到了金陵，先安了葬。賈蓉自送黛玉的靈也去安葬。賈政料理墳基的事。一日，接到家書，一行一行的看到寶玉、賈蘭得中，心裡自是喜歡；後來看到寶玉走失，復又煩惱，只得趕忙回來。在道兒上又聞得有恩赦的旨意，又接家書，果然赦罪復職，更是喜歡，便日夜趲行。

一日，行到毘陵驛①地方，那天乍寒，下雪，泊在一個清淨去處。賈政打發眾人上岸投帖，辭謝朋友，總說即刻開船，都不敢勞動。船中只留一個小廝伺候，自己在船中寫家書，先要打發人起旱到家。寫到寶玉的事，便停筆。抬頭忽見船頭上微微的雪影裡面一個人，光著頭，赤著腳，身上披著一領大紅

①毘陵驛——毘（ㄆㄧˊ）陵，今江蘇常州；驛，驛站，古代供傳遞公文的人或來往官員途中歇宿、換馬或轉送的館舍。

猩猩毡的斗篷，向賈政倒身下拜。賈政尚未認清，急忙出船，欲待扶住問他是誰。那人已拜了四拜，站起來打了個問訊②。賈政才要還揖，迎面一看，不是別人，卻是寶玉。賈政吃一大驚，忙問道：「可是寶玉麼？」那人只不言語，似喜似悲。賈政又問道：「你若是寶玉，如何這樣打扮，跑到這裡？」寶玉未及回言，只見船頭上來了兩人，一僧一道，夾住寶玉說道：「俗緣已畢，還不快走？」說著，三個人飄然登岸而去。賈政不顧地滑，疾忙來趕。見那三人在前，那裡趕得上？只聽得他們三人口中不知是那個作歌曰：

我所居兮，青埂之峰。我所遊兮，鴻蒙太空。誰與我遊兮，吾誰與從？渺渺茫茫兮，歸彼大荒。

賈政一面聽著，一面趕去，轉過一小坡，倏然不見。賈政已趕得心虛氣喘，驚疑不定，回過頭來，見自己的小廝也是隨後趕來。賈政問道：「你看見方才那三個人麼？」小廝道：「看見的。奴才為老爺追趕，故也趕來。後來只見老爺，不見那三個人了。」賈政還欲前走，只見白茫茫一片曠野，並無一人。賈政知是古怪，只得回來。

眾家人回船，見賈政不在艙中，問了船夫，說是「老爺上岸追趕兩個和尚一個道士去了。」眾人也從雪地裡尋踪迎去，遠遠見賈政來了，迎上去接著，一同回船。賈政坐下，喘息方定，將見寶玉的話說了一遍。眾人回稟，便要在這地方尋覓。賈政嘆道：「你們不知道，這是我親眼見的，並非鬼怪。況聽得歌聲，大有元妙。那寶玉生下時銜了玉來，便也古怪，我早知不祥之兆，為的是老太太疼愛，所以養

②問訊——和尚、道士合掌施禮，稱為問訊。

育到今。便是那和尚、道士，我也見了三次：頭一次，是那僧道來說玉的好處；第二次，便是寶玉病重，他來了，將那玉持誦了一番，寶玉便好了；第三次，送那玉來，坐在前廳，我一轉眼就不見了。我心裡便有些詫異，只道寶玉果真有造化，高僧仙道來護佑他的。豈知寶玉是下凡歷劫的，竟哄了老太太十九年！如今叫我才明白。」說到那裡，掉下淚來。

眾人道：「寶二爺果然是下凡的和尚，就不該中舉人了。怎麼中了才去？」賈政道：「你們那裡知道？大凡天上星宿，山中老僧，洞裡的精靈，他自具一種性情。你看寶玉何嘗肯念書？他若略一經心，無有不能的。他那一種脾氣，也是各別另樣！」說著，又嘆了幾聲。眾人便拿「蘭哥得中，家道復興」的話解了一番。賈政仍舊寫家書，便把這事寫上，勸諭合家不必想念了。寫完封好，即著家人回去。賈政隨後趕回。暫且不題。

且說薛姨媽得了赦罪的信，便命薛蝌去各處借貸，並自己湊齊了贖罪銀兩。刑部准了，收兌了銀子，一角文書，將薛蟠放出。他們母子、姊妹、弟兄見面，不必細述，自然是悲喜交集了。薛蟠自己立誓說道：「若是再犯前病，必定犯殺犯剮！」薛姨媽見他這樣，便要握他嘴，說：「只要自己拿定主意，必要還要妄口巴舌③血淋淋的起這樣惡誓麼！只香菱跟了你受了多少的苦處，你媳婦已經自己治死自己了，如今雖說窮了，這碗飯還有得吃：據我的主意，我便算他是媳婦了。你心裡怎麼樣？」薛蟠點頭願意。

③妄口巴舌——胡言亂語，有時指造謠誣蔑。

寶釵等也說：「很該這樣。」倒把香菱急得臉脹通紅，說是：「伏侍大爺一樣的，何必如此？」眾人便稱起「大奶奶」來，無人不服。薛蟠便要去拜謝賈家，薛姨媽、寶釵也都過來。見了眾人，彼此聚首，又說了一番的話。

正說著，恰好那日賈政的家人回家，呈上書子，說：「老爺不日到了。」王夫人叫賈蘭將書子念給聽。賈蘭念到賈政親見寶玉的一段，眾人聽了，都痛哭起來，王夫人、寶釵、襲人等更甚。大家又將賈政書內叫家內「不必悲傷，原是借胎④」的話解說了一番：「與其作了官，倘或命運不好，犯了事，壞家敗產，那時倒不好了。寧可咱們家出一位佛爺，倒是老爺、太太的積德，所以才投到咱們家來。不是說句不顧前後的話：當初東府裡太爺倒是修煉了十幾年，也沒有成了仙。這佛是更難成的。太太這麼一想，心裡便開豁了。」王夫人哭著和薛姨媽道：「寶玉抛了我，我還恨他呢！我嘆的是媳婦的命苦，才成了一二年的親，怎麼他就硬著腸子，都撂下了走了呢！」薛姨媽聽了，也甚傷心。寶釵哭得人事不知。所有爺們都在外頭，王夫人便說道：「我為他擔了一輩子的驚，剛剛兒的娶了親，中了舉人，又知道媳婦作了胎⑤，我才喜歡些，不想弄到這樣結局！早知這樣，就不該娶親，害了人家的姑娘！」薛姨媽道：「這是自己一定的。咱們這樣人家，還有什麼別的說的嗎？幸喜有了胎，將來生個外孫子，必定是有成立的，後來就有了結果了。你看大奶奶，如今蘭哥兒中了舉人，明年成了進士，可不是就做了官

---

④借胎——傳說神仙或前世和這家有什麼關係的鬼魂，有時借人的肉身暫到世間辦事，叫作「借胎」。

⑤作了胎——即懷了孕。

了麼?他頭裡的苦也算吃盡的了，如今的甜來，也是他為人的好處。我們姑娘的心腸兒，姐姐是知道的，並不是刻薄輕佻的人，姐姐倒不必擔憂。」王夫人被薛姨媽一番言語說得極有理，心想：「寶釵小時候便是廉靜寡欲、極愛素淡的，他所以才有這個事。想人生在世，真有一定數的。看著寶釵雖是痛哭，他端莊樣兒，一點不走，卻倒來勸我，這是真真難得的!不想寶玉這樣一個人，紅塵中福分竟沒有一點兒!」想了一回，也覺解了好些。又想到襲人身上：「若說別的丫頭呢，沒有什麼難處的：大的配了出去，小的服侍二奶奶就是了。獨有襲人可怎麼處呢?」此時人多，也不好說，且等晚上和薛姨媽商量。

那日薛姨媽並未回家，因恐寶釵痛哭，所以在寶釵房中解勸。那寶釵卻是極明理，思前想後，「寶玉原是一種奇異的人。夙世前因，自有一定，原無可怨天尤人。」更將大道理的話告訴他母親了。薛姨媽心裡反倒安了，便到王夫人那裡，先把寶釵的話說了。王夫人點頭嘆道：「若說我無德，不該有這樣好媳婦了。」說著，更又傷心起來。薛姨媽倒又勸了一會子，因又提起襲人來，說：「我見襲人近來瘦的了不得，他是一心想著寶哥兒。但是正配呢，理應守的；屋裡人願守也是有的。惟有這襲人，雖說是算個屋裡人，到底他和寶哥兒並沒有過明路兒的。」王夫人道：「我才剛想著，正要等妹妹商量商量。若說放他出去，恐怕他不願意，又要尋死覓活的；若要留著他也罷，又恐老爺不依：所以難處。」薛姨媽道：「我看姨老爺是再不肯叫守著的。再者，姨老爺並不知道襲人的事，想來不過是個丫頭，那有留的理呢?只要姐姐叫他本家的人來，狠狠的吩咐他，叫他配一門正經親事，再多多的陪送他些東西。那孩子心腸兒也好，年紀兒又輕，也不枉跟了姐姐會子，也算姐姐待他不薄了。襲人那裡，還得我細細勸他。就是叫他家的人來，也不用告訴他；只等他家裡果然說定了好人家兒，我們還打聽打聽，若果然足

聯經出版事業公司 校印

衣足食，女婿長的像個人兒，然後叫他出去。」王夫人聽了，道：「這個主意很是。不然，叫老爺冒失失的一辦，我可不是又害了一個人了麼？」薛姨媽聽了，點頭道：「可不是麼？」又說了幾句，便辭了王夫人，仍到寶釵房中去了。

看見襲人滿面淚痕，薛姨媽便勸解譬喻了一會。襲人本來老實，不是伶牙利齒的人，薛姨媽說一句，他應一句，回來說道：「我是做下人的人，姨太太瞧得起我，才和我說這些話，我是從不敢違拗太太的。」薛姨媽聽他的話，「好一個柔順的孩子！」心裡更加喜歡。寶釵又將大義的話說了一遍，大家各自相安。

過了幾日，賈政回家，眾人迎接。賈政見賈赦、賈珍已都回家，弟兄叔侄相見，大家歷敘別來的景況。然後內眷們見了，不免想起寶玉來，又大家傷了一會子心。賈政喝住道：「這是一定的道理。如今只要我們在外把持家事，你們在內相助，斷不可仍是從前這樣的散慢。別房的事，各有各家料理，也不用承總⑥。我們本房的事，裡頭全歸於你，都要按理而行。」王夫人便將寶釵有孕的話也告訴了，「將來丫頭們都放出去。」賈政聽了，點頭無語。

次日，賈政進內，請示大臣們，說是：「蒙恩感激。但未服闋⑦，應該怎麼謝恩之處，望乞大人們指教。」眾朝臣說是代奏請旨。於是聖恩浩蕩，即命陛見。賈政進內謝了恩，聖上又降了好些旨意，又

⑥承總——包攬替代。
⑦服闋——舊時父母去世，要守喪三年，至期滿脫掉孝服，稱為「服闋」。闋，終了。

問起寶玉的事來。賈政據實回奏。聖上稱奇，旨意說：寶玉的文章固是清奇，想他必是過來人，所以如此。若在朝中，可以進用；他既不敢受聖朝的爵位，便賞了一個「文妙真人」的道號。賈政又叩頭謝恩而出。

回到家中，賈璉、賈珍接著，賈政將朝內的話述了一遍，眾人喜歡。賈珍便回說：「寧國府第收拾齊全，回明了，要搬過去。櫳翠庵圈在園內，給四妹妹靜養。」賈政並不言語，隔了半日，卻吩咐了一番仰報天恩的話。賈璉也趁便回說：「巧姐親事，父親、太太都願意給周家為媳。」賈政昨晚也知巧姐的始末，便說：「大老爺、大太太作主就是了。莫說村居不好，只要人家清白，孩子肯念書，能夠上進。朝裡那些官兒，難道都是城裡的人麼？」賈璉答應了「是」，又說：「父親有了年紀，況且又有痰症的根子，靜養幾年，諸事原仗二老爺為主。」賈政道：「提起村居養靜，甚合我意。只是我受恩深重，尚未酬報耳。」賈政說畢進內。賈璉打發請了劉姥姥來，應了這件事。劉姥姥見了王夫人等，便說些將來怎樣陞官，怎樣起家，怎樣子孫昌盛。

正著說，丫頭回道：「花自芳的女人進來請安。」王夫人問幾句話，花自芳的女人將親戚作媒，說的是城南蔣家的，現在有房有地，又有鋪面，姑爺年紀略大幾歲，並沒有娶過的，況且人物兒長的是百裡挑一的。王夫人聽了願意，說道：「你去應了，隔幾日進來，再接你妹子罷。」王夫人又命人打聽，都說是好。王夫人便告訴了寶釵，仍請了薛姨媽細細的告訴了襲人。襲人悲傷不已，又不敢違命的，心裡想起寶玉那年到他家去，回來說的「死也不回去」的話，「如今太太硬作主張。若說我守著，又叫人說我不害臊；若是去了，實不是我的心願。」便哭得咽哽難鳴，又被薛姨媽、寶釵等苦勸，回過念頭想道：「我若是死在這裡，倒把太太的好心弄壞了。我該死在家裡才是。」於是，襲人含悲叩辭了眾人，那姊妹分手時，自然更有一番不忍說。

襲人懷著必死的心腸，上車回去，見了哥哥、嫂子，也是哭泣，但只說不出來。那花自芳悉把蔣家的聘禮送給他看，又把自己所辦妝奩一一指給他瞧，說：那是太太賞的，那是置辦的。襲人此時更難開口，住了兩天，細想起來：「哥哥辦事不錯，若是死在哥哥家裡，豈不又害了哥哥呢？」千思萬想，左右為難，真是一縷柔腸，幾乎牽斷，只得忍住。

那日已是迎娶吉期，襲人本不是那一種潑辣人，委委屈屈的上轎而去，心裡另想到那裡再作打算。豈知過了門，見那蔣家辦理極其認真，全都按著正配的規矩。一進了門，丫頭、僕婦都稱「奶奶」。襲人此時欲要死在這裡，又恐害了人家，辜負了一番好意。那夜原是哭著不肯俯就的，那姑爺卻極柔情曲意的承順。到了第二天開箱⑧，這姑爺看見一條猩紅汗巾，方知是寶玉的丫頭。原來當初只知是賈母的侍兒，益想不到是襲人。此時蔣玉菡念著寶玉待他的舊情，倒覺滿心惶愧，更加周旋；又故意將寶玉所換那條松花綠的汗巾拿出來。襲人看了，方知這姓蔣的原來就是蔣玉菡，始信姻緣前定。襲人才將心事說出，蔣玉菡也深為嘆息敬服，不敢勉強，並越發溫柔體貼，弄得個襲人真無死所了。

看官聽說：雖然事有前定，無可奈何。但孽子孤臣⑨，義夫節婦，這「不得已」三字也不是一概推委得的。此襲人所以在「又副冊」也。正是前人過那桃花廟的詩上說道：

⑧開箱——舊時習俗，新婚次日，男方要打開女方衣箱，看陪嫁的物品，稱為開箱。

⑨孽子孤臣——古時稱小老婆生的庶子為孽子，稱亡國之臣為孤臣。

千古艱難惟一死，傷心豈獨息夫人！⑩

不言襲人從此又是一番天地。且說那賈雨村犯了婪索的案件，審明定罪，今遇大赦，褫籍為民⑪。雨村因叫家眷先行，自己帶了一個小厮，一車行李，來到急流津覺迷渡口。只見一個道者從那渡頭草棚裡出來，執手相迎。雨村認得是甄士隱，也連忙打恭。士隱道：「賈老先生，別來無恙？」雨村道：「老仙長到底是甄老先生！何前次相逢覿面不認？後知火焚草亭，下鄙深為惶恐。今日幸得相逢，益嘆老仙翁道德高深。奈鄙人下愚不移⑫，致有今日！」甄士隱道：「前者老大人高官顯爵，貧道怎敢相認！原因故交，敢贈片言，不意老大人相棄之深。然而富貴窮通，亦非偶然，今日復得相逢，也是一樁奇事。這裡離草庵不遠，暫請膝談⑬，未知可否？」

---

⑩息夫人——春秋時息國國君的夫人，姓媯，楚文王滅息時擄去作妾，已生了兩個兒子，但總不說話。問她是什麼緣故，她說：「我是一個女子，嫁了兩夫，只差一死，還有什麼可說的。」後人又稱她為「桃花夫人」，立廟紀念。這裡所引詩句是清初鄧漢儀的〈題息夫人廟〉。

⑪褫籍為民——革去官職祿籍，貶為平民百姓。褫，音ㄔˇ，剝奪、革除。

⑫下愚不移——《論語・陽貨》：「唯上智與下愚不移。」意思是：只有上等的智者和最愚魯的人，是天生的，不能改變的。這裡是賈雨村的自謙之辭。

⑬膝談——促膝相談，指親密的交談。

雨村欣然領命，兩人攜手而行，小廝驅車隨到，到了一座茅庵。士隱讓進，雨村坐下，小童獻上茶來。雨村便請教仙長超塵的始末。士隱笑道：「一念之間，塵凡頓易。老先生從繁華境中來，豈不知溫柔富貴鄉中有一寶玉乎？」雨村道：「怎麼不知？近聞紛紛傳述，說他也遁入空門。下愚當時也曾與他往來過數次，再不想此人竟有如是之決絕。」士隱道：「非也！這一段奇緣，我先知之。昔年我與先生在仁清巷舊宅門口敘話之前，我已會過他一面。」雨村驚訝道：「京城離貴鄉甚遠，何以能見？」士隱道：「神交⑭久矣。」雨村道：「既然如此，現今寶玉的下落，仙長定能知之。」士隱道：「寶玉，即『寶玉』也。那年榮、寧查抄之前，釵、黛分離之日，此玉早已離世：一為避禍，二為撮合。從此夙緣一了，形質歸一。又復稍示神靈，高魁貴子，方顯得此玉乃天奇地靈鍛鍊之寶，非凡間可比。前經茫茫大士、渺渺真人攜帶下凡，如今塵緣已滿，仍是此二人攜歸本處：這便是寶玉的下落。」雨村聽了，雖不能全然明白，卻也十知四五，便點頭嘆道：「原來如此，下愚不知。但那寶玉既有如此的來歷，又何以情迷至此，復又豁悟如此？還要請教。」士隱笑道：「此事說來，老先生未必盡解。太虛幻境即是真如福地。兩番閱冊，原始要終之道，歷歷生平，如何不悟？仙草歸真，焉有『通靈』不復原之理呢？」

雨村聽著，卻不明白了。知仙機也不便更問，因又說道：「寶玉之事，既得聞命。但是敝族閨秀如此之多，何元妃以下，算來結局俱屬平常呢？」士隱嘆息道：「老先生莫怪拙言！貴族之女，俱屬從情天孽海而來。大凡古今女子，那『淫』字固不可犯，只這『情』字也是沾染不得的。所以崔鶯、蘇小⑮，

⑭神交——原意為精神上的了解，這裡是雖未見面，但彼此十分了解的意思。

聯經出版事業公司　校印

無非仙子塵心；宋玉、相如，大是文人口孽⑯。凡是情思纏綿的，那結果就不可問了。」雨村聽到這裡，不覺拈鬚長嘆，因又問道：「請教老仙翁：那榮、寧兩府，尚可如前否？」士隱道：「福善禍淫，古今定理。現今榮、寧兩府，善者修緣，惡者悔禍，將來蘭桂齊芳⑰，家道復初，也是自然的道理。」雨村低了半日頭，忽然笑道：「是了，是了！現在他府中有一個名蘭的，已中鄉榜，恰好應著『蘭』字。適間老仙翁說『蘭桂齊芳』，又道寶玉『高魁子貴』，莫非他有遺腹之子，可以飛黃騰達的麼？」士隱微微笑道：「此係後事，未便預說。」雨村還要再問，士隱不答，便命人設俱盤飧，邀雨村共食。

食畢，雨村還要問自己的終身。士隱便道：「老先生草庵暫歇，我還有一段俗緣未了，正當今日完結。」雨村驚訝道：「仙長純修若此，不知尚有何俗緣？」士隱道：「也不過是兒女私情罷了。」雨村聽了，益發驚異：「請問仙長，何出此言？」士隱道：「老先生有所不知：小女英蓮幼遭塵劫，老先生初任之時曾經判斷，今歸薛姓，產難完劫，遺一子於薛家以承宗祧⑱。此時正是緣塵脫盡之時，只好接引接引。」士隱說著，拂袖而起。雨村心中恍恍惚惚，就在這急流津覺迷渡口草庵中睡著了。

---

⑮蘇小——即蘇小小，南齊時錢塘（今杭州）名妓。

⑯口孽——佛教用語，指一些惡言妄語或香豔之詞。

⑰蘭桂齊芳——「蘭薰桂馥」的意思，比喻德澤長留，歷久不衰。這裡蘭指賈蘭，桂指寶玉的遺腹子賈桂，以蘭桂代表賈氏子孫將來飛黃騰達。

⑱以承宗祧——傳宗接代，宗祧即宗廟。

聯經出版事業公司 校印

這士隱自去度脫了香菱，送到太虛幻境，交那警幻仙子對冊。剛過牌坊，見那一僧一道，縹緲而來。士隱接著說道：「大士、真人，恭喜，賀喜！情緣完結，都交割清楚了麼？」那僧道說：「情緣尚未全結，倒是那蠢物已經回來了。還得把他送還原所，將他的後事敘明，不枉他下世一回。」士隱聽了，便拱手而別。那僧道仍攜了玉到青埂峰下，將寶玉安放在女媧煉石補天之處，各自雲遊而去。從此後：

天外書傳天外事，兩番人作一番人。⑲

這一日，空空道人又從青埂峰前經過，見那補天未用之石仍在那裡，上面字迹依然如舊，又從頭的細細看了一遍，見後面偈文後又歷敘了多少收緣結果的話頭，便點頭嘆道：「我從前見石兄這段奇文，原說可以聞世傳奇，所以曾經抄錄，但未見返本還原。不知何時，復有此一佳話？方知石兄下凡一次，磨出光明，修成圓覺⑳，也可謂無復遺憾了。只怕年深日久，字迹模糊，反有舛錯，不如我再抄錄一番，尋個世上清閑無事的人，托他傳遍，知道奇而不奇，俗而不俗，真而不真，假而不假。或者塵夢勞人，聊倩鳥呼歸去㉑；山靈好客，更從石化飛來㉒，亦未可知。」想畢，便又抄了，仍袖至那繁華昌盛的地方，遍尋了一番：不是建功立業之人，即係餬口謀衣之輩，那有閑情去和石頭饒舌？直尋到急流津覺迷

⑲「天外書」二句——天外書，指《石頭記》；天外事，指關於石頭的故事。兩番人，指寶玉本來是大荒山青埂峰下的一塊石頭，後來又托生來到人間。一番人，指寶玉經歷塵世，又重新回到青埂峰下，化為頑石，形質歸一。

⑳磨成光明，修成圓覺——佛教把人心比為寶珠，要見到珠光，須磨掉塵垢；圓覺，佛家語，指修煉到圓滿而成功的境界，即悟道成佛的意思。

聯經出版事業公司　校印

渡口，草庵中睡著一個人，因想他必是閑人，便要將這抄錄的《石頭記》給他看看。那知那人再叫不醒。空空道人復又使勁拉他，才慢慢的開眼坐起，便接來草草一看，仍舊擲下道：「這事我已親見盡知。你這抄錄的尚無舛錯，我只指與你一個人，托他傳去，便可歸結這一新鮮公案了。」空空道人忙問何人，那人道：「你須待某年某月某日某時，到一個悼紅軒中，有個曹雪芹先生，只說賈雨村言，托他如此如此。」說畢，仍舊睡下了。

那空空道人牢牢記著此言，又不知過了幾世幾劫，果然有個悼紅軒，見那曹雪芹先生正在那裡翻閱歷來的古史。空空道人便將賈雨村言了，方把這《石頭記》示看。那雪芹先生笑道：「果然是『賈雨村言』了！」空空道人便問：「先生何以認得此人，便肯替他傳述？」曹雪芹先生笑道：「說你空，原來你肚裡果然空空！既是『假語村言』，但無魯魚亥豕㉓以及背謬矛盾之處，樂得與一二三同志，酒餘飯飽，雨夕燈窗之下，同消寂寞，又不必大人先生品題傳世。似你這樣尋根究柢，便是刻舟求劍㉔，膠柱鼓瑟

㉑塵夢勞人，聊倩鳥呼歸去——塵勞，佛家語，即煩惱；鳥呼歸去，鳥指杜鵑，叫聲聽來很像「不如歸去」。這兩句意思是說，塵世的生活像夢境那樣使人徒勞無益，倒不如聽取杜鵑的召喚，去歸隱山林世外。

㉒山靈好客，更從石化飛來——山靈好客，愛好山靈的人，指有出家思想的人；從，追隨；石化，幻變入世的頑石；飛來，原指杭州靈隱寺飛來峰，佛家傳說，該峰是從印度飛來此地，這裡借指出家。這兩句的意思是說，愛好山靈的人，跟隨頑石遁入空門。

㉓魯魚亥豕——古代篆書「魯」字像「魚」、「亥」字像「豕」字，抄寫時容易混淆錯誤，所以成為錯字的代詞。

了。」那空空道人聽了，仰天大笑，擲下抄本，飄然而去。一面走著，口中說道：「果然是敷衍荒唐！不但作者不知，抄者不知，並閱者也不知。不過遊戲筆墨，陶情適性而已！」後人見了這本奇傳，亦曾題過四句，為作者緣起之言更轉一竿頭㉕云：

說到辛酸處，荒唐愈可悲。由來同一夢，休笑世人癡！

㉔刻舟求劍——《呂氏春秋．察今》說：有個人從船上把劍掉在河中，他就在船上刻了個記號，等待船停了，他就按著刻了記號的地方去撈劍，當然撈不著。這故事是比喻固執不知變通的人。

㉕更轉一竿頭——禪宗用「百尺竿頭須進步」來比喻宗教修養從已有的較高水準再提高一步。

中國古典小說新刊

紅樓夢(下)

1991年7月初版　　定價：新臺幣200元
2021年4月初版第三十三刷

著　者　清・曹雪芹
　　　　　高　鶚

出版者	聯經出版事業股份有限公司	副總編輯	陳逸華
地址	新北市汐止區大同路一段369號1樓	總編輯	涂豐恩
叢書主編電話	(02)86925588轉5305	總經理	陳芝宇
台北聯經書房	台北市新生南路三段94號	社長	羅國俊
電話	(02)23620308	發行人	林載爵
台中分公司	台中市北區崇德路一段198號		
暨門市電話	(04)22312023		
郵政劃撥帳戶第	0100559-3號		
郵撥電話	(02)23620308		
印刷者	世和印製企業有限公司		
總經銷	聯合發行股份有限公司		
發行所	新北市新店區寶橋路235巷6弄6號2F		
電話	(02)29178022		

行政院新聞局出版事業登記證局版臺業字第0130號

本書如有缺頁，破損，倒裝請寄回台北聯經書房更換。　ISBN 978-957-08-0628-1 (平裝)
聯經網址 http://www.linkingbooks.com.tw
電子信箱 e-mail:linking@udngroup.com

國家圖書館出版品預行編目資料

紅樓夢(下) / 清・曹雪芹、高鶚著 .
初版 . 新北市 . 聯經 . 1991 年
484 面；14.8×21 公分 .（中國古典小說新刊）
ISBN 978-957-08-0628-1（下冊，平裝）
[2021年4月初版第三十三刷]

857.49 80002048